# LES MERCENAIRES

Jean Lartéguy

ジャン・ラルテギー［著］ 岩瀬 孝［訳］

# 傭兵

唯学書房

## 《登場人物紹介》

ピエル・リルルー大尉　本書の主人公

### 〈朝鮮戦争〉

ヴァンサン・ルビュファル中尉　対独抵抗運動からリルルーの仲間
サバティエ大尉　ヴェトナムからリルルーの仲間
マルタン・ジャネ軍医大尉　フランス大隊軍医。元開業医
イゴール・デミトリエフ中尉　元アンリ四世高校の自習監督
ドウラィユ少佐　フランス大隊指揮官。仇名《フラカス》
ヴィラセルス少佐　フランス軍観戦班元指揮官。仇名《観戦武官》
アンドレアニ曹長　コルシカ出身の元やくざ
モーレル二等兵　元対独協力フランス義勇軍中尉
ベルタニヤ二等兵　前科者
クランドル少将　アメリカ軍師団指揮官
レクストン中尉　アメリカ軍砲兵観測将校
ハリー・マロース　アメリカ人従軍記者

### 〈スペイン内乱〉

マニュエル　《流れ者》の鋳掛け屋。仇名《お釜ぼう》
リナ　《流れ者》の少女。マニュエルの娘
ロベール・フォーガ少佐　国際義勇軍第十四旅団の大隊指揮官
ウルリッヒ大尉　フォーガの副官

### 〈対独戦〜レジスタンス〜特攻隊〉

ジュリアン・リュケルロル　リルルーの仲間。アンリ四世高校教授
エスコテギー海軍大尉　リルルーの仲間。仇名《海軍》
ロパティーヌ少佐　仇名《政治委員》。政界に大きなコネを持つ
ヴェルトネル中尉　リルルーの仲間
グリュンバール　ユダヤ人共産党員
リザ　リルルーの恋人

### 〈ペルシア〉

アサド・カーン将軍　イラン軍の実力者
アハマッド・ナフィズ　トウデー党員。アサド・カーン将軍の甥
サルメイヤン　政商
タニヤ　サルメイヤンの娘
ミリアム　テヘランのユダヤ代表部員
ゾルファグ兄弟　マハムードとフセイン。クルド独立運動の活動家

### 〈ヴェトナム〉

グエン・バン・チ　《大水田地帯》の主導者
リアン　リルルーの妻

**《登場する地名につきましては、カバー裏面の地図をご覧下さい》**

本書は1954年に *Du sang sur les collines*（丘の上の血）という書名で刊行された。加筆・改題して再刊するにあたっても、趣旨は変更していない。

本書 *Les Mercenaires* を *Du sang sur les collines* と同様に、我が友ジャン・ブランザに捧げる。

J. L.

私が知る限り、傭兵とは、ラルース百科事典の定義にある「金銭を対価として外国の政府に軍務を提供する軍人」ではない。

私が出逢い、ときには生活をともにしてきた傭兵たちは、世界をつくり直そうとして人生の20〜30年間を闘かいに費やす男たちだ。彼らは40代になるまで、自らの夢と、心の中につくり上げた自己像のために闘かう。その後は、もし死んでいなければ引退し、皆と同じ暮らし——残念なことに年金はないのだが——を送る。そして、脳溢血か肝硬変で死ぬことになる。

目的が金であることは決してなく、名誉や栄光のためであることも滅多にないが、同時代の人の評価はちょっとだけ気にしている。それが他の男たちと異なるところである。

J. L.

この小説に登場するすべての人物は想像上の人物であり、事件やそれがおこる場所についても同様である。従って、名前、描写、戦闘などが過去の記憶を呼びおこすことがあったとしても、それは偶然の一致でしかない。

そのうえ、誰がまだ朝鮮戦争をおぼえているというんだ？

# 鏡をみつめる軍医——朝鮮戦争

谷底の泥の上を流れる急流と砲兵隊の往来ででこぼこになった道との間に、大きな緑色の天幕が立てられていた。みぞれまじりのきびしい風が吹きおこっては、天幕の屋根や側壁をへこませた。天幕の中では、石油ストーヴがガレーヂのような匂いを発散していたが、いっこうに暖かくはなかった。

十五人ぐらいの将校が脚立に二、三枚の板を打ちつけてできたテーブルの前に坐って、なまぬるい野戦糧食をのみこんでいた。食事は油っこい細切肉と甘煮の隠元豆だった。あちこちで会話が交わされては、パタリと静まった。

軍医大尉マルタン・ジャネは、その朝、朝鮮戦線のフランス大隊に着任したところだった。

彼はまわりの見知らぬ人々の顔に皮肉や愛情や興味の影がないかとうかがって見たが、どの顔も皆不思議に似通っていた。どれも無表情で、水からあげられた溺死者のようにまっ蒼だった。不充分な装備で零下四十度の寒さでの冬の野戦に従事して、消耗しきっているのだ。

マルタン・ジャネは、もう少しちがった、友好的で熱のある歓迎を期待していた。彼は、自分が仲間入りしたかったのはこの男たちではないとの失望をうっすら感じはじめていた。

彼は皿に鼻をつっこむようにしてオートミールを噛みしめながら、リボリ街の商店のショーウィンドーの前に立ちどまった、あの朝のことを思い出した。

そのころ、ジャネはもう二カ月来、患者をとっていなかった。もうアパートの長い階段をかけのぼったり、子供たちの泣き声や、他の間借人たちのささやき声の中を下りて行く必要はなかったのだ。金持になったから、鏡に映る自分の姿をみつめる余裕もできたのである。

ガラスに映されて目に入ったのは、身体が重くなって、眼のふちに細かいしわのよった中年男の姿だった。髪は薄くなり、眼つきはどんよりしていた。彼は写真のように変わりない自分の面影――この姿とはちがう面影――を胸に抱いてきたのである。それは二十歳の青年の面影だった。その青年は医学部の講義の後、リュクサンブール公園に娘たちとのランデブーに行ったものだった。娘たちの顔は忘れてしまったが、彼女らのすらりとしたスタイルやゴム底の短靴のかかとで小道の敷石をきしらせながら、踊るような足取りをする様子ははっきりおぼえていた。実在する唯一の人生、それは青春の人生だった。

マルタン・ジャネは、ウィンドーというウィンドーに自分を映しながら、リボリ街を上がった。彼は学生街《カルチエ・ラタン》にきて、花冠のように夏のドレスをひるがえしていくひとりの娘とすれちがった。一群の学生が、若い王様のように重々しく、世界の再建を論じながら通って行った。そのたびに、彼は胸がしめつけられるような寂寥感をおぼえた。

もうおしまいなのだ。彼にはもう、喜びに酔いしれながら、親しみぶかい世界をかけ回ることはできないのだ。あのころは、苦しみさえ快かった。世界は、微笑みと愛情と連帯感でいっぱいだった。

それでもマルタン・ジャネは、この埋没、高い人生の目標をこざかしくすりかえてしまった小さな習慣の堆積から脱出する勇気だけはもっていた。

彼は、偶然、朝鮮に派遣されているフランス大隊づきの軍医を募集していることを知って、すぐさま志願したのである。

彼は、朝鮮戦線の緑の天幕の中で、皆同じ野戦服を着、同じゴム底の重い編上靴をはいた兵士たちを前にしているのだった。

さらに一陣の突風がますます強く天幕をゆすぶった。外でひとりの兵士がひとりの戦友に呼びかけた。

「おい、ヴィリュウ、郵便係のところへお前宛ての小包がきているぜ！　中味は何か知らねえが、すっかり腐ってやがらあ」

朝鮮人給仕のキムがコーヒーの茶碗を配った。食事は終わろうとしていた。マルタン・ジャネは、この沈黙この孤独を打ち破って、どうしても自分がここに来て人々の仲間に入った理由を言わずにはいられなかった。

彼は腰掛けから腰を浮かして、テーブルに両手をついた。

「皆さん……」

あいまいな好奇心を浮かべた顔が、彼のほうに向けられた。

「皆さん、私は何故朝鮮に来て皆さんの仲間に入り、苦労と不便と自由な戦友愛をともにしようとしたのかをお話ししたいと思います……」

フラカス（ほらふき、乱暴者の軍人の伝統的な名前）という仇名のドウラィユ少佐は、人さし指で静かに机を叩いていた。他の者は皆、少佐の反応をうかがって、少佐にならおうとしていた。マルタン・ジャネは彼の話のピントが狂っていて、不愉快な見世物になりそうなのを感じたが、もう止めるわけにはいかなかった。

「……私は、今までの平和な夜とうるおいのない心が、次第に私にすべてをあきらめさせようとしているのを感じました。私は、それから逃れるためにここへ来て、皆さんの若さを少しでも分けてもらおうと思ったのです……」

彼は口をつぐんだ。

もう人々の顔には好奇心はなくなり、困ったような、あるいは非難するような表情が浮かんでいた。

彼らは皆、勤務のことを話し合いながらいっせいに立ちあがった。マルタン・ジャネには、彼らがこうしてこの出来事は知らんふりをすることに決心したように思われた。

しかし彼らは、天幕の出口をくぐって十メートルほど遠ざかると、たちまち卑しい老婆のように、ペチャクチャと今の件を話し合いだしたのだ。

ひとり、サバティエ大尉だけが、席に残っていた。

「軍医君」サバティエは言った。「君の小演説は、おおいに気に入ったぜ。しかし、何も言わないほうがもっとよかったな。今まで食卓にいた連中は、皆、君の話の意味がわかっていないんだ。だから、君は可哀相な奴だということにされちまうぞ。俺たちは、君のような新参がこの大隊へ来ると、さっそく三つのタイプのどれかに分類することにしてる。職業軍人、ついてない奴、女房に振られた男の三つだ。職業軍人は早く出世したい一心で、勲章と金筋欲しさにここへ来る。皆どん欲で、気むずかしい奴が多くて、専門家気取りで他のタイプを馬鹿にしている……」

彼はちょっと苦笑した。

「俺もその仲間さ！　ついてない連中は、今度の戦争の後、退役して食料品屋や政治家や土建屋になろうとして金をすっちまって、朝鮮でやり直そうとしている。しかし、この連中はもう真剣だ。夢はただひとつ、《現役編入》を許されて、第一のタイプになることだ。

最後のタイプが、振られ男だ。間男した女房に何よりのいい面当ては、その女房から二万五千キロも離れたこへ来て死んじまうことだと思っているのさ。女房にゃ、戦死者年金が入るがね。

俺のきいた話じゃ、君は予備役だな。だから、ついてない奴か振られ男のどっちかになる……フランスで事業に失敗したのかい？」

マルタン・ジャネは、やや早口にもぐもぐと返事した。相手に感謝したくて、とまどっていたのである。

「僕は、パリのドーメニル広場で開業していました。多すぎるほど患者があって、金もちゃんと払ってくれました。連中のふところは痛みませんからね。健康保険で来てたんです。伯父のひとりが死んで、遺産として薬剤品工場をゆずってくれました。それで金もできて、することがなくなってしまいました。すると、ひどく退屈になってきたんです」

「じゃあ、ついてない奴のほうじゃないな。それなら振られ男か？」

「それでもありません。たしかに同棲したことはありますが、その娘は、僕のほうが倦きてしまうまで別れようとはしませんでした」

「気の毒だが、ほかに仕方ないな。君は振られ組としておこう。そうすりゃ皆が安心する。誰でも、色を見ただけでわかるようなレッテルを君にはっておけるからだ。君の演説もすぐ忘れられる。いっぷう変わったインテリで、通用するようになるさ。もうひとつ忠告しとくぜ、やぶ医者君。少佐がふたりいるが、このふたりは喧嘩ばかりしてるし、大隊の指導権争いで徒党を組んでいる。これに巻きこまれるなよ。パリには政府関係にレキとしたコネがあるんだと皆に思わせておけ。ここじゃ、一番新品の少尉まで、大臣ぐらいは思うように動かせるって顔をしてるんだ」

「あなたに……いや、君に何とお礼を言ったらいいか……」

マルタン・ジャネは、他の大尉たちがサバティエには

《あなた》と言っていたのをおぼえていた。

「俺は君の小演説が気に入っただけさ」

サバティエはわざと《君の》という言葉に力を入れて、ふたりの間では《俺、君》で喋ることにきめたいということをマルタン・ジャネにわからせようとした。

「振られ男の仲間に入っていろよ。時どき、パスカルとかスピノザとかナポレオンなんかの言葉を引用したり、アラビアのことわざとか、中国の格言とかをでっちあげたり、ラテン語の韻文をはさんだりするんだ。ラテン語でも心配はないぜ。隊づきの神父は、ミサの典文も満足に言えない馬鹿野郎だ。他の連中は、ずっと昔にやった勉強なんかとっくに忘れているさ」

サバティエは立ちあがって、ぶらぶら歩きながら、急流の向こう側の、杉林の裏にある自分の中隊の天幕へ帰って行った。

マルタン・ジャネの来任を話題にしたこの事件は、忘れ去られた。彼は、医学を何も知らない連中から、とても良い医者だというレッテルをはられた。軍人としては無能というレッテルもはられた。軍務に適した身体でもないし、振られ男の立派な標本でもなかったからである。

「あんな男っぷりじゃ」フラカスはあざ笑った。「いくら金があったって、ワイフが浮気するのも無理はないじゃないか」

軍医は、ぜんぜんこの第一印象を修正してもらおうという努力はしなかった。それどころか、勝手に押しつけられた長所と欠点も逆用してうまくやろうとした。無能軍人として軍規に対しては好き勝手にふるまったし、完全な振られ男になりきって、妻に裏切られた連中や、そうなりはしないかと恐れている連中の打ち明け話の相手になった。優秀な医者としては、患者の看護は避けた。できる限り、アメリカ軍の連隊づき医療班へ送ることにしていた。そうしてやれば志願兵たちはちょっと遠出することで、毎日の生活の単調さを免れ、G・I相手に闇取引にふけることもできたからである。

そのころ、大隊は、冬期のつらい戦闘の後の休息期間だった。まわりの丘の上にはまだところどころに雪が凍りついていて、兵士たちは、ほとんど火の気のない天幕の中で寒さにふるえていた。時にはトランプをやろうとしてみたが、黒煙草（葉を発酵させてつくった煙草）や赤ブドー酒がなくては、ブロット遊びもだいぶ魅力を失うのだった。

将校は二派に分かれていた。ヴィラセルス派とフラカス派である。

ヴィラセルスは、はじめは、朝鮮戦線のフランス軍観戦班の指揮官だった。アメリカ軍の戦闘方法を研究し、さまざまな師団の司令部に配属されるはずの専門家だったのだ。しかし、総司令部が観戦班の存在は好ましくないと判断したので、彼らはフランス大隊に合流させられたのだった。フランス大隊は、アメリカ軍のある連隊に所属していた。

ヴィラセルスと部下の将校たちはすぐれた戦術家なのに無為に追いこまれていたので、千二百の兵士をもつフランス大隊というすばらしい玩具を、いじりまわしたいという心をそそられた。しかし、大隊を指揮していた《あのフラカスという道化人形》が、全力をあげてそれにさからった。

兵士たちは、指揮官の間のひそかな反目はよく承知していた。彼らはそれを面白がり、自分たちの得になるように利用しようとしたり、必要に応じてどちらかの味方になったりしていた。どちらかの味方になった時には、自分が好きでなくなった将校たちに古い空缶を投げつけたりした。

マルタン・ジャネは中立を守っていたので、どちらの陣営からも、この上なくいやみな当てこすりを言われたり、愕然とするような情報をきかされたりすることができた。はじめのうちはこのゲームが面白かったのだが、すぐに倦きがきた。

大隊は戦線に戻っていった。サバティエは指揮する中隊とともに山峰の上に残され、落下傘で補給を受けとっていた。マルタン・ジャネは時どき、本部の無線電話でサバティエのぶっきらぼうで尊大な声をきくことがあった。

《うちの野郎どもが五人、中国兵にやられました。死骸を降ろしたいから、苦力《クーリー》を送って下さいよ。もう臭くなってきてね……》

軍医はほかにすることもないので、G・Iという存在、フランス大隊の一部将校に言わせれば群衆本能だけで動く生き物の研究を始めた。

アメリカ週刊誌の《諷刺漫画《カートーン》》では、市民生活に馴れきった男が、わけのわからぬ偶然から制服を着せられ、朝鮮か日本に送られて、軍という複雑な機構と格闘している。このおなじみの登場人物はさまざまな災難に遭うのだが、彼の完全な市民としての、また、非常な劣等兵としてのふるまいは、少しも変わらない。鼻が大きく、太鼓腹で、軍服で仮装したような様子のマルタン・ジャネは、完全にこの人物を実演しているようなものだった。だから、単なるG・Iから大佐に至るまで、アメリカ兵は皆、彼の姿を見るとたちまち嬉しくなるのだった。

好奇心にあふれたマルタン・ジャネは、ステッキをつきながら、部隊の受持区域を歩きまわった。彼はひとりのG・Iが杭を打ちこんでいる前に立ちどまった。さっそくこのG・Iは、自分がこの杭と他の杭とを鉄線で結び、その鉄線に空缶をぶら下げるのだ、と説明してくれた。中国軍の斥候が通れば、空缶がゆれて、歩哨が警戒するというわけだ。マルタン・ジャネは、なるほどとうなずいた。間もなくその兵士は彼に、親友にも話せないようなことを打ち明けだした。この戦争にはひどく腹が立つ。あの黄色い犬どもの行列などには、アメリカ兵の血がこの忌まわしい丘の上にこれほど流される値打などありはしないのだ。

三カ月もすると、フランスの軍医は全師団に知れわたった。彼はすでに、英語は非常にうまく話したが、南部カロライナ州の軽く喉をならすおおざっぱなアクセントをつけて面白がっていた。これが十二区に住んでいたパリっ子だとは誰にも思えなかった。

彼は、子供を愛するようにアメリカ人を愛することを学んだ。それには、アメリカ人の自己満足、無邪気さ、甘いもの好きや漫画好きを受け入れてやることであり、また、彼らが疲れや苦しみを拒み、それ以上に死を拒もうとするのを受け入れてやればいい。

しかし、彼はアメリカ人が祖国を愛しており、どんな状況でも、祖国に忠実であることも発見した。この市民としての忠誠心が、しばしばアメリカ人に自衛するだけならおこりそうもない勇気を、与えているのだった。

こうした出逢いを通じて、短かい友情が数限りなく得られたけれども、それは孤独に苦しむマルタン・ジャネを助けはしなかった。この孤独への妙薬を求めて朝鮮まで来たのである。彼はサバティエが大好きだった。彼がここへ来た日のサバティエのとりなしには、感謝を忘れたことはない。しかし、サバティエは軍隊教育の臭いが強すぎる男だった。そのために、ニュアンスやこまやかな同情や直感などの世界からは、閉ざされた人間になっていた。

板門店で和平会談が始まっていた。作戦行動は突然停止され、せいぜい多少のパトロール活動にとどまった。

フランス大隊は、この峰や狭い谷や峡谷や狭間《はざま》や湖水や急流がからみあった地形の中で、第二線に位置していた。この地帯は後に《鉄の三角形》とよばれるようになった。それはアメリカ軍の指揮官がこの地を完全に占領することは不可能だということがのみこめた時のことだった。

五月の終わりの気候は暑かった。兵士たちは、ビールやジュースやペプシコーラを飲みながら、丘の上で日を浴びていた。彼らは《戦時義母》宛てに長い手紙を書き、どう猛な戦闘を描写した。《戦時義母》が新聞を開いてみると、朝鮮戦線は休暇のような状態だと書いてあった。彼女らは、決して新聞を信用しなかった。

夜は静かだった。時どき、陣地の鉄条網の前で、鹿が地雷を踏んではねとばされることがあった。すると、緑や白や赤や、さまざまな色の照明弾が空に射ちあげられた。アメリカ軍の砲兵はさっそく、敵もいない丘に何千発という砲弾を送り、森が燃えだして、血のような焔の色が深い闇を色どった。

戦線から十キロさがったフランス大隊の後方基地では、陰うつな明け暮れが続いた。泥はないが、ほこりがひどかった。石油ストーヴはしまいこまれて、フラカス少佐の会食所は、土をならした野天に設けられていた。

マルタン・ジャネは、毎朝八時ごろ、この会食所に朝食をしに行った。ここへ来れば、大隊の幹部にも、新来者にも必らず逢えたからである。彼はいつかは、誰か友だちができるだろうとあてにしていた。きっと敵もできるだろう。

いつものように曇ったある朝、彼がやって来ると、不機嫌なフラカス少佐と従軍司祭とふたりの参謀大尉が、配給のビスケットを、粉ミルクを入れたコーヒーにひたしながら、内証話をささやきあっていた。

彼らは軍医に席をあけてやり、司祭はさっそくいらいらするような金切り声で軍医を味方に引きこもうとした。

「軍医さん、連中のやり方は少しひどすぎます。この大隊をごみ捨て場か感化院みたいに心得ている、そうじゃありませんか？」

マルタン・ジャネには、《連中》というのが、非常に漠然と、フランス政府と他のフランス人全部をさしていることがわかっていた。彼はこの神に仕える男の頑固さはあまり好かなかったので、返事を避けた。しかし従軍司祭は、ますますいきり立ってきた。

「とうとう、ヴェトナムから直接リルルー大尉をこちらに送ってくることになったんですよ！」

「きれいな名前ですね……田舎の土の匂いがする。どういう人物です？」

「ええと……」

フラカスが、荒々しい声で司祭の言葉をさえぎった。彼は、自分の前で従軍司祭がひとりで喋りすぎるのを好まなかった。

「リルルーか？」少佐は吐き出すように言った。「下劣で危険な屑だ。銃殺したほうがいいくらいだ。ヴェトナムでは、勝手にヴェトミンと協約を結んで、自分のゲリラ隊にもう少しでフランス遠征軍を討たせるところだった。フランス将校ともあろうものが。これは証拠があがってる。ところが、あいつは有力者にコネがあったんで、危ないところで干渉があり、ほとぼりをさましに朝鮮送りになったのさ。一、二カ月もすれば、また、パリから電報がくるさ。《リルルー大尉を大隊長に任命、朝鮮におけるフランス大隊の指揮権を与える……》とかね……」

鉄ぶち眼鏡をかけた大尉のひとりが、やせて尖った鼻をつき出した。

「誰がその男を保護してるんです？」

フラカスは家禽のように、ピクピクと顔を動かして様子をうかがったが、別に疑わしいものはいないと見てとった。

「もちろん、社会主義者どもさ！　連中の対ヴェトナム政策を知らないのか？」

マルタン・ジャネは、ビスケットを丸呑みしてしまった。フラカスはこの前の会食の密談の時に、貫禄をつけようとして、自分は朝鮮ではフランス社会党の味方だと言い切ったところだった。もう忘れているのだ。

　フランス軍の将校や兵士は、巨大なアメリカ軍のただ中に孤立し、狭い地面に暮らしているので、フランス大隊を世界の中心のように考え、全フランスの目が自分たちに注がれていると、信じようとする傾向があった……そして本当にそう信じるようになっていた。

　どの政治家も政党も、フランス大隊の情報に耳を貸さずにはいられないのだ。閣議は一日じゅう、有能なドウライユ少佐と、彼の仇敵、あの不吉でいやらしいヴィラセルス少佐との功績を比較して論じあっているのだ。皆がこの嘘八百の共犯になっていた。自分たちにもいい気持ちだったし、面白くもあったからだ。マルタン・ジャネさえも反対しなくなっていた。

　もうひとりの大尉は、つぶれたようなみにくい面構えだった。彼はひどく一方的な調子で物を言うが、そのために貫禄があり良識があるという評判だった。

「このリルルーという男は、たしか、いろいろな冒険をしてきたという話です。軍に再役したのは、かなり最近のはずです」

　フラカスは、両手の拳で机を叩いた。その音で、ボーイがとんできた。彼はそれを利用して、二杯目のコーヒーを注文した。

「リルルーはただの傭兵にすぎん。一番良い金をくれる相手に身を売るんだ。誰が何と言っても、ヴェトミンから金をとっていたにちがいないと私は思う。その前にもユダヤ人、アラビア人の順序に金を貰っていたんだ。きっとロシア人からまでもね」

　マルタン・ジャネは非常に謎めいた気持ちになって、その日の昼食に敵方の会食、つまりヴィラセルス少佐の会食に出かけて、他種の情報を集めようときめた。

　フラカス少佐の会食――通称《大隊会食》では、口汚なく罵ってはグイグイ飲むのが習慣だったが、ヴィラセルス少佐の――通称《観戦武官会食》では、空気は上品なものに近かった。列席者は有名な人物の言葉をひいて喋り、階級制をこえない範囲なら一種のユーモアも認められた。

　ヴィラセルス少佐は、好んでアメリカ将校を食卓に招いたが、階級は中佐以上に限っていた。彼は、国連軍総司令部での二年の勤務で完全になった英語の知識を披露するのが好きだった。フラカス少佐は、反対にアメリカ人など会食によべるかという態度を装っていた。彼はアメリカ人には伝統ある軍隊もないし一般的教養がないと非難していたが、実は、これは英語という裏切者の言葉をまったく話せないことをかくすためだった。

マルタン・ジャネが《観戦武官》のところへやって来ると、その日のニュースを要約したプリントが回覧されているところだった。フランスでは、総理大臣が面目をつぶした。板門店の和平会談は続いているが、何の結論も出ていない。新しい補充隊が間もなくオーヴールの基地を出発して、フランス大隊を補強する。軍医は注意深くプリントを読んだ。彼は顔をあげて、鼻にかかった声で、プリントを編集している見習士官にたずねた。

「ねえ、メゴリ、ニュースはこれだけじゃないだろう。リルルー大尉の着任が書いてない。今朝、《大隊》のほうできいたんだが」

メゴリは例によって、ごまかして切りぬけた。

「まだ公報になってません……もっとも、大尉はもう東京には来ていますが」

ヴィラセルス少佐が、軍医に近よった。

「《大隊》じゃ何と言ってるかね?」

マルタン・ジャネはどうもこのヴィラセルスが気に障ったが、理由ははっきりしなかった。それはきっと、この猫なで声で胸に一物ある質問をするイエズス会士(イエズス会はカトリックの修道会。イエズス会士には「陰謀家」「目的のためには手段を選ばない者」の意味がある)じみたやり方だろう。

「ドウラィユ少佐の話では、このリルルーは危険人物で銃殺物だということですが」

「あのフラカスはいつも大げさだな。型破りの人間は好かんのだ。そういう人間がいるだけで、自分が個人的に責められてるような気がするのだね。たしかにリルルー大尉は、ヴェトナムでは危険な誤りを犯した。多分まだ若すぎた上、ヴェトナムの風俗習慣にも充分通じていなかったからだろう。私はあの国はよく知っているが……」

沈黙。マルタン・ジャネは胸のうちで次の言葉を補った。

《……あのフラカス輩のように、ヴェトナムの土を踏んだこともなく、まるでアジアを知っていない奴とはちがうのだ……》

「……しかし、このリルルーは戦闘では勇敢だったし、ある程度は有益な仕事もしたのだよ。彼が要求しただけの武器と金を与えていれば、藺草平原《いぐさ》（カンボジア国境からサイゴン南西まで広がる、メコン河左岸の広大なデルタ地帯）は平定できたかもしれないんだ……」

ワグネル中尉は、ようやく自分のことを話す機会がきたと見てとって口をはさんだ。

「私もポンシャルディエの部下として、藺草平原で闘かいましたが、あそこはとても守りきれるところじゃありませんでした」

「きいたところでは、リルルー大尉はかなり特殊な手段を用いたというが……」

「非常に特殊ですよ、少佐どの！　彼の腹心だった海賊上がりのグエン・バン・チは、千人以上の部下を連れてヴェトミンに寝返ったんですからね」

「ただし、それはリルルーが指揮権を解除されてからだよ」

「はっきりしたことは誰にもわかりませんよ……」

その時、昼食に招かれたふたりのアメリカ軍将校が入ってきた。ひとりの大佐《チキン》（原註　大佐の徽章の鷲をG・Iはチキンと仇名している）と中佐で、重い鉄かぶとの下で汗をかいていた。前線ははるか彼方なのに、彼らはカービン銃を肩にかけて、ベルトに拳銃をさしていた。

マルタン・ジャネは、さっそく大佐につかまってしまった。この大佐は非常に強い信念があって、フランスの政策に関心をよせていた。彼は最近のフランスの政治危機のことを話しながら、医者《ドク》の意見をきいたが、軍医には何の意見もなく、大きな鼻を悲しげにうごめかして、アメリカ人の嘆息に同調してみせただけだった。

マルタン・ジャネはリルルーの話をする機会を失って、その場はそれきりになった。彼には、負傷兵輸送の問題で片づけることができ、その晩、京城へ出発しなければならなかった。四日後、大隊へ戻って来た時、彼はリルルー大尉が到着はしたが、後方基地では二、三時間すごしただけで、すぐ前線に配属され、第四中隊の指揮をとることになった……という話をきいた。

マルタン・ジャネがやっと前線へ出かけて、この謎に充ちたリルルーを訪れることができたのは、それから三日後のことだった。彼は例によって、忠実な看護夫レオを連れて行った。

レオは、あらゆる美点を使って自分の悪徳を実行している男だった。同性愛者だったが、心づかいのあるきちんとしたやり方だったし、病的な嘘つきだが、その嘘は面白かった。お喋りだが、大隊の噂という噂に通じていた。

　彼は良い従僕らしく、軍医の好みを知っていて、必らず一組の缶ビールを雑のうに入れてもって歩いていた。マルタン・ジャネは、学校をさぼった生徒のように、えっちらおっちら峰から峰へと登った。彼はゆっくりと時間をかけ、しょっちゅう休みながら登るのだった。休んでいる間はビールをがぶ飲みしながら、レオをけしかけてほら話をきいた。

　彼は、朝鮮でもこの地帯が好きだった。深々とした渓谷、うっそうとした巨木、わき出す冷たい水、金色を主調にした豊かな色どりのきらめく土肌。

　マルタン・ジャネは、最後のひとふんばりをして、山峰の頂上にたどりつき、目の前に蒼ずんだ陵線の流れを見た。この流れは満洲まで続くのだ。遠くのほうで一発の砲声がして、谷間に谺《こだま》した。上半身裸のふたりの兵士が、つるはしの柄に鉄条網の巻いたのをひっかけてかつぎながら通りすぎた。安っぽくけばけばしい色の衣裳をまといバスケットシューズをはいた苦力の一隊が、綱で食糧と弾薬の入った箱をひきながら進んできた。苦力たちは軍医とすれちがうと、唇をそらせて黒ずんだ虫歯をむき出した——微笑をしているつもりなのだ——そして煙草をくれとせがんだ。

　マルタン・ジャネは、第四中隊本部への道に向かった。彼が来た時、リルルー大尉はポケットに手をつっこんで木にもたれ、岩に腰掛けたサバティエ大尉に話していた。

　サバティエのいることは、マルタン・ジャネを驚ろかせた。古参兵が、自分の守る高みを下りて新参兵に逢いにくるというのは、この大隊を支配している非常にきびしい礼法の規則とまったく逆だった。

　サバティエは軍医に言った。

「やあ、軍医君、ニュースをきいて来たな？　リルルー大尉を紹介しよう。俺は以前、ヴェトナムで三、四カ月大尉の指揮下に入ったことがある。俺は陸軍士官学校《サン・シール》へ入るなんて最高に馬鹿げたことをやったんじゃないかと思うほうが多いが、一生であの時だけがこれで良かったと思えた時だ」

　マルタン・ジャネはリルルーの手を握って、魅力のある好奇心を見せながら、大尉を観察した。そういう時の彼は、まりを投げてくれるのを待って足をふんばっているコッカー・スパニエル犬のように無邪気だった。

リルルー大尉は二十歳の青年のようにすらりとしたしなやかな身体つきで、力強い顔立ちは日に焼けていた。口元に苦々しく刻まれた二本のしわと、優しい灰色の眼のふちの小じわが、その顔を老けさせていた。

彼は木の幹に肩をよせていたが、なげやりな様子の中にも洗練されたところが見えた。

軍医は、この藺草平原から来た男については別のイメージをもっていた。逞ましく荒々しく、殺し屋らしく、緑青のような眼をしている姿を描いていたのだ。こんな、長生きしすぎた男と、若者と、悲しげな娘とが合成したような人物、人の心を乱す人物を期待はしていなかった。

彼は思わずこの問いを口にしてしまった。

「いったい、おいくつなんです？」

「三十三だよ」

リルルーは微笑んだ。すると、その微笑が顔つきを変えて、若々しく見せた。

《相当の数の娘が、この微笑で参ったにちがいないな》とマルタン・ジャネは思った。

「軍医君」リルルーは言った。「君と知り合えて嬉しいよ。サバティエから、君のことや、君の着任演説の話はきいた。俺なら、軍隊で……つまり、一緒に闘かっている男の集団の中で、来たばかりの男が自己紹介し、その集団に仲間入りした深い理由《わけ》があるということはおおいに良いと思ったろうね。その日の大隊会食に俺が居合わせたら、君の次に立ちあがって、自分なりの信仰告白をやったろうと思うね。《私こと、ピエル・リルルーは神父になる予定だったが、偶然兵士になってしまった。ここにいるのは自分の意に反してである。この戦争は、私の好む型の戦争ではない……》とかね」

彼は急に話を止めて、サバティエがくわえていた象牙のシガレットホルダーをひったくった。

「おぼえているか、サバティエ？　それはドク・フー（原註　ヴェトナムの官吏。フランスの知事にあたる）が俺の机に忘れていった奴だぞ。お前が《大水田》から去る時、俺がやったんだったな」

彼はちょっとの間その品を鑑賞してから、サバティエに返した。

ひとりのボーイが、飯ごうで温めた野戦糧食をもってきた。彼らは一本のウイスキーをグイグイ回し飲みしながら食事した。

マルタン・ジャネは、満足の溜息をもらして葉巻に火をつけた。すぐ近くで携帯機関銃の連射音がひびいて、彼はとびあがった。それはひとりの兵士が空缶に向かって、武器を試し撃ちしただけだった。

リルルーはひとつかみの草で丁寧に飯ごうを拭い、装具をゆるめて仰向けに寝そべり、頭の後ろに手を当てがった。

彼は一羽の鳥が、海面の藻のように気流に押し流されながら飛んでいくのをみつめていた。

「あの鳥はのすりだな」彼は突然言った。「俺の故郷《くに》じゃあの鳥をラピナスってよんでる」

彼は軍医のほうへ向き直った。

「ねえ、軍医君、君を見てると、とても昔、俺と親しかった《流れ者》のことを思い出すよ。流れ者といっても、一種のジプシーでね。鍋釜の修理をやっていて、故《く》郷《に》の者は《お釜ぼう》とよんでいた。本名はオーレリオといったが、自分ではマニュエルと呼ばれるほうが好きだった。誰にでも、自分のことを打ち明けたくなるような気分にさせる男でね……ちょっと君に似ているよ。しかし、俺は彼のおかげでひどい厄介事に巻きこまれたよ。スペイン内乱のころだがね」

「スペイン内乱に参加したんですか？」

「俺は十七だった。ある戦闘に参加したきりさ。共和国軍のエーブル河の渡河作戦だ。俺はほとんど何も見ていない。ワーテルローのファブリス・デル・ドンゴ（スタンダール著「パルムの僧院」の主人公）みたいなものさ」

「私は」マルタン・ジャネは言った。「スペイン内乱のことを書いた本はほとんど全部読みましたよ。あれが、ロマンティックな戦争の最後でした」

サバティエは、自分の陣地に戻らなければならなくなった。陣地は第四中隊から歩いて三時間のところにあった。日が落ちるやいなや、中国兵は小グループに分かれて谷に侵入し、高地の敵を急襲できるように網をはっていた。デミトリエフ中尉がリルルーを探しに来て、「峰の敵側の斜面に布いた鉄条網と地雷原を見てくれ」と言った。

マルタン・ジャネはひとり取り残された。彼はしばらくの間、レオが、チョコレートや煙草で小さなボーイを手なずけようとする手管を見物して面白がっていた。それから、看護夫をよび、ビールの缶をあけさせてから、谷の底で待っているジープへと向かった。

ひと休みしている時、彼はレオにたずねた。

「リルルー大尉をどう思う?」

「私しゃ好きませんね……サバティエより質《たち》が悪そうだし、怖い人ですよ。(ここで、怖そうな溜息をちょっとしてみせて)。下で、皆があの人のことをなんて言ってると思いますか?」

レオはこの返事が軍医の気に入らないのを見てとって、さっそく話題を変えた。

「皆さんの食事の給仕をしていた朝鮮人のボーイは、とてもかよわくて品がありましたね。気がつかれましたか? こんな山峰の陣地で乱暴な男たちから犬のようにあしらわれているくらいなら、医療班へ移してやるほうがずっといいでしょうね……」

「チッチチッチ……レオ、お前の下心はわかってるぞ」

「でも、先生……」

「俺は、どうしてナブロが医療班勤務から酒保係へ移されたのかどうもよくわからなかったよ。いずれちゃんと事情を説明してもらうことにするからな……」

レオの整った顔には、軽い赤みがさした。この医者の奴は何でも知っている。色事の取引まで通じているのだ。レオはナブロに倦きてきたので、酒保係曹長の寵童だった中国と朝鮮の混血児と交換したのである。その混血児は油のように金色に光る肌をしていた。この交換に彼が支払ったのは、煙草十箱、コニャック五本と五十ドルだった。

「レオ、お前も俺が《流れ者》に似てると思うかい?」

「先生、私は……」

「それより、金持のでぶ男に似てると思ってるんだろう? 下腹も出てきたし、頭もほとんど禿げてるからな……お前のリルルー大尉の見方は片手落ちすぎるぞ。彼はスタンダールを読んだ男だ。さあ、行こうか……」

リルルーはデミトリエフと一緒に下へ降りて、鉄条網と地雷原を見た。地雷原は、陣地の前方百メートルにわたる灌木の茂みの多い斜面に広がっていた。上半身裸の十人ほどの兵士が最後の杭を打ちこんだり、地雷や照明地雷を埋めたりしていた。彼らはふざけあったり、自分たちの労力を大げさに見せたりしていた。

デミトリエフは、英国国教会の牧師のようにおだやかで落ち着いた顔つきだった。動作もぎすぎすしたところがなく、弁舌が巧みだった。服装には非の打ちどころがなかった。この男は、《ついてない奴》の型に分類されていた。彼は戦後、再就学して文学士の課程を修了しようとしたのだった。しかし、どうしても、あと一科目がとれなくて終わってしまった。五年間、彼はアフリカ、イタリア、フランス、ドイツの戦場という戦場で闘かい、バブ・エル・ウエド小路(アルジェーの貧民街)の《小競り合い》ではモロッコ山岳兵からやくざ者の集団まで、あらゆる人間を指揮してきたが、皆、彼のおだやかさが危険なことを知って怖がっていた。転属して行く先々の連隊で、彼の拳固は名高かった。ところが、アンリ四世高校に復職してからは、彼ほど生徒にからかわれた自習監督はなかった。それでも彼は幾多の戦傷と戦歴のおかげで、主任生徒監になれる可能性はあった。もっとも、十年はかかっただろう。

彼は沈む船から逃げ出すように、朝鮮行きの大隊を志願した。今度は軍隊に腰をすえるふうだった。彼にはひとつ前の職業から受けついだ奇癖があった。昔、生徒にやったように、部下の兵士に点をつけるのである。兵士たちは、非常に面白がっていた。

リルルーは、三銃士風に端を巻きあげた口ひげを生やして肩で風を切っているひとりの堂々たる若者をさした。

「あれは何点ぐらいかな?」

「十点満点の三点です。劣等ですね。名前はデュランと称していますが、人に知られたくない名前があるにちがいありません。逆に、そばにいる坊主頭の浅黒い男、汚ならしくてボロ服を着てますが、アゴスティニィという中隊でも最優秀兵のひとりです。勇敢で誠実で、軍規を守ります。七点、いや八点やれますね」

リルルーは、デミトリエフ中尉の迎え方が気に入っていた。中尉は、彼の着任第一夜にこう言い切ったのである。

「私は、あなたが来るまでこの中隊を指揮していました。私はこの中隊が好きでした。今度はあなたの指揮下に入ることになります。ですから、あなたの過去についてとやかく言うべきではないと思います」

　外人部隊勤務二十年の経歴をもつロジエ准尉は、あっさりと「大尉どの、よろしく願います」と言っただけだった。しかし、コエトキダン（一九四〇年までサン・シールにあった陸軍士官学校は、大戦後コエトキダンに移って再開した）を出たてのホヤホヤだったミノ少尉は、リルルーがさし出した手を握る時、わざとためらってみせた。もうひとりの少尉ロベールは、肝臓病で唇が薄く、鼻の反った男だったが、こうきいたものである。

「大尉どの、ヴェトナムの様子はどうです?」

　リルルーは、陣地の西側面にあたる小さな岩棚に上がって、宵闇の充ちてくる様子をみつめた。闇は大量のインキが流れるように、渓谷から渓谷へとさかのぼってきてふくれあがり、中隊の守っている山陵のまわりで、音もなくわき返っているようだった。

　ひとりの兵士が《パリのお嬢さん》のリフレインの数節を歌った……左翼で迫撃砲弾が三発爆発した。射程修正用の射撃である。夜と共に沈黙がやってきた。そして宵の星が輝きだすころには、何の音もきこえなくなった。ひとりの歩哨が肩から銃を吊して防塞のそばにじっと立っていたが、その姿は、空の奥の紫色を背景にすると、ますます黒々と浮き出していた。

《ヴェトナムの夜は》リルルーは思った。《朝鮮の夜ほど明るくも涼しくもなかった。ヴェトナムの夜は、沼地や糖分のある植物の重く暑苦しい匂いを運んできた。荒々しい生命力でわき返っていて静かなことなどないのだ》

　デミトリエフが彼と一緒になった。

「今夜は静かかな?」とリルルーはたずねた。

「そうは思えませんね、大尉どの。今、連絡がありました。韓国軍がアメリカ軍の連隊と交代して、我々の左翼を守っています。韓国軍は装備も悪いし、指揮も行き届いていません。特に指揮はなっていませんね。中国軍は情報に通じていますから、必らず韓国軍の戦線へ一撃くらわせようとするにちがいありません。韓国軍が潰走すると、我々の陣地は敵にさらされてしまいます」

「こういう場合のやり方は?」

「歩哨を二倍にして、一時間ごとに交代させます。本当に危なくなってきたら、総員の半数は戦闘配置につけて、残りの半数は装具をつけたまま眠らせます」

「僕には、この戦争の様子はまるでわかっていない。君は一年近く従事しているんだ。いいようにやって下さい」

間もなく、第二の歩哨の影が最初の歩哨のそばに浮かんできた。

「弾薬は？」とリルルーはきいた。

「ふつう支給される分の五倍もあります。我々の前にこの陵線を守っていたアメリカ軍の黒人兵が、自分たちの弾薬をそっくり置いて行ったんです」

「親切気からかな？」

「いや、ただの無精ですよ」

ふたりの将校は、丸太づくりの防塞に戻った。防塞は新しい土と樹脂の匂いがした。不吉な冗談の好きなデミトリエフは、この匂いを、墓と棺桶の匂いさ……と言っていた。天幕の布で入口をふさいであるおかげで、少しぐらいの火をおこしても敵の迫撃砲の弾着修正目標にはされないで済んだ。

節穴だらけの板でできたふたつの寝床を、ひとつの木箱がへだてていた。木箱には電話と空缶に立てたローソクがのせてあった。

彼らは装具をゆるめ、拳銃とカービン銃を調べ、それから着衣のまま煙草を吸いはじめた。

デミトリエフがおだやかな声で口をきった。

「思い出ぐるみ穴の中にとじこめられるのは、不愉快なことも多いですね。ねずみだらけの独房の中の囚人みたいなものです。そのねずみは、赤い眼をして臭い匂いをさせながら、こっちの身体をかじりに来るんです……僕の場合のねずみにあたるのは、ブロンドの髪で、眼を輝かせ、膝をすりむいた少年たちです。それは、僕をからかい、苦しめた生徒たちの思い出です。僕はどうしても、あの子供たちから尊敬してもらえず、彼らの打ち明け話の相手にもなれませんでした……きっと僕のやり方がぎこちなかったんでしょう……僕が彼らを愛してたのがいけないんでしょうね」

「僕のねずみは……」とリルルーは言いかけた。

それから彼は口をつぐんだ。

「僕は」デミトリエフが続けた。「漬物樽と酢漬けキャベツの匂いの中で育ちました。両親がロシア革命でパリに亡命してきて、ロシア食料品屋をやっていたんです。

場所は、モーフエタール街とパンテオン広場の間のデカルト街でした。冬になると、店の奥の部屋には、模様を浮き彫りにした銅製の古いサモワールがチンチンいっていました。父は長いことかかって、この薬缶のつや出しをしたものです。すると薬缶は、香壺のようにおだやかな輝きを見せました。

父には多勢の友だちがありました。皆、父のように、露帝《ツァー》の軍隊の将校でした。夜、店の鎧戸を閉めると、父の友だちが来て店はいっぱいになりました。酢漬けのきゅうりやにしんやアンチョビを木の小樽からつまんで頬ばりながら、ソビエト体制の転覆を謀るんです。皆、祖国へ帰る日のことを口にしましたが、あまり自信もなく、それほど願ってもいませんでした。彼らはもう、タクシーの運転手やキャバレーの楽師や映画の美術係の生活に馴れきっていたんです。お互いに芝居をしあっていたわけですが、それもウオッカをあおる時のような善意から出たお芝居でした。だから、神聖ロシアの話になると、声まで熱っぽく重々しくなるんです。僕はそれをきくと、幸福で涙が出そうでした。亡命の白系露人は、たいてい気分屋で空想家です。フランスで生まれた二世たちまで、両親に似たところがあるんです。白系露人には、自分たちの不幸を楽しんでいるところがあります。自分たちをかじりにくる思い出というねずみを追い払おうとはしないんです。逆に頭をなでてやるのですよ。おやすみなさい、大尉どの。僕はそろそろねずみたちの頭をなでに行きます」

「この僕は神父にさせられるところだったんだぜ」と大尉はささやいた。

しかし、デミトリエフは、間仕切りの土壁のほうへ向き直って、もう眠りにおちていた。

# 赤　狐――フランス

「お前は坊主になりな」

老リルルーは、半ば仰向きにタモ材の安楽椅子によりかかって、両脚を拡げ、暖炉の火で股をあぶっていた。すすで黒ずんだ大鍋が火の上にかけてあった。鍋からはじゃがいもと肉の煮える時の匂い、気の抜けたちょっと胸にくるような匂いが立ちのぼっていた。

ピエルは、父親の前に立って、手のやり場に困っていた。彼は重い木靴の中でつま先をモゾモゾ動かしていた。

外では春が冬と格闘していたが、まだ勝利を占めるところまできていなかった。低い石壁や道の端には、色の変わった雪が残っていた。

老人は煙草入れを出して、唾でたっぷり巻紙を濡らしてから煙草を巻き、端をねじった。そしてピンセットでおき火をつまみ上げて火をつけた。彼は話を続けた。

「お前は坊主になりな。もう十四歳だぞ。これ以上学校の月謝は払ってやれねえ。家畜は売れねえし、お前の次に五人も餓児がいやがる。この分じゃ、デル・リウの畠地を売りに出さなくちゃならねえだろう。先生たちの話じゃお前は頭が良いそうだ。お前ぐらいの年には、勉強がしたいもんだ。レ・フォンの主任司祭をしているあの伯父さんな、あのけちん坊は、坊主になるという約束で、神学校の月謝なら払ってくれると言ってる。月に十フランの小遣いもくれるそうだぜ。

お前はいい百姓にはなれっこねえ。辛抱も足りねえし、望みばかり多くて、くよくよ考えてばかりいやがる。このままこの農場にいる気なら、うんときつく働かなけりゃだめだ。もうそのへんをぶらぶらしたり、学校をさぼったり、密漁をやったりしては暮らせねえぞ。手を見せてみな」

ピエルは手をさし出した。老人は、何度も彼の手をあらためた。

「お前の手足はがっちりしてねえな。こりゃ坊主向きの手だ。さあ、どうする？」

　虹鱒は、酸素で酔っ払って産卵しに浅瀬へ押しよせてくる。柳の枝で編んだやなを沈めておくだけでいくらでもとれる。ピエルは二十もやなをつくって、夜の間に川に沈めてくるつもりだった。彼は早く解放されて川へ出かけたかったし、こんなお説教にはうんざりしていたので承知をすることにした。

「いいよ、俺は坊主にならあ……」

　彼は、一瞬、ほかに何か言うことはないかと智恵をしぼってみたが、何も言うことがないので戸をピシャリと閉めて出て行った。

　父親が後ろからどなった。

「虹鱒をつかまえたら、そっくり宿屋へ売っちまうんじゃねえぞ……二匹や三匹は家へもって帰れ、この糞坊主め！」

　老人は太い指で紙を破かないように気をつけながら、次の煙草を巻きはじめた。

　彼は、肩の筋肉をちぢめてはゆるめた。一九一四年から一八年の戦争に従軍した時の、背のうと雑のうの重さをやわらげるための仕草がくせになっているのだった。今、彼はある心配ごと、ある懸念から逃れようとしてこの仕草をしたのである。それは、もしピエルが坊主向きでなかったらどうする？　という懸念だった。彼はこの懸念を追い払って、いいほうを考えることにした。このロゼール地方にリルルーという名の神父が出るのだ。リルルー神父！　リルルー主任司祭！　彼は大声で「リルルー主任司祭」と繰り返してみたりまでした。結局のところ、神父になるのも、駐在憲兵になるのと比べても悪くない道だ。それに憲兵ほど身体を使わない。彼は女房をよんだ。女房は色の浅黒い女で、年じゅう金蠅のように忙しく動いていた。

「ブドー酒をもってきな。ピエルは坊主になる。やると言ったぜ」

　老婆は、嬉しそうに口の中で何か言った。母親にとって、息子が教会の一員となるのは鼻の高いことだった。教会へ行っても気づまりでなくなる。息子がシュルプリ（神父の着る短かい白衣）を着て聖歌隊の中に立ち、先頭切ってドミヌス・ボビスクム（ラテン語の祈り。歌うこともできる。「汝の主たる者よ」の意）を歌う姿を観賞できるのだ。

　彼女はコーヒーを買ってくるという口実で、村へ下りて行き、小石だらけの悪路を三キロも歩いて、食料品屋のマルグリートに、息子が聖職に召し出された（カトリックでは、聖職を選ぶことを「神の召し出しがある」と表現する）と告げに行った。

ピエル・リルルーは十六歳になった。

小神学校の寒い暗い建物では、一時間が一日に感じられた。しかし、日々は上等の羊毛のように、単調でもほつれがないままに流れていった。

朝のミサと夕方の祈りにはさまれて、ラテン語、ギリシア語、歴史、フランス語の授業があった。教室はかびと混凝紙の匂いがした。食堂は、どこの食堂もそうだが、油とすえたキャベツの匂いだった。

自分の召命が宣言されて以来、ピエルはそれをはっきりした既成事実として受け入れ、別に気にもかけなかった。教師たちは、彼は利発な生徒で、大学入学資格試験までやらせる値打があると踏んでいた。それから神父になればすぐれた神父になれるだろう。彼には何の問題もないからだ。彼は敏活で健康で頑丈だった。プラスマン司教が神学校を訪問した時、司教はふたりの副司教に注目させるのを忘れなかった。

「あの立派な樹みたいな若いのを見てごらん！　神学校にゃがに股やびっこや顔のねじれたような奴ばかり集まるとは言わさんぞ！」

副司教のひとりはがに股で、もうひとりは顔が歪んでいた。

七月になって、ピエルは休暇でセヴェンヌ山脈の山々に再会し、羊歯《しだ》の多い曠野にびっしりと茂っているたちじゃこうやまんねん草やりんどうの匂いを嗅いだ。彼は両親が干し草をとり入れるのを手伝った。乾いた草の匂いを思いきり吸いこむと、喉をさされるようで渇きをおぼえる。彼はベジエから送られてくるほとんど黒色に近い濃いブドー酒を飲んだ。彼はその酒を大きくひと飲みすると、少し酔ったような、少し気が変になったような感じとともに、幸福な気分になった。

彼はシャツにべとつく汗の匂いと、強い日差しに押しつぶされたような、苦労しながら坂を上がって行く荷車のきしりを愛した。

最後の荷車が荷を納屋にあけ終わると、父親は彼に自由行動を許した。朝のミサに侍者をつとめる（カトリックのミサでは司祭に対して一名または数名の男子がかしずいて、聖祭を手伝うことになっている。習慣として年少者が多い）以外の義務は課されなかった。村の者は、今から彼を《小坊主》とよんでいた。昔、一緒に遊んだり喧嘩したりした同じ年頃の若者たちは、そろそろ娘に興味をもってきて彼を敬遠した。これは少し彼をいらだたせた。

彼は次第に、教会へ行く時以外に村へ下りるのを避けるようになった。そして、一日じゅう川のほとりで裸足になり、ズボンをまくり上げ、ボロのシャツをひっかけた姿ですごした。彼は、虹鱒は手づかみにし、えびは束ねた小枝でつかまえた。魚が下に《ずらかっていそうな》石は全部知りつくし、流れや《深い瀬》、川の曲り角で暗く神秘的な色の水をたたえている淀みも皆なじみになった。

ピエルは十七歳になった時、突如として激しく官能がせきあげるのを感じた。そして春の間じゅう暗い物思いにふけった。幸い、彼の聴罪司祭（カトリックでは一定の神父を選んで罪を告白する習慣がある。これを聴罪司祭という）は歴史の先生で、植民地軍歩兵隊将校上がりのピュルドー神父だった。ピュルドー大尉は軍職を去り、自分でもまだわけのわからない発作めいたものにおそわれて司祭になったのだった。彼は十年も世間を渡り歩いたおかげで、今なお一種の良識をもち、現実の人間というものを知っていた。

「僕は苦しいんです」とピエルは彼に告白した。

「お前も十七歳になったというだけだよ。健康でがっちりした身体をしている。冷たい水を浴びて運動をしなさい。できるだけ自分の身体をいじらないようにしろよ、わかるな？……よし！　また、そんなことがあってもくよくよしちゃいかんぜ……何よりも苦しんだりはしないことが肝心だ」

彼は頬ひげの中からうなるように――彼は宣教師風が好きで頬ひげを生やしていた――ピエルにきかせるためのひとりごとを言った。

「いくら何でも、こいつに女郎屋へ行け、と言ってやるわけにもいかんからな！」

ピエルはたいした苦労もなく、大学入学資格試験の前半に合格し、リベーヌ村に休暇をすごしに帰ってきた。ピュルドー神父に言わせれば、これが《平服》の最後の休暇だった。翌年には、正規の神学生として黒い長衣を着るのだ。

七月のある日の気持ちのいい午後、時どきそよ風があたりにこもった暑さの中を吹きぬけていく時刻だった。川辺をぶらついていたピエルは、一匹の虹鱒をみつけた。魚は石から石へ逃げるように走った。彼はズボンとシャツをぬいで裸になった。

彼の脚は長すぎるくらいで、すねがほっそりしており、明るい肌色はところどころ日に焼けていた。裸で岩かげをのぞいている姿は、女の子のように華奢で無力にみえた。

虹鱒は、流れの中ほどの平たい大きな岩の下に姿をかくした。ピエルはひと足水に踏みこんで、冷たさに顔をしかめたが、川底の丸いみかげ石に足をすべらしながら進んで行った。岩に近よると彼は両腕で岩を抱き、まわりを計るようにして行って、鱒の尾にさわった。それから身体をねじ曲げると、魚のすべすべとした冷たい身体をもちあげていった。彼はその間じゅう、低い声で愛撫するように罵っていた。

「このあばずればばあめ……売女《ばいた》め、そら!」

最後の努力で彼は魚の耳にあたるところをつかみ、口に親指を押しこむのに成功した。魚は激しく尾で叩いたが、もう遅かった。鱒はつかまったのだ。彼はゆっくり魚を岩からひきはがし、激しく伸びちぢみしながらバタバタしたり身をくねらしたりしている魚をもちあげた。魚の頭は黒く、下腹に赤い斑点があり、四十センチ以上の大きさだった。

川岸で手を叩き足を踏みならす音がきこえた。振りかえると《流れ者》の娘のリナがいた。彼女はたずねた。

「それ、あたしにおくれよ、ね?」

彼は、あまりの図々しさに息が詰まりそうになった。

「やるもんか! 君は頭へきてるんじゃないか?」

「じゃあ、あたし、あちこちで《小坊主》が真っ裸になって川で密漁してたって言いふらしてやるからね。憲兵にもわかるし、神父さんにも知れるよ……」

彼はよろけながら川岸へたどりついた。リナは後ずさりしはじめた。

彼女は小首をかしげて、彼の姿を眺めまわした。彼は両手を拡げて前をかくしていたが、親指にかじりついていた虹鱒が股の間にぶら下がっていた。この滑稽で馬鹿みたいな姿では、どうやって格好をつけたものかわからない。

リナは両手を握って腰に当て、ふんぞり返って笑いだした。それから急にまじめになった。

「あんた、どうして坊主になんかなるのさ？」

「それは……それは……」

彼はかっと腹が立ってきて鱒を草むらに投げこみ、娘の後を追っかけて走り出した。彼はえにしだや柳の小枝にさされるのを感じなかった。こうして敏捷に動きまわり、山羊のように岩の間をとんだり跳ねたりしていると、突然、彼の身体はしびれてきて、手も足もろくに動かせなくなってきた。彼のまわりの空気は重くなり、神学校の共同寝室で何度もみた夢のように、ぼんやりと霞がかって見えた。

そういう夢はいつも同じ形であらわれた。彼は、男とも女とも獣ともつかない不分明な形をしたものを追っているのだった。この追跡はつらく苦しく息が切れた。ようやく最後の苦しい力をふりしぼり、疲れを振りきって相手にとびかかった時、目がさめるのだった。動悸が激しく、気分が悪く、ゆううつで下腹が濡れていた。

今、彼があやって夜の眠りの闇に追っていたものは、女であり娘であることが理解された。きっと、このリナだったのだ。

彼は立ちどまり、川や岩のほうへ戻りたかった。しかし、彼はよろめきながらぎこちなく走り続けた。リナのほうが足をゆるめて、わざと追いつかれるようにした。彼はリナの腰に抱きつきながら彼女の上に倒れた。彼は長い間、苔の上に横になったまま顔を自分の肩にかくして静かにおののいていた。彼女は彼が寒いのだと思った。

「着物もってきてあげようか？」

非常に低い声で彼は答えた。

「要らない、ここにいてくれ」

「何故さ？」

「わからない……」

リナは両腕を彼の身体に回して、自分の身体にひきよせ抱きしめた。ピエルは泣きたくなったが、それが嬉しいためか悲しいためかよくわからなかった。彼は娘の肩のくぼみに顔を埋めながら、娘の汗の鼻をさすようでしかも甘ずっぱい匂いを吸いこんだ。娘の乳房が自分の肌にふれながらふくらみ、硬くなるのが感じられた。彼は突如として、女の身体に息づいている不思議な生命を見出したのだ。

リナはもぎはなすようにピエルから身体を離し、ぴょんと立ちあがると川のほうへ走って行って、虹鱒と彼の着物をもってきた。

「着物を着なよ」彼女は言った。「あたしの家へおいで。この魚を料理して食べさせてあげるから……ひとりで皆食べてもいいわ」

ピエルがシャツをひっかぶって腕を通しながら、案山子のように袖にひっかかっている時、彼女は近づいてきて彼に接吻した。しかし彼は唇をそらせた。リナの濡れてふくらんだ唇は、彼の頬に押しつけられた。

彼女は手に虹鱒をぶら下げ、腰のまわりに赤い服をひるがえしながら先に立った。彼女は奇妙な節の小唄を口ずさんでいた。ピエルの知らない音楽だったが、ハーモニーにはなじみがあった。音楽は、娘の腰のまわりの服の踊りと均衡のとれた歩調のリズムに合っていた。

「何を歌ってるんだい?」

「故郷《くに》の小唄よ」

「君にゃ故郷《くに》なんかない。《流れ者》じゃないか」

「これはスペインの歌よ。スペインがあたしの故郷《くに》だよ！　あたしの本当の名はリナじゃないの。マリア・デ・ロス・アンヘレスっていうんだって。あんたは、ピエルっていうんだね……あたしはこの間、あんたの妹のポーレットにあったわ。あのやせっぽち、胸に干し草を入れてふくらませようとしてたよ。それを教えてやったのはあたしだけどさ。あたしを見ると鼻高々で、兄貴のピエルが大学入学何とか試験に受かったって言ったよ、いったい何のことさ?」

「難かしい試験のことだ」

「へえ！　坊さんの試験かい?」

「ちがう、何にでも利き目がある」

彼らは、リナが父親の《お釜ぼう》と住んでいる掘立小屋へ着いた。節穴だらけの板でつくった粗悪な建物で、川のほうへ傾《かし》いでいた。彼はたずねてみた。

「親父さんがいたら、何と言うと思う?」

「何も言わないで、あんたと一緒に魚を食べるよ。でも今はいないのよ。そのうちに帰ってくるよ……」

彼がまだ家に入るのをためらっていると、一匹のむく毛の大きな犬が出てきて彼の脚に身体をすりつけた。リナはもう食卓とかまどの間を動いていた。彼は安心して、木のベンチに腰を下ろした。

《お釜ぼう》が娘と一緒に、この見捨てられた小屋に住みついたのは五年前のことだった。彼は人の持ち物に手を出さず、鶏を盗まず、こわれた食器を修繕したり、古鍋の底を溶接したり、椅子のつめものをしたりして人の役に立った。そればかりか日雇い仕事も引き受けてよく働いたので、村の者は、この流れ者は珍らしく質《たち》の良い流れ者だときめこんで、彼がいてもかまわないことにしたのである。

《お釜ぼう》は密漁はしたが、川は誰の持ち物でもなかった。それに、彼はとれた魚をとても安い値で売った。ひとりきりの時は、飼っている犬や山羊に、自分の故郷《くに》の言葉で話しかけた。ちょっと変り者だということは認められたが、それも行方定めぬ旅烏では無理もないということになった。

娘は十五歳になるまでは、やせてバッタのように脚が長く、色の黒いみにくい女の子にすぎなかった。彼女は四つ辻に立った十字架の後ろにかくれて、通行人を眺めていた。ある年の春がすぎると、彼女はきれいな娘っ子に変わっていた。彼女は、額がはって丈夫そうな歯をしていた。小さくて硬い乳房が、安物のスエーターの下からつき出していた。こういう魅力にくわえて、彼女は他所の国の娘だった。そのため、彼女はこのへんの部落の男の情慾をそそった。

ある男たちは、溝のふちに彼女を押し倒して力づくでものにしようとした。他の者は金をやったり、ドレスを買ってやる約束をした。しかし、誰ひとり成功した者はなかった。そのため、彼女は父親と寝ているのだとか、それが《流れ者》のしきたりだとかいう噂が流れた。

春になって、彼女はひとりの行商人の後を追って村を出て、二カ月その男と同棲した。しかし、その男のさすらいは偽物で、男は阿呆にすぎないとさとってから戻ってきた。男は、町に店を出して家をもつことばかり考えていたのだ。

リナは《小坊主》に興味をもったが、それはおそらく彼の暮らしぶりがリベーヌ村のほかの若者とはちがっていたからである。彼はいつもひとりで川岸を歩いたり、森を駆けまわったりしていた。村にも祭りにも、顔を出すことがなかった。彼女は、自分ひとりが拵らえた《赤狐》という仇名を彼につけた。彼が、この動物のようにつかまえにくく、悪がしこく、荒々しいように思えたからである。

今、《赤狐》は、彼女の腰をゆすぶる姿にとらえられてしまっている。しかし、彼女はこの狐を脅かさないように充分に気を配っていた。

彼女は手垢で黒ずんだ分厚い木製の食卓にふたり分の皿やグラスやブドー酒の一リットル瓶を並べて、黒バターで焼いた虹鱒を彼にすすめた。彼女はライ麦のパンのかたまりをつかんで大きく一片を切りとり、立ったまま、ピエルが食べはじめるのを待っていた。

彼はふり向いて、食物を頬ばりながら彼女にたずねた。

「何だって腰掛けようとしないんだい?」

「あたしの種族じゃ、これが掟なのさ。女は亭主が食べだすまで待たなくちゃいけないのよ、そうすれば亭主が一番おいしいところを食べられるから」

「僕は君の亭主じゃない。神父になるはずだってことは知ってるじゃないか」

彼女は返事をしたくないので、鼻唄を歌いだした。

にんにくやパセリやういきょうで風味をつけた虹鱒は、おいしかった。ピエルは一人前の男としてこの不思議な娘にかしずかれ、ナイフを手に食卓に向かっていることに幸福を感じた。この少女は、おとなしく彼の言いつけに服従するかと思うと横柄になり、いかにも若い娘らしかった。

「あんた、明日もくる?」

「わからない」

彼女は非常に低い声でつぶやいた。

「あたしにはわかってるよ……赤い狐さん、あんたはあたしに飼いならされたのよ……」

ピエルが家に戻ってきた時には、一家は皆、食卓についていた。父親は、鼻を皿につっこむようにして騒々しい音をたててスープを吸いこんでいた。そのそばには、荷車の修繕を手伝いにきたトワヌがいた。それから、子供たちの一団がてんでばらばらに坐り、こっそりつねりあったり、蹴りあったり、パンの切れ端を取りあったりしていた。

ピエルは、妹のポーレットのそばへすべりこんだ。母親がスープの皿をもってきてくれた。

「ううん、僕は要らないんだ」

「お前の年頃には食べなくちゃだめだよ」

リルルー爺さんは顔をあげた。

「ほっといてやれ！　マリー！」

彼はしげしげと息子を眺めた。

「おい、ピエル、お前変な顔をしてるぞ！　それ、ブドー酒を一杯やってみな。ちったあ気分がいいか？」

「よくなったよ……」

「お前、憲兵に追っかけられたんじゃねえだろうな？　奴らは今日の昼すぎに、川っぷちのほうを見回りに行ったぜ」

　トワヌは、手の甲で口ひげを拭ってから、いかにも物知りらしく言い切った。

「憲兵は、密漁をやってる連中にゃ、うんと手きびしくやれって、命令を受けてるってよ。伍長が俺にそう言ったんだ。お前もちったあ気をつけたほうがよかろうぜ。魚を手づかみにしたり、網を引き上げようとしてるところをとっつかまるのは、坊主としちゃあちょいと下手《まず》いことになるからよ」

　リルルー爺さんは、安楽椅子の中でふんぞり返った。

「こいつが憲兵なんかにつかまるもんかよ。伍長のヴィナッスは腹がつき出てろくに走れやしねえ。十歩あるくごとに、機関車そこのけにふうふう言ってやがるんだ」

　ピエルは席を立って寝に行った。ポーレットのそばを通りながら、彼は妹の平たい胸に気がついた。本当にこの胸はふくらむ様子がない。

　リナの胸はまったくちがう。

　彼は顔が赤らむのを感じた。小教区（一教会とその管轄地域を小教区とよぶ。教区は小教区の集合で、ふつう司教が管理する）の主任司祭に告白せねばなるまい。幸い、この主任司祭は耳が遠かった。食料品屋のマルグリートは、どんなふうにやってのけるかを語ってきかせるのが常だった。

「だからさ、あたしゃ神父さんのほうへというよりゃ神父さんに見えるもののほうへかがみこんだのさ。告白場の格子（告白をする告白場は神父と信者との間に仕切りがあるのが原則）ごしに、神父さんの嗅ぎ煙草でまっ黒な鼻が前へつき出てるのが見えたからね。あたしゃ、ペチャクチャ、ペチャクチャと言ってやったのさ。それで済んじまったんだよ！　今度は、鼻が上向いたり下向いたりするのが見えたよ。あれが祝福（告白した信者に、許しと祝福を与える）だったのさ」

　ピエルは肚をきめた。《俺はもうリナに逢うのはよそう》。それから彼は身体を丸くして眠りについた。

その翌日、彼は埋葬式の侍者をつとめねばならなかった。彼は黒衣の上に白いシュルプリを着て、二度もリベーヌ村を横切った。一度は死体のあるところへ行き、二度目は死体を墓地へ移すためだった。

村じゅうの者は、二、三人の組に分かれて霊柩車の後をついて来ながら、牛乳の値段や日照りのことを論じあっていた。しかし、誰ひとりこれから埋めに行く小さな老婆のか細い死体のことなど気にかけていなかった。この老婆は必要以上に長生きしすぎた。面白半分のように生命を引きのばしたのだ。

神父はピエルの後ろへかがみこんで、旧約聖書の詩篇の一節を唱える合い間に、もぐもぐとささやいた。

「なあ、若い衆、考えてもみなさい……わしゃこの婆さんに六回も終油（臨終に主のもとへ行く準備として授けることになっている秘蹟のこと）を授けたんじゃよ。とうとう、わしも婆さんにきいてやりたくなってきたよ。《なあ、ジュリー、今度は本物だろうな?》ってな。婆さんは何も言わんで、二十日ねずみみたいな眼でわしを眺めるきりじゃったがな。おや、流れ者の娘が来たぞ！　イン・パラディスム・デデュカント・テ・アンジェリ・イン・トゥオ・アドヴェンチュ・シュシピシアント・テ・マルティレス……ありゃ、ちと信仰は怪しいがな。しかし、何ともはや、きれいな娘だのう……男どもは皆、あの娘の尻を追っかけとる……エト・ペルデュカント・イン・チビタテム・サンクタム・イェルサレム……」

ピエルは、籔のようにもしゃもしゃの髪をしたリナに気がついていた。だが、彼の前にひとりの聖歌隊の子供がダブダブの黒衣に悩まされながらのんしゃらんとささげている十字架をみつめているふりをしていた。彼は足がふるえ、顔が赤らむのを感じた。いっぽう、身体の中から熱気がこみ上げてきて、歌の調子が狂った。

「コルス・アンジェロルム・テ・シュシピアット……」

聖歌隊の子は小石にけつまずき、十字架を落として、べったり地面に腹這いになった。神父はふたつ三つ平手打ちをくらわせて、子供をひきずり起こした。会葬者はいっせいに吹き出した。一陣の風が山からふき下りてきて、健康な生命の匂いで行列をひたした。ピエルは、告白は明日のことにして、今日の午後はリナに逢いに行こう、そして……彼女と話をしようと肚をきめた。

「リベラ・メ・ドミネ・デ・モルテ・エテルナ・イン・デイ・イリア・トレメンダ・クアンド・コエリ・モヴェンデイ・サント・エト・テラ……」

《お釜ぼう》の掘立小屋は、川辺で昼寝している老人のような様子だった。あけっぱなしの扉が口にあたり、鎧戸のしまったふたつの窓は閉じた眼のようである。

ピエルは入って行って、腰掛けに坐ってパイプをふかしている《お釜ぼう》に気がついた。彼は出て行こうとしたが、流れ者は重々しい声で彼を呼び戻した。

「入ってきたらいいじゃねえか！　あの娘は留守だけどすぐ帰ってくるぜ。食料品屋へ何か買いに行ってるんだ。今朝も行ったのによ。これまでは、お使いというとわしが出かけたもんだがね。あの娘は村へ行くのを怖がっているみたいだったがな。そこへ掛けなせえ、パイプは吸わねえかね？　そうそう、若い坊主はパイプは吸わねえんだな。年寄りだけだ。ほら、煙草を巻いたらいい」

「僕はまだ坊主じゃないよ」

「わかってらあ。冗談さ」

流れ者の眼には、静かな光があった。彼の言葉にはかなり強いスペイン訛りがあった。

「うちの娘はあんたが好きらしいな。あの娘を苦しめないでおくれ」

ピエルは落ち着いているふりをして、煙草巻きに熱中していた。

「やり方を知らねえな……スペインじゃ片手で巻くんだ。まあ、見ててごらん」

《お釜ぼう》は煙草と紙を取りあげて、煙草の葉を巻紙に置き、親指と他の指の間にはさむと手早く巻きあげた。それは、箱から出したばかりのゴーロアーズ（フランスの大衆煙草。黒煙草）より固くてよく巻けていた。

「試してみるかい？　さっきはもうひと息だったぜ。もっと早く、さっと巻いちまうのよ」

二、三分の間、気づまりな沈黙がおちてきた。ピエルは何か言ってこの流れ者の親しみに応えたかったので、ぎこちなく質問した。

「スペインじゃ、内乱やってるのかい？」

「内乱じゃねえ、本物の戦争《ゲルラ》さ。一杯飲むとするか。戦争と恋の話をする時は飲むに限るて」

彼は立ちあがって、ブドー酒の瓶と薄汚ないグラスをふたつもってきた。

「小坊主さん、健康を祝すぜ。お前さんところの坊主たちは、戦争のことを何と言ってるかい？」

「赤どもが教会を焼いたり、カルメル会の尼さんたちに暴行したり、僧侶を銃殺したりしてる。フランコは神の兵士で必らず勝つだろうって……」

《お釜ぼう》は腿をピシャピシャ叩いた。

「カルメル会の尼さんに暴行だと？　あそこの尼さんは風呂に入らねえし、みっともねえばばあばかりだよ。気でも狂わなけりゃそんなことはできねえ！　赤のところにゃいくらでもきれいな女の子がいて、抱かれるのを待ち受けてらあな。尼さんを悩ましに行くにはあたらねえよ。共和政府（「人民戦線」政府。これにフランコ軍が叛乱した形でスペイン戦争は始まった）側の戦争はいい匂いがすらあ、フランコ側は尼さんのけつの匂いだ。赤の連中のきん玉《コホネス》はこんなにでっけえんだ！」

彼は拳固をかためて両拳をくっつけてみせた。

その時リナが帰ってきて、ピエルのそばに来ると彼の肩に手をのせて父親を罵った。

「またスペイン戦争ときん玉の話かい。きいちゃだめだよ、ペドロ。スペインじゃ、男どもがお互いのきん玉を切りっこしてるけどさ。お父っさんがスペインへ戻って、好きな戦争やるのは勝手さ。でもこの人を連れてかないでよ。この人はきん玉ぐるみあたしのものだもの」

「俺は連れて行くなんて言っちゃいねえよ。この若いのは坊主の味方だ、つまりフランコ側だからな」

「この人は誰の味方でもないわ」

「まあ、いいやな、話の綾ってものさ」

リナはくずおれるようにピエルのそばに坐った。

「あたし、葬式の時、あんたを見たよ。大きな本かかえて、調子外れの歌うたってたじゃないの。あんな黒い長衣の上に白いシャツみたいなの着てると、とてもみっともないよ！」

「僕も君を見たよ」

「わかってたよ。あんたまっ赤になってたもん。だから、逢いたくなって来たんじゃないの！」

《お釜ぼう》はおだやかだが、頑固に自分の話題に戻った。

「赤《ロホス》たちは兵隊じゃねえんだ。自分たちのために、自分たちの家のために闘かってるんだ。疲れたら家へ帰って様子を見るんだ。子供は元気かとか、女房は他の男にくどかれてねえかとかな。それからそれに倦きると、また戦争に戻るんだよ。いい具合じゃねえか！」

　リナは父親にほのめかした。

「お父っさん、ちょっとひとまわりして来たらどうなのさ？」

　流れ者はパイプでピエルをさした。

「お前、この若いのが坊主の服なんか着たんで文句をつけようとしてるんだな。坊主ってものはそれほど悪いもんじゃねえ。坊主になったら、他の奴が来て何でも打ち明け話をしてくれるからな！　若いの《ペケーニョ》、お前さん、もう女の告白っての聴いたかい？」

　リナは地団駄をふみはじめた。

「この人は告白なんか聴いてやしないよ、まだ神父じゃないんだもん！　神父になんかならせるもんか！」

「まあ、俺なら告白を聴いてやるのは楽しいだろうと思うぜ……あの告白場の箱の中で、人の秘密をかき集めるってのはいいだろうな」

「表へ行かないの？」

「外は暑いよ」

「虹鱒をとりに行ったらいいだろ？」

「この神父の卵も、だいぶ魚とりはうまいぜ。一緒に来てくれれば、うんととれるだろうな」

　ピエルは、とてもこの流れ者に好意を感じた。彼は娘とふたりきりで残って、喉がからからになるような思いをするより、この男と一緒に魚とりに行っているほうがずっとよかった。《お釜ぼう》は立ちあがって、外へ出て行こうとした。それから戻って来て煙草を探し、また戻って来てパイプを探した。そのたびにお喋りを始めようとして口を開きかけたが、リナは悪口で彼の口を封じてしまった。ようやく彼は、高笑いしながら出て行った。

　リナはピエルにかじりついて接吻した。彼は身を振りほどこうとしたが、身体じゅうの力が抜けてしまって、ベッドまでひっぱって行かれるに任せた。彼のシャツをぬがせたのは彼女で、彼女はうさぎの皮でもむくようにズボンをひっぺがした。彼女のスカートと胴着が、虫の食った床に投げ重ねられた。

　彼は、腕を組み眼をつぶって静かにふるえていた。その間に、リナの熱くやわらかな唇が彼の胸を伝って下腹のほうへ下りていった。彼の力が戻ってきた。彼はまわりの様子を忘れ女の体内に入ろうとする慾望だけに燃えて、リナの存在さえ忘れるほど、乱暴に彼女を扱った。彼女は、彼の身体の下で身をよじった。

今、慾情は曠野を走り、風に狂った種馬のように、激しくつき上げてきた。彼はそれを抑え、制御しようとした。しかしどうにもならなかった。彼はうめき声とともに虚脱した。

リナは彼の顔のそばにうずくまって、彼の髪の房をもて遊んでいた。彼は一度眼をあけ、また閉じた。四肢にここちよい疲れが感じられた。しかし、ひとりきりになりたい気分でもあった。彼はリナに背を向け、脚をちぢめて女の匂いに追われながら深い眠りにおちた。

リナは彼が眠っている間に、何か、彼女だけを対象にしたような表現や身ぶりや秘密をもらすのではないかと思って、彼の様子をうかがっていた。彼女はおっかなびっくり、一本の指をつき出して彼の額をなでて一条のしわをのばしてやった。彼は顔をしかめた。

鎧戸を通してさしこんでくる日差しが、彼女の集中した顔つきと、若々しい張りのある胸乳を照らしていた。彼女はこの光でピエルが起きるのを恐れて、じっと動かずにいた。

彼女は身も心も愛に満ちあふれ、自らをささげたことで目くるめくような思いがしていた。彼女は、自分の身体でピエルをかばって身代わりに死ぬというような危機——もっとも、うまく空想できなかったが——がくればいいと思った。彼女は、こんなに若く美しい自分が死ぬのだと思うと、感傷的な気分になり、葬式についてくるピエルの姿を思い泛かべたが、すぐ考え直した。いや、ちがう、この人は神父になるのだから、白衣を着て、棺の前を歩き、馬鹿みたいに首を振りながら鼻声でラテン語の祈りを唱えるのだろう。

そう思うと、リナは腹が立ってきた。彼女はとび起きて、神父の卵が日に照らされるままにしてやったが、すぐ後悔して鎧戸をすっかり閉め切った。そして真っ裸のまま歩きまわり、蝿を追ったり、自分の胸乳を愛撫したりした。そのうちに退屈してきたので、彼女はいっぱいに鎧戸をひきあけた。光が部屋の中に流れこんだ。ピエルはベッドから上半身を起こして眼をこすり、自分が

《お釜ぼう》の小屋にいる上、すぐそばで川のせせらぎがきこえるのにびっくりした。彼はある重大な行為をしてしまったことに気がついた。司祭職につくはずの彼には、持に重大な行為だった。しかし彼は、今は問題の検討を避けることにした。

リナは着物をまとって、彼にたずねた。

「ペドロ、川で水を浴びない？」

彼は、このペドロという罪の名が気に入った。ふたりは、《お釜ぼう》が下腹まで水につかって岩の前に立ち、岩に話しかけているのをみつけた。

「お前、俺が網をとってくるほうがいいと思わねえか？ 俺はそっとお前のまわりを回って、小枝で水を叩く。そうすりゃ、虹鱒が出てきてひとりでにとっつかまるだろうからな……」

彼はピエルとリナに気がついた。

「もうそれにゃ及ばねえ。小坊主が手を貸してくれるからなあ。あいつの手はうなぎみたいにくねるんだぞ……」

ピエルはズボンをぬぎ、肌をさすように冷たい水に入った。ふたりの男は向かい合って喜悦のうなり声をあげながら、次々に虹鱒を追い出しては、草の上に投げ出した。魚はちょっとの間、うろこを光らせて跳ねまわった。リナは少し下流の砂地を選んで水を浴びていた。時どき上半身や長い脚が、水からとび出した。一羽の鷭《ばん》が、水をかきながらとび立った。それから、一同は小屋へ帰って虹鱒を食べた。

夜が来た。《お釜ぼう》は膝に犬の頭をのせて、マッチをすってパイプに火をつけてから喋りだした。

「なあ、ペドロ、俺にだってキリスト教の洗礼名はあるんだぜ。オーレリオというんだ。しかし、それは気に入らねえんでマニュエルという名にしたのさ。マニュエルとよんでくれよな？……俺はいろいろなことを思うんだ……夜になるとな。お前さんはスペインへ行って戦争をやってみるといい。長い間はいけねえけど、ちょっとはいいもんだぜ。俺ははじめの一年は従軍した。もう一度やってみたいもんだな」

リナは反対を唱えなかった。彼女は眠りこんでいた。

「小娘《チキータ》を寝床へ運ぼう。それから少し散歩にでも行こうじゃねえか」

ふたりはそれぞれリナの腕と脚をとって、目をさまさせないまま寝床へ運んだ。それから彼らは表へ出た。七月の明るい夜だった。流星がとび、こおろぎのなき声に充ちた夜、胡椒と蜂蜜と菩提樹とりんどうとたちじゃこうの匂いがする夜だった。彼らは川に沿って歩き、曠野を横切って行った。一匹のうさぎが白い尻を見せながら逃げて行った。

「このへんに罠をかけておかないといけねえな」マニュエルは言った。「スペインじゃ、うさぎを皆殺しにしちまった。今じゃ山の中にいるきりだ。ペルピニアンにいる旦那衆をひとり知ってるがね、その旦那はスペインに行くからと言うと、金をくれるんだよ。少し頭がおかしくて、マリアだの聖人だのの木像を、スペインで転がってる木のはじっきれをもって帰って来いと言うんだよ……」

「教会から盗んでるんじゃないだろうね？」

相手の声は落ち着いていた。

「とんでもない……どこにでも転がっているのを拾い集めるだけさ。その旦那は気が変なのさ……虫食いだらけの木のはじっきれなんか何の値打もねえさ……俺は四、五日うちに出かける。よけりゃ連れてってやるぜ。ひと月もいてから帰って来るさ」

「書類が要るんだろう……第一、親父に何と言えばいいんだ？」

「書類なんてものは、国境へ行きゃ誰でもつくってくらあ。親父は帰ってくりゃ喜ぶだけさ。面白い話をきかせてやりゃいい。つくり話なら俺が手伝ってやるさ」

「いや、やっぱりだめだよ」

「お前さんの家へ着いたぞ。明日、もしよければ一緒に川へ網を張りに行こう。それから、うさぎ罠の仕掛け方を教えてやるよ。罠は火であぶっておかなくちゃだめだ。でないと、人間の臭いがするからな」

ピエルは梯子をかけて、馬小屋の屋根裏にある寝床によじ登り、すぐに眠りにおちた。その翌日、父親は彼に、レ・フォンの老主任司祭が一週間ほど家へ来る予定だと告げた。

「仕方がねえやな、ピエル」老人は言った。「何といっても、伯父さんがお前の月謝を払ってくれてるんだ」

ピエルは、胃袋がしめつけられるような気がした。彼は、水腫でいやな臭いのする伯父には生理的な嫌悪感を抱いていた。レ・フォンの主任司祭は大きな蜘蛛みたいな格好で安楽椅子にうずもれ、巨大な下腹をつき出して、何か言う時は一区切りごとにハーハー息を切らした。昨年、老司祭は悪魔的な巧みさで甥を訊問し、何日も肉欲の罪についてききだそうとしたのだ。老人は眉をあげながら、肉をにゅくと発音した。ピエルはもう今から、老司祭の声がきこえるような気がした。

「こりゃ、にゅく欲の大罪じゃぞ。お前がその女の乳房を見た時、お前は何をしたんじゃ、ええ？　人もあろうに神に仕えるはずのお前がじゃぞ……」

　しかしこれで、《お釜ぼう》と逃げ出す時、父親にレ・フォンへ老司祭を迎えに行くのだという口実を使うことができる。

　ピエルにとって、戦争というものは、歴史の教科書で習った形で、きちんとした規則によって導かれていた。展開した軍隊は幾何学的な隊形だった。テーベ（ギリシャの都市国家）の方形陣、長槍と投げ槍をつき出した三角形のマケドニア歩兵密集陣、三列に並列して前進するローマ歩兵連隊。フレデリック大帝（プロシアの名君。名将）の兵士はパレードの歩調で列をくずさずに突撃した。ナポレオンは、麾下の各師団と各連隊を駒にして奇妙な将棋をやってのけたのだ。流れ者は、スペイン戦争をまるで遊びごとのように話してきかせた。ピエルにとって、マニュエルと一緒にそれほどふざけきった戦争に出かけるということには、ぶらりと家を逃げ出すのだという程度の印象しかなかった。

　村の祭りの夜、何発かの花火が打ち上げられる間に、《お釜ぼう》とピエルは、フランス領カタロニア産のブドー酒のはしりを買い入れに行くトラックに便乗して出発した。神父の卵はその前の晩から、伯父のところへ行ってくると称して父親の農家を出ていた。彼は、一晩中リナと一緒にすごした。その間、《お釜ぼう》は小さな物置で山羊の隣に寝ていた。リナは、ピエルが父親と一緒にスペインに行くことを知ると、怒りに地団駄をふんだが、急におとなしくなった。そうなれば、ピエルは神父になりっこないということはたしかなのだ。それに父親が、殺し合いをやっているような場所に踏みこんだりはしないということもわかっていた。彼女は、《赤狐》の首のまわりに、弾丸やナイフによる死に対してのお守りをかけてやった。このお守りは、悪い病気をうつす女たちに対しても利き目があった。

スペイン共和国の崩壊は、急速に進んでいた。テルエルはフランコ軍の手におち、カスティリョン・デ・ラ・プラナは陥落したところで、フランコ軍は、ヴァレンシアの入口まできていた。しかし、ヴァレンシアは、要塞のおかげでまだ保っていた。南部ではミアハは防衛軍ぐるみ孤立し、レリダが脅やかされていた。バルセロナでは、もう電気が通じなかった。人々は餓えで倒れ、労働組合主義者《サンディカリスト》、共産主義者、共和主義者が街頭で殺しあっていた。

マニュエルの生まれつきの楽観主義は、こういう凶報に接しても動揺しなかった。彼はピエルにこう言った。

「今に共和国軍が何とかするさ。フランコも、部下のファランヘ党の奴らも、坊主どもも皆まとめて海に叩きこむさ。そして、奴らがおぼれちまう前にひっぱり出して首をくくっちまうんだ。それから、皆でダンスといく」

老ジプシーはペルピニアンで《頭の変な旦那》のところへ出かけて行き、二時間後、いくらかのペセタ（スペイン通貨）と偽造書類をもって帰ってきた。ピエルはパリ生まれのジャック・ロートリエとなり、二十歳だった。

一台のがたがたバスが、ふたりをラトゥール・ド・カロルまで連れて行った。フランスの騎馬巡査が村の入口で検問をやっていたので、彼らはその少し手前で下車した。それから、彼らは石ころだらけの小道をたどって行った。夜の闇がおちてきた。遠い山のふもとのくぼみに、不揃いな一団の灯がともされたところだった。ジプシーはその灯を指さした。

「スペインだ」

それは、ピグセルダだった。

# アムポスタの墓地——スペイン内乱

防塞の中のローソクに灯がともされ、誰かの手がピエル・リルルーをゆり起こした。

「大尉どの、韓国軍が攻撃を受けました」とデミトリエフが言った。

リルルーは眼をこすって坐り直した。彼の頭に土が少し落ちてきた。その時はじめて、彼は遠い機関銃の連射音、迫撃砲の発射音、乾いた手榴弾の爆発音を聴きわけた。

彼はたずねた。

「デミトリエフ、命令は出したんだね？」

「出しました。総員の半数を戦闘配置につけました」

「それで足りるかな？」

「事実上は全員が戦闘配置なんです。兵士は皆、不意打ちをくらうのを何よりも嫌いますからね。しかし、半数配置の命令のほうが安心感があるのですよ」

電話が鳴った。デミトリエフは送受話器をリルルーに渡した。

「サバティエ大尉が話したいそうです」

声は非常に遠くからきこえるようだった。

「リルルーか？　今しがた、うちの哨所がひとつ襲われた。うちの若いのが三人、壕の中で手榴弾にやられた。中国兵は韓国軍の陣地に攻めこんでいる。もうすぐ君のほうへ行くぜ。この戦争はどうだい？」

「まだわからん」

「あの若いミノに気をつけろよ。しっかりしていないし、部下もあいつを好いていない。あいつは下士官たちの前で、傭兵上がりの後ろ暗い男の指揮下で軍務に服することを公然と歎いてみせたんだからな」

「よく気をつけよう」

「藺草《いぐさ》平原とは比べものにならんか？」

「まあ、少なくともここじゃ、敵のいる方向だけはわかるからな……」

「いつもそうとは限らんぜ……」

リルルーとデミトリエフは装備をつけて表へ出た。午前三時だった。夜の空気は早くも、明け方の刺すような味をおびてきていて、草は露に濡れていた。

アメリカ砲兵隊が弾幕をはりはじめた。フランス軍陣地の正面にある、つい先刻まで韓国軍が守っていた山陵に、砲弾の着弾点が鍛治場の炉のように赤く光った。落下傘つきの照明弾が丘を照らしだした。機関銃の曳光弾が木々の上に光の網をはった。

陣地の端から一発の照明弾が打ち上げられた。白いなまなましい光が、ふたりの将校の姿を石膏の像に変えた。百メートル以内の距離で三発の手榴弾が爆発した。

「あれが見えたかね、デミトリエフ?」

「ミノのところです。電話します」

中尉は二分後戻ってきた。

「何でもありません。ミノは自陣の前の鉄条網で中国兵が音をたてたと思ったんです。あの男はちょっと神経が立ってますね」

彼らはあちこちの陣地を巡察に出かけた。ふたりの将校は石や木の根につまずいたり、木の枝で顔を打たれたり、電話線に足をとられたりして、酔っ払いのようによろめいた。時どき、声がして彼らを呼びとめた。

「こっちです。大尉どの……」

彼らは、壕の奥に数人の兵士がうずくまって、胸壁にカービン銃をもたせかけて耳をすましているのを見てまわった。一挺の重機関銃が銃身をゆっくり左右に振っていた。他の兵士たちは、防禦用の手榴弾を黒い箱からとり出して準備していた。

ロジエ准尉は彼らにコーヒーを出した。迫撃砲小隊を指揮している特務曹長は、一瓶のウイスキーの飲み残しを出した。ロベール少尉の指揮所へ到着した時、少尉は地図を読んでいるふりをしていたが、リルルーは少尉が訪問を嬉しがってさえいるという印象を受けた。

ミノ少尉は文字どおり、鎧かぶとに身を固めたという格好だった。鉄かぶとをかぶり、胸には双眼鏡をかけ、小脇に地図入れを下げ、剣帯にナイフとピストルをさし、カービン銃を肩にかけていた。吊帯の留金からはいくつかの手榴弾がぶら下がっていた。彼は恐怖をかくすために動きまわっていた。部下の兵士や下士官は、からかい半分腹立ち半分に彼のやることを眺めていた。

ミノ少尉の塹壕陣地は、三十メートルごとに土のうと丸太でつくった略式の防塞があり、それを細い交通壕でつないであった。

　リルルーとデミトリエフがそこへ着いたとたんに、彼らから数メートルのところで、一挺の軽機関銃が耳も裂けよと連射を始めた。もう一挺が続いた。二挺のカービン銃と携帯機関銃が、この恐慌状態に参加した。彼らの足元から、ひとりの兵士が転げだしてきた。

「中国兵だ……斜面の下に……左のほうだ」

　中国兵の携帯機関銃がするどい怒ったような音をたてて弾丸を浴びせてきた。

「今度はたしかに奴らだぞ」とデミトリエフはうなった。

　リルルーは、防塞の中にいるミノ少尉をみつけた。ミノは電話機を手にもったままちぢこまって喉がつまり、一言も口がきけなかった。リルルーも、あのスペインのアムポスタの墓地ではこの恐怖を味わったのだ。あの時、ウルリッヒは決してそのことで彼を責めようとしなかった。彼はミノが嫌いだったが、ウルリッヒの思い出のために、何も気づかないふりをして電話機を取りあげた。

「もしもし、迫撃砲小隊か？　リルルー大尉だ。ミノ少尉の陣地の前の渓谷に二十発射ちこんでくれ」

　彼はデミトリエフが背後に来たのを感じた。

「デミトリエフ、迫撃砲が射ちだしたら、急いで中隊本部へ戻って、電話で着いたことを知らせてくれたまえ。誰かが本部に残っていないといかん」

　彼らの前に、皿の割れる時のような音をたてて迫撃砲弾が落ちはじめた。デミトリエフは姿を消した。

　それから、あたりはまた静かになった。

　反対側の斜面から長いうめき声がきこえてきた。

「今のをたっぷりくらった奴だな」と誰かが言った。

「死んじまえ！　こん畜生め！」ミノは嫌悪をこめて言った。

「しかし、あの男を収容しに行ってやるのが本当だよ」とリルルーは彼に注意した。

「他の奴らが、あれをおとりにしてます。奴らはそれぐらいやりかねない」

「中国兵は退却したよ。今のは攻撃じゃない。ただ、斥候兵が味方の陣地を偵察に来ただけだよ」

　ミノは言いはった。

「あいつを収容しに行くなんて馬鹿げきってます！」

リルルーは、ひととびで壕の胸壁の上に跳びあがった。誰かの声が叫んだ。

「危ない、大尉どの、地雷があります！　前方じゃなくて左後方です」

リルルーは、ヴェトナムでチから教えられたように、地面にかじりつかないで蛇のように地面の盛り上がりという盛り上がりにまぎれこみ、しなやかに地面に同化しながら、黙々と匍匐前進を始めた。土くれや小石が身体の上を転がっていった。

「大尉どの、私です。ペロ軍曹です。私は地雷原を知っています。先導させて下さい」

ふたりは、鉄条網のところでうめいている中国兵をみつけた。リルルーは負傷兵を肩にかついだ。中国人は、女の子のように軽かった。

リルルーは、ミノの防塞へ捕虜を連れかえった。衛生兵が簡単な繃帯をしてやった。重傷ではなかった。カービン銃の弾丸が太腿を貫通していたが、骨にはふれていなかった。大尉が捕虜に煙草をやると、中国兵はプカプカそれを吸った。彼は十八歳ぐらいに見えた。顔はやせていて憔悴しており、坊主頭だった。ミノは不気嫌に彼を眺めた。

「そんなことをしても何にもなりませんよ。ちょっと元気が出たら、また、何も感じないという態度をとるようになります」

リルルーは彼のほうを振りかえった。

「ミノ、君は馬鹿な男だね。その上、あまり度胸もない。中国人が無感動な態度をとる理由を知っているかね？　中国人の表情のあらわし方が我々と少しちがうだけなのだ。君は、他の中隊へ転属を願い出るべきだな」

「何故ですか、大尉どの？」

「君ほど立派な兵士が、《傭兵》上がりで後ろ暗い男の指揮を受けるのはつらいだろうからね」

「僕はそんなことは決して言ってません……ただ、こう思っただけです……」

ローソクの焔がゆれて、大尉の細面に浮かんだ危険な表情を照らし出した。《殺し屋面をしてやがる》とミノは思った。彼は鉄かぶとの下から額に汗が流れ落ちるのを感じた。

負傷者は、担架で中隊長の防塞まで運ばれた。兵士たちは彼を見にきたが、友だちでも見舞うように缶詰や煙草やボンボンをもってきてやった。

明け方、師団づきヘリコプターが捕虜を迎えに来た。捕虜はそれほど珍らしくて、値打ちが高かったのだ。

担架にのせられた時、中国兵は手を動かして、非常に優雅な別れの挨拶をリルルーに送り、立派な英語で言った。

「大尉、ありがとう。こんな状況でなくて知り合いになっていたらよかったのにと思います。僕は上海の学生だったんです。あなたの机の上に腕時計を置いてきました。そのへんのG・Iの記念品にされるくらいなら、あなたにはめてもらいたいと思います。さようなら」

「さようなら、幸運を祈るよ」

捕虜はなお中国語で二言三言口にしたが、リルルーはその中に《幸福》にあたる言葉をききとったような気がした。

戦線後方では、フラカスが激怒していた。リルルーという男はもう馬鹿げた真似を始め、しかもアメリカ人は、リルルーを銀星章《シルバー・スター》候補に挙げようと提案してきたのだ。しかし、銀星章《シルバー・スター》を貰うことになったのはロジエ准尉で、彼には何故貰ったのかがさっぱりわからなかった。

空の一隅が明るくなって朝がきた。牛乳のように濃い霧が小さな流れになり、ところどころ滞りながら谷を覆いつくし、陣地に人外境のような風情を与えた。

リルルーは、何かの神が、彼と百五十人の部下に慈悲をかけて、戦争から引き出してくれたのだという印象を受けた。谷も兵士も大砲も見えない。彼らは、昨日まで敵対しあっていた軍隊すべての最後の生存者のようだった。

ボーイが、彼のそばでコーヒーを温めるために火をおこした。煙がまっすぐに立ちのぼって、天と地の間にひっかかったままでいた。交代したばかりの歩哨たちがゆっくり近づいてきた。彼らはまわりを見回してから、視線を自分たちの隊長の大尉に向けた。彼らはまるで彼に、どうしてこの朝がこんなに美しく静かなのかききたがっているようであり、また、不安を吹き払ってもらう必要を感じているかのようでもあった。

ずんぐりしてみにくいが、友好的なマルタン・ジャネの姿があらわれた。彼はカービン銃を持っていたが、ひどくそれをもてあましているようだった。彼は銃を木の幹に立てかけて、ほっと溜息をもらした。

「軍医君、どこからやってきた？」とリルルーはたずねた。

しかし、マルタン・ジャネは答えなかった。彼はこの奇蹟のような景色、朝の魔法のような沈黙、静寂の中で、霧のために孤立した山峰をみつめていた。

牛乳の海の中に割れ目が開いていった。戦車砲が三発の砲弾をすばやく情熱的に射出するのを合い図にしたかのように、谷間も戦争も軍隊も、こつ然と荒々しく姿をあらわした。魔法は解けたのだ。

「私が来たのは」マルタン・ジャネはようやく口をきった。「中国兵の捕虜に逢いたかったのです。通訳を連れてきました」

「遅すぎたね。もうアメリカ軍に引き取られたよ。それに英語の大変うまい男でね」

「私はまだまっ暗な午前四時に出て来たんです。レオは、カンカンでした。この山峰によじ登ってくる間、二十度も頭を割りそうな目に遭いました。おまけにカービン銃だの手榴弾など邪魔で仕方なかったです。うちの衛生兵から、銃や手榴弾の扱い方を講釈される始末でね。ヴィラセルス少佐づきの韓国人の通訳もむりやり連れて来たんです。それなのに捕虜がいないなんて！」

「そんなに捕虜と話したかったのかい？」

「私が朝鮮に来たのは、戦争を実見して戦争という現象について、何かを理解しようと試みるためです。この大隊づきになってから、一度も本物の戦闘を見ていません。私はたえず死と直面しているために偏見や卑俗さを捨てきってしまった男たちと交って、若さをとり戻すためにここへ来たんです。しかし、めぐり逢ったのは、下級官吏の集団みたいに息の詰まるような雰囲気です。皆下劣な駆け引きにふけっていて、自分たちの昇進のことしか考えてやしません……」

ひげをそったばかりのデミトリエフが、防塞から出て来て反論した。

「この大隊でも、あなたの来る前には何日も激戦が続いてえらい目にあったことがありますよ。ヴィラセルス自身が、隊長の中尉が戦死した小隊を率いて突撃を指揮したくらいだ。僕はフラカスが戦死した戦友の死体を前にして泣くのも見た。その時だけは、あのフラカスも芝居を打ってたんじゃない。その後で、我々はくだらん人間ども、蟻みたいな人間どもになり下がってしまった。この蟻どもは、偶然の機会に仰向けにひっくり返されて天を仰ぐ必要があるんです」

「あなたの言う通りだといいですがね、デミトリエフ。しかし、この戦争には不吉なところがある。これはもう人間の戦争じゃなくて、ロボットの戦争になってます。憎悪による戦争じゃない。だから闘かう根拠もないわけだ。人間の生死が、行動力や勇気に依存しないで、軍隊の階級に従って動いている電気仕掛けの知覚中枢に依存しているような気がします……私はその捕虜から、敵の側ではまだ戦争が機械的な戦争にはなっていないという話をききたかった。さて、コーヒーを一杯くれませんか……」

今度は、リルルーにもどうしてこの戦争が気に入らないのかがよくわかった。これで彼は、サバティエの発した質問に答えることができる。

といっても、まだ人間同士のやる戦争は存在する。彼がヴェトナムで闘かった戦争はそうだった。あのころの彼は傭兵としてではなく、チと一緒に、ひとつの王国を征服しようとしていたのだ。あの王国は、単に丘陵と平野だけでできていたのではない。彼はマルタン・ジャネのそばへ行って腰をおろした。

軍医は一晩中歩いたのが無駄だったことに腹を立てていたので、毒舌をふるい続け、今度はリルルーを相手にした。

「私は何もかも逃してしまうんですよ。面白いものは何もかもだ。一九三八年にはスペイン戦争だった。あの時は医学部を卒業しなければならなかった。一九三九年の対独戦争では動員されはしたものの、パリの病院づきで、一九四四年に抵抗運動のバリケードを築いた時は、その上で眠っただけでした。ドイツ人は、ひとりもそこへ来なかった」

「俺は十七歳の時銃火の洗礼を受けた」リルルーは答えた。「アムポスタの墓地だった。国際義勇軍（「人民戦線」側に味方するため、各国から志願した兵士が集って活動した。マルローやヘミングウェイもその仲間）がエーブル河を渡河しようとした時だ」

「どんな印象でした？」

「むちゃくちゃな混乱の中で、スペイン共和国が転落していったね」

太陽が昇った。大尉は寝そべって、鉄かぶとを枕にして眼を閉じた。


ピエルとマニュエルは、夜のうちに仏西国境を越えた。明け方にはピレネー山脈の向こう側につき、平気で小さな駅から汽車に乗った。

夕方にはバルセロナに着いた。彼らは二、三日、バリオ・シーノの流れ者の《知り合い》のところで暮らした。それから、ある教会の《訪問》に出かけた。

それはイエズス会型の小さな聖堂で、屋根は爆撃で崩れていた。ピエルが見張りをつとめている間に、マニュエルは槌をふるって木の像を台座からはぎとった。彼らは巡警に不意を打たれた。逃げられたのはマニュエルだけだった。

ピエルは、一生懸命流れ者の教えを思い出しながら、民兵たちに、盗賊は誰か知りもしないし、自分がスペインに来たのは国際義勇軍に参加するためだと言ってきかせた。民兵は彼の話を信じるふりをした。二日後には、ピエルは、アルバセテの民兵隊の兵舎に送られた。その兵舎は、国際義勇軍の留守部隊本部に使われていた。食事はひどかった。フランス人はイタリア人と、ドイツ人はオーストリア人と喧嘩し、さらに全員がスペイン人と喧嘩していた。

若い《志願兵》は、第十四旅団に合流するために出発した援兵の中にまぎれこんだ。人の話では、第十四旅団の食事はよく、給料もきちんと払うということだった。

国際義勇軍第十四旅団は、エーブル河の曲り角のひとつに陣地を構えたところだった。その地点はモレナ・デ・エブロと向かい合っていた。モレナ・デ・エブロは、三十メートルの高さで河を見おろしている一連のほこりっぽい禿山の上にあった。その前には鉄条網をはりめぐらしたフランコ軍の塹壕があり、もぐら塚同士が塹壕で結ばれているような感じだった。低い石壁の後ろに守られているモレナ・デ・エブロは、もはや無人の町にすぎず、砲火でぼろぼろに崩れていた。

この鉛色の景色の上に直射日光が照りつけていた。熱気は、パン屋のかまどのように激しくて乾いていた。リルルーは、ズボンと木綿のシャツと一組のゴム底靴と小銃を配給された。それから彼は他の者と同じように、歩哨に立ったり日光浴をしたりトランプをやったりしてすごした。

一週間もすると、彼は国際義勇軍の規則どおり、だらしのない歩き方や服装を身につけ、古参兵めかしてゴム底靴をひきずって歩くようになった。

彼の配属された大隊は、フォーガという男に指揮されていた。フォーガはずんぐりしたオーヴェルニュ出身の黄色い肌をした髪の黒い男で、強情そうな顔つきだった。身体を洗ったことがないので、山羊のように臭かった。部下はフォーガを好かなかったが、誰でも、彼には一戦区の司令をさせるべきだということを認めていた。彼らが酔っ払って気が大きくなると、共和国の全軍の総司令さえさせるべきだと認められた。

ひとりの兵士が来てピエルに、《山羊》が呼んでいると告げた。フォーガは、陵線の中ほどにある塹壕の中にいた。彼は双眼鏡でエーブル河の対岸を眺めていた。副官のウルリッヒというドイツ人がそばにいた。

ピエルは彼らのそばへすべりこんだが、少佐は彼を見ないふりをしていた。

「ファシストの畜生ども、日光浴をしてやがる」

彼は突然、ウルリッヒにこう言った。「機関銃で三回も掃射をくわせてやりゃ、奴らをやっつけられるのにな……」

「撃つな、弾薬を節約しろという命令だぜ」とドイツ人が注意した。

「フランコ軍はエーブル河を抑えちゃいない」

「奴らには飛行機も戦車も大砲もある……我々にはネグリン（ファン・ネグリン　スペイン共和国最後の首相）とロホ（ビセンテ・ロホ　共和国軍将軍。エーブル河の闘いを指揮）がいるだけだ」

「やれば渡河できるったら」

「もう何もかもだめだよ。お前もわかってるくせに。フランスとイギリスが、ドイツやイタリアのやっているように参戦してくれない限りはな」

しかし、フォーガはひとつのことしか考えていなかった。渡河はできる。彼は目前の成功が欲しかった。徹底的な打撃を与え、敵の戦線へ侵入するのだ。後のことはどうでもよかった。

ピエルは自分の場所にじっとしたきりで、スペイン煙草を吸ってその辛くて黒い葉で喉を痛めるのにはあきあきしていた。それに彼は、自分もちょっとした男だと思うようになってきていた。彼は自分の存在を示そうとした。

「少佐どの……」

フォーガは、ピクリとして彼のほうへふり向いた。

「声をたてるな！」

彼は双眼鏡で河を偵察し続けた。ついに少佐は、ピエルにそばへ来いと合い図した。

「ちょっとお前と、じかに話したいことがある。お前はロートリエという名前じゃないな。旅券も偽物だ……俺は自分で旅券を偽造してきた……お前のは偽物にしても実にひどい」

彼はピエルの顔に旅券を投げつけた。

「火にくべちまえ。こんなひどいものなら、書類なんぞないほうがましだぞ！」

ピエルは恐怖におそわれるのを感じた。彼は喉がつかえたようで何も言えなかった。スパイとして銃殺されるだろう。アルバセテの民兵隊の兵舎で、戦友たちから血のしみだらけの一階の食堂を見せられたことがある。戦友たちはこう言っていた。

「ここで裏切者どもをぶっ殺したのさ」

ピエルは恐ろしくてまっ蒼になった。フォーガは、彼が可哀相になって、うなるように言った。

「馬鹿な若僧め！　お前がスパイじゃないぐらいはわかってる。アルバセテに手紙を出しておいたよ。お前には注意しろと言ってきてたからな。本当のことを言ってみろ……さあ、言えってのに！　本名は何てんだ？　故郷《くに》はどこだ？　ここで何をしてるんだ？」

「僕は、ピエル・リルルーという名です。ガール河とローゼール河の流域の境にあるリベーヌ村に住んでます。十七です」

「リベーヌ村？　それならポルタルを知ってるか？」

「はい、宿屋の親父さんです。息子は南部で小学校の教師をしてます」

「あれは俺の友だちだよ。お前は監獄のがれに戦争に来たんじゃないのか？」

「ちがいます」

「じゃあ、どうしてなんだ？」

「自分でもわかりません」

「お前はまだ十七なんだよ……故郷《くに》に送りかえさなく

ちゃならん」

「いやです！」

　その時、ピエルはフォーガの小さな眼が笑っていて、彼の無精ひげに囲まれた口元がゆるみ、熟しすぎたりんごのようにしわだらけになっているのに気がついた。


　その夜、フォーガはリルルーを連れてエーブル河のほとりに行った。少佐は木の根に足をとられたり、小石にけつまずいたりするたびに口汚なく罵った。彼らは高くのびた草の中に並んで伏せた。エーブル河の流れは、人間や動物の死骸を運んでいた。死骸は岸のそばを流れて、水漬けになった腐肉のあぶらじみた汚臭を発した。フランコ軍の歩哨の呼び声が風にのってすぐそばにきこえてきた。

「警報《アレルタ》！……警報《アレルタ》！……」

　もうひとりの歩哨が、フラメンコのはじめのほうの調子に声を整えて、「アレルタ！」と答えた。三人目は「アレルタ」を「糞《ミエルダ》」に切りかえた。ほかの者も糞《ミエルダ》と叫びはじめた。

「奴らはふざけきってやがる」フォーガは言った。「何にも危険はないし、巡察が来て悩まされることはないと思いこんでるんだ……糞《ミエルダ》か！……見ろよ、煙草に火をつけた奴がいる。あの娼売のせがれどもには規律も思慮分別もありゃしない。若い徴募兵だな……そうだ、《ミエルダ》なんて、ありゃお前ぐらいの年の小僧が面白がるような悪ふざけさ。古参兵のやるこっちゃない。大隊へ戻ってゴメスを連れて来い。ゴメスに例の支度をして来いと言うんだぞ」

　ゴメスは、いつも顔じゅうに黒いひげを生やしている男で、三十五歳だった。たまにひげを剃ると顔じゅうが青々とした。重々しく無口な男で、議論の仲間に入ったことがなく、階級も任務もなく、大隊の員数外で暮らしていた。気高く上品な立ち居振る舞いを保ち、簡潔な言葉を話した。

　ピエルが行くとゴメスは、月と問答でもしているかのように空を仰いで煙草をふかしていた。

「少佐が例の支度をして河のほうへ来いと言ってる」

　ゴメスは自分の壕の中へもぐりこんだかと思うとすぐ出てきた。

「行《バ》こう《モス》」

ゴメスは、国際義勇軍の公用語で、第十四旅団でも使われているフランス語がわかるのだが、スペイン語しか話そうとしなかった。

ふたりは、相変わらず草の中に伏せているフォーガのところへ戻った。フォーガは、低い声でゴメスに命令をくだした。

「河を渡るんだ。そして、正面にいる野郎どものひとりの書類をとってこい」

「お安いご用さ《ムイ・ファシル》」

ゴメスは着物をぬぎ、さるまたとベルトだけになった。ベルトからは、革のさやにさした薄刃の匕首《あいくち》が下がっていた。ベルトの端には、メリケンサックがついていた。

ピエルは、ゴメスから一メートルも離れていないところにいたので、彼が首のまわりに、信仰を表す肩布《スカプラリオ》を巻いているのをみとめた。スペイン人の蒼白い影は草の中に伏せると、音もなくうねるように河のほうへすべって行った。ゴメスは、水の中に入っても相変わらず音をたてなかった。リルルーはフォーガにきいてみた。

「ゴメスは何をやるんですか?」

「お安いご用さ《ムイ・ファシル》!……自分で言ったようにな。歩哨をひとり、喉をえぐるのさ。音もたてずにな。そして歩哨のもっている書類をとって戻ってくる」

「ゴメスは肩布《スカプラリオ》をつけてますね……」

「とても信心深い男だ。モール人に婚約者《いいなずけ》を強姦されて殺されてなけりゃ、絶対に敵側に回ったろうな。そうなったら大損害だったぜ……」

十五分後、ゴメスの白い身体は、また草の中にすべりこんできた。

「どうだった」とフォーガはたずねた。

「最初のは何ももっていませんでした。でも、次のは沢山の書類をもっていました……」

彼はさるまたから、紙入れのように薄い小さなゴム袋を引き出してフォーガに渡した。

ピエルは、ゴメスが帯ぐるみ身体から外している銅柄のついた匕首を、恐怖と賞讃をこめて眺めた。この匕首は、今ふたりの兵士の喉をえぐってきたところなのだ。彼らは音もなく死んだのだ――ゴメスは優秀なプロフェッショナルだった――彼らが死んでも、すぐそばで甲高いなき声をあげるのに熱中していたこおろぎさえ驚ろかなかったのだ。《お安いご用さ《ムイ・ファシル》》か！

三人は一緒に大隊のほうへ戻った。ゴメスは姿を消したが、フォーガはピエルを引きとめた。

「ここに残ってろ。この書類の中味を調べるんだ」

フォーガは、入口を木綿の袋でふさいだ掩蔽壕へ入り、焔がとび散ったりジージー音をたてたりするローソクの光で書類を読んだ。彼は顎をつき出し、唇に吸い差しをくわえていた。彼は声を出した。

「ホアン・ペドロ・モンセラト・デ・ポルタ・イ・サルバドール・イ……後はとばすぞ。十九歳の貴族野郎の青二歳で、士官学校入学の予定か。ゴメスの短刀でやられてずいぶん血を流して死んだろうな。

ほう！　こいつが婚約者《ノヴィア》に書いた手紙がある。お前はスペイン語読めないのか？」

「だめです、少佐どの」

「俺がこれを訳してやらないほうが有難いと言うんだろう。中味を知らなけりゃ、俺ぐるみゴメスの人殺しの連帯責任を感じないでも済むからな、ええ？……」

フォーガが机を叩いた。

「よくきけ！」

苦悩がじわじわと、ほとんど一種の親しみをこめて、ピエルの喉から下腹までしめつけてきた。フォーガは読みはじめた。

《愛する君へ、
僕は今、自分の立哨を待ちながらこの手紙を書いている。もうすぐ夜になる。キリストの平和が世界にくだってくる。我々にも、対岸にいる赤どもにもくだるだろう。赤どもは半月ほど静かにしているし、味方も手出しはしないだろう。これが長続きすれば、これが長続きさえしてくれればいいのに。

大佐の話では、エーブル河の向こう岸を守っているのは国際義勇軍だという。国際義勇軍は危険な敵で、どう猛だ。しかし、僕は、自分と同じ種族で同じ血をもちながら有害な宣伝に迷わされたスペイン人と闘かうより、国際義勇軍と闘かうほうがいい。

僕はいつでも君のことを思っている。接吻を送る。

スペイン万歳《アリバ・エスパーニャ》　J・M・J
ホアン》

「このＪ・Ｍ・Ｊってのは何かな？」

「イエズス・マリア・ヨゼフの略です……」

「馬鹿な若僧だな！」

　数週間前には、ピエルも手紙の頭にＪ・Ｍ・Ｊと記入していたのだ。彼はきいてみた。

「何故、馬鹿な若僧だなんて言うんです？」

「こいつの婚約者《ノヴィア》の写真を見てみろ」

　ピエルは、フォーガの肩ごしにローソクのほうをのぞきこんだ。すると、スペインの正装のドレスをまとった非常に若い娘の写真が見えた。娘は、ひだ飾りのついた白いレースのドレスを着て、マンティラをかぶっていた。輝くように白い歯並みを、微笑がふるわせていた。ドレスの下にはしなやかな身体が反っているのを見てとることができた。フォーガは裏を返した。一生懸命書いたらしいまだ子供っぽい書体でこう書いてあった。

《生涯変わることなく《ポル・トーダ・ラ・ヴィダ》
イネス》

「お前は恋文を書いたことがあるのか？」

「ありません」

「そういえばお前はまだ十七だったな。しかし俺はもう三十六だが、まだやってみたことはない。その度胸がなかったんだ。《生涯変わることなく》か！　こんなきれいな娘が写真の裏にこう書いてくれるなんて！　俺ならこの娘に、戦争だの対岸の連中だのイエズス・マリア・ヨゼフだのスペインだのってことを書いてやったりはしないね。そんなことはどうでもいい、彼女と自分とのことしか書かない」

　フォーガはスペイン産コニャックの瓶をとり出して、大きくひと口ラッパ飲みした。酒がこぼれて顎を伝った。それから、彼はピエルに瓶をさし出した。

「飲めよ！　もっとも、お前は飲むにゃ及ばんのだ。男っぷりがいいからな。ファブリス・デル・ドンゴってのは、お前みたいなきれいな面《つら》をしてやがったんだろうな。もちろんお前はスタンダールを読んじゃいまい。誰のことかも知らんだろう。お前は俺の面《つら》をよく見てるから、俺が淫売向けの面《つら》をしてることはわかってるだろうな。俺の相手は淫売屋でも屑のような女ばかりさ。そりゃ、金で女にうんとは言わせるさ。しかし女とふたりきりになると、女の眼が、早くおしまいにしてほしがっているることがわかってきたんだ。だから俺は、戦争をやってるのさ……。

それにしても、この書類はいいことを教えてくれた。正面の敵がどんなものかわかったぞ。最近編成された予備兵の師団だ。ファシスト軍の精鋭は、エストレマデューラで忙しくしてる。レリダのほうを攻撃中だ。このへんを放ったらかしといてくれりゃ、たいした損害は出さないでも済む。お前は何中隊だ？」

「第三中隊です」

「俺の伝令に任命してやる。何故かってのか？　俺はいつも自分づきのスパイが欲しかったからだ。今まではスパイを傭うだけの金がなかったのさ」

フォーガは、順序立てて正面の敵戦区の様子をさぐり続けながら、河の深さや土手の高さを測った。彼は、大隊の戦線より前方のエーブル河のほとりに、非常に整った監視哨網をはりめぐらした。監視哨は、野戦電話で大隊本部と直通し、おこったことは何でも報告した。それは、歩哨交代の時刻から夜間鉄条網を強化しにくる分隊の班まで及んだ。

彼は自分でつくり上げた計画表に、入ってきた情報を記入した。ピエルはあまりフォーガに好意はもってなかったが、この男が、自分の仕事について完璧な知識をもっているのには感心するほかなかった。フォーガの手にかかると《戦争《ゲルラ》》は詩情を失う代わり真剣な事業に化した。

政治委員のデュバルは日に二度、大隊指揮官を訪ねてきた。彼はフォーガが大嫌いだったが、フォーガを怒らせるのは怖がっていた。彼は掩蔽壕へ入る前に、こうたずねるのだった。

「どうだい、あいつのご気嫌はいいかね？」

それから彼は入って行く。大変な頭でっかちの弱々しい男だ。頭が大きすぎるため、顔は胎児のように醜悪だった。彼が入って行くと、たちまちフォーガのどなるのがきこえた。「そんなつまらないことで俺を悩ましに来たってのか？　俺は戦争をしてるんだ、戦争で忙しくて仕方ないいんだぞ。だめだ！　いかんといったらいいかん！　俺はあの連中が必要なんだ、この隊に居てもらわなくちゃならん。今さら、あの連中が、おふくろのおっぱいをしゃぶってたころに何をやってたかなんてことを、訊問しようってのか。ピエル！　こいつをウルリッヒのところへ連れて行け！」

　デュバルをウルリッヒのところへ連れて行くというのは、彼を酔いつぶすためだった。副官の大尉は、いつも酒のストックをもっていた。デュバルは酔っ払うと、涙を流してよだれを垂らしながら罵った。

「いつかはやっつけてやるぞ、あのフォーガの糞野郎め。あいつはファシストだ。無政府主義者だ！」

「困難な仕事ですな」ウルリッヒはいい加減に上品に返事した。

「あいつはF・A・I（国際無政府主義連合）やC・N・T（労働総盟）と手を握ってる。いずれは大隊ぐるみ奴らのほうへ寝返るにきまってる」

　デュバルはコルティ（当時のフランス共産党の党首）の影響で、何でも恐れ、憎んだ。彼は強烈な個人主義分子で構成された国際義勇軍などは、合い図ひとつで無政府主義者の側へ寝返るものだときめこんでいた。


　二十三日の夜、全国際義勇軍は移動命令を受けた。大隊は、ずっと南部のアムポスタ、それから、ほぼエーブル河口にあたるトルトサに陣を布くことになっていた。一箇師団のスペイン兵が義勇軍と交代にきた。

　フォーガは、この事態をひどく悪く受けとった。彼は念を入れて、自分の小作戦を準備していたのだ。夜間に渡河して、予想もしていない敵を奇襲する。彼はこういう種類の行動に血がたぎるのだった。彼は自分の計画や情報を、陣地の引きつぎにきたスペイン軍の大佐には話さないことにした。彼は二、三度わめきたて、ロホ将軍は最低のおかま野郎だとか、スペイン兵はきん玉《コホネス》をどこかへやった腰抜けぞろいだとか口走った。それから気を鎮めて二時間ほどその大佐とすごし、自分の用意した作戦の細かい点まで説いてきかせた。

　鉱夫上がりの大佐は、頭をかかえ、眉間にしわをよせながら、地図に引いてある赤線や青線の意味を理解しようとつとめた。彼は善意すぎてやりきれない男だった。

　最後に、フォーガは彼にきいた。

「あんたならどうする？」

「俺なら、部下をはしけにのせて河を渡る。先にダイナマイト兵を出しといて鉄条網を爆破させておく。ディナミータ（ダイナマイト）の大爆音をききながら、河を渡るんだ！」

ディナミータと発音する時の大佐の顔は、恍惚としていた。

フォーガは肩をすくめた。

「そんなことしたら、戦死が沢山出るぞ。ま、それもいい、やれんことはないさ。ピエル、俺の書類をしまうんだ。早くしろ！　ベルトに何を下げてるんだ？」

「ドイツ製の自動拳銃です」

「どこで盗んだ？」

「盗んだんじゃありません。スペイン人からコニャック二瓶で買ったんです。その男は、自分はあまり度胸がないから、こんな《機械》《マキナ》を使うより、手榴弾のほうがいいと言うんです」

「じゃあ、お前は《機械》《マキナ》が使えるってのか？」

「まだ使えません。でもウルリッヒ大尉が教えてくれると約束してくれました」

フォーガはうなった。

「そんな暇があるか！」


大隊は移動して新位置についた。フォーガの大隊を含む二箇大隊はアムポスタを攻撃し、第三の大隊が南方に動いて狭撃態勢をとることになっていた。砲兵隊は、渡河が終わると同時に砲撃し、防塞や町自体を狙うことになっていた。攻撃はエーブル河の戦線全域にわたって、午前二時に開始される予定だった。フォーガは石壁の後ろに中隊長全員を集合させた。ここからは、エーブル河とアムポスタの半ばこわれた鐘楼や家の壁や崩れた屋根がみえた。フォーガは中隊長たちに向かって、たいした事件でもないというように簡潔に話してきかせた。

「夜明け前にアムポスタに達して確保しない限り、味方は万事休すだ。平野で敵に捕捉される。あそこじゃ前方の敵の機関銃から見れば射的の的のようなものだ。だから、何としても突破しなけりゃならん。どうせセメントの保塁のふたつ三つや鉄条網にはぶつかるだろうが、これは機関銃の十字砲火で叩いておく。各中隊ごとに、一箇小隊の決死隊を編成しろ。隊員は手榴弾と拳銃だけ携行する、それだけだ。決死隊はまず生還は期せない。志願者をつのれ。志願がなければ指名しろ」

　彼は両手を革帯にかけて背を向けた。それから、彼はまた四人の大尉のほうを向いた。「俺たちは一緒に立派な仕事をやってのけた。家畜の群みたいな連中を頂戴して、ある程度しっかりしたものに仕上げた……統一のとれたものに……」

　彼は大尉たちに礼を言おうとしたのだが、そこまで行けなかった。

「うまくいったらバルセロナで、皆に、一生でも最初で最後という大盤ぶるまいをしてやるぞ。女郎屋を一軒借り切るぞ。俺にまずいことがおこったら、ウルリッヒが代わって指揮する。部下に静かにしろと言っといてくれ。迫撃砲の砲撃を誘い出すにゃ及ばんからな。終わり！」

　大尉たちには、よく事態がのみこめた。第十四旅団は、これから生命を賭けるのだ。それも成功の見込みはあまりないのである。モール人は夜間戦闘に強かった。

　彼らは戻っていった。ウルリッヒは無表情に煙草を吸っていた。彼の顔に見えているのは、ひどい倦怠感だけだった。


　戦線の後方はわきたっていた。さまざまな大隊と連隊が、エーブル河を見下ろす連丘に入ってきた。スペイン共和国はこの攻撃に最後の力を投じ、砲兵と航空隊の残存兵力を全部戦列に出していた。海からくる風が、塩とヨードと腐った魚の匂いを運んできた。

　大隊の兵士は、いつもより少し上等の夕食をした後で、石壁の後ろに寝そべって煙草を吸っていた。彼らは三、四人ずつのグループになり、武器をそばにおいて、控え目な言葉づかいでありふれた文句を言い交わしていた。ひとりひとりの心にゆっくりと恐れが高まっていた。彼らは、あまり強烈なイメージや思い出になるような言葉が怖かったのである。彼らは動かないでゆっくり煙草を吸っているようにつとめていた。彼らはあたりを閉ざしはじめた夜のことを話し、タラゴナで逢った娘のことを話した。しかし、内側の恐れは強くなるばかりだった。そこで彼らはあきらめて黙りこみ、自分の毛布の上に戻って、眠ってでもいるかのようにじっとしていた。

　少佐は、あのむっつりしたゴメスにきいた。

「対岸《アオラ》に行ってみるか？」

「いつです？」

「いいか。俺は命令しているんじゃない。ちょっとモール兵のところへ行ってみてもいいと思うかってきいてるだけだ」

「やってもいいでしょう《ボルケ・ノ》」

「奴らは警戒してるぞ。モール人の歩哨は夜でも眠りもしないし、ぼんやり物を考えたりもしない。お前は情報をもって来てくれるかもしれんが、その情報も総司令部に届くころには手遅れで使い物にならん恐れがある。今度はお前に歩哨を襲わせたくない。ただ、向こう岸の土堤の様子を見てきてもらいたいだけだ。やわらかい土か乾いているのか、上陸する足がかりはどのへんがいいかだ。どうだ、やる気があるか?」

「少佐どの《セニョール・コマンダンテ》、私には何の気もありません、生きるのも死ぬのも一緒です。向こう岸へ行くのも他所へ行くのも同じです。じゃ後でまた《アスタ・ルエゴ》」

ゴメスは今までこれほど長い文句を口にしたことはなかった。彼は河のほうへ行って闇の中に消えた。彼の死骸は翌日発見された。両眼はくり抜かれ、きん玉は切りとられて口の中に詰めこまれていた。しかし、彼のそばにはふたりのモール兵の死体が横たわっていた。

フォーガは命令をくだした。メナール大尉の指揮する第一波突撃隊の三箇小隊、機関銃及び五〇ミリ迫撃砲一箇小隊が一時半に乗船した。第一波は一時四十分に対岸に着く。船は数が足りないので、大隊の残りの兵をひろいに戻るという予定だった。工兵隊は朝のうちに浮橋をつくっておくと約束していた……万事好調だったら。

今はただ待つよりほかすることもなかった。フォーガはピエルをよんだ。

「怖いか?」と彼はきいた。

「はい」

「よし、これを心得ておけよ、誰でもお前と同じくらい怖いんだ。二十回も三十回もこういう仕事をやってきた連中でも、やっぱりまだ怖いんだ。お前に出した命令はよくわかったろうな。ウルリッヒと一緒に残れ。お前がスペインに来たのは見物のためで、死ぬためとはちがう。まだその年じゃない……ウルリッヒを連れてきてくれ、ファブリス・デル・ドンゴ君」

一時五十分、フランコ軍の戦線から照明弾が打ち上げられた。落下傘に支えられた照明弾は、しばらくの間激しく、暗い河面を照らし出した。機関銃の長く間をとった連射音が三度、夜の闇をつんざいた。

　フォーガとウルリッヒは、打ち明け話でもしているかのように低い声で話し合っていた。ピエルは疲れきって深い眠りにおちた。彼は手榴弾の爆発、迫撃砲弾のうなり、撃ちまくる機関銃の狂い踊るような銃声にとび起きた。今度は全戦線にわたって、照明弾が打ち上げられていた。

　大隊の出した突撃隊の各小隊は、もうエーブル河を渡りきっていた。ピエルは爆音のするたびにちぢみあがりながら、眠ろうとつとめていた。まるで眼をあけて、戦争がただの悪夢でなく、現実にすぐそばに今あるのだということをみつけてしまうのが恐ろしいかのようだった。彼は絶望的に固くまぶたをふさいだ。短かい眠りの安息を捨てて両眼を開くには、苦しい努力をしなければならなかった。彼は、壁のかげにかくれて眺めた。エーブル河の対岸の土堤に人影はなく、砲弾が、土を掘りかえし、河に水しぶきをあげて、馬鹿みたいに無意味に荒れ狂っていた。一発の弾丸が彼の頭のそばの石壁に当って、彼に石の粉を浴びせた。ウルリッヒが彼をよんだ。

「一緒に来い。大隊の残りを連れてフォーガを増援する。味方は、アムポスタに達する前に手荒くやられた。しかし、突撃隊は突破した」

　ピエルは、命令に服従することで急に恐怖を忘れて、ウルリッヒについて行った。首をちぢめた兵士たちが二、三人の組になって、河に沿って横に広がり、はしけが来るか船代わりの浮橋ができるかを待っていた。はしけが戻ってきた。四艘、五艘、六艘……七艘めは砲弾を受けて水柱の中でばらばらになった。傷ついたひとりの兵士が踏みつけられた犬のように、人間とは思われない長く尾をひく苦痛の叫びをあげた。ピエルは、値段二十ペセタのフランス産コニャックの瓶からひと口大きくラッパ飲みして、この瓶をくれたリボシスキーはどうなったろうと考えた。彼はウルリッヒの合い図で、大尉の後に続いて一艘のはしけに乗りこんだ。何かやわらかいものにつまずくと、それは死体だった。場所をあけるためにふたりの兵士が、それぞれ死体の手足をもって船ばたごしに投げ出した。はしけは竿であやつられて、二十人ほどの兵士をのせたまま河の中ほどへ出た。迫撃砲弾がまわりにふりそそぎ、水面すれすれに爆発した。破片が首をちぢめた人々の頭上でうなりをあげた。木造の船体にくいこむことさえあった。

ひとりの兵士が罵り声をあげた。彼は自分の銃を手放した。その腕は力なく垂れ下がってきた。彼は非常に冷静に、ピエルに頼んだ。

「破片をひとつくらった。ひどく血が出やがる。俺の革帯をとってきつく締め直してくれ。うう！　畜生め！」

ピエル・リルルーは両手が血で濡れるのを感じたが、何で拭いていいのかわからなかった。というより拭くことができなかったのだ。これは人間の血である。結局、彼ははしけの船ばたで両手をこすり拭った。

「痛むか？」と彼はきいた。

「わからないんだ。きっと痛いんだろうな」

はしけをあやつるふたりのスペイン人は全力をしぼって竿をさしていたが、国際義勇軍の兵士たちは、彼らがぐずぐずしているように感じて、スペイン語とフランス語半々に彼らを罵った。

「もっと早く《マス・ラピドー》！　淫売のせがれ野郎！　ファシストが狙い撃ちしてくるじゃねえか……急げ《プロント》、こん畜生め！」

彼らは、向こう岸に着きさえすればもう安全なような気がしていた。

はしけは砂洲にのりあげてしまい、全員総がかりで船を押した。水は、かかとぐらいまでしかなかった。一挺の機関銃が彼らのほうを狙ってきた。負傷した男は河の中に倒れ、さらに三人が殺された。はしけはようやく砂洲を離れて、沖へ出ることができた。後に、四つの不揃いな形の荷物が残った。

リルルーはウルリッヒにきいた。

「まだ死んではいなかったかもしれないのに、残して行くんですか？」

「負傷しただけならわめきちらすさ」

機関銃ははしけを狙い続けたが、今では狙いが上すぎて弾丸は闇の中に失せていった。はしけから上陸するかしないかのうちに、二十人の兵士は迫撃砲の斉射に迎えられた。彼らは半ば水の中に伏せて、ふるえながら待っていた。前方からひとりの男がかけて来てたずねた。

「ウルリッヒ大尉はどこだ？」

「ここだ」

「少佐が、すぐ全員を率いて前進してくれと言ってる」

「どうしたんだ?」

「状況が悪い。メナール大尉は戦死した。フォーガの手元には、十五人ぐらいしか残ってない。機関銃小隊は上陸の時、吹き飛ばされた。モール人が反撃してきたらおしまいだ」

「アムポスタはおとしたのか?」

「アムポスタ? 大隊はアムポスタに近づくことすらできなかったぜ。誰か酒もってないか?」

誰かが男に水筒をさし出した。はしけは人間の荷を降ろして、負傷兵をのせて戻って行った。ウルリッヒは将校を探しにピエルを出したが、若者はひとりの将校もみつけられなかった。ぎっしり密集した男たちは別に命令も受けないのに自然に散開し、長い縦列をつくって前進しはじめた。ピエルはウルリッヒにめぐり逢えないで、ひとつの列について行った。彼はそばのひとりの兵士を真似て、伏せたり起きあがったり、前へとび出してはまた伏せたりした。しかし、その兵士が伏せたきり起きあがらなかった時、彼は当惑した。彼は、戦争なんて馬鹿げて子供っぽい遊戯で、弾丸に対しても、そうきまっているというだけの理由で、あらゆる無益な動作をしなければならないのだと感じた。誰かが彼を呼んだ。

「こっちへ来い……」

彼は誰の言うことにも服従する気持ちだったので、呼び声のしたほうへ二、三メートル這って行った。すると、土塁の後ろの銃座にすえつけられた機関銃のそばにひとりの肥った男がいた。

「手を貸せ」

「やり方がわからない……」

「そこの鉄の箱の中に弾帯がある。それを、こういうふうに装塡するんだ。空になったら他のを入れろ。急げ、味方は機関銃の援護が要るんだ!」

「でも、僕は少佐の伝令なんだ!」

「少佐もへったくれもあるか、モハメッド野郎が攻めてくるだけだ」

前方の夢のような月光の中で、小さな人影が、先ほど国際義勇軍の志願兵たちがやっていたのと同じ遊戯を演じていた。彼らは、立ちあがり前進して来てはまた伏せた。

肥った男は落ち着いて射撃しはじめた。彼は五、六発ずつの連射を放ち、照準を直してはまた撃つのだった。

銃口からは短かい赤い焔がほとばしった。機関銃は、恐ろしい音をたてて空気をつんざいた。ピエルは弾帯を出しては、これを装塡した。実に簡単な仕事だった。人影はさっきよりはまばらになったが、次第に近づいてきた。肥っちょは罵り声をあげた。

「このボロ鉄砲め、故障しやがった！　こういうロシア出来の奴は、とてもホッチキスにかなわねえ。手榴弾あるか？」

「三つあるよ」

「ふたつよこせ。ひとつはとっとけ……俺と一緒に投げるんだ」

ピエルは脇へすべって行きながら、拳銃を出して手の届くところへ置いた。数秒のうちに戦争は遊戯でなくなり、拳銃は玩具ではなくなっていた。

三つの黒い影が土塁から生えてきたかのようにあらわれた。肥っちょは、半身を起こして手榴弾を投げた。ピエルもそれにならった。彼は手榴弾がすぐそばで爆発し、燃えるような爆風が皮膚の上を吹きぬけていくのを感じた。彼の手は拳銃を握りしめていた。

ひとりの大男のモール人が、小銃をさかさに握ってふりまわしながら彼にとびかかってきた。彼は、その男の下腹を狙って、弾倉の半分の弾丸を撃ちこんだ。

「必らず下腹を狙えよ」とウルリッヒが言っていたのだ。人影はピエルの上に倒れかかった。ピエルは、自分は死んだと思って眼を閉じ動かなかった。数秒たってから眼をあけてみると、もうひとりのモール人が、百姓が鍬で土を耕やすように、肥っちょの身体につっこんだ銃剣を出し入れしていた。彼は拳銃をつき出して、モール人の背中に押しあてるようにしながら弾倉の残り半分を撃った。《モハメッド野郎》は、身体がふたつにちぎれて地に崩れおちた。

ピエルは死骸から身体を離して肱をついた。まわりには、三つの死体と故障した機関銃のほか何もなかった。彼はこれからどうしていいかわからず、すっかり忘れていた恐怖がよみがえってきた。ただ今度は、恐怖の形が変わっていた。恐怖は、身体じゅうを軽くなでまわしながらしみこんできた。恐怖に降参した時、彼はやすらぎを感じたが、といって何ら気力がわいたわけではなかった。

後ろでかすかな物音がした。ピエルは拳銃に弾丸をこめ直してさえいなかった。もう自衛する気はおこらなかった。彼はもうだめなのだ。彼は、ゴメスの殺した若いスペイン人を思い出した。今の彼には、あの男と同じように防ぐ力もなかった。

物音は、ウルリッヒの当番兵のボネだった。

「大尉が負傷した。少佐は?」

「ぜんぜんわからない」

ボネは三つの死骸に気がついた。

「このへんはひどい戦《いく》さだったな。俺は、フォーガにそのことを報告してくる。もっと高い墓地のほうへ上がってみよう。お前は大尉のところへ行け……左へ百メートルの地点だ。今度モール人が攻めてきたら大変だ。もう手榴弾はないのか? よし、ひとつやろう。もうひとつは自分用にとっとく」

ボネはあひるのようにがに股で身体をゆすりながら、消え去った。

ウルリッヒは天幕布の上に寝かされていた。毛布が顔を覆っていた。脊髄が破壊されていて、あまり苦しんではいなかった。しかし、下半身から何かがなくなったことは感じていた。月は雲の後ろにすべりこんで、草も木もない平野を照らしていた。

「ピエルです。具合はどうですか、大尉どの?」

「酒もってるか?」

リルルーは、水筒の口をあけてウルリッヒの口に当ててやった。ウルリッヒは、むさぼるように飲みだした。そしてひと口ごとに満足の吐息をもらした。彼はたずねた。

「フォーガは退却できそうか?」

「ボネが逢いに行きました。でも……」

「でも……か。もうフォーガはいないかもしれない。俺たちはひどい目にあったな」

ウルリッヒは口をきくのがつらくて、ドイツ訛りをむき出しにしていた。

「いいか、ピエル、おり《ヽヽ》(俺)はもうだめだ。もう身体が腐ってきてるのがわかる。血が革帯のまわりにかたまってる。ずらかれ。いや、もう少し酒をくれ。さあ、ずらかるんだ。フォーガに言うんだ……いや……もういい……」

ピエルは立ちあがって二、三歩あるいた。彼のまわりに弾丸がうなりはじめた。彼の姿は月光に浮かびあがって絶好の標的になったのだ。彼は、地に伏せるのがやっとだった。

すぐそばで、一発の銃声がひびいた。ウルリッヒが口の中に拳銃を撃ちこんだのだ。

ピエルは大尉のほうへ戻った。大尉はもう動かず、頭蓋がくだけ散っていた。ピエルは死体に毛布をかけ、フォーガに逢うためアムポスタのほうへ向かった。


少佐は六十人ほどの部下を率いて、アムポスタの町から三百メートルのところにある墓地を支えていた。彼はひとつの大きな丘陵形の墓所から死体を運び出させ、そこを指揮所にしていた。しかし、死骸の臭いは残っていた。

フランコ軍の迫撃砲隊と砲兵隊は墓地を砲撃して、墓穴を掘りかえした。まさに死体の乱舞する地獄絵で、それもひどく悪趣味な図柄だった。

モール兵は三度攻撃して、三度とも撃退された。しかし味方の弾薬も不足しはじめ、特に手榴弾が足りなかった。


ピエルは、泥だらけになってたどりついた。フォーガは彼をにらんだ。

「やっと来やがったな! ウルリッヒと大隊の残りの者はどこにいる?」

「ウルリッヒは戦死しました。僕たちが上陸した時、迫撃砲にやられて……」

「怪我もしてない奴がそれを利用して、また船に乗ってずらかった……そうなんだろう、おい?」

フォーガは罵りはじめた。ピエルは彼が誤解しているのだと思って繰り返した。

「ウルリッヒは死んだんです……」

「えい、わかってるよ、糞ったれめ! だからどうしろっていうんだ? 俺が用のあるのは生きてる人間だけだ。夜明け前にアムポスタを占領するか、エーブル河を渡って退却するかだ。あと二時間ある。もうひとつの大隊は何をしてやがるんだ?」

ひとりの兵士が墓所に入ってきた。その落ち着いて無頓着な態度には、もうこれ以上どうすることもできないというあきらめが見てとれた。フォーガはその男のほうへとび出して、墓所を照らしているローソクをひっくり返した。
「どうした？」
「ルイジ大隊なんて、もうないよ。フランコ軍の二箇大隊に狭み撃ちされたんだ」
「……モール人か？」
「いや、フランコ軍の正規兵さ。二時間前に奴らの一箇連隊がトラックで来やがったんだ。あの畜生どもは負傷兵にとどめをさして、こっちが守っていた壕をひとつのこらず手榴弾で清掃しやがった」

それでも、フォーガは敵との接触を断つことに成功した。二箇大隊のわずかな残兵は河にたどりつき、何艘かのはしけをみつけることができた。フォーガはフランコ軍を墓地の前に釘づけにしておくため、部下の半数を犠牲にしたのだった。

ピエルはこの退却のことはよくおぼえていない。迫撃砲弾が直撃し、墓地を見下ろす大きな石の十字架がまっ赤な尖光の中で粉みじんにとび散った。彼自身は、息も絶え絶えに伏せては走ったのだった。

それから、エーブル河の土堤をなめる水の音。乗ったはしけは流れに押されて海のほうへそれていき、しかもひっきりなしに空缶で水をかい出さなければならなかった。

ピエルは原始的で荒々しい利己主義者になりさがり、眠ることしか考えられなかった。ウルリッヒの死、フォーガ、戦争は脳裏から消えた。存在するのはただ自分自身、自分の疲れ、自分の眠気だけだった。

攻撃から生還した男たちは、河の対岸の旧陣地に戻った。ピエルは土のうの胸壁によりかかって、ぐっすり眠った。

第十四旅団の生き残りは、休息のためタラゴナへ送られた。フォーガはタラゴナでピエル・リルルーを軍曹に任命し、酒を飲ませて女郎屋へ連れて行った。ピエルは陰気なふくれ面の娘と寝た。その娘は古くなったバターのような臭いがした。飲んだ酒が悪かったのか、頭が痛くてたまらなかった。彼は家へ戻ってリナに逢いたかった。静かな神学校、川、虹鱒、農家が恋しかった。

小坊主は、その肥った娘のぶよぶよした胸乳の上で涙を流した。もうこの戦争という遊戯を続ける気は消え失せて、きびしい男の世界にとどまっていたくもなかった。彼は服を着ると、フォーガを探しに馳けだした。少佐はひとりの娘を相手に酒を飲みながら、スペイン語で猥談をやっていた。娘は彼を怖がっていたが、一生懸命笑って、せめてこの男と寝室へ上がる時刻を遅らせようとしていた。

ピエルは、彼らのテーブルに坐った。

「もう済ましたか？」とフォーガはきいた。

「僕は帰りたいです」

「どこへだ？」

「家です。リベーヌ村です。僕は出てくる時、父に断わってもいないんです。それにリナもいます」

フォーガは身ぶりで娘にひっこんでろと合い図した。金は前払いしてあった。娘は、これほどの幸運は期待していなかった。彼女は元気よくハンドバッグとショールをかき集めて、逃げ出した。

「お前は何よりもうんざりしたんだよ、ピエル。お前は何週間かのあいだ、自分の年や力より背伸びして暮らしてきた。俺たちと暮らしているのが気に入ってる間は、親父や故郷や女なんかどうでもよかったんだ。帰ってもかまわんぞ……」

「でも……」

「明日の朝、俺に逢いにこい。バルセロナへ連絡に行く仕事をやろう。バルセロナで脱け出して国境へ向かうんだ。さあ、もう一杯飲め。お前が今夜何も言わなくとも、俺はお前をフランスへ送還するつもりでいたよ。スペイン戦争は味方の敗けだ。共和国軍は、北のほうではエーブル河を渡った。しかし、攻撃は食い止められてしまったんだ。国際義勇軍もあと二、三週間で解散だろう」

「じゃあ、僕もそれを待ってから……」

「いかん！　チェッ！　俺は他の女をみつけなけりゃならんな。お前が寝た女は具合よかったか？」

ピエルはまた、泣きだしたくなった。彼はコニャックを一杯飲んで口に苦味を感じながら、椅子を蹴倒して立ちあがった。彼は何とか気をつけの姿勢をとろうとした。

「少佐どの……」

フォーガは腰掛けたまま、二、三度身体をゆすった。

「なあ、若いの。男になるってのは楽じゃねえだろう？」

彼は手の届くところを通りかかった女をつかまえ、もうピエルを相手にしなかった。

# 退屈な日曜日の出逢い――初陣

今日もマルタン・ジャネは、レオを連れて第四中隊の陣地に登って行った。レオはこの遠出にはもう興味がもてないので、不気嫌だった。今では、この衛生兵は混血児の愛情を楽しんでいるから、陣地の朝鮮人ボーイの魅力はほとんど感じなくなっているし、新しい寵童が自分の留守を幸いに他の下士官と悪いことをしてはいないかが心配だった。混血児は非常に金に弱くて、少しのドルでも見せられるとその魅力に抵抗できなかった。

マルタン・ジャネは重大な情報をたずさえていたので、近道をして、いつもとる休憩も短縮した。

新任の将軍が師団司令官に任命されたのだ。クランドルという人物で、軍医はその前日、晩餐会で将軍に逢っていた。ヴィラセルスとフラカスの両少佐と一緒に招待されたのである。彼はリルルーとデミトリエフに話してやるつもりで、将軍の肖像を心に描いてみた。四十前後の、腰の肉の薄い尻のやせたあまり背の高くない男で、顔立は貴族のように品があったが、金ぶち眼鏡で台なしだった。物腰は優雅できちんとしていて、声には熱があり、説得力があった。クランドル将軍の英語はアメリカ人らしくなく、鼻にかからなかった。だが、彼の唇は薄く、明るい緑色の眼は渇望に輝き、猛禽類のようにはるか彼方を見据えていた。晩餐に同席したアメリカ将校たちも、フラカスも、マルタン・ジャネも、この異様な将軍には気づまりを感じた。将軍は無雑作に英語とフランス語を使い分けていたが、祭りの日に大人が子供にサービスするような態度だった。

ヴィラセルスだけはやや将軍と似た種族の男なので、将軍に感心しているようだった。

晩餐の後、ブラウン大佐はマルタン・ジャネに、自分の天幕へウイスキーを飲みに来いと誘った。ブラウンはいわゆるアメリカ人面《づら》で、聖書を引用しながら電気冷蔵庫を売りつけそうな顔をしていたが、実は非常に悧巧な男で、軍医は彼の《第六感》を尊重していた。その上、ウエスト・ポイント陸軍士官学校出の現役将校として、アメリカ陸軍の人材には生き字引のように詳しかった。

「クランドルは」ブラウンは言った。「南部出身でね、父は将官、祖父は大佐だった。そしてレストン提督の姪と結婚している。アメリカ陸軍では一番年少で優秀な少将のひとりですよ。非常に悧巧で教養も高く、驚ろくべき記憶力の持ち主で、この方面じゃ、ペンタゴン行きの出世コースに乗っている。今度朝鮮へ来たのは、女房のリリイも堂々たる働きを見せていますよ。今度朝鮮へ来たのは、中将に昇進する機会をつかむためだ。何ともひどい話ですよ」

これまでブラウンは、自分の上官にも部下にも評価をくだしたことはなかった。人間というもの、良いにしろ悪いにしろ、人間の反応、反応を生む動機などに興味がありすぎて、人間を嫌いになれなかったのだ。彼はその日まで、軍医に特別な打ち明け話をしたり、同情を示したりしたことはなかった。

マルタン・ジャネは、もう少しで秘密が握れると感じて、一歩話を進めた。

「あなたはクランドルと同期なんですか？」

「そのとおりです。ウエスト・ポイントの同期です。しかし私が彼をギャングの頭目みたいに危険な男だと判断するのは、嫉妬のせいじゃありませんよ。わかってほしいですね。軍医さん、あなたには必らずわかるはずだ。あの将軍は人間を憎んでいます。正確に言えば人間の中の人間的なもの、勇気も弱さも、憎悪も愛情も、すべて憎んでいるのです。今にわかりますが、命令機械としての性能は優秀ですよ。しかし、アメリカ軍部は彼に適した場所じゃない。彼は、アメリカ軍部の現状では少し前進しすぎているともいえます。ドイツかソ連なら立派な元帥になれたでしょうね……」

ブラウンは自分のグラスへ酒をついで飲み干すと、雑のうや軍用鞄に手廻品を詰めはじめた。

「あなたは師団を離れるんですか？」

「一時間後に京城へ発ちます。クランドルの指揮下にいるなら、決して彼を批判などしませんよ。軍隊というのは一種の約束事です。私はそれを破ったことはありません。軍医さん、あなたはクランドルと対照的だ、人間的すぎて相手が当惑するほどです。あまり人間的なためにある国家に属せなくなってしまったんですね。私はいつもあなたがフランス人だということを忘れがちでしたよ」

「大変お賞めにあずかりましたね」

「賞めたんじゃない。私は、国とか階級とか社会層とかいう一定の範囲内で、人間的であってほしいと思います。あなたは拡散しすぎですよ……じゃあ、さようなら。軍医さん、私はあなたの名前は忘れそうです。しかし、あなたという人は私にひとつの問題を与えてくれました。この問題にはこれからもしょっちゅう出くわすことでしょう」

「ブラウン、あなただって拡散するようになりますよ！」

「そうなったら私は軍を去りますね」

マルタン・ジャネは、陣地へ登りながら思いめぐらした。《優秀な命令機械クランドルがここへ来たのは中将の星章を求めてだ。だから、師団を何らかの形の戦闘に巻きこもうとするだろう……その時になって板門店の和議が成立してでもいなければ……それはまず見込みがない》

軍医は友人たちに新任のアメリカ軍将官の話を長々としてきかせた。彼は特別の嫌悪もなく、熱もこめずに話した。純粋な軍人という一種の怪物、異常な現象が問題なのだから。

クランドル将軍は師団の指揮権を握ると、その翌日、師団の守っている陣地の査察に出かける決心をした。陣地は中国側の戦線から見下ろされている一連の峰だった。

兵士たちは二カ月来、一種の休戦が続いているので気がゆるみ、それに馴れてしまって、壕を掘ったりトーチカを補強したりする代わりに、日光浴をしたりトランプをやったり、手紙や雑誌を読んだりしていた。将軍は数隊の偵察隊が出かけるのを見たが、隊員たちはまず中国兵に出くわす心配はないと思っていて、狩りにでも行くような様子だった。事実、獲物をもって帰ってくることさえあった。

ある軍曹にいたっては、大胆にも将軍に向かって、いつになったらこの平和交渉とかいう奴が終わって国へ戻れるのかと質問したほどだった。

クランドルは、部下を相手にする時はこうときめている優雅な物腰で、非常に丁寧に、自分は何も知らないと軍曹に返事した。しかし、左のポケットにつっこんだ彼の手は、受けとったばかりの電報を握りしめていた。

《和平会談、実質的に決裂。配置を強化せよ》

彼は、この電報を軍曹の艶々《つやつや》した呑気な顔に叩きつけてやりたかった。彼の信条では、帰郷のことばかり考えている兵士は劣悪な兵士なのである。だいたい、兵士に帰る場所があるなどという事実からして認めがたい。

彼は若い少尉のころに、自分ひとりの秘密として次のような軍規をつくり上げていた。

《兵士には、妻子をもつこと、家と両親血縁をもつこと、軍の支給以外の新聞雑誌を読むことを禁ずる。兵士は、市民の規律や習慣とは離れていなければならない……兵士の聖書とは軍規である》

この軍曹のように、なりゆき任せで平和が近いという確信をもっている人間は、将軍に嫌悪をもよおさせた。彼は軍曹をなぐりとばしたいという欲望を激しく感じた。しかし、彼は魅力のある声で軍曹にきいただけだった。

「ねえ、君は何という名前かね?」

「C中隊、アンダースン軍曹であります」

軍曹はその場を逃げ出して、仲間に新任の将軍は実に立派な男で、まだ乳臭いくせに空いばりする若僧将校どもとはちがうと話してきかせた。

クランドル将軍は査察を続けて、夜、《白い丘《ホワイト・ヒルス》》の前にやってきた。それは一キロほどの長さの、短刀の刃のように薄い尾根で、中央部の岩峰でふたつに区切られていた。この尾根はアメリカ軍戦線の間へ張り出して、どんぶりのような形の出口のない盆地をつくっていた。そこにはいくつかの村があり、藁ぶき屋根の下に中国軍の数部隊がたむろしていた。

将軍は砲兵隊の観測所に腰をすえて尾根をみつめた。彼は峰から目を離すことができず、自分の運命がこの峰にかかっているという予感におそわれた。急に月が昇ってきて、彼はあやうく叫び声をあげるところだった。黒くてずんぐりと丸いふたつの丘の間に、この世のものとは思えない優美な姿で、結氷の後の雪のように輝かしく、《白い丘《ホワイト・ヒルス》》が孤立していた。丘は、将軍の野心のように純粋だった。山腹には、何ひとつ動くものはなかった。丘は、将軍のように生命を憎んでいるのだ。

将軍の頭は機械のように動きはじめた。

《尾根を囲んでいるふたつの山峰を掃討して南端を抑えてしまえば、中国軍は《白い丘《ホワイト・ヒルス》》から撤退せざるを得なくなる。だからあの山峰、ふたつの丸い禿山の占領が問題だ。航空機の爆撃とナパーム弾攻撃もおおいに有効だろう。非常にけわしい斜面はない。第十一歩兵連隊と第七歩兵連隊に命令して、それぞれ円丘をひとつずつ占領させよう。第十八連隊とフランス大隊は、《白い丘《ホワイト・ヒルス》》の掃討に使う。最近の情報では、中国軍はこの地区では活発に動いている。木を伐り倒したり、壕を掘ったりトーチカを強化したりしている。しかし迅速で強烈な攻撃をくわえれば、地歩を奪ってあの《どんぶり盆地》を支配できる。《白い丘《ホワイト・ヒルス》》《どんぶり盆地》、新聞の見出しにはうってつけだ。非常に空想をあおる。二、三人新聞記者をここへ連れてきてやろう。今夜のように明るい晩、《白い丘《ホワイト・ヒルス》》が月の光で輝いている時がいい。新聞記者用の脚本をひとつ組み立ててやろう。偵察隊を出すことだ……それに、あの谷間の情勢をさぐるための情報も必要だ。フランス兵に偵察をやらせよう。そうすれば、いよいよ面白くなるというものだ》

将軍は、二週間あれば師団を掌握でき、作戦を実行できると計算した。増援と補給を受けられるし、空軍の支援も得られるだろう。総司令官マドスン将軍の承認を得るのは造作ない。彼は太平洋戦争中、マドスン将軍の司令部づきだったので、どう扱えばいいかは心得ていた。マドスンには西部劇のカウボーイやプロボクサーのようなところがあり、そこを狙えばいいのだ。

《閣下、中国の阿呆どもが和平会談を失敗させたばかりです。奴らの正面にワン・パンチ叩きこむには、今が絶好の時機です。ここのところ師団《うち》の若いのはちょっと退屈してますし、何も仕事がないんで頭へきています。黄色い間抜けどもをちょいと可愛がらせてやっても、悪い気はしないでしょう。私はちょうど、ある円丘を見てきたんですが……》

クランドルは闇の中でひとり苦笑した。実は彼は、およそ下品な話し方は大嫌いだったし、軍隊で大流行の映画ばりの荒っぽい台詞には我慢できなかったのだ。

マドスンの様子は、いつも映画に出ているか、選挙演説でもやっているかのようだった。この将官章の星と勲章に埋まった人形は、他の人形たちと同じ種類の言葉、同じ型の起居動作をするので他の者の気を安めてくれた。しかしマドスンには他の一面があった。彼は狡猾で野心的で無慈悲で、日本で高い地位につきたいという夢があった。この件がうまくいけば、マドスンは自分の功にしてしまうだろう。失敗したら、責任は皆クランドルにかかってくる。幸い、クランドルには妻のリリイがいた。リリイは、ペンタゴンの栗色の絨緞を敷いた事務室には顔が利く。彼、クランドルが最終目標に達するには、どうしてもあのあばずれリリイ、《利け者《ブライト》》リリイと仇名されているあの娼婦の力を借りなければならないのだ。

ひとりの歩哨が彼の後ろで咳をした。彼は激怒を感じた。彼にとって部下は機械だった。彼らが弱味や疲れを見せるのは許せなかった。そんな兵士は充分に訓練されておらず、非人間化されていないのだ。

彼は副官を呼んで強力な夜間望遠鏡をもってこさせた。《白い丘《ホワイト・ヒルス》》のけわしい山腹をさぐっていくと、木箱を背負った一隊の男がよじ登って行くのが目に入った。

彼は砲兵隊に射撃を命じたが、命令が実行されるまでに手間どるのに気がついた。彼が送受話器を取りあげてから、最初の砲撃が《白い丘《ホワイト・ヒルス》》に爆発するまでに七分もかかっていた。三分もあれば充分やれるはずだ。遅いかわり、狙いは正確だった。しかし、中国人にはかくれてしまうだけの余裕があったのだ。

その翌日、クランドルは京城へおもむいてマドスンに逢い、計画を話した。マドスンはもちろん承認したが、それでも二、三度こう繰り返した。

「何よりも、あまり損害は出さんようにしてくれ。戦略的にみて、あの丘の奪取には、どうでもいい程度の重みしかないからな。あの丘の後ろには他の丘がある。きりもなく続いているんだ。ワシントンでは、この戦争自体を好ましく思っとらん……さて、若いの、あのバーボン・ウイスキーの奴を一杯やるか?」

クランドルはバーボンの匂いが大嫌いだった。マドスンは彼よりもひどかった。ふたりとも、スコッチのほうが好きだったのだ。しかし、バーボンを飲むほうが《正統派アメリカ人《オールド・アメリカン》》らしかった。サタディ・イブニング・ポスト(アメリカの有力紙)の最新号ではマドスン将軍の《正統派アメリカ人》気質や正統派らしい趣味が強調されている。ふたりはしかめ面したい気持ちで、微笑を交わした。

それからクランドルは、報道通信部のバーに車を回した。運よく彼の探していたハリー・マロースはバーにいた。生気のない顔をした長身の新聞記者は、くずおれるように椅子にかけて、どろんとした眼つきで酒を飲んでいた。それでも、この男は疲れを知らない仕事好きなのだ。彼は、海兵隊が鴨緑江から退却する長い道程に従軍した。彼の記事は合衆国最大の新聞紙上に掲載され、昨年ピューリッツァー賞を受けていた。このふたりの男は、互いに奇妙な敬意を抱きあっていた。

将軍はマロースの前に腰掛けた。

「ハリー、面白い話をもってきたよ」

「どう面白いんです？」

クランドルは、マロース相手には皮肉な口調が効果あることを心得ていた。

「私には星がもうひとつ、君にはこれまでで最高の連載記事だ」

マロースの眼は光ってきた。彼は長い身体を折り、頬杖で支えた顔をクランドルの顔から数センチのところへもってきた。

「いつからです？」

「六日後に師団へ来てくれたまえ。その晩、フランス兵の偵察隊が出発する予定だ。それがきっかけで大仕事が始まるはずだ」

「クランドル将軍、僕はあなたを好きませんよ。それはもう断わってありましたね。あなたはあまりに貪欲すぎる。しかし、それはそこへ行って悪い理由にはならん。朝鮮へ来ている司令官という名の喜劇役者の中では、必らずしも昇進だけを当てこまずに何かやる気のあるのはあなたしかいない。何を飲みますか？」

「スコッチを貰おう」

クランドルは、暗く生暖かい天幕の中で、野戦用ベッドに横たわっていたが、眠れなかった。彼は妻のことを考えていたが、別に妻を欲しいとも恋しいとも思ったのではない。ただ感嘆の念をこめた一種の嫌悪感があった。

「《利け者《ブライト》》リリイか！」

リリイと婚約した時は、大尉だった。彼が彼女を愛したのは、彼女の利発さと彼女の代表するコネのためだけだった。

結婚生活の初期で彼らの性体験は幻滅を味わわせた。とはいえ、妻も夫もそれぞれある程度情事の数は経てきていたのだ。《リリイは愛撫の折には、受け身で男を受け入れることで満足しようとせず、積極的で従属すまいとしたのだ》とクランドルは考えた。彼女は快楽を受け入れるのではなく、奪おうとして、自分の肌を洗う石けんのように男を使用するのだった。

彼らは結婚後半年で、寝室をともにしなくなった。リリイは他の男に興味を向け、彼自身は性慾を他の方面にふり向けると、たちまち禁慾生活になれてしまった。

しかし、ある固い絆がふたりを結んでいた。彼らの共通の野心である。提督の姪であるリリイは、自分もアメリカ陸軍の指導者の名を冠したかった。そこで彼女は神経の太さ、肉食獣のような体力、強情さ、美貌などの特徴を用いて夫の出世に協力するようになった。といって、ペンタゴンの老将軍たちの誰かと寝たわけではない。彼女はもっと悧巧だった。老将軍たちと細かな感情の駆け引きにふけり、相手に充分自分の好意を感じさせるようにしむけた。年で情感の衰えている男たちには、これで充分だった。

彼女は肉体の快楽は別のほうに求めたが、それでボロを出したりばれたりすることはなかった。時どき、夜、彼女は餓えに眼を光らせて外へ出て行き、明け方ごろ、充たされてすばらしく美しく輝きわたり純粋になって、帰ってくるのだった。水夫や港人足に抱かれて一夜をすごしたのである。クランドルは、彼女が黒人とも寝ているのではないかと疑っていた。

彼らは非常に仲の良い夫婦といわれていた。舞踏会で夫婦が踊っていると、老婦人たちは目を細めるのだった。

ある日、彼は妻に、黒人の男と寝ているのか、とたずねたことがある。彼女は自動車の鍵束を指で回しながら、落ち着いた声で答えた。

「まだよ」

赤くなったのは、彼のほうだった。

クランドルにとって、人間の生活は、条理と不条理、善と悪、昼と夜との間の闘かいに限られていた。彼は、神を論理と光と人間性が必要とするものとみなした。自然や宇宙の創造についてのさまざまな謎には合理的な説明ができないので、人間は神をつくり出したのだ。クランドルは、ある軍隊づき生物学者の理論を思い出した。昆虫の社会でも最初は知性があり、そのおかげで整然とした階級体系ができたのかもしれない。社会がほぼ完全に自転しだした結果、知性は階級の最高位に集中し、ついに個人に集まった。その個人が偶然に死んだとする。それでも、社会の機能は本能となって機械的に動き続ける……という仮説だ。人間も機械になりきらなければ完全に合理的な社会はつくれまい。

将軍は、急にフランス人軍医の人の良さそうな顔や人間の非合理的な面への同情を思い出して手でそれを払いのけるような仕草をした。それから、眠りがやってきた。

デミトリエフとリルルーは、トーチカの中で夜の支度をしていた。彼らは空気枕をふくらませ、屋根の梁木《はりぎ》から毛布の上に落ちていた土をふるいおとし、最後の煙草を吸っていた。

「やぶ医者の話が本当なら」デミトリエフ中尉は言った。「休戦会談が決裂したとたん、我々は、全師団と一緒に作戦に出動することになりますね。大尉どの、ご満足でしょう、大尉どのは戦争好きで通ってるんですから……」

「どんな戦争でも好きなわけじゃないよ、デミトリエフ。僕は志願兵の戦争しか信用しないね、それも異邦の土地がいい。大国間の大殺戮は好かない。僕は実は戦争が嫌いなんだと思うよ。ただ、時によると、戦争のつくり出す特殊な状況の中では、平生あり得ないと思われていたことが急に実現可能になることがある。戦争は時どき、人間が子供の時から抱いていたいろいろな夢を少し拾い集めてくれることがある。これは戦争だけにできることだよ。無人島とか、王国の征服とかいう夢さ。

旧式な形の戦争は、誰にでも手の届くものだった。卑怯者にも勇士にも、馬鹿にも悧巧者にもやれることだ。制服、制帽、小銃、時には金筋を貰って、ほかにどうしようもない状況に置かれてから、山とか谷とか町とかを取れと言われる。それで充分だ。しかし、人間が戦争と自分の夢を混同しだした場合には、自分の生命以上のものを賭けることになる。傭兵というものは、おそらく自分が子供の時につくった夢か、でなければ古い冒険小説から引き出してきた夢のために闘かう男なんだ……」

「人間は自分の犯したことへの悔恨や自分のもっている弱点のためにも、自分の犯した卑劣な行為のためにも、闘かうことができます」

「僕は戦争が罪をあがなってくれるとは思わないね。初めて戦争に出た時が十八歳じゃ、戦争の真相は何もわかってない。知った時には遅すぎる。後はいろいろ細かいことを学ぶだけだ。偶然大きな冒険にめぐり遭うこともあるが、それは非常に稀れだ。デミトリエフ、僕は君が何故戦争してるのか知らん、何故ここへ来てるのかも知らん……多分何かへの悔恨のためだろう。僕の場合はもっと単純だ。一九三九年の戦争と僕との出逢いは、まるで、一文なしで退屈している日曜日の午後に友だちがきて、面白いことがあると誘ってくれたような調子だった。僕は少し戦争というものを心得てはいた——スペインで従軍したことがあったからね。しかし、そんななりゆきだったんだ。僕はあの時ほど退屈していたことはなかったってわけさ……おやすみ、デミトリエフ。今夜は思い出というねずみがあまり君をかじらないといいね」

あたりの村という村の鐘が警鐘を鳴らしだした時、ピエル・リルルーは山でえにしだを掘っていた。彼はその場につるはしを投げ出して村へかけ下りた。

村の男たちは役場の前の広場に集まったが、何を話し合っていいのかわからないまま、正面のブーケ小母さんの旅館の酒場へくりこみ、日曜日のようにブドー酒の大瓶をかたむけていた。皆は旅館からピエルをよんだ。

「おい、スペイン、一杯飲まねえか?」

スペイン内乱から帰ってきて以来、彼は《スペイン》という仇名を貰っていた。

厚い木の卓には、蠅がくっついてしまうほどたっぷり油のしみこんだ蠟びきの卓布がかけてあった。そのまわりに、《とんがり頭》のポール・デュマ＝ヴィユウや、手も顔も油で汚れ吸い差しをくわえた鍛治屋の息子のウルバンや、《いかれ》のジャンや、山の小屋から下りてきたふたりの羊飼などがいた。羊飼たちは、凝乳と汗と汚れた足の悪臭がした。彼らは席をつめた。ピエルは彼らのそばに腰掛けた。彼は、少し酸っぱい赤ブドー酒を一杯飲み干して身ぶるいした。それから煙草入れを出して、《スペイン風》に煙草を巻いた。皆は彼の話をききたくて、いらいらしながらそれを見ていた。

「戦争だよ」ピエルは鼻から煙を出しながらやっと口をきった。

「そりゃ、わかってらあ」ウルバンは言った。「いったいどうなるんでえ」

ウルバンは恨みと妬みをこめて強調した。

「お前はどうでもいいだろうぜ。まだ十八だし、召集はされねえ……」

「俺は志願するよ」ピエルは言った。「これは見逃せないぜ」

「何を見逃せねえってんだ」とひとりの羊飼がたずねた。

「戦争さ……あちこち見物もできるし、いろんなことがおぼえられるんだ」

ウルバンは自分の吸い差しに、砲弾の薬莢の形のライターで火をつけ直した。

「でもお前は戦争をその目で見てきたじゃねえか。それでもまたやる気になるもんか？」

実はピエルはたった今その決心をしたばかりだった。彼には急に戦争のいいところばかりが目につくようになった。今の暮らしは袋小路にいるようなもので、やっとこれから脱け出す手がかりをつかんだのだ。

スペインから帰ってきた時、父の老リルルーは、どちらかといえばピエルを冷たくあしらって共産党よばわりし、母親は十字を切った。

しかし老人は戦争の話がききたくて、あまり息子に悪意をもち続けていられなくなり、夕食後、女房と他の子供が寝に行った時、問いを切り出した。

「さあ、話してみな……あっちはどうだった？」

ピエルは話が上手だった。老人は、たちまち怒りを忘れてしまった。

「そうか、そんなわけで軍曹になったのか？　それで女のほうはどうでえ、激しいんだってなあ、いい身体してるってじゃねえか？　お前、悪い病気はしょいこまなかったろうな？　一九一七年の戦争のころはな……」

《お釜ぼう》は非常な友情を大げさに見せながら、ピエルを迎えた。しかしいっぽうでは気づまりな様子で、もうピエルの前で戦争《ゲルラ》ときん玉《コホネス》の話はしようとしなかった。

リナは彼に言った。

「あんたはもう坊主にゃなれないよ。やっぱりあのお守りは利いたんだねえ」

夜、彼女は彼と一緒に出て行った。彼はえにしだの茂みの中で彼女を抱いた。彼女は、彼の身体の下で叫んだりうめいたりした。そして、彼はやっと愛の仕事の意味と女というものがわかってきた。女は、男が生命力を注いで種をまく畠なのだ。男は女の身体を征服しながら、自分自身の一部を女にあずけて行くのである。

レ・フォンの主任司祭の伯父は、マンドの司教プラスマン猊下に手紙を書いて訴えた。司教は、リルルー神学生を司教館に呼び出した。

司教は大きな樫の木のデスクを前にして、ピエルを迎えた。

ピエルは、つっ立ってベレー帽をひねくりまわしていた。

「お前には、もう神父になるなんてことは問題じゃない」司教は言った。「お前は赤どもの味方になって戦争をやり、女の子と関係したんだからな。しかし、わしはお前の伯父さんの手紙の書き方は気に入らん、いったい、ありゃ何だ？　もう宗教裁判の時代じゃないんだぞ！　だから、わしはお前が哲学課程（大学入学資格試験のための高校の上級課程はその当時は哲学（文科系）数学（理科系）の両コースに分かれていた。現在はもっと細分化されている）を終えるまで小神学校の学費を払ってやることにした。後は自分が好きなようにやれ。お前はいずれ教会へ戻ってくるような気がするんでな……若気のあやまちから目がさめればな。そのベレー帽をいじくるのはよせ。わしを怖がっているみたいだぞ」

ピエルは十月に小神学校に復学したが、クリスマスの休暇で村へ戻った時には、もうリベーヌ村の教会の聖歌隊には参加しなかった。

リナは彼の子供を身ごもったことを知らせたが、彼は自分の父親に話す勇気がなかった。復活祭の休暇に帰ってきた時、彼はリナが《お釜ぼう》とともに姿を消したことを知った。彼は非常な悲嘆を味わって、リルルー老人に真相を打ち明けた。老人はこう事態を要約した。

「リナは自分ひとりで子供を産んで育てたかったのかもしれねえ。それとも、《お釜ぼう》とあの娘はあまり長いことひとところに居すぎたんで、他所へ行きたくなったのかもしれねえ。流れ者つうのは俺たちとはちがうからな。ジプシーがどこかの土地に執着しても、決して長続きするもんじゃねえんだ。お前は戦争にも出た、娘の腹もふくらました。これで一人前の男だな」

ピエルは七月に、大学入学資格試験の後半に合格した。おかげで、村では彼を一種の尊敬の目で見るようになった。しかし、彼のほうは人生のはりあいがなくなったまま、夏休みの始まりに直面して倦怠しきった。彼は時には川へ密漁に出かけて、虹鱒や川えびをパリからきた観光客に売って少し小遣いを稼いだりした。

父親は、小学校の教師になれとすすめた。

「坊主になるよりゃ分が悪いけどよ。憲兵よりゃましだぜ——あれほど身体は使わねえからな」

宣戦布告のあった夜、ピエルは家に帰らないで飲み続けていた。

彼はすっかり酔っ払うと、宵闇の中をまだリナが住んでいるかのように《お釜ぼう》の掘立小屋のほうへ出かけて行った。彼は道の端から端までよろめき歩き、木の枝やえにしだで顔を打たれ、溝の中に転げこんだ。そのうちに疲れきって、燃えるような頭をかかえたまま、さんざしの生け垣に沿って寝ころび、ぐっすり眠りこんでしまった。

彼は朝の寒気で目をさました。口の中がねばねばして、舌は乾いていた。彼はじめじめする牧草地を通って、岩をかんで流れているトゥリィエール川のほうへ下りて行き、きれいな砂洲に腹這いになって、冷たく澄んでいる水に頭をつけた。農家へ戻ってきた時、彼が驚かしたのは中庭の敷石の間で様子をうかがっていた鶏だけだった。両親は食事をしていた。

ピエルは兵役を志願すると宣言した。リルルー老人は、それもいいだろうと思った。ピエルは戦争が続けばいずれは召集される年なのだ。それに大学入学資格があるので、将校を志願する資格もあった。

入隊志願書類に署名してから一週間後、ピエル・リルルーはアヴィニヨンに行って一カ月そこにとどまった。

それから、予備士官教育準備コースへ送られた。彼は試験に合格し、ラ・クールティヌの兵営に送られて幹部候補生第二大隊第一中隊に入隊した。

中隊は高台にある兵舎に泊まっていた。兵舎は灰色の草地と練兵場に使われている黒い土の広場との境界線にあった。下のほうの右手には洗濯場があった。房のついた赤帽をかぶった黒人たちが、のんびりした歌声のリズムに合わせて身体をゆすりながら、倦むことなく洗濯物を洗っていた。彼らは時どき、仕事をやめて、皮をはいだはしばみの木の棒で歯をみがくのだった。

大気には春の匂いがただよっていた。泥のかたまりの間に、青々と草が芽をふいていた。

夜になると、青年たちは酒をあおって、この失敗した戦争や、仲々訪れない春や、じめじめして寒い兵舎から感じる不吉なものを忘れようとした。自分たちは失敗した芝居のみじめな端役なのだと思いたくないので、ランボーやアポリネール（ともにフランスの詩人）の詩を吟じたり、シュールレアリスム（一九二〇～三〇年前後の反体制芸術運動。無意識、狂風夢を賞揚して、理性を否定し想像力の自由な飛翔を説明）の絵や、ジロドゥ（フランスの劇作家）の芝居やパプスト（ドイツの映画監督）やカルネ（フランスの映画監督）の映画を論じたりした。

こういう名前は自己弁護に役立ったし、やがて終えようとしている馬鹿げた幹候教育を忘れさせてくれた。卒業後、彼らはそれぞれ三十人ほどの部下を率いて、この《奇妙な戦争》（フランス人は第二次大戦の初期のこう着状態から突如敗北する過程をこうよぶ）の中に姿を消していくのだ。大攻撃を開始するため、この期の候補生は卒業を繰り上げられるという噂もあった。

ある日曜日、幹部候補生たちは、ドイツ軍がオランダとベルギーに攻めこんだことを知った。その時彼らの大部分は兵営を出ていた。彼らは、兵士用の売春婦でも教官の娘でもない女、偶然この片田舎に自分たちのために出現したかのような観念的な女性を求めて、さまよっていた。

結局、彼らは全員女郎屋でおちあうことになった。そこで彼らはこのニュースをきいたのである。

翌日からも、兵営生活は変わりなく続いていった。そのほうがいつもどおりで安心ではあった。灰色の明け方、候補生たちは作業服を着て銃を肩にかけ、ねぼけ眼でぶつかりあいながら、三、四キロ行軍した。それからちょっと休憩して、演習を始めるのだった。

彼らは濡れた土の上を這いまわり、遮蔽物から遮蔽物へと躍進し、軽機関銃や重機関銃の銃座を定め、空砲を撃ち、石膏の粉を詰めた手榴弾を投げて、頭から粉をかぶり、爆音と火薬の匂いに酔ったような気分になったりした。健康な若者たちと仲間になって弾薬帯と革帯を身にまとって、軍歌をうたいながら、歩調をとって行進したりするのは気持ちのいいことだった。しかし、することもない長い夜を迎えると、彼らの心には再び悲嘆が戻ってきた。

ピエル・リルルーだけが、こんな遊戯は戦争ではないということを知っていた。しかし彼は遊戯のルールを守ろうとつとめていた。

　四日後、ドイツ軍の圧迫で四分五裂したコラップ軍団の一部が、再編成されて他の軍団に配属されるため、この兵営にやってきた。兵士たちはやつれてひげだらけで、ボロ服を着ていた。彼らは手当り次第に暴力をふるおうとし、裏切りにあったとわめきたて、《女の腐ったような将校の卵》の青二歳の前ではハードボイルドをきどり、荒っぽい男ぶってみせた。ほらを吹いたり酔っ払ったりして、自分たちが実は少しでも早く逃げ出すため武器まで投げすててきた脱走兵にすぎないことをごまかそうとしていたのだ。戦線後方の連中から銃殺されるのが怖かったのだ。彼らはそれを忘れるためにあらゆる乱暴を働き、女郎屋へ突撃して占領し、村の居酒屋をぶちこわして歩いた。

　幹部候補生たちは、ひぜん病みやペスト患者でも見るかのように彼らを眺めていた。彼らは指導者もなく戦争に送られ、果てしなく続くブロット（トランプのゲームの一種）と長い無為の日々で精神力を失った哀れな連中だった。

　ピエルは高台の上から、眼下にうごめく敗残兵の姿、酔っ払って足元のさだかでない男たちを眺めていた。

　突然、彼はその群の中にフォーガがいるのをみつけた。フォーガは相変わらず不格好な身体つきで、ゴリラじみた動作だったが、この混乱のまっただ中でも平然としていた。彼はフォーガをよんだ。

「少佐どの！　少佐どの……」

　フォーガにはこれがきこえなかったようだった。

「フォーガ……国際義勇軍……アムポスタ……」

　フォーガは群集を押しわけて高台の上に登ってきた。

「ただのフォーガだよ……二等兵フォーガだ」

　彼の声には苦味があった。

「君に逢えて嬉しいよ、ピエル。それに君がこの糞だめに落っこちていないのも嬉しい。俺はこの糞だめにどっぷりつかって、くっついちまって、糞だめをゆすぶっているところだ……飲みに行こうか、君に金があればな。俺は文無しだ」

　ピエルは、兵営の外にある小さな飲み屋を知っていた。女主人は、彼にはつけで飲ませてくれた。ふたりはその店へ行き、台所へ腰をすえた。そばではかまどが音をたて、煮え立っている鍋からは豚肉とキャベツの匂いが立ちのぼっていた。

「こりゃ悪い酒だな」フォーガはグラスを干しながら言った。「酸っぱいぞ。樽の底から出したんだろう。この戦争みたいなもんだな。じゃあ、君は幹部候補生か？　何の幹部だい、まったく！　もう軍隊もなけりゃ、防衛するものもないってのに……何もかもめちゃくちゃさ」

「まだ奇蹟がおこるかもしれませんよ」ピエルは頑固に言いはった。

「この馬鹿小僧め、マルヌ（第一次大戦の激戦地。フランスの反撃が成功した戦場）の奇蹟か。近代戦の技術的条件は、戦況の逆転なんてことを許さねえんだ。君には、フランスがプチ・ブルになって快適な住み心地を楽しみ、時代遅れの軍隊をかかえ、その軍隊はセールスマンみたいな精神をもった奴らに指導されていることがわからんのか？　まあ、こりゃこれでいいさ。今に我々の出番がくる。いずれは、この脱走兵ども、大ぼら吹きで犬みたいにわめきたてて強がりどもの中から、英雄をでっちあげるようになるんだ。《我々共産主義者》としては、闘かったり敵のどてっ腹をえぐったりする理由をつくり出さなくちゃならんからな。さあ、おかみさんの尻をなでに行ってこい、つけで飯を食わせるように交渉するんだ。このキャベツの匂い……よだれが出てきやがるぜ……」

　三日の間、リルルーは夜になるとこの飲み屋でフォーガと逢った。彼は再びフォーガに魅せられていた。とはいっても、フォーガは昔と同じではなかった。階級も低く指揮権もないので、少し苦々しい口のきき方をするし、共産主義者のことを話す時は、必らず《我々共産主義者は》と言った。フォーガは、入党していたのである。

　教育隊は、コラップ軍団の退廃的な空気に染まらないようにフォントネー＝ル＝コントに移された。フォーガは、ピエルに必らず連絡のとれる住所を教えてくれた。パリ、コントレスカルプ広場十二番地、ジュリアン・リュケルロル方だった。

　ドイツ軍の各師団はフランス全土に網をはって、この中でごった返すほどの捕虜をとらえた。

　もう、ラ・クールティヌの教育隊は授業を再開する暇はなかった。彼らはふつうの歩兵中隊に改編され、指揮官には教官が就任した。こうして幹部候補生第二大隊第一中隊は、フォントネー＝ル＝コントから数キロの地点、三本の街道の交叉点に拠点を設け、《敵軍の前衛》を阻止する任務を受けた。

　彼らはまだ予備士官教育隊で教えられたとおり《敵》と言って、《ドイツ野郎》とか《独助》とか《ドイツ人》とは言わなかった。多くの候補生は、ただの兵士として動かされることに不愉快を感じていた。彼らは国民と軍隊のエリートであり、新世代の将校であり、すくすくのびる麦であると自任していた……その麦を青いまま刈りとったり、エリートを街道の四つ辻においてぞんざいな扱いをするとはもってのほかだ。そう憤慨してはみたものの、実のところ、彼らは怖がっているだけだった。

　三本の街道は、鵞鳥の水かきのように放射線状に分かれていて、二、三軒の家が不揃いに立ち並んでいた。中隊長の老大尉には奇妙なくせが多く、革帯や双眼鏡や地図入れを身につけていても、あわをくった操り人形のような様子でしかなかった。こういう状況が力を合わせて、銃火の洗礼を安っぽい戦争映画の失敗したシーンに変えてしまっていた。

　ピエルはわざと呑気な態度をとっていた。彼ひとりが戦争の体験者だったので、戦友たちからは急に非常な重要人物とみられるようになっていた。ジャズ・レコードなら知らぬことがなく、デューク・エリントン（アメリカのジャズピアニスト）やアーティ・ショー（アメリカのジャズクラリネット奏者）と友だちづきあいしているような口調で話すモニエ、政治学専門学校（政治学のフランス最高の学府。国立。在パリ）を出てある映画女優と一夜を明かしたことのあるコレド、父親が国務大臣のアグー、ジイドとコクトーを個人的に知っていて詩集の小冊子を出したことのあるソメル、こういう幹部候補生第一中隊の若き獅子たちは、すでに戦争をしたことのある男の前では、急に影が薄くなってしまった。何組かのファンの小グループがリルルーをとり囲んだり、戦況についての考えをきいたりした。

　リルルーは戦況のことは何も知らず、何もわからなかった。その点では戦友以下だった。ここには、戦線も塹壕もなかった。中隊は大自然の中に放り出されて、筋の通った戦争に参加しているというよりも、何か突飛な大演習でもしているかのように思われた。ただひとつ明らかなことがあった。こんな淡々とした平原にとどまっていてはならない。村に逃げこんで村を防塞化するとか、鵞鳥の水かきのふちに沿って防げるように塹壕の原形を掘っておくとかすることが必要なのだ。ピエデル大尉はこまのようにきりきり舞いしながら、まるで自信もないくせに、あの《ドイツ野郎の畜生ども》に今に目に物見せてやるぞ、などという脅迫を口にしていた。《ドイツ野郎》という言葉も、彼のしまりのない口にのぼると奇妙な感じがした。

ピエデルは、リルルー候補生が戦友に説明している作戦計画にきき耳を立てた。彼はリルルーが嫌いだった。赤どもの味方としてスペインで戦ったなど許せることではない。

どうして、この少年に予備士官教育を受けることを許したりしたのだ！　しかし今、リルルーの言っていることは馬鹿げたことではない。まず敵から遮蔽しろということだ。四つ辻には機関銃分隊を置き、他の兵力は村の中に陣取る。この地方はブドー酒の産地だから、地下の酒倉は皆しっかりしたつくりだ。その中に入って、いつ出されるかもしれない退却命令を待てばいいのだ。リルルー自身は、二挺の機関銃とともに村の入口に残ればいい。あのリルルーはいやらしい共産主義者だが、何といっても戦火の洗礼は受けているのだ。ピエデル大尉は呼んだ。

「リルルー候補生！」

リルルーがやってきて不動の姿勢をとった。

「君には第一機関銃分隊を指揮してもらう。四つ辻を監視してくれたまえ。中隊の残りは村の中に陣取る。警報があり次第、我々は銃火で君たちを援護する。今ごろ前方からやってくるのはドイツ野郎にきまっとる。だから、命令を仰がないで射撃してよろしい」

ピエルは、二挺の機関銃を四つ辻から百メートル後方の地面が小高くなったところに配置した。高みは何となく三つの土のうで補強された。夜になった。銃手たちは午後じゅうモーターのうなり、装甲車の音、オートバイの乾いた咳のような爆音をうかがっていたが、この平野は静かなままで、犬のなき声や鳥の声しかきこえなかった。

候補生たちは、葡萄を植えた小高い丘のてっぺんにちょこんとのっている小さな家へ、二、三度ブドー酒を買いに行った。主人の態度はそっけなかった。家の門口で戦闘されるのが気に入らなかったのだ。彼は候補生たちにもう少し向こうで戦争ごっこをやってくれないか、と頼んだ。ピエルはむっとした。

「これは戦争なんだぞ！」

「戦争？……これがかい？　ここじゃ戦争なんかしとらんよ。もっと北のほうだ。あっちの人は戦争に馴れてるからね。おかげで葡萄の樹が傷むだろうさ」

主人は七十歳の老人だが、身体は丈夫でシャンとしており、眼も曇っていなかった。彼はまじめで秩序のある世界に住んでいることを自覚しているのだ。

彼らはむっつりして帰ってきたが、水筒はブドー酒でいっぱいだった。モニエはハモニカを出してブルースを吹いた。ソメルは手帳に何か書いていた。戦いの一夜は、論じるのには絶好のテーマである。彼らは、戦争が現実的でなければないほど安心だった。そして、ピエルに対しても優越感をとり戻してきた。この百姓の若僧は、家出して国際義勇軍に投じて数週間をすごしただけのことではないか。

ゆっくりと夜がおちてきた。夜は、田舎の古い劇場の幕のようにボロかくしに役立った。

それは最初のうちは軽いうなり声で、遠くの急流の音のようだった。しかし、その音は急速に近づいてきた。候補生たちは全員、戦闘配置に戻った。

「戦車だったらどうする？」モニエがきいた。彼のくわえていた吸い差しは、ブルブルふるえていた。

「戦車とは音がちがう。あれはオートバイだ」

今では、甲高い爆音がはっきりきこえていた。

ピエルは、機関銃から機関銃へと指令を回した。

「敵が街道の角を回ってくるまでは撃たないように」

「これじゃ何も見えないぞ」

「じゃあ、俺の合い図で撃て」

ピエルは双眼鏡で眺めていたが、それでもほとんど何も見えなかった。突然、三人のオートバイ兵が、前にひとり後にふたりの三角形で、とび出してきた。彼は叫んだ。

「撃て！」

自分のくだした命令と機関銃の発射までの間には、無限の時間が流れたような気がした。

機関銃の銃口から赤い焔がほとばしり、そして静寂が訪れた。街道の曲り角のほうには、何ひとつ動くものは見えなかった。

「確認しに行かなくては」ピエルは言った。「コレドとモニエ、俺と一緒に来てくれ。アグー、君は大尉のところへ報告に行け」

彼らは雑草にくすぐられ、装具に邪魔されながら不器用に溝の中を這って行った。コレドは銃剣を、モニエは手榴弾をなくしてしまった。これは、まだ遊戯にすぎなかった。彼らは道には何もみつかるまい、影を射撃したのだ、と思っていたのだ。

すぐ近くでうめき声があがった。

「ひとりは傷つけたんだな」コレドは、済まないような気持ちで言った。

彼らはとびあがった。ふたりのオートバイ兵は、自分らの車の下に押しつぶされて死んでいた。負傷兵の胃袋はパックリあいていた。リルルーはアムポスタの経験で、胃の負傷には見込みがないことを知っていた。

オートバイ兵はドイツ兵ではなく、ポーランド兵だった。着ているのはフランス軍の制服だった。

負傷兵のそばにひざまずいたコレドは、弁解しようとした。

「僕たちは知らなかったんだ……射撃命令を受けたのだ……しかも、夜で……許して下さい……」

負傷兵は、飲み物を求めた。コレドは水筒をさし出した。ポーランド人は微笑んだ。

「この国のブドー酒はうまい……」

三人の候補生は負傷兵のまわりにうずくまっていた。ピエルは懐中電灯で負傷兵の血の気のない顔を照らしていた。

「もう、皆、だめ……」ポーランド人は下手なフランス語で言った。

それから彼は血を吐き出した。二度ほどしゃっくりをしてから、コレドの支えていた頭がグラリと落ちた。

ピエデル大尉はアグーに案内されて、ブツブツ言いながらやってきた。

「何ごとかね、いったい？」

すっかり動揺したコレドは非常に低い声で答えた。

「オートバイ兵です……ポーランド人でした……僕が殺しちまったんです！」

「リルルー、懐中電灯を貸したまえ……ウーム、何たることだ、このとおりだ！　いったい、この馬鹿どもはこっちへ何しに来たんだ？」

彼は足で、ひとつの死体の顔を仰向けにさせた。その男は、顔いっぱいに弾丸をくらっていた。大尉は嘲笑した。

「君の狙いはまずかったぞ、リルルー！」

「大尉どのが、前方からやってくるものは何でも撃てと命令されたのです」

「そりゃそうだ。しかし、だからといって同盟軍のオートバイ兵を撃滅するとはな……まあ、スペインでも君たちはあまり敵味方の別なくやっつけたらしいからね」

リルルーの声音は、ほとんどおだやかといってもよかった。

「大尉どの、村へお引き取り願います」

ピエデルはブツブツ脅し文句をつぶやきながら、立ちあがった。

「なんていやな奴だ！」コレドが言った。

「俺たちの初陣は立派なものさ」嘔吐を終えたモニエが言った。「今じゃフランスを守ってるのはわずかのポーランド兵だけなんだ。我々はその中の三人を殺したってわけだ！」

午前二時、中隊はとうとう後退命令を受けた。ピエデル大尉と彼の車の運転手は、数キロ行ったところで死んだ。一機の飛行機の投下した爆弾が自動車もろとも押しつぶしたのである。中隊はロ・エ・ガロンヌ県のトナンまで退ったが、休戦になって、クレルモン＝フェランへ戻ってきた。リルルーとコレドは、見習士官に任命された。彼らは、当時形成されていた青少年鍛練所へ赴任するか、市民生活に戻るかの選択を許された。

コレドはボーイスカウト上がりだったので、青少年鍛練所を志願した。リルルーも彼と同じようにしようとしたが、その時、彼は志願入隊で十九歳にしかなっていないことがわかった。彼は休戦条約に従えば、すぐに復員帰郷すべき条件にあたった。彼は千フランの特別手当と栗色に染め直した古軍服でつくった復員服を貰い、はいている軍靴はそのまま与えられた。

《面白いこと》は終わった。日曜日の遊び友だちは、街道の端でピエルを見捨てたのだ。ピエルはうなだれてリベーヌ村へ帰って行った。

## 迷い児の日記——朝鮮行き増援隊

フラカスは、オートミールにメープルシロップをかけている軍医大尉マルタン・ジャネを相手に喋っていた。

「軍医君、いくら何でも《連中》はやりすぎるぞ。今しがた私のところへ二百人の愚連隊の身上調査書、功過表、登録簿がきた。《連中》は、この二百人を増援としてオーヴールから送ってくるんだ。どいつもこいつも長ったらしい犯罪記録つきか、女出入りのブラックリストものだ。幹部といえば、六年も軍を離れていて鉄砲をさかさにかつぎかねない予備中尉と酔っ払いのかどで植民地軍を追っ払われた准尉とマルセーユのひも上がりの曹長だぜ。いったいどう思う?」

マルタン・ジャネは肩をすくめた。

「朝鮮のフランス大隊が、少年聖歌隊員みたいな優等生の集まりだという話はきいたことがないですね」

フラカスは、軍医が食物を頬ばりながらしたこの返事が気に入らなかった。彼はたちまち大陰謀があるのではないかと想像をたくましくして、眉をしかめ、面くらった表情でマルタン・ジャネをみつめた。

「君はそんないやらしい混ぜ物がよくのみこめるな! アメリカナイズされとる!」

何人かのおべっか使いが苦笑した。軍医は誰とでも折合いよく暮らしたかった。彼は少佐の心を占めているものに興味があることを示すため、こうたずねた。

「増援部隊を指揮している予備中尉は何という名前ですか?」

「ヴァンサン・ルビュファル、社会の落伍者で軍隊で出直しをやろうって奴だ。現役志願する気なら、よっぽど真剣につとめなくちゃな」

ふたりの予備将校が皿に顔をうずめるようにした。フラカスは、彼らのおとなしさが気に入ってこう続けた。

「リルルー大尉の第四中隊を補充してやらなくちゃなるまい。増援部隊の大部分は、リルルーに回してやることにしよう。彼ならごろつきどもを指揮するのには馴れている。士官学校出のミノ少尉が、配属中隊の変更を願い出ている。ミノの理由はよくわかるし、もっともなことだ。私もミノの立場ならそうしたろうな。ミノの後任にはそのルビュファルを当てよう。こういう性質の仕事には、現役士官より予備将校のほうが向いてるもんだ」

マルタン・ジャネの顔はまっ赤になった。フラカスはまたまた失敗したのをさとったが、彼が気がつく時はいつも遅いのである。彼は、不器用に失敗を償なおうとした。

「いや、君のことを言ったんじゃないよ、軍医……」

マルタン・ジャネは皿をおしのけて立ちあがった。

「私は今後、ヴィラセルス少佐の席で食事をとることにします。まさか反対なさらんでしょうね？　申し上げておきますが、現在の国防大臣は予備将校だということをお忘れなく（これは事実だった）。私は個人的に大臣を知ってます（これは軍医がとっさに創作したことだった）。では失礼します。少佐どの」

フラカスはカンカンになって机を叩いた。

「この仇は、そのルビュファルとかいう畜生にとってやるぞ！」

彼は心配になって副官の《尖り鼻》大尉のほうをふり向いた。

「軍医がパリに何か書いて送ると思うか？　ええ、君、何とかしてこの面倒を解決してくれよ。まったくあいつも神経質すぎるぞ、あの振られ男《コキュ》め！」

ヴァンサン・ルビュファルがパリを去った時、イレーヌはまだ眠っていた。彼女は鎧戸のすき間からさしこむ光を避けようとして、枕にうつ伏せに顔を押しつけていた。彼にとってイレーヌの最後のイメージは、汗ではりついた黒い髪房の乱れた形と、誰かに奪われるのが心配でたまらないかのようにシーツを握りしめている指だった。

彼は静かに服を着ると、スーツケースを取りあげ、歩いてメーヌの駅へ行った。リュクサンブール公園に沿って歩いている時、彼はちょっとの間、庭園の朝の香りを吸いこむために足を止めた。オランダ水仙とリラと濡れた土の香りがまじっていた。駅ではすすを溶かしたような色と味のするまずいコーヒーを飲み干し、各駅停車の古い木造列車に乗りこんだ。彼の乗った車室には誰もいなかった。彼はただひとり戦争に出征するのだ。持ち物といえば着ている服と一枚の千フラン札だけだった。本もタイプライターも二台の写真機も売り払ったのだ。しかし、イレーヌの手首には細い金の腕輪がはめられていた。いずれ彼女はその腕輪を回してみせながら、女友だちに言うだろう。「ねえ、これを私にくれた男の人は、朝鮮に死にに行ったのよ」

「シャンパニエー、五分間停車」

ルビュファルは小さな駅のホームに降り立った。午後の三時だった。べとべとする暑さが両肩にのしかかるようだった。彼は松の木々に囲まれた砂土の荒地にさしこまれたような村を横切った。建物は街道に沿って建てられていたが、その中に何軒かの新開店の居酒屋がドアをあけていた。《小軍鼓亭》《金豚亭》、十二年前の宣戦布告のころにはまだこんな店はなかった。ヴァンサンはそのころ、四十人ほどの徴兵延期していたパリっ子と一緒に、オーヴールの屯営地に幹部候補生の授業を受けにきたのである。仲間では彼だけが志願兵だった。父親はヴァンサンがごくつぶしだと判断して、息子を《ビンタの力で義務を果たすように》強制したのである。これは父親自身の言い草だった。未来の将校たちは、真夜中に村を歩きまわった。国土防衛令によって、家々の鎧戸は閉ざされていた。彼らは行列をつくって、自分たちの知る中でも一番わいせつな学生歌を吠えたてた。

「そんなにわめきたてても何にもなりゃせんよ」と小男の村長は言った。

「戦争に行く時にゃあ馬鹿騒ぎして、小市民どもをたたき起こすぐらいの権利はありますよ」ペルショが、例によって図々しく言い放った。

五カ月後には、全員が見習士官として卒業した。衛生室でポーカーをやって暇をつぶしていたペルショまで、そうだった。

ルビュファルは喉がかわいたので、《金豚亭》という店に入ってみた。給仕女は肥った娘で、すぐ彼になれなれしい口をきいた。

「何飲むの？　ブドー酒？　ボージョレにする、それともブールゲイユ？（いずれもブドー酒の産地名）」

娘は、すさまじいほど塗りたてていた。彼女の胴着は、豊かな胸乳につき上げられて大きく開いていた。彼女は男心をそそるつもりで舌なめずりばかりしていたが、それはひどくわいせつにすぎなかった。

「ブールゲイユをくれ」とルビュファルは頼んだ。

娘は彼に給仕したが、ブドー酒の一部をカウンターにこぼしてしまった。この女には、給仕よりは他の取り柄があるにちがいない。彼女は煙草に火をつけながら、ルビュファルにきいた。

「あんた朝鮮の大隊へ行くのかい?」

「わかるか?」

「さもなけりゃ、鞄かかえてこんなところまで来るわけないじゃない?」

ルビュファルはグラスをあおった。ロワール河地方独特の風味豊かなブドー酒、ブールゲイユの味は、遠くてしかも身近なある思い出、戦争の思い出を呼びおこした。

ルビュファル見習士官がオーヴールの屯営を出てから配属された大隊は、あちこちの留守部隊の屑をかき集めてヴェルサイユで編成された工兵大隊だった。

ドイツ軍の大攻勢の時、ソンム方面に増援に派遣された工兵大隊は四分五裂した。ある朝気がつくと、ルビュファルはロワール河のほとりでひとりになっていた。

その前の夜は、古い納屋の中で明かしたのだった。疲れきって気分が悪かった。彼は慎重に硫黄マッチをすり、火が燃えあがるまでちょっとの間燃やし続けた後に煙草に火をつけた。見習士官は、以前にはどうでもいいとか時には滑稽だとさえ思っていたちょっとした身ぶりや習慣を、もう一度確かめてみる必要を感じていた。あれほどだらしのなかった男がナイフを開け閉てするのにも、背のうや雑のうに入れてある私物を並べるのにも細心になっていた。彼は食べ終わると、油のついた紙や空缶を集めて土に埋めた。これは彼なりに敗戦を認めまいとする態度だった。彼はあたりを見回した。

橋をこわされたロワール河は、あちこちに金色の砂洲を見せながら流れていた。ペギーの詩の一節が記憶に浮かんできた。

《この砂の河、栄光の河が……》

流浪の民の烏合の衆であるフランス軍は、小銃を投げ出し、トラックに藁ぶとんをつみ、鍋釜やカナリヤの籠をかついで、おし合いへし合い南下している最中だった。フランス軍の通った後には、増水した河の流れのような跡が残っていた。街道に沿って、自動車や装備や対戦車砲やひっくり返った荷車が散らばっていた。一頭の馬が傷ついたまま取り残され、びっこをひきながら牧草を噛んでいた。

最後の逃走兵が通りすぎて行った。ルビュファルは銃座にすえられていた機関銃をみつけて、ひとりそのそばに残っていた。河の対岸を狙う野砲は規定どおりきちんと掘られた砲座から砲身をつき出していた。演習用に掘られたような型どおりの砲座だった。ルビュファルはペギーの詩の続きを思い出そうとした。

《この砂の河、栄光の河
流るるは……流るるは……》

彼は機関銃の壕にとびこみ、すべすべした冷たい銃身をなではじめた。二、三度この武器の機構を動かしてみてから、弾薬箱を開いて弾帯を挿入した。これらの動作は、軍規の定めたとおりに折目正しかった。

どうして踏みとどまっているのかは、自分でもわからなかった。太陽がシャンペンの泡立つように光っていたせいもあるだろうし、道草をくっている子供のように敗戦という現実の外にいたいという気分もあったろう。

彼は水筒にブドー酒が残っているはずなのを思い出した。前の日、ひとりの百姓から買ったのである。その百姓は言った。

「若いの、これほどのブールゲイユには、あまりお目にかかれねえよ。これはわしの手づくりの葡萄だで。わしが足で葡萄を踏んでしぼった酒だ。ほかの酒ならただくれてもやるが、この酒だけには四十スー貰いてえね。それだけの値打物よ」

ヴァンサンは水筒の蓋をあけ、身体を大きく反らして、水筒を眼より高くもちあげて大きくひと飲みした。それはラブレー（ルネッサンス期のフランスの作家）でも喜びそうな気持のいい喜ばしい味の酒だった。

それから、ヴァンサンは空の水筒を遠くへ投げた。それと一緒に上衣も鉄かぶとも革帯も、邪魔くさいものはすべて放り出した。そして提の斜面に寝そべり、草にくすぐられながら生きている幸福を感じた。

　その時、急にあたりの静かさが変質した。さっきの馬は三本脚で逃げ出し、こおろぎの歌声はやみ、橋杭にたわむれる河水のざわめきが耳もとにひびいた。

　ロワール河の対岸に、緑の制服（ドイツ軍のこと）がはじめてあらわれたのだ。

　ルビュファルは機関銃のある壕にとびこんで、双眼鏡で偵察した。男のひとりは、頭になにもかぶらず、鉄かぶとを背中にかつぎ、ローマ時代の軍団兵に似ていた。

　機関銃の引金をひきながらヴァンサンは、対岸のこの仲間に対して深い愛情を感じた。ローマ軍団兵は、腹痛の真似をしている道化役者のような身ぶりをしながらぶっ倒れた。ヴァンサンはなお、藪を狙って数回の連射を放った。《緑服》どもは彼の頭上へ発砲した。弾帯をさしかえている間に頭の上で敵弾がうなるのがきこえた。彼は、壕からとび出してドイツ兵に、《やーめた、死んだふりしてる奴、立ってもいいぜ！》と叫びたかった。このやわらかな色合いをおびた夏の夕に、若い健康な男たちが殺し合いを続けるなんて馬鹿げた話があろうか？《緑服》どもは、小さな擲弾筒を据えつけて撃ちはじめた。見習士官のまわりの土がとび散りだした。彼は河のほとりの藪に向かって次の弾帯を撃ちこんだが、もう誰も見えなかった。小さな黒い擲弾が正確に二分間隔で息を切らしながらとんできて、右に左に落下した。

　他の兵士がとび出してくるのが見えたが、見習士官はもう戦意がなくなって、彼らが小高い塚の後ろへ逃げこむのを撃とうともしなかった。彼はちょっと頭を出そうとしたが、一連の銃弾を浴びてまたひっこんだ。自分の壕にとじこめられたのだ。その時やっとペギーの詩の続きが思い出せた。

《この砂の河、栄光の河が、
流るるは、
ただ、汝の気高き被衣にくちづけせんため……》

《緑服》どもは彼の背後に迫ってきた。彼らは少し上流で河を渡ったにちがいない。ルビュファルは機関銃を回して、当て推量で何発かの連射を放った。

　容赦ない一撃が彼の肩と胸を打った。一発の手榴弾が、そばで爆発したのである。口の中に塩辛い味がした。彼は、戦争や人間や過去や思い出からもぎ離されるのを感じた。おとなしくうずくまっている機関銃や河やこわれた橋がうっすらと目に入ったが、やがてすべてが紅い血の色の中に沈んで消えていった。

静寂をとり戻した周囲からは、再びこおろぎのなき声がきこえてきた。

ルビュファル見習士官はドイツ陸軍の病院で意識をとり戻した。はじめはぼんやりした光しか見えなかった。光はひとつの影をとりまいていた。その影が、脂ぎった眼窩の中にくぼんだ小さな眼を光らしている軍医の顔になった。

「君は運がいいよ、ちょう尉」ドイツの軍医はかなり上手なフランス語で言った。「大事な器官はどこもやられてない。ただ出血がひどかった。戦争を忘れて休んでいなければいけない。戦争は終わった！　フランスの政府は、一週間前に休戦協定に署名したよ」

軍医はゆううつそうに肩をすくめ、白衣の背中で手を組んで、ちょこちょこと立ち去りながら繰り返した。

「これが戦争だ……これが戦争だ……」

休戦、この言葉はルビュファルには何の反応ももたらさなかった。恥も喜びも感じなかった。ただ生きかえったことにちょっとびっくりしただけだった。もう一度生きていくのかと考えただけでひどい疲れを感じた。

彼はあきらめて、まわりのことに関心を向けた。白い壁、広い寝室、菜園が見える窓。菜園からは花蜜と果実の甘い匂いが、吐息のようにただよってきた。別の負傷兵がこの病室のもうひとつのベッドを占拠していたが、その男は読んでいる本に顔をかくしていた。

ルビュファルはその男に呼びかけた。

「ちょっと！」

本が下がって、大きな鼻と口、濃い黒い髪があらわれた。

「とうとう気がついたね！」南仏の土臭いアクセントがある、強くて温かい声が言った。「生き物のいるところまで浮かびあがってくる気になったか！　君はヴァンサン・ルビュファルという名前だろう。発作的なヒロイズムにおそわれて、ロワール河でたったひとりでドイツ全軍の進撃を食い止めようとしたルビュファル見習士官だ！　衛生兵からきいたよ……」

「僕は食い止めようとなんかしたんじゃありません」

「俺はリュケルロルだ。ジュリアン・リュケルロル中尉だ。俺の発作的なヒロイズムという奴は、シノンのほうでおこったよ。足に機関銃の弾丸をくらっただけで、歴史の流れには変わりなかったね。君は戦前には何をしてたんだ？」

「ラカナル高校で、政治科学専門学校進学クラスにいました。それもサン・シール陸軍士官学校へ入れたかった親父にさからうだけの話でしたが。でも戦争がおこったとたん、親父は僕を募兵事務所へひっぱって行ったんです」

「愛国者なのか？」

「大佐です」

「俺は高等師範（文科系の秀才校）三十四年度卒だ。二、三週間、いや、二、三カ月したら、俺は高校の歴史の教授になって、シャルルマーニュ大帝の遺言なんて話を喋ってる予定だ。しかしアンリ四世高校の長い塀の外側の歩道には、ドイツ兵の長靴が歩調をとって歩く音がきこえるだろうな」

「我々は、ここじゃどういう待遇なんです？　捕虜ですか？」

「重傷者並みに非占領地帯への送還待ちというところだ。今じゃフランスはふたつに分割されていてね。占領地帯の首府はパリで、非占領地帯はヴィシーなんだ。どうだい、おい？　肝臓病とミネラルウォーターと老人の町だったヴィシーだぜ。我々は、あの町に送られるはずだ。四分五裂さ！」

　その翌日、リュケルロル中尉はヴァンサンに言った。

「国じゅうがずらかったんだ、将軍も消防夫も大臣も淫売もいっしょくたさ。俺は一日じゅう逃げて行く奴らを見物したよ。パリの郊外からきた霊柩車には、ふたりの角形の帽子《コルネット》をかぶった尼さんが棺の代わりに坐っていた。その後にはカリブから来た舞踊団が、羽根飾りやいんこやとっておきのラムぐるみ、乗合バスに乗りこんで続いた。とにかく、あんまり悲劇的じゃなかったね。皆が弁当と酒ぐらいはもってたぜ。ショックを受けたのは、型どおりの生活を邪魔されたプチ・ブル連中だけだった。連中は、穴から追い出されたねずみのような面構えで、いらいらと不機嫌そうに鼻をひくつかせ、光にあたったことがないみたいに眼をしばたたいていたぜ」

カウンターに肱をついていた給仕女が、ルビュファルにたずねた。

「どうしたのさ？　夢でも見てるみたいね。まったく面白いわ。この屯営に来る若い連中は、皆入営の前にここへ来ちゃ、自分たちなりにちょっと苦しんでいくのよ。あんた、あたしにおごってくれない？　今はちょっと暇なのよ。そう腐った顔しないでさ。今によくなるわよ。今にあんたも他の連中みたいにまたここへやって来て、このドニーズをくどくのさ」

「そうは思わんね」ルビュファルは静かに答えた。

彼は金を払って出て行った。ドニーズは冷淡に肩をすくめた。《この男が戻って来ようが来まいが、あたしに何のかかわりがあるってんだい？》

オーヴールの屯営の門は、鉄道の踏切りのように横木で塞がれていた。

樹によりかかって居眠りしていた衛兵は、書類を見せろとも言わずにルビュファルを通した。

屯営の大部分は、輸送部隊の兵士に占領されていた。彼らはきれいになでつけた髪を光らせ、軍規どおりに制帽をかぶっていた。彼らは怠け者の好奇心をこめて、ルビュファルが中央の小道を上がって行くのを眺めた。

次に見えたのは、朝鮮行きの志願兵たちで、黒いベレー帽をかぶり、だらしのない服装をしていた。彼らは、すぐにルビュファルが仲間だと見てとった。

ベルタニヤはポケットへ手をつっこみ、くわえ煙草で語尾をひっぱりながら話しかけてきた。

「兄弟、お前さんも一緒にくる口かい？　だけどちょっと遅すぎたぜ。もう出かけることはねえそうだ。朝鮮じゃ、中国人と休戦しかけてるらしいからな。本部はあっちだ、あの木の建物だ。被服倉庫はその隣だよ……じゃあ、後でな、兄弟。新入りは皆一杯おごることになってるからな……」

一時間後、ヴァンサン・ルビュファル中尉も黒いベレー帽をかぶり、シャツの肩帯に二本の白筋をつけて被服倉庫から出てきた。大隊の志願兵は、たちまち増援隊指揮官の将校が着任したことを知った。中尉がまだ平服の間に乱暴に話しかけてしまったベルタニヤは、白い肩章を見てからは、あの男は外人部隊の出身でいやな面構えをしているから、かい馴らすには手間がかかりそうだと言いふらした。

兵士たちは皆、兵舎やまわりの飲み屋から出てきては、この新任の中尉を見物するために押しよせた。六年も市民生活をした後なので、中尉は兵士の敬礼にぎこちなく答礼するのが気づまりで途方にくれた。

夜の点呼の時、軍規よりは好奇心の作用でまわりに集合してきた兵士たちに、中尉はこう宣言した。

「皆、もう俺をよく見たと思う。俺は三十一歳で、名はヴァンサン・ルビュファルという。身長一メートル八三、体重八〇キロ。予備役だ。諸君と同様、ここへ来るには来るだけのわけがある。諸君が問題をおこさなければ、こちらも諸君には干渉しない。面倒なことをひきおこせば、それだけの報いはしてやる。好きなほうを選びたまえ」

「お前、どう思う?」ベルタニヤは肱でモーレルをつつきながらきいた。

モーレルは薄い唇をわずかに開いて口をきいた。

「きれいな口ひげで胸はがっちり、腰はしまってる。このルビュファルは、俺のにらんだところじゃ立派な男だが、何か馬鹿な真似をしでかしたんだ、それも大ごとをね……落ち着いていやがるからな。あいつも前科があるのさ。女出入りか不渡り小切手か、そのへんだろう。それでも身分がよけりゃ、表沙汰にゃしないで済む……ただ、身をかくすという条件つきでね」

ベルタニヤはポケットから吸い差しを出して火をつけた。

「お前は話がうまいな、モーレル。お前も身分のいい出みてえだぜ」

モーレルは苦笑した。

「でも、俺の場合は表沙汰になっちまったんだぜ。どうにもならなかったのさ」

三日後、アンドレアニ曹長が増援部隊に配属された。中背で眼の黒い、表情の多彩な男でマルセーユ訛りがあった。第二次大戦のフランス本国戦役従軍章と棕櫚の葉を三枚つけた軍功章を佩用していて、きちんと軍服を着こなし、上官には六歩離れたところでかかとを打ち合わせて敬礼した。彼は、増援隊の恐怖の的だったベルタニヤをぶちのめした。アンドレアニの喧嘩ぶりは、喧嘩商売の玄人のやり口だった。彼はベルタニヤのみぞおちに一撃くらわし、左フックを顎に叩きこみ、ベルタニヤが地に這うと、顔に足蹴をひとつかませて、のしてしまった。

　アンドレアニは、クレーヴン・A（缶入りの英国煙草）しか吸わなかった。薬指に重そうな金の指輪をはめ、手首にはスイス製のクロノメーター時計を巻いていた。

　いつも油断なく、後をつけられているかのように振りかえるくせがあった。彼はルビュファル中尉に、何故下士官がまだ拳銃の配給を受けていないのかをたずねたものだ。

　ある夜、ヴァンサン・ルビュファル中尉はピエル・リルルー大尉に手紙を書いた。宛名は、フランス・インドシナ派遣軍野戦郵便局七〇七二二号だった。

《親愛なるピエル
　君にはわかってもらえないだろう。あれほど軍隊生活の嫌いだった俺が、また軍隊に再役したのだ。ヴェトナムで君に逢えるだろう。そして、君がやっている法律や軍規からはみ出した大冒険を見物できるかもしれない。俺は朝鮮行き大隊に志願した。ヴェトナムでは《君の戦争》に興味をもてるだろうが、朝鮮では異邦人のままでいるにきまっている。どうしてこうなったと思う？　イレーヌは他の男のため俺を捨てた。それも口実だ。本当のことは君にもよくわかるまい。俺は社会に落伍したんだ。前の戦争から帰還したころは、パリじゅうが俺たちのもののような気がしたっけね。俺は他の奴ほど馬鹿じゃないから何とかジャーナリズムの世界でやってみたし、いろいろサイドワークもやった。俺はこの上っ面の成功に満足したふりをした。本当はもっと望みが大きかった。あのままパリにいれば、一生下っ端記者として気のすすまない仕事につかまっていることになったろう。

　その上、借金もしょいこんでいる。借金で首が回らない。

　頭は空っぽで将来は闇だ……俺は馬鹿女とのくだらぬ情事を立派な恋愛に作りかえようと努力してみたようなものだ。

　残っているのは、朝鮮戦争ぐらいなものだ。このまるで無意味な戦争だ。俺はこの戦争から鞭撻されたい。この戦争で生命を燃えあがらせたい。そしてこの戦争が、俺の恨みや挫折や嫌悪など、今までの俺をむさぼり食うといい。そうなれば俺は、更生できるだろう。でなければ、朝鮮の丘に骨を埋めるまでだ。

五月二十八日から六月三日の間に、サイゴンに寄港すると思う。逢いにきてくれ。さもなければ手紙で君の支配している地帯へどうやれば行けるのかを指示してくれ。君に逢ってきた何人かのジャーナリストたちは、その地帯を《リルルー王国》とよんでいたよ……。

ジュリアン・リュケルロルをおぼえているかい？あいつは一九四二年に俺たちにこう言ったね。《王国を征服し、大冒険を生きるのは子供たちだ。さもなければ、長いあいだ子供の面影をとどめている男たちだ。老人は後からやってきて、それがどのようにして行なわれたのかを説明する。例えば、リルルーにはいつも子供の面影がある、しかし俺は生まれながらの年寄りで、年寄りくさい商売、教授商売を選んだ。いつかは、俺がリルルーのケースを説明するようになるだろうな》

リュケルロルの名を戴く街には、藤の花が咲いている。あの小さな街はパリのまん中なのに、猫と尼さんと修道院の鐘楼が多くて田舎町のようだ。

じゃあ近いうちに。

ヴァンサン》

ルビュファルは、手紙を読み返して封筒に入れた。ヴェトナムのリルルーのいる地帯を訪問したジャーナリストのひとりが、彼に話してくれたことがある。「あなたのお友だちは、昔の反仏ゲリラの頭目と手を組んでいましてね、ふたり一緒に、常軌を逸した大変危険なゲームを演じていますよ。ふたりとも、大征服者独特の無自覚さと若々しさがあります。馬鹿な連中は、あれに魅かれるのですね。しかし、ああいう人たちは生まれてくるのが遅すぎました。今の世の中には住み家はありませんよ」

中尉は木とブリキでできた兵舎を出て、通りすがりの兵士を呼びとめた。

「おい、お前、この手紙を投函してきてくれ」

その兵士はモーレルだった。ルビュファルはモーレルの反抗的な態度に気がついて、この男がお前よばわりされることにも命令を受けることにも馴れていないのを知った。

モーレルは、封筒をもって屯営の中の小道を上がって行った。彼は宛名を見た。このリルルーという名前には、何となく聞きおぼえがある。彼がフレスヌの軍刑務所にいたころ、発行部数の多い雑誌の中で読んだ記事にリルルーのことが出ていたはずだ。

志願兵モーレル二等兵は手紙を投函した。警察署のそばを通った時、彼は治安憲兵がいるのに気がついた。しかし彼は努力して、憲兵のほうへ歩みより話しかけた。

この手紙はリルルー大尉の手元に届かなかった。サイゴンで押さえられて、リルルー関係の調査書類に添附されたのである。

ルビュファル中尉はオーヴールの屯営に来る時、いくつかの大決心をしていた。中でも重要なのは日記をつけることだった。この日記が挫折か更生かの報告書になるだろう。

この決心は、中尉が友だちもなくひとりきりで暮らしている間だけしか保たなかった。従って朝鮮大隊向け第四増援隊の迷い子たちの記録は、中尉が釜山に上陸した日に終わるのである。

《明日は朝鮮に出発する。

今日は《特別手当支給日》だ……》

この増援隊は、パリやあちこちの募兵事務所からやってきた二百人の男で構成されている。彼らの多くは私に申告にきた時はまだ平服だったので、それが彼らの過去を語っていた。

中には、仕立のいい服、昔はエレガントだったろう服装もあった。辻公園のベンチや駅の待合室で多くの夜をすごした後でもなお崩れていないのだ。そうかと思えば悲惨が浸みこんだようにすり切れてあぶらじみた服もあった。

志願兵たちは制服——といっても怪しげな色の大変粗悪な作業服だ。売り払うのを防ぐためである——を着ると、たちまち新しい人間に生まれ変わる。衣服で自分を示すのをやめるから、気楽になって自分たちの過去を創作することもできるようになるのだ。

志願兵は、金はびた一文ないくせに浴びるように酒を飲む。屯営のまわりにできた飲み屋が、つけで飲ませるからだ。彼らは、すべてを《特別手当支給日》に清算すると約束したのだ。国連から支給されるはずのたまげるほどの特別手当を貰う予定なのだ。

朝鮮行きをあやぶめばあやぶむほど、新聞が朝鮮の和平会談を語れば語るほど、彼らはますます酒をのみ、グラスを片手に大冒険を保証しあう必要におそわれるのだ。酔いが進むにつれて、彼らは、絹の服を着て眼のつりあがった女の子や屋根の反りあがった納骨堂《パゴダ》の掠奪を期待するのだ。ある日、戦傷の療養に屯営まで送還されてきた兵士が、大隊が昔の金鉱に陣地を布いたことを話してきかせ、封筒に入れた少し黄色い粉を見せたのである。

相変わらず手当は出ない。《金豚亭》の使いの女が私の健康をたずねるという口実でやってきて、手当支給日はいつになるかきいてきた。私はあいまいなことを言っておいた。それればかりか、現実に手当が払われるかどうか多少の疑問も残しておいた。私は屯営のまわりの飲み屋であまりしょっちゅう喧嘩を引き分けたり酔っ払いを担ぎだしたりさせられるので、飲み屋の亭主どもに心配させてやるのがちょっと小気味いいくらいなのだ。

時のたつにつれて、《支払日》は兵士たちにとって特別なほとんど魔術的な意味をおびてきた。それはただ若干の手当を貰えるというだけではなくなり、大冒険の開幕にあたり、馬鹿騒ぎでお祝いする日なのだ。

ようやくその日がきた。

志願兵は小グループに分かれて屯営の小道を上がり、主計将校のいる建物へ向かう。給料を貰う兵士というより、授賞式に出る受賞者や勲章授与式に列席する叙勲者みたいな様子である。彼らは主計将校の事務所を、鉢植に囲まれた演壇のある大広間のように空想しているのだ。

軍楽隊の演奏の中、礼装の将軍たち――アメリカ人もひとりいる――が、彼らに重たい封筒をさし出しては握手するのだ。

現実には鉢植も軍楽隊もなく、支給額はヴェトナム出征兵の手当よりも低かった。

特別手当支給のニュースは早くもル・マンの町まで届

いて、タクシーは女の子を満載してこちらへ向かっている。屯営は大祭典の様相をおびた。パリからきた時計商が、兵舎の前で安物の商品を売っている。もうひとりの商人は、背のう用の錠前を売って歩く。ひとりの食料品商はトラックにのせた移動商店ごとすわりこみ、ソーセージや赤ブドー酒やカマンベール・チーズやサーディンの缶詰など、要するにフランス軍人が移動に際して必らず備えるべき品物をいっさいがっさい売りまくっている。

この土地の古ホテルの《金鶏館》では、料理かまどが煮えたぎっている。

《同日、夜遅く》

夜の十一時ごろ、私はシャンパニエ村の道をひとまわりしに出かけた。私は千鳥足でよろめき歩く人影に出くわし、堀の中から激しい息づかいをきいた。時には、こういう文句さえきこえてきた。

「あんた、私の服を破いたじゃないの。代わり作ってよ！」

モーレルは鉄製の小円卓の前に坐って、ビールを飲む合間にパイプを吸っていた。私は彼のそばに腰掛けた。

「どうだね、モーレル？」

「中尉どのはどうですか？」

「特別支給日の夜に女の子もなし、アルコールもなしか？」

「どうすりゃいいってんです？　酒を飲もうが女の子を抱こうが、何ひとつ忘れられやしません。明日は、全員しかめ面で、過去を思い出してますよ」

「君はどういう人物なんだね、モーレル？」

「志願兵モーレル二等兵ですよ、中尉どの」

「朝鮮行きは嬉しいかね？」

「まあまあですね」

「憲兵屯所の前を通らずに済むから有難いだろう？……」

「……中尉どの、ビールを一杯どうです？」

一昨夜、私は健康診断の時、彼の秘密に気がついたのだ。モーレルは私の前だった。彼が神経をたて緊張しているのが感じられた。彼の背中に長い傷痕がはしっていた。彼はちょっとうっかりして左腕を上げた。私には、バラ色の傷痕がみえた。かつてのS・S（ナチス親衛隊）隊員は、自分の血液型を刺青で腕に彫っていた。戦後彼らはそれを消したが、その跡がこの傷痕に残ったのだ。

私はモーレルに火を貸してくれと言った。彼はちょっとためらってから、ポケットからライターを出して火をつけてくれたが、指もふるえておらず眼は私の眼を直視していた。私はモーレルをビールの前に残して、屯営のほうへ戻った。闇の中で、いくつかのすすり泣きと秘めごとに出くわした。

イレーヌが私に別れを告げに来ていたら、彼女もこういう喜劇を演じざるを得なくなったろう。彼女が来てくれなくて大助かりだ。

兵舎に戻ると、ちょうど衛兵が私を探しに来たところだった。《金豚亭》では、喧嘩がもちあがった。怪我人まで出たらしい。この馬鹿どもは私を静かにさせておけないのだろうか?

《マルセーユにて、三日後》

誰も支払日の翌日の反動から逃れることはできなかった。

我々は兵舎の前からトラックに乗車した。トラックは、ゆったりと河の流れるメーヌ地方の豊かな草原の中を走って行った。輸送隊が自転車に乗ってスカートをひるがえしている娘たちとすれちがうと、兵士たちは小唄の合唱をやめて、下品なお世辞を浴びせた。やがて彼らは叫んだり歌ったりするのを止め、身体を乗り出して自分たちの去って行くこの国の景色に見入った。彼らが道の上で兵隊靴をひきずりながら何も目ざましいことがないのに苦しみ、いつのことかわからない出発を待っているころは、この景色を憎んでいたのだ。

我々は、古い列車の中で二日もすごさせられた。列車は貨物駅しかとまらなかった。駅には、機械倉庫や送水管があり、汽車の煙の匂いがし、緩衝装置のぶつかりあう音がひびいた。政府は我々の存在が恥かしくて、世間の目から我々をかくしているらしかった。昔からどんな政府でも傭兵を使うのは恥としてきたものだ。

夜、眠れないままに窓ごしにとび去って行く小駅をみつめた。小駅はつつましい照明の下でもの静かに控えていた。時どき、ガラスが霧に煙って何も見えないことがある。そのとき目に浮かぶのは、枕に顔を押しつけている女の寝姿、汗ではりついた黒い髪房の乱れである。

《マルセーユ、その翌日》

我々は、ラ・マルセイエーズ号という豪華船にのせられた。軍隊輸送用の設備は何ひとつない。兵隊は、船首の、船倉の底に入れられた。暑くて、獣の檻のような匂いがする。海が荒れたらもっとひどかろう……。

フランスの海岸線がかすんできたころ、私は兵士たちの様子を見に行った。

彼らは幸福そうだった。自分たちの悔恨や恐れを、あの海岸線に置いてきたつもりなのだ。海のそよ風は、すばらしい未来が待ち、過去は忘れられ、法律や人間相手のゴタゴタは解消したという期待を抱かせる。しかし、このそよ風の約束はいつも大きすぎてあてにはならないのだ……。

出発の朝以来、屯営から行方不明になっていたアンドレアニ曹長が、突然あらわれた。私の勘では、彼はずっと前から乗船していて、三日間船倉にかくれてすごしていたのだ。

モーレルは気をゆるめ、手すりによりかかってパイプから長い煙をたなびかせながら海に見入っている。

ベルタニヤは汚れてだらしない服装をし、機関室から出て来たかのように油だらけだ。その上、完全に酔っ払っている。彼は手でズボンの前立てを叩きながら、遊歩甲板から船首のほうを眺めていた一等の婦人船客に呼びかけるという始末だ。

私はあやうく吹き出すところだったが、ベルタニヤの顎にフックの一撃をくらわし、錨鎖室に近い鉄板張りの区画に投げこんだ。航海中は、ここが営倉の代わりになるだろう。

ポートサイド。みじめな服装のエジプト人の一団が、我々に春画や粉の催淫剤を売りつけにくる。この粉は、実はありふれた椰子の実の粉にすぎない。その他あらゆる安物を売りにくる。

スエズ運河を越える。我々の前方を行く船は、まるで焦茶色の砂の中を航海しているようにみえる。遊牧民の黒い天幕が、この砂の流れの中に小さな島を形づくっている。もうすぐ紅海だ。そよとの風もない。船は、蠅取り紙にひっついた蠅のようにぬるぬるした水に足をとられて少しも進まない。船首では、何人かの志願兵が婦人船客の目をひくため、上半身裸になって男らしいところを示そうとした。彼らの中の三名は、日射病にかかって病室入りになった。彼らは、新しい問題にぶつかったのだ。女がいないという問題である。気晴らしといえば、暑苦しい船倉に寝そべって、単調でしつこい機関の震動をきき、浪の行進を眺めているだけなのだ。だから、彼らは一等の甲板を離れない婦人船客のことを考えてしまう。少し考えすぎる傾向がある。

しかし大部分の婦人船客は、あまり若くはない。ただ海で日に焼けたおかげでやつれた顔色もかくされ、兵士たちの慾望はこの女たちにも気取ったり装ったりする勇気を与えるのだ。

上海出身のひとりのロシア女は、ハノイの肥ったフランス人入植地主と結婚しており、これから夫の後を追って行くのだが、あまり夫との再会には気乗りしていない。彼女はモーレルに目をとめて、まわりの男たち同様のボロ服でもひときわ目立って姿勢正しく品格のある彼の姿を指し示しながら、私にきいた。

「あの人は……どういう人ですの？」

「他の者と同じ兵隊ですよ……」

彼女はＲの音を軽く転がすように発音する。これはかなり男心をそそるが、肩をむき出した服のため、乳房の間の肌にしわがよっているのが見えた。

「あの人を、卓球台のあるバーへよんで……お酒をおごってあげることはできませんの？」

「彼のほうで断わるんじゃないかと思います……それに軍規でも禁じられていますから」

ジブチ（紅海の入口にある仏領の町）で、五人の兵士が乗船しなかった。彼らが、この砂漠の片隅の町、蒸し風呂のような気候、さびついた扇風機が空気を換えきれない陰うつな居酒屋に魅力を感じたのかどうか、私には断定できない。

シンガポール。英国人は貫禄と倦怠とを武器に、熱帯人の精力過剰と闘かっている。武装したパトロールが街路を回っている。アジアは、早くもこの地で白人と闘かっているのだ。

サイゴン。リルルーも彼の部下も、私を出迎えに来ていなかった。私は非常に落胆した。

カティナ通りの酒場のテラスには、アニゼット酒の匂いが軽くただよっていた。

私はリルルーの消息を知ろうとして、軍情報部の事務所に出かけた。ひとりの少佐が私を出迎えた。少佐は大変冷たく、リルルー大尉は朝鮮にいて一箇中隊を指揮しているとと教えてくれた。

「中尉、これはあの男が罪をあがなうように与えられた特別なはからいだ。よくリルルーに言っといてくれたまえ。二度とヴェトナムに足を踏み入れる気をおこすなよ、彼が朝鮮から生還しないことが最良の解決だとね……」

夜、私はひとりの婦人船客から豪華な中国風晩餐に招かれた。この婦人の夫は、大きな商事会社を経営している。実にさまざまな種類の料理が出た。私が思い出すのは、ふかのひれとつばめの巣を詰めこんだ鳩の雛である。同席したヴェトナム人の中年男が、私に箸の使い方を教えようと努力した。彼にリルルーのことをきいてみると、その男は奇妙な笑い方をした。

「この《虹亭》の食堂の客としては妙な質問ですね、中尉さん。ここにいる金持の中国人たちやその使用人、実業家、ヴェトナム人の高官、総司令部づきの将校、フランスの行政官、要するにこういう人たちは皆、グエン・バン・チとリルルー大尉の実験が失敗してくれる必要があったのです。我々からみれば、あの実験はヴェトミン方式以外の最後の望みだったのですがね。私を誰だと思いますか、中尉さん？　秘密警察長官チャン・バン・ダオですよ。私は何度となくグエン・バン・チの逮捕命令を受けました。そのたびに彼はうまく逃げてしまったのです」

晩餐の後、私は阿片窟へひっぱっていかれるに任せた。三回ほど煙管を吸うと、私はこの世の人間に対して大変寛容で愉快で親切な気持ち以外に何も感じなくなっていた。

《フィリピン諸島》

ここでも戦争だ。

共産主義の叛徒《フク団》が、この群島の島という島だけでなくマニラのすぐそばまで浸透している。彼らには多くの共犯者がいるので、とらえることは難かしい。夜になると襲撃をかけあったり、人さらいや強盗にふける。多くの場合、人さらいや強盗は、どんな政治活動的理由があるにしても許しがたい性質のものだ。

フィリピン諸島は、脱走兵や成り上がり者の天国になっていた。兵士たちは上陸を禁止された。彼らの中に

《フク団》に投じるものがありそうだからだ。私は、特にモーレルとアンドレアニのことを危ぶんでいた。しかし、どちらの男もこの種の冒険に必要な生まれつきの精力と無頓着さに欠けるところがある。彼らは自分たちを捨てた狭苦しい世界から離れきれないのだ。モーレルは元S・S隊員だし、アンドレアニはコルシカ出身のやくざ者で、マルセーユで面倒をおこした男である。

香港に着いたのは真夜中だった。私は中国人の群衆の機敏で生き生きした電光石火の雑踏に、息づまる思いがした。陰うつで重々しいインドの群衆のゆったりした流れとは、何というちがいだろう。

昨日は台風の尾に巻きこまれて、船はひどくゆれた。空は非常に低く紫色のむくみの中で死んでいき、沈む太陽はかたまった血と溶けた金の色をして、墨のような色の海に呑みこまれていくようだった。

今では霧が海にはりついていて、船はこの灰色がかって弾力のある木綿のような幕をつき破るのに苦労している。船首の兵士たちは無口になっている。世界一周に近い大航海は終わった。戦争は間近い。

《東京》

黒人兵が狂気じみた運転をする無蓋トラックに四十人ずつ詰めこまれて輸送されている間、東京の街には霧雨が降っていた。ビルディングに木造の掘立小屋が並んでいるというとてつもない混乱の中、ブルドーザーでならしたような東京の大通りを眺めていると、日本の首府は魂のない街だと思われた。

船上ではわざと粗暴なふるまいの多かったビュルドー伍長は、上陸以来ひどく神経質になってきた。彼は意地の悪そうな苦笑をもらした。

「俺たちはまるで、屠所へ引かれていく羊の群だな」

モーレルの声がどなりつけた。

「怖けりゃひとりで怖がってろ！」

我々は、東京から数キロの地点にあるキャンプ・ドレーク（朝霞のアメリカ軍基地）で下車した。

キャンプ・ドレークは軍隊の町であり、ローマ軍団の兵営一九五一年版である。プールもレストランも劇場も映画館もあらゆる種類の教会もボーリング場も拳闘のリングも、P・Xという名の雑貨屋も、新聞売店もある。この売店には、合衆国で発行されている下等な新聞が全部そろっている。自動車を買うこともできるし、世界のどこへでも花を贈ることもできる。顔をそることも、病気を治すこともでき、死んだらキャンプの入口で活動している《葬儀部》で死体に香をたきこめてもらうこともできる。懺悔をしたければ、ユダヤ教の牧師も新教の牧師もギリシャ正教の司祭もいる。ただ女が欲しい時は、外へ出て行くほかない。娼婦は、キャンプのすぐ外側をとりまいてひしめいている。大変な人数だ。

《広島》

我々は九人ずつの分隊に編成されてキャンプ・ドレークを去り、南部にある佐世保という町に向かった。

旅程はずっと汽車の旅だった……木と紙でできた村々に続いて、丘の中腹にひっかかったり森の曲り角にはまりこんだ村々があらわれる。風変りだったり、すばらしかったり、わざとらしかったり、日本のすべてが我々の目の前を行列していくようなものだ。

列車は夜の中をすべって行く。私は寝台に横になったが眠られず、私の煙草の赤い火が車内の薄暗さに穴でもあけているかのようだった。ひとりのボーイがやってきて私に《何かご用は？》ときいた。列車は速度を落とし、それから停止した。ボーイは戻ってきて、静かに私にささやいた。

「広島でございます」

私は寝台の上に起き直った。常夜灯の青い光で、この男のおだやかに微笑んでいる顔が見分けられた。

「私はアメリカ人じゃない」

ボーイは、相変わらず黙々として姿を消した。

《佐世保》

佐世保は、朝鮮向けの出港用の港町である。私は、佐世保で戦争に対面した。港は、輸送船や航空母艦や病院船でいっぱいだ。兵士と将校は皆、戦闘用作業服を着て布の軍帽をかぶっている。

台風が海岸線を襲い、我々は何日か基地に缶詰めにされた。

奇妙に茶化されたような闘かいの前夜だ！　熱い不愉快な風が吹きまくって海辺の細かい砂を舞わせ、木の小屋の屋根と壁をゆさぶる。基地のすぐ外の浪に打たれる岩山の上に、将校集会所がある。私は、毎晩集会所へ出かけた。

ひとりの肥ったアメリカ軍少佐が撞球をやりながら、缶入りビールを飲み続けていた。彼は、憤然とこのふたつの行為を完了した。まるで、ビールの缶と撞球の球が朝鮮行きの原因になったかのようだ。彼は私に近よってきて、なぐりかかろうとするような気構えでこう質問した。

「俳諧というものを知っているかね?」

「二、三行の韻文で綴る日本の短詩ですね」

「俳諧を一句吟じてあげよう。もっとも私はこれ一句しか知らん。しかし、この戦争という糞ったれの畜生向けには、この一句だけで沢山だ!」

彼はビールをもうひと口飲んで喉をうるおしてから、遅刻してきた学生のように念を入れて朗誦した。

《夜、大軍を前に
穴の中の最後のふたり》

それから彼は大きく私の背を叩いた。

「このとおりだよ、フランス人、朝鮮の戦争ってやつは。アジアの戦争は、皆こうだ。《穴の中にふたりの兵士……大軍を前に……巨大な世界を前に……》」

彼は千鳥足で、また撞球を始めるために立ち去った。

その夜、私は一風変わったアメリカ陸軍少尉を相手に酔っ払った。彼はひどく英語が下手で、七、八杯飲んでいるうちにすっかり英語を忘れてドイツ語しか喋らなくなった。

「俺はドイツ陸軍の中尉で、北アフリカで捕虜になって合衆国へ送られたんだ。今では、アメリカ軍の制服を着て、朝鮮に出発というわけだ。君はフランス人、俺はドイツ人だ。我々はどうしてこんな戦争をやるんだろう? 俺は何もかも破壊された母国へ帰るのが怖かった。家族もない。だから、俺は世界の最強国の傭兵になったのさ。君は?」

「女さ……」

しかし彼は自分の想念に憑かれていた。

「君はフランス人、俺はドイツ人だ。我々はどうしてこんな戦争をやるんだろう? この戦争は、もう我々のとは次元がちがう。ロシア人やアメリカ人のように巨大で狂気じみた民族の次元での戦争なんだ」

私はひとりの日本娘と寝た。絹のようにやわらかな肌、餌をつつく鳥のような接吻。しかしこの実験の商業的性格（十ドル）が、あらゆる趣きを消し去ってしまった。

《釜山》

我々の乗船後も船がともづなをとくまで、軍楽隊がルンバやブルースをまぜてさまざまな軍隊行進曲を演奏し続けた。軍楽隊員は皆、黒人だった。彼らはリズム感があって自信たっぷりに演奏し、その顔には汗が流れていた。汗のため彼らの顔はますます黒光りし、このパレード用に靴墨でみがかれてブラシでこすられたかと思うほどだった。

海はねずみ色で、船はたてゆれした。疲れて船酔いした兵士たちは、前より強い浪がきて手すりに押しつけられたり通路に叩きつけられたりするたびに、きりもなく呪いの言葉を発した。

この戦争は、幻想も情熱も必要としない。佐世保の乗船用の岸壁には大きなプラカードが立っていて、《我々は世界最高の兵士だが、自ら世界最初の兵隊機械となり、何の憎しみもなく、組織的で容赦ない戦争を遂行する覚悟がある》と書かれていた。

岩だらけで素気ない景色の朝鮮海岸が近づいてきた。釜山港は船でいっぱいで、細かく熱い霧雨が船の姿をみにくくゆがめていた。釜山の町そのものは丘の中腹の黒ずんだ膿瘍を思わせた。

釜山？　やせこけた子供が歩道をうろついて、つまみ食いできるビスケットを探し、通りすぎる兵士に母か姉の身体を売りつけようとする。骸骨のようになって餓死した老人の身体が街路に風趣をそえ、朝早く塵芥処理人に運び去られていく。巨大な食糧倉庫と弾薬庫、たえず往復する船が、この蜂の巣箱の中味を供給している。そのまわりで、一民族が餓死していくのだ。世界中のあらゆる種族の兵士が、ひとりの女や一リットルのアルコールを探しまわっていて、そのためならどんな値段でも払おうとしている。

朝鮮は不吉な国だ。この戦争には、忌まわしい雰囲気がある。

# チョコレートの兵隊——敗戦の記憶

増援部隊は朝方、後方基地に下車した。志願兵たちは一晩中トラックでゆられ、谷間で暴風雨におそわれてずぶぬれになり、不気嫌に罵ったりこづきあったりしていた。革帯に拳銃と短刀をつけ、ありったけの勲章を佩用したフラカスは、このみじめったらしい到着ぶりを挑めていた。

彼はルビュファルをよんだ。

「中尉、この家畜の群みたいなのは何だ?」

「第四増援部隊であります。少佐どの」

「君は俺を愚弄する気かね? 俺はすぐにもパリへ手紙を出して、この連中をそっくり送還すると言ってやりたいよ」

彼は全員にきこえるように声をはりあげた。

「ここでは、我々が大飯食らいの能なしになってもかまわんのは、戦闘終了時だけだぞ。このドウィユがこの大隊の性質を、諸君にのみこませてやる。ルビュファル、君がまだやり方をおぼえているなら、この連中を整列させてみたまえ」

増援隊から、看護夫、炊事係、事務員、被服係などの特殊技能をもつ者、あるいはそう自称する者が列外に出された。その結果、百三十人の兵員に減少した増援隊はまとめて第四中隊に配属された。しかし、フラカスは彼らを新しい所属部隊へ合流させる前に、戦争の《匂いを嗅がしてやる》ことにした。彼は、むりやり兵士たちをひとつの塹壕に入れた。塹壕はナパーム弾で焼かれた中国兵の死体で埋まっていて、死体はもう腐乱しはじめていた。

「中国兵が死んで腐乱をしはじめると」フラカスは自信たっぷりに説明した。「他の人種の場合と匂いがちがう。もっと、ぴりっとした匂いがする。アメリカ兵の身体が腐ると、脂臭いのである。この乙女のごとく純潔な空気を吸いこまんほうがよろしい。吐き気がしてくるからな。夜間の偵察には、屍肉の臭いを嗅ぎ分けることが重要である」

夜、フラカスは、増援兵たちを雨で湖のようになった水田の中に寝かせた。彼は、真夜中に中国人が前線を突破した、反撃の用意をしなければならない、という指示を与えた。彼らは多種多様な武器を支給され、ひとつの山峰へ送られた。そこで翌朝までに塹壕線の基本形を掘っておかねばならない。それから彼らは後方基地へ連れ戻された。少佐はその時はじめて、多少の食糧を配給してやった。

フラカスは自分の天幕にルビュファル中尉を呼びよせた。彼は中尉が来てもマルクスの《資本論》の縮約版に読みふけっているふりをして、十分間も中尉を不動の姿勢で立たせておいた。そして本から目をあげて、中尉を見て驚ろいた様子をした。

「ここでは、我々は共産主義者と闘かっている」少佐は言った。「敵の本を知っておくことは無駄ではない。君は《資本論》を読んだかね、ルビュファル？」

「読もうとしたことはあります、少佐どの。原書でしたが、実を言うと第一巻を読みきれませんでした」

「昨日の一幕をどう思うかね？　君たちは皆すっかりのせられていたね？　中国兵が襲ってくると思いこんだろう？」

「出かける前に、古参兵からあれは芝居だということをきかされていました」

「また、ヴィラセルスの奴が手を回したな！」

「ヴィラセルス？」

「まだ知らないのだね？　観戦武官を指揮しているヴィラセルス騎兵少佐だ。忠告しておくがこの大隊で好感をもたれたかったら、彼のそばに近づかんことだな……ルビュファル……ルビュファル……その名前には聞きおぼえがある。君はルビュファル大佐と何かの縁続きかね？」

「父です。一九四〇年に戦死しました」

「じゃあ、君は予備役とはいっても、多少我々軍人の仲間というところがあるわけだ。君は第四中隊に配属しよう。この中隊は、ピエル・リルルー大尉が指揮している。君もご承知と思うがね、この人物はヴェトナムで例の問題をおこして……」

ルビュファル中尉は完全な無表情を守って、びくともしなかった。彼はその後の言葉を待った。

フラカスは咳ばらいしてから、ぎこちなく話を続けた。

「君なら……何と言おうか……彼の信用を博せるだろう――予備将校にはそれほど警戒しないだろうからね。そうなったら、彼の言動について詳しく私に報告してもらいたいのだ。ああいう種類の人物は何をしでかすかわからない。ひょっとすると中国軍の方へ脱走することもあり得る。時に、君の勤務状態を調べてみたよ……君はまあ、ほとんど大尉になったようなものだね……」

ヴァンサン・ルビュファルは、再び不動の姿勢をとった。

「少佐どの、私が朝鮮へ来たのはスパイをやるためではありません。私は対独抵抗運動でピエル・リルルーと知り合いました。プロヴァンス上陸作戦当時、フランス特攻隊《コマンド》でも一緒でした……あなたが彼になさった非難は中傷だとみなします。直ちにリルルー大尉にこのことを知らせるのが私の義務だと思います。では、よろしくどうぞ、少佐どの……こう言うのがしきたりなんでしょうな？」

「ひどい目に遭わせてやるぞ、小僧。軍事法廷に引き出してみせるからな」

中尉が出て行くと、フラカスは気をくじかれて机の前にくずおれた。彼は不器用なあまり、またも袋小路に追いこまれる破目になったのだ。誰も、彼にリルルー大尉の監視を依頼などしていなかった。そういう使命は、きちんとしたヴィラセルス少佐に任されていたのである。

ルビュファル中尉は配属申告に出かけた。医務室の前で、軍医大尉マルタン・ジャネが笑いながら彼を出迎えた。

「立派ですよ、ルビュファル君、フラカスの阿呆をやっつけたらしいですね。もっともあの男は悪党というより馬鹿なんだが。コーヒーでも飲んでいらっしゃい。昼になったらヴィラセルス少佐の会食所へ案内します。フラカスはたちまち自分に向かって陰謀がめぐらされていると思うでしょうな」

「もう知ってるんですか？」

「大隊で何かがおこったら最後、全員が知りますよ。あなたはリルルー大尉の親友だそうですね？……レオ、コーヒーをふたつ、急いでくれ……第四中隊配属ですか？……僕もリルルーが大好きでね、デミトリエフもいい男です。できるだけ彼らのいる山峰へ出かけることにしてます。コーヒーにコニャックを少し入れませんか？

お腹が空いてやしませんか？　レオ、バタートーストをつくってくれ。よく焼いてバターを塗ってな――マーガリンはいかんぞ！」

　ヴァンサン・ルビュファルは感動した。

「おもてなしありがとう、軍医。ここへ着いてからどうも余計者のような気分だったんですよ。ピエルはどうしてます？……いや、リルルー大尉のことです」

「元気ですよ。もっとも、心はメコン河のほとりに残したままですが。あなたなら、彼を現実にひき戻せるかもしれない。皆、彼にはとまどっています。何しろ、本当の大冒険を味わってきたのは彼だけですから、《聖なる悪魔》という扱いです。他の者は冒険をしたがっている職業軍人にすぎない。だから、リルルー大尉の一挙一動に苦々しく文句をつけるんです。今じゃ、リルルー派ができてます……僕もそのひとりです……ヴェトナム以来の知り合いのサバティエ大尉も仲間です……デミトリエフもね」

「いったいヴェトナムでは何がおこったんです？」

　マルタン・ジャネは両手を宙にあげた。

「私は知りません。じゃあ、無線室へ行きましょうか。リルルーに、あなたが来て彼の隊へ配属されたことを知らせてやりましょう」


　ルビュファルは無線機で、遠くピエルの声をきいた。声には決して消しきれないアクセントがちらついていた。

「もしもし、マルタン・ジャネ、何だって、ヴァンサン・ルビュファルが来てる？　コニャックを飲みすぎたな！　補充兵ぐるみ俺の隊に配属されたって！　ルビュファルを出してくれ……もしもし、ヴァンサン、お前か？　いったい何しにやってきた？　ヴェトナム宛てに手紙を出した？　とにかくできるだけ早くこっちへ来い！　もちろん部下を連れてさ……ああ、軍医を出してくれ。もしもしマルタン・ジャネか。都合つけて一緒に来てくれ。こちらにはもう酒がないから、二、三本融通してくれんか。サバティエにも連絡しとく。あいつも自分の陣地から下りて来られるだろう」

　リルルー大尉は送受話器を置いて、副官のほうをふり向いた。

「イワン・デミトリエフ、奇妙なことがおこるものだね。ヴァンサン・ルビュファル中尉という俺の古なじみの親友のひとりがフランス大隊に赴任してきて、この中隊に配属されたよ。君は奇蹟を信じるかね？　昔、俺はフォーガやヴァンサンと組んで、リュケルロルという男を中心に固く団結していたんだ」

デミトリエフはまっ蒼になった。

「それはジュリアン・リュケルロルのことですか？　アンリ四世高校の教授をしていて、ドイツ兵に銃殺された……」

「そうだ。君は知っているのかい？」

デミトリエフは立ちあがった。

「今は僕も奇蹟を信じますよ、大尉どの。偶然というものは、時どき何人かの男を清算する前に、彼らを結びつけて面白がるものなんです」

「君の言ってることがよくわからないな」

「掃除人夫が枯葉を火にくべる前に、一度すっかり掃きよせて山をつくるでしょう。あれと同じです。失礼します、大尉どの。少し寝てきます。今夜のねずみは、ブロンドの幸福そうな子供の顔じゃない。ゲシュタポ（ナチスドイツの秘密警察）の部員どもの汚ない面構えです。奴らは、あの六月二十一日、ジュリアン・リュケルロルが講義を終えて教室から出てきたところを逮捕したんです」

補充兵は夕方近く、第四中隊の陣地についた。兵士たちは息を切らしながら塹壕の盛り土と土のうの間にぶっ倒れた。リルルーとルビュファルは感動のあまり何も言えず、お互いの肩へ手をかけてみつめあいながら、こう言いあっただけだった。「変わらんな」。これは嘘だったが。

何人かの古参兵が後方基地へ退った。中隊の現在人員は一八七人になった。デミトリエフは、中隊副官にとどまった。ルビュファルは第一小隊の指揮をとり、アンドレアニ曹長を副官に、モーレルを伝令に任命した。彼は嫌われ者のベルタニヤを厄介払いしたかったが、誰もこの厄介者を引き受けようとしなかったので、やむを得ず自分の隊に入れて、モーレルとくっつけておいた。

ロベール少尉が第二小隊、准尉が第三小隊、フェルナンデス特務曹長が第四小隊の指揮という配置は変わらなかった。

マルタン・ジャネがコニャック、クッキー、ビール、葉巻をもってやってきた。サバティエ大尉は、鹿のもも肉をもってきた。ルビュファルは東京のキャンプ・ドレークからシャンペンを二瓶、フランスからはゴーロアーズを一カートン持参していた。デミトリエフはいくつかの野戦糧食の箱をあけて、中からふたつ三つ鶏の缶詰を引き出した。

彼らは中隊本部の狭い防塞の中にぎゅうぎゅう詰めに坐って、飲み食いし、叫び声や小唄をはさみながら食事した。

彼らは、おおいに《発散する》ことにしていた。つまり、幸福になりベロベロに酔っ払って大騒ぎをしようというのである。しかし本当に幸福だったのはマルタン・ジャネだけだった。彼は今夜はじめて自分が朝鮮に求めに来たもの、男の友情をみつけ出したと思った。サバティエはいつもの無表情な態度をかなぐり捨てて、しきりにあざ笑った。もういやになった職業をやっている恨みが、その様子に反映していた。デミトリエフには、また、思い出のねずみが戻ってきていた。ルビュファルとリルルーは、この再会が気づまりだった。彼らはあまりに話し合うことが多すぎ、そのくせそれぞれの言葉づかいはもう同じでなかったからである。

パリなら「いずれ電話で連絡しようぜ」と言いあえるから、その場をごまかせる。この山峰では、これから一緒に暮らしていかねばならないのだ。

ルビュファルは、千鳥足で小隊へ戻った。デミトリエフはどうしても巡察してくると言いはったが、本部から数メートルの木の下でぶっ倒れてしまった。マルタン・ジャネは片隅に寝ころがって、いびきをかきだした。サバティエとリルルーだけが飲み続けながら、ヴェトナムのことを語り合っていた。

「おぼえてるか？」リルルーはきいた。「メコン河のそばで暮らしていた時、一緒に住んでいたあの藁ぶき小屋さ。例によってチは得意の神秘的な夜曲の口笛を吹きながら帰ってくる。チは我々のそばに寝そべって、二、三服阿片をのむ。あいつは決してそれ以上吸わなかったな。夜は深くなって、土堤にもやったジャンクの船ばたが土をこする音、野獣の吠え声、歩哨の誰何《すいか》が急に重みをおびて世界の実体になってくるんだ」

サバティエは心を打たれながらも、皮肉な笑みを浮かべた。

モーレルは軽機関銃をすえた哨所から、藪と藪の間を見透そうと苦労していた。すぐ手の届くところに、照明弾を打ち上げる細い綱があった。彼はアンドレアニから、こう説明されていた。

「何か怪しい物影を見たら、この綱を引けば明るくなる。しかしここじゃ花火ごっこをやってるんじゃねえからな。手榴弾を投げるよりゃ照明弾を射ち上げるほうがましだってだけの話よ。もし誰かが一発ぶっ放せば、皆がとび出してドンパチやらかすことになる。そうなると中国人の斥候隊が来たとか何とかでっちあげて、辻褄を合わせなくちゃならねえからな」

アンドレアニは、もう大隊の古参兵のような口のきき方をした。

モーレルは綱を引いて、まわりの景色を照らして眺めたかった。淋しかったのである。でもそんなことをしたら、アンドレアニがわけをききにやって来るだろう。中尉のほうは、さっき千鳥足で帰ってくるのを見たから安心だ。中尉は古なじみのリルルーというヴェトミン（ヴェトナム独立同盟。ヴェトナム民族の解放に向けて結成された統一戦線組織。ホー・チ・ミンがその主導者）の首領と再会を祝ってきたのだ。

彼は、自分を罰して捨て去ったフランスという国が、国を裏切った一大尉を怖がって死刑台に送りもせず新しい指揮権を与えたのだと思うと、非常に愉快だった。フランスという年増の娼婦は、黒人にもユダヤ人にもアジア人にも身を任せた。あらゆる国、あらゆる人種の男たちを招いて情事にふけった。その間、フランスの門戸を守る番兵たちは、居眠りして蛮族の匕首《あいくち》にさらされ喉を切り開かれたのだ。番兵の中には、あのリルルーのように敵に寝返った者さえいる……。

モーレルは肩をすくめた。《俺も親父みたいに馬鹿な男になってきたな。親父に叩きこまれた聖書の教訓が、まだあちこちに生き残ってやがる》

すぐ後ろに物音がした。彼はとびあがったが、それはベルタニヤがコニャックの小瓶をもってきたのだった。

「中尉のところからかっぱらってきた。ひと口飲まねえか？」

モーレルは、アルコールを飲みこんで身ぶるいした。煙草に火をつけたかったが、それは厳禁だ。しかし戦友のほうは、まったく平然と煙草をふかしていた。この男は手のくぼみで煙草の火種をかくしていた。ベルタニヤは壕の中へとびこみ、胸壁のわきの土壇の上にのせてあった手榴弾をいじりはじめた。

「手榴弾の安全ピンをつまんで抜いて」ベルタニヤは言った。「投げるまでの暇がありゃあ、敵は三度もお前のきん玉をちょん切ることができるぜ。だから少しピンを引き出し、つぶしとかなけりゃいけねえ。端を平たくのばしとけば大丈夫よ」

もう少しでモーレルは、自分たちがロシアで使ったのは柄つき手榴弾だと答えるところだった。

ベルタニヤは、ポケットからペンチをとり出した。彼はいつでも、ナイフ、ねじ回し、ペンチ、電線などを一組身につけていた。彼は、ピンを平たく打ちのばした。

「なあ、モーレル、交代してほしくねえか」

「お前はさっき歩哨に立ったばかりじゃないか」

「俺は歩哨が好きなのさ。支那公がそのへんをうろついてて、いつとび出して来やがるかしれねえ。こっちは調子上々の軽機に油をひいて引金に指をかけて、にらみをきかせてる。後ろじゃ仲間がいびきをかいてる。仲間の生命をあずかってるのは哨兵だ。してみりゃ、おいらもちょいとした男ってわけだ……」

「お前も変わった奴だな、ベルタニヤ！」

「どうする？　代わってやろうか？」

「いや、結構だよ」

「俺はちょっと中国兵のところまで行ってみてえな」

「頭へきたんじゃないか？」

「ちがう。退屈で仕方ねえ」

ベルタニヤは地面に唾を吐いて、軽機関銃の遊底を動かしてみてから、だらだら歩きながら寝場所へ戻って行った。

モーレルは再びひとりきりになった。全神経を警戒にはりつめて少しの物音もきき逃すまいとしているうちに、彼はスモレンスク（ロシア西部の主要都市）で捕虜にされた後のきりもない行軍を思い出した。胃がひきつれるような感じがした。コニャックを探したが、ベルタニヤが持っていってしまっていた。

一発の照明弾が射ち上げられたので、ちょっとの間、彼は気が楽になった。しかし、また暗くなると記憶はとげとげしく容赦なく立ち戻ってきた。いくら彼がこの戦争やモーレルの名の後ろにかくれようとしても記憶は容赦しなかった。

　すべてはあの朝、ボルドー街道で始まったのだ。モーレルは、まだジャック・ド・モルフォーという名前だった。

　彼の両側は、デュピュイトレとムロンという戦友だった。デュピュイトレはサーディンの缶詰の油をすすってはうっとりし、ムロンは水筒からブドー酒を飲むたびに手の甲で口を拭って叫ぶのだった。

「こんな上物のブドー酒をドイツ野郎に飲ませられるかよ！」

　肥ったリュカール大尉は、まっ赤になって息を切らせながら中隊の隊列のまわりを歩きまわっては自動拳銃をふりまわした。

「だらだらしてる奴は撃ち殺すぞ。中隊は一挺の小銃も足らんことがないようにして、ボルドーまで行く。背のうも銃剣も員数不足は許さん！　市民に士気の高いところを見せてやるんだ……このままアフリカまで行くんだ！」

　中隊は、一度の戦闘も交えたことがなかった。誰にもその理由はわからなかった。中隊はロワール河からガロンヌ河まで一発の弾丸も撃たず、隊伍を組み、軍規どおりの弾薬食糧を携行したまま退却し続けた。ある無人の村で休止した時でも、きちんと叉銃（銃を組み合わせて立てること）して休憩した。リュカールは、三度もやり直しを命じたものである。彼は両手を腰に当て片眼をつぶり腹をつき出して、叉銃線がまっすぐかどうかを調べた。

　第一次大戦の古兵で特務曹長だったリュカールは、今度大尉に任命されても、周囲におこっている状況は何ひとつのみこめなかった。想像力がないので、軍規だけにしがみついた。ナントでひとりのあわてふためいている大佐が、リュカールに、ボルドーまで後退して北アフリカ（当時、フランスの北アフリカ駐屯軍は無傷で、ヴィシー政権に対する態度を明らかにしていなかった）方面に出航せよと言ったのである。彼はボルドーまで後退する間、規定どおり四キロ半ごとに十分の小休止をし、休止ごとに閲兵した。

「気をつけえ！　歩調とれ、前へ進め！　一、二！　一、二！　道足（歩調をとらずに行軍すること）！　各小隊、正しい間隔を守れ！　一、二！」

　彼は戦死者記念碑の前を通るたびに、中隊に歩調をとらせた。「一、二！　一、二！　頭《かしら》ぁ右！」

第十三師団第三連隊第三中隊は、総敗軍にもあらゆる外部の出来事にも戦争自体にも縁がない様子で、演習でもしているかのように行動していた。中隊の周囲では、全フランスが解体しつつあった。ひとりの百姓が、休止の時に大尉にきいた。

「あんた、気が変なんじゃねえですけえ？　戦争はもう済んじまっただ。皆、ずらかってるだよ」

リュカールは百姓の鼻先で拳銃をふりまわした。

「あんた、もしかすると敵の第五列（スパイ、工作員）かもしれんな、どうだ？」

百姓はびっくりして逃げ出した。

「叉銃とけ！　歩調とれ、前へ進め！　一、二！　一、二！」

他のふたりの将校と兵士たちも、彼の無自覚さに同調することになった。この奇怪な軍規の化物には多少の威厳があったし、彼のおかげで敗戦の恐怖から守られるからである。

その夜、中隊はボルドーから三十キロの地点で休止し、白いほこりっぽい街道のふちに叉銃線を布いた。兵士たちは、クローバーの畠に寝そべって野戦糧食の缶をあけはじめた。下のほうに流れている川の水は眠ったように淀んでいた。川岸からつき出した一枚の板に一艘のはしけがつながれていた。

ジャック・ド・モルフォーは、デュピュイトレとムロンにはさまれて不器用に煙草を巻こうとしていた。ジャックははしけを見て、これが戦争では得られなかった冒険を約束してくれるような気がした。しかし大尉の命令で兵は野営地を離れることを禁じられ、下士官たちは、番犬が群を離れようとする羊に噛みつくように、街道を越えようとする兵にくらいついた。

モルフォーは、デュピュイトレのサーディンやムロンのブドー酒入り水筒やリュカールの隊伍や叉銃に、別れを告げる肚をきめた。軍曹の話では、朝までこの牧草地にとどまることは確実だった。副官の中尉は、徴発した自転車でボルドーへ命令受領に出かけていた。モルフォーは、朝、小隊へ戻ればいい。誰も気がつくまい。

彼は自分が歩哨に立つ番を待って、その後牧草地へ戻らず、川のほうへくだった。はしけには誰も乗っておらず、使われていないようだった。モルフォーは何の苦もなく踏板を渡ったが、綱の結び目にけつまずいて、小銃を二、三メートル向こうまで放り出してしまった。

　彼は船の中に寝台をみつけた。服もぬがずにその上に転がると、船ばたをなでる水のざわめきを子守唄にぐっすり眠りこんだ。

　翌朝モルフォーが船から出てきた時には、もう誰もいなくなっていた。ひとりの百姓にきくと、中隊は真夜中に出発したという。モルフォーは脱走兵となり、デュピュイトレとムロンの間の定位置を離れたために銃殺に価する罪を犯したのだ。

　中隊はボルドーの方向へ向かったにちがいなかった。大急ぎで休憩なしに歩いたら追いつけるかもしれないし、トラックに便乗させてもらえるかもしれない。

　モルフォーは長い小銃をかつぎ、青い鉄かぶとをかぶり、背のうを負い、弾帯をつけ、銃剣を下げ、マントの裾を巻きあげたスタイルで、街道のまん中を決然たる早足で前進した。彼の後ろにはほこりの小さな雲が立ちのぼった。

　彼は自分を罰するために、地面だけをみつめながら数時間歩き続けた。道はかぎの手に曲った。すると突然、大きな笑い声が彼の頭の上に響きわたった。それは若々しい高笑いで、他の笑い声も次々とそれにくわわっていった。街道の端に戦車と装甲車の長い列が並んでいた。戦車の砲塔から首を出したり、キャタピラに肱をついたりして、金色の肌をして腕まくりをした兵士たちがいた。

　モルフォーは彼らに道をきこうと思ったが、しかし、突然、相手がドイツ兵だということをさとった。彼は背をのばし、足を踏みしめ、ほかにどうしようもないので前進し続けることにした。ドイツ兵は自分を殺すか捕えるかするだろう。彼は胃がひきつれるのを感じた。

　しかし、ドイツ兵は全員が腹をかかえて笑っていた。それは、このあふれるような日光を浴び、ブドー酒や城館《シャトー》や都市のある国を前にして、これがやがては自分の手に入ることを知っている勝利者らしく、幸福でたまらない笑いだった。彼らの笑いの前には、長い小銃をかつぎ青い鉄かぶとをかぶった兵隊ごっこの兵隊のような男がいた。その兵隊の左のゲートルは、しょっちゅうずり落ちていた。

　モルフォーは、ドイツ軍の縦隊と逆の方向へ進んだ。彼は殺されたいと願った。携帯機関銃の激しい連射を受けたかった。何でもいい、この笑い声さえきこえなければ！　カシャカシャッという音がきこえた。ひとりのドイツ兵が彼の写真をとったのである。彼は、まっすぐ前方をみつめたきりだった。自分が勝利者になりたかったこの小さなチョコレートの兵隊は、勝利者を見ることを拒んだのだ。出征する時には、無数の軍隊ラッパが奏でる勇壮な音楽が頭の中で響きわたっていたというのに。

彼はそれまでと同じ正確で決然とした歩調で歩いて行ったが、ひとつひとつの笑いに横面を張られるような思いだった。

彼には捕虜になるだけの値打すらなかったのだ。彼は、自分が立ちどまったらドイツ兵は子供にでもやるようにボンボンをくれかねないとさとっていた。

彼は喉元にこみ上げるものを感じながら歩き続けた。道の曲り角でドイツ軍の縦隊が見えなくなると、道端の土堤にくずおれて、拳で砂利を打ちながらむせび泣いた。

モルフォーはガロンヌ河のほとりで自分の部隊に追いついた。精も根も使い果した中隊は、とうとう敗戦の中で解体してしまっていた。リュカール大尉は酒場のテラスに腰掛け、白ブドー酒を一リットル単位であおっていた。大尉は夜になると正体もなく酔っ払って、近衛兵の唄をわめきながら、小さな町の暗いでこぼこの路地をよろめき歩いた。

「あいつ、今に橋のないところへぶつかるぜ」とデュピュイトレが言った。

「そして、水に落ちて溺れ死ぬだろうぜ。この目でそれを見てやりてえがな……」ムロンが同意した。

誰ひとりモルフォーを非難するものはなかった。すべてが忘れられた。しかし、彼の耳にはたえず勝利者の笑い声がきこえていた。

彼は、召集解除されてニームに戻った。重厚な家具を備え、灰色の壁に囲まれた広い客間で、父親は彼を迎えてさげすむような言葉をかけた。

「どうだ、ご満足かね？　お前は敗戦したんだ！」

ジャックは父親の眼を直視して、はじめてありのままの父の姿をみた。哀れな失敗者で、あきらめる理由をすべて聖書に求めているだけの男にすぎない。彼は父親の顔に向かって吐きつけた。

「この糞じじいめ！」

対独協力フランス義勇兵連隊が結成されると、彼はまっ先に志願したひとりだった。彼の家はフランスでも有名な代々の新教徒の家柄だったので、その家名と美貌が買われて、彼は簡単な教育の後で将校に任ぜられた。「シニャル」誌は、鋼のかぶとをかぶった対独協力の闘かいの天使として、彼の写真をのせた。

一年後、彼はスモレンスクの前線にいた。灰色の草原《ステップ》と区別できないほど低く垂れこめた空がわずかな黄色い草の上を掠め、白樺の樹の残骸に重い雲を押しつけていた。ドイツ兵は沼の匂いと腐臭のただようぬらぬらする土に塹壕を掘っていた。彼らの後ろでは、街が燃えていた。

精度は低いが効率的なソビエト砲兵隊は、一寸一尺の地面も打ち砕き、掘りかえし、人間という無数の種をほじくり返した。あらゆる火器が射ちまくっていた。重迫撃砲、長距離野砲、スターリンのオルガンというロケット砲、あらゆる炸裂音は怪物のうなり声のようにひとつに混ざりあっていた。ドイツ軍はこの火の雨を浴び、壕の中で弱々しくふるえながらうずくまっていることしかできなかった。多勢の者が発狂した。

ジャック・ド・モルフォー中尉は、小隊を率いて第十三師団司令部前の壕を守っていた。中尉と一緒にボルドーの対独協力フランス義勇兵連隊の兵舎を出てきた三十五人のフランス兵のうち、今では十人しか生き残っていなかった。彼らは疲れですり切れた操り人形のようにただ飲み食い、何の根拠もなく罵るだけだった。彼らの内部に残っているのは、屠殺場へひかれていく獣のような大きなあきらめだけだった。モルフォーは、部下が精神的に参っていくのを見て一種の喜悦を感じた。

彼らがここへ来たのには、さまざまな理由があった。ある者は、まずいことをしでかした。ある者は、人生が無味乾燥だと思った。ある者は、西欧文明を救おうと考えた。ある者は、女の子や仲間をびっくりさせたいためだった。モルフォーが対独協力フランス義勇兵連隊に志願したのは自分の誇りを守るためであり、二度と敗者の仲間には入るまいと誓ったためだった。

ついに、地平線の向こう側から赤軍が姿をあらわした。赤軍はドイツ軍の機関銃の猛射を浴びながらも、たえずつくり直されていく壁のようだった。この壁は打ちこわされ続けながらも前進し、ドイツ軍の防禦陣地をひとつひとつ呑みこんでいった。火器はのべつ幕なしに撃ち続け、爆発し、人間の壁が肉迫してきた。壁がフランス義勇兵の小隊が守っている壕の上を通りすぎた瞬間、モルフォーは銃の台尻で打ちのめされ、気がついた時は捕虜になっていた。彼はまた、敗者の側になってしまったのだ。

灰色の草原《ステップ》を横切って長い縦隊がうねり動き、ねじれ、密集し、拡散した。二万の男の巨大な行列の先頭は雲の中に消えていた。日光も、汚れていて弱々しかった。

時どき、捕虜のひとりが疲れきって倒れる。すると監視兵は列を離れてゆき、その男にとどめをさす。捕虜の列は泥の流れのようにだらだらと続く。敗者の行列である。

モルフォーは、もう過去も反抗も誇りもなく、無に等しい存在になっていた。他の何千という肉体と同じリズムでゆれ動く身体だけが残っていた。彼は三日間、草しか食べていないので餓えていた。頭は空っぽで、銃の台尻でなぐられたあとが痛んだ。

夕方の五時、膿のように黄ばんで白茶けたしめっぽい霧が草原《ステップ》から立ちのぼる。この霧の中から、大きな黒い黙々とした騎兵たちが捕虜縦隊の両側に姿をあらわしてくる。コザックだ。彼らは馬の背にうずくまって、ゆっくり捕虜たちとすれちがってゆく。時どき、コザックのひとりが携帯機関銃を腰に当てて捕虜の群へ発射する。二、三人の男が声もなく倒れ、群衆は彼らの身体を踏みにじって進む。黒いほこりを運ぶ風の中で烏があざ笑う。

モルフォーは自問自答を続けていた。《どうして歩いているのだ？　どうして立ちどまって道端に倒れないのだ？　頭に一発弾丸をくらえば、もう餓えも疲れも感じなくなる。死後の世界があるか、それともないかだ。永遠の休息がくるのだ》

しかし、モルフォーには流れに巻きこまれた自分の身体を自由に動かすことができなかった。夜、捕虜たちはある破壊された村の近くで円陣をつくらされた。明け方になると再び、目的地もなく、現実とは思えない行軍、罪をあがなうための行軍が始まった。モルフォーは、今では、この贖罪という観念にとりつかれていた。彼はもう生ける者の世界に住んではいない。彼は法廷で裁かれ、誇りが高すぎるために常に勝利者や強者に仕えようとしたかどで、有罪を宣告されたのだ。そして、この行進は幾千年もの間、世紀から世紀へと続いていくのだ。

彼はシベリアの捕虜収容所で、自分の信念をとり戻した。捕虜仲間は、彼を《神さま気狂い》と仇名していた。彼が聖書の文句をたえず呼誦しながら、自分は幾千年もの間世紀から世紀へと地獄の行進を続けているのだと主張するからだった。

誰かが彼の肩を叩いた。交代に来たジョベである。新しい一日が生まれ出ようとして、いつもどおり夜との格闘を始めていた。

モルフォーは再びモーレルとなり、防塞に戻った。防塞では、だらしなく胸をあけ、ズボンの前をはだけたベルタニヤが、汗と不潔な体臭の中でいびきをかいていた。

# イシー＝レ＝ムーリノーのドイツ兵殺害事件――抵抗の青春

八月十五日、朝鮮の和平会談は決定的に失敗した。丘陵部の兵士たちは、陰うつなあきらめでこの知らせを受けとったが、時どき《黄色い犬ども》にも、連合国側の和平会談出席者にも同じように激しい怒りの発作をおこした。

　その翌日、ヴィラセルス少佐はクランドル将軍に呼び出された。

　将軍は、自分の個人用天幕にヴィラセルスを入らせ、折畳み椅子をすすめ、製図用の大テーブルに地図を拡げた。

「少佐、これは極秘機密《トップ・シークレット》だ」

「味方が攻勢に出るんですか？」

「まあね……わしはどうも、フランス大隊の内部事情がよくわからない。貴官とドウラィユ少佐のどちらが先任かを調べてみたが、あなたが先任だとわかった。だからあなたにこの作戦を委任したい」

　クランドルは嘘をついていた。彼がヴィラセルスを選んだのは、この男のほうが自分に近く、虚栄心と勲章に没頭しているドウラィユより質《たち》の良い野心をもっていると見てとったからである。

「フランス大隊は極秘裡に夜間行動をとり、《白い丘《ホワイト・ヒルス》》の正面にある山陵を占拠してもらいたい。（彼は地図の一点を示した）ここだ。壕を掘らせ、塹壕線の幹線もつくらせておいてもらいたい。もちろん、この陣地構築は一時的なものだ。それが終わり次第、やはり夜間を選んで偵察隊を派遣し、渓谷を横切って《白い丘《ホワイト・ヒルス》》の斜面を登り、中国軍と接触する地点まで行かせる。私の作戦では捕虜をとらえることが絶対必要だし、その捕虜もこの陣地を守備している部隊でなければいかん。だから、この偵察隊の任務は非常に重大だ。私自身も偵察隊の出撃には立ち合うことにしよう。この偵察隊を皮切りに、大規模な作戦を開始する。

　ああ、もうひとつ注意がある……偵察隊が中国兵を殺した場合、その死骸が身につけている書類、襟章その他ありったけを引き上げて持ち帰ること。よく見てくれたまえ！」

　彼はまた、指で地図をつついた。

「この山陵を占領してしまえば、盆地は全部味方の手に入る。こういう作戦を指揮するには冷静さが必要だ。それを考えて、すぐれた将校を選んでくれたまえ。兵士もひとりひとりをよく選択して、お互いの長所短所が相補って完全な分隊をつくるようにする。誰にも、あなたの大隊の将校にでも、我々が《白い丘《ホワイト・ヒルス》》に対して大規模な行動に出ようとしていることをさとらせてはならない」

「誰にも話してはならんのですか？」

「絶対誰にもだ。あなたにこの地域の地図と航空写真を届けさせる」

　ヴィラセルスは敬礼して表へ出ながら、フラカスに対する勝利を味わった。《絶対誰にも話すな》と将軍は言ったのだ。

　彼は天幕へ帰るとさっそく、ドウラィユ少佐を呼びにメゴリ見習士官をやった。

「少佐は来ようとしないかもしれません」と見習士官は指摘した。

「これは、師団長閣下からの命令だと伝えてくれたまえ」

「きっとカンカンに怒るでしょうな……」

　ヴィラセルスはわざとらしく、なるほどという微笑をつくってから、身ぶりで見習士官を追い出した。

　十五分後、フラカスがやってきた。ヴィラセルスは天幕の中で机を前に熱心に地図を読みながら、彼を待っていた。

「やあ、来てくれたね、ドウラィユ……」

　フラカスはたちまち激昂した。

「どうもよくわからんな。大隊長は私だ。大隊に関する作戦命令はすべて、私経由で出なければならん。クランドル将軍は私を呼ぶのが本当だ」

「閣下はそうは考えていないようでね、大隊の遂行する作戦の責任を私にお任かせになったのだよ」

「どういう作戦だ？」

「君に打ち明けるわけにはいかん。閣下は秘密を要求されたんでね」

　フラカスは拳固で机を叩き、地図をとばしてしまった。

「えい、この畜生めが！　ヴィラセルス、私はこれをパリへ報告してやるぞ！　君はイエズス会士のような陰謀家にすぎん！」

「少佐、お断わりしておくがね、私は、君より二年先任だということを忘れないでくれたまえ。それに、この作戦の指揮が私に委任されたこともね。私はこのふたつの理由から、貴官に言葉づかいと態度をあらためるようにお願いしたい」

「態度をあらためろだと。私の大隊を盗んでおきながら……」

「指揮権は与えられたり引き上げられたりするものだよ。それにフロンドの乱（十七世紀の貴族の叛乱）の時代ならいざ知らず、軍の一箇大隊というものは、決して永久不変の私有財産じゃない」

「官報の発令というものがあるぞ……」

　ヴィラセルスは片手をつき出してぐるりと回した。

「君の大隊を奪おうなどとは思っていない。ただ若干の重大な状況と予定された作戦の必要上、指揮権は陸軍大学出身の将校に与えるほうが適切だと判断されて……」

「アメリカ人は、フランスの陸軍大学など鼻もひっかけとらんぞ」

「クランドル将軍はちがうようだね……将軍は優秀な人物だ」

「君はそう言うだろうよ」

「……将軍は着任後わずか十日で全師団を手中におさめた。いい加減なやり方は影をひそめたよ。歩哨の態度がきびしくなり、乗り物は見事に手入れされ、M・P《憲兵》の白い鉄かぶとも塗り直された。君も気がついたろう？　師団は戦闘機械としては絶好調にある。クラウゼヴィッツ（プロシアの大戦略家、著書「戦争論」）は……」

「クラウゼヴィッツは口から出まかせばかり言ってる男だ……」

　フラカスは、クラウゼヴィッツがどんなことを言ったのか知りはしなかった。彼は、妻にクラウゼヴィッツの本を送ってもらおうと思った。本が来たら机の上に並べよう。前にも、妻にマルクスを頼んで送らせたことがある。それは、ある日ヴィラセルスがマルクスを引用したからだった。

「この際、クラウゼヴィッツを論じるのはよそうじゃないか。将軍の決定されたところでは、大隊は行動をおこし、《白い丘《ホワイト・ヒルス》》正面に陣地を構築する。大隊はあの丘陵の中国軍を偵察するため偵察隊を出す」

「たかが一偵察隊にもったいをつけるな!」

「この偵察隊は大変重要なので、将校に引率させなければいけない。君は大隊長だ。ドウラィユ、偵察隊を出すのに適した中隊を指名してくれたまえ」

「第四中隊だと思うね……増援がきて人員がふえたところだ……」

「それはいい考えだと思われるね。この偵察隊の重要性から見て、指揮はリルルー大尉に一任したらどうかと思うが、君はどう思う? あの男はたしか、この種の作戦には大変熟練しているはずだね……」

フラカスはリルルーとは反《そり》が合わないのであやうく承知しかけたが、危ないところでこの罠を外した。もしリルルーが戦死したりすると……中隊長の大尉ともあろうものが単なる偵察隊を指揮したことが問題になり、故意の謀殺だと叫んでフラカスに責任を押しつけることはわけないだろう。彼はリルルー大尉と親友になっていたマルタン・ジャネの前で、不用意な言葉を吐いてしまっている。ルビュファル中尉にも同じ失敗をした。ヴェトナムでの情勢が急変したら――リルルーの政治的なコネが彼のために動きだすかもしれない。そうなったら、フラカスの経歴はおじゃんだ。

「少佐、いくら君が重要だと主張しても、その任務のために大尉を一人失う危険をおかすことはできないと思うがね」

「じゃあ、デミトリエフかな?」

「デミトリエフなら非常に適任だ。立派な兵士でこの戦争にも馴れているし、冷静でしかも大胆だ。デミトリエフは、最近現役編入願いを提出した。ひとつ戦功がふえれば現役編入が有利になるからね」

「兵隊はどうする?」

「デミトリエフに選抜させせよう」

「私に詳細な連絡をしてくれたまえ、ドウラィユ。大隊の行動開始は明日の夜間とする」

フラカスは一言もいわず、敬礼もしないで出て行った。長く垂らした拳銃の吊革が落下傘兵用の半長靴にぶつかって音をたてた。

彼はもう怒ってはいなかった。その代わり、あらゆる恨みや後悔が押しよせ、自分の挫折や失敗した人生をかみしめていた。彼は決心した。軍隊をやめよう。そして……そして、どうするのだ。畜生！　軍隊、それは彼の全生命だった。軍隊の外では何の力もなく、意欲もわかない。たしかにヴィラセルスに一本とられはしたが、彼の仕掛けた罠はひっ外してやったのだ。

　ヴィラセルス少佐のほうは、頬杖をついて天幕の入口ごしに、紅い雲のたなびく空の一角をみつめていた。この雲と空の向こうに、冷酷できびしい神がいる。この神は自分のところまで昇ろうとする人間には、卑怯さや卑やしむべき感傷を捨て去ることを求めているのだ。五日後には、十五人の兵士による偵察隊が天主の門口まで昇って行くだろう。

　ヴィラセルスは彼なりに兵士たちを愛していた。兵士たちの中にある激しい火花、それだけを愛していたのだ。この火花が、人間の中の安定を求める心のような、高貴さも偉大さもないものをすべて燃やしつくし、打ちこわしてしまう日が来るだろう。ヴィラセルスは垂れこめた雲のみなぎった天に向かって昇って行く道の上を、狂気のように突撃する夢を抱いていた。彼は一度、ヴェトナムで突撃を指揮したことがある。しかし、道の向こうには、平和な水田があるだけで、誰ひとり発砲してこなかった。

　少佐は、デミトリエフと彼の引率予定の偵察隊のことを考えた。デミトリエフのように複雑で強力な魂をもつ人間は、皆、彼をひきつけるが、同時に反発もさせる。すごくセクシーな美しい娼婦たちが乳房をつき出し唇を開いて誘いかける時、少佐はこれと同じような魅力と嫌悪を同時に感じるのだった。彼の妻は、冷たい骨ばった女で見識ばっていた。

　彼は苦笑した。妻のエドウィージュは十一人の子を産んだが、一度も快楽を伴う交渉はなかったのだ。

　フランス大隊の各中隊は、ある暑苦しい夜、新位置に到達した。長い縦列が罵り声と鉄かぶとや武器のぶつかりあう音の中で、山陵や谷間をくねって行った。

　兵士たちは背のうや、持たされている食糧や弾薬の箱の重みで汗を流した。休止の号令がくだると、彼らは不気嫌にズルズルと地面に寝ころがり、行先もわからないし、居心地のいい防塞から引きずり出されたことに不平をこぼした。また戦争が近づき、戦争の疲れや苦しみが始まることを予感してはいたが、恐れを表に出したくはないので、彼らは、将校が馬鹿で仕事がわかっていないのだと言いあっていた。

第四中隊が指定された位置に到達した時、それまで雲にかくれていた月が、雲を引き裂いて姿を見せた。《白い丘《ホワイト・ヒルス》》は巨大な探照灯で照明されているように、こつ然と闇の中から、清澄な姿をあらわした。

志願兵たちは、この山の冷たく拒むような美しさに打たれながらその姿をみつめた。

デミトリエフは、喉の詰まったような低い声でリルルーに言った。

「すごくきれいですね」

彼は数時間前から自分が偵察隊の先頭に立って《白い丘《ホワイト・ヒルス》》へ行くことを知っていた。

「闇夜ならいいと思っていたんだよ。デミトリエフ」

「いや、大尉どの、《白い丘《ホワイト・ヒルス》》が今ぐらい美しいほうがいいんです」

「兵士は選抜したかね?」

「まだ選抜を終わっていません。アンドレアニ曹長は志願してきました。それには理由があるそうですが、大尉どの以外に言いたくないというんです」

「それは後できくことにしよう。ルビュファルに全小隊を率いて谷まで同行させよう。あの小隊が君たちの後衛になる。ルビュファルは君をギャング仲間だと思っているから、どんなことがあっても君を見捨てることはない。彼のギャング理念は知っているね。この崩壊していく世界の中で、実体をそなえてるのはギャング仲間だけなんだ。彼は友情をこうよぶのだよ」

「あの人はどうして人生に失敗したんですか?」

「失敗したわけじゃない。彼の人生は、まだ始まっていないのだよ。ルビュファルは、ドイツ軍の占領下のパリで一緒に暮らした。ルビュファルは、アンジュー河岸に大きなアパートをもっていて、我々はリュケルロルと一緒にそこに住んでいたのだ。リュケルロルの話はきいことがあるだろう?」

「アンリ四世高校では、たいていの先生がリュケルロルさんを知っていました」

「リュケルロルは、滑稽で激越で絶望的な自分の世界に我々をひきずりこんだのだよ。我々の中でも特にルビュファルは、リュケルロルの影響が強かった。僕自身には、スペイン戦争の時に僕の隊の指揮官だったフォーガの影響のほうが強かったね。フォーガは、そのころ、最初の共産党突撃隊を組織するため、パリに潜行していたんだ。

フォーガとリュケルロルは、まったく対照的だった。ルビュファルと僕の個性は、それぞれ彼らを師にして生まれてきたようなものだ。彼らが我々の人間像をつくってくれたのだな。デミトリエフ、何か飲み物をもってないか?」

「コニャックが少し残っています」

「ありがとう。何だか急に寒気がしてきてね。マラリアの発作が近づいているんだ。藺草《いぐさ》平原は蚊がひどくてね。いつもキニーネがあるとは限らなかったし……。

あの正面の丘は本当に美しいね。あれを手に入れるなら死んでもいいと思うほど魅力的だ。しかし、僕はやっぱり君に帰ってきてほしい」

彼らは、それぞれ各小隊の配置をみるために別れた。デミトリエフは、胸の中で大尉の言葉を繰り返していた。

《あれを手に入れるなら死んでもいいと思うほど魅力的だ……》

彼は、リルルーの秘密を見抜いたような気がした。リルルーの中の何かが燃えつきたのだ。今の大尉はその余塵であり、燃えた痕を示している。しかしその灰はまだ熱く、火傷も癒えていない。大尉は自分の母国や民族の外側に、自分の信念を見出したのであり、しかもそれを断念しなければならなかったのだ。彼がヴェトナムで死んでいれば、それはそのまま信念の証明になったろうが、朝鮮では、大尉の戦死は意味も価値も失ってしまうのである。

リルルー、ルビュファル、デミトリエフはいつも一緒に食事をすることにしていた。彼らが食事を終わったところに、アンドレアニが入ってきた。彼は清潔で、きちんと折目正しくかかとを打ち合わせて敬礼した。

「大尉どの、お話ししたいことがあります。大尉どのだけに」

「君は偵察隊に志願したそうだね?」

「そのとおりです」

「デミトリエフ中尉が偵察隊の指揮官だ。だから、君は中尉の前でも話をすべきだろう。それにルビュファル中尉は君の小隊長だ。中尉も僕と同様、君の話というのをきく権利がある。何も言わないことにするか、それとも我々皆の前で話をするか、どちらかにきめてくれたまえ」

アンドレアニは不動の姿勢のまま歯をくいしばり、くすんだ顔色の張りつめた表情は凍りついたように固まった。彼は黙って立っていた。三人の将校は煙草を回していた。アンドレアニは肚をきめた。

「お話しいたします」

大尉は彼のほうに顔をあげた。

「じゃあ坐りたまえ、アンドレアニ。キム、曹長にコーヒーをもってきてあげろ。煙草は?」

「ありがとうございます。うかがいますが、大仕事に成功した時、アメリカ人のくれる勲章は、何と申しましたか?」

「銀星章《シルバー・スター》とか功績章なんかだ」

「この偵察から無事に戻ってくれれば、それが貰えますか?」

「生還した者に対しては可能だね」

「私は、どうしてもあの勲章が欲しいのです」

「君はそんなに勲章が欲しいのかね。アンドレアニ?」

「アメリカの勲章でなくてはだめなんです、大尉どの。それも優秀な奴です。私はもうフランスには帰れませんので……」

「我々がマルセーユにいたころ、君は船倉にかくれていたんじゃなかったかね?」とルビュファルがたずねた。

「あれにはそれだけの理由《わけ》がありました。中尉どの」

「僕にはアメリカの勲章と、君がフランスへ帰れないという事情の関係がよくのみこめないんだがね」

「私は朝鮮で満期になりましたら、アメリカ軍の海兵隊に志願入隊したいのです。人の話では、アメリカ軍の勲章を受けた者は採用するそうです。海兵隊に入隊できれば、私は合衆国の国籍がとれます。新生活を始めて、《彼女》も私を追ってこられます。《彼女》というのはマリアのことで、従弟のピエル・コンスタンティニの女房なんです。私たちは望んでそうなったのじゃありませんが、仕方なくて恋に落ちてしまったんです。コンスタンティニはマルセーユの大親分ですから、私たちは逃げるほかありませんでした。しかし、我々は持金をアメリカへ送らせました。ですから、あの国へ落ち着けるようになれば、マリアも私を追ってあっちへやってくることになっています。私が大隊を志願したのは、フランスを逃げ出すためです。ピエルの手下に追われていたんです。私がこの偵察隊を志願したのも、アメリカへ行けるようになりたいからです」

「しかし、君の満期まで、マリアは少なくとも二年間は待たなくちゃならないわけだよ」リルルーが指摘した。

「大尉どの、彼女は必らず待っています」

マリアは、いつでもアンドレアニのそばにいるのと同じだった。彼は何の苦もなく、マリアの顔や身体つきを目に浮かべることができた。

アンドレアニは、マリアよりきれいで悧巧で愛の営なみの上手な女を何人も知っていた。マリアは色が浅黒く無口な女だったが、しなやかで背が高く、非常に優しい眼をしていた。それに、他の女とはわけがちがう。彼はマリアを愛しているのだ。

ポール・アンドレアニは十八歳でマルセーユにやってきた。ドイツ軍が非占領地帯まで侵入してマルセーユを占領した当時のことだった。ポールは餓えに耐えかねて、バスティア（コルシカの主要都市）の上方の山の中の小さな村や羊や栗の林を後にしたのである。マルセーユではコルシカ人が見捨てられることはない。アンドレアニも《従兄弟たち》（コルシカ島民は団結力が強く、お互いに先祖の血筋から《従兄弟》と称しあう）に逢いに行った。従兄弟のひとりピエル・コンスタンティニはマルセーユの劇場の裏に小さなバーを開いていて、彼のところがコルシカ人のやくざたちの集合場所になっていた。彼らは、自分の女たちが働いている間ポーカーをやっているのだ。こういうひもたちは、ポケットを札束でふくらませ、何本もの指に重い金の指輪をはめ、手首にはスイス製のクロノメーター腕時計を巻き、背広も国産の代用品の植物繊維ではなく戦前と同じ上物の毛織だった。アンドレアニは彼らの中ではかささぎのようにみっともなかったが、かささぎのように何でもピカピカするものが欲しくてたまらなかった。軍隊は肩章や勲章があるので彼には向いていたが、そのころのフランスには軍隊はなかった。そこで、彼も女のひもになることにした。最初の情婦はロラという名だった。彼はロラをある友人からつけで買った。しかしこの女は《屑物》で、もうきれいでもなく盛りをすぎていた。アンドレアニは、彼女を北アフリカ人向けの最下級売春窟に売って厄介払いした。この女は、もう、この種の客種以外には利用価値がなかったのだ。

そこで、従兄のピエルは、彼を自分の仕事に使ってやることにした。占領下で、肉と煙草が不自由になりはじめていた。コンスタンティニはそういう物資や金貨を集めたり、偽の配給切符をつくったりしていた。

アンドレアニは、あるバーのマスターになった。彼は店の奥の部屋をレストランに改造し、階上にはいくつもの寝室をつくった。そして、寝室用の娼婦を提供した。

闇取引の大物たちはしょっちゅうバーへ飲みにきた。彼らは酔っ払うと娼婦たちに感心させたいという気がおこり、札束を引き出して自分たちの闇取引の秘訣をぶちまけた。コンスタンティニと彼のやくざ仲間は、こういう貴重な情報を利用していた。闇商人のあるものが、夜この街の《旧港》の黒い水の中で命を落とす事件もよくおこった。しかしそういう男たちの身体からは厚い札束が奪われていたので、死体は浮きあがりがちだった。

ふたりのコルシカ人は、ドイツ人とも協力して仕事したが、それは闇取引の商売関係だけの協力だった。この仕事にはあまり乗り気になれなかった。《緑服》どもはどうも気にくわない。ドイツ人は危険で、しかも意地悪に思われた。

一九四四年、ピエル・コンスタンティニは、ドイツ人のおとくいたちに偽造名画でいっぱいくわせたかどで、強制収容所に投げこまれた。アンドレアニは、それを機に北アフリカへ上陸した第一軍に参加することにした。

彼はモロッコ山岳部隊と一緒にヴォージュで闘かい、アルザス地方からドイツへと転戦した。二度負傷して軍曹に任命され、全師団の進撃を阻んでいたドイツ軍の防塞を深夜に乗じて奪取した功績で、軍功章を授けられた。

アンドレアニは、軍に残ってヴェトナムへ行って戦争を続けるつもりだった。しかし彼が休暇でマルセーユに帰ると、再会した従兄はすっかり羽振りがよくなっていた。

ピエル・コンスタンティニはドイツから帰還すると抵抗運動参加証を貰い、カルボヌ親分の遺産の一部をかき集めてしまった。ナイトクラブもバーも映画館もあった。今では、暗黒街の大親分である。彼は、アンドレアニにも仕事を世話してやった。アンドレアニは、この分ではすぐにもアメリカ製の自動車に乗れそうだと考えて軍隊をやめた。

コンスタンティニ親分は、ちびの肥っちょで冬でも汗をかきっぱなしで、皮膚は黄色く、パスティス酒の飲みすぎで肝臓が悪かったが、頭は冴えていた。彼はどんどん手を打って、さっさと政治家や警察関係者の一部を自由に動かせるようにしていた。

コンスタンティニは従弟を実の息子のように可愛がって、毎土曜日バンドルへ釣りに連れて行った。ここでは、ひとりの老女が魚のスープと純コルシカ風のピッツァをつくって食わせてくれた。

ある日、ピエル・コンスタンティニは誰にも予告しないでひとりの娘と結婚した。娘は、修道院付属女学校を卒業したばかりだった。

その時、ポール・アンドレアニは旅行中だった。帰ってきてマリアにあった時、彼は心が乱れるのを感じた。彼は、彼女とふたりきりになるような機会は避けなければいけないとさとった。

アンドレアニは、マルセーユから遠ざかっていようとつとめた。彼は、ニースでアメリカ煙草の密輸入に専念した。まともな《商売》だったし、ほとんど危ない橋も渡らずに済んだ。税関吏も警察官も袖の下に弱かったからである。しかし、上手《じょうず》の手から水がもれるのは一番確実な仕事だと思っている時に限る。アンドレアニも急に大あわてでマルセーユへ戻り、従兄に援助を頼む羽目になった。ピエル・コンスタンティニは、話をつけてやるからその間自分の家で待っていてくれと頼んだ。マリアはポールにコーヒーをもってきたが、手がふるえてコーヒー茶碗を落としてしまった。彼が身体をかがめて破片をひろおうとした時マリアもそうしたので、ふたりの顔はふれ合ってしまった。

ポールは、マルセーユ市外の海の近くに部屋を借りた。マリアは、週に二度彼に逢いにきた。彼らは互いに何も言い交わすことはなかった。必らずふれ合うというわけでもなかった。お互いのそばにいるだけで充分だった。ふたり一緒にいさえすれば、太陽も蟬の声も海のひびきもいつもとちがってくるのだった。

市会議員選挙の時、ピエル・コンスタンティニは敗け馬に賭けてしまった。その政治家は、当時の市会では重要なポストを占めていたのだ。反対派の候補者は、全員当選した。新市会が市政に熱を入れだすと恐ろしいので、ピエルは全財産を妻と従弟の名に書き換え、世界一周の航海に出た。航海は十三カ月の予定で、それだけあれば新しく権力の座についたグループも飼育できるはずだった。

最初のうち、マリアとアンドレアニは慎重にふるまっていたが、そのうちにもう離れて暮らすことができなくなってしまった。ポールはピエルの家に住むようになった。ピエルはそのことを知らされたが、ほとぼりのさめるまでは帰るまいと思って動かなかった。

マリアとポールはマルセーユの街で、囚人のように暮らした。一挙一動が監視され、マルセーユを出ると自動車が尾行した。

コンスタンティニとしては、彼らを殺《や》ってしまうわけにはいかなかった。不用心にも、財産を彼らの名にしてしまったからである。彼は、すべてが回収できるまでふたりの恋人同士を自動車事故で消すのを手控えていた。ピエルは、自動車事故の誘惑に弱かった。下手な運転手が酔っ払って、真夜中にひとりの歩行者をひき殺して逃げるだけでいい。もっともその前に、その歩行者は運転手の車から外へ投げ出されているのだ。

マルセーユでコンスタンティニの支配を受けておらず彼の力の及ばない唯一の犯罪組織は、麻薬と武器の密売組織だった。マリアとポールはこの組織に、ピエル・コンスタンティニのもっていたナイトクラブ、バー、ホテルを、時価の三分の一、ただしドルの現金で、という条件で売りとばした。それから彼らは姿をかくした。

アンドレアニはリルルーの決定を待ちながら大尉をみつめた。

「デミトリエフにきめてもらおう」と大尉は言った。

デミトリエフは頭をかかえて、生徒を合格させるか落とそうか迷っている試験官のように時間をとった。

「一緒に来ていいと思うよ、アンドレアニ」

「中尉どの、私と一緒にモーレルとベルタニヤを選抜なさることをおすすめします。ふたりともあてにできる男です」

アンドレアニは立ちあがると、かかとをならしてから小隊へ戻って行った。

「軍医はどうした」リルルーがきいた。

「彼も移動中でね」デミトリエフが言った。「今ごろは書類や薬瓶のまん中を泳ぎまわってますよ」

「すばらしいぞ、アンドレアニの恋物語は！」ルビュファルは叫んだ。「やくざ仲間のトリスタンとイズー物語だ！　札束を抜かれて旧港の水に浮いている闇商人の死骸、北アフリカ土人用にしか役にたたなくなって転売されていく娼婦、共和国に対して愛国心がありすぎて事業に失敗したり、前市会議長という肩書のために無能な男の選挙資金を出したりするギャングスター、相手を殺《や》っつけておいてから、放り出してひき殺す黒いシトロエンときたか！　娼婦のひも、南国の太陽、政治、カヌビエール（マルセーユ郊外の海にのぞむ絶壁のまわりを一巡する道路で、崖の上の店で海を眺めながら飲食するのが名物）で午後一時に飲む冷えたパスティス酒、主人公は蒼ざめた顔の小柄なコルシカ人で、勲章でも宝石でも光り物には目がない……明日はあのベルタニヤというやな奴が英雄になっているかもしれない。対独協力フランス義勇兵上がりのモーレルの過去の秘密、人間性を捨て去ったクランドル将軍、フラカスの馬鹿野郎、異端審問官みたいな面《つら》のヴィラセルス、そして君、ピエル・リルルー……。

　こういう冒険や秘密がこの朝鮮の片隅にひしめきあいながら、伝説の山と向かい合ってるんだ！　何という映画だ！……とリュケルロルなら言うだろうな。

　リュケルロルは映画が大好きで、画廊見物にも熱中してたな。彼が銃殺されたのはそのためかもしれないぜ。彼が成功したことは認めろよ。彼の名をつけた街があるんだからな。しかし、彼が俺たちに撮影させた映画は、ひどかったね。あの映画で流れた血は、うさぎの血じゃない。ピエル、おぼえているかい？」

　ピエル・リルルー大尉は、うなだれた。デミトリエフは、不思議なまでに心をひかれて息を殺していた。


　重傷者をのせた列車が、ルビュファル候補生とリュケルロル中尉をヴィシーに向けて運んでいた。

　列車はひと朝、退避線に停車したままでいなければならなかった。各部隊が整列し、政府代表が《傷つけるフランスの勇敢な兵士、不幸な英雄に敬意を表し》にくるのだ。若い看護婦たちのお喋り、老紳士の演説、将軍の演説に大臣の演説、司教の祝福。リュケルロルにはレジオン・ドヌール勲章、一候補生にすぎないルビュファルには軍功章が授けられた。時間はたっぷりある。もう急ぐことはない。同じ国、同じ言葉の人々のところにいるのだ。

リュケルロルは、戦友の担架のほうへかがみこんだ。

「どうもこういう一幕はちょっと古くさいね」

ある日、猿のように不格好なフォーガが復員兵の粗悪なお仕着せを着て、病院にリュケルロルを訪ねてきた。ルビュファルは、リュケルロルと同じ病室にいた。

「どうだい？」フォーガはたずねた。「官製英雄に祭り上げられたじゃないか。新聞で読んだぜ」

「君はどこから這い出してきたんだ？」

「この糞忌々しい戦争からさ。まだヴィシーの町をひとまわりしてないのかい？　カフェの客がみんな自分の箱をもってて、箱から砂糖を出して使うんだぜ。もうひとつの箱には、煙草の吸い差しを大事に入れておくんだ。街じゅうに、乗馬ズボンをはいた偽市民やバッヂをつけたひげ面のボーイスカウトみたいなのや、怪しげな野郎がいっぱいだ。ヴィシーの政治は、気取った中年女や公証人や退役大尉の政治だ。ここじゃ、どうすることもできん。俺はパリへ戻る。お前はどうする？」

「僕も歩けるようになったらパリへ行く。ところで、君にヴァンサン・ルビュファルを紹介しよう。彼もパリへ帰るんだ。アンジュー街七番地にアパートをもっている。僕は彼のところへ同居する。君はいつでも逢いにこられるよ。しかし、パリで何をやる気なんだ？」

「《我が党》は、この敗戦をあきらめて受け入れて落着こうとしている連中の目をさまそうとしているのだ」

「その件についちゃ英国放送でわめきたててるド・ゴールのおっさんがいるぜ」

「無駄だね、ありゃ将軍だ。ドイツに刃むかって戦争したって、それが何になるってんだ？　我が党の闘争は、他の立場からやるんだ」

フォーガが帰った時、ルビュファルはリュケルロルにたずねた。

「あの男、いったい何だい？」

「激情家だよ。しかし、共産野郎たちは、あいつを手中におさめたね。充分に飼育してから、利用するだろうよ。さて、パリ帰還の件は承知だね？」

「もちろんさ。ここに何かすることがあるかい？　父は光栄ある戦いで戦死をとげた。母はイソリに引退して、喪に服しながら名誉に輝いてる。フランス兵の捕虜宛ての慰問品発送とか何とかいろんな仕事を主催してる……君も母がここへ来たとき逢ったんじゃないか？　もう僕とは話が合わない。フォーガをどうして知ってるんだ？」

「一九三六年の騒ぎ（開戦前夜のフランスでは左右両翼の衝突で暴力沙汰が多かった）の時、あいつを警官の足元から助けてやったのさ。警官が一ダースもかかってあいつをのそうとしてたんでね。あいつはそれで僕も同じ思想なんだと思いこんで、以来こっちの腰巾着さ。時どき蹴とばして追い払いたくなることもあるが、でも僕はあの男が気に入っているんだよ……」

十二月にリュケルロルとルビュファルは通行許可証《オースヴァイス》を貰って、古い木造列車でパリへ向かった。列車は、首府に着くまで五日もかかった。

空が下水のような色をしたある朝、彼らはオーステルリッツ駅へ下車した。

パリの町並は、逆さ卍の旗印の下で、凍りついたように陰うつだった。ドイツの兵隊どもが、二、三人ずつ組んで歩きまわっていた。

パリには、独特の淫らがましいところも色彩もなくなっていた。気の小さな金利生活者が、寒さをしのぐために外套のボタンを喉元まできっちりはめているかのようだった。

最初の闇商人や娼婦やスパイやドイツ陸軍の士官たちが、やっと再開した何軒かのキャバレーにひしめいていた。こういう連中は、まるで義務でも果たしているかのようにむっつりとしてたらふく飲み食いしていた。いっぽうパリの住民は自分の家にとじこもって、火がないので襟巻きを首にまき、寒い中で二百グラムのマーガリンを手に入れるため食料品店の前で足ぶみしていた。

リュケルロルは、毎日高校の帰りに、ラ・スールスへルビュファルに逢いにきた。彼らは一緒に一杯のブドー酒か、何かの代用飲料を飲んでから、モフタール街かサン＝ジェルマン＝デ＝プレの方角に長い散歩に出かけるのだった。薄暗い裏の小路を抜けて行くと、古い水たまりとよく掃除してないごみ箱の匂いがした。

彼らは別にあてもなく歩きまわり、労働者や娼婦や万年学生や三文芸術家でいっぱいの飲み屋に立ち寄った。リュケルロルは、ちょっとした眼つきをしたりうなるような声を出したりうなずいたりするのを合い図に、会話を再開するのが上手だった。彼の話はいつも同じ問題に戻っていった。それは、パリの住民がドイツ軍の占領とフランスの敗北について考えていることについてである。

「皆の話しているのをきいたかい？」彼は若い友人に言った。「もう戦争はしたくない、うんざりだ。あきらめよう。占領は自分に関係ない。あってもわずかだ。身体は疲れるし腹はすぐが、映画と酒さえあれば、自分の縄張りにひっこんで目立たんように暮らしたい、というわけだ。《別に不幸じゃない》と言ってるね。しかし我々はああいう人たちに、彼らはすでに不幸だし、そうでなくてもいずれは不幸になることを教えてやらなくちゃいかん。こういう民衆が反抗し、殺し、殺されるようになるんだ。今夜、フォーガがくる。同志のひとりを泊めてやってくれと頼まれてるんだが、どうだろう？」

「フォーガは、パリで何をしようとしてるんだい？」

「そこだよ、あの哀れな連中に彼らは不幸なんだということを教えようとしてるのさ！　フォーガは宣伝と暴力事件で、このあきらめた民衆をゆり動かして殉教者をつくりたいんだ。殉教者が出れば、たちまちファンがつくものだよ。聖なる公教会も、ちゃんとそのへんは心得ている」

「共産主義者はあまり活動してないよ」

「再編成中なのさ」

「僕は、パリで何かおこるのを待ってるのに倦きてしまった。ド・ゴールのところへ逃げて行こうかと思っている」

「何が欲しい？　冒険か？　それならフォーガがいる」

「僕を英国へ渡してくれそうな男を知らないかい？」

「ああ知ってるとも！　ミュルドーだ。ただ、こいつはドイツ野郎のためにも働いてる。あいつには、ドイツ人が先客だったからね。しかし、イギリス人のために働いていることもおおいにあり得るよ。要するに、長年欲しがっていたものを手に入れたのさ。現金《げんなま》と親方をね」

リュケルロルは、やせてひもじそうなミュルドーが、借金した相手に遭うのを避けるためカルチェ・ラタンをジグザグに歩いていた姿を思い出した。その後この男は突然、コントレスカルプ広場の垢じみた巣を引き払って、ド・ボア通りのアパートに引っ越した。絨緞は厚く、壁には絵がかかっていた——趣味の良い絵ばかりだったから、絵を選んだのがミュルドー自身とは思えなかった。ぷりぷり肉のゆれるような身体の、若い女中も備っていた——ミュルドーはあの女中と寝ているにちがいない。

　ミュルドーは、リュケルロルを大歓迎した。自分の出世ぶりを披露できるのが嬉しいのだ。服のポケットに手をつっこんでふくらませ、生地が本物の英国製ツイードだということを示した。腰掛けるとうんと高く脚を組み、相手が三重底の高級靴を賞讃できるようにした。彼の三角形の顔、とび出た眼玉、狭い肩幅、大きくつき出した下腹はがまに似ていたが、今このがまは昔の貧苦を彷彿とさせるリュケルロルに復讐できる嬉しさでうっとりし、輝いていた。

　ミュルドーはコニャックをすすめながら、リュケルロルに自分の仕事を手伝わないかともちかけた。

「《あの人たち》の味方をするような原稿をふたつ三つ書くか、講演を二、三回やってくれれば安穏に暮らせるぜ」

　彼は、ドイツ人のことを《あの人たち》とよぶ時、教会の小使が大司教のことを話すかのように、つつしみ深く眼を丸くした。

　しかし、リュケルロルは肱掛け椅子に坐ったままのけぞって笑いだした。底に鋲を打った兵隊靴が、ミュルドーの鼻先につき出された。

「ミュルドー、お前さんは街の娼婦みたいにこっちで十フランあっちで百フランと借り歩いていた時のほうがよかったぜ。今じゃ囲われてる高級淫売か。パトロンは金持らしいな」

　彼は大きなグラスへ手酌でコニャックをついだ。

「コニャックは上等だな。この家は悪くない。前はユダヤ人の持ち家だったんだろう、ええ？　囲われてるとはいっても、家具も自分のものじゃないんだ。《あの人たち》の家具さ！　さよなら、ミュルドー」

　出がけに彼は女中の尻をつねって行った。

　ミュルドーはドアが閉じるまで待ってから、こう言った。

「今にみていろよ、リュケルロル……」

　彼は、この高校教授に注意を向けるようにドイツ軍のシュタンプ少佐に話そうと肚をきめた。しかし、すぐにではまずい。ドイツ軍の上層部は、フランス人にはあまりきびしくするなという命令を出していた。薄弱な理由で高校の教授を検挙したりしたら、悪い噂をまきおこすにきまっている。

ミュルドーは新しい親分たちを尊敬するあまり、自分がフランス人だということを忘れていた。ドイツ人のことを話しながら、《我々は》と口にした。

彼は鍵のかかる金属製の書類箱をあけ、赤いボール紙の書類綴りを出して、独特の念入りな字体で書いた。《ジュリアン・リュケルロル》。それから白い紙に、わかっているだけの情報を書き入れた。

《一九一〇年ポアチェ生。一九三五年高等師範卒業。一九三八年歴史教授資格取得。遊撃兵団中尉。フランス本国戦役で負傷。レジオン・ドヌール五等勲章受賞。戦前は極左戦線の細胞として活動。おそらく共産党員と思われる。スペイン戦争の国際義勇軍元少佐フォーガと親交あり。フォーガは共産党の軍事専門家のひとり》

ミュルドーには、昔フォーガとも一緒に働いていた時期がある。しかし、彼が金をくれと言った時フォーガは彼をはりとばしたものである。

彼は書き続けた。

《リュケルロルは、生徒及び他の教授に対する影響上、危険なり》

アンリ四世高校の上級生をひとり使ってリュケルロルを監視させよう。いや、デミトリエフがいい。ロシア系の若い自習監督で、餓えに苦しみいらいらしている。

彼は、書類を綴じて整理してから、若い女中を呼びよせた。

「ジュリエット……」

リュケルロルとルビュファルは、霧の深い夜の中を家に帰るところだった。ひとりのドイツ兵がぐでんぐでんに酔っ払って彼らとすれちがい、リュケルロルによろけかかった。リュケルロルはドイツ兵をおしのけた。

「見たか。今あの兵士をやっつけて、流れる血と吐瀉物の中に放り出してくることはわけない。そうなれば、明日はドイツの司令官が罪もない市民たちに報復する。この市民たちが復讐のため、他のドイツ兵がひとりでいるところをやっつける。すると、ドイツ軍は人質を銃殺しはじめるだろう。ちょいとした身ぶりで、大事件の火蓋が切られてしまうのだ。ところで、僕の教えている生徒の奴らは、何か待ち受けてるように僕をジロジロみてやがる。僕が片足をひきずっているんでね。生徒監が、僕はこの戦争で負傷した英雄だなんて喋ったんだ。奴らは皆、僕がドイツ野郎をやっつける謀略をめぐらしていると思いこんでいて、何か一言でもいうと《緑と灰色の服の奴ら》のことを暗示していると思うんだよ」

　リュケルロルは、片足をひきずっていた。こんなにじめじめして寒い気候では、傷口が痛むのだった。ルビュファルは、十歩ごとに立ちどまって彼を待ってやらなければならなかった。

　アンジュー河岸のアパートへ帰ってくると、客間にフォーガが待っていて、ひとりの青年を紹介した。ピエル・リルルー。

「今夜、また出かけなくちゃならん」フォーガは言った。「一週間したら帰ってくる。ルビュファル、迷惑でなかったらこのリルルーをあずけていきたい。いいかね、ルビュファル？　よし、帰ってきてからゆっくり話をしよう。多分君たちに何か提案することになりそうだぜ……」

　彼は、くるりときびすを返して、ドアをバタンと閉めて出て行った。リルルーはスーツケースを足元に置いたまま、取り残された。リュケルロルとルビュファルは、吹き出した。

　リルルーは今までのフォーガとの関係を説明した。今度は、彼が復員後リベーヌ村へ帰っていると、フォーガが迎えにきたのである。彼らは占領地帯への境界線をこっそり通り抜け、一文なしでパリへたどりついた。ピエルは、パリははじめてだった。

「君には何か社会生活の根拠を見出すことが必要だね」リュケルロルは注意した。「フォーガは何か君に仕事をみつけそうだが、おそらく警官に身分証明を求められた時、あっさり話してしまえるような仕事じゃあるまいからね」

「僕は、大学へ登録（大学入学資格試験合格者は、どこの大学でも自由に入学手続きができる）しようかと思ってたんですが……」

「それはいい！」ルビュファルは叫んだ。「僕と一緒に来たまえ。僕は法学部で学士課程（法学部には大学入学資格試験不合格者用の実用課程が別に設けられている）をやっている。ここにはいつでも部屋と寝台がある。親父は大佐だったが、千フランの札を何枚か残してくれた。それが続く限りは、大丈夫だ」

　薪の火が部屋を暖めていた。これが最後の薪だった。明日は、おがくず用のストーヴを出さなければならない。焔の影が古い家具にゆれていた。

　彼らは夕食を済ませた。もう話をすることもなくなった。雪が降りだして、雪片が屋根から落ちる音がきこえ、窓ガラスは白く浮かびあがった。大きな振り子のついた掛時計が秒を刻んでいた。

「居心地がいいなあ」とリルルーが言った。

　ある朝、急に春が花開いた。フォーガはいっこうに戻ってこなかった。ドイツ兵たちはいっこうに忘れな草色の眼をして、鋪石も砕けよと歩調をとる代わりに長靴をひきずって歩くようになった。公園やセーヌ河岸の広場では老人や若い娘たちが、ひなたぼっこをしていた。

　ピエル・リルルーとヴァンサン・ルビュファルはいつでも連れだっていたが、彼らもおだやかな生活に身を任せていた。

　そのころ彼らはハンガリア生まれのユダヤ娘と知り合った。彼女は、偽名を使って国立音楽学校で勉強を続けていた。夢想的な娘で、幸福な時に泣き、不幸な時に笑った。パンと蕪と、部屋の箪笥の中に買いだめしてあるのをみつけた松露入りの鵞鳥レバーの缶詰を食べて暮らしていた。

　彼らはふたりとも、この娘を恋するに至った。しかしこの恋は、彼らの友情を裂くどころか逆に強めたくらいだった。この恋は、彼らの苦悩と若さと春から生まれたものにすぎなかったからである。

　ある日の午後、彼らは娘が授業から出てくるのを待っていた。それぞれ、水仙の花束とベニー・グッドマンのレコードをプレゼントに用意していた。それから彼女をリュケルロルに紹介して、四人でレストランに夕食に行く予定だった。

　彼女はあらわれなかった。彼女の友だちのひとりが、彼女がついさっき逮捕されたことを教えてくれた。ユダヤ人であることがばれたのである。

　急に、春の色はあせてきた。戦争が、彼らを呼び戻しはじめた。

　フォーガの時が来たのである。彼は戻ってきた。

　ある夜、彼は疲れきって戻ってくると、肱掛け椅子に倒れこんだ。ズボンの裾と靴に、粘土質の泥がべっとりとくっついていた。

「フォンテヌブローのほうからきたのか」リュケルロルがきいた。

「そうだ。あっちには同志がいて何かやろうとしている」

「共産党は行動に出るのを嫌ってるんだろう？」

「党は無秩序な行動を嫌っている。党には党の政策があって、それに従うだけだ。俺は君たちに手を貸してもらいたい」

「そのために僕を連れてきたんだろう」とリルルーが言った。

「僕もあんたに手を貸すよ」ルビュファルが言った。

「君はどうかしたのか？」とリュケルロルは彼にきいた。「イギリスへ行くだけが望みだと思っていたよ」

「リュケルロル、お前はどうだ」フォーガがきいた。

「いやだね」

「お前は卑怯者じゃない。その反対だといってもいい。俺以上に共産主義者の素質がある。それなのに、何故反対するんだ？」

「話せば長くなるよ……」

「また、インテリの説明か！　今日はくたくたで、お前の長談義をきいちゃいられない。俺はあるグループでお前をよく知っているという娘に逢ったよ。ニコル・マルニー＝メグランという娘だ。わかるか？」

「ああ」

「お前のことを何と言ったと思う？　軽業師みたいな男……」

「ニコルは、いつでも非常に文学的な娘だったよ。もう寝ろよ、フォーガ。少し休んだら、それほどくだらんことは言わなくなるだろう。君は軍人として失敗した。君の軍隊も、他の軍隊と同じだ。あらゆる宗教は皆同じだ。俺はいっさいがっさいごめんこうむる。君もひっくるめてな」

「あの娘の話が出たせいで、ひどくいらいらしてるようだな……」

「黙れというのに」

リュケルロルは激しく戸を閉めて出て行った。

「リュケルロルがあんたの顔をぶんなぐるかと思ったよ、フォーガ」とルビュファルは言った。

「彼が一緒に来てさえくれれば、そんなことは何でもないさ」

フォーガは、その後一カ月してからやっと戻ってきた。彼はルビュファルとリルルーに、ゴブラン大通りのエスティエネという男の家で会合する約束をした。リュケルロルも、行ってみることにした。様子をみたかったのだ。

エスティエネは、労働者街のアパートのひとつに住んでいた。こういうアパートは壁が薄く、すき間だらけで物音は筒抜けだった。五人の男が、白木のテーブルのまわりに集っていた。卓上には半分ほどブドー酒をついだグラスが並んでいた。彼らは、黒煙草の袋と巻紙の綴りを回していた。彼らの太い指はうまく煙草を巻けないで、紙を破いた。部屋の奥には三人の裁判官のようにリュケルロル、ルビュファル、リルルーが立っていた。全員がフォーガをみつめていた。フォーガはずんぐりして力強く、ポケットに手を入れ軽く肩をすくめていた。ジャズ、子供の泣き声、皿を洗う音が壁ごしにきこえてきた。彼らは皆、悪い予感が喉がひっかかり胸がしめつけられるようで口がきけなかった。

フォーガは、彼らがこの苦悩を知りつくし苦悩と一体化するまで、苦悩にひたらせておいた。この演出はリュケルロル向けなので、彼はリュケルロルのほうを眺めた。高校教授には、フォーガの説明したいことが大声で語られているようによくわかった。

《あの男たちを見ろ。ごくありきたりの人間で、利己的でもあり卑怯でもあるが、とにかくここへやって来たんだ。しかも俺がこれから何を要求するか知っているんだぞ。自分の殻にとじこもって苦しい労働をし、女房子供と暮らし、居酒屋と映画で楽しむ。そんななめくじのような生活を送ろうと思えば送れるさ。しかしよく連中を見てみろ》

リュケルロルは、一同の顔を見回した。

地下鉄の職員のエスティエネはありふれた顔立ちで、油でべっとり髪をなでつけ、のびた髪の毛が薄汚れたYシャツの襟まで垂れ下がっていた。恐怖で顔のたががゆるんでいた。彼はこの集会を少しでも温かいものにしようとして、自分の一カ月分の配給のブドー酒をふるまったのだ。少しわいせつな冗談も言ってみたが、すぐ喉にひっかかってしまった。

やせっぽちの若いユダヤ人のグリュンバールは、いらいらと身体を動かしたり身ぶるいしたりし続けていた。

三番目は石工で、ビロードのズボンは石膏で汚れたままだった。おとなしく単純で、あきらめたような眼つきをしていた。

新聞売子のベルジェは飲み助らしく見事な赤ら顔で、鼻や顎のいぼをかいていた。彼は苦悶をたたえた眼をしばたたいていた。

五番目の男は、白墨のように白いうなじと、虎刈りになった赤い髪の毛だけしか見せなかった。苦しそうに呼吸し、長い吐息で少しでも楽になろうとしていた。

リルルーは、このやりきれない沈黙を破るために何でもいいからどなりたくなった。ルビュファルは唇を嚙みしめ、自分の筋肉がひきつれるのを感じていた。

リュケルロルはフォーガにどなりたかった。《もう、ぎりぎりまできた。話せ！》

フォーガは沈黙を極限まで引きのばして何かが破裂しそうになってから、口をきった。

「同志諸君、俺はイシー＝レ＝ムーリノーの近くに非常に警備の手薄な火薬庫があるのを知っている」

皆がほっと溜息をついた。彼らの苦悩には名前があったのだ。イシー＝レ＝ムーリノーの近くの火薬庫。

「非常に警備が手薄だって？」ベルジェがききかえした。

「衛兵はひとりで、三十分ごとに一巡するだけだ。ただ百メートル離れたところに哨所がある。見たまえ……」

フォーガは机に近づいて、カレンダーの背表紙に見取図を書いた。五人の男は腰を浮かして、椅子をひきずり彼をとり囲んだ。

リルルーとルビュファルは、彼らの中にまじった。リュケルロルだけが、後ろに引きさがったままでいた。たちまち説明や熱心な議論がもちあがったが、フォーガが話しだすとすぐに沈黙した。

「哨所は百メートル離れたところにある。警報が早く出たら、誰も逃げ出せない。ほんのわずかの手ちがいをやっても生命にかかわるぞ。神経質になっていると、手ちがいをおこしがちなものだ。しかし、今の我々には火薬が必要なんだ」

「いつやる？」エスティエネがきいた。

「明日の夜、十時だ」

「どこであんたと逢えるかね？」

「俺は行かん」――彼はリルルーを皆のほうへ押し出した。

「こいつが俺の代理だ」

するとと、一同は喉仏を動かしてごくりと生唾をのみこんだ。フォーガなら皆もよく知っているし、信頼もしているのだ。

「これは命令だ」フォーガは続けた。「我が党が有力で他党よりもすぐれているのは、党員が命令に服従するからだ。俺には、もうここでの仕事はない。リルルーと一緒にうまくやってくれ。しっかり頼む」

彼は、ドアをバタリと閉めて立ち去った。

リルルーが話しはじめたが、声には自信がなかった。

「今朝、フォーガと一緒に計画をねっておいた。ふたつのグループに分かれよう。ひとつのグループにルビュファルがついて、他の者は俺と来る。武器は使わない。拳銃はたしかに時には有効だが、たいていの場合は危険だ。何かといえばぶっ放したくなるし、そのためチャンスを逃がす。チャンスは必らずあるものだ」

彼は、フォーガの言ったとおりを繰り返しているのだった。実は、拳銃が手に入らなかったのである。

「明日の夜、ここで八時に集まって、計画を具体的に話し合う。その前からくよくよしても仕方がない」

ひとりも、リュケルロルはこの件で何の役をしているのかときこうとする者はなかった。

「じゃあ、明日また」

ベルジェが言い放った。

「あのリルルーという若僧は気に入ったぞ。余計な口をきかねえ」

「フォーガのほうがいいぜ」

「フォーガは別の仕事があるんだから仕方ねえ……あいつの言ったことがわからねえのか？　お前の権利はただ何も喋らねえでいることだけだ」

リュケルロル、ルビュファル、リルルーは一緒に出て行った。グリュンバールは彼らにくっついてきたが、彼らもこの男を振りきるわけにはいかなかった。グリュンバールは、戦前には化学の勉強をしていた。しかし、新政令によって大学からしめ出されたのだ。今では、彼はちょっとした闇取引で飯を食っていた。

リュケルロルは彼にたずねてみた。

「どうして共産党に入ったんだね？」

「よくわからないね……思想？　俺は党の思想なんか知りもしない。多分、共産党だけは、種族とか国民とかいう形にまとまった個人を相手にしないからだろうな。さもなけりゃ、共産党が迫害されてるからかもしれない。我々ユダヤ人は、迫害されている側には理由もなくひきつけられるからね。それにしても、ひとつぐらいなら共産党に入った理由はあるよ。希望のためだ。我々ユダヤ人は、この希望を救世主《メシア》と呼んでるんだ」

「君の救世主《メシア》ってのは共産党のことか？」

「そうだよ。ユダヤ人は勝利すると、どうも具合が悪くてまずいことをしでかしてしまう。我々は不安のためにつくられた民族だ。我が民族の偉大さは、すべてを問いかけ疑問にすることだ。我々は、いずれは共産主義者が賢こかったら、俺たちは厄介払いされるさ。共産主義まで疑問にしそうだからな」

若いユダヤ人は、非常に堂々として見えた。彼はある町角でちょっと挨拶して彼らと別れた。彼らは、彼のやせた後ろ姿が闇に消えるのをみつめた。

「アンジュー河岸へ引き取って一緒に暮らせるようにしてやるのが本当だな」リュケルロルが言った。「ソースやチーズや友情を詰めこんで肥ったユダヤ人にしてやる。そうなれば、彼の存在も我々にとって悔恨と不安ではなくなる」

翌日の午後、リルルーとルビュファルは現地を偵察に行った。フォーガが、通行許可証のついた一台の小型トラックを手に入れてくれたのだ。リュケルロルも一緒に行った。家へ戻ってくると、教授は引き出しにしまっておいた遊撃兵用の短刀をもってきた。彼は両刃の短刀を抜いて、リルルーの前で鋼の刃を光にかざしてみせた。

「衛兵を刺す時はこうやるんだ……」

彼は、ルビュファルの後ろに立って実演してみせた。

「……同時に衛兵の口に手を当てて、後ろへ身体をそらせる。そのほうが刃がよく刺さる。ほとんどひとりでに刺さるようなものだ。吊帯に注意しろよ。吊帯のすぐそばを突き刺すんだ。しかし、吊帯の中へ刃を入れちゃだめだ」

リルルーは魅了されて短刀に手をのばし、リュケルロルの教えた動作を繰り返しはじめた。

「それでいい。だが、そのふたつの動作をうまく連続させなけりゃいけない。相手を後ろへ引き倒しながら突き刺すんだ。お安いご用さ。やればわかるよ。人間なんて豚よりやさしく殺せるんだ。おまけに豚ほどうるさくない」

ピエルは、アムポスタのゴメスを思い出した。そして、水にすべりこむ前に草の中を這って行くゴメスの白い身体を。《お安いご用《ムイ・ファシル》》。

リュケルロルは説明を続けた。

「衛兵を除去したら、ベルジェが火薬の入っている小屋の戸を破って錠前をねじあける。その間に、君はドイツ野郎の死骸を水に投げこむ。できるだけ音をたてないようにしてね。ルビュファルは、途中で下車させておく。彼は、君とトラックの中間に位置することになる。火薬庫のほうが始まったら、ルビュファルが小型トラックに合い図してバックさせる。トラックは、車輪の操作だけで火薬庫の前まで下りてくる。そしてルビュファル、ベルジェ、リルルーの手を借りて火薬の箱を積みこむ。それからトラックにとび乗ってエンジン全開で逃げるんだ。

他のふたりは土堤で見張りをしていて、時機をみて適当に脱走する」

「もし僕が、衛兵を殺《や》りそこねたら？」リルルーがきいた。

「全員が危険にさらされる。しかし、君が失敗するわけはない。何しろ不意打ちをくらわすのだ。これは大きいよ」

リュケルロルはちょっと黙っていた。

「君たちが火蓋を切る事件は、君たちの手に負えないほど発展するだろうよ」

彼はポケットに手をつっこんで、短刀をもてあそんでいるリルルーを眺めると肩をすくめた。

「一挺の短刀、ひとりの坊や、それで歴史の一ページが繰られる。どうでもいいと思っている僕が、その演出をしているんだ」

夜の十時、ルビュファルと石工のヴェルデュル、抵抗戦用にメルシオールという偽名を名乗ることにしたようなじの白い男の三人は現場にいた。石工は哨所の正面にいた。警報として、《ヴァレンシア》の最初の一部を口笛で吹くことになっていた。ヴェルデュルは哨所でおこることを見てとるために、眼を皿のようにして凝視していた。青味がかった窓格子ごしに兵士が動くのが見られたが、彼らの動作は不可解で恐ろしいもののように思われた。

火薬庫の前に配置されていたメルシオールは、衛兵の交代が来るのを見た。ふたりのドイツ兵は、二、三分のあいだ一緒に喋っていた。

「こりゃまずいぞ」メルシオールは言った。「奴らは別れようとしないじゃねえか！　えい、糞ったれめ、畜生め！」

彼は音をたてずに地団駄をふみ、手をもみあわせた。やっと、ひとりの兵士が立ち去った。交代した衛兵は火薬庫の壁に銃を立てかけ、煙草に火をつけた。マッチの火で顔の一部がはっきりと見てとれた。

何分か何秒かがすぎた。ルビュファルは、石工のところへ行った。

「様子はどうだ？」

「何だが皆ガサガサしてやがる」

「全員外へ出てきたら口笛を吹け。しかし、ひとりぐらい表の空気を吸いにきたとか小便しにきたとかぐらいで合い図しちゃいかんぞ」

「わかった！」

エクトル・ヴェルデュルは、どうも気分が良くなかった。彼はルビュファルをそばに引きとめようとした。

「お前の商売は何だい？」

「大学生だ」

「ああ！」

彼はそれ以上質問がみつからず、会話が引きのばせなかった。ルビュファルは、メルシオールのほうへ戻った。

彼が近よると、メルシオールはとびあがった。

「衛兵は交代した」彼は言った。「ドイツ野郎は煙草を吸ってやがる」

「じゃあ、万事順調だな」

十時十分になると、遠くに自動車の音がきこえてきた。一台のシトロエンが通っていき、続いて乗用車がもう一台通った。ふたりのドイツ兵が舗道に靴音をひびかせてやってきた。

哨所にきたのだろうか？　彼らは通りすぎた。

ようやく小型トラックがやってきたが、町じゅうを起こしそうな騒音をたてていた。停車してから、少しバックしてルビュファルのそばに止まった。リルルーとベルジェがあらわれた。

「万事順調か？」リルルーがきいた。

「うん、それでも急いでくれ」

まっ蒼な顔のリルルーは、セーヌ河岸へ下りた。ベルジェが、身体をねじるようにしながら後に続いた。彼がズボンの中にかくした大型ペンチがずり落ちはじめた。彼らは我慢して、走ったり大声をたてたりして衛兵を驚ろかさないようにした。ベルジェが火の消えたままくわえている煙草は、唾で濡らしてあった。彼は、煙草の葉を噛んでいた。

《衛兵がびくびくしていなけりゃいいが》とリルルーは思った。今の彼は、これからやる仕草のことしか考えず、胸の中で繰り返していた。《吊帯に注意しろよ。人間なんて豚よりやさしく殺せるんだ……人間なんて豚よりやさしく殺せるんだ……吊帯に注意しろよ……》

ベルジェとリルルーは、衛兵に近づいた。衛兵は何かぜんぜん他のことを考えながら、夜の散歩者だと思って彼らを眺めていた。

散歩者のひとりが近づいてきて、消えた煙草を見せた。

「火《フ》……火《フオイエル》……」

衛兵は善良に笑った。彼は、フランス人は愉快で感じがよいと思っていた。彼は近づいて、自分の吸っていた煙草をさし出した。誰かの手が彼の口をおさえ、彼は背中にするどい痛みを感じた。コンスタンス湖畔の町ユーバーリンゲン出身のヘルムト・ミュラーは名誉の戦死をとげた。

ベルジェは服の中でモソモソやってから、ペンチをとり出して扉のほうへ急いだ。ひとねじりすると扉は開いた。彼は大きく息を吸いこんだが、手がふるえはじめたので数秒間待った。

ヘルムトは、リルルーの腕に倒れこんだ。リルルーは彼の死骸を数メートルひきずってから、身体をかがめて河岸の石垣に沿ってドイツ人の半長靴が水にふれるまですべらせていった。それからはじめて、彼は手をはなした。ドイツ兵の背中に突ったたっている短刀は、そのままにした。死体は黒い水の中に消えた。

ピエルは、腕の内側で顔に垂れ下がった髪の毛をはらいあげた。彼は手が血だらけだろうと思ったが、それは汗でしめっているだけだった。

すべてが、《お安いご用《ムイ・ファシル》》だった。

ルビュファルが、合い図した。小型トラックは音もなくやってきて、火薬庫のそばに横づけした。グリュンバールが荷台から不器用にとび降りた。地下鉄職員は、運転席に残った。ベルジェとルビュファルは、もう最初の箱を運び出してきた。

四箱……五箱。

遠くに、《ヴァレンシア》の口笛がきこえた。たちまち、重苦しい空気がのしかかってきた。合い図したメルシオールは、歩道に足音をひびかせながら逃げ出していた。警報は発されたのだ。

彼らは皆、小型トラックにとび乗った。しかしグリュンバールは六箱目をひきずっていて、はなそうとしなかった。

「早く乗れ！　馬鹿はよせ！」リルルーが命令した。

しかし、もう車は動きだしていた。

「待て！」彼は運転手にどなった。

車は十メートルほど動いて止まった。グリュンバールは箱をはなさないまま、車に追いつこうと努力していた。すぐ近くで一発の銃声がひびき、彼は河岸に倒れた。

「逃げろ！」ルビュファルはわめいた。

小型トラックはまた動きだし、ゆるい斜面を上がり、全部のライトを消したまま人気のない大通りを驀進した。彼らは救かったのだ。しかし、グリュンバールは別だった。彼は、河岸の上にじっと動かない、灰色がかった小さなかたまりとなった。

彼らは、サン・トウアンの車庫で、屑鉄の山の下に弾薬の箱をかくし、渇きで死にかけているような勢いでブランデーの瓶を回し飲んだ。そして、墓地から出てきた葬儀の参列者のように暗い顔で頭をふりながら黙って握手を交わして、それぞれの家へ戻っていった。

リルルーは、熱でもあるかのようにガタガタふるえていた。「どうだった？」アンジュー河岸の家で待っていたリュケルロルはたずねた。

「弾薬箱は奪った」ルビュファルが言った。「しかし、グリュンバールがやられた。あいつがしくじったんだ」

「まるで自分から求めでもしたかのように、というんだろう？」

リルルーは、相変わらずふるえながらリュケルロルに近よった。

「君の教育は正しかったよ。衛兵は声もあげなかった。あの男の口をおさえつけた時、俺は奴が俺の手に接吻しているんじゃないかという感じがした。まったく豚より人間の喉をえぐるほうがやさしいもんだ……俺は、自分に何もしかけてこない男を殺した。それも、フォーガを喜ばせるためにだ。俺が後悔してると思うか？　どこか良心にとがめられてると思うか？　ぜんぜんだ。事はあまりに早く運びすぎた。あまりにやさしすぎた」

「寝床へ行ったほうがいい」とリュケルロルは言った。

リルルーのふるえは、ますますひどくなっていった。

「君はあらゆる法を捨てなくちゃいかんと言ったな、リュケルロル。あれはまちがってる。俺たちには網の目のようにはりめぐらされた多種多様な厳格な法の束縛が必要なんだ。人間は自由であるようにつくられてはいないんだよ……」

「寝床へ行くんだ。明日にはもう何ともなくなるさ」

ピエルは、フラフラと出て行った。

「ルビュファル、君はどうなんだ？」と高校教授はきいた。

「俺はこんな戦争は嫌いだ。軍服も軍規もない。この戦争はあまりにでたらめすぎる。その気になれば馴れることもできるだろうが、その気になれないんだ。俺はすぐ英国へ逃亡したい。リルルーの言うとおりだ。こんなことは、正規の戦争とはいえない。その上、グリュンバールがやられたんだ……」

翌日フォーガが皆に逢いにきた。

「ピエル、ルビュファル、君たちは実によくやった。まずいことがおこったというのにな。リュケルロル、お前の計画は完璧だったぞ。弾薬箱が手に入ったんだ」

「でも、グリュンバールが死にました」とピエルは言った。

「グリュンバールは、昂奮しすぎたんだ。多分腹いっぱい食ってなかったせいだろう。あいつの馬鹿げたふるまいで万事ぶちこわしになりかねなかったんだ。馬鹿みたいにくたばったのさ」

「グリュンバールは前の晩、自分の《希望》というのを話してくれたよ」

「たわ言さ！　ところで君たちの遠征の結果はこうだ。消灯が十一時に繰り上げられ、巡察兵が倍に強化された。ゲシュタポは、この事件に全部員を投じている。ドイツ人だけでなく、フランス人も動員されている。その上、ゲシュタポはグリュンバールの死骸で鎖の一端は握ってるんだ。それで満足してくれればいいがな！　じっと潜伏していろよ」

　彼は立ちあがった。

「今、我々の細胞は地下で再組織中だが、各細胞にグリュンバールの英雄的な最期が伝えられることになるだろう。最初の殉教者のひとりだ。模範の材料さ」

　フォーガは敷居をまたぎながら、もう一度振りかえった。

「あいつは馬鹿みたいに死んだ。せめて、あいつの死を多少は有益なものに変えなくちゃ意味ないからな」

「なんてひどい畜生だ！」リルルーは言った。「スペインのころよりまた一段とひどくなりやがった」

「あいつはひどい畜生じゃないさ、ただ共産主義者なんだ」リュケルロルは答えた。「あいつにとっては、何もかもが党のためなんだ。共産党に入党した時、自分の中の弱点や温情などという部分は質に入れちまったんだ。その代わり、人生の目標を頂戴したわけさ」

　ミュルドーは、ジュリアン・リュケルロルと記した赤い書類綴りを拡げていた。彼は、それにいろいろな紙片をはさみこんでいた。アンジュー河岸のアパートの管理人を訊問した報告があった。管理人は、リュケルロルを、ほっつき歩いてばかりいる酔っ払いの女好きだと言っている。不具でファシストのミロンという生徒が、彼をほらふきの民主主義者でおそらくは共産主義者だと告発しているノートもあった。

　これらには、何の証拠になるものもない。もっと詳しい情報は、デミトリエフから出ていた。それは手紙の形式で書かれていて、若い自習監督はわざと大仰な文体を使っていた。

《ミュルドーさま
　数日前、アンリ四世高校歴史教授ジュリアン・リュケルロル氏についての情報をお求めになりましたが、その際、それは同氏の思想が我々に近似性ありやいなや、また、同氏を我々の《若きヨーロッパ》（ナチスドイツが後援した独仏協力の運動）に加盟させる可能性ありやいなやを当人に知らせることなく調査してほしいとのことでした。
　小生は、同氏と熟知の間柄なる数名の人物にそれとなくたずねてみましたが、そのひとりのヴェルネルという者は、同氏が最近フォーガとよぶ男と連れだっているところを見かけた旨、確認をいたしました。ヴェルネルはこのフォーガが共産党の活動分子であることを知っております。(この最後の部分は赤鉛筆で囲まれていた)

しかし、これだけでは同氏が共産党に入党していると断定するには不充分であります。リュケルロル氏は、趣味においても交友関係においても選別眼のきびしい人柄にて……》

《馬鹿な奴めが》ミュルドーは、蒼白いデミトリエフの顔を思い出してあざ笑った。

彼は、もうひとつの紙片に目を移した。

今度は、非常に詳細な警察の報告書だった。書類は、フォーガがパリへ来るたびにリュケルロルの住んでいるアンジュー河岸に泊まること、彼がイシー＝レ＝ムーリノーのドイツ兵殺害事件の前夜パリに来ていたことを示していた。

ミュルドーは、報告書の次の文章の下に線を引いた。

《ルビュファルのアパートは共産党細胞のアジトとなっているらしく、当細胞のメンバーは、各人の経歴と軍事知識からみて、特に訓練の行き届いた危険な人物と思われる》

ミュルドーは電話機を取りあげて、シュタンプ少佐をよんだ。

「少佐どの、イシー＝レ＝ムーリノーのドイツ兵殺害事件の真犯人がわかったと思います。今すぐ、作成した書類をお送りします。強力な状況証拠で、ジュリアン・リュケルロルという男が犯人と推定されます。これは我々が死骸を発見したユダヤ人のグリュンバールと同じように、有力な共産主義者です」

六月二十一日、リュケルロルはセーヌ河岸に沿ってアンリ四世高校へ向かって行った。彼は急いでいるわけでもなかったので、河岸の古本屋の箱から本を取りあげてパラパラとめくっていた。その時、彼は自分の教えている哲学級(当時の大学入学資格試験は日本でいう文科系は哲学級、理科系が数学級に大別されていた。そのため高校でも最上級はこの二系列に分かれて試験準備をした)の生徒のルティリエに遭った。やせてにきびだらけのルティリエは、充血した手で買ったばかりのオビデュウス（ローマの詩人）の《愛技《アルス・アマトリア》》を握って、ポケットに入れようとしていた。彼は、生徒をよんだ。

「ルティリエ、まあ、こっちへ来たまえ」

「でも、先生……」

「ポケットに何を入れてる？」

「僕の自由な権利で……」

「いくらだった？」

「二百フランです」

「同じ本がガルニエ版の古典叢書に二十五フランであるよ。黄色い表紙の叢書だ。あれなら読書指導係の目もごまかせる」

「あの《かぼちゃ》め……ずいぶん僕らの本を取りあげて蒐集をつくってますよ」

ルティリエも多くの生徒と同じように、ジュリアン・リュケルロルには親しみやすさをおぼえた。彼が相手だと何ごとも単純明快だし、彼の講義も生き生きしていた。大学入学資格試験で歴史が一単位半しかないのは、残念な話だ。アンリ四世高校では、リュケルロルは反独組織の首領だという噂だった。ルティリエと仲間の数人は、それが本当なら組織に入れてもらいたかった。彼は、ちょうどいい折だからそのことをきいてみようと決心した。

「ねえ、先生。ポミエ、ラヴルー、デュラン、ギスドン、それに僕なんて連中で――みんな哲学級なんですが――先生の仕事を手伝いたいんです」

「何を手伝いたいんだね？」

「ドイツ野郎に反抗する仕事です。先生がやってることはわかってるんです。もちろんみんな小僧っ子にすぎませんけど、それなりに役に立つこともあると思うんです」

「君は頭へきているんじゃないか？　私は何もしてないし、そんなことはどうでもいいと思ってる。わかったかね？」

「先生はかくしてるんです。それだけです……《かぼちゃ》が言うには」

「《かぼちゃ》は有名なほらふきだよ。さあ、行きなさい。そして友だちには、大学入資のほうに身をいれろと言うんだ」

ルティリエはポケットに手をつっこみ、力のない足取りで立ち去った。

《あいつは俺の言ったことを本気にしてないな》と、リュケルロルは思った。《皆一緒になって、俺に抵抗運動家というレッテルをはろうとしてやがる》

彼は疲れを感じた。その前日、ニコルが高校へ来て、授業の終わるのを待っていたのである。彼は柵によりかかって、彼女がいつものためらいがちな足取りでやって来るのを見た。彼女は相変わらず、足元の土が崩れるのを恐れているような様子だった。リュケルロルは彼女の腕をとって、一緒にあてどもなく歩きだした。彼女は蒼ざめた顔をして、唇をふるわせながら言った。

「ジュリアン、私が来たのであなたとても面白がっているんでしょ。三日前に、もうあなたとは逢いたくないと言ったのに、今日はもうあなたの仕事の帰りを待っているんですもの。これじゃ、ボーイフレンドと大喧嘩してから後悔しているタイピストみたいだわ。嬉しがってもいいわよ、私がこんなに気持ちがぐらつくのはあなたがはじめて……」

彼は、彼女を抱いてひきよせた。彼がキスすると、彼女はほっと吐息をもらした。

「人生は美しいわ、ジュリアン。私、あなたを愛しているわ。人生を受け入れてちょうだい。あなたは誰かを愛するのが怖いのよ。私に対してもそうだわ。フォーガは、あなたに私が共産党員だと言ったんでしょう？　それで、どうなの？」

ジュリアンはポケットの底から二、三本の吸い差しをみつけて、それをパイプに詰めた。せっかく和んだ気持ちが、いらだちに変わっていった。

「いいかい、ニコル、僕は君たちの仲間じゃないし、どんな仕事もやる気はない。ある一部の人に共感できることはたしかだけれども、だからといってその人たちの思想まで自分のものにする気はない。今、僕は君の身体を自分のものにしたくてたまらない……」

「あなたは死人も同然よ、ジュリアン。生ける屍にすぎないわ……あなたの恋愛は寝床の営みにすぎないのよ。あなたの同情は単なる好奇心だし、友だちといえば遊び相手の操り人形、慈悲の心も軽蔑から出ているのよ。あなたは皆から秀れた人物だと思われているわ。でも、あなたには実体がないのよ」

彼女は、彼の服に爪をたてて彼の身体にしがみつき、彼をゆすぶろうとした。涙を抑えようとして、顔がひきつっていた。

「さあ、どうなのよ、返事してよ。さあ……」

彼は答えなかった。彼女は馳けるように、その場を去って行った。

高校の門をくぐろうとした時、誰かに腕をひっぱられるのを感じた。それはフォーガの部下のひとりで、新聞売子のベルジェだった。彼はもぐもぐ話しかけた。

「リュケルロルってあんたですかい？」

「そうだ」

「フォーガの伝言だ。すぐずらからなくちゃいけませんぜ。ミュルドーって奴を知ってるでしょう。そ奴がドイツ野郎のために働いてやがって、イシー＝レ＝ムーリノーのドイツ兵殺害事件の嫌疑をあんたに押しつけたんです。うめえことにフォーガの仲間がミュルドーの仕事仲間で、知らせてくれたんでさ。さっき知らせてきたばかりなんで」

「ルビュファルとリルルーはどうするかね？」

「あのふたりは郊外へもぐらせました。連中の行ってるところへ行きなせえ。あそこから、非占領地帯へ渡ってスペインへ出るんでさ」

「ありがとう、ベルジェ。僕は逃げない」

彼は今、急にこの決心をしたのだった。これには、多少は退屈や高慢さや無精も手伝っていた。死ぬことは容易に思われ、逃げることははるかに難かしいように感じられた。

逃亡、それは闘争を再開することをやむなくする。軍に再役すればド・ゴールにつくことになるし、フランスに残ればフォーガに協力することになる。フォーガが、彼の生命の恩人になるからだ。

共産主義者になる気はしない。その新しい宗教、新しい道徳の、宣教師仲間に入ることはやりきれない。といって、古くさい文明の価値を防衛する気はさらにない。

「皆に、僕は逃げないで残ると伝えてくれ」

それからリュケルロルは、だしぬけに吹き出した。その笑い声は、大きく深く勝ち誇っていた。彼は、この数分の間にあらゆる障害から解放されたのである。

リュケルロルは、ひとりの教授とすれちがった。その教授は言った。

「ニュースをきいたかね？」

「いや」

「ドイツはロシアに宣戦布告した。もうパンサー戦車の集団が、モスクワに向かって突進している」

《いや、これは面倒なことになったぞ、面白くなった》とリュケルロルは考えた。

彼は、大学入資前半準備クラスに入った。生徒たちは椅子におさまり、のんびりとしていた。リュケルロルは、ポケットに手を入れたまま教壇の上を歩きまわりだした。彼は充分に聴衆の気をひきつけたことを感じた。彼はなお聴衆を待たせて、いらいらさせた。無意識のうちに、あの時の会合のフォーガと同じやり方をとったのである。

彼は話しだした。

「革命などというものは、歴史の想像妊娠とでもいうべきものにすぎない……たいていの場合、生み出すのは噂ばかりだ……」

彼はこのテーマについて、多くのすぐれた引証をあげてみせた。観念も、比較も、実例も自然に心に浮かんできた。彼は自信にあふれているのを感じた。

授業終了の鐘が鳴っても、全クラスは、これから何か大事件がおこるのを待ってでもいるかのようにじっと動かなかった。リュケルロルは口にしかけた文章を途中で切ると、煙草に火をつけてから、手で生徒たちに出発の合い図をした。

「諸君……これでお別れだ……」

生徒たちは、彼の教壇の前を通りながら、最後の面影を自分たちの胸にとどめようとするように重々しい眼差しでみつめた。生徒のひとりのミロンは、唇を乾かせて顔をそむけた。

リュケルロルは、本をかかえて表に出た。黒服に身を固めたドイツの警察官が待っていた。彼の押しこまれた護送車が出発した。

すべてがあまりにも早く進行したので、高校にこの一報が広まったのは数時間後のことだった。

デミトリエフは食堂にいた。彼は、あまり早く食物をのみこまないように努力しながら、鼻を皿につっこむようにして食べていた。もうひとりの自習監督が、彼の隣に坐った。

「リュケルロルが逮捕されたの知っているか？　うん、

ついさっきだ。学校の門を出る時だそうだ」

デミトリエフは胃がこみ上げてくるのを感じて、あやうく吐きそうになった。彼はそれを抑えて、逮捕の理由をきいてみた。

「新聞に出ていたイシー＝レ＝ムーリノーのドイツ兵殺害事件を企らんだのは彼だというのさ。たしかに共産主義者ではあったがね……」

デミトリエフは立ちあがって煙草に火をつけようとしたが、仲々つかなかった。

「どうした?」

「何でもない」

彼は休み時間中の校庭に出て、樹によりかかった。寄宿生と半寄宿生（食事だけ寮でする生徒）は、いくつかのグループに分かれていた。彼らは皆、リュケルロルとその最後の授業の話をしていた。あの授業に出た生徒たちが突如として一種のヒーローになっていた。

デミトリエフは、急に事態がのみこめてきた。ミュルドーはゲシュタポのスパイだったのだ。《若きヨーロッパ》の運動などは、カバーにすぎない。ミュルドーにあの手紙を書いたことが教授の逮捕に一役買っていたのだ。

彼は低い声ではっきりとつぶやいた。

「ミュルドーを殺してやる……」


リルルーとルビュファルは、フォーガの手引で、リュエイの鉄道車庫に近い鉄道員の社宅にひそんでいた。彼らはベルジェから、リュケルロルの逮捕を知らされたところだった。ベルジェは、鼻をかきながら繰り返した。

「俺にゃどうしてかわからねえが、ここへ来たくねえってんだ。俺はよく言ったんだけどな……」

彼らは、ふだん人の使っていない客間にあたる部屋にいた。ナフタリンの匂いがして、椅子にはカバーがかけられ、天井の燭台のまわりには塵よけがめぐらしてあった。家は、列車が通るたびにゆれた。一輛の機関車が、汽笛をならしながら通りすぎた。

ふたりの学生は、黙って表へ出た。彼らは長い間、橋の欄干に肱をついたまま、通過する列車をみつめていた。

# 天の門——死の偵察

午後六時、《白い丘《ホワイト・ヒルス》》の偵察に参加する予定の兵士は、デミトリエフの指揮で斜面に集合させられた。十人の古参兵に増援隊の五人の新兵をくわえた十五人である。古参兵は一年間の戦闘を耐えしのんで間もなく交代になる予定だったので、この最後の冒険で生命を危険にさらしたくなかった。デミトリエフには、彼らが熱心にやらないで、せいぜいのところ適当にやる程度だとわかっていた。

要するに、この偵察隊の成否は副隊長のアンドレアニ曹長と、曹長が連れてきたふたりの新兵にかかっているのだ。元S・S隊員で冷静で無感動なモーレル。度胸があって戦争と一騎打ちの好きなベルタニヤ。

デミトリエフはこの三人だけを引率して出かけたほうがましではないかとさえ思ったが、命令は強力な偵察隊の編成だった。通信兵も連れて行かなければならない。たえず自分の現在位置を報告し、見るもの聞くものいっさいを知らせることになっていた。

ルビュファル小隊が谷間まで同行し、リルルー大尉は残りの兵力を率いて丘の上で待つことになっている。

アメリカの将軍も、フランス軍の両少佐と一緒にそこへきているはずだった。《白い丘《ホワイト・ヒルス》》と向かい合った砲兵観測所のすぐ下にある防塞が、将軍用にあけ渡された。

デミトリエフ中尉は手を叩いて兵士たちを黙らせた。まるで、まだ高校の自習監督をやっているみたいだ！

「偵察隊は今夜九時に出発する。万事好調なら、明け方前に帰投できる。この偵察は司令部にとっては大変重大な意味がある。使命はこうだ。捕虜をとらえること、それができぬ場合でも敵の死骸から書類を取って情報を持ち帰ること。我々は敵と接触するまで前進する」

「じゃあ、生きちゃ帰れねえ代物だな」とひとりの古参兵が言った。

「全員武器を試し、手榴弾を用意してほしい。もちろん、音をたててはいかん。煙草も厳禁だ」

「尖兵は？」

まっ先に中国兵にぶつかるのは尖兵だ。従って、生還のチャンスはごく少なかった。

「……モーレルとベルタニヤが尖兵を志願している。私としては、なおこの戦争に馴れ、罠や待ち伏せを心得ている古参兵二人に同行してもらいたいのだ」

冷静なジュスミューが、うんざりした様子で手をあげた。

「俺が行きます。そのふたりの新兵はまったく馬鹿な奴だ。偵察隊の尖兵を志願するなんて」

あとはシーンとして誰ひとり生きている気配さえないので、ジュスミューが指名した。

「ケルヴァン、来るか？　いいのか、糞くらえか、どっちだ？」

「お前が行くんじゃ仕方ねえな……」

これでケルヴァンが志願したことになった。

「通信兵はジュヌヴリエとデュソワであります」

「合言葉代わりの信号だ。《灰色のワルツ》を口笛で吹く。皆、《灰色のワルツ》を知ってるな？」

デミトリエフは、口笛を吹きはじめた。兵士たちは、次から次へと口笛を重ねていった。巡察にきたヴィラセルス少佐は、呆然として立ちどまった。

少佐はたずねた。

「どうかしたのか、デミトリエフ？」

「万事好調です、少佐どの」

「何をふざけてるんだね？」

「合言葉代わりの信号を合わせてるんです」

それから彼はまた口笛に戻った。

《それは月の騎士たちの
灰色のワルツよ……》

「ロマンティックになったのか？」

「ちがいます、夜は話し声より口笛のほうがよくとおりますから」

少佐はいらいらして肩をすくめた。《まったくロシア人って奴は！》

「君は地図や空中写真を精密に研究したかね？　口笛の稽古よりそのほうが大切だと思うが」

「少佐どの、地図は正確ではありません。せいぜいのところ、谷間から出ている小川なり川なりが一筋あることを知らせるのがおちです。空中写真はただ密生したジャングルみたいなものを見せてくれるだけで、そのジャングルのあちこちに石がかたまっているだけです」

「じゃあ、どうするんだ?」

「磁石でまっすぐ北へ向かって、小川に達するまで進みます。それから西の方角へ一キロ小川に沿って行きます。それからまた、北へまっすぐとります。こうすれば必らず《白い丘《ホワイト・ヒルス》》に出ます。ジャングルの境界線のへんにかくれて、待ち伏せします。食糧と弾薬を運搬する苦力《クーリー》は、あの境界線に沿って通りますから」

「誰も通らなかったら?」

「一時間待ちます。それから《白い丘《ホワイト・ヒルス》》へ向かって登りだします」

「君が食糧補給縦隊にぶつかればいいと思う。今夜は満月だ。丘の姿もはっきり見えるだろう……」

「きっとすばらしくきれいでしょうな」

「ああ、すばらしくきれいだろうよ、デミトリエフ。まるで……」

彼は急に口をつぐんだ。もう少しでこのロシア人のロシア的情緒にひきずりこまれ、共犯になりかねなかったのだ。

少佐は、大股に斜面を登って振りかえった。中尉と十五人の兵士が、また口笛を吹きはじめていた。少佐は、彼らがもっと重々しく宗教的な瞑想の面影をにじませながら、夜の闇の中に現実とは思われないほど白く輝く《白い丘《ホワイト・ヒルス》》に向かって行くのを見たかったのだ。《白い丘《ホワイト・ヒルス》》こそ神の家の扉なのだ。

兵士たちは解散して、デミトリエフはひとりになった。彼は煙草に火をつけたが、不愉快な味がして投げすてた。日差しはまだ暑かった。中尉は、高くのびた草の中に横になった。彼は遊び半分、一筋の麦藁を使って蟻の行列を邪魔した。いくら押し返しても蟻はまた戻ってくるのだった。

《この蟻どもは馬鹿だ》と彼は思った。《自分の悔恨や思い出を忘れられず、そのおかげでしょっちゅうつまずいている人間に似ている。このイゴール・デミトリエフにしても、リュケルロル逮捕の打撃から癒えたことはない。俺は、あのミュルドーの仕事はぜんぜん知らなかったし、《若きヨーロッパ》という名前にひきつけられただけなのだ。俺にとって悔恨とは、胸をかむ記憶のねずみどもだ。しかも、今、この山陵の上に、ジュリアン・リュケルロルの親友だったふたりの男が俺と一緒にいる。俺はこのねずみどもから逃れるために、何でもやってみた。ミュルドーを殺しさえしたのだが……》

　リュケルロル逮捕の翌日から、デミトリエフはミュルドーを尾行しはじめた。このゲシュタポの手先は、七時に事務所から戻り九時まで自宅にいてから、外出してキャバレー《大都会》へ行き、ドイツ人や娼婦たち相手に深夜の一時まで酔っ払う。ドイツ人は車で彼を送り、彼がアパートの戸をあけるまで見守るのだった。

　デミトリエフは、三晩続けて彼を監視した。ドイツの巡察隊を避けたり、外出禁止令で十時には無人になる町角から町角へと馳けたりした。明け方、彼は疲れきって寒さにふるえながら高校に戻った。

　ある午後、彼はミュルドーのアパートへしのびこむことができた。立派なアパートで、玄関のホールには大理石が敷いてあり、ドアの両脇には飾り窓があった。門番の控え室の入口にはかけ札があり、《十時以降、ご訪問の方は名前をお書き下さい》と書いてあった。デミトリエフはひとつの階段が地下室へ通じていることを発見した。その脇には、ほうきや洗剤や雑巾をしまう物置があった。ここにかくれることができそうだ。自習監督は週に一度の休日に決行する気だったが、どんな武器を使うか迷っていた。

　ある午後、彼はひとりの同僚と一緒にマルセル・カルネの名作映画「北ホテル」（ルイ・ジューヴェ主演。下町のホテルに交錯する男女の運命と哀歓を描く）を見に行った。映画の中で、七月十四日のパリ祭の舞踏会の夜、子供たちが鳴らす爆竹の音が、女衒《ぜげん》役のルイ・ジューヴェをあの世へ送る銃声をかき消した。

　映画館を出ると、デミトリエフは探偵小説ファンのその同僚にたずねた。

「餓鬼の爆竹でごまかせるってのは都合がよすぎやしないかね?」

「そうだな……人間を殺すにもやり方はいろいろあるよ。七月十四日の舞踏会、爆竹、ピストル、みんなロマンティックすぎるよ！　あんまり道具だてが混み入ってる」

「短刀のほうがいいか？」

「だめだ。使い方を心得てなくちゃいかんからな。このあいだ読んだ本には、こんなのがあったぜ。殺人者が、犠牲者をやっつけるのに靴屋の金槌を使うのさ。ああいう金槌は柄が長くて革をかぶせてあるだろう。手頃な道具だ。その犯人は、椰子の実の殻みたいにあっさり犠牲者の頭を叩き割っちまうんだ。そのミステリーを貸してやろうか？　英語から仏訳してある」

デミトリエフは、自分も靴屋の金槌を使おうと決心した。彼はラ・モンターニュ・サント＝ジュヌヴィエーヴ街に、小さな店を出している靴直しを知っていた。ちょうど靴のかかと交換の修理をその店へ出していたのである。

彼は、その靴屋の前で友だちと別れて中に入った。

「修理に出した靴を取りに来たんだが」と彼は言った。

「水曜日にできると言ったでしょうが……」

デミトリエフは、気おくれして身体がしびれそうになっていた。どうやって金槌を借り出したらいいかわからなかった。

「あの……お願いが……」

「つけにしてくれというんですかい？　あれが読めないのかね？」

靴屋は、そばに行かないと読めないほど黄色くなったはり札を指さした。《つけはお断わり。これも払いの悪い連中のおかげ》

「でも、まあ、五十フランをこえなけりゃ考えてみないでもねえですがね……」

靴屋はせむしで、まばらにひげの生えた皮膚が骨のはった顎と頬の上に垂れていた。彼は、ユージェーヌ・シュー（フランスの大衆小説家）の小説に出てくる怪物じみた人物に似ていた。

「お願いってのはそのことじゃないんです」デミトリエフは口ごもった。「ただ金槌をちょっと貸してもらいたいんです。自分の部屋にとりつけたいものがあるんで……」

彼は勝手に柄の長い金槌を取りあげた。

「これなら、とても具合がいいと思うんだけど……」

せむしは苦笑した。

「女の子をつかまえて、壁に手を釘づけにしようてんでしょう。それにゃ重すぎますぜ、その金槌は」

「ちがうよ、僕は大きな釘を壁に打ちこみたいんだ……洗濯物を乾かすのに綱をはるんでね」

「ああ、自分で洗濯してなさるのかい。じゃあ、わしと同じだ。金槌はもってお行きなさい。明日、靴をとりにくるついでに返してくれればいい」

デミトリエフはタオルに金槌を包んで、シャンゼリゼまで歩いて引き返した。彼は子供たちの遊んでいる中をテュイレリー公園を突っ切って、金槌を握りしめながら一組の恋人のそばのベンチに腰をおろした。しかし、恋人たちは彼を恐れるかのように立ちあがって去って行った。

デミトリエフがシャンゼリゼの下まで来たころ、まっ赤な太陽が凱旋門に姿をかくした。

彼は胸の中で《俺はこの金槌でミュルドーを打ち殺してやる。あの屑を南京虫のように叩きつぶしてやる》と繰り返していたが、自分にその度胸がないことはわかっていた。

粗悪なスープで代用品のブドウ糖パンをのみこんでから、彼はゲシュタポの手先のアパートへしのびこみ、人に見られることなどたいして気にもとめずに物置の中にとじこもった。そして疲れきったまま、ひとつのバケツに腰掛けて眠りこんでしまった。

目をさました時、時計の夜光文字盤は真夜中をさしていた。

激しい昂奮はすでに去り、彼はひじょうに冷静になっていた。彼は、物置の戸を少しあけてみた。今帰ってくるとすれば、ミュルドーだけだ。他の住人は外出禁止令のため、もう帰宅している。十時以降は、エレベーターも動かない。だから、ミュルドーは階段を登ってくるはずだ。従ってデミトリエフは、この階段からちょっとひっこんだところにいる必要がある。目的は、身体をかくすと同時にミュルドーが手の届くところを通った時に一撃することだ。

しかし、相手がミュルドーではなかったらどうしよう？ミュルドーがひとりでなく、娼婦か誰かを連れてきたら？

真夜中の時刻は、無限の秒を刻むように思えた。
○時二十分……○時二十五分……一時十五分前……午前一時。デミトリエフは、階段の近くに陣取り、今にも打ち下ろせるように金槌をふりあげていた。
一時十分……一時十五分……。

デミトリエフには、もうミュルドーが帰宅しないことがわかった。物置に戻って眠りこみ、朝、門番が表の戸をあけるのを待つほかない。

突然、一台の自動車が急ブレーキをかけ、タイヤが歩道にきしった。戸口で鍵の音がした。表の戸が開いて、また閉まった。ガラスがふるえて、かすかな音が長く尾をひいた。

だしぬけにひとりの男の影が絨緞の上でよろめき、腹立たしく「糞！」と罵った。デミトリエフはミュルドーの声を聴きわけた。

彼は何の苦もなくとび出すと、男の頭部を力いっぱいなぐりつけた。軟骨だけでできている頭蓋骨に、金槌が深くめりこんだ。

タイムスイッチの電灯が消えた。闇の中で動くものはなかった。マッチをすったデミトリエフは、吐き気をもよおした。

ミュルドーの頭は、血汐で煮た粥のようなものにすぎなくなっていた。デミトリエフは、死体をさぐって玄関の鍵をとり出した。偶然紙入れにさわったので、それも没収した。

彼は喉がからからで、手は冷汗で濡れガタガタふるえていた。落ち着こうとして、努力して物置に戻り雑巾をとろうとしたが、不器用にバケツとほうきをひっくり返してしまった。

表へ出ると、夜がすがすがしく優しく感じられた。わずかな間の出来事なのに、多くの記憶がはっきり細部まで脳裏に刻まれていた。彼は感覚の強烈さに自分でも驚ろくとともに、今果たしてきた行為が卑劣な犯罪と何の変わりもないのだということをさとった。ミュルドーの紙入れまで奪ったのだ。要するに彼はこの殺人の理由を忘れ果てて、ただ人を殺すことに快楽をおぼえたのだった。理由とは、自分がよく知りもしないまま漠然と敬愛していたリュケルロルの復讐である。

デミトリエフは自分が恐ろしくなり、セーヌ河まで走って身を投げたかった。しかし、この恐怖は次第に薄れていき、朝の訪れとともに消え去った。

彼は、もう高校へ戻ってありきたりの仕事につくことはできないと感じた。その夜、彼の酔った罪の酒はあまりに強かったのだ。人を殺したほどの男が、小僧っ子どもにからかわれるのを我慢できるものではない。ミュルドーの紙入れには、五万フラン入っていた。これだけあれば、スペイン経由でド・ゴール軍に合流できる。しかし、彼は自分自身への恐れも、自らの殺人嗜虐も認めまいとした。そして、自分が組織された軍隊に入り、制服を着、きびしい規律にしばられるのも、人を殺すためなのだ、何よりそれが目的なのだということも認めまいとしていた。


　誰かの影が日の光をさえぎった。デミトリエフが顔をあげると、息を切らした軍医が親しげにのぞきこんでいた。

「ここにいたのか、デミトリエフ！　ひとりで黙想でもしてるのかい？」

「蟻を観察してたんだ」

　軍医は、デミトリエフのそばへきて腰を下ろした。

「この斜面は気持ちがいいね。日当りがよくて」

　彼は声をはりあげた。

「レオ……レオ……ビールをもってこい……デミトリエフ、一缶飲まんか？」

「ありがたくいただこう」

「この偵察はいやな気がしないか？」

「しない。指名されなくても志願したろうな」

「目的は？　昇進か勲章か？　困難や危険への興味かね？」

「いや、あの山だよ、軍医。闇の中にまっ白に輝いていて、藪だらけの渓谷に長く尾をひいているあの山だ。枝に顔を打たれ、木の根に足をとられ、小石にけつまずく……山はみえないが、どこにあるかはわかっている。山が目標で、すべての苦労の原因《もと》なのだ。うまく説明できないが……どうも混乱していてね。この偵察は自分にとって大変重要だという感じがするのだ。この偵察のおかげで僕は、僕がいつも必要としてきたもの、僕にとって本質的なものを見出せるだろうと思う」

　その時、マルタン・ジャネは、中尉はこの偵察から生還しないだろうとさとった。中尉も、《白い丘《ホワイト・ヒルス》》の魔力にとらわれてしまったのだ。彼は自分にとって他の何よりも大きな望み、狂気じみてしかも高貴な望みをこの山に託しているのである。それはおそらく神への慾求かもしれない。彼はこの山の上で、そういう夢や希望と渾然一体となった、自分自身の一部と再会せずにはいられないのだ。マルタン・ジャネは純粋に医学的な好奇心から、デミトリエフを観察した。なめらかな広い額、強く張ったところのない顎、落ち着いた顔色、生き生きした眼、何ひとつノイローゼの兆候はない。

それでも、この男は病気である。軍医には、それがわかった。それは重い不治の病だった。

アンドレアニは、マリアのことを考えていた。彼女の写真はもっていなかったが、それはその必要がないからだった。彼女は、いつでも彼のそばに熱い生身《なまみ》で存在するのだ。彼は時どき彼女をとらえようとするかのように手をのばしては空をつかんでしまい、微笑するのだった。彼は低い声で、自分のしていることや自分の考えていることを何もかも彼女に話してやった。

「マリア、僕は今夜これから危険なことをやる。しかし、君のためにも僕のためにもしなければならないのさ。アメリカの勲章を貰うためなんだ。勲章さえあれば、僕たちは合衆国に入国できる。僕たちは、これから山へ登らなくちゃならない。怖くなるだろう。僕はよく怖くなることがあるんだ。君を知る前には、傲慢のあまりその事実がさとれなかった。今では、僕は傲慢ではなくなっている。残るのは、君への愛だけだ。これが傲慢よりも力強く、恐怖から僕を守ってくれる。

僕は、《死よりも強い愛》という言葉を、映画で聞き小説で読んだことがある……そんなのはたわ言で、それを商売にしている連中のつくり出した文句にすぎないと思っていた。でも、それは真実なんだ、マリア。

君に、この偵察の準備を説明しなくちゃわからないだろうね。これは充分念を入れた立派な仕事だ。アメリカの将軍が来て、僕たちの出発に立ち合い、無線で僕たちを追ってくれる。クランドルという人だ」

ジュスミューとケルヴァンは、ふたつの石の間で燃えている火の上でまずいシチューを煮かえしながら、何の熱もなくゆったりとした調子で議論していた。ケルヴァンが言った。

「第一、何だってお前はこんなつまらんことに俺をひっぱりこんだんだ？　この偵察隊の尖兵っていうのはどういうことだよ？」

「あんな新兵を先頭に立たせるわけにゃいかねえ。あとで、自分たちだけで何もかもやったようなことをぬかすにきまってる。第一、あのベルタニヤとかモーレルとかいう奴らの態度が気にくわねえ。年じゅう強がって肩で風切ってる奴らだ。一度は思い知らせてやらなくちゃいけねえ」

「俺たちがくたばったらどうする？」

「くたばるのは奴らだ。そうなったら言ってやるさ……」

「言う前に、こっちがくたばってら……」

「じゃあ、くたばる前に言ってやらあ」

「ベルタニヤってのは、そんなにいやな奴じゃねえぜ」

「いやな奴じゃないかもしれねえが、とにかく新兵だ。俺たちは古参兵だぜ。だからいけねえってんだ……」

「そんなら、アンドレアニはどうだ？」

「ありゃコルシカ人だからな。うんといいか、ひどい代物か、どっちかよ。だけど、デミトリエフなら信用できるぜ。この大隊でも、偵察の経験が一番多いんだからな」

「きっと偵察が好きなんだろうよ」

「かもしれねえが、金筋と勲章も好きなのよ。お前はロシアの将校の写真みたことねえのか？　奴らは金筋と勲章だらけだぜ」

「ロシア人なんて、糞くらえってんだ」

「何故だよ？」

「わからねえ……とにかく糞くらえだ……」

ベルタニヤとモーレルは、地面にうずくまって、垢じみたトランプでブロットをやっていた。

「切るぜ……クラブのばばあ（女王）だ」

「じじい（王）と行くぜ……」

「お前、そんな前科者みてえな言葉つき、どこでおぼえた？」

「前科のできる場所だろうさ」

「お前は妙な奴だな、モーレル。ルビュファルがいくら大きな面《つら》してても、お前のほうがよっぽど将校らしいぜ。お前、昔、何かしでかしてるな？」

「ここにくる者は皆、何か過去がある。ルビュファルだって何かしでかしたのさ」

「お前、この偵察をどう思う？」

「一晩中、いやな目に遭うさ。前進したり戻ったり、どうどうめぐりして、またやり直して、結局何もみつからないだろうな。それから、中国人の一党が前ぶれもなしにとびかかってくるのさ。そうなったら、ついてれば助かるし、ついてなけりゃ一巻の終わりだ」

「猟をやる時の要領で、早射ちで撃ちまくらなくちゃだめだと思うぜ」

「お前は、どうして刑務所《むしょ》入りしたんだ?」

「密猟よ……おまけに猟番のけつに一発くらわしちまってな。お前は刑務所《むしょ》入りのわけを言いたくねえのか?」

「込み入ってるのさ……政治関係のゴタゴタでな」

「カービン銃を貸しな。油をさしてやらあ」

「昨日もしてくれたぜ」

「武器が錆びてたらおしめえだぜ。俺は、しょっちゅう武器の手入れをしてるのが好きだな。カービン銃とか拳銃とかいうのは生き物同然だ。女房子供はいるのかい?」

「いない」

「ほんとは、欲しかったのかい?」

「わからないな」

「俺の女房は、金をかっさらってずらかりやがった。この偵察は、ちょうど密猟に行くような感じがすらあ。きっと獲物があるぜ。お前、あのジュスミューとかいう畜生と仲間のケルヴァンて奴を見たか?」

「ああ……」

モーレルは、ベルタニヤの相手をすると疲れるのだった。彼はトランプを捨てて、砲兵観測所のほうへ行った。将軍を迎えるために防塞の手入れをしているところだった。モーレルは、ベンチを運んでいるひとりの兵士にたずねた。

「有料の映画でも見ようってわけか?」

「お前は無料さ。出演者だからな。スターだぜ」

軍医は、防塞の下のほうに繃帯所を設けていた。レオともうひとりの看護夫が、繃帯包みの雑のうをあけたり担架を拡げたりしていた。

モーレルを嫌っている看護夫が言った。

「お前の骨をひろう用意ができたかどうか、見にきたのか?」

「悪い冗談はよせ」マルタン・ジャネは言った。

軍医はモーレルにたずねた。

「ねえ、この偵察についての君の印象はどうかな?」

「別にありません、大尉どの」

「僕は知りたいんだよ！」

モーレルは嫌悪をこめて、軍医をみつめた。

「はじめから怖いです。途中でも怖いでしょう。終わってからも怖いと思います」

「しかし君は志願したんじゃないか……」

「自分の恐怖はいやですが、他人の恐怖を見るのは好きでしてね」

その時軍医は、モーレルのこれまでの生活は恐ろしい生活だったのだということをさとった。このほっそりした蒼ざめた顔、何の強さも弱さも温かさも発散していない身体、整ったりんかく——この男の姿は、全裸でいるようなものだった。

午後八時三十分、一機のヘリコプターがクランドル将軍と参謀長ベウリース大佐、眠っているような様子の背の高い記者ハリー・マロースを運んできた。端役専門の小柄な中尉は、散歩に連れてこられた犬のように、三人の登場人物のまわりを走り回っていた。

ヴィラセルス、フラカス両少佐は彼らを迎えに出た。クランドルは落ち着いてのんびりして、《リラックス》した気分だった。彼は元気よく坂を登った。参謀長は後ろで息を切らせていた。将軍はそれが愉快だった。

夜が来た。遠くで何発かの砲声がひびいた。三箇編隊の爆撃機が、野鴨のように三角形の悌隊をつくって、はるかな高空を飛んでいった。

十五人の偵察隊員は、完全武装に鉄かぶとをかぶり、砲兵観測所の下に不動の姿勢で整列した。イゴール・デミトリエフ中尉は、隊列の少し前に立っていた。

クランドルは隊列を巡視した。彼はひとりひとりの兵士をじっとみつめて、彼らの強さや弱点をなしているものをとらえて人間のタイプを分類しようとした。しかし、今までアメリカ人しか相手にしたことがないので、この十五人のヨーロッパ人のちょっと人を馬鹿にしたような顔、しかもまったくひとりひとりが違う顔を前にしては、とまどってしまった。彼らが皆、警戒しているのが感じられた。この男たちにとっては、あらゆる権威が敵なのだ。

将軍は気嫌が悪くなって、デミトリエフにたずねた。

「中尉、君は指令は心得ているな？」

「はい、閣下。捕虜を連行するか、死骸から発見された書類を持ち帰ること。目的は《白い丘《ホワイト・ヒルス》》を守っている敵軍の実態をさぐるためであります」

「わしはその情報に期待するところが大きいのだ、中尉」

ハリー・マロースは、リルルーに注目した。どこかで、見たことのある顔である。彼は急に思い出した。ヴェトナムのミトで逢ったのだ。この将校はゲリラ隊を指揮していたが、それは何千という人員を擁する強力なゲリラ隊だった……その彼が今、平凡な一大尉としてこの丘の上に立っている。誰も将軍に紹介しようとさえしない。

マロースは、リルルーにはこの偵察隊より面白い材料《ネタ》があると感じた。彼は、リルルーのほうに歩みよった。

「大尉、僕はあなたを知っていますよ。だが名前を思い出しませんね」

「ピエル・リルルー大尉です」

「……やっと思い出した」

彼はちょっとさぐりを入れてみた。

「多分サイゴンでしたな?」

「僕はサイゴンへ行ったことはないですよ。マロースさん、あなたに逢ったのはメコン河のほとりです。あなたはグエン・バン・チに彼の政策を質問していました。それから、そのことを大きく取りあげた記事を書いたんです。僕がそばを通りかかった時、チはこう言ってました。《私はリルルー大尉と協力して働いていますが、この人のほうが黄色人種で私が白人みたいな気がします……》」

「ああ、やっとはっきり思い出しましたよ。チのことも、チのやっていた特殊な平定方法もね……あれはあなたの考えでもあった。あなたは……何と言いますか、問題をおこしたんでしたね?」

「そうもいえます」

「あなたとゆっくり話したいですね」

「僕は忘れてしまいたいですね」

午後九時、藪や灌木の茂みは闇に溶けていた。将軍は腕時計を眺めて、ヴィラセルス少佐に合い図した。

「出発命令をくだしてよろしい」

フラカスはヴィラセルスを出しぬいてデミトリエフに命令した。

「出発」

偵察隊の足場の役を演じるルビュファル小隊は、渓谷のほうへ下りはじめた。背をかがめ鉄かぶとに顔をかくした兵士たちが、次から次へゆっくりと前進して行った。

十五人の偵察隊員は、その後に続いた。デミトリエフは、ルビュファルに追いついて一緒に歩いた。

「ひとつききたいことがあるんだ。ジュリアン・リュケルロルはどういうふうに死んだのかね？」

「そうそう、君も彼の話はアンリ四世高校できいていたんだな。いろいろな噂があるよ。畜生！　膝を痛めちまった！　ええと、戦後になっていくらか詳しい話をきいたな。リュケルロルは長い間訊問されたが、拷問は受けなかった。担当のドイツ軍情報部《アプヴェーア》の将校は、彼に対しては特別に寛大な態度をとったらしい。それでも、宣告はやはり銃殺刑だった。作家のアルベール・ヴォルドニエはリュケルロルと同じ監房で二、三日すごしたが、後で発表した原稿の中で、リュケルロルはまるで旅券に査証《ビザ》を貰う前の面倒できりもないような手続きにいやいや従っている旅行者という様子だったと書いている」

「俺も、あの記事は読んだ。文章もおぼえている。《我々の生きているこの不条理な偽わりの世界の中では、リュケルロルは真の人間だと思われた。彼は入口をまちがえて舞台に入ってしまい、照明を浴びて道化役にとり囲まれた見物人のようだった……》」

「彼は死刑場へ連行される時、苦笑していたという噂もあった。こういう噂まであったぜ……」

「知ってるよ。《ドイツ万歳！》と叫んだという噂だろう。彼らしい最後の茶番だな」

「あれは茶番じゃない。彼は民族間の憎悪、国と国とをへだてる愚劣さというものに抗議しようとしたんだ。彼は、祖国だの思想だのという大義の殉教者にはなりたくなかったんだ」

「でも、ジュリアン・リュケルロル街ができ、リュケルロル委員会ができたことに変わりはない。共産主義者も社会主義者も彼は自分たちの同志だと言っている。無政府主義者までもが、実は自分たちの同志だと言い出してるよ」

二十分後、偵察隊は何の妨害も受けず、渓谷の底に着いた。ルビュファル小隊は、ひとつの小丘のまわりに円陣を布いた。兵士たちは自動火器の銃座をすえた。

デミトリエフは、《三〇〇型》無線機に近づいた。無線機を背負っているのはジュヌヴリエで、牝牛のように頑丈な赤髪の男だったが、ひどい体臭がした。他の兵士は、彼を《臭い奴》と仇名していた。

デミトリエフは、最初の呼び出しをかけた。

「こちらデミトリエフ……こちらデミトリエフ……きこえるか？」

「非常によくきこえる。確度四から五」

「現在地三一二丘陵。ルビュファル小隊がこの小丘に陣地を布いた。偵察隊は五分後に出発。川に達したら報告する」

「幸運を祈る。デミトリエフ、中国兵を捕虜にしてこい」

「ありがとう」

十五人の偵察隊員は、陣地に沿って地面に横たわっていた。彼らは、ここに残って待ってさえいればいい兵士たちが羨ましかった。急に、この密生して湿気が多く不健康で危険に充ちあふれたジャングルの中では、自分たちがひどくかよわいものに感じられてきたのだ。深々とした夜の闇は、彼らの胸を圧迫した。

デミトリエフが出発の合い図をした時、彼らは恐れで胃がひきつれる感じを味わいながら、いやいや地面から立ちあがった。

ルビュファルは、大きくデミトリエフの肩を叩いた。

「まあ見ていろよ。万事うまくいくさ。心から幸運を祈る」

「君は、リュケルロルが本当に《ドイツ万歳！》と叫んだと思うか？」

「リュケルロルなら、黙っていること以外は何でもやりかねないさ」

「合言葉代わりの合い図はおぼえているな？」

「《灰色のワルツ》だ」

十五人の偵察隊員が闇の中に消えて行く間、ルビュファルは《灰色のワルツ》の最初の一節を口笛で吹いていた。

防塞のすき間というすき間は、土のうや天幕布でふさがれていた。一個の裸電球が、折畳み式テーブルの上の大きな白い地図に光を投げていた。地図には、偵察隊の進路が点線でマークされていた。無線機が片隅で雑音をたてていた。

将軍はポケットに手を入れて、絡好よく一本の丸太によりかかって足元をみつめていた。ベウリース大佐は、葉巻をふかしていた。ハリー・マロースは、椅子にくずおれて眠っているようだった。ヴィラセルスは、鉛筆で机を叩いていた。リルルーは頭をかかえて、物思いにふけっていた。

無線機が信号音を発した。

「こちらデミトリエフ。川に到達」

「予定より十分遅れている」将軍は時計を見ながら言った。「月の昇る前に予定地点に達しなけりゃいかん。月の出は？　ベウリース」

「十時十五分です、閣下。今夜は明るくて、雲がありません」

ベウリースは、すぐ意地汚なそうな唇に葉巻をくわえ直した。

《この男は、赤ん坊が乳首をしゃぶるように葉巻をふかし続けだ》とクランドルは思った。「ヴィラセルス少佐、デミトリエフという将校の成績は？」

「しっかりしていて、非常に夜戦向きです。それに加えて、こういう種類の挺身行動を好む傾向があります」

「ロマンティックなのかね、それともサディストなのかね？」

ふたりは英語で話していたので、ベウリースは顔をあげ葉巻を口元から外した。

「偵察隊の編成には」ベウリースは言った。「実験心理学専門家の手を借りるべきですな。テストの結果から偵察隊に参加する兵を選抜すべきです。兵士の示す反応は、心理学者と医者によって充分検討されることが必要です。出発の時だけでなく、帰還した時もですな。陸上走者《ランナー》の脈は競走の前後に測るじゃありませんか。偶然的要素をできるだけ少なくするにはこれが一番いい方法ですよ」

ベウリースは、純粋に技術的な分野では良い意見を出すのが常だった。クランドルは、この選抜法を実行に移そうと決心した。彼個人の声価の宣伝にも何よりだろう。

「その案を示唆するという形で、ワシントン宛てにメモを送っておこう。いくつかの偵察隊の結果を基礎資料にしてな。マロース、君はどう思う？」

「論理的だが、馬鹿げてますな。予想できない危険や死に直面した人間の深部の反応は、心理試験ではうかがえませんよ。例えば、夜の闇の中に踏み迷っている一群の兵士を結びつける友情というような要素は心理試験ではわかりません。僕は、この友情というものには大きな信頼を置いています。量的に測定できないものは、何でも信頼しますね」

「しかし、このやり方はアピールするよ……」

ヴィラセルス少佐は神を信じているので、戦争についてのこういう観念は大嫌いだった。ひとつひとつの生命の中にひそむ神の部分は、量的には測定できない。

リルルーがやってきて、マロースの隣に坐った。

「あなたは僕に賛成ですか、大尉?」新聞記者がたずねた。

「大賛成です」

クランドル将軍は耳をそばだてた。彼はマロースとは長いつきあいで、記者の声の調子までよく知っていた。ハリーは、この大尉の中に何かを発見している。それも非常に重大なものを。

クランドルはヴィラセルスに近よって、押し殺した声できいた。

「あの若い大尉は?」

「大隊に着任したばかりです。一時ヴェトナムで、ある重大な役割をつとめたことがあります。いや、重大すぎた……というべきでしょうな……」

双眼鏡と拳銃をぶら下げ、鉄かぶとをかぶったフラカスが入ってきた。彼はクランドルにごまをすろうとして、将軍のまわりをうろついた。将軍は、ヴィラセルスがいらいらしてくるのを見て面白がっていた。

また、無線機が信号音を発した。ルビュファルがデミトリエフをよんでいた。

「大丈夫か?」

「ああ」

「俺たちの左方がざわざわしてる。敵の偵察隊かもしれん。とすると、君たちの退路が断たれるぞ」

ヴィラセルスが、送受話器をひっつかんだ。

「こちらヴィラセルス少佐。ルビュファル小隊は動かず、射撃をしないこと。無線も停止したまえ」

「こちらデミトリエフ。前進が困難になってきました。予定時間より遅れそうです。川の地点を出発します」

「以後は、完全に隠密行動。十分ごとに調子を報告してくれたまえ。合い図は送話スイッチを短かく三度押すこと。了解?」

「了解」

偵察隊は、川床の泥水の中を歩いていた。水は、時にはかかとまで、時には膝まで達した。灌木や樹木が頭の上に低い屋根のようにつき出ていたので、かがんで前進しなければならなかった。兵士たちは石を踏んですべると低い声で罵っては、よろめきながらまた進んで行くのだった。

隊の前方では、尖兵が百メートルごとに交代しながら進んでいた。川の両岸の植物は壁のように密生していて、彼らはじめじめしたトンネルか下水道を進んでいるような気がした。

デミトリエフがそっと口笛をふくと、彼らは立ちどまり、次の合い図でまた前進した。モーレルが、ひとつの死骸につまずいた。屍肉の臭いが、急に樹木のトンネルにたちこめてきた。

「だいぶ古いな」ケルヴァンが言った。「こんな臭《くせ》えんじゃやな」

死体は、狭い川幅をふさいでいた。ケルヴァンとモーレルが死体を脇にどけようとすると、手足がちぎれた。

「うじだらけだ」また、ケルヴァンが満足そうに言った。「こいつを将軍にもってってやろうぜ。中国人なら何でもいいんだろう」

「活《い》きのいいのでなけりゃだめさ」

骨の折れる前進が続いた。時どき、樹木の間に空の一角がのぞくと、男たちはがつがつと夜の新鮮な空気をのみこんだ。

デミトリエフは、《白い丘《ホワイト・ヒルス》》の正面に来たと判断した。彼は磁石を見た。これからはまっすぐ北進して、川を離れなければならない。数分間休止してから、デミトリエフは縦列の先頭に立って灌木の壁にわけ入った。枝といばらが軍服や武器にひっかかり、鉄かぶとを打った。彼らは蟻の這うように前進した。ベルタニヤが言った。

「いやはや、これほどうるせえことはねえな。その代わり、このへんじゃ危険もねえ。中国兵が通れば、奴らも俺たち同様にきゅうくつな思いをした上、これぐらいの音はたてるだろうからな」

「ベルタニヤ、そんな大声を出すな！」デミトリエフが言った。「止まれ！」

兵士たちはあきらめたようにじっと動かなくなった。それから、各自の停止した場所にへたり込んだ。

「順次に伝達しろ。《隊は《白い丘《ホワイト・ヒルス》》に接近。中国兵あり、音をたてるな》。アンドレアニ！」

曹長が近よった。

「偵察隊とここへ残れ。俺は尖兵に同行する」

「自分に行かせて下さい、中尉どの」

「いかん」

デミトリエフと尖兵は前進し続けた。藪は次第にまばらになり、彼らはまっすぐ立ったまま歩けるようになった。葉の茂みのやや広いすき間から、《白い丘《ホワイト・ヒルス》》の白い斜面が見えてきた。凍ったような月光が、斜面を乳と銀の色で覆っていた。

彼らは樹の幹の後ろに身をひそめたまま、感動してこの奇蹟のような山をみつめた。子供のころ感じたような一種宗教的な情熱が、彼らの脳裏をよぎった。一羽の夜行鳥が音もなく飛んで、デミトリエフの上の澄明な空気をかすかにゆすぶった。彼は、自分の両手が樹の皮に爪をたてながらふるえているのに気がついた。中尉は、手ぶりでベルタニヤをよんだ。

「皆をよんでこい。そっと来るように言え」

彼の足元に、一筋の通り道が踏み固められていた。おそらく《白い丘《ホワイト・ヒルス》》を補給する苦力の通り道だろう。待ち伏せ態勢で獲物を待つのはここだ。しかし、デミトリエフには誰も来ないことがわかっていた。結局は月光にこうこうと照らされながら、山の斜面を登って行かなければならないだろう。その時こそ、彼が以前から待ち望み、もはや恐れてはいないあるものが訪れることだろう。

携帯機関銃をかかえたモーレルが、そばによってきた。デミトリエフは相手ができたのが嬉しかった。彼はささやいた。

「どうだね、モーレル？　戦争のまっただ中なのに、この静寂や月光や山の姿は奇妙だと思わんか？　あの山は、まるで誰もいない大寺院の本陣の奥で静かに輝いている祭壇のようだ」

「あの山は我々なんか問題にしてませんよ、中尉どの。あの山の様子は、女のように美しくて愚劣で危険です。中尉どのはすっかりあの山にとりつかれていて、恋に落ちてるんですよ。ベルタニヤもそうだが、あいつはそれを言い表わせないんです」

ベルタニヤの先導で、偵察隊がやってきた。アンドレアニは樹から樹へとすべるように静かに進みながら、森のふちに達した。彼は《白い丘》《ホワイト・ヒルス》の前に立ちすくんで、山を指さした。

「あれだよ、マリア……」

「偵察隊は伏兵の態勢をとりました」ヴィラセルス少佐は言った。「あとは待つだけです」

ヴィラセルスは、偵察隊のそばにいるような気がした。彼らと同じようにあの山の前にひざまずき、顔を上げて肩をおとしているように感じられた。

「月が昇った」とベウリースが言った。

クランドルは、奇妙な昂奮におそわれるのを感じた。昂奮は静脈に伝わり、鼓動が速くなり、顔が火照ってきた。

「観測所へ行ってみよう」

彼らは小石をけおとしながらよじ登った。間もなく月の下に静かに輝いている《白い丘》《ホワイト・ヒルス》の銀の山陵が、彼らの前にあらわれた。マロースは、将軍が彼の腕をつかむのを感じた。

「きれいだろう、君?」

新聞記者は、困惑して腕を振りほどいた。将軍のこの山に対する崇拝に巻きこまれるのはお断わりだった。リルルーのほうを見ると、彼はまるで無関心な様子だった。大尉の心は他所に、ヴェトナムの沼沢地帯のざわめきの中にあって、部下だった男たちと一緒にいるのである。この男は、もうこれ以上何かにとりつかれることはない。

東のほうに、何発かの緑と白の照明弾が打ち上げられた。間隔をおいた野砲の砲声が、沈黙を破った。

「十一時三十分だ」突然、将軍が言った。「防塞に戻ろう」

戻るか戻らぬかのうちに無線機の雑音が断続し、デミトリエフの声がきこえてきた。声は恋をささやいているかのように優しく、しかも重々しかった。

「通り道には誰も来ません。偵察隊をここへ残し、尖兵と同行、《白い丘》《ホワイト・ヒルス》に出発します。終わり」

沈黙は重苦しくなり、無線機の雑音がいらだたしくきこえた。将軍は、またお気に入りのポーズをとって、丸太によりかかっていた。ベウリースは、新しい葉巻に火をつけた。ヴィラセルスは、心の中で自分の峻厳な神と問答を交わしていた。祈ってはいなかった。彼の神は祈りは好まない。

無線機から、恐怖で変質した誰かの声がわめきたててきた。

「中国兵が襲撃。上から味方に向かって突撃中。右も左も敵！」

携帯機関銃やカービン銃が撃ちまくる音、手榴弾の炸裂音がきこえた。

「畜生！」

それきり何もきこえなくなった。無線機は、また雑音に戻った。

「天の門が開いたのだ」ヴィラセルスが静かに言った。

無線機から、ルビュファルの昂奮で上ずった声がした。「小隊の半数を川まで前進させます！」

「いかん」ヴィラセルスは言った。「現在地にとどまりたまえ。命令だ。動けば同士討ちになりかねない」

軍医がやってきた。彼は将軍の存在がやりきれなかったので、それまでは看護夫と一緒にいたのである。

「軍医」フラカスは言った。「絆創膏でも用意しておくんだね。偵察隊が攻撃された」

「デミトリエフは？」

「わからない」

ハリー・マロースはメモをとっていた。彼はすばらしい題名の記事を書いていた。《月の丘への偵察》


デミトリエフと四人の尖兵は、最初の躍進で藪地の線に達していた。彼らは身体をふたつに折り、カービン銃を手にして走った。次の躍進で斜面にとりついた。

山はもう白くはなかった。こぶが多く、補強工事で固められた、黒い土と石と灌木といばらの堆積であった。

山には、もう奇蹟の魅力はなかった。

彼らは岩の間を這って、音を殺しながらよじ登りはじめたが、だんだんと身体を立て低い声で話をするようになった。

「こんなものさ」とベルタニヤがモーレルに言った。沢山の小石がころげ落ちてきた。それからするどい叫び声がきこえ、ソ連製の円型弾倉つき携帯機関銃が甲高い連射音とともに弾丸をばらまきはじめた。

「降りろ、早く！」デミトリエフは叫んだ。「敵の待ち伏せだ。左側を通って味方の軽機が撃てるようにするんだ」

ケルヴァンが身体を丸くして倒れ、それきり動かなくなった。ベルタニヤはひとつの岩の後ろにうずくまって、身ぶりもろとも彼らのほうへ下りてくる多くの影に向かって、短かく正確な連射を放った。それから、彼はもうひとつ後ろの岩かげへ走った。

中国兵はすぐに斜面の底まで達し、その後ろからは手榴弾をいくつも投げつけてきた。偵察隊の軽機関銃は連射を送ってきたが、狙いが高すぎた。射手は前方の様子がよく見えず、戦友を撃つのが怖かったのだ。

中国兵は遮蔽物の影からとび出し、金切り声で合言葉を呼びかわしながら尖兵の間に突入してきた。

モーレルは自分もやられる危険をおかして十メートルの距離から三人の中国兵めがけて防禦用手榴弾を投げつけて、身体を伏せた。自分のまわりに爆音が轟くのがきこえ、赤い閃光の中に彼を追ってきた敵兵の身体が砕かれとび散るのがみえた。彼はすさまじいまでの歓喜を感じた。今、黄色い害虫どもを押しつぶしたのだ。彼はそれを見届けに行かずにはいられなかった。負傷してはらわたがむき出しになったふたりの中国兵が、彼に手をさしのべた。彼らは坊主頭だった。モーレルは、銃床で彼らの頭蓋を叩きつぶした。彼の憎悪は、河の流れのようにほとばしった。彼は息を切らせながら立ちどまった。急に書類を奪ってくるのを思い出したのだ。彼は血まみれの肉や血でべとべとの軍服をさぐって、粗悪なボール紙製の紙入れ二個と火薬を入れた白い紙包みを二個、手に入れた。ベルタニヤが、彼を呼んだ。彼はそれに答えて、遮蔽物のかげにいた戦友に追いついた。

デミトリエフは草の中をかけぬけて、もう少しで偵察隊に合流するところだった。彼の左手に軽機関銃が赤い焔の舌を吐いているのが見えた。疲れきって胸がむかついていた。まるで一晩中がぶ飲みしたり、娼婦を抱き続けたりした後のようだった。もう何もかもどうでもいい。《白い丘》《ホワイト・ヒルス》もだ。

彼は背中を激しくなぐられたような衝撃を受け、石にでもけつまずいたかのようによろめいた。立ちあがろうとしたが、もうその力がなかった。口の中に苦く塩辛い血の味があふれた。

アンドレアニが、彼のそばへかけつけた。

デミトリエフは「早く！　全員川まで後退！」と叫ぼうとした。腹這いに倒れていた中尉は、顔をアンドレアニのほうに上げた。口からは血があふれ出た。

曹長は彼のそばにうずくまった。

「中尉どの、肩を貸します」

「いかん、後退しろ。偵察隊の指揮は任せる」

アンドレアニは中尉の身体の下へもぐり、もちあげて背のうのように中尉を背負った。一発の手榴弾がすぐそばで炸裂し、土と木の枝の破片を浴びせた。あやうく彼はデミトリエフの身体を落として、この重量を捨て恐怖と疲れと昂奮にふるえながらかけ去るところだった。

アンドレアニは、たずねてみた。

「中尉どの、どうですか？」

デミトリエフの身体は、死で重みとしなやかさを増していた。曹長はなお二十メートルほど進んでから、ある藪のかげに避難した。彼はデミトリエフの死体を一本の樹にもたせかけたが、死体は支えが外れて地面に転がった。

アンドレアニは水筒を外して、酒をひと飲みした。カービン銃は失っていた。中国兵の姿は消えていたが、偵察隊の兵士の影も見えなかった――おそらく殺されるか捕虜になるかしたのだろう。残ったのは、彼と中尉の死骸だけだった。後は、マリアだけだ。彼は、マリアに話しかけた。

「ねえ、マリア、僕は怖くてたまらない。中尉は死んだ。僕にはどうしてあげることもできない。死骸をここに放っておくのも墓地に埋めるのも同じことだ。しかし勲章のことがある……死骸を持って帰れば勲章が貰えるだろう。僕がかついで行くのは中尉じゃない。君だ、マリアだ。だから軽くなってくれよ」

彼は死体を肩に担ぎあげた。

「少し待ってくれよ……もうすぐ川だ」

曹長は三、四十メートルごとに死体を下ろして酒をひと飲みしては、袖で額に流れる汗を拭いた。そして、また出かけるのだった。川に入るとよろめいて、死体もろとも水に沈んだ。もう、デミトリエフは存在しなかった。彼はマリアになっていて、アンドレアニが話しているのは彼女であった。

「ニューヨークでレストランを出そう。フランス料理とイタリア料理をやろう。君は、ガラスを張ったきれいな会計台の後ろに陣取るんだ。いや、会計の女の子はどうせ別に傭うさ。君は、ただお客に挨拶しに出てくるだけでいい。きっと女王のようにすてきだろう」

アンドレアニは、もう疲労の限界を通りこしていた。何も見えず、何もきこえなかった。時は夜も昼もなく、場所は朝鮮でも他の国でもなかった。

酒に酔った彼は自分の執念に支えられて立ちあがっては、この苦難の道をよろめき進んだ。彼はひと足ふみ出し一度倒れるごとに、祈りのようにマリアの名を繰り返した。

明け方、彼は中尉の死骸を背負ったまま、フランス大隊の陣地にたどりついた。着衣には死者の血がしみとおっていたが、当人はずっと前から何も感じなくなっていた。世の終わりまででも歩き続けられるだろうという気がするだけだった。

軍医とリルルーとハリー・マロースは、薄い朝霧の中でアンドレアニの姿が山陵にあらわれるのを見た。その時、彼らは三人とも、アンドレアニがある異常な事柄をなしとげたのを感じた。こういう異常なものは、時には疲労や苦痛や死をこえて人間をひきずり、人間を本性より高い次元まで引き上げるのだ。

彼はこう言いながら地面にくずおれた。

「やったぞ、マリア……」

その朝、ハリー・マロースは一生でも最高の記事のひとつをものにした。

アンドレアニ曹長は例外的な戦功としてレジオン・ドヌール勲章を授けられ、特務曹長に昇進した。しかし銀星章《シルバー・スター》を授けられたのは、モーレルだった。中国兵の死骸から書類を奪ってきた功によるものである。

アンドレアニはマリアに言った。

「僕は何キロも中尉の死骸を運んできた。銀星章《シルバー・スター》を貰うには二、三枚の紙を奪ってくればそれでよかったというのに。でも、このレジオン・ドヌール勲章も立派な勲章だよ。赤くて人目につく。アメリカの勲章は次こそ貰ってみせる。皆は、僕のやったことは誰にも真似できないと言ってる……本当は君が一緒だった。僕が担いできたのは、君だったんだ。でも、あのアメリカの将軍は書類だけが欲しかったんだよ……」

# 野獣の檻——攻撃と死刑

偵察行動の後、全戦線が活気づいたというのに、第四中隊は山陵の上に陣取ったまま忘れられてしまった。ルビュファルがデミトリエフの代わりに中隊副官になり、アンドレアニ曹長が小隊長に任命された。

フランス兵とアメリカ兵の偵察隊は、毎晩のように渓谷から《白い丘《ホワイト・ヒルス》》をはさんでいるふたつの黒い小丘陵を偵察した。参謀部の地図では、ふたつの小丘陵は九二二丘陵と九七二丘陵と名づけられていたが、アメリカ兵はもっと味のある名前をつけていた。九二二丘陵は《禿山《ボールド・ヒル》》、九七二丘陵は《天道《スカイ・ウエイ》》とよばれた。

敵味方の偵察隊は、血なまぐさい衝突をおこした。ある晩、第二中隊の偵察隊が待ち伏せをかけていた。三十メートルの近くで、中国兵の一箇小隊が同じことをやっていた。明け方になって、両方がこれに気がついた。彼らは、手榴弾と短剣で殺しあった。

師団司令部ではベウリース大佐が入手した全情報を集めて分類し、その値打に従って〇から二〇までの番号を打ち、それから将軍に手渡していた。

将軍は、その情報を京城のアメリカ軍及び韓国軍情報部からくる情報と照合した。

クランドルは、この仕事に夢中だった。彼は、各情報のかくしている嘘や誇張をすぐ見破った。将軍はたちまち師団の正面の山陵の戦線は、中国軍一箇師団と北鮮軍二箇連隊に守られていることを確認した。しかし《白い丘《ホワイト・ヒルス》》とそれを囲むふたつの小丘のつくっている最前線を占領しているのは弱体の兵力で、せいぜい二、三箇大隊にすぎなかった。

一気に全戦力を戦闘に投入すれば《白い丘《ホワイト・ヒルス》》に陣を布き、盆地を見おろし、中国軍防衛線にくさびを打ちこむことができるのだ。

この第一歩が成功すれば、多分この作戦の続行が認められ、もっと重大な戦力が与えられ、彼の指揮下に新たな砲兵連隊や戦車連隊、飛行中隊などがいくつもくわえられるだろう。うまく行けば、もう一箇師団貰えるかもしれない。

突然、クランドルは《白い丘《ホワイト・ヒルズ》》に派遣した最初の偵察隊のアンドレアニ曹長とモーレル二等兵のことを思い出した。曹長は、英雄的で超人的な行為をなしとげた。モーレルは、中国兵の死骸から数枚の書類をもってきたにすぎない。しかし、将軍の求めている軍隊では、アンドレアニは感傷的になりすぎたという理由で罰せられてしかるべきだった。それも厳罰に価する。中尉の死骸など何の値打もない。その反対にモーレルは、命じられた任務を果たしたのだ。将軍は、もうこの兵士の顔ははっきり思い出せなかった。三日後の勲章授与式の時、ゆっくり眺められるだろう。

伝令兵が、彼に妻の手紙をもってきた。妻の字は、男のようにまっすぐで正確でかざり気がなかった。彼は混乱した気持ちで開封した。リリイのことになると、彼はいつでも心が乱れるのだった。

《愛するジェラルド
朝鮮でどう生活していらっしゃるのか知りませんが、あなたのことですから、指揮していらっしゃる兵士や数字や統計や野砲や飛行機に囲まれて、この戦争を幸わせに感じていらっしゃるにちがいありません。

《老首領《オールド・チーフ》》（原註 アメリカ陸軍参謀総長の仇名）の話では、あなたは何か作戦準備中とのことです。ひとつ申し上げておきますが、あまり兵力を浪費なさらないように。こちらではこの戦争は非常に悪評になってきていて、統合参謀本部《ペンタゴン》はなるべく目立たせないようにしていますから。

将軍とドシー・ピールの共同で催おされたバーベキュー・パーティは大成功でした。国防次官は焼肉を食べながら、《老首領《オールド・チーフ》》とにらみ合っていました。老人《オールド》は辞任するという噂があります。この戦争を徹底的にやり抜いて、鴨緑江の北の中国軍陣地を爆撃しようとしているからです。

国務省は、この件には耳を貸そうとしないのです。そうなると、ジャーミイが後任でしょう。あなたには具合の悪い話ですね。

マドスンは、例によってあなたを大事にしている

ように見せていますが、蔭ではあなたを酷評してい
ます。

　この間、マドスンは東京で、あなたはいろいろな着想をする人だが、落ち着きがなさすぎると言いました。マドスン夫人が、ワシントンでこの言葉を繰り返して歩いています。

　あなたは、ちょっと噂になるようなことを少しなされば充分なのです——大きな噂になってはだめですよ。そうすれば将官の星がもうひとつふえるでしょう。ハリー・マロースが、そちらへ行っているはずです。あの人には気をつけたほうがよいでしょう。

　愛する人へ、接吻をおくります。

注意深い妻より。

リリイ》

　クランドルは彼女が《愛する人へ》という声、優しく甘く、しかも皮肉な声をきくような気がした。

　マドスンの態度には驚くこともない。マドスンはいつでも感嘆すべき情報通だから、《老首領《オールド・チーフ》》のブルドーザー気質にへつらいながら、いっぽうでは手の汚れていないジャーミイの側にも保険をかけているのだ。国務省をバックにするジャーミイは、目立たないように朝鮮戦争をふりだしに戻そうとしている。つまり国連の《警察行動》というやつだ。

　英国は、ジャーミイを支持している。英国はまだ中国に大きな利益を保有していて、アジアでは英国独自の政策を捨てようとは決してしない。朝鮮でも、《英連邦》軍は決して激しい攻撃は受けていない。中国軍が英軍には手加減しているのだという噂が流れていた。

　クランドルの計画は、すっかり熟していた。師団の攻撃は、三日後の午前四時に開始される予定である。将軍は、要求しておいた飛行機も砲門も予備隊も皆動員するつもりだった。マドスンは、《原則的》には攻撃に賛意を表したのである。

　しかし、他のやり方もある。攻撃は始めるが、あまり力を入れず、たいして重要でない山陵をいくつか占領するだけで、《白い丘《ホワイト・ヒルス》》と《どんぶり盆地》は中国軍に任せておく。その代わり、中国兵の頭上に爆弾とナパーム弾をふりそそいで、やりきれないところまで追いこむ。

そして現在の陣地を強化して、いずれは共産軍が攻撃に転じるのを念じながら待つのだ。このほうが悧巧なやり方にちがいない。しかし彼の目の前には、月光の下に輝く《白い丘《ホワイト・ヒルス》》の姿が浮かんだ。彼は混乱した感情におそわれた。彼はあわてて電話機をとり、参謀長をよんだ。

「ベウリースか？」

「はい、閣下」

「攻撃の日時を確認する。九月八日、午前四時。予定の計画どおりだ」

将軍は自分で誤謬を犯したことを感じたが、同時に重荷を下ろしてほっとした気持ちもあった。彼は自分を納得させようとした。《老首領《オールド・チーフ》》は、まだ地位を保っているる。ジャーミイの足元をすくうこともできるだろう。

リルルーとルビュファルは地面をならした坑道の中に一緒に起居していた。ふたりの空気入りマットレスをへだてているのは野戦糧食の箱で、彼らは腹がへるとその中から食物を引き出していた。頭の上には天幕布をはりめぐらして、雨露をしのいでいた。小さな横穴に無線機が入っていた。

ボーイのキムは、羊飼の犬のように彼らの足元に寝ていた。ルビュファルはキムにカービン銃を支給してやった。キムはそれが大得意で、コーヒーを入れる時まで手放したことがなかった。彼は、短刀兼用の銃剣も欲しくて仕方なかった。この短剣さえ手に入ればもうボーイではなく、一人前の兵士でひとつ上の階級に進むのだと思っていた。

夜の闇は半透明で青味をおびていた。空には、小さく星がまたたいていた。ふたりの将校は長い間《白い丘《ホワイト・ヒルス》》の前に立ってみつめていたが、やがて歩哨に答礼しながら寝所へ戻ってきた。小さな村の住人が門口まで涼みに出たというところだった。

彼らは横になったが、リルルーのほうから口をきった。

「ヴァンサン、アルベーテのことをおぼえてるか？」

彼らはふたりきりの時だけ名前で呼びあっていた。

「ああ、まだ列車の汽笛がアスニエールの町の夜にひびくのがきこえるような気がするよ。あのアルベーテというあばずれ美人と、亭主の鉄道員が目に浮かぶね。亭主は、胸のやせた、泣きだしそうな眼つきで、顎がないような顔立ちの男だった……」

「あの男は生命の危険をおかして、一週間も俺たちをかくまってくれたんだぜ。配給の食糧を分けてくれたんだ。俺たちは、そのお礼にあの男の女房と寝た。愚連隊のやることだ」

「我々は愚連隊じゃなかったよ、ピエル。あの狭苦しい小屋にあんな色っぽい女と一緒にとじこめられていたんだ。それに、夜になると汽笛が耳について眠れなかった。リュケルロルは逮捕されるし、アパートも金もなくて何のあてもなかった……だから少しでも保証と平和を求めようとして、アルベーテを抱いたんだ。俺たちは、まだ子供のくせに大人の奇妙な遊戯の仲間入りをしたおかげで、保証も平和も失っていたからね。

あの亭主は、列車搭乗勤務で出かけたところだった。俺たちは食卓に向かった。食事が終わっても腰を上げる気がおこらなかった。あの女房は恥かしげもなく平然として、俺たちをひとりずつ眺めた。それから寝室へ行って戸を開け放したまま、着物をぬぎだしたんだ……」

「胸乳はどっしりして豊かだった。張りのある下腹と丸い太腿が俺たちを誘っていた。どうして、あの時俺を押し出したんだ？　ヴァンサン」

「理由はわからない。俺は二時間、仕切壁ごしに君たちの声をきいていた。あの女のあげた甲高い叫びは、そのへんをうろついている雄なら誰でもいいという呼びかけだったよ。そして、列車の汽笛……それから俺は君に交代したんだ」

「どうだった？　彼女はきれいだったか？　みにくかったか？」

「もうおぼえていない」

「あの鉄道員は、俺たちが女房と寝たことを知っていたと思うかい？」

「でも、あの男は翌日から一生懸命動いて俺たちが非占領地帯へ行ける手段を探してくれたんだぜ。

封印した貨物列車に詰めこまれての二晩は長かったな。占領地帯の境界線のムーランの駅に汽車がとまると、ドイツの衛兵が貨車の封印を調べにまわってきた。地面に突立てる銃床の音がきこえた……俺たちがツールーズで下車した時、スペイン行きに力を貸してくれるはずの男はすっかりびくついていたな」

「それでも俺たちに一万フランくれて、いろいろ忠告してくれたぜ。ラトゥール・ド・カロルを通れとか、スペインの民兵につかまったらフランスへ送還されないように英国人かアメリカ人だと言えとか教えてくれたんだ」

「あの小さな農家をおぼえているかい？　スペインの婆さんが、俺たちに山羊の革袋に入れたブドー酒とパンとハムをふるまってくれたっけな。婆さんは、それから表へ出て民兵に俺たちのことを密告した。奴らが俺たちに手錠をかけた時、あの婆さん信心深そうに十字を切って自分の親指に接吻したものだ」

「俺たちがミランダの捕虜収容所へ着いた日は、ポーランド人がハンストを始めたところだったな。あれは歩哨が、連中のひとりが逃亡しようとしたんだと思って射ち殺したのが原因だった」

「あのポーランドの連中は、強烈だったな。《一般犯罪房》の親分だったザール人の大男の首をくくっちまったんだから、たいした度胸だ。あのザール人の奴はドイツ軍からの脱走兵で、囚人仲間からおかまを集めて皆の目の前でおかまたちを可愛がったもんだった」

「あの時は全囚人がバラックからとび出して、ヒステリイの女みたいに吠えたてた。ザール人は綱の先でぶらぶらゆれていたが、歩哨たちは平然と煙草をふかしながら囲いの低い壁の上をうろうろしていた。俺たちは、エーブル河の腐った水の臭いが鼻につくあの収容所で、五カ月もひもじい思いをさせられたんだったな」

「しかし、解放されてから配属された特攻隊《コマンド》は、若さと勝利と熱狂の雰囲気があふれていた。俺たちは、すぐ収容所のことを忘れられたよ……」

「ジョアネース、デュレ……」

「デュティユー、パッサヴァン、ミラレース……あの連中は皆笑いながら死んでいった。特攻隊として参加している戦争が大好きだったからな。それに、あの戦争では自分たちは正しい側に立っていることもわかっていたからだ。あの時俺たちは自分の祖国や家や女たちをとり戻すために出かけたんだ。しかしこの朝鮮じゃ……」

「朝鮮じゃ、どうなんだ？」

「戦死した特攻隊の戦友たちには、こんな戦争をやることを承知する奴はひとりもいなかったと思う」

ふたりの将校は、それぞれ脇を下にして毛布を引き上げて眠ろうと努力した。

九月八日、午前六時。攻撃に先立つ砲兵隊の援護射撃が火蓋を切った。斜面に陣取った六輛の戦車は、丘陵に向かって猛り狂った斉射を浴びせかけていた。一五五ミリ長距離砲の砲座が、重々しく砲弾を射ち出しはじめた。すると、突如、全戦線にわたって一〇五ミリ野砲と重迫撃砲の砲火が吹き荒れた。

《白い丘》《ホワイト・ヒルス》と向かい合ったフランス大隊の占めている陣地の上方では、砲弾が網の目のように錯綜してとびちがった。低いうなりをたてる弾道は中国陣地に到着すると轟然たる炸裂音に終わった。

フランス兵はびっくりして全員起きあがり、この猛砲火が突然、自分たちがいつも静かな姿しか知らない丘陵を急襲するのを見物した。

「すげえことをやるじゃねえか」感心したベルタニヤが叫んだ。「この花火にはどれぐらい金がかかってるのかな?」

「一分につき一万ドルだよ」彼のそばで誰かの落ち着いた声が答えた。

ベルタニヤは、朝のほのかな光の中にひとりの背の高いアメリカ軍の中尉が立っているのを見分けた。中尉はカービン銃を肩にかけ、荷物をかついだボーイを連れていた。

「中尉どの、アメリカさんにしちゃ手荒くフランス語がうまいですね」

「かなりやるほうだね。四年間フランスにいた。僕はレクストン、砲兵観測将校レクストン中尉だ。第四中隊の位置はここだね?」

「そうです」

「リル……ルーとかいう大尉はいるかね?」

「リルルーでしょう……あそこで、双眼鏡をのぞいているやせた男です」

「ありがとう」

レクストンは大尉のほうへ歩きながら、ベルタニヤがお祈りの文句のように繰り返しているのを耳にした。

「一万ドル……たった一分のぶんでいいから、貰えたらな!」

「お前なら何につかう?」モーレルがきいた。

「まず酔っ払うな。それから女の子と寝らあ。それから……えい糞! 俺は何とか一万ドルを稼いでみせるぞ」

レクストンはボーイを従えたまま、リルルーのところへ行って申告した。

「レクストン中尉であります。砲兵観測将校としてフランス大隊に配属されました。この中隊に配属される予定であります。予備役で、この戦争のため否も応もなく再役させられました。通信兵は後からきます……この斜面のどこかに陣取りましょう」

「何か飲まないかね？」

「それは有難いです」

レクストンはカービン銃や鉄かぶとを外してリルルーの水筒をとり、中の酒を大きくひと飲みした。

リルルーは彼にたずねた。

「君は市民としては何をしていたんです？」

「自分では詩人のつもりでしたが、実際はアル中にすぎませんでした。我々は一緒に暮らすことになります。気が合えば嬉しいと思います」

ルビュファルが、キムの耳をひっぱりながらやってきた。キムが、彼の短剣をかっぱらったのをみつけたのである。

「僕の副官のヴァンサン・ルビュファル中尉です」

「私はレクストンと申します」

「とても発音が良いですね」とルビュファルは言った。

「パリに四年在留しました」

「勉強ですか？」

「いや、バー通いです」

「じゃあ、サン＝ジェルマン（サン＝ジェルマン＝デ＝プレ、実存主義者の本拠といわれる）へんのバーですか？」

「よく行ったのは、ジャコブ街の《緑のバー》でしたね。夜は、あのバーですごしました。時には昼間から行ったこともあります。もっとも椅子の上でいびきをかいてたんですがね。しまいには、バーが自分のもののような気がしてきましたよ。今日の午後、あの谷間に行きました。ジープは、長い無線のアンテナで昆虫のように見えました。ブルドーザーはうじ虫に似ていました。戦車は甲虫のようにゆれ動いて、戦車運搬用トラックは数え切れないほどのタイヤをつけているのでまるで百足《ムカデ》でした。尻尾を空中に垂らして飛んでいるヘリコプターは、とんぼというところでしょう。あの機械の集積は、技術者の頭脳をもった酔漢の夢魔に似ていました。どうも重大な局面になりそうですよ。大変な機材が集められていました」

少したってから、飛行隊が活動しだした。飛行機は三機から五機の編隊をつくって、《天道《スカイ・ウエイ》》のまわりを旋回し、各機が順番に目標に向かって突っこみ、短距離に入ってからナパーム弾を投下した。ナパーム弾は地上で炸裂し、赤と黒の巨大な火の玉となった。飛行隊は爆弾を落とし終わってから、また戻ってきて機関砲とロケット弾で掃射をくわえた。機種は、プロペラ機だったりジェット機だったりした。

「航空機の直接対地攻撃です」無線と観測の位置を定めてきたレクストンが説明した。「あの戦術はドイツのストゥーカ機の急降下爆撃からヒントを得たもので、五月の中国軍の攻勢の時には効果をあげました。まだ効果があると良いですがね。今日の午後五時、歩兵第四連隊が出て行って突撃します。いつも第四連隊がひどい目に遭うのです。誰でも知っていますがね。あの連隊は白人黒人の混成部隊です。他の連隊より劣るわけじゃないが、いつも一番の困難な任務にぶつかるんです……」

中国軍は、数時間のあいだ黙々として砲兵隊の重砲攻撃とナパーム弾を浴びていた。それから重迫撃砲で応射しはじめて、連合軍の占めている山陵や渓谷へ弾丸を降らせた。

最初の砲撃の一弾がレクストンの観測所へ落ち、無線機を破壊し、通信兵のひとりを殺し、ひとりを傷つけた。このアメリカ将校も、そこから遠くないところで地図を調べていた。彼は、哲学者のような態度で肩をすくめた。

「敵は僕を狙っているみたいですね！」

彼は、フランス大隊に新しい無線機と通信班をあっせんしてほしいと要求した。

「あの詩人はなかなか物に動じないようだな」とリルルーは言った。

レクストンは、第四連隊の攻撃開始一時間前の午後四時に、新しい無線機を手に入れた。彼は、前と同じ地点に無線機をすえた。

「同じ場所に弾丸が落ちることはほとんどないです……」

五時十五分前……五分前……五時……彼らは皆、時計をみつめていた。

　重機関銃が撃ちはじめた。迫撃砲弾が皿のこわれるような音をたてて地面に炸裂した。

　長身で冷静なレクストンは無線機に手の届くところで腹這いになり双眼鏡を眼にあてていたが、突然、虫にでも刺されたようにびくりと身体をふるわせた。

「畜生！　中国兵が渓谷へくだってきたぞ！」

　彼は電話で命令を伝えはじめた。

　第四連隊は、相変わらずついていなかった。連隊が攻撃のために集合して前進基地に到達した時、中国軍から逆襲を受けたのである。

　敵味方の各部隊は、近接戦闘を交えていた。手榴弾の炸裂音とともに、中国兵の携帯機関銃の甲高い連射音がきこえてきた。砲兵隊は、今や《天道《スカイ・ウエイ》》の基地そのものを猛撃していて、レクストンは吠えたてていた。

「近すぎる……遠すぎたぞ……右へ二度！」

　戦闘は深いジャングルの中で展開していて、何ひとつはっきり見てとることができなかった。

「あの詩人は立派なものだな」突然リルルーが言った。

「驚ろくべき冷静さで射撃を指揮しているじゃないか」

　全員が、戦闘の熱狂にとりつかれていた。数人の兵士は谷間で悪戦苦闘している仲間に力を貸すことができるかのように射撃したり、叫んだりしはじめた。ベルタニヤは、わめきたてた。

「こりゃひどすぎるぞ！　あそこへ行きてえ！　我慢ならねえ！　あの畜生どもを殺《や》っつけなくちゃいられねえ」

「黙っていられないのか」モーレルは落ち着きはらって彼に言った。

「お前、これを見て何ともねえのか？」

「何ともないさ、いずれは俺たちの番がくる。昂奮しても仕方ないぜ」

　モーレルは、この昂奮、他人の死にかかわりあおうとする欲求を経験したことがあった。フレスヌの軍刑務所の《野獣の檻》では、明け方になると死刑囚を刑の執行に連行しにくるのだった。囚人は両拳で監房の戸を打ち叩くので、戸は血だらけになっていた。

　囚人が死に向かって歩いていくと、監房の廊下に沿って、ドロドロと深くひびく音が伴奏するのが常だった。

モーレルは、何故あの時ロシア人が何人かのドイツ人捕虜と一緒に彼を釈放してくれたのか、どうしてものみこめなかった。ソビエトの奴らには、時どき奇想天外なことをやるくせがある。捕虜たちは、終戦後六カ月目にウイーンで釈放された。彼はブレンネル峠を越えてイタリアへ出て、一軒の農家で仕事をみつけた。主人は彼が何の証明書もなく逃げかくれていることを承知の上で、給料をやらずに彼をこき使い、食糧だけ配給してくれた。

主人の女房は空想的な女で、信心深い愚か者だった。いつでもお燈明をあげたり、数珠《ロザリオ》を繰ったりしていた。彼女は亭主の金を盗み出してキリストのことを話してきかせながら、彼にその金をくれた。彼は嫌悪感を抑えて彼女に接吻して、出て行った。そして夜中に国境を越え、野原につまれた干し草の山の中に寝泊まりしながらフランスに到着した。

彼は浮浪者に変装し、農家の戸口で物乞いして歩いた。ひげも髪ものび放題だったので、誰にも見破られなかった。しかし、彼の腕の内側には刺青があり、相変わらず身分証明書はないままだった。

ある晩、彼は偶然道連れになった男の身分証明書を盗みとった。証明書は垢だらけで写真も雨露にさらされ、見ても何だかわからないというありさまだった。彼は機械工ルーベルになりすましてパリへやってきた。そこで彼は対独協力フランス義勇兵出身者に対する援助組織ができ、南米へ亡命する便宜を図っていて、南米行きを待つ間の仮住居や臨時の仕事を世話しているという話をきかされた。

その組織は輸出入会館の建物の裏のほうに人目を避けてはいたが、とにかくパリのどまん中で、ほとんど公然と活動していた。

ルーベルになった彼は、多少の一時金と数カ月以内にベネズエラ行きの旅券と査証をくれるという約束を貰った。このほか、サン＝ジェルマン大通りのある老婦人の住所を教えられた。そこへ行けばただで泊めてくれるということだった。

彼の本名を知っている同じ大隊の元戦友にも逢った。彼らは初期の十字軍兵士のように、自分たちは野蛮なアジア人種からキリスト教世界を守ろうとしたのだという立場で、将来の復讐を語り合っていた。そのひとりが彼にたずねた。

「お前はどう思う？」

「俺たちには敗者になる権利はない」

一週間後、ジャック・ド・モルフォーは臨検で検挙され、警察署に連行された。ルーベルには、ちょっとした押しこみ強盗のかどで、逮捕命令が出ていたのである。彼は拘置所へ送られた。

警官たちは彼をおなじみの裏町の小悪党と考えて、親しみを示し仲間扱いにしたが、彼はそれがいやでたまらず、自分を訊問した刑事に向かって泥を吐いてしまった。

「俺はルーベルじゃない。ジャック・ド・モルフォーだ。対独協力フランス義勇軍の中尉で、一級鉄十字章を受けている」

彼はフレスヌの軍刑務所へ送られて、二カ月後、法廷に出された。父親は検察側の証人に立った。ジャック・ド・モルフォーは、裁判の間じゅういっさいの弁護を拒んだ。おかげで検事は法服の袖をひるがえして、この男は《野蛮かつ危険な野獣で一点の後悔の念もない》ときめつけることができた。

彼は、この論告を一種のほめ言葉と受けとった。彼につけられた官選弁護士はもぐもぐたわ言を並べただけで、モルフォーは三分間仮釈放になった後、銃殺刑を宣告された。

彼はフレスヌの《野獣の檻》、つまり死刑囚監房へ移された。彼の独房にあるものは壁に固定されたテーブル、床に固定された鉄製のベッド、一脚の腰掛け、このほかは隅に置かれた《おまる》だけだった。薄汚れた光が、鉄格子でふさがれた窓をしみとおってきた。

夜も昼も、電灯がつけっぱなしだった。奴隷のように足に鉄鎖をつけられ、動くたびに鎖がガチャガチャ音をたてた。彼は喫煙と読書を許され、食べたいものを注文し、薬や医療を求める権利が認められた。医者が規則正しく診察にきた。

彼は、屠殺場に送る前の豚を肥らせるように死刑囚を優遇するこのやり方はやりきれないと感じた。

独房の壁には、さまざまな種類の文句が刻まれていた。馬鹿げたのも、下劣なものもあったが、非常に立派なものもあった。《では明日逢おう、同志よ……》。彼はこの独房で四カ月、百二十二日の間、毎晩死んでいき毎朝生きかえるということがどんなものかを味わった。

誰かの死刑執行の前日は全監獄が活気づき、囚人たちは神経質になった。彼らは、看守たちのちょっとした挙動から間もなく何かおこるということを見抜くのだった。《野獣の檻》では、急にひそひそ声でしか話さなくなった。鎖はいっそう重く、昼の光も夜の闇もいっそうむごくなった。通りすぎる看守たちも、不器用に足音を殺そうとした。

一種の寒風が長い廊下を吹きこんできて、死刑囚監房の看守は小さな机の前で身体をふるわせた。

ひとりの死刑囚も、食事に手をふれようとしなかった。

モルフォーの隣の独房からは、長い恐怖の叫び声、尾をひくわめき声がきこえてきた。それは若いV…という男で、死を恐れていた。彼は死にたくないばかりに、対独抵抗運動《レジスタンス》をやっていた友人を裏切ったのである。彼は、生き続けたいばかりにいつでもどこでも裏切りを続けてきた。そして今夜、自分の番がめぐってきたことを直感しているのである。

午後七時に、ひげをそったばかりの刑務所長が落ち着いた顔つきでやってきた。彼はアメリカ映画に出てくるタイプの刑務所長を気取っていて、半ばは牧師半ばは医師というポーズで、眼鏡をかけ統計と善意によって死刑囚に贖罪をさせる専門家だった。

彼は、ひとつひとつの独房へ入った。彼には、明け方に死刑執行される者の名はわかっているのだが、すべての囚人を同じように寛大で友好的な表情で眺めていく。

モルフォーは胸をどきどきさせながら、所長の眼をみつめた。しかし所長の顔はいつもと変わらず、同じような愛情をこめた懲戒の言葉を繰り返していた。

「さあ、さあ、罪をあがなう時がきたのだよ……」

所長が去った後も、他の部門の監督者たちの往来はいよいよ激しくなってくる。刑務所じゅうが、誰が殺されるのかをめぐってざわめきたつ。

そして、モルフォーの恐怖に対する苦闘が始まる。彼が寝床に横たわると、恐怖はじわじわと押しよせてくる。恐怖は彼を飲みこみ、彼はあやうく絶叫しそうになる自分を抑える。その後、彼は兇暴に猛り狂う。心の奥底にかくれひそんだ恐怖を、ずたずたになった自分自身の切れ端とともに引きずり出して、強烈な酸で溶かすように破壊しつくすのだ。

夜明けまで荒れ狂い続けると、やっと平安が訪れる。彼はすでに死んだのだ、死を受け入れることができたのだ。そして氷のような孤独の中で、生ける屍が煙草をつけてその味を楽しむのだ。

耳をろうするような騒音がひびいてくる。看守は廊下をとびまわり、各独房の覗き窓をしめてまわる。歩調をとった足音、小銃の台尻が地面を打つ音。銃殺隊だ。銃殺隊の足音が近づく。立ちどまりそうだ……立ちどまった……ちがう……通りすぎる。まだジャック・ド・モルフォーの番はこないのだ。

《野獣の檻》がわき返り、刑務所じゅうの囚人が罵声をあげ、拳や飯ごうで戸を打ち叩く。モルフォーは自分の番だと宣言されたら、起きあがり、落ち着いて無関心に煙草をくわえるだろうが、他人の死の前では他の者と同様狂ったようになり、独房の戸を打ち叩いて自分の手を傷つける。

銃殺隊は、小銃の台尻の音とともにまた通りすぎる。そして静寂が訪れる。いつしか、朝の薄汚れた光がしみこんできている。

聴罪司祭（罪の告白を聴き、赦免を与える司祭。三十二ページの註も参照）が戻ってくる。彼はシャティヨン要塞の死刑場まで、囚人につきそって行ったのだ。純真な門番の老女のように呑気に、《野獣たち》に執行の様子を話してきかせる。話は非常に詳しく、何ひとつおとさない。《あの男は……まあ何とかやったよ……しかし、あのファルネのほうはまったく準備ができてなかった。他の囚人が、ファルネにしっかりしろと言わなくちゃならんありさまだった》

ジャック・ド・モルフォーは、百二十二回死んだ。そしてある執行日、彼の監房の戸が開いた。彼は、ようやく終わったのだ、毎日の苦しい闘かいのおかげでやっと死が授けられるのだと思った。政府の使者が入ってきて、彼は特赦されたと告げた。使者はこの使命をもてあましていたが、特赦を宣告すれば少なくとも感謝ぐらいはされると思っていた。しかし彼が特赦を告げた時、おだやかだった囚人の顔は突如として憎悪にひきつった。

「出て行け、下司め！」

それから、モルフォーは寝床に横になった。意志も誇りもついに砕けて、彼はすすり泣きはじめた。

三日後、彼は鎖をとかれてソルグの募兵事務所に向かって出発したのである。

ベルタニヤはモーレルにとびついた。

「しめた！　アメさんは中国兵を食い止めたぞ。こっぴどくやっつけてるぞ！　見てみろ、あの砲撃！　ドカーンときた！　野砲も迫撃砲も一緒に射ちこんでる！　またドカンだ！　きこえるか！　おう、すげえぞ！　アメさんは《天道《スカイ・ウエイ》》の下まできたぜ。お前、あの野郎が見えたか？　一番先に登りだして、正面から顔に一発くらった奴よ。アメさんはあの斜面を半分も登ったぜ。おや、こりゃ、どうしたんだ。いったい全体、連中どうなってるんだ！　糞ったれの糞ったれ！　アメさんは下りてくるぜ。ずいぶん人数が減ってる。何でもかでもかじりついてりゃよかったのによ。ふぬけどもめが……」

「ちがう。あれ以上やれなかったんだ。斜面の中腹で塹壕線にぶつかったんだ。敵はアメリカ兵を登らせてひきつけておいてから、手榴弾でやっつけたのさ……しかもあの糞忌々しい山には遮蔽物ひとつありゃしない！　アメさんはまた攻撃すると思うか？」

レクストンは観測所から戻ってきて、リルルーに逢いにきた。

「第四連隊は、あの山に地歩を築くまで攻撃を続行せよという命令を受けています。将軍は、連隊が消耗して潰滅状態になるまで攻撃させますよ。連隊の《仕事《ジョブ》》は、《天道《スカイ・ウエイ》》をとることなんですからね。馬鹿げて忌まわしい話だ！」

野砲の砲撃は、前より激しい勢いで再開された。航空隊の地上攻撃も繰り返された。《天道《スカイ・ウエイ》》は燃えあがっているように見えた。

平原部のどこかで、クランドル将軍が電話機をとった。

「第四連隊長のライト大佐を出したまえ……ライトか？　クランドルだ。いったいどうしたのかね？　君の部下は九七二丘陵に踏みこんだという報告じゃなかったか？　何、中国軍に逆襲された？　奇襲効果を発揮するためには、君の連隊の全中隊全大隊を注ぎこむべきだったぞ。おっかなびっくり数箇小隊を繰り出すんじゃだめだ。損害がひどい？　今度はもっと損害が出るぞ。必要な時には《現金《キャッシュ》》で支払う心得もなくちゃいかん。砲兵の援護射撃と航空隊の地上攻撃の後、君の連隊は、攻撃を再開してくれたまえ。払うべき犠牲は払いたまえ。今夜のうちに九七二丘陵をとってほしい。火焔放射器を使って、中国兵を穴から追い出すんだ」

クランドルは電話機を置いて、ベウリースに話しかけた。

「あのライトの馬鹿野郎は、チャンスを逃したな。中国軍の逆襲を撃退した時、全兵力を集中して追撃をかけて敵陣まで追い帰していき、占領すべきだったんだ」

その代わり、ひとつの朗報が将軍に届いた。戦車隊が渓谷の東方で進路を打開し、九二二丘陵を直射下においた。これは、《白い丘《ホワイト・ヒルス》》の向こうの側の九七二丘陵の失敗を相殺する。損害は戦車四輛。三輛は地雷で吹き飛ばされ、四輛目はバズーカ砲の弾丸を受けた。たいした損害ではない。

この戦車隊の支援を受ければ、第六連隊はあまり苦労しないで九二二丘陵を奪取できるだろう。第四連隊が九七二丘陵を占領したら、こちらにも攻撃させることにしよう。

クランドルは、ベウリース大佐に退れという合い図をして狭い寝台に横になった。行動は開始されたのだ。彼は自信に充ちているのを感じた。彼はあのモーレルというフランス兵のことを思い出して微笑を浮かべた。前の日、彼はモーレルに銀星章《シルバー・スター》を授けたのである。ただの一兵卒があんな風格をそなえ、真に人の上に立つ者らしく、老けた残忍そうな顔つきをしているとは不思議なことだ。

たしかにあのフランス大隊は、神秘がいっぱいだ。アンドレアニにせよ、ハリー・マロースがそのまわりをうろうろしているリルルー大尉にしろ、異端審問官のような堂々たる面構えのヴィラセルス少佐にしろ、あの、あまり人情家すぎる軍医にしろ。

このばらばらの個性の集合が、戦闘ではどれほどの役に立つだろうか?

マルタン・ジャネはフラカスとヴィラセルスに逢いに行って、彼の設けた繃帯所も後方基地では何の役にも立たないことを説明した。負傷兵の退路のどれからも外れているからである。彼は大隊のそばに、よく遮蔽された地点をみつけた。そこは、戦線から帰ってくる小道に面していた。

ふたりの少佐は大隊の繃帯所の場所などどうでもよかったが、重々しく議論を交わしたあげく、この件は結局軍医に一任ということにした。

「あの軍医は表彰されたいのさ」フラカスはマルタン・ジャネの帰った後で言った。「熱心なところを見せてるのさ。しかし振られ男が勲章を貰ったって、やっぱり振られ男の面《つら》に変わりはないんだ」

ヴィラセルスはたずねた。

「ところでデミトリエフはどうした?」

「国際墓地に葬られた。こちらから一小隊とアメリカ側から一小隊の儀仗兵が出て、軍医とサバティエ大尉が大隊を代表して列席した。大変簡単だが、感動的な式だったよ。私はデミトリエフにレジオン・ドヌール四等勲章を申請しておいた」

「家族はいるのか」

「ロシア人て奴は、さっぱりわからんからね。貴族か乞食かだ……でなければその両方を兼ねている」


第四連隊は消耗した各中隊を投入して、三度《天道《スカイ・ウエイ》》を攻撃した。一群の兵士が山陵にとりつくことができ、中国軍は後退した。しかし夜になって、中国軍はアメリカ軍に重迫撃砲を浴びせた。飛行隊は、G・Iたちの上に爆弾を落とすのを恐れて介入できなかった。

その時、ベウリース大佐はひとつのアイデアを出した。彼は《天道《スカイ・ウエイ》》の正面にあたる陣地に巨大な探照灯をすえつけて山陵を照明させた。山陵にとりついていたアメリカ軍は、彼らを撃退しようとする中国兵の群をはっきり見分けることができた。

午前四時、中国兵は大集団で反撃してきて山陵を奪い返した。ひとりのアメリカ兵も、《天道《スカイ・ウエイ》》から生還しなかった。

## フランス特攻隊の若者たち——M市の奪還

軍医大尉は、繃帯所を負傷兵の輸送班が通る峠の入口に設けた。これで、彼の位置はフランス大隊の陣地から一キロもないところになった。朝鮮人の苦力《クーリー》は容赦なく担架をゆすぶるので、負傷兵は曲り角ごとに苦痛に身をよじった。筵でくるまれて竹竿にしばりつけた死体も負傷兵にまじって通った。

苦力は、時どき小道に荷を下ろして輪をつくり馬鹿のような笑いを浮かべながら煙草に火をつけるのだった。

負傷兵の担架が繃帯所に止まるのは、血清注入とかモルヒネ注射とかを必要とする時だけだった。

後方まで運べない重傷者は天幕の下に置かれていた。彼らはもう、死にむしばまれていた。またたかなくなった眼とか黒ずんで骨にはりついたようになっていく肌の色とかで、それがわかった。軍医は、彼らが瀕死の床で苦しまないようにモルヒネを射ち続けた。そして最期がくると苦力がやってきて、彼らの死体を筵に包み竹竿に吊してまた出て行くのだった。

マルタン・ジャネは、生存の見込みのあるわずかな重傷者を励ますようにつとめていた。彼らに対する薬や注射は惜しまなかったが、何よりもまずこういう負傷者はあきらめや疲れから脱け出して全力をふるって死を拒絶する気力をおこすことが必要であり、軍医は、彼らにそうするように強制しなければならないと知っていた。彼は、一晩中、二十歳の青年軍曹のそばについて闘かい続けた。軍曹は両脚を砕かれ、腹が裂けていた。彼の顔には自分が犯しもしない罪で罰せられた子供のように、優しい気持ちをおこさせるものがあった。彼は気力を失って、動きもせず何も言わなかった。

「じきに良くなるよ」軍医は、彼の担架が二台の脚立の上に置かれた時、そう言ったのだ。

しかし、負傷兵は静かに首を振った。マルタン・ジャネは彼にペニシリンの注射をうち、下腹の恐ろしい傷口もペニシリンで洗ってやった。傷口からは、内臓がはみ出していた。それから、若者の顔をアルコール綿で拭ってやった。彼は、首にかかっている認識票で負傷兵の名を読んだ。フィリップ・マーヴェン、カリフォルニア州ロス・アンジェルス。彼は、フィルとよばれていたはずだ。軍医はやってみた。

「フィル……」

負傷兵は、はじめて弱々しく答えた。

「はい……」

裸電球が天幕の下で風にゆれていた。光と影の浪が負傷兵とそのそばに坐っている軍医の上を流れた。看護夫とボーイたちは、コーヒーを用意しながら出入りしていた。

担架の棒のひとつについている小さな袋の中に、フィルの紙入れと書類がぶら下がっていた。軍医はそれをあけてみた。身分証明書があり、職業として《銀行員》と記されていた。母親の手紙には近所の人の噂話や、父親が市立銀行《シティ・バンク》の営業課長に昇進した祝いに催おしたパーティのことが書いてあった。父親の給料は、八十七ドルにふえたのだ。ネスラー夫人がパーティに来たとある。このネスラー夫人は大変重要な人物にちがいない。一通の封筒から、家の前の小さな庭に立っている両親の写真がすべりおちた。父親はズボン吊りをして眼鏡をかけ、麦藁帽子をかぶっていた。母親は、活発で世話好きにみえた。

軍医は、もう一通の手紙をみつけた。その手紙はあまり何度も読み返され畳まれたり拡げられたりしたので、黄ばんだボロ紙にすぎなくなっていた。

《愛するフィルへ
あなたがそんな遠くにいると思うと、とても怖いわ。時どき、仕事の最中や道を歩いている時や映画をみている時でさえ、あなたがこんな馬鹿げた戦争に出ていることをすっかり忘れてしまうことがあるの。あなたは夜の中をさまよったり苦しんだりして、ひょっとすると傷ついてるかもしれないというのに。
そういう時、馬鹿らしいことだけど私はいつも泣きだしてしまうの。
私は、勇気のある娘ではないわ。あなたよくご存知のはずね。私は何でも怖がるの。お母さんも怖いわ。お母さんは、あなたとの結婚に反対なのよ。あなたの地位が高くないからというのよ。私をからかう女友だちも怖いし、あなた以外の男の子は皆怖いわ。でも、私はあなたのそばにいる時だけ幸福で安心していられるのよ。

　早く戻ってきて……いつまでもあなたを待っていたいわ。でも、私はあんまり勇気のある娘じゃないから。

　キスを送るわ。

リズベス・ネスラー》

　一枚の写真に、スエーター姿の小娘が写っていた。彼女は顔じゅうがえくぼのような朗らかそうな顔つきで、悲しみにも誠実な愛情にも向いているタイプではない。

　マルタン・ジャネは写真と手紙を紙袋の中にしまうと、顔を負傷兵の顔から数センチのところへ近づけた。

「フィル、君はリズベスに逢えるんだぞ……」

　負傷兵は首をふった。

「また、リズベスに逢えるよ。ネスラー夫人は君との結婚を許すだろう。君のお母さんのやったパーティにわざわざ来たのだからね。君は英雄として帰還する。リズベスは病院に見舞いにくる。春がきたら、朝、彼女と一緒に散歩に行くんだ。杖は使わなくちゃなるまいが、いつかはそれもなしで済ませられるようになる」

「本当ですか、先生?」

「リズベスにもう一度逢いたければ、あきらめないで頑張るんだ」

「とても疲れてるんです、それにひどく喉がかわいて」

　軍医は水に濡らした布片で唇を拭いてやった。

「水が飲みたいんです」

「リズベスにもう一度逢いたければ、水を飲んじゃだめだ。それよりも歯をくいしばってこう考えるんだ。《俺は生きたい、いつかは教会の入口で、友だちが皆で俺とリズベスに米を投げつけて結婚を祝ってくれるように》とね」

「僕、やってみます。先生、そばにいて下さい。ひとりではやれそうもありません」

　しかし、明け方、若い軍曹は死んでいった。彼は充分に自分の愛を信じきれなかったのだ。彼が今までに教わってきたのは、何の反抗もせずに人生を受け入れるという生き方だったから、死に対しても反抗ができなかったのだ。

苦力が竹竿に彼の身体をくくりつける前に、度を失ったマルタン・ジャネは彼の額に接吻した。

その時サバティエ大尉がシガレットホルダーをくわえ、硬い顔つきで入ってきた。

「どうしたんだ、軍医？　君は死体に接吻するのか？　なんだ、めそめそして？　医者は、商売がら人が死ぬのを見るのは平気だと思ってたよ」

「この若者は何ひとつ悪いことはしてないんだ」

「じゃあ、二時間前に《いかれた》ばかりの若いポーラン少尉は何かしたというのかい？　そんなことは何の関係もない……君が泣いているから馬鹿にしてるんだと思ってるのか？　ポーランは谷の向こう側のアメリカ軍の繃帯所に運ばれたので、俺はそこまで見舞いに行った。死ぬ五分前、何と言ったと思う？　《死にゃしないでしょうね？　え、大尉どの》。まるで俺がそれを防いでやれるみたいじゃないか。それから、彼は死んだよ。今度は俺がこんなにひどい目に遭わせた責任者だと言わんばかりさ！　彼は戦場に骨を埋めるなんて考えてもいなかったんだ……俺は泣くことはできん。軍医、きっと冷淡で傲慢なんだろう。俺は、君のように死体の額に接吻はできない。自分が哀れな男だからさ。何か飲むものあるか？」

「レオ、ウイスキーをもってこい」

サバティエは、ゴクゴクとラッパ飲みした。

「さて、戦線へ戻らにゃいかん。リルルーのところへ寄って行く。何か伝言はないか？」

「もうすぐ逢いに行くつもりだ」

「リルルーは、ヴェトナム時代とはすっかり変わってしまった。あのルビュファルもろとも、過去だけにすがって生きている。どうもルビュファルは間抜けの従僕って柄だな。知ってのとおり、攻撃はうまくいっていない……中国兵はうまく地下にもぐっていたんだ。ナパーム弾を投下した時、奴らがどうしたか知ってるか？」

「いや、知らない」

「飛行機の音がしたとたん、奴らはねずみみたいに壕の中にもぐって、水で濡らした掩蓋で壕を覆ったのさ。

そうなるとナパーム弾には何の威力もない。掩蓋を直撃すりゃ別だが、何しろ小さい目標だからな……手榴弾で奴らを壕から追い出さなくちゃだめだろう。また、竹竿にくくられた死体がこの峠を越えてゆくことになる。それも、君がひとりひとり接吻してられないほどの数になるぜ。俺はどうして中国軍がこの通路を砲撃しないのか、不思議だね……何といっても奴らは仕事は心得ているくせにな。じゃあ、さようなら、軍医」

「またすぐ逢えるよ、サバティエ」

大尉は、やせた太腿にホルスターに入った拳銃をぶつけながら出て行った。


軍医は午前十一時ごろ、第四中隊の陣地に登って行った。戦闘は中断されたらしく、もう負傷兵は通っていなかった。中隊の全員が壕を掘ったり、掩蔽物を補強したりしていた。とんでくる迫撃砲弾は多くなるいっぽうで、一輛の自動車砲が山陵を射撃していた。レクストンは、何時間も前からこの自動車砲を捕捉しようと努力していたが、だめだった。自動車砲は、《白い丘《ホワイト・ヒルス》》の後ろの《どんぶり盆地》の中をたえず移動していた。

この砲弾のひとつが、マルタン・ジャネが反対斜面を歩いている時落下してきた。彼の十五メートル前方で、ひとりの兵士の頭部がスペイン産のざくろがつぶれたように赤い粉になって飛散した。

軍医は藪と藪の間に横たわり頭をかかえて恐怖にふるえながら、二分間待った。彼はここを去り、ずっと遠くへ、蔵書や磨きあげられた家具の待つパリの静かなアパートに帰りたくてやりきれなくなった。利己的で知的で洗練された友人たちにも再会したかった。彼は他人を愛しているつもりだったが、実は自分自身の快適な生活、身についた習慣、夢中になる対象のほうがいつも他人より大切だったのだ。この戦争では、彼は、ごく年若の娘に惚れた老いぼれと同じように滑稽な存在だった。

彼は、手をどけて顔を上げた。少し離れたところでひとりの負傷兵がうめいていた。彼は自分のいた藪のある窪地からやっとのことで這い出し、不器用な躍進で負傷兵のほうに走って行った。彼は、その男を知っていた。第四中隊の兵士である。兵士の前腕はちぎれかけ、ひどく出血していた。早く緊縛して止血だ！　マルタン・ジャネは、いつも自分の救急鞄をもって歩いていた。

さらに三発の砲弾が彼のまわりに落ちたが、彼は動きもふるえもしないで、止血帯を締めあげるのに専心していた。負傷兵は彼に微笑みかけた。

「あんたでしたか、軍医さん、ここにいてくれてよかった……これほどのつきはねえ……」

軍医は、すっかり勇気をとり戻していた。彼は、自分の居心地のいい寝場所やなまぬるい利己主義の中にちぢこまっているより、この山の上で砲弾の炸裂するただ中にいるほうが良いとさとった。彼は繃帯をぐるぐる巻いた。

「いいか、そっと腕を支えていろよ……骨がやられているが、今じゃ接骨術で骨なんかいくらでもつくり直せる。名前は?」

「ジュスミューです……デミトリエフ中尉の戦死した晩の偵察隊にいました。ケルヴァンもやられました。戦友だったんです。一緒に尖兵をやったんでさ」

「立てるか?」

「できると思います……あっ、痛い……」

「君は日本へ送還されるよ」

「日本はいいらしいですね!」

軍医は通りかかった兵士を呼びとめた。

「ジュスミューに手を貸して繃帯所まで降ろしてくれ。レオに言って後送用書類をつくらせて、アメリカ軍の野戦病院まで送らせるんだ」

「わかりました、先生」

ジュスミューはその兵士に支えられながら、峠のほうへくだりはじめた。マルタン・ジャネには、彼の話し声がきこえた。

「なあ、あの軍医はよ……どこにいてもとび出してくるんだぜ……俺の腕のまわりにゴムを巻きつけるのに夢中になって、びくともしなかったぜ。そんなふうには見えねえけど、あいつのきん玉はでっけえのよ」

マルタン・ジャネは感謝と幸福感でいっぱいになり、また上へ登って行きながら口の中で繰り返した。

《きん玉はでっけえのよ……》

彼はリルルーとルビュファルが、ふたりの兵士の手を借りて土のうや丸太で掩蔽壕を補強しているのに逢った。

「住居の手入れかね」軍医はたずねた。

ルビュファルは土をふり払うために、両手をこすり合わせた。

「《天道《スカイ・ウェイ》》は、奪取できなかった。中国兵は警戒していたんだ。奴らと同じように地下にもぐるにしかずさ。軍医君、昨夜の探照灯で照らしながらの攻撃を見なかったかい？　ありゃまさに西部大活劇だったぜ……」

「ワン・ラウンドは拝見したよ。ベウリース大佐が、ジープを迎えによこしてくれた。大佐は、口から離したことのない葉巻を嚙みながら宣言した。《中国軍は夜の支配者で、味方は昼間だ。この探照灯で照らせばもう夜はなくなるんだ》とね……」

ルビュファルは苦笑した。

「ただ、あのでぶの大佐は、明け方という厄介な時間に気づかなかったのさ。明け方には、探照灯も役に立たない。中国軍が攻撃してくるのはいつも明け方だ」

「この戦争にゃついて行けない」軍医が言った。「この戦争は技術と幼稚さとほらの混合物になった。これが映画なら見てもいられるが。昨日は……大勢の死ぬのを見た」

「それも何のための死だ？」リルルーは問いかけるように言った。「その戦死者の中で、誰も復讐とか憎悪とか自分個人の動機から死んでいったものはない。かといって、祖国というより、祖国について自分の抱いている観念のためでもない。それが、この朝鮮戦争の不吉なところだ。技術者による管理が闘かう者の個々の渇望に取ってかわり、誰も自分の戦争として消化していない。軍医、僕はルビュファルと一緒に、まさにこれと正反対の戦争を体験したのだよ。フランス特攻隊第一集団で闘かった戦争だ」

「あの時は自分の国へ帰還したのだから、まるでちがうさ」ルビュファルは短剣をもてあそびながら言った。「俺たちはそれぞれの個人的な恨みを晴らしたんだ。現地の同胞がみんな俺たちを歓迎してくれた。酒樽をあけ、娘を出し、旗と花束で飾り立ててな。俺たちは若くて勝利者だった。ここでは、俺たちは年をとって絶望している。勝利を望んでもいない。何の意味もないからな。我が軍のやってるのは《警察行動》だ。今まで《警察行動》が勝利を占めるなんてことがあったかね？」

特攻隊集団《コマンド》は、歌声と笑いの中でベレー帽をうちふる大騒ぎの中を、アルジェーを出港してイタリアに向かった。彼らを輸送するリバティ型輸送船は延々と続く大輪送船団に組みこまれたので、六日もかかってナポリへ着いた。その六日間、特攻隊員は小学生のように馬鹿騒ぎをし、食堂で棒パンでなぐりあったり、船内通路へ脚をつき出して通行者をひっかけたり、寝台の下にかんしゃく玉をかくしたりした。

ルビュファル少尉は、船に乗り遅れてしまった。出発の前の日、戦友と一緒に泥酔した上、仲間と離れてひとりの娼婦について行ったのである。翌朝の九時にやっと目がさめた時には、輸送船団はもう沖合に出ていた。次の船団がくるまで二週間禁錮されるのが当然だったが、誰も彼をとじこめても仕方がないと思って放ったらかした。彼は一文なしで、金を貸してくれる戦友もいなかったので、スタウエリの砂浜で海水浴や日光浴だけをして二週間をすごした。

ある日の午後、彼はひとりの非常に年をとった夫人がくるぶしまでの長靴をはき、手袋をはめ、日傘で陽をよけながら通るのを見かけた。顔色はまっ白で、銀髪で、年代物の装身具のように繊細な顔立ちだった。

ヴァンサンは非常に優しい気持ちになって、この老貴婦人と昔のことを語り合った。彼女は、御柳《ぎょりゅう》に囲まれた崩れかけた別荘風邸宅へ彼をお茶に招いた。

このマルシニャック伯爵夫人はわずかのパンと牛乳で生きながら、思い出の中で孤独に暮らしていた。戦争のことも知らず、周囲の出来事も知らず、若いころの思い出をきりもなく手繰っていた。

「あれは一八八〇年の一月か二月のことでしたよ、はっきり思い出せないわ。待ってちょうだい……ジャクリーヌ・ド・エスベが若いケルマデクと結婚したところでした……」

ヴァンサンは、毎日の海岸からの帰り道に老貴婦人を訪ねることにした。

「いいえ、ちがうわ、あれは二月じゃなかった。一八八〇年の三月だったわ……」

出発の前の日になって、彼は一カ月分の給料を前借りすることができた。その金で花とシャンペンを買い、老貴婦人とローソクの灯で晩餐をともにした。月の光が海面にたわむれて、浪はものうく優しく砂浜にくずれていた。

彼は別れを告げる前に、銀の燭台に立てたローソクが燃えつきるまでの間、ラッパのついた時代遅れの蓄音機にワルツをかけて老貴婦人と踊った。

　彼は深く腰を折って老貴婦人の手に接吻した。

「どこへ行くのですか、少尉？」

「戦争です、奥さま。明日出発します」

「どういう戦争なの？」

　リルルー、ヴェルトネル、ローノアの各少尉は、ナポリの停泊地まで遅刻者を迎えにきた。特攻隊はアグロポリスに陣取ってもう百回もやった敵前上陸の演習をだらだら続けていたので、若い将校たちは出迎えを絶好の口実にしてさぼりに繰り出したのである。

　彼らは、ルビュファルにナポリを案内してやった。

　若い娘のグループが、ローマ通りのガラス屋根の下を秋波を送りながら通って行った。ひとりの《靴《シ》磨き《ウ》の子《サ》》がルビュファルの靴にとびついてきて、下手くそな英語で女を世話しようと言った……それから若い娘たち、もっと若い娘たち、女学生、さらに男の子まで世話しようと言った。ついには自分自身を……もちろん、どれもこれも処女ないし童貞で、病気はないのである。

　ヴェルトネルは、《靴《シ》磨き《ウ》の子《サ》》の押し売りからルビュファルを救い出した。

「靴磨きの話なんかきくなよ。あいつらの世話するような淫売は梅毒もちで、枕探しもやりかねない。そんなことをしなくたって、手当り次第こっちのものさ。どこでも女だらけだ。若いのも老けたのも、きれいなのもみにくいのも、侯爵夫人も淫売も、望みのままさ。ここでは、俺たちは勝利者なんだ、わかるか」

「そりゃ誇張だよ」洗者聖ヨハネに似て、首をかしげ眼にくまのあるローノアが言った。

「誇張だと？」ヴェルトネルが言った。あみだにかぶったベレー帽が頭の上でゆれた。「じゃあ、きくが、お前が何を知ってるってんだ？　あんまり小うるさいんで天国からおん出された聖人みたいな面《つら》しやがって。糞ったれがよ……」

　彼はむかっ腹をたてたために、アルジェリアの《植民地白人》の話し方や口調に戻っていた。

　ナポリ名物である、濃霧とすえた肉と香辛料の匂いが入り混じった色鮮やかな汚濁が、彼らを迎えた。子供たちは、彼らの脚の間をくぐりぬけて煙草やチョコレートをねだったり、女の子を世話するといってオリヴェラ広場をとりまくボロ家へ彼らをひっぱって行こうとした。

黒人兵、アメリカ兵、英国水兵、羊毛長衣を着たモロッコ山岳兵がすれちがった。皆、女を探しているのだ。

　世界各国の色とりどりの肌の兵士たちが子供たちに手をひかれ、もう一方の手でポケットの中のサックをさぐりながら、身体をかがめて狭い門口をくぐって行った。

「俺はやりきれん」だしぬけにリルルーが言った。

「何故だ?」ヴェルトネルがたずねた。「ナポリ女は戦争がなくても、いつだって淫売だよ。ナポリの女は、山羊とだってあれをやるほど助平なんだ。知り合いの海員がそう言ってたぜ」

「そうじゃないんだ」ローノアが言った。「船の上じゃ俺たちはアメリカの兄弟と手を握りあえる。連中は若々しくて栄養がよくて清潔で友好的だ。しかし、ここじゃもうだめだ」

「寝言でも言ってるのか?」

「ここじゃだめだってんだ。この娼婦たちや客引きの子は、俺たちと同じ種族なんだぜ。みろ、あの娘を……」

　ひとりの非常に美しくて上品な娘が、ボロをまとって通りすぎた。おそらく、今しがた黒人に獣のような汚され方をしたばかりだろう。彼女の顔は完全な卵形でくすんだ肌色をし、豊かな胸乳が安物の赤い胴着をふくらませていた。

「あの娘は何千人のアメリカ人と寝ても、自分の誇りは守り通せる。しかし、俺たちフランス人相手じゃそれができない。俺たちはG・Iみたいに平然たる気持ちで、小馬鹿にしながら女の子を追っかけて寝ることはできないんだ」

「馬鹿なことを言うな。じゃあ、俺があの娘を誘ってみせようか?」

「フランスにも、餓えのために身体を売っている娘たちがいるんだぞ」

　一同は、急に気まずさを感じた。背中に匕首《あいくち》を突き刺すようなイタリアのやり口やフランスの街道で非戦闘員が爆撃されたことなどを思い出して元気を出そうとしたが、どうしても、この急に襲ってきた罪の意識からは脱け出せなかった。

　この蠅や汚物でいっぱいの街路で話されている言葉にはフランス語と同じひびきがあり、老人はフランスの老人と同じ顔つきを、子供たちはフランスの子供と同じ眼をしていた。彼らは、もはや勝利者ではなかったのだ。彼らは外国の軍隊にまぎれこんで、ラテン種族の国へ戻ってきているのだ。彼らはアグロポリスに戻ってきて、砂浜や浜に引き揚げられた漁船や演習用のゴムボートをみた時、やっと落ち着くことができた。

　特攻隊は上陸作戦演習の仕上げに、地中海でまだドイツ軍の手中にあったイタリア領の島々の攻略に手を貸すことになった。L・C・I（原註　歩兵揚陸艇。およそ百人の兵士を輸送できる）が目的の島から二、三キロのところまで彼らを運んだ。彼らは真夜中にゴムボートに乗りこみ、櫂で漕いで砂浜に近よった。時には笑い声を抑えきれないこともあった。

　特攻隊はドイツ軍屯所を奇襲し、レーダー装置や防塞を爆破し、捕虜をつかまえた。それから彼らはドイツ兵の捕虜に櫂を漕がせて、歌をうたいながらL・C・Iの舷側へ戻っていった。

　アグロポリスへ帰ってくると、ひとりの将軍が彼らを査閲して軍功章を授与した。時には、作戦が失敗して十五人一組の戦友が帰還しないこともあった。彼らは一日じゅう悲しみにくれた。戦友たちの顔や声が恋しかった。ヴェルディエとかデュリエとか未帰還の戦友の名をあやうく叫びそうになって、やっと我慢した。それから、行方不明になった連中は特攻隊以上に呑気な友情にあふれたほかの軍隊に編入されたのだというふうに考えて、あきらめたふりを装った。

　特攻隊員は捕虜をどう扱ったらいいかわからないまま手元にとどめておいたので、捕虜とも仲良くなった。彼らは、何の憎悪もなく、生きることにも死ぬことにも幸福を感じ、自分たちの若さに酔っていたのだ。彼らは、捕虜を特攻隊に編入して戦友に変えてしまったほどだった。これらの捕虜のうち、ひとりとして彼らを裏切った者はなかった。

　ある朝、ヴェルトネルは急に何かが頭にひらめいてこう言った。

「俺たちみたいなのが本物の傭兵なんだ」

「こんな給料でかい?」一文なしになっていたルビュファルが反問した。

「わからない奴だな……俺たちは、いわゆる傭兵として金のために闘かうわけじゃない。俺たちのような若者、俺たちに似ていて俺たちを待っている仲間に再会しに、フランスへ行くんだ。職業軍人というのは、何でも古いもの老いたもののために闘かう連中だ。古い理念、時代遅れの軍律、老いぼれ政治屋どもなんかのためにな……」

八月十二日、特攻隊は英国軍艦に乗船し、十四日の午後六時、南仏プロヴァンスの海岸にのぞんだ。けわしい岸を泡立つ浪がふちどっていた。

全員が武装して、L・C・A（原註　強襲揚陸艇。三十五人の兵士を輸送できる平底の小型船）に移乗するため甲板に出ていた。

「どんな感じだい？」リルルーはルビュファルにきいた。

「何ともいえない。これからフランス人に再会するんだが、皆どんなふうになってるかな？」

「三万のF・F・I（フランス国内抵抗義勇軍）がプロヴァンスの山の中で俺たちを待ってるよ」とローノアが言った。

カーキ色のシャツの上に十字架をかけた従軍司祭がステッキをついてあらわれ、彼らのほうにやってきた。この若者たちは彼にとって一種の誘惑であり、この誘惑には負けてしまうのだ。司祭はイエズス会に属していたが、もう自分の修道院には戻れそうもないとさとっていた。彼は、もうこの青年たちを神とか正義とかに奉仕させようという考えにはなれなかった。司祭は彼らに神を語る気もせず、ミサにひっぱり出そうともしなかった。ただ彼らのそばにいられるだけで、満足だったのだ。

「どうだい、坊さん」リルルーが言った。「いよいよご帰還だぜ」

「祖国の門は固く守られているだろうよ」

「F・F・Iがドイツ野郎の背後をつくことになってる」ローノアが言った。「フランスの若者たちは、苦しんだり不幸だったり抵抗したりしている。俺たちは、そっくりそのまま彼らにめぐり逢える。俺たちがフランスの指導者になり、権力を握り、フランスをすばらしい国につくり直すんだ。老いぼれや政治屋どもは追い出そう。全国民にひとりひとりきいてやるんだ。《戦争の間、君は何をしていた？》とね」

従軍司祭は首をふった。

「一九一四年の戦争から戻ってきた時は、私たちも同じようなことを言っていたよ。しかし、君たちも見たとおりのありさまでね……」

「一九一四年の戦争は、今度の戦争とはちがうよ。この戦争はゲリラ隊とか、志願兵とか、誰からも強制されないのに戦争を選んだ男たちの闘かいだ。俺たちの仲間でもたいていの奴は北アフリカへ渡ろうとして投獄された経験がある。F・F・Iは山の中で、餓えと寒さに苦しんでるんだ」

「年寄りどもは首をくくって街灯からぶら下げてやろうぜ」ヴェルトネルが言った。「女の子は抱いて寝てやるさ」

ヴェルトネルは、セックスとの関係で物を考えたり行動したりする傾向が強かった。

船の前部で、大佐がひとつの入江を指さした。

「あれが我々が上陸しなければならない場所だ……だが、あれこそ上陸すべきでない場所だ。あそこへ上陸なんて狂気の沙汰だ！　こういう砂浜には地雷がぎっしり埋めてあって重機関銃が警備している。我々は断崖のほうから襲撃しよう」

「しかし、大佐どの、命令はどうしますか？」副官のロパティーヌ少佐が注意した。

「命令なんぞかまうものか。伊達に年をとったんじゃない。命令は自分なりに解釈して実行するものだ。これからもこの原則で続ける」

大佐は甲板にあふれている黒いベレーをぐるりと見回した。彼には、これらの黒ベレーたちは派手にやることさえ許してやれば、フランスのためには生命も惜しまないことがわかっていた。

アグロポリスにいたころ、ふたりの特攻隊員が飲み屋の女中の愛を争って決闘することになった。彼らは互いに二十歩の距離をおいて脚を拡げて立ち、携帯機関銃を腰に当て、合い図とともに発砲した。結果は殺し合いに終わった。

大佐は、その女中に逢いに行った。それは汚ならしい女の子だった。ふたりの青年は、彼女のために闘かったとは思えない。なお調査してみると、彼らは酔ってさえいなかったことがわかった。特攻隊グループの狂気じみたヒロイズムの空気が、唯一の責任者だったのである。大佐自身が手をつくしてその雰囲気をかきたて、彼らが危険を愛好するように仕向けたのだ。それも、彼らが全連合軍に十時間も先立ってフランス沿岸に投入される今夜のあることを予見してのことだった。特攻隊員は予想できない状況で闘かったり生きたりすることに馴れているので、ドイツ軍戦線に混乱をひきおこし、彼らだけで一箇師団以上の働きをするだろう。

しかし大佐は、いずれはこの若者たちと別れなければならない日のくることも考えていた。彼らを軍にとどめておくことはできないだろう。彼らはあまりにも自由すぎて、全軍隊組織の否定そのものだった。友人以外から命令を受けても受け入れないほどに、殿様気取りだった。

午後十時、連合軍艦隊司令官の提督から、メッセージが到着した。

《間もなく諸君は祖国の海岸に上陸する最初の部隊となり、最初の解放者となる。諸君の上に神の加護のあらんことを》

各艦搭乗員は三度「フレー」を叫び、特攻隊員はそれに応えた。そして八百の黒ベレーは、L・C・IやL・C・Aやゴムボートに分乗して、冒険に乗り出していった。いくつかのゴムボートは、兵士がフランス沿岸上陸一番乗りを競って櫂を入れすぎたため、ひっくり返った。

その夜、特攻隊はおおいに派手にやってのけた。彼らはドイツの歩哨を刺し殺し、砲座を奪取し、要塞に梯子をかけて靴をぬいでよじ登り、ドイツの戦線深く侵入して行った。彼らには、ツーロン軍港司令官のドイツ海軍提督を捕虜にしてやろうという考えがあったからである。そして、もう少しでそれに成功するところだった。彼らはそれほど、のんしゃらんだったのである。彼らはほこりだらけで喉をかわかしながら、至るところをかけ回った。捕虜は山のようにできたが、どう処理していいかわからない上、捕虜の番など退屈だと思ったので、イタリアで捕虜にしたドイツ兵の古参捕虜に番をさせて、ひとつの広い競馬場へ押しこんでおいた。

特攻隊の損害は大きかったので、プロヴァンスで数日の休暇が許された。

グループで、《洗者聖ヨハネ》と仇名されていたローノアは戦死した。その死の状況は、いかにも彼らしかった。上陸に続く日の夜間、彼は小隊を率いてドイツ戦線の内部に入りこんでいたが、ある村の入口まで偵察隊を出せという命令を受けた。その村は、おそらく敵に占領されているはずだった。彼はひとりの捕虜をとらえていたが、その捕虜を捨てる気はしなかった。特攻隊の少尉仲間は、この捕虜が逃げ出して敵に密報を与えはしないかと恐れ、喉をえぐってしまおうと話をきめていた。

《洗者聖ヨハネ》は、戦争の法則、ジュネーヴ条約、神と教会の指示を尊重した。彼はその捕虜を連れて最後の偵察に出たが、捕虜の両手首を紐でしばって自分の革帯に結んでおいた。村の入口で、捕虜は脱走した。偵察隊は、たちまち四方八方から攻撃されて、潰滅した。翌日発見されたローノアの死骸には、まだ革帯にちぎれた紐が残っていた。

　三万のF・F・Iは、プロヴァンスの沿岸へ特攻隊を迎えにはこなかった。彼らはもっと高地のヴェルコールの山中とか、中央山塊にいるのだという話だった。それにしても、幻滅は幻滅だった。

　住民は住民で、黒ベレーがのさばりすぎると文句を言い出した。そこで、彼らはマルセーユに送られた。マルセーユならそれほど目立たないだろうという期待があったのだ。

　彼らがこの大きな港町へやってきたころにはもう百キロ四方にひとりのドイツ兵もいなくなっていたが、地下から出てきた抵抗運動者たちが武器庫のような格好で歩きまわっていた。

　リルルーとルビュファルは、ジュリアン・リュケルロルの大好きだった映画「霧の波止場」のリバイバル上映を見に行った。ふたりの移動武器庫みたいな青年がやってきて、少尉たちのそばに坐った。このふたりはそれぞれ、大尉と少佐の肩章をつけていた。そのひとりは十八ぐらいの若僧だったが、もっていたステンガンを下に落とした。この携帯機関銃には弾丸がこめてあったので、映画館の天井に向かって連射を浴びせる始末になった。すると彼は叫んだ。

「民兵の襲撃だぞ！」

　もうひとりのほとんど同年配の少年も拳銃をとり出したが、リルルーとルビュファルは彼らを武装解除して、大人になったらこの《大砲》を返してやると約束した。

　子供たちはわめきだした。

「お前たちのような正規軍の奴らは、みんなファシストだ！　いつかやっつけてやるからな、畜生め！」

　リルルーとルビュファルはその時、イシー＝レ＝ムーリノーのドイツ兵殺害事件やグリュンバールや彼の《希望》を思い出した。その結果が、これなのだ。玩具を取りあげられてカンカンになる質《たち》の悪い愚連隊の小僧ふたりである。グリュンバールは、愚かな死をとげた。ローノアも同じように、馬鹿げた死に方だった。しかし、ふたりは運が良かったのだ。彼らがこのありさまをみたら、どういう反応を示したろうか？　娼婦たちは、職業としてドイツ兵と寝たからといって頭を剃られ、ゲシュタポの手先だったやくざどもが、今では三色旗の腕章をひけらかしているのだ。

　特攻隊はマルセーユからヴォージュに送られたが、その前に、山からきたF・T・P（人民遊撃隊、共産党系）の分子によって補強された。このゲリラ隊員たちは、特攻隊員が夢見ていたとおりの連中だった。彼らと同じように若く、階級制を馬鹿にし、友情と空想という規律だけで連帯していた。

　特攻隊はコルニモンの近くの暗い森の中で敵に包囲された。彼らは泥と水の中で、彼ら以上にこういう歩兵戦闘に馴れている敵の部隊と闘かった。地雷による損失もはなはだしかった。戦争はもはや愉快な突撃ではなく、不吉なものになってきた。

　それから特攻隊はひとつの街を占領して、そのために大変当惑するという始末になった。それは、フランス東部の大きな主要都市のひとつだった。

　リルルー、ルビュファル、ヴェルトネルの属する第三特攻中隊は、ビュッソン＝ラフォレ大尉が指揮していた。大尉は上品で能弁な博学の人だが、居心地のいい暮らしを好み、なめくじのような怠け者で、ニースの市役所の古美術課につとめ、中国の明朝陶器の蒐集で有名だった。一発の流れ弾が、大尉を天国の趣味人士の仲間のほうへ送り出した。おかげで彼は無駄に駆けずりまわることもなく、病気でせっかくのロマンス・グレイの美貌を台なしにすることもなくて済んだ。

　彼の後任はエスコテギー海軍大尉だった。

　エスコテギーは、シェル石油勤務の地質学と地球物理学の専門家で、インドから帰国したところだった。彼はビルマで、日本軍の戦線の後方のチン及びナガ丘陵の未開地方に六カ月間とどまっていた。連れは、ひとりの赤髪のアイルランド人と一匹の斑《ぶち》犬だけだった。

　アイルランド人は蝶々をつかまえては、自分の帽子にピンでとめた。エスコテギーは、石をひろっては雑のうにしまった。

彼らはジャングルを四カ月歩き続けて、カルカッタに到着することができた。同地の英国軍司令官は、次のような報告をマウントバッテン卿（当時の東南アジア地域連合軍総司令官）に送った。

《英国ビルマ駐屯軍後衛部隊の最後の部隊がようやく我が戦線に帰投した。この部隊の成員は、狂人じみたフランス人一名、赤髪のアイルランド人一名、及び斑犬一匹である。彼らのもたらした情報は貴重なもので、それは日本軍占領地域における蝶々と小石についてであった》

エスコテギーは風土病の赤痢にかかっていて、治療のためスリナガルの病院で数カ月すごした。恢復後は英国軍の技術部に戻るはずだったが、まず休暇をとってベイルートへ行き、そこで英国軍を捨てて、フランス海軍に投じた。彼はかつて数年間、海軍の軍務に服したことがあったのだ。彼は補助巡洋艦に改造された古い商船に乗りこまされたが、マルセーユの停泊地で艦を捨てて、特攻隊の増援隊についてきたのである。

特攻隊の大佐は非常に当惑した。何といってもこの海軍将校は、続けて二度も脱走している。しかし、それは戦場に近づくためだった。大佐の義務は、彼を憲兵にひきわたすことだった。しかし、これほど小説的な人物を自分の率いる《サーカス》に入れてみたいという気持ちも非常に強かった。

「どうしてそれほど戦場へ出たいのかね？」と大佐はエスコテギーにきいた。

「大佐どの、特攻隊は非常な悪評です。私はそれが気に入りました。あなたの部隊は、半分は騎士半分は海賊みたいなところがあって、兵士は未知の冒険のために戦争をやっています。私のような無能軍人にはぴったりです。

次に――これはここだけの話として秘密を守っていただきたいのですが――私の身体はもうだめなんです。少なくとも私が退院する時、英国の医師はそう言いました。自分の巣にひきこもって水煮の野菜と煎じ薬だけをとっていれば、あと二十年は生きのびられるだろうということでした。さもなければ、二年の生命です。私は、後のほうを選びました」

大佐は、海軍大尉のやせこけた顔つきや土気色の皮膚に気がついた。

「我々のやる戦闘は、時には非常にきびしいものだ。君には耐えられまい」

「ジャングル戦は、もっときびしかったです。しかも、私はそのころもう病気でした」

「特攻隊司令部への参加を希望するかね？」

エスコテギーは静かに首を振った。

「じゃあ、君を試験的に臨時採用しよう。第三特攻中隊の指揮を任せる。これは、一番手のつけようのない部隊だ。副官に古参のマルスラン特務曹長をつけよう。隊では、この男だけが多少頭の正常な男でね。彼の言うことをきくんだな！　それからそのみっともない鉄かぶとをぬいで、黒ベレーにかえてくれたまえ」

中隊の新任指揮官は、歩兵戦闘については何ひとつ知らなかった。彼にとって歩兵戦闘とは、二課か三課ぐらいの学習で消化できるはずのいくつかの規則であった。

各小隊長と軍隊智の権化であるマルスラン特務曹長は、ビュッソン＝ラフォレ大尉の時代に、重要決定は《民主的討議集会《ソビエト》》方式できめることにしていた。彼らはエスコテギーが来てもこの方式を続けることにしたが、この海軍士官は会議に列席を要求した。これは、彼の前任者が考えもしなかったことだった。この会議で、エスコテギーが証明したのは、彼が非常に反対好きなこと、好んでキプリング（イギリスの作家、著書「ジャングル・ブック」）をそれも英語で引用するという傾向だった。あとのことは、彼は若い士官に任せておいた。若い士官たちは彼を《海軍》とよび、《おれ、あんた》で口をきき、戦友のひとりとみなすに至った。

ある夜、特攻隊は森林の中にある古い城の占領を命じられた。この地方のゲリラのひとりのもってきた情報では、最近ドイツ軍は古城に榴弾砲をすえつけたということだった。特攻隊は中世の野武士のように梯子をかついで、森の中に侵入した。明け方、彼らは城壁に梯子をかけてよじ登り、城を占領したが、ドイツ兵は守っていなかった。城の中庭の敷石のすき間には草がのび、出丸の下にはうさぎがとびまわっていた。大佐は、型どおりの突撃と一連の迅速で兇暴な戦闘を期待していた。それこそ、まさに彼のつくり上げた特攻隊という戦争手段の有効さの証明になるからである。彼はこの結果にがっかりして、第三中隊に、一箇小隊を偵察に出してこの慎重な敵軍が何をやっているのか調べてこいという命令を出した。四人の少尉はくじを引いて、リルルーがくじに当った。《海軍》は彼に言った。

「爺さんは、状況をはっきり知りたいんだ。ひとりのドイツ野郎にも逢えなかったんで、気を悪くしてる。爺さんを喜ばしてやれよ。少なくとも二、三人の捕虜を連れて帰ってくるんだ」

「どの方向へ行けばいいかな？」

「好きな方角さ。理論上は、俺たちは包囲されてるんだ。二時間後に帰ってきてくれ。それまで、野戦糧食をあけないで待ってるよ」

《民主的討議集会《ソビエト》》は、この何ひとつ具体的内容のない指令を認めた。マルスランは、リルルーにこう言うにとどめた。

「東へ行くんだ、若いの。東がドイツの方角さ」

　これまでのところ、リルルー少尉は上官からも戦友からも、勇敢な良い青年で使える男だが、強い個性と積極的な自主性が足りないと言われていた。

「実行者としては優秀だ」と大佐は彼のことを言っていた。「指導者の器ではないね」

　リルルー小隊の兵士たちはこの陰気な古城から出られるのが嬉しくて、自発的に集合していた。上陸の時、彼らは第三波に属しただけだったが、それ以来、今度は自分たちがまっ先にある村落に達してそれを解放することを夢見ていた。それもだんだん謙虚になって、大きな村は望まないが、数軒の農家と国旗をかかげた役場があればいいということになっていた。ただ、戦死者記念碑がなくては困る。その前を、三列縦隊で分列行進したいからだ。

　リルルーの副官、ジュヌヴリエ曹長は特攻兵を代表して隊長にこう言った。

「いいかい、少尉どの。今度って今度は、ひとつ物にしようぜ。そして、こんな森にゃおさらばだ。まだ村を解放したことのないのは、うちの隊だけだ。あんただって、野戦糧食を食ったり天幕布を頭にかぶって地面に寝たりするのはうんざりだろ？　ほかほかの布団で寝てみてえ！　バネのきいたベッドでよ！」

　ジュヌヴリエは二十四歳の若さでキリストのようなブロンドの顎ひげをのばし、まだ少年期を脱していないらしい小隊長に対しては一族の長老という役をつとめるのを好んだ。

　日が暮れるころ、偵察隊は森の出口のほうへ抜けている小道を出発した。

「地雷に気をつけろよ」《海軍》は彼らに叫んだ。

有能なマルスランは舌打ちしてから言った。

「地雷なんかありませんよ、大尉どの。ドイツ野郎が自分の戦線の内側にまで地雷を敷設するわけがないじゃありませんか。あいつらはまじめで優秀な軍人ですよ」

兵士の列は、道に沿ってのびていた。リルルーは通信兵のそばにいたが、無線機は敵に衝突した時だけ使うことになっていた。ジュヌヴリエは、尖兵とともに先頭を歩いていた。リルルーは不満だった。《こんな偵察隊なんか》と彼は考えていた。《面白くも何ともありゃしない。どこでも俺が行ってみると何もおこらないんだ。フォーガと一緒にゲリラ隊に入っていたほうがよかったかもしれない。そういえば、フォーガはどうしているのかな?》

一時間の行軍後、おだやかな斜面をくだっていた小道は広がって急造道路になった。

「この調子じゃ、間もなく車の通る舗装した国道へ出るぜ」とひとりの兵士が言った。

ジュヌヴリエは、尖兵を停止させてリルルーのほうへ戻ってきた。

「木がまばらになってきたぜ」彼は言った。「無線でちょっときいてみちゃどうだい?」

しかし、古城はもう無線機の交信範囲外になっていた。

「じゃあ、どうする?」曹長はきいた。「もう、少なくとも四キロはてくったぜ。ここらでUターンしなくちゃいけねえ」

「このまま行くんだ」とリルルーは言った。

「村がみつかるまでな。布団の中で寝たいと言ったのはお前じゃないか? ここへ残れ。俺が先頭を行く」

行軍は続いて、彼らは森を出た。リルルーは、前かがみの姿勢で携帯機関銃の吊革をゆるめて、大股に前進し続けた。

彼の後ろで、マッソン伍長が激しく不平をこぼしていた。

「いったい、少尉はどうしたってんだい? 今までは一番おとなしい隊長だったのによ。もうまともじゃねえな。ドイツ陸軍なんかいなくなっちまって、夜のうちにライン河を渡って行ったとでも思ってるんだろうぜ」

リルルーは多くの作戦行動に参加はしてきたが、いつもひとりではなく上級将校の指揮下だった。今からまだ数時間のあいだは、彼が主人公だった。三十人の部下を率いて何か事をおこさなくてはならない。一晩じゅう空っぽの森の中をうろついたあげく、手ぶらでは戻れない。

急造道路は、次第にしっかりした道路になっていった。道の片側は山で、もういっぽうの側は石の塀だった。

「どうします、少尉どの」尖兵のひとりがきいた。

「前進だ」

「皆やられちまいますぜ」

「ボスはどっちだ。俺か、お前か？　今夜何かやらかしたいんだ」

「やれやれ、死後叙勲か……」

それから一軒の家があったが、無人だった。その家から向こうは舗装道路だった。ひとりの兵士が道端の土堤にとびあがってひとつの標柱のそばへよじ登り、懐中電灯で照らしてみた。それから彼はリルルーのほうへかけ戻ってきたが、つまずかんばかりの勢いだった。

「少尉どの、少尉どの……ここはMです……一番乗りです……それにMは……大きな街で沢山の家も教会も大寺院もありますぜ！」

「馬鹿をいうな！」

「じゃあ、自分で見てごらんなさい！」

「やれやれ！」ジュヌヴリエは言った。「状況はうまくないぞ！　いくら何でも、Mほどの街を三十人で攻撃はできない、少なくともドイツ軍三箇師団が守ってるはずだ。どうしてこんなところへ来ちまったんだろう」

兵士たちは、溝の中に伏せて自動火器をすえつけた。彼らは、低い声で熱心に議論しあっていた。軍曹たちとジュヌヴリエとリルルーは、道路標識のまわりに集まった。

「問題は簡単だと思う」リルルーは言った。「我々はMに一番乗りをしかけている。戻って、ここまで来たということを話してきかせたところで、誰も信用はせんだろう。だから、ここで頑張るんだ」

ジュヌヴリエは肩をすくめた。

「特攻兵たちは皆、この街をとる、そのためならくたばってもいいと言ってますよ。あの野心家どもは、この街は自分たちのものだと言いはってます。つまり住民四万二千五百プラス三万か四万ぐらいのドイツ野郎が、三十人のギャングに降参すると言ってるんだ」

「四万二千五百人……それっくらいいか？　少なくとも六万はいたような気がするぜ」とひとりの軍曹が言い出した。

「そらきた！　まただらだら議論の始まりか！」

リルルーの声は、急に今までにない権威をおびてきた。

「我々は、これから二、三軒の家へ位置を定めてから大隊に報告し、本隊の到着まで現在地を死守する。ジュヌヴリエ、伝令を出してくれ。伝言はこうだ。《我らはM市にあり……諸君を待つ》。午前三時だな……ついでに第三中隊にもこう言ってくれ。《Mの飲み屋は七時に開店する》とな」

特攻隊員は二、三人ずつの組に分かれて壁から壁へと躍進しながら、Mの郊外を前進した。彼らは、一軒の大きな四辺形の農家にやってきた。まん中に中庭があって、農業機械がいっぱい置いてあった。

「ここで停止だ」とリルルーは言った。

「中で寝ている百姓どもを起こしたほうがいいんじゃないか？」ジュヌヴリエが提案した。

「ドイツ野郎がいたらどうする？」

「任せといてくれ」

「音をたてちゃいけないぞ、いいな！」

リルルーは、幸福のあまり喉が詰まっていた。彼は、二十四歳だった。そして今、ひとつの街を占領したのだ。

曹長は主人たちの住居の入口らしいと思われる戸を静かに叩いたが、答がなかった。彼は、戸を拳固で打ったり蹴とばしたりした。眠そうな声がきこえた。

「何ごとだね、ジュリー。また、忌々しいドイツ野郎か？」

「このへんにはドイツ人はいませんよ……ずっと向こうのほうよ……寝かせてちょうだいよ」

ジュヌヴリエは、さらに強く叩いた。そして男が出てきて戸をあけた時、こう言った。

「ごらんのとおり、フランス兵だ！」

そして、その男の腕にとびこんだ。

「夢のようだ！」男は言った。「多勢かね？」

「三十人だ」

「何だって？」

「後から味方がくる」

「早く中に入って！　このへんはドイツ人だらけだ」

ジュヌヴリエは合い図の口笛をふき、リルルーがかけつけてきた。老人はランプに火をつけた。彼らはようやく老人の格好をみることができた。彼は室内靴をつっかけ、脇に線の入ったズボンをはき、ダブダブの寝衣は腰のあたりまでまくれあがっていた。太い口ひげは、感動にふるえていた。老百姓はリルルーたちに抱きついて、これが本当か、この男たちが現実の人間かを確かめようとするかのように激しく抱きしめた。彼は女房を起こした。

「ジュリー！　味方だ！　本当だとも……フランス兵だ……」

彼は火酒の瓶と小さなグラスをもってきた。

「女中を起こして、兵隊さんたちに火酒を持っていかせろ」

「よくわかってほしいんだが」リルルーは言った。

「我々はお宅とお宅の納屋や物置に陣取ります……多分、多少の損害が出ると思いますよ」

「何とかなりますよ」

老人は、ドイツ軍の守っている地点についてできる限りの情報を提供した。ジュリーも起きあがって、コーヒーをわかしていた。

兵士たちは納屋や家の中に広がって、武器をすえつけたり、手榴弾を調べたりした。女中が大きな瓶から火酒を注いでまわった。彼らはスカートの下へ手を入れて、彼女の脚を愛撫しようとした。

リルルーは、卓の上に地図を拡げた。それは、百姓から借りたミシュラン版の国道図だった。

「ここにあの古城があって……下り坂の小道があり……Mの入口になる……七キロ以上歩いたんだな。ジュヌヴリエ、大佐のところへ送った兵隊は四時には向こうへ着く。もし、万事順調にいけば、本隊は、六時には我々と合流する。部下に静かにするように、よく言ったろうな？　ドイツ野郎が俺たちに気づくのは、遅ければ遅いほどいい。俺は、この部屋に陣取る。お前は、納屋のグループと一緒に街道を見張ってくれ。鳩小屋にひとりやって、無線機をすえさせてくれ」

リルルーはコーヒーを飲み干して、煙草を吸った。煙草は、今貰ったゴーロアーズだった。彼はひとりだった。彼の命令で、農家の主と女房は地下の酒倉へ下りていた。女中が入ってきた。彼女は、手に酒びんとグラスの入った籠を下げていた。女中は、彼に近づいてきた。

「将校さん、一杯飲みませんか？」

彼女は二十歳ぐらいで感じがよく、胸は豊かで粗い毛糸と凝乳と切ったまぐさの匂いがした。彼は彼女の腰を抱いた。彼女は振りほどこうとしたが、本気ではなく、接吻されるに任せた。彼は女中の胴着を開いて、温かくやわらかな胸乳を愛撫した。それから女を卓の上に押し倒した。その時、彼は事の成就したことをさとったのである。彼は我が手で街を征服したのだ。

それから彼は部下を見回りに表へ出た。ジュヌヴリエは納屋の屋根にすえた軽機関銃のそばに伏せて、双眼鏡で闇の中をさぐろうとしていた。リルルーは彼のそばへ這い登った。

「こりゃ危ないぜ、このお遊びは」下士官は言った。「仲間がちょうどいい時にきてくれなかったら、俺たちは皆お陀仏だ」

「この家の爺さんは俺たちに接吻した……それだけでも値打はある。俺たちは村が欲しかった。今、手に入れかけてるのは大きな街だ……しかも、俺たちは皆、二十歳なんだぜ」

リルルーの送った兵士は、何の支障もなく伝言をもって古城に戻った。彼は逢う人ごとにこう言った。

「我らはM市にあり。諸君を待つ……だぞ」

大佐はこの驚ろくべき知らせをきいて、すさまじい勢いでわめきたてた。

「あのいかれぽんちに、そこまでやれとは言わなかったぞ！」

彼はロパティーヌ少佐に報告をつきつけた。

「まあ読んでみろ」

「《我らはM市にあり。諸君を待つ》

これっきりだ。奴は三十人の半狂人を連れて自分ひとりでM市を乗っ取ろうってんだ！　なんて野郎だ！　一週間の営倉と、レジオン・ドヌール勲章に価するぞ！　進発命令。第三特攻中隊より第二、第一中隊の順！」

「第三特攻中隊はもう進発しました。大佐どの」ロパティーヌが言った。「エスコテギー海軍大尉は、このM市占領は自分の個人的な問題であり、七時にリルルー少尉と逢う約束だと称して出かけてしまったので」

半時間後、古城にはひとりの兵も残っていなかった。全特攻隊がM市へ向かって進撃していた。大佐は師団宛てに連絡書を送った。

「我が傘下の一部隊M市で激戦を展開中。本官は直ちに救援に向かう」

　彼はその返事も待たなかったのである。


　夜が明けて、ラッパの音がきこえてきた。

「いよいよダンスが始まるぜ」とジュヌヴリエが言った。

　二十人ほどのドイツ軍輜重兵が、牛肉や豚肉のかたまりをかついで喋りながら納屋のわきを通りかかった。

「糞！」ジュヌヴリエは言った。

　彼は、ちょっと動作を誤って携帯機関銃の引金をひいてしまった。弾丸は、屋根のトタンをすべった。

「敵にとびかかれ！」リルルーは叫んだ。

　十人ほどの兵士がとび出し、田舎者で年とった輜重兵たちと安肉の荷物を押しつぶした。携帯機関銃が二、三度速射された。ひとりのドイツ兵が逃げ出して、警報を発することができた。

　それから、またあたりは静まりかえった。

　数分後、ぼんやりした朝の光の中を、いくつかの影が壁に沿って走りはじめた。ドイツ兵は、特攻隊を包囲しつつあった。三門の迫撃砲と一門の擲弾筒が、農家に向かって照準した。

　一発の迫撃砲弾が中庭に落下して、ひとりの兵士を倒した。尾をふりながらその兵士の後ろをついて歩いていた犬は、かすり傷ひとつ負わなかった。もう一発が納屋の屋根を吹き飛ばし、ジュヌヴリエは脚と腕に負傷した。

　リルルーが彼を看護して傷口に繃帯を巻いている間、下士官は文句を言い続けた。

「だから言ったじゃねえか。あんたの街のおかげでひでえ目に遭うってさ！」

「いいか、ジュヌヴリエ、お前は台所へ退避してろ。あの女中に看護させるからな」

　一箇中隊のドイツ兵が、フランス兵を攻撃してきた。しかし、特攻隊員は壁の上からドイツ兵に手榴弾の雨をふらせた。彼らは窓の後ろに身をかくして、動いてはっきりしない標的を狙い撃った。

　一群のドイツ兵が正面の門をのりこえて、中庭へ入った。リルルーは、三、四人の兵士を率いて迎えうった。彼はドイツ兵が自分の持ち物を奪おうとしているのだという怒りを感じて、憤然と彼らのうちのふたりをやっつけた。屋根の上の鳩小屋から、監視兵が叫んだ。

「特攻隊本隊到着！」

ドイツ軍は、攻撃を止めた。ヴェルトネルが、馳けてきてどなった。

「おーい、リルルーの大馬鹿野郎はどこだ？　お前ひとりでこの街をものにしようって気なのか？　俺たちをのけ者にしやがって！」

一連の混戦乱戦が続いて、特攻隊はM市の中心部まで入りこんだ。彼らは進撃したり、後退したり、また前進したりした。市民たちは、三色旗を出したりひっこめたりするのに忙しかった。

夜とともに、状況は劇的な様相を呈した。ドイツ軍は不意をうたれた不利から立ち直り、街の四つ五つの地区にフランス軍を追いつめ包囲していった。大佐は一軒の家の穴倉に退避して、各特攻隊との連絡をとろうとしていたが、たいていの場合返事するのはドイツ兵だった。

「もしもし……第三特攻中隊エスコテギー……どこにいる？」

粗野なドイツ訛りのフランス語が、返事をした。

「地獄《ずごく》にいるぞ、お前もじゅぐだ！」

大佐は、ようやくルビュファル少尉と連絡をとることができた。

「若いの、お前の小隊はおっぽり出せ。とにかく、お前が戦線を突破しなけりゃどうにもならん。古城の方向へ進んで我が軍の陣地まで戻り、第七軽騎兵連隊のヴェルジェ大佐に逢い、大至急来援しろと言え。ヴェルジェ大佐は、部下の《機動特攻隊》を使って我々を救援しろという命令を受けているんだ。いいか、我が隊はあと二、三時間で全滅だと言うんだぞ」

「僕はここへ残りたいです、大佐どの」

「味方を連れて戻ってくるんだ……ロパティーヌ、君はどこにいる？　えい畜生！」

細面のロパティーヌ少佐があらわれた。彼が口を開くと、鮫のように尖った歯がみえた。

「ルビュファルの持っていく命令書をつくれ。あちこちにベタベタ印を押して、うんと公式にみえるようにでっちあげる。ルビュファルは、軽騎兵を呼びに行くんだ。それから、サインしろ。君のサインのほうが俺のより利き目がある」

特攻隊では、ロパティーヌを《政治委員》とよんでいた。彼には、非常に強力なバックがあったのである。ロパティーヌは一時は最高政策に参画したことがあり、アメリカ軍にアフリカ上陸を余儀なくさせた張本人のひとりだった。しかし、彼は自分の政治仲間と反対に、ド・ゴールに味方した。彼はド・ゴールが、国家の運命がかかった時に発揮する偉大さ、非情さ、権謀術数に感嘆していたのだ。ロパティーヌは危険で冷静で無口な男で、顔つきは髑髏《どくろ》を思わせた。大佐は彼を好かなかったが、彼なしではすごせなかった。ロパティーヌは大佐の欠点を皆カバーしてくれたし、今では、特攻隊の中で秩序と規律の申し子になっているからだった。

ロパティーヌ少佐は、ルビュファルに命令書を渡しながらたずねた。

「君はリルルーと同じ中隊かね？　いつも一緒にいるじゃないか。私は、あのリルルーには興味を感じてきたよ。チャンスがきた時、大胆不敵になれるのはいいと思う。二十歳の若者が都市を奪って、それを守るために戦友が皆殺しになってもかまわんという覚悟を示すのも、非常に結構だと思うよ……あの若者には、冒険家の素質があるんじゃないかね？　今の今までは逆の印象しか受けなかったが。じゃあ、ルビュファル、幸運を祈る。戦車を連れてきてくれ。君の親友のおかげで我々はこのとおり、奇妙な冒険に巻きこまれたのだからね。M市に対する攻撃は、来週分の作戦計画だったんだ」

その宵の間じゅう、ルビュファルは冒険に向かって歩き続けた。彼は古城をとりまく森の中で、だしぬけにひとりのドイツ兵と鼻をつきあわせた。もう日が暮れて、しみ入るような霧雨が闇に溶けて、木々や藪の姿を変えていた。彼らは二メートルの間隔で、敵同士として互いの眼前にあらわれたのだ。しかし、ふたりとも、植えつけられた殺害本能も発揮できないほど疲れきっていた。

彼らは二分間、じっとにらみ合っていた。ドイツ兵の携帯機関銃は、胸の上に吊り下げられていた。ルビュファルは、ホルスターの覆いを外して拳銃が抜けるようにしてあった。しかし、ここでは、誰も彼らを見張っていて憎みあえと強制しているわけではなかった。彼らはふたりとも、ただ夜と雨の中をさまよっている哀れな奴にすぎなかった。

ふたりは互いに手で身ぶりを交わしあい、それだけでそれぞれの道をたどった。

ルビュファルは、真夜中にフランス軍の戦線に達した。彼は一台のジープに便乗して、軽騎兵大佐の連隊本部へ向かった。シャーマン戦車や装甲車が、一軒家の農家を囲んでいた。お上品で神経質で、片眼鏡をかけた大佐は、広間の大きなテーブルを前に坐っていた。彼のまわりにはゲートルを巻き、小脇にステッキをはさんだ少佐や大尉連が気取った喉声で喋っていた。ひとりの大尉が、報告をしているところだった。

「大佐どの、そのとおりであります。特攻隊は、もうM市内に侵入しております。特攻隊の一部分子は、市中央部のドイツ軍司令部を占拠しました」

大佐は平手で卓を叩いた。

「あの都市はわしに任せるという約束だったのだぞ」

「たかが、二、三組の酔払った不良青年が窓に弾丸を撃ちこんだぐらいでは、街が奪取されたことを意味するわけでは……」

「わしは、特攻隊を救援するため突出を試みろという命令を受けたところだ――そのうえ何と言ってきたと思う？　特攻隊を指揮している狂気じみた男の命令に従えというのだ！」

「明日の朝になれば、市内にはひとりの特攻隊もいなくなるでしょう。ドイツ軍の反撃は激烈です。我々としては待ってさえいればいいので……」

ルビュファルはテーブルの前に進み出て、かかとを打ち合わせて不動の姿勢をとった。彼は、泥まみれで雨でずぶ漏れだった。転んで額に負傷していたので、血も流していた。他の者は、それを弾丸が掠めた痕だと思ったらしかった。

「特攻隊第一集団、ヴァンサン・ルビュファル少尉であります」

今、報告していた大尉は急いで遠ざかって入口へ向かった。大佐は顔を伏せた。

「大佐どの、あなた宛ての命令書を持参いたしました。緊急命令であります」

彼は、ロパティーヌの署名した封緘命令書をさし出した。大佐は読みはじめた。それから顔をあげた。

「このロパティーヌというのは、アルジェーの駐在大臣をしたことがあるんじゃないか？」

「私は、我が隊の大佐づき副官としてしか存じておりません」

「しかし、君が今ここできいたことをロパティーヌ少佐に話すことにはまちがいあるまい」

「私は何より戦友が大切であります。大佐どの、大至急来ていただきたいと思います」

「我々は戦車を連れて突破できそうもない……あの泥はね……街道も遮断されているし」

「ドイツ軍は、ここから四キロの地点にある四つ辻に防塞をつくっただけであります……二、三輌のタイガー戦車と……二箇中隊ぐらいの兵力です……少なくとも、私の逢ったこの連隊の将校のひとりがそう申しました。しかし、今しがた大尉が言っていたように、明日の朝になれば、M市にはひとりの特攻隊もいなくなるにちがいありません……」

大佐は連絡状を読み返して、数分間ためらってから、電話機をつかんだ。

「第一及び第三戦車中隊を出せ……我が隊はM市に向かって進撃する……一時間後に進発。少尉、君は我々と同行してよろしい……もう一度、君の名前を……」

「ルビュファルです……」

「わしは同じ名の大佐を知っている。やはり騎兵だった……立派な戦死をとげたが……」

「私の父です」

大佐は立ちあがって、地図を畳みだした。

翌日の夕方、M市はフランス軍に占領された。酔っ払った特攻隊員が街路をねり歩いた。エスコテギーと四人の少尉たちは、二、三日前にはドイツ兵が住んでいた居酒屋に陣取った。娼婦兼用の給仕女たちは、彼らに対してサービスこれつとめた。彼女たちは彼らに店で最上等の酒を飲ませ、洗濯をしてやり、軍服にアイロンをかけ、ベッドの相手をつとめた。

三日ほどたつと、女たちはこの発作的愛国心のおかげで過去の汚点はすっかり拭い去られたと思い、ロレーヌ十字章（ド・ゴールの自由フランス軍の徽章で、反独抵抗の象徴だった）をつけ、ベッドのサービスには金をくれと要求しだした。しかしヴェルトネルが対独協力者として頭を剃るぞと言ったので、女たちは無料奉仕に戻ることにした。

司令官の将軍はリルルーを中尉に昇進させ、レジオン・ドヌール勲章を授けた。それでも、リルルーはがっかりしていた。もう街が自分のものでなくて、皆のものになってしまった上、特攻隊を追い出そうという話までおこっていたからである。しかし、彼は征服という美酒を味わったのであり、自分はこれからもたえずその味を求めていくだろうとさとっていた。

F・F・Iは正規軍より慎重で、もう万事終わるころになってボツボツ姿を見せはじめた。

このM市でリルルーは、三年来はじめて家族からの便りを受けとった。差出人は妹で、父は死に、農家と畠は売られ、自分は食うためにレ・フォンの主任司祭の伯父の家に住み込み女中として置いてもらっていると書いてあった。伯父は給料はくれなかったが、母親を無料で食わせてくれていた。

それからしばらくたって、特攻隊は、アルザス地方でロシア戦線から移されてきたS・Sの二箇大隊に狭み撃ちされ、戦車隊の砲火で損害を受け、編成以来はじめて退却のうき目をみた。彼らはそれを恥じて、翌朝には攻勢に転じた。

ゴムボートでライン河の渡河一番乗りをやったのはリルルーだった。今では、困難な任務、好運と冷静さを必要とする任務というとリルルーに与えられていた。

特攻隊集団は、なお山の中で抵抗しようとするS・Sの数箇部隊を迫撃して、《黒い森》に入った。

リルルーと彼の小隊は、ドイツの小さな村にやってきた。伝説によれば、そこはファウスト博士の生まれた村である。家は、ニス塗りの樅の板でできていた。虹鱒がいっぱいいる早瀬のそばには木苺でつくる火酒の蒸溜所が建っていて、森の下草の中を牝鹿と角のある牡鹿がさまよっていた。百姓たちは、相変わらず干し草を集めて働いていた。古い荷車の車輪のきしみと人々の声が、真昼の太陽の下で遠くきこえた。

リルルーは、この村に堅固な防備を築けという命令を受けた。隣接する森に、非常に強力な《ゲリラ部隊《ヴェアヴォルフ》》がいるという知らせがあったのである。しかし、ゲリラ部隊など存在せず、小隊は、この楽園で一週間すごすことができた。リルルーは森のふちにある別荘風の建物を徴発することにし、住人に二時間以内に立退くべしと通告し、それからぐでんぐでんに酔っ払って木苺の火酒を片手に完全装備のまま一番立派な部屋の寝台に転げこみ、ぐっすり眠った。M市以来、彼は非常に飲むようになっていた。

数時間後、中尉が目をさますと、口の中がねばねばして舌は古い革のようにざらざらした。彼は火酒の瓶を窓ごしに投げ捨てた。

「ひでえ安酒だ！」

「上等のアルコールですわ」すぐそばで女の声が言い返した。

彼は眼をこすって、ひとりの若い女がおとなしく膝に手を置いて枕元に坐っているのをみつけた。彼女は茶褐色のドレスを着て、革のベルトをしめていた。肌は金色で眼の色は明るく、髪は銀色に光っていた。

「靴をおぬぎになったらよろしいでしょうに」彼女は続けた。「拳銃と短剣もお外しになったらよかったのに。でも、あなたは勝利者ですから、それを証明するために私の両親を追い出しなさったのね」

「お嬢さん、申し訳ありませんが、水を一杯下さい……ありがとう！　どこでフランス語を習いました？」

「フリブール（スイスの都市）の大学です。それに、フランスへも何度も行きましたわ。私たちも、フランスを占領したことがありますからね」

「この部屋で何をしているんです？」

「ここは私の部屋ですわ。あなたの部下は村じゅうを掠奪しています。酔っ払って、家の中で娘たちを追いまわしています。私は、それを逃れるためここにかくれていたのですわ」

リルルーは、ドイツ娘をベッドに押し倒した。彼女はされるに任せた。

「そうくるだろうと思っていたわ、中尉。あなたの部下の下士官が、あなたが一番質《たち》が悪いと言っているのをききました。でも私は、同じギャングなら首領のほうが良いと思ったのです。だって、そうなったら……この家にとどまるのを許されるでしょうからね」

彼女は唇を噛み、顔をひきつらせていた。

リルルーは、娘をそのままにして立ちあがった。

「あなたの両親に、ここに残っていいと言って下さい。僕は、このゴタゴタを少しおさめてきますから」

彼はジープにとび乗って出かけ、最近退院して復隊したジュヌヴリエの指導する仮装行列に出くわした。十五人ほどの兵士が村役場でみつけたヒットラー式の服で変装し、唖然とした住民の面前で、みっともない格好のまま千鳥足でドイツ軍式の行進を真似ようとしていた。

腹をたてたリルルーは、二、三人に拳固や足蹴を見舞って、ジュヌヴリエを《下劣な青二歳の畜生》扱いにした。

「もし、《ゲリラ部隊《ヴェアヴォルフ》》がきたらどうする気だ、おい？」

ジュヌヴリエは、ねばっこい口調で答えた。

「《狼男《ヴェアヴォルフ》》なんているものかよ。ほら話にきまってらあ。お前さんは、自分の街を手に入れたかもしれねえ……俺はまだだぜ。だから、この村は俺のものだ……お前さんが何と言おうと糞くらえだ」

リルルーは拳固でジュヌヴリエをなぐり倒し、地面に転がすと、顔に何度も足蹴をくらわせた。

「よくきけよ、ジュヌヴリエ、もう仲間扱いはおしまいだぞ。俺は、お前の上官の中尉だ。明日の朝、酔いがさめたら、謝罪に出頭しろ。今夜の十時に、巡察に行く。ひとりの兵士も表へ出ていてはならん。歩哨だけだ。歩哨は、四つ辻ごとに立てろ。さあ、行って顔を洗って服装を直してこい」

「はい、中尉どの」

リルルーは、早瀬の凍るような水をひいたプールに、水浴びに行った。それから別荘風住宅へ戻り、ひげを剃り、新しい軍服に着替えて、野戦糧食でひとり食事をした。

彼は、十時に巡察に出かけた。すっかり静かで、歩哨は定位置に立っていた。戻ってくると、彼の部屋のベッドにあのドイツ娘が寝ていた。

「そんな義務はないんですよ」と彼は言った。裸の若々しい腕が、彼を包んだ。

「私は今夜、自分の好きな人と寝るのだわ。その人は名前も階級も国もないの。私はリザという名、あなたは？」

「ピエル」

その夜、リルルーは非常に幸福だった。自分を補い完全にしてくれる女をみつけた男の幸福だった。

翌朝、リザはコーヒーをもってきて彼を起こした。

「家にはコーヒーがないの。だからあなたの糧食から出しておいたわ。下士官が下で待っているわよ」

「待たせておこう」

彼女は彼のそばにうずくまって、眉毛を愛撫してから接吻した。彼は、彼女を押し倒した。コーヒー茶碗は落ちて床に砕けた。彼は彼女の服をはぎとろうとして、ボタンをふたつとばした。それから、彼女の若々しいなめらかな肌を感じた。肩や腕や脚は金色に日に焼けていたが、下腹や胸は牛乳のように白かった。

　彼が彼女を抱きしめた時、彼女はドイツ語を口にし、彼を《私の愛する征服者《マイン・リーベル・カルル》》と呼んだ。

　彼は後で、彼女にきいてみた。

「同じ家に君の両親がいるんじゃ、少し具合が悪くはないか？」

「私の両親に糧食をひと包みと、煙草を二、三箱やってごらんなさい。あなたが頼んだら、他の娘でも世話してくれかねないわ。《かしこまりました、中尉どの《ヤー・ヴォール・ヘル・ロイテナント》》。父は大佐だったんだけど、今じゃあなたのような青二歳の前で不動の姿勢をとるでしょうよ」

「君は自分の親を憎んでいるのかい？」

「私は、古いもの、年とったものは何でも憎むわ。老人は、敗者にも勝者にもなれないのよ。ただこまごまとした欲望があるだけだわ。あなたは私の征服者よ、私の祖国よ。あなたは若いんですもの。あんな老人の両親なんて私には何の値打もないわ」

「ドイツ国家社会主義《ナティオナーレ・ゾツィアリスムス》の結果か……」

「私は、政治のことなんか何もわからないわ」リザは言った。彼女の唇と小鼻は、ふるえていた。「でも私はナチだったわ。だって、ナチには若さと力があったからよ」

　その時リルルーは、アムポスタ渡河作戦ではしけに乗る少し前に、ウルリッヒが彼に言ったことを思い出した。《俺は、人間を守っている人たちの側に移ったんだよ。つまり、弱い奴ら、ユダヤ人、黒ん坊の側についたんだ……》。彼は、リザが嫌いになりはじめた。しかし彼女は、庭の光の中で力と若さに充ちて実に美しかった。彼女は力と若さの奴隷になっているのだ！　彼は、彼女に激しい欲望をおぼえながらも、物思いに沈んでいった。

　間もなく、捕虜の本国送還が問題になった。リルルーは一連の複雑な指令を受けとった。さまざまなリストをつくったり、書類を作成したり、全捕虜を訊問したりした上で、彼らを編成収容所に送らなければならなかった。彼らは編成収容所から他の収容所へ送り出され、今度は輸送手段が確保され次第、フランスへ向かって送られることになっていた。

　特攻隊所属のトラックが三台、空のままこの小さな町に来て休止した。トラックは、物資補給にフランスへ向かう途中だった。リルルーは、四十人の捕虜を集めた。

皆肥って栄養の良い男たちだった。

「諸君にはまっすぐ家へ帰る権利がある。このトラックはストラスブールへ行く。これに乗りたまえ。証明書類については各自で何とかしたまえ」

ひとりの捕虜が、百姓独特のゆったりした重い歩調で中尉のほうに進み出た。依怙地な様子で疑り深い眼つきだった。

「で、おらの牛はどうなるだ？」

「牛だって？」

「そうでがす。ほっとくことはできねえんだ。二年もあずかった牛だ、一緒にトラックにのせてもらうだ。三匹しかいねえでな」

「あの牛は農場主のものだろう？」

「主人は死んだがな。それに女房が……」

四十人の捕虜の中でトラックで出かけたのは、二十五人だけだった。

リルルーがコンスタンス湖のほとりにいる特攻隊の本隊へ戻れという命令を受けた時、リザは彼についてきた。彼はリザを婦人補助部隊員に変装させて、カーキ色の服と制帽とジャンパーを着せて、ジープにのせて連れて行った。若くて勝利者であるものなら、何でも彼女の祖国ではないか？

## 大尉たちの時代——戦後の挫折

第四歩兵連隊は一箇大隊の増援を得て、ようやく《天道《スカイ・ウエイ》》に陣取ることができた。しかし、《白い丘《ホワイト・ヒルス》》に進出しようとする試みは、すべて挫折した。

連隊の兵士は交代を待ちながら、中国兵の放棄した塹壕の中にもぐりこんでいた。連隊の損害は死者二百、負傷者六百に達していた。

今度は、第七連隊が《禿山《ボールド・ヒル》》を占領する番だった。その後、今まで戦闘に参加していない第六連隊の二箇大隊とフランス大隊とが《白い丘《ホワイト・ヒルス》》を攻撃することになっていた。

戦場は西方に移った。フランス大隊はひと息ついた。中国軍の迫撃砲は、明け方と日の暮れに散発的に大隊の陣地へ弾丸を落とすだけになった。

繃帯所が暇になったマルタン・ジャネは、大部分の時間を第四中隊ですごした。ルビュファルはぐらぐらのテーブルとふたつのベンチをこしらえさせ、その上に丸太の屋根をつくらせた。

医者はすっかり腰をすえて、腹をつき出してビールをちびりちびりやりながら、安息の溜息をついて自分の思い出を呼びおこすのだった。

「僕は何ごとにも無精な質《たち》でね」彼は言った。「習慣にしがみつくほうだ。パリでは、いつも同じバーしか行かなかった。バーの正面は、ルネッサンス風といえばいえる程度のつくりで、ピエル・シャロン街に面していた。戦争中は、あのバーは闇市の取引所同然だった。闇屋たちは毛皮裏のジャンパーを着て、乗馬ズボンと飛行士の半長靴をはいていた。この服装に何枚かの抵抗運動参加証と対独協力の身分証があれば、装備は完全だった。それから、中尉や大尉の時代がやってきた。彼らは除隊になったばかりで、R・A・F（英国空軍）の飛行士のように濃い口ひげを生やしていた。勲章も服装もすべてエレガントでつつしみ深かった。新型の伊達男《ダンディ》で、非常に計算した上での呑気そうな態度で娘たちに近づき、英語まじりに戦争の話をした。航空兵も特攻隊員《コマンド》も落下傘兵もいたが、世界は自分のもので、貿易会館も自分たちがつくったようなものだと思いこんでいた。

数カ月すると、大尉たちはもう金がなくなってきた。何人かの者は、一旗あげるつもりでアメリカへ出かけた。他の者は身を固めたり、あきらめたりした。しかしたいていの者は軍に戻ってヴェトナムへ行き、ルクレルク将軍の下でまた軍務につくことにした。

僕は、勲章や若さを誇りながら湯水のように金をつかっている時の大尉たちが好きだった。彼らがポケットに手をつっこんで巻いた札をとり出し、無雑作にその中の何枚かをはぎとる様子が好きだった。彼らはこう言っていたよ。

《金なんて実体はないのさ。金なんかどうでもいい。僕らは若いんだぜ、お医者さん。戦争から帰還してきたんだ》

そのうちに、彼らはわざと軽薄な態度で恥をしのびながら、金を借りはじめるようになった。

《お医者さん、五枚ほどもってないか？……今、気がついたんだが、紙入れを忘れてきちゃった。すぐあんたの診察室へよって返すからね……》

僕は、当人以上に気づまりだった。大尉たちはいなくなって、また《闇屋》が戻ってきた。今度は闇屋たちは、大尉たちのような服装をして、大尉たちの態度を猿まねしていたっけ……」

レクストンは星条旗紙《スターズ・アンド・ストライプス》（原註　アメリカ軍の日刊新聞）のクロスワード・パズルを完成しようとつとめていたが、どうしても一語わからないのがあった。彼は腹を立てて新聞をもみくちゃにし、フランス将校たちの話に仲間入りした。

「僕も、戦後うまくやれなかった口だ。ドイツにいた時、七枚もある兵役関係文書がきて、何だかよくわからないが召集解除になれる種類に属するということを知らせてきた。僕はジープにのせられてランスに連れていかれ、二週間も飛行機の席があくのを待たされた。二週間シャンペンにひたりきっていれば、一ドルも金がなくなるには充分だ。ランスはぜんぜん見物しなかったから、どんな様子の町かも知らない。ある朝、ニューヨークのラ・ガーディア飛行場で飛行機を降りた。書類にサインして数百ドルの除隊手当を貰い、町に出て行った。

合衆国では、男が社会的に停止して上昇する力をなくすのを好まない。戦争から復員した、それは結構、では自分の《仕事《ジョブ》》に戻るがいい。戦争の手柄話をしたくなったら、夜、在郷軍人会のクラブへ行けばいい。仲間がいるはずだ、というわけさ。在郷軍人は年に一、二回の大会で軍服をひけらかして、グラスを叩きこわして、居酒屋から立看板をかっぱらって大騒ぎすることを許されるからな。

僕は、上昇する力をなくした。祖国の生活のいくつかの方式が、ひどく気に障った。中でもあの人の良さ、誰でもかまわず仲良くなるという調子がいやだった。あれには、アメリカ人は誰もが立派な人物で善良な生活者だという前提があるんだ。そのくせ、いつも変わらぬ楽観主義のかげには、金をもうけたくてたまらないという執念がかくれている……僕は、暗くて気むずかしい男になっていった。

僕は戦前、ある大学に籍を置いていた。そこで在郷軍人として、外国留学給費を申請してパリへ行ったんだ」

「君はもう自分の国が愛せなくなったのかね」と軍医がきいた。

「いや、いつでもおおいに執着はあるよ。しかし、もう何とも我慢できなかったんだね。

そこで僕はパリ大学に登録したが、一度も通学はしなかった。フランスの歴史や文学や言語を学びたくはなかった。興味があったのはフランス人の生活なんだ。

僕はジャコブ街のバーの上に住むことにして、二年間暮らした。セーヌ河を渡るのは、大使館に給費をとりに行く時と非課税のウイスキーや巻煙草を買いにP・Xへ行く時だけだった。煙草は横流ししたが、ウイスキーは売らなかった。女の子は、次から次へと僕のベッドにやってきた。お転婆もおとなしいのもいたし、惚れてきた女も冷淡な女もいたが、皆、すぐに僕を離れていった。僕があんまり酒を飲みすぎると言うんだね。

僕の仲間はまあコスモポリタン風の連中で、毎晩集ったものだ。前衛派の詩人や画家、髪を長くしてひどく身体にぴったりしたまっ黒なスラックスをはいた娘たちだった。僕は、ゆっくりと泥酔と憂愁の中に沈んでいった。あれは悪いものじゃなかったね。

ある晩、僕は一軒のバーでぶっ倒れた。一週間というもの、酔っ払い続けだったんだ。皆が医者をよんでくれた。医者は二メートル近い洋服箪笥みたいなたくましい男で、僕を袋か何かのように肩にかついで部屋まで運んでくれ、一晩中看護してくれた。意識をとり戻した時、その医者は言った。

《君はもう少しで死ぬところだった。フランスへ来たのは、ただ酔っ払うためだけかね？》

そこで、僕は飲むのを止めた。もうその時期がきていた。僕は合衆国へ戻って、仕事をみつけて結婚した。万事うまくいっていた。ところが、このくだらん戦争のおかげで召集をくらったんだ……。

諸君にひとつ頼みがある。僕がやられたら、身分証明書や書類や紙入れは土に埋めてしまってくれたまえ」

「何故そんなことを？」とリルルーがたずねた。

「そうすりゃ、女房は半年はふつうの給料を貰えるからな——僕は行方不明に該当するからだよ。さもなければ、女房には、戦死者未亡人年金しかいかない。給料の半額しかないんだ。僕は自分の家をつくりはじめたところなんだ。僕がいなくなったからといって、家が崩壊するのはいやだよ」

「君はどうだ、リルルー」マルタン・ジャネがたずねた。「君の戦後はどうだったんだ？」

「君がピエル・シャロン街で見たという大尉たちに少し似ていたよ。ただ、その生活は二、三週しか続かなかった。だんだんつらくなってきてね。結局は、脱け出すことになった。ルビュファルが一緒だったんだ……」

リルルー大尉は、戦友の肩に手をかけた。

「ルビュファルが今ここへ来ているのも、あの戦後というものをどうしても振りきれなかったせいだともいえるんだ」

エスコテギー大尉とリルルー、ルビュファル、ヴェルトネルの三中尉は、一九四六年七月の同じ日に除隊した。彼らは一緒に南米へ行き、チリで農場《ハシエンダ》か工場でもやろうということにした。ルビュファルの伯父のひとりは、アントファガスタに住んでいて、大金持だという話だった。その上、彼は伯父の唯一の遺産相続人だった。そこで彼は伯父に手紙を書いて、皆に旅券査証をとれるようはからってほしいと頼んでおいた。

ルビュファルは、アンジュー河岸のアパートを売り払ったところだった。エスコテギーは、シェル石油から未払い分の給料を受けとっていた。ヴェルトネルは、ひとりの伯母がアルジェリアに残してくれた別荘を厄介払いしたところだった。

四人の戦友はこれらの金を合わせて、小さなバーやシャンゼリゼのキャバレーで豪遊した。女たちのあしらいはよかった。給仕長は、彼らが入ってくると最敬礼した。

彼らはどうせ近いうちに、チリ行きの査証を貰えるはずだった。フランスには、立派に別れの挨拶をしておかなくてはなるまい。

間もなく、チリ行きの旅費もなくなってしまった。しかし、ルビュファルの伯父さんは金持のはずではないか？

ヴァンサンはまた、伯父宛てに手紙を書き、申し訳ないが査証と一緒に船の切符を四枚送ってくれと頼んだ。伯父からは、相変わらず返事がこないままだった。

ヴァンサンがあるバーでリズベトと知り合ったのは、そのころのことだった。彼女は眼まで垂らした髪房をゆすり、女になりかけた子供独特のバラ色の丸い顔立ちで、すばらしく美しかった。彼女は食いしん坊で肉感的で呑気で、どこから来たともわからず、どこへ行くあてもなかった。彼女はヴァンサンについてきたが、荷物といっては、三枚のハンカチと歯ぶらしと模造真珠の首飾りだけだった。

そこで四人の戦友は財布の底をはたいて、ボア＝コロンブに別荘風の家を借り、倹約することを申し合わせた。

リズベトが残った基金の管理を任されたが、それがまちがいのもとだった。彼女も、湯水のように金を使う女だった。

冬が来た。十二月というのに、彼らは一文なしになっていた。ルビュファルは軍服のズボンをはき、古いツイードの上衣を着て窓によりかかり、外をうかがおうとしていた。雨が降っていて、ガラス窓には水が流れていた。ひとりの男が、帽子を真深にかぶって外の道を通った。スープ鉢のまわりで待っている妻子のところへ、家路を急いでいるのだった。

ヴァンサン・ルビュファルは、リズベトを待っているのだった。彼女が一分でも遅いと彼は不安におそわれたが、同時に自分の嫉妬や不安を恥かしく感じた。そこで彼はますますリズベトという《ふしだら女》を憎み、しかも欲するのだった。

ヴェルトネルは、肱掛け椅子に深々と腰掛けて古い探偵小説を読んでいた。彼は、本を置いて自分の太腿を叩いた

「なあ、ルビュファル、ここの暮らしも悪くないな」

「五日もたてば石炭がなくなるぜ。今だって、家主の石炭を勝手に燃やしているんだ。リズベトは倹約することにした。バターの代わりにマーガリンを使い、ブドー酒の代わりにビールでいく、もっぱらじゃがいもを食う、というわけだ。しかし、お前も彼女の質《たち》は知ってるだろう。戻ってくる時は鵞鳥の肝のパイ、古い上物のブドー酒の瓶を三、四本かかえてるさ。じゃがいもも買ってくるかもしれない。忘れさえしなけりゃね……」

「リズベトが借金してきた店の前を通るまいと思ったら、俺たちはジグザグコースで町を歩かなくちゃならんが、それがまたひとつふえるわけか。ボア＝コロンブを通り抜けるのは難かしくなったぜ！」

「ねえ、金庫は空なんだぜ、一文も入ってない。これ以上は掛け売りしてもらえない。餓えは笑いごとじゃないぜ」

「特攻隊でもひもじい思いはしたじゃないか……」

「状況がちがうよ。あれは食糧を運ぶ連中がやられた時だけだ。今は生命を賭けて食料品屋へ出かけるわけじゃない」

「それが問題さ。生死を賭けてる時には、支払いなんか忘れちまうんだ」

「いったい、リズベトは何をしてるのかな？」

「すぐ戻ってくるさ。彼女なしでは五分もいられないのか？　南米に発つ時がきたらどうする気だ？」

「《海軍》はどうした？」

「居酒屋めぐりさ」

「リルルーは？」

「リザを送って東駅《ガル・ド・レスト》まで行ったよ。あいつ、あのドイツ女とうまくいってないんだ」

「どこもかしこもうまくいってないさ」

ヴェルトネルは、顔を伏せた。まだ戦友たちに話す勇気がなかったが、彼は軍隊に再役志願を出したところで、来月にはヴェトナムに出発する予定だったのだ。

特攻隊がドイツを引き揚げてから、リザは二カ月ごとにパリへ来て、リルルーと一週間すごすことにしていた。

彼女は、アメリカ軍の大佐と結婚していた。ピエルはいくら彼女に質問しても、その夫が若いのか老人なのか、夫妻の間柄がどうなっているのか、どうしても知ることができなかった。

ピエルとリザは列車の出発を待つ間、ホームをぶらぶらしていた。彼女は毛皮の外套を着て鹿皮の手袋をはめ念入りに化粧していて、非常にエレガントだった。彼のほうは、軍隊時代の汚ない破れレインコートを着て、大きすぎる靴をはき、ルンペンのやるように唇がこげそうになるまで煙草を吸っていた。

彼がリザの腕をとろうとすると、彼女は身体をよけた。

「ピエル」彼女は言った。「これが最後よ。もう逢わないわ」

「何故?」

「今のあなたは窮乏の匂いがするわ。私、そんな匂いは吸いこみたくないもの」

「僕は、まだ二十六歳だ。これぐらいの年には、窮乏なんて一時のことだよ」

「私は、あなたの中に、多くの街を征服してきた若者を愛したのよ……階級も故郷もない人を……今のあなたは、その力を失ったわ。運勢の星の光が消えたのよ。私が今度あなたに逢いに来たのはね……あなたは、肉体的にとてもすてきだからよ。この一週間というもの、絶望や疲れや挫折感のおかげで、あなたはとてもすばらしい恋人だったわ。それは認めるわ」

「じゃあ、こうなる前はどうだったんだ?」

「こうなる前には、私はあなたが気に入って奪った娘にすぎなかったのよ……でも今はちがうわ、ピエル。あなたは一段劣った者として私を愛しているのよ。私が贅沢な暮らし、おいしい食物、快適なホテルの部屋を代表しているから、上眼づかいに私を見るのよ。私が大金持だったら、あなたを傭うわね」

「いつかまた運が回ってくるさ。僕がほかの街、ほかの娘を奪う時がくる」

「あなたは、その前にあきらめるわよ」

「君は、娼婦のような女だな」

「いいえ、私は勝利者の報酬よ。本当の女は皆そうだわ。だから富んでいる者、強い者のほうへ行くのよ。もう列車が出るわ。さようなら、ピエル・リルルー。これからは、なるべくドイツで知り合った特攻隊の青年中尉のことだけを思い出すように、やってみるつもりよ。いいえ、キスはしないで。鞭で打たれた後でもまだなめようとするのは犬だけ」

リルルーは、ポケットに手をつっこんで、寒くてじめじめしたパリの夜の中へと出て行った。この世と女たちと自分自身に対する嫌悪でいっぱいだった。したたかに打ち負かされ、勇気も反抗心もすっかりなくしていた。ひとりの通行人につきとばされても、文句すら言わなかった。

ボア＝コロンブへ帰る電車の中で、彼はロパティーヌの申し出を受けようと決心した。

リルルーは除隊してから、三、四回、元少佐に逢っていた。ロパティーヌの髑髏《どくろ》のような顔つきは、ますます危険で冷たくなっていた。彼は唇の端を軽蔑に歪めながら相変わらずエレガントな様子で、何度か特攻隊の会合にも出てきた。元特攻隊員の大部分は、またつまらない生活に戻されていて、ロパティーヌを嫌っていた。彼は金持で権力がある上、お互いを慰めるための嘘のつきあいに巻きこまれるのを拒んだからだった。彼はありのままの真実、くり広げられたとおりの戦闘を確認するだけだった。

「あの電光のごとき大作戦は……」大佐が言う。

「偶発的戦闘、でしょう」ロパティーヌの冷たい声が言い直す。

大佐は黙って我慢した。それもこれも、ロパティーヌが彼の将官への昇進に助力してくれるのを期待しているからだった。

そうした会合の後、元少佐はリルルーを高級レストランへ連れて行って、フルコースを御馳走するのだった。給仕長は、ロパティーヌの客のだらしのない服装を見て見ぬふりをしていた。

ある日、リルルーはこうたずねてみた。

「いったい何をしているんですか……お仕事は？」

「他の者が私のために仕事をしているのだよ」

《海軍》は、リルルーにロパティーヌには警戒しろとすすめた。

「あれは危険な男で、情というものがない。それに、自分に役立つ男にしか興味をもたない。君に何をしろと言うんだ？」

「別に、何も要求されたことはないよ」

リルルーは、戦友たちを心配させまいとして嘘をついたのだった。ある夜ロパティーヌは、彼に言ったことがあった。

「君が現在送っている生活に倦きてしまったら、私のところへ来たまえ。ある非常に特殊な仕事のために、君という人物が必要になる時がくるかもしれない。私は、君がM市を奪った時のやり方が気に入ったのでね……」

「どういう仕事ですか、少佐どの」

リルルーはまだ軍人であるかのように、相変わらず軍の階級でロパティーヌを呼んでいた。

「この国から遠くの、かなり変わった国での仕事だ。君の決心がついたら詳しく話をしよう」


《海軍》はパイプをくわえ、栗色に染め直した軍隊外套を着て、ぼさぼさの髪、頬がこけ病気の兆がしみこんだ顔つきで、セーヌ河の岸辺をぶらついていた。彼は昔よく見たような、豊かで強烈な精力が刻みこまれた面《つら》を探していた。以前、ルビュファルはそういう面構えの人間を《冒険の酒で酔っ払った奴ら》と呼んだことがある。彼は、ひとりのそうした面構えの男のそばで、カウンターに肱をついて黙って酒を飲み、また外へ出て行った。

あの馬鹿な医者どもの説では、彼は暑い国へ行ったら最後で、きちんとした暮らしをし、酒をやめ、できれば《可愛い子ちゃん》と結婚して、ほとんど働かないで済むような仕事をみつけなければならないのだ。

彼は、本気でチリ行きなど考えたことはなかった。彼がこの喜劇に一役買ったのは、死神の息吹が迫ってきた時たったひとりで居るのが怖かったからである。彼は、今こそ立ち去る時が来た、お互いを結びつけている約束を取り消す時が来たと判断した。

今夜にでも、戦友たちにそう言ってやろう。

リズベトは二時間遅れて、相変わらず陽気にやってきた。彼女は食料品を入れた重い網袋を下げていて、雨で濡れた髪が頭にはりついていていた。

リルルーと《海軍》は、トランプをやっていた。ヴァンサンはいつものように窓のそばにつっ立って雨の降るのを眺めて、リズベトを見ないふりをしていた。ヴェルトネルは探偵小説を読んでいた。

「皆、どうしたのよ」リズベトがたずねた。

エスコテギーはトランプをやめた。

「おしまいだよ」彼は言った。「これでお別れだ。私は、石油会社との契約にサインした。ヴェルトネルは、軍に再役する。リルルーはロパティーヌから仕事を提供されている……ところでルビュファル、君はどうする気だったた？」

「たったひとりでもチリに行くつもりだ」

「じゃあ、私は？」とリズベトがきいた。

「君？」

リズベトは、網袋を下へ落としてしまった。彼女は恋人のほうへ進みよった。

「そうよ、私よ……」

「このまま続きっこないことは、わかっていたはずだ。この数カ月は、とてもいい思い出として残るだろう……」

「あなたは、他の女と遊んでそれを忘れてしまうわ……」

「そうは思わないね。君はどこか行くあてがあるか？」

「考えてもいなかったわ。キャバレーを経営している女の友だちがいるわ。きっと、仕事を世話してくれるでしょ」

ヴァンサンは、嫉妬に身をさいなまれる思いがした。

「仕事でなけりゃ、愛人を世話してくれるさ！」

「そうかもしれない……でも、私はあなたを愛しているわよ、ヴァンサン。私は町で男の子にあって眼や唇を眺めてどこか気をひかれることがあるけど、そういう時は、その男の子があなたの眼、あなたの唇をしていることに気がつくもの」

「君は僕と知り合う前には、気楽な暮らしをしてたはずだ。僕は、君に何も与えることができなかった。自分の生活さえ支える力がないのだ」

「他の人がそれぞれ行ってしまっても、私たちふたりで何とかやっていけるわよ。あなたのお父さんの友だちに、新聞社をやっている人がいたわね。その人に仕事を貰えないの？　私は服の仕立ができるのよ。住み込みのお針っ子をやったことがあるの。パリに部屋を借りましょう。私は窓のそばでお裁縫しながら、あなたの帰りを待つわ。カルティエ・ラタンに貸間があるのを知ってるわ。パンテオンが見えるところよ」

「しかし遅かれ早かれ、僕は出かけるんだ……」

「それまでの間よ……」

彼女はヴァンサンの腕にとびこんだ。

「彼はもうだめだな」《海軍》はトランプを続けながら、静かに言った。

翌日、彼らは家賃も払わずにボア＝コロンブの家を引き払った。町じゅうの食料品店に借金があったので、非常に複雑な道筋をたどらなければならなかった。特攻隊で学んだ市街戦と地形利用の知識は、今度もまた役に立ってくれた。

ロパティーヌが前金をくれたので、リルルーはリベーヌ村に帰った。彼はフランスでの戦争が終わって以来、帰郷したことがなかった。

雪が山を覆って、動物も人間も原始的な生活に追いこまれていた。ピエルは母親に逢いにレ・フォンの主任司祭の伯父のところへ行った。母親は愚痴をこぼすばかりだった。弟たちは小神学校の寄宿生になっていて、一番下の妹はもう修道女を志願していた。司祭はこの全員を好き勝手に扱っていた。彼は水腫がひどくて、ほとんど動けなかった。この巨大な腹をした蜘蛛のような男は、とうとう一家全員を蜘蛛の巣にとらえたのだ。

司祭は、ピエルに説教しようとした。

「わかっとるよ、ピエル。お前は立派に闘かって面目をほどこした。お前の写真は新聞に出たよ、軍隊に残ることもできたろう……だがな、お前は悪魔にそそのかされとるんだ。《流れ者》の娘に子供を産ましたのも、スペインで《赤》どもについて闘かったのも、パリで共産主義者と手を組んで行動したのも、すべて悪魔の仕業じゃ。今度もまた、同じ悪魔にそそのかされて、家族を捨ててどこかへ行こうとしとる。お前は母親に金をやったな？　どこでそんな金をもうけてきた？」

リルルーは、もうこの司祭など怖くはなかった。どうしてこの男があんなに恐ろしかったのか、さっぱりわからなかった。

「僕は悪魔に自分を売った男ですよ、伯父さん。でもこの悪魔は、あまり人の魂のことなど気にかけませんがね」

「お前は、いつごろから宗教上の義務を怠たっとるんだ？」

彼は、司祭をひっかけるために餌を出してみた。

「僕は、たえず肉慾《にゆくよく》の罪の中で暮らしてましたからね。ざんげしようとしたら、きりがありませんよ。何日もかかっちまう」

「わしは司祭じゃ。だからお前はわしにざんげを……」

リルルーは、爆笑しながら司祭のもとから立ち去った。

「伯父さんの好奇心は、宗教よりは医学にもとづいてるほうが多いんじゃありませんか」

リルルーは、《お釜ぼう》の住んでいた小屋を見に行った。雪が小屋を押しつぶして、その上を覆っていた。目に見えるのは、凍った川のそばにあるこぶだけだった。

ピエルは、他所者《よそもの》になってしまった。駐在憲兵は、彼を中尉どのとよんだ。これから遠くに行くという話を村の者にすると、皆、ピエルは将校としてヴェトナムへ行って軍務に服するのだと思った。あの土地では、まだちょっとした戦争が終わっていない。だからそれにきまっている。

ピエルは、完全に自分の少年時代や家族や故郷から解放されて、その土地を立ち去った。

あとは、フォーガを訪ねるという仕事が残っていた。フォーガは二万のゲリラの隊長、群長、立憲議会の代議士を歴任した後、中央山塊地帯で昔の職業だった小学校教師に戻っていた。

フォーガは、共産党から除名されたところだった。新聞は、大きく彼のことを扱っていた。ルビュファルとリルルーは、その機会にフォーガに手紙を書いた。小学生用のけいを引いた紙に書いた一言だけの返事がきた。

《グリュンバールは正しかった。リュケルロルもだ。今、逢いたいと思うのは君たちだけだ。
ロベール・フォーガ
アヴェイロン県、ピエヴル＝レザルジャン小学校教師》

その村は、古い死骸にかけられた穴だらけの経かたびらのように汚ない雪に覆われた黒い玄武岩の部落だった。二十軒ほどの非常に屋根の低い家が、地面に沈むように建っていた。屋根には、瓦がとばないように石がのせてあった。牝牛が人間と同居していた。人間は、牝牛の体温を利用しているのだ。垢と糞まじりの寝藁が家の中で発酵していた。寒季には、家々は缶詰のように固く閉じられていた。

　フォーガは、小学校で寝起きしていた。学校も寝藁の匂いがしたが、乾いたインキの香りもただよっていた。教室には、数脚のベンチとよく燃えないストーヴがあった。老けて腰の曲ったフォーガは大きな木靴をつっかけ、ねずみ色の上っ張りを着て、自分で戸をあけにきてリルルーを迎えた。その時、彼は今までしたことのない動作をした。リルルーを抱きしめたのである。彼の眼はうるんでいた。

「皆が俺を追いまわしやがる」彼は言った。「政府のスパイも共産党のスパイもだ。どっちも俺が何か喋るのを恐れてるんだ。ジャーナリストどももすきを狙っている……鳥みたいにな……しかし、この俺という生ける屍はまだ腐りきってはおらんよ」

　彼の眼には、昔のような激しい焔が燃えあがった。夜、ふたりは栗を焼いて、酸っぱいブドー酒を飲みながら食べた。外では風が吠え猛って雪を吹き散らし、鎧戸に叩きつけてにぶい音をたてていた。

「今の俺はもう生きていないも同然の人間さ」フォーガはつぶやいた。「フランス解放の時分には、中部フランスを支配していた俺がね。俺は、共産党から将軍の位まで貰ったんだぜ。ところが、抵抗運動連合の中央委員会で共産党が敗北したんだ。あまりに虚栄心が強くて小心で想像力がなさすぎたからさ。奴らは官僚にすぎん。官僚ほど反革命的なものはないのにな。しかし、その始末をつけさせられたのは俺だったんだ。パリでいろいろ動きまわった後、俺は危《やば》くなりすぎたので、党から非占領地帯へ送られてF・T・P（共産系ゲリラ）の組織にあたった。俺たちは、三つの地方を支配した。そして共産党が実力行使で政権をとる時邪魔になりそうな奴は、片っぱしから粛清した。今じゃ、新聞はそれが暗殺だったというんだ。俺が闘かった敵はドイツ人だけじゃない――ドイツ人なんて偶然の敵にすぎん――俺は、権力を奪って革命をおこすために闘かっていたんだ。この戦争を革命のためと信じたからこそ、多勢の奴を、政治上の敵にあたる奴らを葬ってやったのだ。俺は党の指令に従っていたんだぜ。それなのに、党は責任をとりたがらん。結局、始末書をつきつけられるのは、この俺なんだ」

「本当のことを言えばいいじゃないか」

「しかしな、いくら下劣な共産党でも、今の政府のような腐りきった奴らよりはまだましだからな。ところで、お前は相変わらず軍隊か？」

「除隊したよ。外国へ行って事業をやる」

「少々軍隊に関係のある事業だろう……スパイか、情報か？……あれだけには首をつっこむなよ」

「ロパティーヌという男を知ってるか？」

「大物だな……下劣だが、しかし誠実な男だ。俺が共産ゲリラを指揮していたころ、お目にかかりたかった人物さ。もっとも、ぶち殺すためだがね。俺はあ奴をやっつけたら、部下を全員集合させて奴の死骸に捧げ銃をさせたと思うね。資本主義体制にも、まだいくらかああいう大物が残っている——多勢始末してやったんだがな。まあ、そのうちこっちの側に鞍替えしてくるさ。闘争や権力が好きだからな。ああいう連中が、崩壊する世界での最後の冒険家さ。明晰で皮肉で絶望的で嘲笑的なんだ。そういえば、共産党は俺も冒険家だといって非難しやがったぜ。畜生どもが！」

翌日、リルルーは、フォーガが木靴をはいた十人ばかりの子供に授業するのを見物した。フォーガの我慢強さ熱心さは、深く彼を感動させた。

偉大なフォーガは、田舎教師という形で立派な最後をとげつつあるのだ。近くの駅までリルルーを送って行きながら、フォーガは最後の教訓を与えた。

「人間てものは尻を蹴とばして夢を与えてさえやれば、糞だめから這い出す気をおこす。そうなりゃ、どんな人間にも多少の値打は出てくるんだ。俺は、オーヴェルニュの山の中で二万人の男に夢を与えてやったのさ。このところをよく考えろよ、ピエル。お前が何かでかいこと、ずばぬけたことに成功したいなら、人間に夢を抱かせなくちゃいけない。ただし、そのためならどんな音楽でもかまわないってわけじゃないがな」

リルルーは、一カ月パリを留守にした。彼は、自分が奪ったあのM市にも戻ってみた。それからドイツまで足をのばしたが、リザの消息は知ることができなかった。

パリへ戻ってきた時には、ヴェルトネルはもうヴェトナムに向かって出発した後だった。ルビュファルは新聞社で下っ端記者をやっていたが、自分では重要人物ぶっていた。

リズベトは、勝手に一人前の仕立屋に昇格していた。彼女の部屋のミシンのまわりには、巻いた布地が転がっていた。しかし客はほとんどなく、彼女は退屈していた。《海軍》は何の説明もなくあらわれたり消えたりしていた。彼らは、嘘というしきたりに従うのは止めてしまったのだ。もっとも、その嘘はたいていい友情から出たものではあったのだが。

ある朝、春がパリを訪れた。日の光がふりそそぎ、娘たちは明るい色のドレスに着替え、笑い声をたて優しい顔になった。

ヴァンサンとリズベトの部屋は、一種の安手なしゃれ好みを感じさせた。空の辛子入れにさした鈴蘭、窓のへりの鉢の中にのびたゼラニウム。リズベトはミシンをふんでいた。ヴァンサンは原稿を書いていたが、ミシンの音でいらいらしていた。鳩が飛んできて、ゼラニウムのまわりでクークー鳴いた。リズベトは、鳩に微笑みかけた。

「鳩をみた？　ヴァンサン、春がきたのよ」

ルビュファルはいらいらして窓に背を向けた。

「春だって！　君は窓のそばで裁縫し、僕は詩を書いてる。我々は貧しいが、愛しあってる！　と来たか。ミュルジエ（「ラ・ボエーム」の原作者）の小説じゃあるまいし！」

「ミュルジエって誰？」

「ある男さ。僕は詩人じゃない。二十七歳だ。原稿が書けなくて、そのクークーいう馬鹿鳥どもにインキをぶっかけてやりたいくらいだ」

「どうして？　鳩はおとなしいわ」

「こういうラ・ボエーム気取りの芝居がむかむかするからだよ。窓のゼラニウムの鉢も、その瓶にいけた安花もだ……どっちも捨ててくれと言っただろう。君の趣味はまったくお針っ子だよ」

「ちがうわ。私はただ花が好きなだけ。どうしてそんなにいらいらするの？　私たちはそれぞれ稼いでいるし、お腹が空けば何か食べられるし、映画にも行けるじゃないの……」

ヴァンサンは両拳で机を叩いた。

「餓え死にしたほうがましだよ！　漠然と餓えて死んでいくってことはない。餓え死にする時は、はっきり死ぬ時だ。しかし我々の今の生活には、何の変化も発展もないんだ」

リルルーが、一重ねの新聞を小脇に入ってきた。ロパティーヌが、中東に関する記事はすべて読むように要求したのである。彼は週に二、三度リルルーをド・ヴィリエ大通りに呼びよせて、長いこと質問攻めにした。

それから、《海軍》が力ない足取りでやってきた。彼は、二日後にインドへ出発するはずだった。シェル石油は、今まで彼のあげた実績にかんがみ、彼の病気には目をつぶって死出の旅路の費用を引き受けたのである。彼はインドでただひとり、誰の邪魔にもならず死んでいくだろう。いつもなつかしんでいるジャングルの物音とひしめきあう生命に、またあぐり逢えるだろう。死ぬという印象はなく、自分が溶解していくような感じだろう。彼は、戦友たちを夕食に招待した。

彼らは煙草を回し、新聞の記事について意見を述べあった。突然リズベトがベッドの下からスーツケースを出して、少しもあわてずに、整然と自分の身のまわりの品をしまいはじめた。リルルーだけが、それに気がついた。

「どうしたんだい、リズベト？」と彼はきいた。

「私、出て行くわ」

ヴァンサンは肩をすくめた。

「こんなお芝居は、もう沢山だよ。二十回も出て行くと言ったんだぜ」

「あなたが私と一緒にいるのは退屈だからよ、便利だからよ、一時しのぎなのよ……」

「僕が何を待っているっていうんだい？」

「きっと他の女でしょうよ。私のほうも、あなたの前に知っていた男たちのことを思い出してきたわ」

「さあ、スーツケースなどしまえよ。《海軍》が皆を招待してるんだ」

「私の顔をよく見て。私、怒ってはいないのよ。あなたが心から私を引きとめる気のないこともよく知っているの。行くあてもあるし、お金もあるわ」

彼女が真剣なことは、彼らにもわかった。彼女は、泣きたくはなかった。むしろ笑いたかった。彼女は、彼ら皆とまとめて別れるのだ。彼女にとって、この男たちは列車が出ていく時ホームに残っているやや滑稽なシルエットにすぎなかった。

リズベトはスーツケースを閉め、レインコートを着て出て行こうとしたが、その時になってはじめてまわりのことに気がついたかのように、こう言った。

「私は、どうしてあなた方に囲まれて暮らしていられたのかしら。あなた方は、みにくくて下劣よ。この部屋はいやらしいわ。かびくさくて洗濯物の匂いがするわ」

彼女は出て行った。彼らは、少しも彼女を引きとめようとしないでじっとしていた。

リズベトには数分前までの彼らと、今の彼らが、どうしてこんなにちがった男たちにみえるのかわからなかった。彼女はいわばこの映画に出演していたのであり、突然スクリーンの中から客席にはじき出されて、その映画が実にくだらないとさとったようなものだった。

リズベトは、通りでタクシーを探した。通りすがりの男が、微笑みかけた。彼女は、その微笑みに応えた。男は、彼女に力を貸そうと申し出た。

「どこへ行くんですか？」

「別にあてはないの」

「僕と食事しませんか？」

「ええ、かまわないわよ」

彼女の髪房はゆれ、眼は輝いていた。

《海軍》は仲間をセーヌのほとりの大きなビヤホール兼用の料理店へ招待して、自分のインド行きを告げた。

「でも、健康のほうはいいのか？」リルルーがきいた。

「ずっと良くなってきた。医者の話では、最後には熱帯性気候で根治するだろうということだ」

彼らは、それを信じるふりをした。それが、彼らの最後の友情の嘘だった。

《海軍》は、激しい苦痛を感じた。病苦か？　ちがう。戦友と別れる絶望だった。彼は戦友を《弟たち》と呼んでいたが、心の誓いなどたててもらいたくはなかった。どうせ今となっては、使われる言葉の意味が自分と彼らとの間ではちがっている。それがわかっていながらの誓いなどいやだったのだ。彼は、孤独と死の苦悩が心にのしかかってくるのを感じた。

「二週間したら俺もペルシアへ行く」今度はリルルーが言った。

「ペルシア？」ルビュファルはきき返した。

「何かおこっているのか？　戦争か革命か何かが？」

「ロパティーヌだな？」《海軍》がきいた。

「そうだ」

　彼らはお互いに口実ももうけないで、さっさと袂を分かった。《海軍》は飛行場まで見送られるのを断った。

「僕は出発の時の偽芝居が嫌いなんだ」彼は言った。「それにすぐ帰ってくるよ。どこへ行けば君たちに逢えるかもわかっているし」

　ある朝、リルルーはテヘラン行きの飛行機に乗った。ルビュファルは契約を破棄したある映画スターにインタビューをするためオーストリアへ派遣されていて、彼を送りにこられなかった。

　リルルーは出発の前日、ロパティーヌと夕食をともにした。ロパティーヌはフォークナー（アメリカの小説家）の一節を引用してきかせた。

《誰でもヒロイズムに落ちこむことはできる。ねずみが歩道のまん中にあいている下水道の口に落ちこむように……》

「いいかね、リルルー、冒険はヒロイズムじゃない。復讐でも逃避でもない。一種の神の恩寵に浴している状態だよ」

　リルルーは飛行機に乗りながら、恩寵に浴しているのを感じた。もうリズなどどうでもいい。彼は自由で何ごとにも適応できる、すばらしく適応性のある状態だという自覚をおぼえた。

　彼の坐ったのは、ひとりの若いペルシア人の隣だった。ペルシア人は自己紹介をした。

「アハマッド・ナフィズと申します。アサド・カーン将軍の甥にあたります。テヘランへ行かれますか？……」

# ケルマンチャーの絞首台――ペルシア

クランドル将軍とベウリース大佐は、《損害》つまり戦闘力をなくした兵士の数を勘定していた。ベウリースの葉巻の灰がタイプで打った書類の上に落ちて、将軍をいらいらさせた。

「要約しよう、ベウリース。九七二丘陵、別名《天道《スカイ・ウエイ》》の側では――ところで、どうしてそんな名前をつけたんだ？」

「あの山塊では一番高い頂きにあたるので、天へ登る道ということです。残念ながら、この名前は別の意味になってしまいました。それも不吉な意味ですな。《天道《スカイ・ウエイ》》に登ったら、二度とは下りられない。ごらんのとおり、今日現在で戦死三百、負傷六百七十です。この九七二丘陵だけのために、一箇大隊以上の損害でした。九二二丘陵のほうは……」

「つまり、《禿山《ボールド・ヒル》》だね」

「と言ってもいいですが、戦死百三十、負傷三百です。戦車隊は戦死十五、負傷四十。砲兵隊、戦死二十七、負傷七十。偵察、斥候等の作戦行動による損害は、戦死七十二、負傷百五十。事故その他による損失の率はごくふつうですな。死者八、負傷二十二。これを合計すると……」ベウリースは、スイッチが押されたかのようにペラペラとまくしたてた。

「戦死五百五十二人、負傷千二百五十二人、平均をやや上廻る率ですな」

「しかし、まだ《白い丘《ホワイト・ヒルス》》を奪ってはいないのだ……」

「両側面は押さえました」

「こちらの派遣した部隊は、すべて撃退された。入手した情報がまちがっていたのだ。あの峰を守備しているのは、中国軍二箇中隊だということだった……とんでもない話だ！　我々の相手になったのは、二箇大隊で、しかもよく遮蔽して地下にもぐっていた。地下防塞もあり、食糧弾薬の貯蔵も充分だった。といって、わしは今さら引きさがることはできん。何としても《白い丘《ホワイト・ヒルス》》はとらねばならん。君はハリー・マロースの《白い山に恋した将軍》という記事を読んだか？　馬鹿げきっとる……わしは、新聞社からマロースを召還させるように、マドスンに頼んだ。マドスンは、はじめてわしに賛成したよ。マドスン将軍も、あのへぼ記者には我慢できんのだ。あの男はイギリスの攻撃と同じくらいぶちこわしだ。ところが、新聞社の社長が何と答えてきたと思う？」

「召還命令を出すというのでしょう……」

「マロースは一番腕ききの特派員で、こういう馳け引きがされればされるほどマロースは信用できるという確信が強まるばかりだ……というんだ」

ベウリースは敬礼して、寝に行った。クランドルは新聞を取りあげて、問題の記事を読み返した。

《白い山に恋した将軍》
これはアンデルセンの童話ではない。我が国の《若者たち《ボーイズ》》が朝鮮の丘の上で流している血汐についての暗い物語だ。記者は、この若者たちが何百人と竿にくくりつけられて山をくだってくるのを見た。彼らは二度と笑うことはないのだ。

記者は、クランドル将軍とは旧知の仲である。将軍はペンタゴンの未来をになう大器のひとりで、冷静で論理的できびしい人物だ。未来の大将軍だが、少々未来に生きすぎる傾向がある。

将軍は一カ月前から、第X師団の指揮官となった。この師団は戦闘経験は豊かなのだが、和平会談に続いた事実上の休戦期間に士気が衰えていたらしい。

将軍はすぐに、手きびしく師団の士気をもりたてた。

我が《若者たち《ボーイズ》》の守っている陣地の正面には、《白い丘《ホワイト・ヒルス》》とよばれるひとつの白い高い峰がそそりたっている。この峰の後ろには、《どんぶり盆地》がある。これは円形の閉ざされた渓谷で、いくつかの村が底にひそんでいる。その先には満洲まで続く山並みが、高く低く延々と続いている。

この峰を占領し、《どんぶり盆地》を奪うこと、これには何の意味もない。やるなら、全山塊を奪うことだ。でなければ、何もしないにこしたことはない。ペンタゴンの最高指導者たちは、和議が破れた以上、一撃くらわさなければいけないと言うだろう。

たしかにそうだ。しかし、その場所はここではない。

クランドル将軍は、この地域に限定された攻勢をとった。彼は、予想したよりはるかに頑強な抵抗にあった。師団は血なまぐさい戦闘数次の後、やっとのことで《白い丘《ホワイト・ヒルス》》の東西両側面を制するふたつの山陵の支配者となることができた。しかし、この両山陵をつないでいる陵線は相変わらず頑張っている。

クランドルが《白い丘《ホワイト・ヒルス》》を欲しがっているのは、軍事的な理由からでも個人的な動機からでもない。ただ、彼の内部にかくれている少年が、白い山に恋してしまったからである。彼はこの少年の渇望を癒すために傘下の諸大隊、諸連隊を投入しているのだ。古代の将軍たちは、ひとりの女のために何千という男を犠牲にしたものだ。しかし、ひとつの山のためにそういう犠牲を払ったという話はきいたことがない。

恋愛感情には伝染性がある。全師団に師団長の病気がうつってしまった。ピーター・W・シムロン中尉の突撃を説明できるのは、この狂気じみた空気だけである。昨日、中尉は部下の全中隊の先頭に立って突撃し、《白い丘《ホワイト・ヒルス》》への突破口を開こうとした。壮烈でしかも愚劣な突撃だった。《若者たち《ボーイズ》》は、遮蔽物を利用さえしないで、あらゆる力をふりしぼって、わめきたて跳躍しながら前進した。そして、最後の一兵が《白い丘《ホワイト・ヒルス》》をふたつに分ける岩峰のもとで死んでいった。

無益なヒロイズム、無益な攻撃、無意味な死者の積み重ね。これも、ひとりの将軍が月の明るい夜、白い山陵の描く線に恋したからなのだ……》

将軍は新聞を投げ出した。ハリー・マロースは、彼の内心を見抜いている。しかし、戦死者を数えている間に将軍の関心は野心と職歴に戻っていた。彼の中にかくれていた子供は、シムロン中尉の狂気の突撃について行き、《白い丘《ホワイト・ヒルス》》の斜面で死んだのだ。

クランドルの憑きものはおちた。今、彼がどうしてもこの陵線を奪いたいのは軍事的理由のためであった。この攻勢が高価な犠牲を払った以上、少なくとも《どんぶり盆地》だけは手に入れなければ済まない。

電話が鳴った。ベウリースが出てきた。

「閣下、マロースが図々しくも、師団に戻ってきました。今、将校食堂にいます。追い出しましょうか」

「いや、いかん。わしの天幕へきて、ウイスキーを飲もうと誘ってくれたまえ」

シムロンの英雄的突撃……彼は、この突撃がシムロン中尉の個人的理由によることをマロースに説明することができる。クランドルはシムロンの戦友全員からアンケートをとらせたのだった――彼らは皆、大学出身の若い予備将校で、これみよがしに上衣の折り返しに黒い大きなリボンをぬいつけて喪章にしていた。彼らは、喜んで将軍のアンケートに答えて、かつて名門ハーバード大学の若き獅子だったシムロン中尉が自ら死を選んだ理由を語ったのだ。

ハリーが入ってきた。天幕に入るのに身体をかがめなければならないほどの長身である。彼は手で将軍に挨拶して、どっかりと一脚の椅子に坐った。

「どうです、閣下、例の《白い丘《ホワイト・ヒルス》》は？　相変わらず奪取できず、千人をこえる戦死で……」

「五百五十二人だよ、ハリー。君がそれほどロマンティックだとは知らなかった。《千人をこえる戦死者》だとか、《白い山に恋した将軍》とか、《シムロン中尉の狂気の突撃》とか……いや、君にウイスキーを出すのを忘れていたよ。ストレートかね、ソーダで割るかね？　葉巻は？　君に来てもらったのは話をしたかったからだ、シムロン中尉の話をね。興味あるかね？　確かめるのはわけないよ」

新聞記者は将軍が激怒していると思っていた。つまり、将軍が氷のように冷たい表情で立ちつくし、彼など眼中にないかのように遠くを見る眼つきで迎えると思っていたのだ。彼は過去に二、三度そういう状態の将軍をみたことがあった。しかし、今のクランドルはその正反対で、のんびりして皮肉で、自分にも勝利にも確信のある態度だった。

しかし、ハリーには、痛いところをついたという自信があった。《白い丘《ホワイト・ヒルス》》を眺めていた将軍の顔つきだけでなく、マドスンを通じての召還要求がその証拠だった。

彼はウイスキーを飲み干してグラスをつき出した。

「クランドル将軍、シムロンの話をうかがいましょう、もっとも僕の記事がまちがってるとは思いませんがね」

「この話は公開禁止《オフ・レコード》だぞ」

「結構です」

「シムロンは、南部カロライナ州の金持で由緒ある家柄の生まれだ。家代々が、南部の名門らしく呑気で教養のあるものばかりで、合衆国よりヨーロッパで暮らしているほうが多いという連中だった。シムロン中尉も、少年時代はイタリアや英国やフランスですごしている。母親は太公の血筋にあたるイタリアの婦人で、その血筋は多勢の枢機卿（法王につぐカトリック教会の最高聖職。この中から法王を互選）とひとりの法王を出している。

シムロンは、我々の住んでいる効率によって管理された世界とは無関係に、貴族主義者として育てられた。つまり、彼の住んでいたのは、行為の美しさのほうが行為の結果より大切だという時代遅れの世界なのだ。

彼が合衆国に戻った時には、もうアメリカ人ではなくなっていた。祖国もなく、慾望もなく、ただ一種の美学とスタイルしかもっていなかったのだね。

頭が良くて魅力的で、あらゆるスポーツや知的作業が得意だったから、ハーバード大学でも、すぐに同期の《獅子》になった。君はハーバードに行ったかね、ハリー？」

「金が足りませんでしたよ……夜間部の講義をきいただけです」

「あの大学では、学生たちが、男子にしろ女子にしろ、ある学生を《獅子》として熱狂の対象にし、王様扱いにする習慣がある。期間は二週間、三週間、一カ月と一定しないが、それがすぎると選ばれた者はさっさと忘れられてしまう。しかし、シムロンは三年間の在学中、ずっと《獅子》の座を保ったのだよ」

「どうしてでしょう？」

「行為だね……知性にはすぐ倦きがくる。思想や勇気も同じことだ――しかし立派に示された行為には、倦きがこないものだ。朝鮮戦争がおこった。君は、各大学で幹部候補生教育を終えた学生たちから、朝鮮行きを選抜した方法は知っているかね？」

「学生の試験の成績に応じて、機械が指定したのです。機械が一番成績が悪いと判定した連中が、屠殺場へ送られたのでしたね。よくおぼえていますよ。僕は抗議の記事を書きましたからね」

「君はいつでも歴史的社会的発展に反対する側にくみす

るのだね。あれは論理的で効果的だった。あらゆる不正行為を防ぐことができた。(原註　一九五一年六月、ある厄介な任務の達成に向けて、電気仕掛けのロボットの運用が開始された。その任務とは、多勢のアメリカ青年を、勉学を続けることができるものと、軍隊に動員されるものに振り分けることであった。ロボットは公平無私で、あらゆるコネを受けつけず、官僚の汚職の試みを断ち切り、学生たちの知性の水準を評定した。こうして、一定数の青年の生死が決定された。試験に落第した才能の足りないものは、軍事教育を受けた後、国連軍に編入され、朝鮮戦線へ送られたのである。

志願の有無にかかわらず招集された候補者たちには、一定の時間内に知能検査の問題用紙に導電性グラファイトを使った特殊な鉛筆で答を書きこむ義務が課された。問題は○・×式で回答できるように出題されており、人工頭脳ロボットは一時間に五百問をえつ覧して、意見を表明できた。導電性グラファイトの筆跡を電気でさぐり、質問に対して候補者が正しい答を提出しているか、まちがった答をしているかを判定したのである。――ラルフ・ストレール著「魂なき頭脳、ロボット」より)

ハリー、シムロンも君のようにこの方法が気にくわなかった。彼は大学でも最優秀の学生だったのに、朝鮮行きを指定された。機械のテストに回答を拒んだからだ。あれは時代遅れの美学から生まれた行為だね。彼はこの美学をもうひとつの行為、あの狂気の突撃で完成したのだよ。自分の反抗を完全なものにするためには、死を選ぶほかなかったんだ。彼は今、生まれつつある新世界を拒んだのだ。しかし彼のために喪章をつけている馬鹿どもは、もうこの新世界に生きているのだよ」

「この話はぜんぜん知りませんでしたよ、将軍。想像もつきませんでした」

「この話は公表できないよ。公表したりしたら、君は共産主義者のレッテルをはられるだろう。それほど馬鹿げた話はないがね。こういう分野では、共産主義者のほうが我々よりずっと進んでいるのだからね。もう少しウイスキーはどうだね、ハリー?」

「注いで下さい。今のあなたはもう恋することはできない、あの山にも恋せないことがわかりました。あなたは怪物です。僕は引き退っていいですか?」

「これから何をするつもりかね?」

「親分《ボス》の命令は、《白い丘《ホワイト・ヒルス》》の攻撃に随行しろ……です。世論は、白い峰のことで沸騰しています。今では全アメリカ人はテレビやラジオの前で安楽椅子に沈みこんで、《白い丘《ホワイト・ヒルス》》のことを夢想しています。僕はあなたに苦い思いをさせたつもりでしたよ、クランドル。ところが逆に、あなたを時の人にしちまったんです! あなたは、アメリカの伝説的人物という骨董品の仲間入りをしました。僕があなたを売り出してしまったんです。あなたが、もうあの山を恋していないことはわかりました。しかし、断わっときますが、僕はアメリカ人にあの山を憎ませてみせますよ。あの山のためにできる骸骨の山、兵士たちの苦しみと恐怖……」

「君に提供する情報がある。第六連隊の二箇大隊とフランス大隊は、明後日の明け方《白い丘《ホワイト・ヒルス》》を攻撃する予定だ。アメリカ兵は九二二から、フランス兵は九七二から突撃する」

「九二二……とか九七二というのは何です?」

「《禿山《ボールド・ヒル》》と《天道《スカイ・ウェイ》》と言ってもいい。両部隊は、《白い丘《ホワイト・ヒルス》》の中心部にある岩峰で合流する。君はどちらかに随行していいよ。アメリカ兵かね、フランス兵かね?」

「フランス兵がいいです」

「君の身に何がおこっても責任はもてない。書面でそれを承知の旨を確認させてくれたまえ」

「わかりました。ご配慮ありがとうございます」

「伝説をつくってくれてありがとう」

マロースが出て行った後、将軍はまた、師団のこうむった損害を数え直しはじめた。


　フラカスとヴィラセルスは、師団から届いたばかりの攻撃命令を検討していた。

《フランス大隊は、九月八日の日中に行動を開始し、夜には九七二丘陵の下に到着していること。夜陰に乗じ、丘陵の頂上に達し、頂上にいる部隊と交代する。攻撃目標は《白い丘《ホワイト・ヒルス》》の中央にある岩峰。《白い丘《ホワイト・ヒルス》》の陵線は非常に狭いから、可能な行動方法はただひとつ。兵士を小群に分け、一歩一歩地歩を奪っていくほかない。

ジェラルド・D・クランドル
合衆国第X師団長》

「この命令はフランス大隊の指揮官宛てだ」フラカスは言った。「つまり私宛てだ」

　彼はテーブルの周囲を歩きまわりだした。拳銃の吊革を長くのばしているので、彼の格好は自分の尻尾を追っかけている小猫を思わせた。

「私には、この作戦全体の指揮権が与えられている」とヴィラセルスが反論した。

「私はこのことをパリへ報告するぞ」

「攻撃開始の時刻は」ヴィラセルスは腕時計を見た。

「四十三時間後。それまでにパリから返事がくるとは思われない。それに私は国防省宛てに報告書を出して、クランドル将軍の命令書の写しをそえておいた」

「どんな命令だね？」

「《フランス大隊最先任将校ヴィラセルス少佐に、《白い丘《ホワイト・ヒルス》》作戦全体を通じて、合衆国軍隊との提携行動を委任するものとする》」

「提携は、指揮とはちがう」

「君は、副指揮官として行動すればいい。アメリカ式にいえば《実行責任者《エグゼクテイブ》》だ」

「アメリカ人など、どうでもいい。我々はフランス人だ。それなのに、君はアメリカ人にへつらってばかりいる」

ヴィラセルスは立ちあがった。彼はフラカスよりずっと背が高かった。

「ドウラィユ、君のあらゆる指揮権を解除する。私は、これからすぐパリへこの決定の理由書を送る。《上級者の命令に不服従》のかどだ」

「君は同等の位階で、先任者だ。上級者じゃない」

ヴィラセルスは長い神経質な笑いをもらした。

「ドウラィユ、昨日から私は中佐なのだよ。電報で知らせてきたのだが、君にこの吉報をお伝えしなかっただけだ。あまり喜ばないことはわかっていたからね」

「わかったよ、中佐どの。しかし、その電報が君に大隊の指揮権を与えたわけじゃない。君は、まだ昇進した位階の徽章をつけていない。私は、他の将校にそのことを通報しておく」

「我々は今、戦線にいるので、国会にいるんじゃない。中佐の金筋がみつからなかったのだ。しかし、当番兵が、空缶で金筋をつくってくれるはずだ。これが、私の命令だ」

彼はタイプで打った数枚の紙をさし出した。

「これを先任の大尉に渡したまえ。たしかセルヴェ大尉だと思う。彼が君の後任だ。パリの指示が来るまで、君には後方基地の指揮をとってもらう」

フラカスはヴィラセルスの喉にとびついてやりたかったが、そんなことをすれば、新任中佐は彼を逮捕させかねなかった。ヴィラセルスが勝ったのだ――《白い丘《ホワイト・ヒルス》》の攻撃が失敗しない限りは……。

少佐は、紙片をとって外へ出た。彼はまず自分の天幕へ帰って、命令書を読んでみた。第四中隊がまっ先に攻撃する。それからサバティエの中隊。そして必要な場合は、第二及び第三中隊。

　リルルー大尉なら、非常に適任だ。ヴェトナムの情勢が悪化し、上級司令部で新しい方法の実行が説かれ、集団的自己批判やゲリラ戦術などが問題になっている以上、リルルーはまた重要人物になっている。あのアメリカ人記者のハリー・マロースは、いつか彼の前でこう言ったことがあった。

「アメリカなら、これほど重要な人物をこんな目に遭わせるような真似はしない。フランス人のやり方はわけがわからない」

　フラカスは、セルヴェをよびつけた。この大尉は鼻の尖った眼鏡をかけた男だった。フラカスは、大尉に命令書をさし出した。

「これは君の問題だ。ヴィラセルスは実にけしからん態度をとっている」

　セルヴェはきまり悪そうに書類を握りしめた。

「君は、ヴィラセルスが中佐に任命されたことは知っていたのかね？」

「ええと、それは……」

「君は出世するよ、セルヴェ。君はいつでも裏切りのできる男だ」

　フラカスは憤然としてカール・マルクスの著書をひっつかみ、後のほうからページをめくった。

「私は超然として思索にふけるほかない……いずれはパリから何とか言ってくる。私には有力なコネがある……君もそれを知らんわけじゃあるまい？」

「知ってます……ええと、その……」

「引き取ってよろしい」

　その夜フラカスは、アメリカ人記者がフランス大隊の戦闘に随行することを知った。従軍司祭の話では、有名な新聞記者で、ポピ何とか賞、いや、ピュリ……ええとピューリッツアー賞（アメリカでもっとも権威のある、すぐれた報道などに与えられる賞）とかを貰っているそうだ。つまりゴンクール賞（フランスでもっとも権威のある文学賞）みたいなものだろう。この新聞記者は大切にするだけのことはありそうだった。

　マルタン・ジャネは《僕の中隊》と称している中隊の陣地で、缶ビールを片手に、肱掛け椅子に空気枕をのせて坐りこみ、サングラスをかけて、ヴァレリイの著書に読みふけっていた。今しがた食べたばかりの食事はまあまあで、腹もここちよくふくれていた。

《秩序は、個人にとって常に厄介なものだ。このふたつは、無秩序は、個人に警察か死を求めさせる。個人は、自分が最高に自由でしかも補助を充分受けられるような快適な時代を求める。そういう時代は、一社会体制の末期のはじめごろに見出せるものだ。従って、秩序と無秩序の中間には甘美な一時期が君臨するわけである。欲するもののほとんどすべてが権力と義務との調節によって入手可能なので、人々は今やこの体制の衰退を楽しむことができるのだ》

彼は読み続ける気はなかったが、このテーマについてあれこれと思いめぐらした。

今日のフランスは、ヴァレリイのいう秩序と無秩序の中間の甘美な一時代にあるわけだ。しかし、秩序が優越している国もあり、無秩序が支配している国もある。

合衆国とソ連は、整然たる秩序と厳正さの支配する国々である。次が、フランスのような老ヨーロッパの諸国である。ここでは、もう無秩序が勝利をおさめはじめている。次は無秩序の国だ。中東の小国群、南米の独裁国家群、インドの巨大な混乱。それから中国、この国は大混乱をなめた後、厳格な組織をとり戻している。

彼は、この戦争から無傷で脱け出せたら、大旅行をしてもっとよく世界を理解しようと決心した。

ルビュファルとリルルーが通りかかった。補給隊が到着したので、各小隊に弾薬を配分してきたのである。軍医は彼らを呼んだ。

「ふたりとも寄らないか。君たちにききたいことがある。忙しいことは言わなくてもわかってるがね。話をする暇は必らずあるものさ。坐りたまえ。ビールはどうだ、煙草は？」

彼らはあきらめて、この朝鮮の丘で油を売っている門番のような男のそばに座を占めた。

「君たちが旅を好きなのは、何故かね？　未知の国に着くとどういう感情がおこるかね？」

「僕が旅が好きなのは」ルビュファルが言った。「食慾からだね。未知の国は食欲をそそる。何でも飲みこんでしまいたくなる。女たちも、歴史的な建築も、思想も、すれちがう群衆も、叫び声も」

レクストンが呑気そうにそばへやってきた。軍医は、さっそく彼にも話をまわした。

「レクストン、君は旅をどう思う?」

「先生《ドク》、僕は旅ができないいんだ。フランスで暮らしたけれども、ほとんどバーから外へ出たことがない。僕は高い山も広すぎる平野も好かない。好きなのは閉ざされた世界だけだ。このすばらしい景色のまん中にいても、あこがれるのはニューヨークのアパートと、妻や子供やコラが、ぎゅうぎゅう詰めで暮らしている狭い部屋なんだ。コラというのは大きな黒猫で、安楽椅子に坐ったきりさ」

「俺は旅するために生まれた男だ」リルルーは言った。「その時自分が暮らしている国に、とても溶けこみやすいんだ。その国の習慣や言葉をすぐ消化してしまう。かたつむりが殻をひきずるように、フランスをひきずっては歩かない。俺は、いつも殻をかぶらないで生身で未知の国に接するんだ」

「ヴェトナムのことを言ってるのか?」軍医がきいた。

「いや、むしろペルシアのことだよ。俺はあそこで一年暮らしたんだ。ヴェトナムとはぜんぜんちがう。ヴェトナムではすっかり定着したが、ペルシアでは一滞在者のままだった」

「ペルシアの話をしてくれ」

「話しようがないよ! 実在しないも同然の国なんだ。しかも暮らしいいときている! ペルシアという国も、ペルシア人も実体がないからさ。君は山を越え、砂漠や平野を渡り、テヘランとかシラズとかタブリスなどという街に滞在することはできる……噴水のまわりで、見事だが根拠のない議論にふけることもできる。相手は皮肉で悧巧で無感動な、子供のようでもあり老人のようでもある男たちだ。彼らは密貿易をやるかと思えば詩を書き、相手のポケットから盗みながら、自分の家へ泊まれと招待する。

ペルシア人というものには、実体がない。その代わり、どんな種族でもいる。クルド族、アラビア族、モンゴル族、眼が青くてブロンドのリュル族……宗教についても同様だ。正統派回教徒、拝火教徒(ペルシアにおこったゾロアスター教の末流。火を神のシンボルとする)、キリスト教徒、悪魔崇拝者、新プラトン派（ローマ帝政期の哲学）のスーフィ教徒、マホメッドよりアリ（マホメッドの娘婿。第四代カリフ）を尊重する分離派回教徒——この連中は、予言者マホメッドは天使ガブリエルから言われたことがまったくわかってなかったと主張してる……。

　要するに誰もいないのと同じだ。ただ、文明の終末の雰囲気の中の甘い生活だ。何ひとつ真剣なものはない。絞首刑にされる者まで、死刑台の上で巨大な虚無に身を委ねるようだった」

　軍医は夢中になった。嬉しさのあまり、短かい脚でとびはねたかった。リルルーの新しい面、皮肉なユーモアにあふれた面を再発見した。彼は繃帯所に帰ってから、レオに言った。

「おい、リルルーは、スタンダールを読んでいるだけじゃない。とても見事にペルシアを語ることもできるんだ」

「ペルシアの少年はとても美しいんですよ」レオは夢見るように言った。「美少年をうたったペルシアの詩を少し知ってます。

　《おお、我が心を魅惑の網にとらえる者よ、
　　壺と盃をとり、ともにせせらぎのほとりに座さん。
　　輝く面差しをもつすらりとした少年よ、
　　我は汝をうち眺め……》

　これは、オマール・カイヤムの詩です」

「お前はどうしてここへきたんだ？」

　レオは赤くなった。

「私はひとりの美少年と真剣に恋愛したんです。ところが両親は警察に訴えたんです」

「真剣に恋愛した？　おいおい！」

「私たちのような同性愛者は、あなた方よりずっと激しい恋愛ができるのです。私たちの恋はしょっちゅう脅やかされているし、私たちの執着する少年は未来そのものですからね。彼らはたえず変貌していくんです。女には未来はありません。女は実体がないというか、自分の愛する男の反映にすぎないんです」

《皆が今日はよく喋るな》マルタン・ジャネは思った。《東洋の詩か……僕も少しは読んだ……思い出した……金をあしらった青い表装の小さな本だった。あれはあの若い娘のプレゼントだった。僕は彼女の母親を診察したが、貧しいのを知って、料金をとらないで薬とシャンペンを少し送ってやった。娘は、夕方僕に逢いにくるよう

になった。彼女は診察室の安楽椅子の腕に腰掛けて何も言わずに、カルテを書いている僕を眺めた。しかし、僕には書物があり、エゴイズムがあったのだ……ある日を最後に、彼女はやって来なくなった。そして、その本が送られてきたのだ。そえられていたカードには、こう書いてあった。

《あなたの知らない間にこっそり頂戴した写真のお返しに》

貘《ばく》みたいにみっともない写真なのに！　調べてみると、彼女は母親を連れて移転した後だった。

ところで、リルルーはフランス人の殻を脱ぎすてて、どうやって生身でペルシアと接したのだろう、ペルシアで何をやったのだろう？》

テヘランの飛行場メヘラーバードは、石ころだらけの灰色の砂漠のただ中にうち捨てられたまっ白な十字架に似ていた。その十字架は両端のふくれたギリシャ正教の形だった。

飛行機は、その上を一度飛び過ぎてから降下しはじめた。アハマッドはリルルーの腕を握った。彼は弱々しくてみにくい男で、とても大きな口の上に鼻が陰うつに垂れ下がっていた。彼の黒く大きな眼は、宿なし犬のように優しく善良だった。

「私は、六カ月前にこの国を離れたのですよ。今ではどうなっているか、見当がつきません。イランは砂のように流動し、たえず変わっているのです……我々トウデー党の者は、この砂の上に何かを建設しようとしているのですよ……」

「あなたは、トウデー党ですか？」

「西欧の人は我々を共産主義者とか進歩派とか呼びますが、トウデー党はぜんぜん別のものです。イランの青年層がこの国の頽廃の中に自己解体したり順応したりするのを拒絶すること、これが我が党です。テヘランに知り合いはないんですか？」

「ありません。紹介状は貰ってきましたが……」

「ホテル・リッツにお泊まりなさい。明日の朝、迎えに行きましょう」

ホテル・リッツのバーには、イラン航空のアメリカ人パイロット、イランの憲兵隊や陸軍づきのアメリカ人教官、アメリカ国務省派遣の政治顧問などがひしめいていた。ひとりの英国人が隅のほうできりもなく酒をあおっていた。英国人はもうペルシアでは、異郷の民なのだ。

リルルーはさまざまな国籍の記者団につかまった。記者たちは彼に質問を浴びせながら返事も待たず、彼にウオッカのライムジュース割りを飲ませながら、戦争が間近いとか、ソビエトの戦車隊がテヘランに進軍する用意をしているとか、ソ連に亡命していたアゼルバイジャンの共産主義者が国内のトウデー党を助けてイランを人民共和国に改造しようとしているとかいうニュースを教えてくれた。

英国はこの事態に興味はないらしく、アメリカも事態に備える用意はできていなかった。イラン陸軍の将校たちは、もう荷物をまとめてイラクに逃げ出す用意をしている。リルルーは自分の部屋へ上がって、扇風機の下に横になり、休息しようとつとめた。ロパティーヌの指令が頭に浮かんできた。その時は非常に簡単なことに思えた。しかし、こんな国際危機にぶつかったのでは……ロパティーヌはこう言ったのだった。

「私は何人かの金融財政資本家たちに君のことを知らせておこう。この人たちは絶対信用がおける。君にはペルシアで私の情報係をつとめてもらいたい。表面上は、君はフリメックス商会の代表者だ。この国へ来たのは商売上の取引、売買などの事業契約を結ぶことが目的だ……疑いを招かないように、少しは契約もとりきめる必要がある。しかし、君の本当の仕事は、何よりも私に情報を送ることだ。君は毎週、新聞記事の要約と、トウデー党の活動についてあちこちでかき集めた情報、とりわけ石油に関しては直接間接を問わずすべての情報を入れた定期報告書を私宛てに送ってほしい。郵便で発送するのは商用の手紙だけにして、毎週の報告書はこの住所に持参してくれたまえ。

《サルメイヤン氏
シムラン、サレィエ街十七番地》

君は数カ月間、国情を研究し、できるだけ旅行したまえ。そのうちに私から、これこれのイラン人たちと接触しろという指示が行く。現地のヨーロッパ人は避けて暮らしたまえ。できるだけ目立たないようにすることだ。

国の言葉を学んでくれたまえ。長く生活することになるかもしれない。

必要な費用はサルメイヤンが前貸ししてくれる。忘れないでほしい。ペルシアは何よりも石油の産地だ。我々が興味をもっているのは石油なのだ」

リルルーは外出禁止時間があるのを知らないままに、テヘランの街へ散歩に出かけたくなった。自室の孤独と、バーのざわめきとを避けたかったのである。

彼は静かで新鮮な夜の中に出て行った。深い闇空は、ビロードのような色をたたえていた。街路は静かで、誰もいなかった。彼は行き当たりばったりに、まだ建設中の家並みに沿った大通りを歩いていた。一群の野良犬に出遭うと、犬はしばらく彼の後ろをついてきた。彼は無人の都市を、不思議な猟犬の一団を引率して歩いているような気分だった。それから、犬は別に理由もなく、他の通行者を追うことにきめて彼を見捨てた。

四つ角へ来るたびに警官が彼を止めたが、外国人なのをみると、行ってよいという合い図をした。彼は小さな路地を歩いている時、はじめて阿片の重くまとわりつくような匂いを嗅いだ。

リルルーが昼間見た街は近代的で、六十万の住民が住み、建設の真っ最中だった。この工事現場のような都市に、タクシーやバスや最近輸入されたアメリカ製の自動車が縦横に走りまわり、商店にはクーラーや扇風機やその他の電気製品があふれていた。群衆はほぼヨーロッパ式の服装で、繁華な商店街のショーウィンドーに蜜蜂のようにへばりついていた。

彼は、この街には地方色がないのでがっかりしていた。しかし今夜見出したのは、まったく別なもうひとつの国が存在するということだった。建設中の建物の正面や、商店やけばけばしいネオンや大きなニッケルメッキの外車が、この国をかくそうとつとめていたのだ。この国とは、阿片の匂いがただよい、野良犬が守っているペルシアである。

翌日、アハマッドがリルルーを迎えにきた。

「何を見たいですか?」彼はきいた。「メリー銀行の地下倉庫にかくしてあるムガール（インド方面に侵入した蒙古人をこう呼ぶ）皇帝の宝ですか？　皇帝のバラ色のダイヤモンド、ルビーやエメラルドをちりばめた玉璽、壁を飾るだけで身につけられないために死んだ色になった真珠などがありますよ。それとも、レザー・シャーの銅像ですか？　レザー・シャーは兇暴なコザックで、この国に二十年間非常にきびしい軍制を布いた人物です。それとも将校クラブへ行きますか？　あそこでは、私の伯父のアサド・カーンが極めてもの静かに、次回の武力による政権奪取を準備しています」

「本当のペルシアを知りたいのです」

「なるほど、では、アガ・ドゥーン（原註　文字どおり訳せば「我が魂の人」の意。「優しい友よ」とも訳すことができる）、市場町へ行くことですね」

街路では、日光が焔のように眼を焼き、アスファルトを溶かしていた。市場町の廻廊のひとつに入ると、リルルーは、低い丸天井と厚い壁に覆われたロマネスク様式の僧院に入ったような感じがした。すべてが影であり、沈黙であり、冷気だった。会話はささやき声になり、時間は密度をとり戻すのだった。

千一夜の《奴隷《ハマル》》のような人夫たちが、荷ぐらを背負ってゆったりと木箱や水桶を運んでいた。多くの女は《チャードル》を着ていた。それは顔から脚まで覆う黒い大きなマントで、彼女らの白い額と大きな眼しか見えなかった。茶色の長衣を着、白や緑のターバンを巻いた分離派の回教僧《ムラー》が、威厳をもって顎ひげをなびかせ、こはくの玉の数珠をつまぐりながら通った。憔悴した苦行僧はひげも髪もぼうぼうさせ、斧をかついで鎖をひきずりながら、聖なるアリの名をよんでいる。丸天井のハート型のくり形から日の光が差しこんでいた。

アハマッドとリルルーは、金物細工人たちの店の集まっている廻廊をぶらついた。金物師たちは、小さな鍛治場の前で金や銀を細工していた。鍛治場の炉が赤い光を放った。彼らは、織物商の廻廊にも行った。ザラスシュトラを崇拝し、決して嘘をつかないといわれる拝火教徒、ダリウス大王以来ペルシアに在住していると称している長衣巻髪のユダヤ人が通った。イラクのアラビア人、シリア人、白いターバンからちぢれ毛をのぞかせているインド人。

市場は、香辛料や神殿や隊商宿の匂いがした。リルルーは、中国から絹や宝物を運んできた大隊商の時代に戻ったような気がした。彼は、ようやく激動する技術社会から逃げ出すことができた。伝説の過去にめぐり逢えたのだ。

アハマッドは、民族料理の《チェロ・ケバブ》を食べ

させる大衆料理屋へ彼をひっぱって行った。この料理は皿にのせた飯と串焼肉に、生卵をまぜて、赤い穀粉をふりかけてあるのだ。リルルーは、飲み物に出される酸っぱい乳も、そば粉の非常に薄いクレープに飯を巻きこむやり方も気に入った。

「アガ・ドゥーン」アハマッドは言った。「あの市場町は、根絶やしにしなけりゃだめです」

「馬鹿なことを言いたまえ！」

「あそこは、政治的にも宗教的にも反動の中心です。全ペルシアの膏血をしぼる腫瘍です。商人は何百万という富をつんでいます。彼らは物を売るだけで、何も生産しない。そして、狂信的で反動的な僧侶階級との相互関係によって生活しています。僧侶階級は、自分たちの得になるように、イスラム教以前にこの国を支配していた大昔の神政制度を再現することしか考えていません。我々トウデー党は宗教と縁を切った新しい国、汚職や軍人や回教僧《ムラー》を厄介払いした国をつくりたいのです……市場町は恐ろしい力をもつ敵ですが、いずれは破壊してみせます」

「僕は市場町が好きだ」リルルーは言った。「もうリッツなんかにいるのはいやです。市場のそばに住みたい。このへんに部屋をみつけてもらえますか？」

「僕は、南区のある《街《クーシェ》》の路地の奥に、庭のついた小さな家をもっています。ただ設備は何もありません、シャワーも冷房もね。それに、あなたの同国人はそういうやり方を白い眼でみますよ。イラン警察もです」

「僕がペルシアにきたのは、商売をするためです。だから市場町の近くにいなければ嘘だ。ペルシア式に暮らしてペルシア語を習いたいんです」

「我が国の値打は、石油層と戦略的位置だけです。我が国へやってくる外国人には、何か目当てがあるとしか思われません。この貧しいペルシアに対してあなたが……フランスでは何と言うでしょう……一目惚れですね。一目惚れをしてくれたので、私はおおいに感激しました。私の家をお使いなさい。フランス語の話せる下僕を探してあげます。生きるために必要なものだけを盗むような下僕をね。これは立派な正直さの発露なんですよ。友だちも紹介してあげましょう……」

ひとりの若いペルシア人がテーブルの間を縫って彼らのほうへやってきた。彼は何かひどく興奮していて、非常な早口で喋った。リルルーはゾルファグという名が何度も繰り返されるのをきいた。

それから数日後、リルルーはアハマッドの家に落ち着いた。それは二部屋の小屋で、日干し煉瓦の塀に囲まれた庭の中央にあった。

アハマッドの選んでくれた召使いのアルダバンは、奇妙な服装だった。剃った頭にソフト帽をかぶり、どこかの軍隊の制服の上衣を着、二倍分も長すぎるズボンをはいていた。この服装の最後を飾るのは《ギベ》（原註　先が尖って反りかえったサンダルの一種）だった。彼は満足そうに、また重々しく微笑していた。

彼はさっそく、自分の特徴を長々と並べはじめた。

「私、何でもできる。《ファランセ》語、《イングレシ》語、みな話す。料理、片づけ、洗濯、読む書くできるよ」

この男は五十前後の年配だったが、上品な顔立ちで、熱弁をふるおうとすると鼻声を出した。生まれつきのぐうたらで、哲学者めいたところがあり、時々形而上学に興味を示した。彼はまた、少し警察の仕事もやっていた——やっと警察からほっておいてもらうに足るだけの仕事だったが。また、何カ国かの外国の機関のためにも働いて、少し小遣いにありついていた。それにもかかわらず、激越な国家主義者で、祖国の伝説的な過去が大自慢だった。この過去の中味については、彼は漠然としていて、簡略な概念しかもっていなかったが、《ファランセ人》は彼に言わせると、ヨーロッパのペルシア人にあたる。これはまんざらまちがってはいなかった。

三枚の敷物、一台の折畳み式寝台、一脚の机、二脚の椅子、サモワールひとつが家具として備えつけられた。すべて古物で、しごく妥当な値段（アルダバンが一割五分の手数料を稼いではいたが）で買い集められたのだった。

三本の白樺がとり囲む池では噴水がむせぶような音をたてていたし、何本かの花がイランの高地のすばらしい光の下で、輝かしい色合いを見せていた。戸口を出れば、もうそこは市場町の雑踏だった。

リルルーの日々は、噴水のきらめきの中、アルダバンとの滑稽な議論や、アハマッドとその友だちの政治的な夢にさえぎられたりしながら、軽々と流れていった。

リルルーはアハマッドのような夢想的で感傷的な共産主義者を真剣に相手にはしていなかった。フォーガのきびしい面影を思い出すからだ。彼はまた、ゴビノーやハジ・ババを読んだりした。アハマッドがフェルドーシの武勲詩シャーナーメの数節を訳してくれたりした。

リルルーの精神はおだやかな麻痺状態におかされていき、ロパティーヌの連絡相手の不思議なサルメイヤン氏を訪ねる気には仲々なれなかった。

ある朝、彼はタクシーを傭ってシムランに向かった。シムランはエルブルーズの山脈の中腹にある村で、テヘランに比べて二千メートル以上高いところにあった。道に沿って《茶館《チャイハネ》》が並んでいた。《茶館》には、大きなサモワールがあり、さまざまな色のソーダの瓶が並んでいた。車が進むにつれて空気は生き生きとしてきた。運転手は歌をうたいだした。

サルメイヤンは、山の中腹にある大きな庭園に住んでいた。庭園には、プラムのように大きな実のなった桜の木やオレンジの木、レモンの木が生え、さまざまな花が咲き乱れていた。目のさめるような色のバラと、四角に植えこんだチューリップが大きなプールをとり囲んでいて、映画スターがカリフォルニアにもっている別荘のようだった。多勢の男女の若者が、空気枕やクッションに寝そべって日光浴していた。時どき、彼らのひとりが水にとびこむと、水を脚で打つ音が二、三分の間、眠ったような庭園を包んでいる無気力な空気をかき乱すのだった。

白い上衣を着た給仕たちが、銀の盆に紅茶や冷たい飲み物のグラスをのせて運びながら往来していた。リルルーはサルメイヤン氏に逢いたいと言った。召使いは両腕を高くあげて、ゴタゴタしてまとまりのない説明を始めたが、結局プールのほうに逃げ出した。ひとりの、非常に長い黒髪で、すらりと均整のとれた身体をした毛深い娘が、空気枕から身を起こしてリルルーのほうへやってきた。彼女はすばらしいフランス語でたずねた。

「ご用は何でしょう。私はタニヤ・サルメイヤンです」

「お父上にお目にかかりたいのです。フランスから来た者ですが……」

「お待ち下さい……もしかするとあなたのお名前は……お名前……終わりがシャンソンのようにひびくお名前ではありませんかしら？」

「ピエル・リルルーです」

「父は一週間前からテヘランであなたをお探ししていました。間もなく戻るはずですわ。何かお飲みになりません？　それともお泳ぎになる？」

「水着をもっていませんが」

「お貸しできると思いますわ」

タニヤは唇を開いてまっ白な歯並みを見せ、身体を心もち後ろへ傾けながら、彼を眺めまわした。彼女の黒い髪の毛は腰のあたりまで垂れていた。

リルルーが水着に着替えると、彼女は彼を、プールのまわりに寝そべっている若い男女に紹介した。英国人、アメリカ人、フランス人、レバノン人、アルメニア人、ドイツ人がいた。

豊かな身体つきを窮屈な水着に押しこんだひとりの金髪女が、リルルーに好感をもったことを態度で示した。しかしタニヤは、唇を嚙んで黒い眼で金髪女を射すくめると、リルルーの肩に手を置いて跳びこみ台のほうへひっぱっていった。

「あれはベティという女《ひと》」彼女は言った。「アメリカ人よ。鵞鳥のように肥っていて、脳味噌はほとんどないの。どうしてこの国へ来てすぐにシムランにいらっしゃらなかったの？」

リルルーは、もぐもぐ言いわけを並べた。

サルメイヤン氏は間もなく帰ってきた。彼は金縁眼鏡、明るい色のフラノの背広、幅広のけばけばしいリボンをつけたパナマ帽といった服装で、明らかに熱帯在住のアメリカ人実業家という外見を装おうとしていた。

サルメイヤンが水着に着替えると、彼の胸も背中も脚も黒々と毛に覆われていて、まるで獣のようだった。

彼はリルルーのそばの長椅子に腰掛けた。

「ロパティーヌさんから、あなたがいらっしゃるという知らせがありましたので、車に運転手をつけて空港まで迎えに出したのです。ところがあの馬鹿者はトラックと衝突して遅れてしまいました。パーク・ホテルでききましたが、あなたは泊まっておられなかった」

「リッツに泊まったのです。その後、《暗殺者》の回教寺院のそばの友人から借りた小さな家に住むようになりました」

「失礼ですが、そのお友だちの名前は？」

「アハマッド・ナフィズです」

「アサド・カーン将軍の甥ですか？」

「そうです。飛行機の中で知り合いました」

「仲々、いい青年です。トウデー党員ですが、これはインテリの流行ですよ。イランの名門の子弟には多勢そういうのがいます。何の危険もありませんからね。いつでも伯父さんの手で面倒は切りぬけられる……。

　あなたにアサド・カーンをご紹介しましょう。かなり卓越した人物で、間もなく政権を握るでしょう。何しろ全軍隊を掌握していますからね。ロパティーヌ氏にしても私にしても、あなたがあの人物の……そう、友人になれれば結構だと思います。北部の石油払い下げに関するいっさいの事業と、アングロ・イラニアン石油会社との協定の修正は彼の一存にかかっています」

「北部では何か事件がおこっているときましたが」

「クルディスタンでまた叛乱がおこっています。ロシア人はクルド族を後援していますが、適当な機会があればさっさと手を引きますよ。おっちょこちょいの夢想家のゾルファグ兄弟、マハムードとフセインというのですが、このふたりが少し動いています。この事件は石油臭いですよ。北部地方をごらんになりたいですか？」

「もちろんです」

「クルディスタンの首都のケルマンチャーには莫大な量のトラガントゴム（マメ科の植物の樹脂。接着剤の原料等に用いられる）のストックがあって、売却しなければなりません。あなたの代表しているフリメックス商会は、非常にこのストックに興味をもっているにちがいありません。北部地方へ行くには通行許可証が要ります。明日、手に入れてあげましょう。明後日出発なさればいい。よく見て、よく話をきくことです。しかし、何ごとにも巻きこまれないように。これからフランスへ送る通報があります。何かパリへ送るものはありませんか？」

「いや、まだ何もありません」

「今夜は蒸し風呂のようなテヘランへ下りるのはおよしになるほうがいい。泊まっていらっしゃい。明朝お送りしますから」

　タニヤが近よってきた。彼女はこの長話に倦きはじめていた。

「リルルーさん、ピンポンはおやりになるの？」

　五分後には、彼らはもう名前でよびあっていた。

　夜、食事の後で、彼らはセメントの通路でダンスをした。庭の樹に吊られた色とりどりの電球がともされて、庭は、野外の酒場のような様子になった。しかし、月が昇ってくるとタニヤはいっさいの照明を消させた。娘はリルルーに身体をすりつけた。そして彼の慾望を感じると、彼の背中に爪をたてた。

サルメイヤンは、庭の隅にピエル用に蚊帳をかけた寝台を用意させた。疲れたリルルーは踊っている人たちを離れて、ほっとひと息して寝台に横たわった。蚊帳の紗《うすぎぬ》を通して、いくつかの星が枝のすき間にはめこまれたかのように、ニッケルの輝きに似た光を放っているのが見えた。花や果物の強い香りがまわりにただよっていた。彼はリナのことを思い出した。

蚊帳が開いて、タニヤが彼のそばへすべりこんできた。ナイトガウンの下には何も着ていなかった。彼女は青年の手をとって、若々しい胸乳に押しつけた。

ひとつの影が、中国の影絵人形のように蚊帳の上に映った。ベティだった。リルルーがひとりきりで物にできるかどうか、見にきたのである。

「私たちっていやらしいと思わない？」タニヤは煙草をふかしながら、おだやかなどうでもいいような声音でたずねた。

「でも、私たちは本当に退屈しているわけよ……父は大金持で欲しいものは何でもくれるわ。事業にかけては恐ろしい人よ。何でも買ってしまうの。今に、この国をそっくり買うでしょうよ。それなのに、私のことは純真な処女だと思っているの。はじめてチェコの外交官の恋人になった時、私はまだ十四だった。それから四年になるわ。

あなたのそばにいると楽しいわ。私は愛を交わした後の男は大嫌い。しまりがなくなって満足しきってるんですもの。でも、あなたは、後でも美男子のままね。ピエル、私もう一度抱いてほしくなったわ」

彼女は煙草を捨ててピエルによりそい、彼に接吻した。身体を離した時には、ふたりとも汗ぐっしょりだった。リルルーはとび起きた。

「水を浴びに行こう」

彼らは蒼い月光の下、蒼い影の間を縫って、真っ裸のまま手をとり合ってプールまで走って行き、冷たい水にとびこんだ。水面に映る月影は彼らのまわりで大きく乱れた。彼らはお互いに身体を拭いあった。彼らは夜の乱れた誘惑をふりすてて、純潔な若さを感じた。タニヤは急にまじめになった。

「私はあなたの奥さんになりたいわ、ピエル。相当長い間浮気はしないで済むと思うの……多分何カ月ももつわよ……」

ピエル・リルルーは二日後、タブリスに向けてテヘランを発った。タブリスはイラン領コーカサスの大きな都市である。

連れはサルメイヤンの部下で、タブリスに商用があった。その男は、自分のジープでクルディスタンのケルマンチャーまでリルルーを送ることになっていた。

彼らは不毛の土地、照りつける日光に押しつぶされている乾からびた山々を離れて、急流の洗う緑の豊かな地方へと向かった。

大きなポプラの木が家々を囲んでいて、見渡す限り小麦や大麦やからす麦の畠が広がって、長い茎がそよ風にしなっていた。青や緑色の小鳥が灌木の茂みからとび出した。時どき、馬上の人が丈の高い草の茂みごしに上半身だけ見せて通って行った。

サルメイヤンの部下は背の低いペルシア人で、何にでも危険を感じる悲観主義者だった。彼が落ち着いていられるのは、テヘランにあるサルメイヤンの会社のビルの事務室の奥で、緑色の書類挟みの山のかげにかくれている時だけだった。

「タブリスには長く滞在するのかい？」リルルーは彼にたずねた。

「一日、それも午前中だけです。タブリスは危険な街です。毎晩殺人事件があります。アゼルバイジャンの分離独立派の奴らは、ペルシアの軍隊がアゼルバイジャンを再占領した時ロシアへ逃げこんだのですが、最近また戻ってきて人殺しをやっています。自分たちで《復讐者》と名乗っているんです」

遠い昔、タウリスとよばれていた古都タブリスは陰うつな都市で、強力な憲兵隊に守られていた。住民は、こそこそ壁を伝わるようにして外を歩いていた。

小さなペルシア人はさっさと商用を済ませた。彼も壁を這うようにしてリルルーのところへ戻ってきた。

「まずい知らせですよ、アーバブ（原註　アーバブはフランス語のムシュー、スペイン語のカバレロにあたる、地位の高い男性に対して呼びかける際の敬称）、とてもまずいです。ロシア人がまた攻めてきそうで、クルド族は叛乱をおこし、ケルマンチャーの街は大騒ぎです。とてもあそこへは行けません。早くテヘランへ帰らなくては」

リルルーはフランス領事館へ行ってみた。領事は何も知らず、ペルシアの政治には関心がなかった。彼の説では、それが面倒をおこさない最良の手段だった。領事は同胞に、同じやり方、つまりテヘランへ帰り、それからフランスへ戻って、教師なり郵便配達なりになって古典でも読みながら死を待つことをすすめた。

リルルーが情報を知りたいのだと言いはると、副領事のところへ行けと言われた。

「あの副領事は出世コースから外れた男だ」領事は言った。「本物の領事館員じゃなくて、情報関係をやっている軍人の変装なんだ。私は、あの男がどうして軍服を着ないのかわからない。誰でも正体を知っているのに……第一、あの男は完全な狂人だよ」

副領事は小柄で横柄な男で、地図を壁にはりめぐらした事務室を、籠の中のリスのように歩きまわっていた。

彼は自己紹介した。

「グランムージャン大尉です。フランス人ですな?」

「ピエル・リルルーです」

「そりゃ戦争用の名前、抵抗運動向きの名前ですて。キリスト教徒の名前ではないのう。この国で何をしとるんです?」

「商売です」

「ほほう！　戦争はやったですかな?」

「ええ、特攻隊《コマンド》でした」

「じゃあ、ド・ゴール親父の一派ですのう」

「僕はケルマンチャーへ行かなくちゃならんのですが、街は大混乱だそうです。クルド族の叛乱とかで……」

グランムージャンはひとつかみの色鉛筆を握って地図にとびついた。

「そりゃ面白い！　こっちゃ予算がのうて、あの地方に情報員をもてんのですが、しかしあの地方は重要でしてのう。部族間の状況をさぐることは……わしはこいでもモロッコでのう……」

「この噂が、誇張されていないかどうか知りたいのですが」

「何がおこるかわからんのう。背後にはロシア人がおる。英国人もアメリカ人ものう。クルディスタンは戦争の発火点ですて。わしの報告にはいつもそう書いとるのに、ちいとも予算をくれやせんが……」

リルルーは色鉛筆を使っている副領事をあとにして、イラン憲兵隊の司令部へ向かった。彼の逢った大佐は大変愛想がよく、お茶をふるまって、万事静穏で、クルド族は決定的に打ち負かされたと断言した。リルルーがトラガントゴムを探していると知ると、大佐はそれならこのタブリスにストックがあるから買わないかと言い出した。もちろん適当な手数料は貰う、できればドルで払ってほしいというのだった。

リルルーは、また来るからと言い残して、サルメイヤンの部下の悲嘆のうめきをよそに、運転手にケルマンチャー直行を命じた。運転手はあまりすごい勢いで出発したのであやうくひとりの老婆をひき殺しそうになり、ほこりだらけの街道を驀進した。

ケルマンチャーは汚なくて寒い都市だった。坂道になっている数条の大通りには、氷のような風が吹き下ろし、何人かのボロをまとったクルド族が、房のついたターバンをかぶり、短かい上衣に、粗悪なショールでこしらえた幅の広い帯をしめ、膝の下まで裾の届く奇妙なズボンをはいて、情けない様子でうろうろしていた。

リルルーは、ただ一軒のヨーロッパ風の外観のホテルに投宿した。小さなペルシア人は消え去っていた。彼は一台の自動車をみつけて、直ちにテヘランへ帰って行ったのである。

飾りといえば、国王《シャー》とルーズヴェルトの着色石版刷肖像画だけの寒いホールで、ひとりの召使いがガタガタふるえながらリルルーにまずい食事を給仕しはじめた。

そこへふたりの背の高い快漢が、寒さしのぎに手をこすり合わせながら入ってきた。彼らはリルルーのほうへきて、ペルシア語で彼が何ものか、どこから来たのかをたずね、両親の職業とか、一般情勢についての意見とかをきいた。

リルルーは、フランス語と英語をチャンポンに使って答えながら、どちらかの言葉がうまく当ればいいがと思った。ふたりの男は喜びの叫びをあげながら、彼の手を握ってふりまわし、同じテーブルに坐った。ひときわ背の高いほうが、ウオッカのグラスをあげながら宣言した。

「フランスは大好きだ。僕はパリで学校を終えたんです。ヤ・アッラー！　実に美しい街だったな！……自己紹介しましょう。僕はマハムード・ゾルファグ、こっちは弟のフセインだ」

「じゃあ、あなた方はクルド族の指導者ですか？」

「兄は大統領で、僕は副大統領です。クルディスタン自治共和国のね」

食事の終わるころには、彼らはビールとウオッカをチャンポンに飲んでいた。イラン憲兵隊やイラン陸軍の将校たちが彼らのテーブルへやって来て、握手したり肩を叩いたりした。リルルーには、もうさっぱりわけがわからなかった。

ペルシアは幻想の国である。ここでは非常に教養のある男たちが、戦争や革命の芝居を演じて、強力で真剣で熱心で退屈な強国群に媚びている。しかし、ペルシア人同士は、蔭で目くばせしあい、外国勢力の愚鈍さを笑っているのだ。

リルルーは、トラガントゴムのストックを見には行かないで、昼夜をとわずゾルファグ兄弟と一緒にすごした。

兄弟は、酒の合い間に彼にいろいろと教えてくれた。クルド族はクセノフォン（ギリシャの歴史家）の語っているカルデュク族の末裔であり、イスカンドル（原註　アレクサンドロス大王のこと）もこの民族を征服できなかったこと、トルコには百五十万、イラクとペルシアには五十万人ずつのクルド族がいること、ソ連がクルド族に味方しているが、いささか逃げを張る傾向があること、現在の叛乱の指導者モスタファ・バルザニは、文盲の野盗で部下も山賊にすぎないこと、そしてこういうさまざまな根拠に民族の自治権という根拠をくわえた上で、クルド族は理想の共和国をつくって結集しようとしているのだということ。

リルルーは、彼らは少々頭がおかしいが、大変好感のもてる人物だと判断して、彼らにいやな思いをさせたくないばかりに、その突飛なアイデア、クルディスタン自治共和国という考えにも賛成し、元気づけてやった。

ある朝、彼は寝室のドアを激しく叩く音で目をさましたが、前の日あまりに飲みすぎたので、寝返りをうっただけだった。ドアが破られて、ひとりの中尉と武装した十人ほどの兵士がとびこんできた。ひとりの兵士は、自分の銃に足をひっかけてぶざまにぶっ倒れ、ふたりの戦友が彼にけつまずいた。この笑劇は続いた。

「あなたを逮捕します」中尉は言った。「服を着て下さい」

リルルーはたいして驚ろきもせず——ここは幻想の国ではないか——静かに起きあがり、二、三杯の水を飲み、歯をみがき、すっかり目をさますために、少し体操までやった。中尉はベッドに坐りこんで、煙草をふかしていた。

リルルーと監視兵はトラックに押しこまれた。彼は、昨日までがらんとしていた街に、軍隊があふれているのに気がついた。四つ辻には重機関銃がすえつけてあった。窓という窓は閉じられていた。

「何ごとですか」と彼はきいてみた。

「戒厳令が出たのです」中尉は答えた。「クルド族が叛乱をおこしました。我が軍は、モスタファの率いるクルド族を山の中に追いつめました。飛行機で彼らの部落を爆撃中です」

相変わらずの物語だ……これも、あのユーモアを欠いた大人たち、強大な外国勢力群を喜ばせるためにちがいない。

「僕はどうして逮捕されたんですか?」

「クルド族の共犯としてです」

「そりゃ、どんなクルド族のことです?」

「ゾルファグ兄弟です。昨夜、彼らを逮捕しました」

フランス青年は一軒の大きな家へ連行された。家の屋根には、赤緑白に剣をかざした獅子を描いたペルシアの国旗が誇らしげにひるがえっていた。その家がイラン軍司令部だった。

兵士や将校たちが前後左右にかけ回っていたが、リルルーの前を通る時は、軍人らしい態度と忙しげな様子を装った。

拳銃を握ったひとりの大佐が《フランス男《ファランギー》》を探しにきて、リルルーを大きな部屋へ連れて行った。壁には、グランムージャンの事務所のように地図がはりめぐらされ、床には回教風のすばらしい絨緞が敷かれ、小学生の机とほとんど変わらないぐらいの小さなテーブルの後ろには、チャップリンひげを生やし、階級章も勲章もつけていない小男が坐っていた。それがアサド・カーン将軍だった。

将軍は一脚の椅子を示して、リルルーに坐れとすすめた。将軍のフランス語は何の訛りもなく、完璧だった。

「こういう状態でお目にかからざるを得なくなったのは実に残念ですな」

彼が手を叩くと、ひとりの兵士がお茶を運んできた。

「あなたの置かれた立場は非常に重大なものです。あなたはフランス市民であり、従ってイランの友であるはずです。にもかかわらず、イラン政府に対する叛乱を準備した。あなたは今夜布告された戒厳令の適用を受けます。我々にはあなたを死刑にする権利があります」

　リルルーはすっかり酔いがさめた。アサド・カーンは鉛筆をもて遊びながら続けた。

「あなたはテヘランでは、あの馬鹿者の甥やトウデー党の連中と交際していましたね。ケルマンチャーに来たのはゾルファグ兄弟に力を貸し、首府の過激分子の支持を約束するためです。その結果、クルド族は叛乱の火蓋を切ったのです」

「ゾルファグ兄弟は狂人じみた人物です、閣下。非常に好感のもてる夢想家でもあります。私はホテルで彼らと知り合ったので、一緒に酒を飲んでいただけです」

「あの兄弟は、ソ連政府に買収された危険な陰謀家です。兄弟の共犯者モスタファ一味の叛徒は、ケルマンチャーの占領を用意していたのです」

「待って下さい……モスタファ……モスタファ……その名前はきいたことがあります。ゾルファグ兄弟は、モスタファなど絞首刑にしてもあきたらない奴だと言っていましたが」

「我が軍は迅速に行動した結果、メクーの近くでモスタファ一味を包囲しています。あなたを軍法会議にかけましょう」

　それからアサド・カーンは、だしぬけに爆笑した。

「白状なさい、アガ（男性に対する呼びかけ言葉）、本当は恐ろしくなったんでしょう」

「ええ、まあ。怖かったですね、閣下」

　万事は平常に戻った。笑劇は続いた。

「まあ、あなたは運がよかった。サルメイヤンの友だちでしたからね。さもなければ、あなたについての警察の報告を信じたかもしれませんよ」

「じゃあ、ゾルファグ兄弟はどうなるんです？」

「何の重要性もないですな……絞首刑に処しますよ……みせしめのためにね……つまり、他のクルド族に反省させるためです……それに、ちょうど手に入った獲物ですからね。まあ、そんなことは忘れましょう。特攻隊とM市の占領の話をして下さい。私はサン・シール陸軍士官学校で勉強して、特に、ヨーロッパの戦争の歴史は熱心に勉強したものです」

リルルーは特攻隊の生活と、彼らの受けた訓練の話をした……チャップリンのような顔のアサド・カーンは、頬杖をついて夢想にふけっていた。急に将軍は立ちあがった。彼は長靴に拍車をつけていて、そのへんを歩きまわると拍車が鳴った。将軍はたずねた。

「ペルシアでも特攻隊のような性格の部隊を編成できると思いますか？」

「できると思います、閣下」

ひとりの大佐が恐怖にふるえ、息せききって部屋に入ってきた。彼は軍隊式に敬礼してから、散々に身体をねじったりおじぎしたりした。彼は話しにくそうだった。将軍はカンカンに怒って椅子を蹴倒し、大佐の顔面をはりとばした。大佐は後ずさりして部屋を退出した。将軍はインキ壺を地図に叩きつけ、手を叩いて、今度はウイスキーとソーダをもってこさせた。

「モスタファが脱出したのですよ、アガ。今ごろは、山を越えてロシアのほうに逃げている最中です。二千人の部下を連れて行ったのです。いずれ二十万人連れて戻ってきますよ。

あの犬めは、真夜中に、我が軍の後衛を攻撃したのです。私の麾下の各部隊はわずかの野蛮人に攻められて、戦車や野砲ぐるみ、四分五裂したわけです。でも、我々は勝利と発表しますよ。ゾルファグ兄弟の逮捕がその裏付けになるわけです」

リルルーはホテルに戻ったが、毎食をアサド・カーンとともにし、毎晩将軍と一緒にすごした。将軍はおおいに酒をのみ、酔っ払うと副官のひとりを派遣して、踊り子を連れてこさせた。そういう時の彼は、アゼルバイジャンの一農民に戻ってしまい、床にうずくまって、クルドの女たちが、縦笛と、タールとタンブール（ともにペルシアの弦楽器）の音楽に合わせて踊るのに手拍子をとった。それからリルルーに踊り子のひとりを選べとすすめてから、自分もひとりの女を選んで寝室へ連れて行った。すると、司令部はやっと休息できてほっとするのだった。

ある灰色の寒い朝、ゾルファグ兄弟はケルマンチャーの中心の広場で絞首された。見物の群衆は無気力で、彼らの名前さえ知らず、兵士の銃床でなぐられてかき集められたのだった。

ふたりの死刑囚は、清潔で折目の正しいヨーロッパ風の服装で、手足に鋼鉄の枷をはめられていた。

アサド・カーンはリルルーに刑の執行に立ち会うよう要求した。

「あなたが兄弟をけしかけてこの叛乱をおこさせたという噂をもみ消すには、これが最良の方法ですよ」

「叛乱なんかおこりはしなかったですよ」

「いや、おこったのです。外国新聞の通信員は、皆、叛乱を報道しています。ゾルファグ兄弟も、今では事態を納得していますよ」

アサド・カーンがピンタをくわした大佐当人が、いっぱい勲章をぶら下げ反り身になって、勝ち誇った視線で群衆を見回してから宣告文を読みはじめた。

フセイン・ゾルファグは一条の光明、死ぬ理由でも探すかのように空をみつめていた。マハムードは片足で小石をもてあそんでいた。

大佐は鼻声の誇張した口調で長台詞を喋り続け、アラーと国王《シャー》の加護を祈った。ふたりの兄弟はこの流れるような雄弁に、いささか驚いて顔を見合わせた。ひとりは肩をすくめ、もうひとりは首をふった。

リルルーの席はアサド・カーンの副官の隣で、兄弟から二、三メートルのところだった。彼は副官にたずねた。

「まだ長く続きますかね?」

しかし、彼の声をきいてフランス語で答えたのはフセインだった。

「もう終わるよ。いくらあの大佐がお喋りでもね」

マハムード・ゾルファグがペルシア語で何か言った、というより唱えた。

「なんて言ったんだい?」とリルルーはたずねた。

今度もフセインが通訳してくれた。

「《殺されるのも死ぬのも、何の変わりがあろう。一瞬鼓動が速くなり、後は静穏に至る》これは、我が国最大の詩人フェルドーシの詩の一節さ」

彼らの前では、長靴を鞭で叩いているアサド・カーンのそばで、大佐はますます鼻声になりながら、際限もない演説をぶっていた。リルルーは必らず何かがおこると思いこんでいた。彼は映画でも見ているように、主人公の男か女が死のうとしているのに、ハッピーエンドになることはわかっているという気分だった。アサド・カーンは爆笑して、ふたりのクルド族を釈放するにきまっている。

大佐はようやく話を終えた。ふたりの兵士が死刑囚各自の顔に黒い頭巾をかぶせた。フセインはもがいて叫んだ。

「さよなら、フランス人！　クルディスタン万歳！」

彼らはひとりずつ椅子に上げられた。彼らに頭巾をかぶせた兵士たちが、その椅子によじ登って首に綱を巻きつけた。ふたりのクルド族はされるに任せた。

兵士たちは椅子から下りて、椅子を後ろに引いた。群衆はむっつりして動じなかった。

マハムードとフセインは、絞首台にぶら下がって二、三秒の間、脚をふるわせた。枷をはめられた足が支えを探した。身体は二、三度ピクピクとしてから、ぐにゃりとなり、死から解放されて静かにぶら下がった。

これは本当のことだったのだ。

リルルーは一瞬、満足して身体をゆすぶっているアサド・カーンを殺してやろうかと思った。

アサド・カーンと《勝利の軍隊》はテヘランに凱旋して、凱旋門をくぐった。その間、イラン陸軍の各師団を四分五裂させたモスタファ・バルザニと二千人の戦士は、徐々にソ連国境に近づいていた。

アサド・カーンは国王《シャー》を訪問した。彼は沢山のお世辞を使い、遠回しな言い方で話し、散々ほのめかしたあげく、国王《シャー》に、誰が見ても立派な凱旋軍の司令官として、当然自分が総理大臣に任命されるべきなのだということをのみこませた。それだけでなく、厄介千万な石油譲渡の件をまとめるのにも最適な人物であることも強調した。ソビエトの手先ゾルファグ兄弟を破って、ソ連そのものを打ち負かしたのだから、アメリカ人の完全な支持という利益を受けられるにちがいないのである。

国王《シャー》は憤怒をかくすために微笑しながら、《その提案については興味をもって考慮する》よりほか仕方がなかった。アサド・カーンはこれで任命されたものと判断して、実用に耐えなくなった戦車数輛をテヘランに送って市内をパトロールさせ、名声ある老人の首相に、スイスの病院に前立腺の治療を受けに行けとすすめた。彼は親切にも病院の住所まで提供した。

リルルーはテヘランへ戻るとすぐにサルメイヤンに逢いに行き、怒りをこめて、ただ少し夢をもちすぎた以外に罪のないゾルファグ兄弟の死刑について、語ってきかせた。

「実にやり手ですな、あのアサド・カーンは！」サルメイヤンは言った。「二本の綱を渡って、そのおかげで政権を奪ったのです。誰でもかまわず欺したり脅したりして、国王《シャー》が総理大臣に任命せざるを得ないようにしむけたのですね。国王《シャー》のほうは、アサドが今度は王位を狙ってくることもよく知っているのに。彼はクルディスタンの敗戦を勝利に変えてしまったのです！」

「実に下劣な男だ！」

「その反対ですよ！　あの男は祖国の偉大さに確信をもっていて、祖国が頽廃におちいるのを制止しようと望んでさえいるのです。彼は、あなたのことを讃めちぎっていましたよ。私は明日、彼のために祝賀晩餐会を開きますが、是非出席してもらいたいですね。私に報告を出すのをお忘れなく。ロパティーヌ氏に転送しなくてはなりませんから。あなたもたいしたやり手ですよ、リルルー君。ロパティーヌ氏はいつも実に選び方がうまい……その、何と言いますか……協力者のですね」

リルルーは自分があの髑髏《どくろ》のような顔の男にここへ送られ、あの男の部下であることをすっかり忘れていた。彼は、あやうくすべてを台なしにするところだったのだ。

「ああ、忘れていましたよ」サルメイヤンが言った。「娘のタニヤがひっきりなしにあなたの消息をきいてきますよ。ですからシムランへ行って、娘を訪ねて安心させてやって下さい。風呂に入って、ウイスキーを何杯か飲めば……少しは気持ちがおさまりますよ。報告書を書く気にもなるでしょう。運転手つきの車をつけてあげます」

「それにしても、まず自分の家へ寄ってみたいんです」

「無駄足です。勝手でしたが、あなたの身のまわりの品は引き揚げさせておきました。夏のテヘラン、特に南の地区では非常に不健康です。あまりに暑すぎますよ。私の家のそばに庭つきの小さな家をみつけておきました」

「しかし……アハマッドのほうは……？」

「伯父さんから、ハマダンの領地へ旅でもしてこいと言われたはずです。ではまた後ほど」

その日の夕方近く、タニヤは非常に美しかった。彼女がプールから出てくると、水滴が髪の毛を飾る真珠のように輝いていた。庭も花も枝もたわわに実をつけた木々も、小川の流れもプールも、皆、楽園からもってこられた一部分のように見えた。白い服を着た無言の召使いたちが、銀盆で冷えたグラスを運んできた。

リルルーは八杯目のウイスキーを飲み干すころ、ようやく絞首台にぶら下がってゆれているふたりの死刑囚のことを忘れられた。

彼は、サルメイヤンがクルディスタンを平定した将軍のため催おした晩餐会に出席した。多勢の重要人物がレセプションに応じた。大商人や英米の商会の代表者や、アングロ・イラニアン石油会社の《マネージャー》や何人かの外交官が姿を見せた。

リルルーの席は将軍の正面だった。将軍が親しく彼に話しかける上、彼が将軍と同じころケルマンチャーにいたことを皆が知っているので、外交官たちは皆非常な興味をもって彼を眺めた。彼らは、この得体のしれない《ピエル・リルルー》という実体のない商会の理論的代表者についての暗号報告書を自分たちの政府に送る用意をしていた。

「S・D・E・C・E（防諜・外国資料局。フランスの首相直属の情報及び防諜機関で、以前にはB・C・R・Aとか、D・G・E・Rとかいう名で呼ばれていたものの後身）かね？」フランス大使館づき陸軍武官が片方の肩を上げ、片方を下げながら耳もとで彼にたずねた。

「第二課（参謀本部第二課。軍の秘密情報部にあたる。フランスではもっとも歴史の古い情報・防諜機関）かね？」S・D・E・C・Eを代表している陸軍武官補はこうきいた。

「いや、偶然ですよ……」とリルルーはグラスをあげながら答えた。

武官も武官補もわけがわからず、これは大変な人物だと判断した。

食後、アサド・カーンはフランス青年を、庭園の目立たない片隅にひっぱっていった。

「アガ」彼は言った。「君は大変私を誤解している。君は歴史というものがまったくわかっとらん。なるほどわしはふたりの可哀相な奴を絞首したが、おかげでいくつかの村を焼き打ちするようなことをしないで済んだのだ。ああいう部族はイラン全人口の三分の一を占めている。まったく国家意識がないから、外国勢力から買収され、武器を受けとってその言いなりになってしまう。しかも戦士としては、イラン国軍より強いのだ。こういう部族、北ではクルド族、南ではカシュガイ族だが、連中は石油問題がきっかけで動きだそうとしている。だから事前に叩いておかねばならなかったんだ。明日の朝、総司令部のわしの事務室へ来たまえ。また、ゆっくり話そう」

リルルーは新しい住居に落ち着いた。真新しい服装で白い上衣のアルダバンが、もったいぶって彼を迎え、盆でお茶を運んできてからこう言った。

「旦那の運勢は、アラーの思し召しに従ってます。大将軍とペルシア一の大金持の商人のお友だちです。ほかにも召使いを傭ったほうがいいです。私が誰か探しましょう」

「アハマッドはどうした？」

「出かけました。あの人の運勢は凶です。旦那は金で将軍に身を売ったとか、娘につられてサルメイヤンについたとか、アメリカ資本主義のスパイだとか言ってます。でも、ハマダンではとても退屈するから、旦那が逢いにきてくれれば嬉しいとも言ってました」

「お前は大変な情報通だな。お前の情報源は？」

「風の便りです」

アサド・カーンは事務室に大きなペルシアの地図を拡げていた。地図には、各部隊が占領している地帯、部族の移動、部族がもっている銃の数などが黄色や赤や緑や青の印で書きこまれていた。

「みたまえ」アサド・カーンは言った。「この国は部族に囲まれていて、窒息しかけている。部族を抑えるためには、非常に機動性のある部隊、いつでも部族の集会している場所に落下傘降下できるような特攻隊集団が必要だ。人数は二、三千人で、装備も訓練もよくして、テヘランかイスパハンに駐屯させておく……」

「三千人の男がすぐみつかりますか？　閣下」

「非常に難かしいね……落下傘降下を承知し、たえず戦闘する覚悟のある本当の男を集めるのだからね。理想的に言えば、外人傭兵がいいのだ。しかし……そうなるとペルシア人が大騒ぎする。落下傘降下特攻兵の組織と、訓練についての報告書をつくってくれたまえ」

「かしこまりました、閣下」

「あ、そうそう！　軍は医療品の大量発注をしなければならん。ここに必要品のリストがある。これをフランスから取り寄せるようにやってくれたまえ。わしの手数料は十五パーセント、パリ払いとしてくれたまえ。わしの銀行口座の番号を知らせるから」

リルルーはサルメイヤンに逢いに戻った。

「あの将軍はギャングです」彼は言った。「医薬品の注文に十五パーセントの手数料をよこせというんです」

「他の政府首脳なら二十五パーセント要求するでしょうな」サルメイヤンは、リストに当りながら言った。「大変良い商売ですよ、これは。パリへ電報を打ちましょう。私に任せておいて下さい。もちろん、八パーセントはあなたの手数料だ。この注文の総額をご存知かな？」

「知りません」

「二千七百万リアル（イランの通貨。次ページの原註参照）ですよ。時に、ロパティーヌさんからあなた宛てに手紙がきていますよ。これです」

何ひとつ印刷していない紙に、署名もない走り書きがあった。

《アサド・カーンの件はおめでとう。彼をはなさないように。部族の動きについての詳細な報告を至急送りたまえ。重大事変が近づきつつある》

もう一通の手紙はヴァンサン・ルビュファルからだった。

《なつかしいピエル

悪い知らせだ。ヴェルトネルはヴェトナムの藺草《いぐさ》平原で作戦行動中にやられた。ゲリラの一隊を率いて前進中、ヴェトミンの狙撃兵から頭へ一発撃ちこまれたのだ。

《海軍》の消息はない。手紙には返事がない。

俺は何とか飯だけは食えるようになってきた。サン・ジャック街に小さなアパートをみつけて住んでいる。ジャーナリストとして自分が果たすべき使命がある、啓蒙をしなくちゃならんのだ……と自分に言いきかせるようにしている。（ぜんぜんそうじゃないんだ、ピエル。俺はわずかの金のために、何でもかまわず原稿を書きなぐってるだけさ）

君はまた冒険に身を投じているわけだ。運がいいよ。ペルシアについて何か情報をくれたまえ。記事にできるだろう。月末はいつも苦しいのでね。

友情をこめて。

ヴァンサン・ルビュファル》

リルルーは、封筒が一度開封されているのに気がついた。後になってから、アルダバンが彼のもとへくる郵便物を、彼に関心をもつ各大使館へ持っていっては手紙一通に対し五トマン（原註　一トマンは十リアルにあたる。この時代で四十フランから六十フランの値打。もっとも価値は非常に変動している）貰っていたことを知った。

テヘランの街は、パン焼かまどのような蒸し暑さに包まれた。宮廷は山岳部へ出発し、議会《マジリス》は休会し、アサド・カーンはそれを利用して権力を奪っていった。彼は各省に部下の将校を配置した。警察は厳重に市場町を監視していた。トウデー党の指導者は逮捕され、各労働組合の本部は軍に占領された。

英国との利害関係が非常に深い何人かの高官は、職を捨てて、欧米に視察旅行に出るように勧告された。

国王《シャー》は多少抵抗しようとする気もあったが、アサド・カーンは国王に、現在の専制君主体制は軍隊のおかげで権力が握れたのであり存続もできるのだということ、そして、その軍隊は完全に自分の掌中にあることを思い出させた。

将軍は週に一、二度、リルルーかサルメイヤンの家へ来て宵をすごした。彼は自分の心をとらえている特攻隊編成計画を長々と論じたが、まだ外人傭兵を呼びよせようとする決心はつかないでいた。

パレスチナ戦争（イスラエル独立当時の戦争）の知らせがきても、テヘランでは非常に弱々しい反響しかよばなかった。ペルシア人は反ユダヤ主義だったことはないのである。時どきいくつかの回教寺院で、回教僧《ムラー》たちが反ユダヤの聖戦を説いたところで、それは雄弁に花をそえる程度のものでしかなかった。誰ひとり、この戦争に介入しようなどという考えはもっていなかった。ペルシア人はこの戦争で争っている両者のうち、アラビア人は大嫌いで軽蔑していたし、ユダヤ人には一種の好感をもっているのだった。

アルダバンは状況をこう要約した。

「パレスチナなんて遠い遠い国です。また、イギリス人と石油の問題ですよ。皆勝手にやるがいいです」

ある日の午後、リルルーがサルメイヤンのプールのほとりでうとうとしていると、近くの会話が断片的に耳に入ってきた。タニヤの情熱的なハスキーボイスに、もうひとつの明るい声が答えている。彼は起きあがって、タニヤのそばにミリアムの姿をみた。

伝説の女戦士《アマゾネス》は、こういう姿と顔立ちだったにちがいない。ミリアムの肩幅は広く、ウエストは非常に細く、長い腿は中太先細で、昂然と頭を反らしていた。髪はブロンドで、眼は浪のようにころころとその色を変えた。彼女はパレスチナ女というよりもはるかにノルウェイ娘に似通っていた。

タニヤは、不気嫌にそれぞれを紹介した。

「こちらはミリアムよ、テヘランのユダヤ代表部で働いているの。こちらピエル・リルルー、私の父の商売仲間よ……」

「お目にかかれて嬉しいわ、ピエル・リルルー」ミリアムは言った。「テヘランでは皆があなたのことを話してるわ。悪意のある人はあなたがアサド・カーンの決定に大きな影響力をもっていて、あなたは……何というのかしら……アサドの不吉な相談役だと言っているわ」

彼女の言葉は、真珠の首飾りがちぎれるように、滝のような急激な笑いのさざめきで終わった。

彼らはひと泳ぎしてから、ダンスした。嫉妬をかくそうともしないタニヤは、つききりで監視していた。

ミリアムはテヘランへ戻る前に、リルルーの手に名刺をすべりこませた。

「あなたとおおいに語り合いたいわ……明日の朝、私の家でどう……タニヤが嫉妬するの、はじめて見たわ……あなたはずいぶん値打のある人らしいわね」

「あの女《ひと》はあばずれよ」ミリアムが去るとタニヤは言った。「パレスチナのことしか考えてやしないわ。パレスチナのためなら何でもするわ、悪魔とでも寝るわよ。それに男嫌いなの、女のほうが好きなのよ」

「まさか」

「私、あの女《ひと》と女同士の愛を試してみたのよ。悪くはなかったわ。あの女《ひと》は私より性《たち》が悪いわよ、ピエル。私はただ退屈してるだけだけど、あの女《ひと》には目的があるんだから」

翌日、ピエルはミリアムとのデートに出かけた。

彼女は、サーディ大通りの近代的な建物のアパートに住んでいた。雨戸は閉め切られて、大きな扇風機がなまぬるい空気をかきまわしていた。床には厚い絨緞が敷かれ、いくつかの家具は皆非常に丈の低いものだった。ひとりの召使いが、冷たいお茶を運んできた。

ミリアムは、すぐリルルーを名前で呼ぶようになった。

「ピエル、私はあなたのような質《たち》の男の子が好きよ」

彼女は長椅子に腰掛けたまま脚を組んだ。

「あなたはここでお国のために大きな勝負をしているわ。フランスが利益を得るように、石油問題で仲介の労をとって石油の分割を得られるようにはからっているのね。あなたはクルド族をいっぱいひっかけて、今度はアサド・カーンを……」

「とんでもない……いいですか、ミリアム。僕の使命とか重要さとか皆が言っているのは、ただのほら話ですよ。これは偶然です。この国で僕が代表しているのは一輸出入商会にすぎない。その商会がサルメイヤンと利害をともにしている。僕はその仕事をしている……それだけです」

「どうして嘘をつくのよ？　私はあなたの敵じゃないわ……フランスの敵でもないわ」

「じゃあ、もっと言いましょう。僕には国なんかない。僕の愛した女はドイツ人だったし、一緒に戦争をやった友人たちは皆、闘かうのが好きだったから闘かい、お互いにうまがあったから一緒にいるという傭兵気質の連中だった。僕は、この恋人も友だちも失いました。今ここにいるのも、傭兵としてですよ……アサド・カーンは、それがよくわかっているのです」

「私はぜんぜん別のことを考えていたわ……じゃあ、あなたは売物なのね？　私はあなたが要るわ。いくら？」

彼女は手を腰に当てて立ちあがっていた。眼はほとんど黄色にみえるほど光っていた。

「いくらなのよ、リルルー？　この国では、私たちは大金を動かせるわ……アサド・カーンに、ある取引について話してもらうにはいくら要るのよ？」

リルルーは立ちあがって煙草に火をつけた。

「僕は金は嫌いだ」

彼は戸口のほうへ向かった。

「待って、お願いだから……許してちょうだい……ピエル、行かないで。とにかく話をきいて下さらない」

彼女はもう一度リルルーを長椅子に坐らせた。

「私には国があるわ。そこで生まれたのじゃないけど、生まれなかったからこそ愛着があるの。私たちの国は、昔からの希望の実現ですからね。私はユダヤ女として、やっと土と木と家のある現実の国民になることができたの。でも、それが失われそうなの。私たちの国には、今すぐ飛行機が、ダコタ輸送機がいるの。エジプトにはダコタ機のストックがあるわ。でも、買うことができないのよ。エジプトは私たちの国と戦争中ですからね」

「その話とアサド・カーンに何の関係があるんだい？」

「イラン国営航空会社がダコタ機のストックを買って、私たちに転売することができるわ。十二機のダコタと部品があるの。通り値の二倍は払うわ。アサド・カーンとあなたには一財産よ。取引はドルで決済してもいいのよ。アサドはドルを欲しがっているでしょう。それぐらいはわかっているわ」

ミリアムの口調のあるものが、リルルーの思い出を呼びおこした……それはあのグリュンバールと、彼の《希望》だった。グリュンバールも祖国をもって幸福になれたろうに……。

「その上、何が欲しいのよ、ピエル？　私の身体？　でもそれならタニヤで充分じゃなくて？」

リルルーは自分を軽蔑しているこの娘が欲しかった。

彼は彼女を長椅子に押し倒して、ベルトを外しながら彼女を抱いた。彼女は冷たく無気力で、されるに任せた。

この交合には忌まわしいものがあった。

ミリアムはピエルにたずねた。

「ご満足、ピエル？　私と寝られたから、私を自分のものにできたから……これであなたは復讐したわけね」

「娼婦のほうが君なんかより強い信念をもって男と寝るよ。それにずっと安い。アサド・カーンに話はしてあげよう。でもそれは、フランスで犬死したひとりの昔の仲間のためだ。彼はきっと祖国が欲しかったろうからね。僕は、君のように祖国をもつためにすべてをささげて生きてるわけじゃない。共産主義者になること、これも祖国をもつことかもしれないが、僕にはできない。共産主義者は、充分人間性を尊重しないし、退屈な代物だ。フランスはあるが、これはもうあきらめものさ。君を助けるのはグリュンバールだ。僕じゃない。飲み物をくれないか。今度は、ウイスキーがいい」

ミリアムは、二個のグラスと瓶と氷をもってきた。

「君が男嫌いだということは知っていたんだよ。タニヤがそう言ってた」

「馬鹿な女《ひと》！」

彼女の燃えるような肉体が、彼の上に倒れかかってきた。彼女の手足は、蔓のように彼の身体じゅうにからみついた。彼女は彼の口を噛み、彼の背中に爪をたてた。彼らは長い間、快楽の中で組み打って勝負を争った。彼女は彼に続いて絶頂感におぼれる前に「あなたは私のものよ！」と叫んだ。

彼らは並んで眠りこんだ。水売商人のかけ声がふたりの目をさました。ミリアムは、リルルーの髪の毛をつかんで顔をひきよせ、長い接吻をした。

「あなたの口は果物のようにいい匂いがして、噛んでやりたくなるわ。あなたの肌は、女の子のようにすべすべしてひやりとするのね……あなたが今までに抱いた女は皆、おとなしすぎたのよ。あなたはちやほやされるくせがついてるわ」

「君だって、自然の与えた役目と反対の役目を演じすぎるじゃないか」

「性《セックス》なんてものはないのよ。あるのは慾望だけ。私は今まで男のそばで一夜を明かしたことはないわ。あなたとならやってみてもいいけど。アサド・カーンにはいつ逢ってくれる？」

「今すぐに」

「後で戻ってきて、パーク・ホテルへ食事に連れて行ってよ」

「どうしてパーク・ホテルがいいんだ？　僕は市場町で《チェロ・ケバブ》を食うほうがいい」

「私、あなたをみせびらかしたいの」

アサド・カーンは二、三分しかリルルーを待たせず、ふたりの大臣、四、五人の大佐、同じぐらいの数の国会議員を後回しにした。

「控え室で待つのも薬になるさ」アサドは言った。「権力を握っている男は、必らず控え室を立派に整えておかなけりゃならん。あ、そうそう！　君の商会は医薬品の件で、非常にきちんとした仕事をしてくれた。完全に決済の済む前から、わしの手数料を口座に払いこんでくれたよ。また、別の商売をやろうじゃないか」

「ちょうど商売の話で来たのですが」

リルルーは将軍に、エジプトのダコタ機のストックとユダヤ代表部の申し入れを話してきかせた。

「ユダヤ人は口が堅いかな？」

「そのほうが自分たちのためでもあります、閣下」

「仲々面白いね。それに、わしの政策路線にぴったりだ。これでわしは、アラブ連合の馬鹿どもに一泡ふかせてやることができる。英国人が、我々をもう少し抑えておきたいために、アラブ連合に入らせたがっていることを知っているかね？　君は、たしか《決済はドルで》と言ったな？　わしは合衆国にも口座がある。この転売操作でわしの収入になる分の金額をアメリカ向けに振りかえられるかね？」

「できるはずです」

「特攻隊についての君の報告は読んだ。イラン国民相手じゃどうしようもないな……多分、部族の男なら物になるだろうが、わしに対して忠実というわけにはいくまい。どうやったら、この民族を鍛えられるかな？　非常に悧巧な国民だが、悧巧すぎる、つまり無感覚になっとる。ペルシアの民衆にとっては、権力という権力は形のいかんにかかわらず抑圧そのものにすぎないのだ。

　アガ、わしは、回教僧《ムラー》の管長に逢わねばならん。あの男がこの件をききこんで、しかもびた一文貰えないとなったら、テヘラン中の回教寺院で、喉をえぐられるような声でわめきたてるにちがいない。あの管長がひげをふるわせて、ターバンをふりたてながら《回教徒の兄弟よ》と言うのをきいたら、まず信用したくなるのがふつうだ。しかし、あの男じゃスンニ（原註　正統派の回教徒）の支持は得られない。あの男の飲むお茶というのはウオッカのことだし、何より金が大好きだからな。ああいう教団、ゴタゴタひしめきあう教団、ズルハネ（原註　文字どおりには「力の家」。体育団体兼宗教団体で、狂信徒や暗殺者の養成所になっている）の男ども、市場町の人間、分離派回教僧、苦行回教徒……南地区のギャングの親玉ども……あんな奴らよりはトウデー党のほうがましだ。まだどこかに骨があるからな。自分たちのしようとしていることの意味は心得ている。もちろんこれは本物の指導者たちのことで、甥のアハマッドのような生っ白いぼんくらは別だよ。男らしい男が二千人いれば、わしはこの国の支配者になれるんだがな」

　リルルーは、アサド・カーンがひとりごとが好きで、それを邪魔されるのが大嫌いなのを心得ていた。

「何か意見はないのか？」

「閣下……」

「君はこう考えとるな。《アサドも他の人間と同様、利権の虜だな》と。そうじゃない。わしも自分のしようとすることの意味は心得とる。腐り果てたアラブ世界とは縁を切った上で、ペルシアを大近代国家につくり上げたいのだ。フランスが、大国とはいえなくなったのは何故だと思う……」

「戦争をやりすぎたのです」

「民族を鍛えあげるのは戦争だけだよ。哲学、芸術、文学、教養なんてものは国民を軟弱にするだけだ……プラトン（ギリシャの理想主義哲学者）は理想国から詩人を叩き出そうとした。ところが、ペルシアでは全国民が詩人なんだ。ろばひきの小僧までフェルドーシだのサーディだのハフェズだのの詩をうたったり、神について論じたり、阿片を吸ったりしとる。アガ、君は阿片を吸ったことはあるかね？」

「まだです」

「実に快適なものだよ。そろそろ、君も退出せにゃいかん。他の者を待たせすぎた。わしが国王なら、もう三十分は引きとめておくがね。決済はドルだったな？」

ミリアムはリルルーをベッドにひきいれたあげく、シムランに来て彼と同棲するほどになった。彼らはサルメイヤンのプールのそばで寝そべったまま長い時をすごした。タニヤは敵意をあらわにして彼らをにらんでいた。ある日、彼らがいつもより飲みすぎた時、タニヤはリルルーの家までついてきて、三人で一緒に夜をすごした。ミリアムは、この状態を《色欲上は興味深い》と認めた。タニヤはフランス男とユダヤ女のカップルを破壊してやったつもりで、復讐の快感を味わった。

しかし彼女は、すぐに自分が招待客として受け入れられたにすぎなかったことを知った。リルルーとミリアムは、肉慾以外の何かで結ばれていたのである。

ペルシアでは、サルメイヤンの介入なしにはいっさいの重大取引が不可能なほどである。彼はダコタ機の売買取引について詳細に知らされた上、その主役を引き受けた。

彼にとって、飛行機や武器や石油や人間を売ることは、電気冷蔵庫や米を売るのと同じ《ビジネス》だった。そしてこういう活動に伴う危険は、彼の見透しのきく賭博気質を、いつもより多少かきたてるぐらいのことにすぎなかった。

エジプトのダコタ機は、フランス青年には三万七千ドルの収入になり、サルメイヤンとアサド・カーンにははるかに巨額の金が入った。

リルルーが自分の手付けをユダヤ代表部に寄付したこと、ミリアムと離れないことを知った時、サルメイヤンにはわけがわからなかった。しかし、彼はたちまち、細かく気の回るリルルーのことだから、もっと大きな取引を狙う一か八かの勝負をしているにちがいないというふうに納得した。

九月がきた。木々の葉は血の色と金色とに色彩られ、木の下かげは日が落ちると軽い霧に包まれた。ミリアムとリルルーは馬に乗って長い散歩をした。彼らは自分たちの恋がいよいよ豊かに深くなるのを感じていた。恋はこの自然、秋の色、香り、ひびきを溶け合わせ、百姓たちが唐もろこしの実を焼く小さなたき火と、日暮れ時に羊飼があげる長い悲しげな呼び声とを、ひとつのものに感じさせた。

ミリアムはふたりだけでいる時には笑わなくなった。夜、彼女は、彼の肩にしがみついて眠り、時には朝になって、眼を泣きはらしていることがあった。

「どうして泣くんだい?」

「私はいつも、前もって泣いておくの……いずれ目をさました時、ひとりになる朝、私の腕がむなしくあなたを求める朝がくるわ。私はその時のために、今から泣いているの」

「僕はいつまでも君のそばにいるよ」

「いいえ。そうはいかないの。私は間もなくパレスチナへ帰るのよ。ペルシアでの使命は終わったわ」

「僕は君と一緒に行く。君の国は兵士が必要だ。僕は戦闘を心得ている」

「あなたは私の種族ではないわ。それはまあいいとしても、あなたの希望と私たちの希望はちがうのよ。あなたはひとつの街を征服したわね……今度は王国を征服したいと夢見ている……私の国にはあなたの席はないわ」

ある朝、ピエルは、メヘラーバードの飛行場で彼女を見送った。彼女の荷物は、小さなスーツケースだけだった。

「これからどうする気だ?」

「《キブツ》の生活に戻るわ。キブツは、アラブとの分離境界線のほとりにある、農業共同生活体なの。でも、ピエル、私はあなたから貰ったとても美しいプレゼントをもって帰るのよ。私には子供ができたの。息子が生まれたらあなたのように、美しくて勇敢な男になるでしょう。あなたのように、《馬鹿のような死に方をした》ひとりの旧友のために一財産投げ出せる男になるでしょう。じゃあ、もうお目にかかれないわ。恋というものを教えて下さってありがとう」

「君には僕が要らないのか……」

「私が欲しいのはあなただけ……」

彼女は手をふって、パレスチナに譲渡された最後のダコタ機のステップをのぼった。

リルルーとアサド・カーンは、庭園のまん中に敷いたシラズ織りの絨緞の上に寝そべって、阿片を吸っていた。彼らは長いピンセットで、火鉢《マンガル》（原註　中央アジアの阿片吸引者が用いる小火鉢。中央アジアでは、極東のようにランプを用いない）からおき火をとって、木製の管の先にとりつけた小さな素焼きの壺に近づけた。彼らは長い間、重く濃い煙を吸いこんだ。煙は心を和ませる浪になって、身体じゅうに広がっていった。それから、彼らは夕暮れのまだ暖かい空気の中に煙を吐き出すのだった。無関心とにこやかな憂愁の薄い幕によって、荒々しい世界から離れ、身も心ものんびりして軽々と感じられた。

「我々は甘い生活を送っている、アガ」アサド・カーンは煙管を置きながら言った。「この庭園はすばらしくきれいだ。わしにとって、君の友情は尊い。英国人は、わしの出した条件をのんだ。あと、二、三日でわしはこの国の支配者になり、二、三カ月で君主になれる。君は、わしの親衛兵として強い男たちを買い集めてくれたまえ……カエサル（ジュリアス・シーザー）の言葉を知っているだろう、《肥っていて夜はいびきをかく奴ら》がいい。わしはこの国を手中に収めて、何かをつくり出す。君の力を借りる……」

「テヘランでは、民衆が、閣下は英国人に国を売ったと非難していますが……」

「馬鹿な奴らだ！　わしが石油を国有化しないから、そう言うのさ。そんなことをしたら、英国人はナフサ（原油を蒸溜して得る油）と石油精製所を我々に残して去るだけだ。我々としては、そんなものをどう処理したり運転したりすればいいかわからん。わしは、サウジアラビアがアメリカ人と取り交わしたのと同じ条件を、イランのために獲得したのだ。前は利益の一〇パーセントがイランの権益だったが、今度は五〇パーセントだ。その上、資源利用と売却に対しても税がかけられる」
「どうしてそれを発表しないんです？」
「これは政府の事業で、民衆には関係ない。民衆は卑怯で愚鈍なくせに、女のようにおせっかい焼きだからな。多分、明日……回教寺院と議会には知らせることになるだろう……。

ペルシアと英国の間に仲介者があるのは悪くないと思うね。例えばそれがフランスだとすれば、英国とイラン双方から各自の権益の五パーセントを譲渡させるのだ……」

ロパティーヌは、この種の協定の可能性について、将軍の意向をさぐってくれと、リルルーに依頼していたのだ。

「しかし、これはもっと後になってからでも実現できることだよ、アガ。こんな面倒なことは忘れて、もう一服のもうじゃないか。馬鹿どもは阿片を罪だという。わしは政権を握ったら、ペルシア全土にわたって阿片を禁止するつもりだ。《麻薬《テリアク》》の使用は芸術家と支配者にしか許さない。芸術家に対しては、自己破壊作業を助けて、従って創造に助力することになる。支配者に対しては、群衆を離れて、大所高所から見ることを可能にし、憎悪や軽蔑におちいらないようにしてくれるからな……すまんが今日は早く引き取らせてもらうよ。明日は仕事が多くてね……」

リルルーは将軍の姿が消えるやいなや、この話をサルメイヤンに急報しなければならなかった。しかし、彼は自分の肉体という厄介なものを忘れ去った境地の中で、あまりにここちよくて、動く気がしなかった。

空には星が光りはじめた。彼はアルダバンをよんだ。
「お茶を一杯もってきてくれ。それから掛物をくれ」

彼はクッションに顔をうずめ温かくしてから、次の煙管にとりかかった。夜は深まって、そよ風がわき、水はせせらぎ、木の間に鳥の羽搏きがきこえて、星の輝きは強まった。もう一服吸うと、すべてが平和になる。アサド・カーンは《群衆から離れる》ために阿片を吸うという……リルルーは、平静であるために、そして長くて純粋な生命の瞬間だけを求めて、阿片を吸うのだった。

タニヤが、彼の前に立っていた。彼は、彼女の足音に気づかなかったのだ。彼女は、火鉢を足蹴にした。炭火が草の中に散らばった。彼女は、煙管と阿片を詰めた箱を叩きつけた。

リルルーには、この女のふるまいが野卑で、身ぶりは荒々しく、無意味に昂奮しているとしか思えなかった。彼は手ぶりで彼女を追い払おうとしたが、身体が重すぎて手もあがらないほどだった。

「ピエル、もう阿片を吸っちゃいや」

「どうかしたのかい？……僕は、君のものでも誰のものでもないよ……君は二、三日前、僕が他の女と一緒に行きさえしなければ、あとのことはどうでもいいと言ったじゃないか。僕が阿片を吸っている以上、君は安心していられるはずだ」

「あなたが阿片を吸うのは……ミリアムのせいじゃないの」

ピエルは思った。《うむ、ミリアムのことがあったのか……》。たしかにそうだ。ミリアムがいた。彼はミリアムを愛した。ミリアムに重大なものを託した。しかし何故今さらそんな……もう何ごとも重大じゃない。何ものも実在しないのだ……。

「昂奮するのはよせよ、タニヤ。僕のそばに来て横になりたまえ。しかし、僕にふれるんじゃないよ。どうして君も阿片を吸わないんだい？　とてもいい気持ちだよ……いや、だめだっていうのに……はなしてくれよ、それはまた今度にしよう。静かにしていられないのかい？」

リルルーは、翌朝遅く目をさました。彼は、サルメイヤンに昨日の報告をしなければならないことを思い出した。彼はタニヤの自動車を使って、テヘランに下りた。街路には群衆がひしめき、鉄かぶとをかぶった警官や兵士をのせたトラックが議会のほうへ突進していた。彼はこう思った。《アサド・カーンは、武力政権奪取の日を早めたんだな》

サルメイヤンは事務所を歩きまわりながら彼を待っていた。

「あなたは旅券をもっていますか、ピエル？」

「持っています」

「貸したまえ」

サルメイヤンはベルを押した。ひとりの事務員が入ってきた。

「急いで警視庁へ行ってくれ。アマリアン大佐がリルルーの出国査証をくれることになっている。それからフランス航空へ寄って飛行機の切符をとってきてくれ。予約してある」

「いったい何ごとです」リルルーはたずねた。

「アサド・カーンは一時間前、回教寺院で暗殺されました。犯人は回教の狂信者で、匕首《あいくち》で一突きでした。あなたは、もう一日ここにいれば逮捕されますよ。明日からはもう、軍がこの国を統制できなくなりますからね」

「でも、この事件と僕に何の関係がありますか？」

「多くの人から、あなたはアサド・カーンの腹心の友、いや顧問官でさえあるとみられています。その上、私の娘の婚約者だとも噂されている。あなたがこの国にいては、私まで巻きぞえをくらいます。飛行機は一時間後に出ます」

「アサド・カーンは昨日、英国と協定を結んでイランの権益として利益の五十パーセントを獲得していたんです」

「あなたが昨夜のうちにそれを知らせてくれたら、私はアサドを救えたでしょうに。娘が望むなら、ヨーロッパへやってあなたに再会させましょう。あなたのおかげで、我々はもう少しで大きな賭けに勝てるところまできていましたが、こうなっては、私は、すぐ別の船に乗り換えなくてはなりません。それも大急ぎでです。ロパティーヌさんには、電報を打っておきました。これをとって下さい。ついさっき届いたカスピ海岸の新鮮なキャビアの見本です。これを土産になさい。幸運を祈ります。あなたを娘婿として迎えるのは悪くはないと思いますが、今は時機が悪い。万事が忘れられてからにしましょう。ロパティーヌさんによろしく」

リルルーはタラップが外されかけた時にようやく間に合って、飛行機に乗った。阿片の酔いが残って、頭が重く、胃袋はむかついていた。

# 天道登頂戦——朝鮮

モーレル、ベルタニヤと、新しい階級章をつけたアンドレアニ特務曹長は、小さなたき火のまわりで足ぶみしていた。たき火には水を入れた飯ごうがかかっていた。

朝方はめっきり寒くなってきて、壕の中では衣類がじめじめした。山陵に沿って、青い煙がたなびいていた。

ベルタニヤは包みから煙草を出して火をつけると、大急ぎでポケットに手をつっこんだ。

「静かにコーヒーが飲めるのも、これが最後さ」彼は言った。「明日の今ごろは、中国兵相手にドンドンパチパチよ。でなけりゃドック入りか、お陀仏かだ」

「何時に谷間へ下りるんだい？」モーレルがきいた。

「三時だ」アンドレアニは答えた。「峠を通って行く。夜になるころには《天道《スカイ・ウエイ》》にいるアメリカ兵と交代しなくちゃならん……あれだけの砲撃をくらってまだアメリカ兵が生き残っていればの話だがね。しかし我が小隊は優秀な小隊だ、中隊きって優秀だ。万事うまくいくさ」

モーレルは苦笑した。

「砲弾は、相手が優秀かどうかなんておかまいなしにぶっ殺すさ。アンドレアニ、あんたはきっと例のアメリカさんの勲章を貰えるよ」

「俺には何もおこりっこないよ」特務曹長は冷静に答えた。「俺には特別の加護がある」

「コルシカ人は、皆迷信屋だよ」とベルタニヤが言った。「俺の知ってる奴なんかは……」

アンドレアニは真剣になった。

「俺のは、そういうのじゃない……」

彼はもう少しで、ふたりの兵士にマリアのことを話しそうになったがやめてしまった。ベルタニヤにはわかりそうもないし、モーレルの眼の底には、意地の悪い皮肉な光があるのに気がついたからである。

モーレルは非常に優秀な兵士だったが、彼の中には何か悪質なもの、非常に冷酷なものがあるのだ。この男にはマリアのような存在がないのだ。

軍医はハリー・マロースと向かい合って、ベーコン・エッグ、ジャム、コーヒーの朝食をとっていた。《先生《ドク》》は客の様子をうかがっていたが、どうやって手なずけていいものなのかわからなかった。そこで、彼は生まれ故郷の話をしようと試みた——アメリカ人相手にはいつも利き目のある手段である。マロースはこう答えた。

「ある朝、僕は自分が生きてることに気がついたのです。あれはニューヨークで、僕は十二歳で靴磨きをやっていました。それから新聞売子になりました……それから、その新聞にものを書くようになりました……あなたはリルルー大尉のお友だちだ。彼の話をきかせて下さい。それから、彼がヴェトナムでやってきたこともね」

「大尉はそのころの生活について、ほのめかしたこともありません。僕は何も知らない。ただ、会食中に二言三言噂話みたいなのをきいただけで、そんなものには何の値打もありませんよ」

マロースは、自分の席でうとうとしはじめた。満腹した大蛇が眠りにおちるという格好だった。軍医は彼の目をさましてやろうとした。

「クランドル将軍のことをどう思います？」

彼はマロースの記事の話はきいていたが、読んではいなかった。

「立派な将軍ですよ、先生《ドク》、とても優秀だ……奥さんが利口者で、国防省《ペンタゴン》で将軍の後衛をつとめてますよ。《利け者《ブライト》》リリイという仇名でね……」

彼は古いパイプを出して煙草を詰めた。

「我々ふたりの求めているものは同じです……」

「あなたは新聞記者で僕は医者だ。大きなちがいがありますよ」

「我々の求めているのは人間です。人間の秘密です。彼らの生きる理由です。おそらく死ぬ理由も含めてね……僕は、読者には物語しか提供しませんからね、いつか新聞記事を書くのをやめた時、一冊の、いや何冊かの本を書いて、読者に、こういう物語の背後にかくれていたものを示したいのです。《白い山に恋した将軍》を発表したのは、誤まりでしたよ。あれは、一冊の書物向きの話です。将軍をいろいろな面から描いてみせ、沢山のページを使って、彼の内面の歯車をさらけてみせるべきでしょう。しかし、その書物は、将軍だけでなく、あの驚ろくべきアンドレアニとかリルルーとかのためにも書かれなくちゃいけません。読者がよく理解できるように……」

「僕にどうしろというんですか?」

「フランス大隊は今夜攻撃に出ます。僕も、一度にあちこちにあらわれて登場人物ひとりひとりを見張っていることはできませんからね」

「僕は繃帯所に釘づけですよ」

「攻撃は困難をきわめるでしょう。戦死者も多いだろうし……負傷者も出るでしょう。負傷者はあなたの手元を通るわけです」

「あなたは下劣な人物だな」

「それは誤解ですよ、先生《ドク》。僕は煽情的な記事を書きたいんじゃない——それなら材料は充分あります。いずれ書くつもりの本のことを考えてるわけでもない。ただ知っておきたいことがある……」

「何のことです?」

「男たちを、ここまで押しやってきた動機です」

「おそらく動機は非常に単純なものですよ……子供っぽくさえある……」

「皆がそうとは限らない……アンドレアニやリルルーはちがいますよ、あの副官の中尉にしても……」

「ルビュファル中尉ですか?」

「そうです。アメリカ人の中尉のレクストンのことはわかっています。しかし、あの偵察隊の後、銀星章《シルバー・スター》を授けられた兵隊は……」

「モーレルです」

「あの男も興味をひきますね。それから他の人物も、皆です……クランドル将軍も、あなたもですよ、《先生《ドク》》。それに私自身もです。私にもまだ自分の示す反応がすっかりわかってはいませんからね。これから、私たちはそれぞれに話をきいてまわろうじゃないですか? あなたは兵士たちを愛している、兵士もそれを感じている。だから、この師団の人気者なんです。僕も彼らを愛してはいるが、それを知られたくない……それに、彼らを守ってやらなくちゃならない」

「誰からです? クランドルからですか?」

「クランドルからだけじゃありませんよ。どうです、この提案は?」

ルビュファルとリルルーはポケットサイズのチェス盤でチェスをやっていた。

「勝つのは君ばかりだ」ルビュファルが言った。「これじゃ面白くないな」

「でも、ほかにすることがあるかい？　攻撃についての命令はすべて伝達し終わった。各小隊長、各分隊長はやるべきことを心得ている。もっとも例によって、実際の状況にぶつかれば、そんな命令なんかぜんぜん値打がなくなるだろうな。各人が、その場の判断で行動するのさ」

「まっ先にダンスに出て行くのは、俺たちだぜ」

「命令にはそうあるな」

「あの《白い丘《ホワイト・ヒルス》》は何の値打もないとしか思えない」

「レクストンもそう思っている。彼は女房に手紙ばかり書いているよ。絶対にこれだけは止めんと言いはっている。君はイレーヌのことを耳にたこのできるほど話してきかせたくせに、彼女に手紙を書かないのか？」

「書かない。俺は彼女を愛してはいなかったんだ。ただ、当時の生活はくだらなかった。彼女はきれいだった。皆が俺を羨ましがって、彼女を奪おうと狙っていた。彼女は俺の劣等感を消してくれた。だから、俺は執着したのさ。そういう君はどうなんだ？」

「もう誰もいないよ……俺がひきつけられた女たちが今どうしているか知らないんだ……リナにしても、テヘランで知り合ったミリアムにしても……リアンは自殺してしまった。エスコテギーは、ヴェルトネルと同じく死んでしまった。フォーガは、精神病院に監禁されている。真相を喋らないようにね」


午後四時になるとフランス大隊は、谷へ向かって下りはじめた。武器や弾薬の重荷で背を丸めた兵士と苦力《クーリー》の長い列が、何条かの通り道に沿ってのびた。

「あの太陽をみたかよ？」ベルタニヤは自分の尻を叩きながら言った。「まるで暑中休暇だ！」

彼は足をふみ外して装具ぐるみ一本の木に倒れかかった。

「このアメリカ靴の畜生め、底がすべって仕方ねえ。支那公はズック靴をはきやがって、こちとらよりずっと楽に動いている。おい！　アンドレアニ！　どうしたんだ？」

アンドレアニはまっ蒼な顔をして一本の木によりかかっていた。彼は、熱でもあるかのようにガタガタふるえていた。一隊の苦力が竿にくくりつけた死骸をかついで、彼らのほうへ来るところだった。

「黒ん坊だぜ！」ベルタニヤは興味をもった。「たしかに第四連隊の若い衆だ……」

彼は勘定しはじめた。

「三十人以上いるな……」

アンドレアニは、やっとの思いで自分の弱さに打ち勝った。死人ならいくらも見てきている。死骸を背負ったこともあり、死骸を靴の先で転がしてみたこともある。それに、この死骸は黒人ではないか。しかし、生まれてはじめて、彼はこれらの死骸が自分自身の一部で、単に腐りつつある屍ではないと感じた。彼らも苦しみ、愛したのだ。彼アンドレアニも、いつかは彼らのように、苦しむことも愛することもできない死骸となって、竿にくくりつけられて山をくだることになるかもしれない。肉体としての自分とマリアへの愛情のほかに、まだ《何か》が存在し得るという考えが彼に作用しはじめた。祈ろうか？　子供のころ母親から教わって暗誦していた祈り、意味がわからないでまったくでたらめに喋っていただけの祈りをか？　彼は祈りを思い出そうとつとめた。マリアに見捨てられたと感じたので、祈りが唱えたくなったのだ。

モーレルが、アンドレアニの前を歩いていた。彼は、いつものとおり気楽そうに正確に歩き、念を入れて足を下ろす場所を選び、よろけもしなかった。

狐の巣穴のような壕の中で暮らしていたにしては、彼の衣服は清潔で、小隊の誰よりも身ぎれいだった。カービン銃には念入りに油が塗られ、背のうはほとんど完璧な四角形に整えられていた。

アンドレアニはモーレルに話しかけたかった。彼の知ってる男の中では、この男だけがマリアへの愛を語れそうな相手だった。しかし、彼はモーレルの清潔さと正確さ、そしてその露骨な誇示の仕方から、自分とこの男が異質な存在であることを感じていた。

モーレルは断片的に自分の過去を思い出していた。対独協力フランス義勇軍、牢獄、少年時代、彼はこういう思い出に、ひとつも感動しないのに自分で驚ろいていいた。彼には、あの《野獣の檻》以来自分の過去に対して異邦人になり、どこからきたかもしれない志願兵モーレル、誰もその本当の過去を知らない男にすぎなくなったのだ、という印象があった。他のものと同じように、この攻撃がきびしいもので、ほとんどが生きて帰れないだろうということは知っていた。しかし、彼は誰も愛していなかった。ベルタニヤだけに漠然とした共感をおぼえているだけだった。彼は、もう恐怖を感じることもできなくなっていた。死刑を宣告されてからの三カ月間に、自己保存本能を消耗しつくしてしまったのだ。彼は冷淡で、ただ好奇心があるだけだった。

リルルー、ルビュファル、レクストンはお互いに何の話もみつからないまま、後になり先になりして歩いていたが、列が滞れば止まり、動けば歩きだした。彼らも背のうの重さで背をかがめていた。

第四中隊は峠に着く少し前、第四連隊のアメリカ兵の一箇大隊が《天道》《スカイ・ウエイ》からくだってくるのとすれちがった。フランス兵の列は狭い通路で道をふさがれた。G・Iは、のろのろと彼らの前を通って行った。アメリカ兵は水死人のような顔色で、やせこけて眼ばかり大きく、その眼は何もみていなかった。一部の者は、顔や手に、茶色くなった泥まじりの血のにじんだ繃帯を巻いていた。他の者は、ガタガタふるえていて、調子の狂ったロボットのような動き方だった。彼らは、列の中にはめこまれたから戦友の後をついて行く、というだけだった。

レクストンはそのひとりにたずねた。

「上の様子はどうだ?」

「上ですか、天国行きの道路です。バタバタ死んでます。でも、死ぬまでに、くたくたに疲れなくちゃなりませんぜ」

その次の兵士は火の消えた煙草をくわえたまま、こうつぶやいたきりだった。

「いや、もうひでえもんでさ!」

アメリカ兵の列は、ゆっくりフランス兵とすれちがっていった。中には負傷兵のほか、狂人もいた。彼らの上衣には《戦争痴呆症》という札がつけてあった。すべてのアメリカ兵の顔には、もはや絶望さえなかった。そこに反映しているのは、途方もない疲労感だけだった。

フランス兵の列は、再び前進を始めて峠に達した。軍医は、安酒場の前で客を待つ亭主のように繃帯所の前に立って彼らを待っていた。

リルルーとルビュファルがやってきた時、マルタン・ジャネは、彼らひとりずつにコニャックの瓶を渡した。彼らは、さっそく瓶の中味を水筒に移した。医者は何と言っていいかわからず、彼らの手を握って幸運を祈るにとどめた。

眠りこんだような様子のハリー・マロースは、ぶざまな格好で、三人の将校の後をついて歩いていた。彼は鉄かぶと代わりに、緑色のおかしな帽子をかぶり、小便のような色に黄ばんだ毛布を、肩から斜めに巻きつけていた。胸には写真機がゆれていた。

隊列が谷底へ着くと、今度は負傷兵運搬の長い列に出くわした。負傷兵は朝鮮人の苦力にゆすぶられて、担架の上で不平をこぼしていた。ひとりの負傷兵が飲み物を求めたので、あるフランス兵が水筒をあけて、アルコールを少し飲みこませた。

「馬鹿なことするんじゃねえ!」ベルタニヤが叫んだ。「胃をやられてるかもしれねえんだぞ」

「それがどうした? こいつは喉がかわいているんだ」

負傷兵の後からは、喉をえぐられた羊のように竿に吊された死体がかつがれてきた。死体を包んだ筵を通して血がしたたっていた。いくつかの死体はもう匂いだしていた。

「他の道を通らせればいいのに」アンドレアニは言った。彼はこういう出遭いのたびに神経質になってきていた。

「道は一本さ」ベルタニヤが答えた。「俺たちもこうなりゃ、この道を戻るだけのことよ」

好奇心の強いベルタニヤは、ひとつの死骸に近よってよくよく見回した。

「こいつは顔のまん中に一発くらってやがる。おまけに中尉だ。もう、ふくらんできてるぜ。最初の攻撃でやられたんだな。一週間はたってるな」

砲弾の雨に洗われ、ナパーム攻撃が通りすぎた谷間はもう、偵察隊が通ったところの処女林ではなくなっていた。川には、まだ収容されていない中国兵とアメリカ兵の死骸がつかっていた。三輌の戦車が小高い塚の後ろに遮蔽して、メトロノームのように正確な射撃を繰り返していた。発射された弾丸は、耳の裂けるような音をたてて旋回しながらとんで行った。十発ほどの迫撃砲弾が戦車のまわりに落下して、第四中隊のふたりの兵士が負傷した。ひとりは胃、ひとりは脚をやられた。彼らはわめきだして、すぐヘリコプターを送れ、と叫んだ。

「たいしたことはねえぜ」ベルタニヤは言った。「騒ぎのほうが大きいやな。じゃあ、お前たち、東京で逢おうぜ！」

彼はこうして負傷兵を励ましたことに良心の満足を感じて、一輛の戦車によじ登り、中の様子を見物した。そして、煙草を一箱貰って下りてきた。

「あの中にいる連中は度胸があらあ！　ずいぶんおっかねえ思いをしてるだろうによ！　それにしても連中はあの屑鉄の屋根があるだけ、こちとらよりゃましよ」

前進は困難になってきた。進むに従って迫撃砲の着弾が激しくなり、隊列は身体をちぎられたみみずのようにねじれ、整えておくことはもうできなかった。また、ひとりの戦死と数名の負傷が出た。

一連の砲撃の間、リルルーはマロースの隣で岩壁にはりついていた。彼はマロースにたずねた。

「こんなところへ何しに来たんです？」

「これが《仕事《ジョブ》》ですよ。僕は自分が実地に見たことしか書かない性分でね。想像力が足りんのです」

「《白い丘》までついてくる気ですか？」

「もちろんですよ、諸君があそこに行きつけるならね」

「あなたは狂気じみてますよ」

「僕は鴨緑江までアメリカ海兵隊について行きました。そして……」

「危ない！」リルルーは叫んだ。

彼は新聞記者を地面へ押し倒した。

二発の迫撃砲弾が、ふたりのよりかかっていた岩壁を打ったところだった。破片が彼らを掠めとんだ。そのひとつはマロースの帽子を貫き、一メートルも前方に転がった。

「ありがとう。すばらしい反射神経ですね」

それからマロースはかぶり物をとり戻した。

前進が始まった。彼らは《天道《スカイ・ウエイ》》の下で、たっぷり二時間登高を待った。命令は夜を待てということだったのだ。彼らは道のほとりや溝の中に寝そべって、物でも食べてみようとしたが、胃がちぢまっていて食物を受けつけなかった。風に乗って屍肉の匂いが流れてきた。煙草を吸ってもその匂いが鼻についた。

マロースはリルルーのところへ這って行って、コニャックをひと飲みふるまってもらった。悪臭がしないのは酒だけだった。

「どうしてこの人たちは死にに行くんでしょう？　説明してもらえますか？」

「何の理由もないですよ、新聞記者さん。今の世の中じゃ、もう何かのために死ぬなんてことはないんです。強いて言えば自分のためです。自分だけのためです」

レクストンが彼らのいる穴へやってきて一緒になった。

「レクストン、君も何のためということもなく死のうとしているのかね？」とマロースがきいた。

「ちがうね、死ぬのはいやだ。ここにいるのもいやだ。この戦争は馬鹿げていると思う。しかし、強いて言えば、自分がある体制、ある国民と結びつけられていることは感じている。そして、いやいやながら、やむを得なければやっぱり祖国のために死ぬことになるんだな。畜生《ダム・イット》。こうやって待っているのはたまらんな！　僕の部下の通信兵も無線機もどこへいったかわからないんだ。さっき上からおりてきた兵隊と話してみたんだが、迫撃砲を浴びせられるだけじゃ済みそうもない。中国軍の七七ミリや一〇五ミリの野砲もくらうし、あの有名なマークⅣ戦車までいるそうだ」

二十発ほどの迫撃砲弾が道を打ち砕いた。そのうちの一発が三人に土くれと草を浴びせかけた。前方で誰かが叫んだ。

「衛生兵……衛生兵……」

また、ふたりの戦死と七人の負傷が出た。リルルーは無線機にかがみこんで大隊本部をよんだ。

「こちらチューリップ、こちらチューリップ、当人。迫撃砲の猛射にさらされている。直ちに小集団に分かれて《天道《スカイ・ウエイ》》へ登ることはできませんか？　アメリカ兵は、当方の到着に応じて順次交代したらどうでしょう？　夜間では大混乱が生じるだろうし、中国軍はそれを利用するだろうと思われます。以上」

「命令変更不可能。チューリップ、現在地に夜までとどまっていろ。余計なことを言わずに命令されたとおりやればいい。砲撃には反撃をくわせてやる。砲兵観測将校に照準を求めろ」

「レクストン、君の出番だ！」リルルーは叫んだ。

レクストンには何も見えず、どこから弾丸が来るのかもわからなかった。おそらく地面に埋めた砲門か、たえず移動する自動車砲からだろう。つまり、中国軍はこの道路を監視できる観測所をもっているにちがいない。

レクストンは多少当てずっぽうにいくつかの座標を与え、五百発の砲弾による制圧射撃を要求した。数分後、アメリカ軍砲兵の弾道が大気を摩擦した。そして砲弾は山陵の向こう側で炸裂した。

ルビュファルはひととびで道を横切り、リルルーのそばへ来て地に伏せた。

「おい、どうする?」

「どうしようもない。夜を待つだけだ」

「俺たちはひどい破目にはまったものだな。第三小隊のドミエ軍曹は頭をちょん切られて吹っ飛ばされたよ。断頭台にかけられたみたいだった」

「部下の具合は?」

「わめきちらしてるよ」

「アメリカ人の記者は?」

「ひとりひとり、何故闘かっているんだときいて歩いているよ。完全にいかれてるな、妙な奴だ……《何故闘かうか》か? いろんな細かいことが俺たちをこんな破目に追いこんだ。といって、今更ずらかることもできんのだ。考えてもみろよピエル、パリは今ごろ秋だぜ」

「俺はパリは好かん」

「ブーローニュの森は紅葉している。最初の落ち葉がおちると、市役所の掃除人が帽子をあみだにかぶって、吸い差しを口にくわえて、ほうきでちょこちょこと落ち葉をはき集めるんだ」

「ヴェトナムじゃ季節はふたつしかない。乾季と雨季だ。そのほうがずっといいぜ。水田が青々としているかいないかのどっちかだ」

「おい、見ろ、リルルー! あのふたりは何をやらかそうってんだ?」

モーレルとベルタニヤが、平然として《天道《スカイ・ウェイ》》を登っていた。

彼らは、もう充分待ったと判断したのだ。ベルタニヤが彼の戦友にこの考えを吹きこんだのだった。

「こうやって下にいれば、馬鹿みたいにぶっつぶされるだけだ。ひと足先に《天道《スカイ・ウェイ》》に登れば、アメ公は交代が来たとわかる。そうなったら最後、連中は何もかも持ち物をおっぽり出して行くにちがいねえ。俺たちは好き勝手に一番しっかりした穴ぼこを選んで中に入れるってわけだ。それに双眼鏡が一組とカービン銃も頂戴してえな。俺のカービン銃は調子が悪いんだ……あれほど油をくれてやったのによ！　この古物めが！」

「お前がそう言うならやってみるか……」

ようやく《天道《スカイ・ウエイ》》へ登れという命令がきた。すでに日は落ち、寒くなっていた。中国軍の迫撃砲はもう射ってこなかった。兵士たちは急に、この後に攻撃をしなくてはならないことに文句を言いはじめた。彼らは口にはしなかったが、攻撃が延期され、引き返せ、と命ぜられることを望んでいた。

アンドレアニはマリアに話しかけようとしたが、彼女はもう彼のそばにはいなかった。彼は恐ろしかった。突如として、ただひとりで死に直面することになったのだ。彼について立派な記事を書いてくれたあのアメリカ人記者がやってきて、質問した。

「何故闘かっているのですか？」

彼は機械的に答えてしまった。

「マリアのためです……」

しかし、もうそれは真実ではなかった。

フランス兵は一列縦隊で登りにかかった。彼らは電線で足をとられたり、弾薬箱や死骸にけつまずいたりするたびに低い声で罵ったが、すぐまた立ち直って前進し続けた。早く防塞と塹壕の中に入って遮蔽されたかったのである。

第四中隊は大隊の先頭に立っていた。ルビュファルの指揮する最初のフランス人が《天道《スカイ・ウエイ》》の上に姿をあらわすやいなや、穴という穴、溝という溝からアメリカ兵がとび出してきた。アメリカ兵は装具を外したり、武器を置いたりすることも忘れて、「交代《リリーフ》」と叫びながら先を争って谷間のほうへくだろうとした。彼らは狂気のようだった。この墓場で十日も生きてきたのである。脇に転がって腐臭を放っているのは、彼らの戦友の死骸なのだ。

G・Iは、登ってくるフランス兵と出くわした。大混乱がおこり、皆が罵りあいわめきたてた。リルルーとルビュファルはこの災難を予想していたが、秩序らしいものをつくろうにも手の打ちようがなかった。アメリカ軍の将校も同じように無力だった。

二、三発の緑色の照明弾が打ち上げられると、中国軍の重迫撃砲が射撃しはじめた。迫撃砲弾は兵士たちのまん中に落ちた。兵士たちはもう遮蔽されていなかったし、どこに身をかくしていいのかもわからなかった。砲弾の破片は肉を断ち刻み、無防備な肉体を押しつぶし、引き裂いていった。

負傷兵はわめきたてた。フランス語も英語もきこえた。しかし、この暗闇の中では何ひとつ見えなかった。

モーレルと一緒にひとつの壕へ入っていたベルタニヤは、拳をあげてどなった。

「畜生どもが！　仲間を皆殺しにしやがる！」

彼はすぐ前方で中国兵が笑うのをきいたような気がして、アメリカ兵の捨てていった軽機関銃にとびつき、次から次へと撃ちまくった。はじめモーレルはそれを放っておいたが、急にうんざりしてきてベルタニヤの手から武器をもぎとった。

「仲間は、中国兵が俺たちを攻撃していると思うぜ。そうなったらますますひどいことになる。落ち着いていろ」

モーレルは、この混乱の中で自分が冷静で平然としていられることに陶酔していた。彼はふるえてもいず、苦しんでもいなかった。仲間の死、自分の死、迫撃砲、屍肉の腐臭、何ひとつこのすばらしい陶酔するような孤独から彼を引きはなすことはできないのだ。照明弾の光でひとりの中国兵の死骸が木の幹に釘づけになったまま、彼の眼前三メートルのところにあらわれた。死体の黒い口は穴のように開かれ、両腕はだらりと垂れていた。この怪奇劇じみた人物の登場、粗末な恐怖の画も、モーレルを冷笑させただけだった。

一発の迫撃砲弾がアンドレアニから二メートルのところへ落ちて、両脚をぐしゃぐしゃに打ち砕いてしまった。彼は恐ろしい苦痛を感じてわめきたてた。死は非常に早くやってきた。彼はモーレルを呼ぼうとした。自分の秘密を打ち明けておきたかったのだ。しかし彼の呼び声は、もはや囁やくような声にすぎなかった。

彼は、自分をのぞきこんでいる男の顔を見ることができた。ハリー・マロースだ。彼はもう一度口を開いて、「マリア」と言った。それから、この小柄で神経質なコルシカ人、あれほど勲章を欲しがりピカピカ光るものなら何でも好きだった男、自分が求めている無限おそらくは神にマリアという名をつけていた男は、ついに平安を見出したのである。

記者は、彼の眼を閉じてやった。そして、もうひとりの負傷兵のほうへとんで行った。それはアメリカ兵で、すぐそばでうめいていたのだ。彼はこの負傷兵をかかえて、近くの岩かげへ引きこんだ。

レクストンは無線で射撃を要求した。

「あの迫撃砲を沈黙させてくれ！」

「もう十日も前からやってるんだ」野砲の砲座から答が戻ってきた。「照準修正をしてくれなくてもいいぜ、わかってるから……」

リルルーとルビュファルは、やっと部下をまだ残っているいくつかの塹壕陣地と防塞に入らせることができた。彼らは小隊長や分隊長に負傷者と戦死者の数を報告させようとしたが、混乱はあまりに大きかった。

いつまた迫撃砲の射撃が始まるかわからなかった。しかも、負傷兵は後送を要求した。

リルルーの無線機は破壊されてしまった。彼は、レクストンの無線機を使って大隊と連絡しようとした。

「もしもし、シャクヤク……こちらはシャクヤク当人……」

「君はチューリップで、シャクヤクじゃない」ヴィラセルスの不機嫌な声が答えた。「何ごとだ？」

「アメリカ兵との交代中、遮蔽することもできないまま迫撃砲の猛射を浴びました。我が隊は少なくとも三十人の戦死と百人の負傷。担架を全部送って下さい」

「馬鹿を言いたまえ、リルルー！　三十人の戦死だと！」

「じゃあ、自分で確かめに来るといい。常識の反対を押し切ってやった交代がどんなものかを」

「アメリカ兵があわてたんだ。彼らの責任だ！　では、中隊はもう攻撃できないんだな？」

「現在員は四十人。三人の小隊長は戦死または負傷。しかし、中佐どの、攻撃はいつでもできますよ。徒手空拳でひとりでもね」

「担架を送ろう。第一中隊に代わりに攻撃させる。第一中隊は、君の中隊のすぐ後ろにいる。ジャスミンと連絡したまえ」

「ジャスミン？」

「サバティエのことだ。彼の中隊は、君の現在地で君の隊と交代する。交代のやり方は君の思うようにやりたまえ。部下はどうだ？」

「もう兵士としての値打はありませんね」

「中隊の残兵を連れて谷へくだりたまえ。そして元の陣地へ戻りたまえ。君の隊は、大隊の攻撃の支援射撃を担当する。急いでくれたまえ」

「後退する」リルルーはレクストンに言った。「しかし今度は中国人の目をさまさないように注意しよう。ルビュファル、サバティエをよんできてくれ。中隊を率いて下にいるはずだ」

月が昇って、《天道》《スカイ・ウェイ》を照らしていた。丸い山頂は焼け焦げて、ひきちぎられた何本かの幹が立って、いくつかの土のうの山は丸太で覆われ、至るところで死骸が腐っていた。死骸は塹壕の胸壁の役に立ち、水の溜った壕の中では分解していった。すぐ手の届きそうな近くに《白い丘》《ホワイト・ヒルス》の狭い山陵が見えた。《ふたつの炭団をつなぐニッケルメッキのナイフの刃》である。ふたつの炭団とは《天道》《スカイ・ウェイ》と《禿山》《ボールド・ヒル》である。マロースはもう自分の記事のことを考えていて、この比喩をみつけたところだった。

サバティエは三十分後にやってきた。彼の中隊も数発の迫撃砲弾を受けてはいたが、軽傷者しか出ていなかった。

「君の損害はひどい！」サバティエはリルルーに言った。「あの時俺は、君が無線でヴィラセルスをどなりつけるのをきいていたよ。君は正しい。ああいう陸軍大学の卒業生ほどひどい奴はない！　部隊を使って将棋でもさすようなことを習ってきやがって、一箇大隊の指揮もできないんだ！」

「アンドレアニがやられた。フェルナンデス特務曹長とロベール少尉は、ふたりとも吹っ飛ばされた。もう第四中隊は実体がなくなった。今度は君が俺の代わりに攻撃するんだが、どうも気に入らんな」

「それはヴィラセルスからきいた。さてどうする？」

「今度は交代を失敗しちゃいかん。我々は小さなグループごとに順次交代させる。うちの部下は、君の部下が交代するにつれて下りることにしよう。とにかく、負傷兵と戦死者を搬出するまで待ってくれ」

レクストンがリルルーに逢いにきた。

「今、無線で言ってきたんだが、二十分後、マルタン・ジャネ軍医大尉が担架を連れて到着する」

「きっとうまくいくさ」サバティエが言った。「今度はレジオン・ドヌールを頂戴するぜ、小さな赤いのをさ。ヴェトナムのほうがよかったなあ。こんなに迫撃砲はなかったし、こんなに死体もなかった。この大隊は嫌いだよ。軍隊も、戦争もだ……」

「アメリカの新聞記者が俺たちについてきた。仕事に憑かれたような妙な男で、そのためなら恐怖さえ感じないくらいなんだ。迫撃砲弾の落ちてくる中で、俺の部下に、《何故闘かっているんだ?》と、きいて歩いたんだぜ」

「俺の代わりに適当な返事をしといてくれ。ただし、俺は攻撃の間、その記者にいてもらいたくないね。ありゃ、ごくつぶしだ!」

それから第四中隊は負傷者を担架にのせ、戦死者を竿に吊して谷のほうへ下りて行った。負傷者は峠でジープが迎えにくるのを待った。戦死者はそのまま運ばれていった。

消耗したマロースは、寒い九月の朝の中、山の中腹をジグザグと曲っている細道をアンドレアニの死体につい て行った。彼はアンドレアニの死体が苦力にゆすぶられて淋しく出て行くのを、放ってはおけなかったのだ。死体は苦力にトラックまで運ばれ、トラックが死体置場へ運ぶ。死体はそこで香をたきこまれて箱に入れられる。マロースがこの奇妙な栄誉をアンドレアニにささげたのは、その勇気のためでなく、この戦争で出逢ったあらゆる男たちの中で、このコルシカ人だけが愛のために闘かい、愛のために死んだからであった。

それから、マロースは戻ってマルタン・ジャネに逢いに行った。軍医は《天道《スカイ・ウエイ》》の下まで来ていて、一晩中繃帯を巻いたり、副《そ》え木を当てたり、輸血したりしていた。自分で負傷者の担送までやった。そしてサバティエにぶんなぐるぞと脅かされて、ようやく繃帯所まで退ることを承知したのである。

彼は今、折畳み式ベッドの上でおだやかないびきをかきながら、子供のように両手を毛布の上にそろえて眠っていた。

ハリー・マロースはその写真をとってから、自分ももうひとつのベッドに横たわった。彼はほっと安息の吐息をもらして、眠りに沈んでいった。この戦争はあってはならない。続いてはならないのだ。

サバティエ大尉戦死の一報は、二度にわたる攻撃が失敗したという知らせとともに、午前九時ごろになってやっと第四中隊に到着した。二度の攻撃とは、《天道《スカイ・ウェイ》》側からのフランス兵の攻撃と《禿山《ボールド・ヒル》》側からのアメリカ兵の攻撃だった。リルルーとルビュファルは、たしかに襲撃独特の騒音を耳にした。短かいが激しい野砲の準備砲撃の砲声、重機関銃の発射音、手榴弾の爆発音、中国軍機関銃の耳ざわりで気ぜわしい銃声。

そのたびに、彼らは第一中隊が突破したと思った。しかし、アメリカ砲兵隊の砲火がまた、《白い丘《ホワイト・ヒルス》》に向かって荒れ狂い、飛行機がナパーム弾を投下するのを見てはぜんぜんだめだったとさとるのだった。

軍医が無線で詳しい情報を伝えてきた。サバティエは、三度目の襲撃の時倒れたのだった。部下は、中国兵の手榴弾の弾幕に阻止されて、百メートルほどしか前進できなかった。彼らは壕の中に平たくなり、地面にしがみついて、もう出て行こうとしなかった。サバティエは彼らを罵倒したが、何の効果もなかった。兵士たちは、とび出して行くためのバネを失っていた。彼らが顔を上げるや否や弾丸が頭上を掠めるのだった。その時、大尉は両手にひとつずつ手榴弾をもってとび出して行った。部下は彼に続いた。しかし大尉が二十メートルも行かないうちに、ひとりの中国兵が銃口をつきつけるようにして携帯機関銃の連射を浴びせ、大尉の胸部を真っぷたつに断ち割ったのだ。

大尉の死骸は繃帯所まで下ろされた。フラカスが来て、彼の胸に《赤いきれいな》勲章をつけた。それからサバティエもアンドレアニのように、死体置場への道をたどって行った。

攻撃の失敗以来、フラカスは元気をとり戻していった。彼は戦死者や負傷者のいるところへはどこでも出かけて行き、死骸や担架の上でうめいている負傷兵を証拠として、これもすべてヴィラセルスの責任だとほのめかすのだった。彼は至るところでリルルーを賞めそやした。リルルーが、中佐をどなりつけたからである。

「リルルー大尉は極東での戦争の専門家として、あんな状態で交代をすべきじゃないとヴィラセルスに言ったんだ。しかし、我が新任中佐どのは高慢のあまり、狂人のようになっていた。あの男にとっては、部下の生命などどうでもいいのだからな」

フラカスは一種の将校会議を召集して、ヴィラセルスを裁き、指揮権を剝奪してやろうと真剣に考えていた。彼は大衆を代表する検察官気取りだった。

《あの男は兵士の仕事について無知であり、理論家にすぎないのだ!》

日暮れ方、軍医はリルルーに逢いにきた。彼はサバティエのシガレットホルダーをもってきた。それは象牙の管で、緑色の硬玉で空馳ける竜の図柄がはめこまれていた。

「君が彼にこれをやったのだろう。とても大切にしていたよ」

リルルーは、指先でシガレットホルダーをくるりと回した。

「これは君にあげよう、先生。サバティエと僕の思い出だ。そして、ヴェトナムの水田地帯での僕の改宗の思い出でもある。それからまた、僕の妻だったリアンと僕の兄弟だったグエン・バン・チの思い出なのだ」

# 大水田地帯――ヴェトナム

リルルーは一九四八年四月二十二日、サイゴンに上陸した。フランス郵船会社の古い改装船に乗って、一カ月航海した後だった。

「君は最初運が良かった。それから不運になった。ある時点では、君は私の賭けの中でも重要な切り札になれるところだった。しかし今の君はもう、中近東ではどこへも顔を出せない身体になってしまった。これからどうするつもりかね？」

「さっぱりわかりません」

「私は君を他の土地へ送り出す決心がつかない。君はほとんど指示に従わないし、自分の運勢を信じすぎている。いつでもサルメイヤンのような人物がいて、君を監視しているわけにはいかない。パレスチナのダコタ機問題にしても、君が利慾だけで動いていたならば非難はしない。しかし君はひとりの女への愛情から行動した。これは、私に協力して働く男、というより、そういうタイプの男のやることではない。恋愛は、人間をはた迷惑な存在にしてしまう。利益や野心にはこういうことは決してない。君には現実的感覚がないのだ。ある場合はそれが君を助けはした――M市の占領や……クルド族事件などではね。それにしても君が、君を使用する人間にとって危険人物になり得るという事実には変わりない」

「首ですか？」

「君に助力することは続けよう。君は私を裏切らなかった。それに特攻隊《コマンド》という思い出のためもあるが、私の好奇心のせいもある。君にはどんなことがおこるか底がしれないからな。君という男は、私の弱味のようなものだ。何かやる気がおこったら、また私に逢いにきてくれたまえ」

ロパティーヌは《あらゆる勘定の清算》として、リルルーに相当な金額の小切手をさし出した。

リルルーは、ルビュファルの狭いアパートに腰をすえた。彼は折畳み式ベッドに寝て、戦友が女をつれこむ時は映画で夜をつぶした。

彼にはパリは退屈だった。フランスも退屈だった。彼は、ヴェルトネルがヴェトナム従軍を志願して再役したと告げた時、《海軍》の言ったことを思い出した。

「軍隊は安直な冒険だ。金の有る無しにかかわらずに手の届く冒険で、おまけに生活の保証もある。腹が減っても必らず食えるし、飲み物も煙草もあるし、給料は確実に貰えるし、決して孤独なことはない」

リルルーは、自分に向いているものはこの《安直な》冒険以外にないと判断した。彼はロパティーヌに逢い、ヴェトナム行きに力を貸してくれと頼んだ。《髑髏《どくろ》》はこの決心に文句は言わなかった。一カ月後、リルルーは現役として再役を許され、サイゴンに配属された。部署は、フランス派遣軍の数え切れないほど多種多様な情報機関のひとつだった。

出発の前日、ロパティーヌは彼を昼食に招いた。

「ヴェトナムの戦争は」ロパティーヌは言った。「馬鹿げた冒険で、行きつくところは災《わざわい》しかない。あれは、白人がアジアで行なっている最後の後衛戦だ。この戦争には、偉大さもロマンティックなものもない。君には向いていると思う。

私は君を情報機関のひとつに配属させたが、情報機関は、少しあの国の様子がわかればそれ以上いるところではない。後は、実戦部隊の指揮権を選びたまえ。ただし、君はできるだけ軍隊の階級制からは自由な立場でいたほうがいい。君は服従ができないので、階級制とは衝突してしまうからね。じゃあ、幸運を祈るよ、ピエル・リルルー」


モーター付きのシクロ(三輪タクシー)でサイゴン中心部にある屯営地まで運ばれていく間に、リルルーはヴェトナムがいやになった。ぎくしゃくした身ぶりをし甲高い叫びをあげる黄色人種も、じめじめして暑苦しい気候も、彼の乗っているシクロの運ちゃんの顔も気に入らなかった。運ちゃんは口をあけて黒い歯並みをむき出し、客や客の荷物をバンパーのように扱っていた。

衛兵所の前で彼を下ろした運ちゃんはこうきいた。

「だい尉さん、女の子いらんあるか……ぶっこわれてないきれいな女の子ね……私、知ってるあるね」

リルルーは将校食堂で、木綿の服を着て汗をかいている肥ったコルシカ人の中尉にきいてみた。

「《ぶっこわれていない女の子》って何のことかね?」

アニス酒を飲んでいたコルシカ人は、あやうく笑いにむせかえるところだった。

「《ぶっこわれていない》ってのは、大尉どの、処女のことですよ。新来にはいつでも処女だと売り込むんですよ……それがですね、ここの女の子のはとても狭いんで錯覚をおこさせるんですね……実を言えば、このサイゴンに《ぶっこわれてない女の子》なんていやしませんよ。十ぐらいの女の子でもね……」

翌日、リルルーは《南ヴェトナム関係資料センター》の指揮官ソルニエ大佐に申告に行った。大佐は明るい眼のはっきりした顔立ちの美男子で、自分の知性を意識し、自分の魅力をもてあそぶ型の男だった。

「君」彼はリルルーに言った。「君には非常に強力な推薦があった。君の戦歴はおおいに輝かしいものがある。白状すると、私も君の軍隊手帳とこの表彰文を読んだ時は、しばし空想にふけったよ。《M市を占領せり……》か。我々は当然理解しあえるはずだ。さて、情報将校は自分で自分を教育するのが本当だ。ひとつの国を理解するための最短距離は、その国の歴史ではない。歴史は死に物だからね。歴史よりむしろこの国の風俗、女、料理などだ……。

安南(阮朝の古都フエを首府とするヴェトナム中部地域)女と寝たまえ。安南料理を食べたまえ……君は阿片は吸ったことはないかね? ひとつやってみることだ。それから、この本を読むといい」

大佐は、リルルーにプリントした参考図書のリストを渡した。

「商人とも親しくつきあうことが大切だ。サイゴンの上流社会はやや商人を敬遠しぎみだから、商人には将校を自分の家へ招けるのは嬉しいことなのだ。彼らは《交易人《トレーダー》》と呼ばれていて、英国風の名前を名乗ることで出身の卑しさをカバーできると思いこんでいる。彼らから、安南人や中国人の商売のやり方や気性を説明してもらいたまえ。《交易人《トレーダー》》たちは、ウイスキーを好んで飲む。ここの気候ではウイスキーは最適な飲み物だよ。

私は部下の将校には三カ月の研修期間を与えることにしている。将校たちがこの国に生きて、この国に溶けこんでほしいのだ。彼らは毎週私のところへ来て、一杯飲みながら話をすることになっている。

リルルー大尉、君の研修期間は今日から始まる。あちらの部屋で宿泊券を渡すようになっている。バスティアンという男と快適な別荘風住宅に一緒に住んでくれたまえ。バスティアンは行政官だが、空想力も失っていないし、興味のある人物だ。ああ！　忘れていたよ……新聞記者のことだがね。彼らとはつきあわなくちゃならんが、慎重な上にも慎重に扱ってくれたまえ。二、三人の記者と君を一緒に晩餐に招こう。たえず控え目に愛想のいい態度をとることだ。すると記者連は君にはさまざまな秘密があると思って、君を釣ろうとして多少情報を流してくれる。我々と記者仲間でも一番優秀な連中との関係の基礎は、情報交換だ。しかしその交換は必らず、我々が得をするようにやらなければいけない。

私は毎晩八時にはホテル・マジェスティックのバーにいる……じゃあ、またお目にかかろう、リルルー大尉。ヴェトナムは奇妙な国だよ。誰でも最初はいやがるが、半年もするとこの国を離れたくなくなるのだ」


リルルーがバスティアン行政官に逢ったのは、それから二日もしてからだった。バスティアンはおとなしくまじめで、愛想良く、多少坊さんじみた調子のいいところもあった。朝は遅く、長い昼寝をむさぼり、死んだように昼間をすごし、ダカオとかサイゴンの支那町とか評判の悪い地区を選んで夜をすごした。バスティアンには軽いどもりがあったが、あらゆる国語と方言に通じていた。

ある晩、リルルーは雑踏するショロンの街へ彼と同行した。行政官が多種多様な人種と肩を並べて歩きながら、それを確実に見分けていくのには驚ろかされた。

「ほら、カンボジア人だ……唇が黒いんですよ……こ、こ、こっちはメオ族です。ごらんなさい。チベットのシェルパのようにふくらはぎが太いでしょう。何しに来てるのかな？　メオ族は山でしか生活できません。平野地方では死んでしまうのです。阿片の件で来たのでしょう……連中はシェン・クォアンの近くにすごいけし畠をもってますからね……あれはタイ族です……タイ族とは長いあいだ一緒に暮らしました」

「サイゴンでのお仕事は？」とリルルーはたずねた。彼らは木箱に腰掛け、アセチレンランプのなまなましい光の下で、中華スープを味わっていた。

「何もしてませんよ。私はある専門委員会の事務長なんですが、この委員会は今まで開催されたことがなく、これからも開かれないでしょう。こう見えても、私はフランス人には珍らしく、高地の少数民族たちのあらゆる方言を自由に喋れるのですよ。タイ語でもメオ語でもね……しかし、この戦争はさっぱりわかりませんね。私がこの国へ来たのは……何と言いましょうか……一種の挫折のためなんで、官僚コースから叩き出されなかったのがめっけものという状態でした……ソルニエ大佐はある程度自主性をもって行動する者が好きで、私を彼の機関に入れてくれたのです。ヴェトナムの戦争はただ水田の中での戦闘ではなく、中国国境周辺での政治闘争でもなく、二大世界観の対決でもなく、何人かのえらい人たちには事業だし、本国政府の一部政党には金庫の中味をふやす機会なのです。私はそのことを忘れていました……私はヴェトナム語もタイ語もメオ語も話せますが、そっちの言葉づかいは知りませんでした！

私はタイ族の地方にいるころ、病気にかかってヴェトナムの大きな港町に療養に送られました。そこで、私はひとつの委員会に入りました。ヴェトミンから持船の平底船を沈められてしまったある大会社の損害賠償額を決定する役目でした。フランスから来たばかりの技師が三人、私の下につきました。我々はたちまち真相を発見しました。ヴェトミンが平底船を沈めたことなどなかったのです。ただ船がもう使用に耐えなくなってきたので、社長が船を沈めろと命令しておいて、一隻につき三千五百万の損害賠償を要求したのです。

私は社長に逢いに行きましたが、社長のほうが私に叱りつけましたよ。まっ赤になって怒りましてね、私を阿呆な青二歳よばわりし、すぐに報告書に確認のサインをしろと命令し、さもなければヴェトナムに長居させんぞと言い捨てて出て行きました。そして翌日、私は三人の技師ぐるみ召還され、《重大な誤謬》のかどで訴えられました。私にはまったくヴェトナムでの戦争というものがのみこめませんね。私が社長の一味だったら、フランス総督府の最高級官吏のひとりで時の政権与党から庇護されている男が、この平底船の事件で大もうけすることがわかっていたでしょうがね。

リルルー大尉、ここでは皆がてんでに自分の都合のいい《戦争》をやっているのです。実業家は金をつくろうとするし、官僚は昔ながらの特権を守ろうとしています。だから、ヴェトナム人は彼らを忌み嫌うのです。軍人は、勲章と金筋を貰うことばかり考えています。一番優秀な連中でも、面白い冒険をやっているくらいの気分です。ヴェトナム政府（フランスの傀儡政権。阮朝最後の皇帝バオ・ダイが首班）の人間は、フランス人を追い出しフランスにとって代わって租税を徴収することしか考えていません。ヴェトミンだけが本気で《戦争》していますから、論理上、勝つのが当然ですよ。ヴェトミンの闘争は苦力《クーリー》や水田地帯の農民をひきつけます。我々もヴェトミンと同じ質《たち》の戦闘を実行しようとしなければ、おしまいですよ。ところが、利害関係者間のゴタゴタが、数年前まで農奴の状態にあった農民相手に農業の社会化を実現するとか組合を組織するとかいう仕事に介入することを許さないのです。

タイ族の国でなら、私もこの種の重大な失敗が犯されるのを防ぐことができたでしょう。私の友人のひとりは、ムオン族のところで私と同じような仕事ができたでしょう。藺草《いぐさ》平原でグエン・バン・チにやりたいようにやらせておけば、チはおそらくあの地方を平定できるはずです。けれども、チは若いころ、民族主義の団体に入っていて、反植民地運動をやったことがある男です。ずいぶん長いこと演説をぶってしまいましたね……あなたは黄色人種の女を味わったことがありますか、大尉？」

「まだです。ソルニエ大佐から強くすすめられてはいるのですがね」

「私はある娼家を知っています……《客あしらいのいい》家だと言っておきましょう。大変上品なおかみが経営していて、私はおかみと懇意です。多勢の女の子は置いてませんが、皆特選ものですよ」

彼らはじめじめした小路の奥の暗い緑色の扉の前で、シクロを下りた。香辛料や阿片や肺結核や沼地の悪臭が入り混じって、小路にはヴェトナムの夜の匂いがいっぱいだった。

バスティアンはまず一回ベルを鳴らし、一分間おいてからもう二回鳴らした。

木のサンダルが敷石の上で騒々しい音をたて、用心窓から声がきこえた。

「誰あるか？」

「友だちだ」

「マダム、友だち沢山。悪いのいる」

「バスティアンだ」

「聞いてくる」

二分後扉が開くと、そこは小さな庭園だった。

階段を登って広い部屋に上がると、貴人の死体安置台のような寝台の上で、リのママさんが阿片を吸っていた。彼女のそばの大きな銀盤の上には煙管やランプ、針や箱が配置してあった。

バスティアンは、リルルーをこの中国人老女に紹介した。

「私の友だちだ」

リのママさんは、少し首をあげた。彼女は一日に七十回吸煙することにしていた。骸骨のようにやせていて、頬骨はちょっとひどすぎるほどとび出し、唇はもはや象牙色の顔の中の一線にすぎなかった。生命の残り火はすべて、じっと据った権高《けんだか》な眼の中に逃げこんでいるようなものだった。

彼女はバスティアンに自分の向かい側へきて横になるように合い図し、煙管と長い針を使って吸煙の準備を始めた。器用に手を動かすその様子は、焔の上で麻薬の編み物をしているかのように見えた。

「その友だちは何をしてる?」とたずねた。

「大尉だ」

「阿片吸ったことないか?」

「吸った。しかし他の国で、吸い方もちがっていた」とリルルーは答えた。

老女は急に興味を示した。

「その話をおし」

リルルーは、ペルシアの阿片吸煙のやり方を描写した。

老婆は首を振った。

「こっちのやり方のほうがいいね。あんたの話のやり方は、少数民族の男の吸い方だ。時間のない人間の吸い方だよ」

「頼みたいことがある」バスティアンが言った。「この友だちにあんたの抱え女を紹介してくれないか。例えばあのトーなんかどうかね? 大尉はまだ肌の黄色い女を知らないんだ」

「じゃあ、この人とても下手《へた》ね、白人の女の時と同じようにトーを抱くね。トーはとても美人だよ。サイゴン一番の美人よ。六百ピアストルね……」

「高すぎる」とリルルーは言った。リのママさんは腹をたてた。彼女の声は、口をきくというよりはシューシューいう摩擦音に近かった。

「それなら兵隊向けの女郎屋へお行き。五〇ピアストルだよ……いろんな病気をしょいこむからね」

バスティアンは彼女を静めようとした。

「大尉はフランスから来たばかりで、事情を知らないから……」

「あんた、この前はチを連れてきて、チが大暴れしたんだよ。あの田んぼから出てきた性悪男が。今度はこの男が金を払わないと言う」

リルルーはバスティアンの始めた忌まわしい値切り交渉を打ちきるために、女衒《ぜげん》の出した値段を承知した。リのママさんが手を叩くと、絹の長上衣とズボンを着たかよわい身体つきの若い安南娘が茶をのせた盆をもって入ってきた。豊かな髪を重そうなまげに結っているので顔が後ろへひっぱられている感じで、細い鼻翼がふるえていた。かかとと手首は非常に細かった。

「トー」リのママさんは言った。「他の部屋で大尉さんにお茶をあげなさい」

リルルーはトーについて、白いしっくい塗りの部屋へ行った。簡素な部屋で、リのママさんの君臨している客間の仏教寺院めいた豪華さとは対照的だった。中央には、蚊帳をかけた一台のベッドがあった。天井で扇風機がけだるそうに回っていた。

リルルーは、何もトーに言うことがなかった。彼は寝台に腰掛けて、彼女が重たそうなまげをとくのを眺めていた。髪の毛は、腰まで垂れた。彼女は上衣をぬぎ、ズボンをずり下ろし、無頓着に寝台に身体を横たえた。身体は華奢で極めて美しく、乳房はわずかに盛り上がっているだけだが、腰のくびれは完璧だった。トーは視線を上にあげて蚊帳をふるわせている扇風機と壁を走っているとかげをみつめていたが、そばにいる男には気がついた様子もなく、彼の気をひき立てるような身ぶりもしなかった。進んで身体を売るのでもなく、といってそれを拒むのでもない。それは、ただ鑑賞されるために横たわった非常に美しい身体にすぎなかった。

今度はリルルーが着物をぬいだ。しかし彼女はこれからその意に従わなければならない男の身体にも、何の関心も示さないままだった。

《これで六百ピアストルか》リルルーは思った。《……しかし俺は一晩中この女を眺めているままでは済まさんぞ》

大尉は彼女に近づこうとしたが、それには一種の努力を要した。彼はトーの肌を愛撫し、その肌が泉のように冷たく大理石のようになめらかなのを感じて驚ろいた。彼女に接吻しようとしてみたが、彼女は顔をそ向けて頬をつき出した。トーは彼の要求に応じはしたが、天井に眼を向けたままだった。

リルルーは、《海軍》からきいた日本製のゴム人形の話を思い出した。その人形をふくらませると、女の身体の形になり、一部の独身男はそれで満足できるというのである。トーはこの人形にすぎない。いくら美しくても、絹と大理石のような肌をしていても、腰がしまって胴がくびれていても、シナモンと香辛料の香りを身にまとっていても、彼女は十ピアストルの値打もない女だった。

「済んだ？」と彼女はたずねた。

「ああ」

彼女は起きあがり、衣服を着て姿を消した。リルルーは、阿片を吸っているバスティアンのところへ戻った。

「どうだった？」と行政官はたずねた。

「がっかりしたな」

「誰でもはじめはそうですよ。あの女たちの扱い方がわかりませんからね。白人には、どうしてもそれが会得できないのが沢山いる。駆け引きがうまくて、辛抱強くなくてはだめですが、特に大切なのは女に惚れさせることなんですよ。この国の娼婦は、ヨーロッパ人の娼婦よりも誠実なんです。客を嫌いな時はそれをかくさないし、自分も楽しんでいるふりもしない。持ち物を、つまり身体は売る。しかし、ごまかしはやらない。お芝居はお断わりというわけです。

一服どうですか、大尉？」

リルルーは、バスティアンのそばに横になりランプのほうへかがみこんで竹の煙管を吸った。肺が濃い煙でいっぱいになるにつれて、阿片が血管を回っていき、平和で無関心な気持ちになれた。

リのママさんとバスティアンは、チの話をしていた。チという人物は、彼らの心をとらえているようだった。

「あれはヴェトミンさ」リのママさんは言った。「共産主義者よ。あれを逮捕しないなんてフランス人みたいな馬鹿はいないよ」

「ちがう」バスティアンは言った。「彼が帰順したのは真剣な気持ちからだよ。もうヴェトミンには戻れっこない。ヴェトミンのやり方でもいいところは残しておくというだけさ」

「革命をおこそうとしてるんだよ」

「ヴェトナムで戦争に勝とうと思ったら、革命のほかないさ」

「サイゴンでは、あんたがチの友だちだという話が出てるよ」

「ここへ来るという話もよく出てるだろう」

「いえ、出ないね。ここへ来ない男はいないよ。阿片か女が欲しいからね。老人は私の話がききたいのさ」

　リルルーは何度も、ホテル・マジェスティックのバーで食前酒の時刻にソルニエ大佐に逢ったが、そのほか二度はリのママさんのところで、一度は《大世界》の賭博台の前でも出くわしていた。

　リルルーはサイゴンの気持ちのいい腐敗に身を委ねてしまい、この街から数キロメートルのところでは戦争が行なわれていることなど忘れてしまった。ある朝、彼は《南ヴェトナム関係資料センター》へ呼び出された。

「君の研修期間はほぼ終わった」大佐は言った。「君にやってもらいたい任務がある。非常に特殊な任務だから、断わってもかまわない。藺草《いぐさ》平原の入口でメコン河のほとりに、チュエン・コイの村がある。この村にはグエン・バン・チという男が若干名のゲリラを連れて定着している。この男は、一年前からフランスに帰順しているがね。チは一時期、サイゴンの高等学校の教授だった。V・N・Q・D・D（初期のヴェトナム独立運動。三百四十七ページの原註も参照）に属していた。これがヴェトミンに合流したのだが、彼はヴェトミンとうまくやっていけなかった。近頃は何をやっているかよくわからないが、非常に話題になりだした。たえず武器を要求してくるし、部下を再組織するためにフランス将校を送れとまで言ってきている。この点を、君に現地を見た上で決定してもらいたいのだ。一カ月の期間を与えるから、チの活動についての報告書を提出してもらいたい。

　チには秘密がある。君には話しておくが、知っていることを彼に感づかれないでほしい。外見は非常にはっきりしたヴェトナム人だが、実は混血なんだ。母親はフランス兵の植民地妻で、男はフランスへ帰る時、子供ぐるみ女を捨てて行った。私は知っているが、チは自分で父親のことを調べてみた。その兵隊はM市の出身だった。君がこの任務を承知してくれれば、M市を解放したのは君だということを私から彼に知らせておこう。欧亜混血児のことだから、何を考えるかはさっぱりわからんがね……どうかな、リルルー？」

「この任務を引き受けます。大佐どの」

「バスティアンに紹介状を貰いたまえ。あの男はチと仲が良い。

慎重にやってくれたまえ。巻きこまれてはいけない。チは一筋縄ではいかない、おそらく誠実なのだろうが、問題は彼に何十万というピアストルをつぎこむべきか否かだ」

リルルーはトラックに便乗してミトまでくだり、メコン河を遡航するジャンク（沿岸・河川通運に用いられる木造帆船）を待った。

脂ぎった色の白い中国人が、店の中で算盤をはじいていた。稲藁で編んだ円錐形の笠をかぶった女たちが、天秤棒をかついで通った。ヴェトナム人の兵士たちは地面にうずくまって、銃を足にはさみ、女たちに大声で卑猥な軽口を投げかけていた。すると、女たちは足を速めながら、鳥のように早口でギャーギャーまくしたてた。

戦争はどこにあるのだろう？　すべてが大河の重い湿気の中で眠っていた。中国人はピアストルを賭け、百姓は稲を刈り、やせ犬が残飯をあさる……この状態に変わりはない。

街道べりや水田の中には、鳩小屋のように哨所の塔が立っていた。塔の足元には一連の鉄条網がめぐらされていた。

ミトに着いたリルルーは、セネガル狙撃兵連隊の食堂で食事をとった。彼は連隊の情報将校とチのことを話し合った。その将校は、チは狂人だが、ビクトル・ユゴーと孫文とイエス・キリストをいっしょくたにして礼拝しているような奴らよりは、少しは悧巧だろうという意見だった。つまるところ、チはたいした人物ではなく、チに武器をやるくらいならメコン河へ投げこむほうがましだと考えていた。彼はリルルーに通訳をつけてくれた。通訳は小柄なヴェトナム人のジェム軍曹で、山羊のように敏捷でいつも上気嫌だった。ジェムはチと故郷が同じでチをよく知っていて、しかもチの崇拝者だった。

リルルーとジェムが席をとったジャンクは、もみ米をチュエン・コイへ運んでいた。四人の女とふたりの男が乗り組んでいた。風がない時は、女たちが船首で漕いだ。その間、男たちはジェムとさいころ博奕をやっていた。ジェムは、彼らのピアストル貨を全部まきあげた。

マングローブの茂みでどこからが土なのかわからないような岸辺が、両側を流れ去っていった。リルルーは、うずくまって他の者のやることを眺めていた。彼は顔にとまる蚊をつぶしながら、安南語の数勘定をおぼえた。

リルルーも、三人の男と賭博をやってみた。はじめは勝ったが、次には負けた。船旅の二日目には、彼は他の男たちの仲間入りができたのを知った。通訳の軍曹までもう《大尉》と呼びかけなくなり、《ダイ・カ》、つまり《兄貴》とよんだ。漁夫たちとその妻たちの顔も、純真で心を許した微笑にほころびていった。ジェムはリルルーに、綱と粗野な釣り針を使っての魚の釣り方や箸を使った飯の食い方を教えた。彼はこう言った。

「兄貴《ダイ・カ》、あんたはチと仲良くなれそうだ。他の白人とはちがうからな。あんたはただ頭でわかろうとするだけでなく、手足も鼻も使ってわかろうとする。このジャンクの上では、皆がそう言ってる」

「このへんの情勢は？」

「沢山のヴェトミンがいる。チひとりで、ヴェトミンと闘かっているんだ。しかし銃が足りない。あんたはチに銃を届けに来たのかね？」

「そうなるだろうな」

「じゃあ、迫撃砲は？……」


椰子の林に囲まれて、メコン河から姿をかくすようにたたずむ何軒かの藁ぶき小屋、これがチュエン・コイだった。ひどく湿気が強く、平和を乱された猿どもが木の間でキーキーわめいていた。どの藁ぶき小屋にも灯は見えず、攻撃から部落を守る監視塔も立ってはいなかった。

リルルーは恐怖を感じて、拳銃を抜こうとした。

「ここじゃそんなものは要らない」ジェムが言った。「ミトにいる時より安全だよ。チにはヴェトミンがいつ襲ってきそうか、どの小道を通ってくるかが、わかってるんだ」

部落から三百メートルほど行った河のほとりに、他よりも大きな一軒の高床の家が建っていた。

ひとりの歩哨が柱によりかかって煙草を吸っていたが、このゲリラ隊員はリルルーたちに何の言葉もかけず、通りすぎるに任せた。

「あの兵隊はいくら何でも、俺たちの身分ぐらいきいたらよさそうなものだな」

「何故かね、兄貴《ダイ・カ》？　あんたが来ることも、あんたの身の上もずっと前からわかっているのだよ」

彼らは梯子を登って、古い石油ランプの照らしている広い部屋に入った。二台の脚立の上に板を渡した卓の前で、ひとりの男が古いタイプライターを叩いていた。彼は顔をあげて、満足そうに告げた。

「これ、動くぞ」

その男の顔は驚ろくべきものだった。頑固そうな額、とび出した顎骨、山あらしの針毛のようにあらゆる方向へつき出ている硬い髪の毛。彼は子供のようにふくれ面をしたり笑ったりして、ジロジロ見られていることなどまったく気にとめていなかった。それほど、自分のやっていることに熱中していたのである。

チはなお数枚の書類をタイプしてから、リルルーのほうへ来た。

「こんにちは、大尉。旅行はどうでしたか？」

しかし、彼はたちまちタイプライターのほうへ戻って行った。

「私は、フランス軍司令部に報告につぐ報告を送っているんですが、誰も読んでくれない。きっと手で書いてあるからでしょう。今後は、タイプで報告書が打てる。下士官のひとりぐらいは、この報告書をパラパラめくってくれるでしょう。

六カ月後にはこの地方にいる少数のヴェトミンも、ヴェトミンを毒している野盗どもも、すっかり追い払えますよ」

リルルーは、バスティアンの手紙をさし出した。チの態度は変わった。

「私はバスティアンが大好きでね」彼は言った。「あの人は善意にあふれているが、弱い男で、非実用的なインテリですよ。この機械は、ニアンから奪ったんです。ニアンは、このへんのヴェトミン大隊の指揮官でね。この機械をまったく使っていなかったんです。掃除するのに半日かかりましたよ。ニアンは報告書なんか出さなくてもいいんです。ヴェトミンはそんなもの気にもしちゃいませんからね。少なくとも、こっちではそうなんです。北の方ではそろそろ官僚的な傾向がはびこりはじめているようですが。このニアンというのは立派な男でしてね。いずれは、少し彼と議論をしに行かなくちゃなりません」

「ニアンはどこにいるんですか？」

「藺草平原です。暑気に参って蚊に刺されて、ふくれあがっていますよ。あなたの名前をまだうかがっていませんでしたね」

「リルルーです」

「おや、変わった名前だな。ご両親は何をしていました？」

「百姓です。フランスでも一番貧しい地方の水のみ百姓ですよ」

「私の家もそうです。両親はこの水田地帯に生まれたんです」

チは、じっと大尉の眼をのぞきこんだ。今の言葉はリルルーが自分の出生の秘密を知っているかどうか知るための嘘だった。大尉はびくともしなかった。リルルーは、チが多くの極東の人間とちがって配慮や礼儀にかまわず直截に質問を投げかけてくるやり方が気に入った。

「私にも、あなたを運んできたジャンクの漁師たちがあなたを《兄貴》《ダイ・カ》とよんだ理由がわかってきました。百姓たちは、あなたが白い肌の長鼻男でも、少しは自分たちと共通点があることを感じたのですね」

チは部屋の中を縦横に歩きまわった。背が高くてやせていて、苦力のような服装をして裸足で歩いていた。

「我々はふたりでどえらいことをやれるかも知れませんよ！　フランスもヴェトミンもヴェトナム政府も除外して、我々ふたりのためにね……しかし、そのためには非常な大胆さと相当なつきがなくちゃだめだ」

「どえらいこと？」

「ヴェトナムのこの地域全体、メコン河の囲んでいる島々、この沼地や水田や椰子林にはもう支配勢力というものがない。農民は田の奪い合いをしています……」

「ヴェトミンに対する闘かいはどうなるんです？」

「ここではヴェトミンとはニアンのことなんです。我々が何かしっかりした体制でも築きあげれば、ニアンはこっちにつきますよ。あの男も沼地を這いまわるのにはうんざりしていますからね。それにこの村の娘に惚れているんですよ……あなたが力を貸して、フランス人が我々に手を出さないように、少し眼をつぶっていてくれるようにしてくれませんか。そうしてさえくれれば、私は思うように人数を集められます……」

「武器は？」

「当分は必要ありません。カオダイ教徒（原註　ヴェトナム南部においてフリーメーソンのような大きな影響力をもつ宗教結社。予言者としてビクトル・ユゴー、孫子、仏陀、キリストを仰ぎ、信徒は百万人ほど）の軍隊がシャム（タイの古名）で船一隻分の武器を買いました。それを運ぶ二隻のジャンクが明日の晩、この近くの河面を通るはずです。奇襲をかけて船を奪いましょう。携帯機関銃も迫撃砲も重機関銃もあります。二百人の男を武装させるに充分です。この攻撃をかけたのはヴェトミンだということにしてしまえばいい」

「君の動員兵力は？」

「私の報告書では五百人ですが、事実上は四十人ですね。武器は古い小銃、手榴弾、誰も使い方を知らないドイツ製の機関銃です」

「カオダイ教徒はどう動くと思いますか？」

「怒ってブツブツ言うでしょうが、連中は金持だからまた新しく武器を買いますよ。何もしないで、そのまま中立を維持するでしょう。ここまで私を探しに来る心配はありません。連中とは後から話をつければいい」

「こりゃ海賊行為だな……」

「ちがいますよ、仕事ですよ……自分が平凡な一大尉にすぎないことが嬉しいんですか？　すてきな冒険をやろうという気はおこりませんか？」

「君や僕や他の者にとって、この仕事にはどういう利点があるのかな？」

「アジアには、共産主義以外にも価値のある新体制が創り出せるということを証明できます。そうなればフランスは体面を汚さずにこの国から引き揚げることができるし、いい意味での痕跡を残して行けますよ。しかもその事実が、フランスの百姓とヴェトナムの水田出身の男の手で証明されたということになってごらんなさい！　あなたはM市を奪取したときききましたが……本当ですか？」

「ひとりでやったわけじゃありませんよ」

「ひとつの都市を奪い取るというのは胸の躍ることでしょうね、え？　しかし、ひとつの王国を建設するというのはもっといいですよ。明日の晩ジャンクの奪取に同行しますか？」

「いいでしょう」

「俺をチとよんでくれ。君は？」

「ピエルだ」

「Mという街はどんなだった？」

「よその街と変わらんよ。まあ強いて言えば、よそより少し暗くて地味というところかな」

彼らは遅くまで酒をくみ交わして酔っ払った。しめった夜気の中に、このふたりの子供たちの爆笑がきこえた。この子供たちはこれから、一台の古タイプライターと四十挺の小銃とおそらく使用できない機関銃一挺で、王国の占領に乗り出そうとしているのだった。

リルルーとチは、翌晩ジャンクを襲撃した。リルルーはドイツ製の機関銃を修理することができた。彼は、一隻のサンパン（木造の小型平底船。はしけ）の船首にその機関銃をすえつけた。チの四十人の部下はボロ服を着て何ひとつ軍隊らしいところはなかったが、自分たちの旧式小銃の使い方は心得ていたし、音もなく影から影へ進むことができた。

小柄な通訳のジェムと十人ほどの男が、唯一の機関銃で武装したリルルーのサンパンに乗りこんだ。もう一隻のサンパンには二十人ほどの男が乗り、十人前後の兵士が岸に残った。

メコン河の支流はチュエン・コイで狭くなって、二百メートルの河幅しかなかった。二隻のサンパンはそれぞれ川上、川下に分かれて浮かんだ。

チはリルルーにこう助言していた。

「舷側すれすれに射撃しろよ。大切なのはカオダイ教徒のボロ船を沈めないことだ。メコン河の底に沈んじゃ武器が役に立たなくなる。君が一隻目のジャンクを、俺が二隻目をやる。機関銃を二、三度連射してから、手榴弾を投げるんだ……俺の部下はヴェトミンの集合合い図の叫び声を知っているから、それを叫ぶ。乗組員はすぐ降服するさ」

チは無理にリルルーの軍服をぬがせ、黒木綿の上衣とズボンを着せた。

じっと動かないサンパンのまわりで、魚が水をはねかえした。さまざまな奇怪な形をした魚の群があつまっているのがわかった。マングローブの茂みからは、動物のしわがれた叫び声がきこえ、泥水の表面に浮かんだ泡がときおりはじけては、メタンガスの悪臭を放った。そよとの風もなかった。待っているジャンクは遅れてくるにちがいない。帆走できないから、櫂を使わざるを得ないのだ。

「兄貴《ダイ・カ》！」部下のひとりが、リルルーの肱にふれながら叫んだ。

まだはるか遠くではあるが、櫂を漕ぐ音が近づきつつあった。

武器をつんだジャンクのはじめの一隻は、間もなくリルルーのサンパンから五十メートルぐらいしかないところへきた。リルルーは船首に伏せて機関銃の狙いをつけながら、チの合い図を待っていた。合い図は銃声二発ということになっていた。

合い図は仲々こず、ジャンクは船脚を止めていた。ようやく二発の銃声がひびいた。リルルーは舷側すれすれに長い連射を浴びせた。いっぽう、部下は力いっぱいに櫂を漕いでサンパンを突進させた。機関銃は故障した。しかし、ゲリラ隊員はすでに手榴弾を投げて、相手のジャンクにとび移っていた。いくつかの叫びがきこえ、人の身体が水に落ちる音がし、二、三発の銃声がひびいた。遠くのほうでも、手榴弾の炸裂音を縫って、自動小銃の連射がきこえた。

それから静かになった。静寂の中で、再び夜の河の物音がだんだんときこえてくるようになった。

二隻のジャンクは河岸まで曳かれて行き、さっそく積荷が下ろされた。アメリカ製の武器——迫撃砲五門と砲弾五百発、重機関銃一挺、軽機関銃一挺、自動小銃十挺、携帯機関銃二十挺、小銃五十挺——のほかに、阿片五十キロと二トンのもみ米がつんであった。

それから、ジャンクは河の中央に沈められた。念のために、乗組員は皆殺しにされた。

三週間後、チとリルルーは三百人の部下を率い、七つの部落を掌握し、兵士に自動火器と迫撃砲の扱い方の訓練をほどこしていた。

この小部隊は《大水田自衛隊》と称し、歩哨は気嫌のいい時は捧げ銃をするようになった。

カオダイ教徒の軍隊は復讐のため、ニアンの率いるヴェトミンの大隊を襲撃し、その半数を殺したり傷つけたりした。

リルルーは、《情報》任務のためサイゴンへ帰らなければならなかった。

彼は、南ヴェトナムの首府へ戻ってきて嫌悪をおぼえた。今では、戦争で生きている巨大な腫瘍のようなこの街では生きられないと感じたのだ。

彼は大佐に、チの影響力は増大するいっぽうでゲリラの一群がチの部下に参加したこと、間もなく何千という部下を率いるようになるだろうということを報告した。リルルーは、チに顧問官としてフランス将校をつけてやることは悪くなかろうと思う、とつけくわえた。

「顧問官でなく、監督官と言いたまえ。大尉、君はその任務を引き受けるかね？　引き受けたら、水田地帯で暮らし、あの未開人たちと同じ生活を送り、長々とあの狂人の能書をきかされることになるのだよ！　あの男は、それでもやっとタイプで報告を打ってくるようになったな」

「そういう仕事には自分は向いていると思います。大佐どの」

「私としては、君をサイゴンで私の手元に置いておきたかった。少なくとも私の出発まではね。私は六カ月後、フランスへ帰還する。八カ月を区切って、君をチの付人にしてあげよう。やりきれなくなったら、すぐに召還を要求しなければいけない。君には小規模の指揮班が必要だ。中尉がひとり、下士官二、三人だな。チの海賊どもに軍事教育をするような形をとるためだ。今、私の手元にサバティエという男がいる。君の出かけている間に配属されたのだが、仲々の切れ者で、士官学校も優等生グループで卒業し、銃火に対しても非常に勇敢だ……ただ冷笑的な精神と排他的な性格のために、どこへ行っても嫌われ者になるのだね。水田地帯で少し暮らすのも悪くなかろう。君にサバティエをつけてやろう。下士官は君の選択に任せる」

リルルーは、ジェム――通訳の軍曹――が完全に自分の部下になることを承知させた。大佐はまた、武器弾薬のほか、監視塔をつくるためのセメントも送ることを約束した。

「大佐どの、その件ですが」リルルーは彼に指摘した。

「チは、非常にあの監視塔を馬鹿にしています。彼の説では、あんなものは何の役にも立たない——一発のバズーカで吹っ飛んでしまう——かえって非常に邪魔になるというのです。兵士を《ざりがに》にしてしまう。夜は兵士が塔にとじこもってしまうから、その間はヴェトミンが自由にふるまえるというわけです」

「君の親愛なるチの言うことはまったく正しいよ。ただ、将軍が塔がお好きなのでね。あの将軍は、モロッコから直接ここへ転任してきた。指揮権を掌握した日に我々に質問したのは、水利の便のある地点はすべて抑えるように配慮してあるかということだった。将軍はドラア河の叛乱をそのやり方で抑えたのだ。ヴェトナムのこのあたり一帯が広漠とした沼地なのだということを申し上げなくちゃならなかったよ！」

大佐は別れる前にリルルーの肩へ手を置いた。

「リルルー、私としては、この実験が成功してほしいと思うよ。あのチという海賊は気に入っている。彼の血管には少しフランス人の血が流れているのだからな。いつかはあの男を連れてM市へ行ってやることが必要だね。ああ、ここにチについての調査書がある。持って帰って読みたまえ。明日返してくれればいい。父親に関することはすべて消しておいた。これは彼がヴェトナム人として何かの行動をとる時の妨げになるかもしれないからね」

その書類は油のしみがついた青い表紙で綴じられ、赤鉛筆で《極秘》と記されていた。書類の中味は数枚のタイプ用紙に打ってあるだけだった。

《グエン・バン・チ

一九一六年、チュエン・コイ生まれ、父親不詳。母親はヴェトナムの富裕な家の出身で、自分の財産を投げうち、息子をハノイのシャスルー高校に入学させた。

十七歳で大学入学資格を取得、給費生としてフランスへ送られ、文学士号を得る。二年後、帰国して中国に出発、上海の震旦大学で二年の勉学。

一九四〇年、サイゴン高等学校教授代理に任命される

《政治活動》

ハノイで、青年民族主義者の一団とつながりをも

つ。のちにこの一団は、V・N・Q・D・D（原註　過激な民主主義運動で反フランス傾向が激しかった。この運動の一部は後にヴェトミンに加盟した。中国における蒋介石の国民党にあたり、国民党から資金と武器の援助を受けていた）やヴェトミンの運動を指導することになる。チは政治犯容疑で警察から監視され、ハノイ保安局の書類に登録された。

フランスでは、共産党に入党はしなかったが、共産党系の反植民主義運動に数多く参加。

逮捕二回。

上海では過激派の会合に熱心に出席したと報告されている。

サイゴンでは早くから、ヴェトナム独立を要求する知識階級の運動の指導者となる。

自宅でアジビラと武器を押収され、プロ・コンドル島（原註　ヴェトナムの南にある南支那海の島で、徒刑囚監獄と強制収容所に用いられた）へ監禁される。一九四四年、同島から脱走。日本軍に対するゲリラ戦に参加。日本軍に逮捕され、拷問を受けたが、再び脱走。その後ヴェトミンに協力したが、一九四六年ヴェトミンと離れてフランスに帰順。

六カ月サイゴンで監視下に置かれた後、チュエン・コイへ戻ることを許され、同地で反共ゲリラ隊を組織したが、大きな力はない。

人物は精力的で勇敢だが、非常な野心家である。同人を利用する時はおおいに注意を要する》

この調査書に高等弁務官府発行のヴェルド総督の意見書がついていた。

《グエン・バン・チ

当該人物は南ヴェトナム農民に農業改革を説いているが、この改革は国の現行体制と一致せず、フランスの経済的利害と衝突する。

当人を研究のためフランスへ送ることを提案》

《意見書に対する回答

ほとんど危険性なし。ヴェトナムを離れることは拒絶。藺草平原を制圧中のヴェトミン部隊について、優秀な情報をフランス軍指揮系統に提供。自ら作戦中のフランス軍部隊を誘導。棕櫚軍功章に推薦。

ソルニエ大佐》

　リルルーは、リのママさんのところへ行ってバスティアンをみつけた。彼は、リのママさんと一緒に竹の煙管を吸っていた。

　リのママさんはご気嫌斜めだった。彼女は一部の阿片吸引者のグループにひそかに阿片を提供していたが、ヴェトミンがチュエン・コイの近くで、彼女があてにしていた五十キロ以上の阿片の荷を奪ってしまったのである。「これじゃ仕方ないよ」彼女はシューシューいう摩擦音に似た怒りの声で言った。「うちのお客さんにも専売局もののまずいので我慢してもらうしかないね」

　リルルーは阿片を吸うのを断わり、お茶と数個の茶碗をもってあらわれたトーを抱くことも拒絶して、バスティアンを表へ連れ出した。チから、リのママさんには警戒しろと言われていたのである。老婆の闇取引が大目に見られているのは、彼女が警察に情報を流しているからだった。

　リルルーはバスティアンに、これからチュエン・コイの水田で暮らすことを話したが、ジャンクの襲撃については黙っていた。彼は、バスティアンに同行を勧誘した。行政官は首をふった。

「私はチが大好きです。彼は正しいと思う。しかし、私はこれからフランス帰還願いを出すところです。麻薬におぼれすぎているのでね。それにもう万事おしまいだと思いますね。この戦争から甘い汁を吸っている大資本家の利害関係に対しても、官僚の動脈硬化にも、軍人の愚劣さにもさからうことができない。仏領インドシナが最期をとげる時に立ち合うのは苦しいだけです」

　その翌日、背が高く上品で冷たい感じのサバティエ中尉がリルルーのところへ申告に来た。彼は敬礼したが、その敬礼の中にすでに高慢な態度がちらついていた。

「こんにちは、大尉どの。私はどうやらあなたの指揮下に入るらしいのです。しかしどういう任務に使われるのか正確に話してはもらえませんでした」

「僕の部屋へ来たまえ。この不思議な任務がどういうものか説明してあげよう」

　リルルーは机の上にヴェトナム南部の大きな地図を拡げた。

「見たまえ。サイゴンの南方だ。ここはカオダイ教徒の領土だ。ここは和好派《ホアハオ》（仏教の一派の新興宗教）で、ここはカトリック教徒だ。こういった宗教勢力が広範囲な崩壊状態を利用して私軍をかかえて私領をつくり統治組織をもって、一種の国中国を形成している。封建時代と同じだ。しかし、こちらの広大な地面には何もない。一種の無人境で、ただヴェトミンと何組かの野盗団が徘徊しているだけだ。ヴェトナムでも一番豊かな米作地だが、誰も河の堤を維持しないので、堤が切れてしまい、水田は放棄されてしまった。

昔、サイゴンで高校の教授をしていたグエン・バン・チというヴェトナム人が、この土地に何かを創り出そうとしている。我々の任務は彼を助けることだ」

「私は戦争をしにヴェトナムへ来たのであって、堤をつくるためではありません」

「僕は君が配属されることを要求したわけじゃない。君をミトに残してもかまわないよ。君はミトで、セネガル狙撃兵連隊の将校たちとトランプでブロットでもやっていればいい。さもなければ、水田の土着農民の服を着て、米と干物を食って暮らし、泥の中で戦闘し、一群のゲリラ隊をちゃんとした軍隊につくり直すのだ。どうするかね。ミトのほうがいいだろう?」

「いや、水田がいいです。私は子供のころいつもインディアンの隊長になりたいと空想していました」

サバティエとリルルーはバスティアンと連れだって、明け方までバーとキャバレーを飲み歩いた。それからふたりは行政官をリのママさんの門口へ置きっぱなしにして、ある参謀部の大佐のジープを失敬すると、検問所を突破し、機械化部隊の一群に道をあけさせながら、ミトまで突っ走った。

通訳のジェムがリルルーを待っていた。ジェムは古い倉庫の中でジープのナンバープレートをとりかえてから、大得意でベレー帽をあみだにかぶって乗り心地を試しに町の中を走らせ、娘たちを驚ろかせた。

チュエン・コイでは、びっくりするような状況が彼らを待っていた。一群のゲリラ隊員が熱心に、二台のアメリカ製の六輪貨物自動車の色を塗りかえていた。村の上には、緑と白の地色に剣を染め抜いた《大水田自衛隊》の旗がひるがえっていた。フランス国旗とヴェトナム国旗が、この新旗章をとり囲んでいた。

チはリルルーに、奪った五十キロの阿片を八一ミリ迫撃砲四門と二台のトラックと交換したことを話してきかせた。彼はサバティエを頭のてっぺんから脚のつま先までジロジロ見た。

「ピエル、この紐みたいに細長い奴がここで頑張れると思うか?」

サバティエのほうは、両手をポケットにつっこんだまま、たずねた。

「大尉、この男があんたのジンギスカンですか?」

四カ月の間、《大水田自衛隊》は、野盗団やヴェトミンとの間で漠然とした戦闘を続けた。こうした戦闘は数分しか続かなかった。ひとつの人影が水田の中に伏せる。一挺の自動小銃が撃ちはじめたかと思うと静まり、何発かの迫撃砲弾が泥をはねかえす。それだけだ。

リルルーは、この裏切りと待ち伏せに充ちた戦争に馴れていった。チは彼に、蛇のように音もなく這いながら水田の中にきこえる異常な音を聴きわける方法や、パルチザンの指揮法や、マングローブの茂みの影にかくれて長い間じっとしているにはどうすればいいかなどを教えた。リルルーは渇きと餓えに馴れ、ソーセージのように綿布に丸めこんだ少量の米だけで腹を充たし、蚊や日光や沼地や蛭をこらえながら何週間もぶっ通しに水田の中にとどまっていられるようになった。

大尉が作戦から帰ると、チが入れ替わりに出発した。サバティエはすぐに部下のゲリラ隊員を掌握した。彼はまず何よりも正確に狙って撃つこと、弾薬を節約すること、迅速に迫撃砲の弾着を修正することを教えた。

「万事がスピードの問題だ」チはたえずそう繰り返した。「最初に撃つものが勝利者だ」

ついに、ひとりの野盗もいなくなる日がきた。一群の強力な盗賊団は、沼地に追いつめられた。彼らは沼地を脱出できなくて皆殺しにされた。一部の者は投降し、ある者はヴェトミンに、ある者は《自衛隊》に帰順した。大部分は頑張りがきき、訓練の行き届いた優秀な兵士だったが、いろいろな悪習をもっていて、ゲリラ隊員の質をおとす恐れがあった。

チはきびしい罰則の早見表をつくった。

《最初の盗みに対する罰(盗んだ品物の重要性は勘定にいれない)。水田を武器なしで偵察すること。当人は両手を背中にしばられたまま隊列の先頭を進み、地雷があればこれを爆破する。

二回目の盗みに対する罰。後頭部に銃弾を撃ちこむ》

婦女子への暴行は盗みと同じとみなされ、勝手な賭けごとは禁じられ、武器の紛失は死刑だった。

その代わり、ゲリラ隊員には掠奪の権利が認められた。自分が捕虜にした敵からは、何でも奪って自分の持ち物にすることができた。

二カ月後、チとリルルーは八百人のゲリラ隊員を部下にしていた。彼らは、チュエン・コイ周辺の十ほどの部落を支配していた。

リルルーはチの模範にならって、作戦中武器を携帯しなかった。しかし、必らずジェムと一群の親衛兵を付き従えていた。この親衛隊は、反射的に応射できるように特別に訓練されていた。

リルルーは、自分のために闘かっているのだと感じるようになってから、熱狂的になっていた。征服という熱病が彼をむしばんだ。彼は貪慾な百姓のように、少しでも多くの土地が欲しかった。その土地が沼沢地や破壊された水田や半ば焼かれた椰子林でもかまわないのだ。彼はできるだけ多くの部下が欲しかったので、チが帰順を申し出てくる者を全部入隊させず、サバティエが多勢の新兵を失格させることを非難した。

敵対している野盗団やヴェトミンが自分の支配している土地へ踏みこむたびに、彼は激怒におそわれた。そして、たびたび支配地域の外側まで制圧の遠征に出かけて行った。

彼はいつも同じ顔ぶれの部下、二十人ほどの無頼漢で、たくましく、抵抗力があり、音もなく人を殺し、どこでも自分で食糧を調達できる男たちを連れて歩いた。

ジェムはチから少尉にとり立てられていたが、リルルーにとっては、通訳よりも副官として役に立つことのほうがはるかに多かった。大尉は、戦争というよりは狩猟に近い闘かい、土地や部下や武器を手に入れられる闘かいに夢中になり、どんどんヴェトナム語をおぼえこんだ。

ある時ヴェトミンが、最近平定したばかりの村に侵入して百姓たちを掠奪した。リルルーはその報復に、ヴェトミンが支配していると思われる村を掠奪しに出かけることにした。チの情報によれば、ニアンは部下全員を率いてブトゥルにいるカトリック派の軍隊と闘かっている最中だった。

大尉は、いつもの顔ぶれの部下を連れて出発した。小さな隊列の前で、ふたりの尖兵が猫のようにしなやかに音もなく進路を開いて行った。彼らは一晩中歩いて、朝方、フランス人が建ててから放棄した古い哨所にたどりついた。リルルーはこの哨所に陣取り、ジェムと二、三人のゲリラ隊員を斥候に出した。遠くの水田の中に村の藁ぶき屋根がみえていた。水田はちゃんと維持されており、青々とした稲が茂っていた。

出かけて行った男たちは二時間後に戻ってきた。彼らは三匹の黒豚、数羽の若鶏、一袋の米と焼酎《チューム》の壺をもって帰ってきた。

ジェムが報告した。

「村には誰もいないよ。持ち物を皆おっぽり出してずらかってる。俺たちの来るのを見たんだ。ヴェトミン村にちがいない」

リルルーはその哨所で夜をすごすことにし、サバティエに伝令を送って、五十人ほどのゲリラを連れて合流するように要求した。

《自衛隊》員は飯をたき、豚や若鶏を焼いた。しかしリルルーは、部下が酔っ払わないように焼酎《チューム》の壺だけは叩き割っておいた。彼は何となく不安で、歩哨をいつもの倍にした。

夕闇が水田に下りてきた。一陣の風もなかった。ただ腐った魚の匂いが無人の村から時折りただよってくるだけだった。半ば焼かれた哨所の崩れた壁や草で埋まった壕は、不吉な雰囲気で待ち伏せを予感させた。

リルルーはこういう遠征を繰り返しているうちに、危険に対して一種動物的な勘が働くようになっていた。彼は、哨所の周囲にじりじりと迫ってくる敵意の存在を感じとった。彼は、ジェムを起こして意見をきいてみた。ジェムには何の考えもなかった。米と焼豚で満腹していて、ただ眠りたいだけだったのだ。

攻撃は午前四時ごろ火蓋が切られたが、その手際は驚ろくほど不器用だった。密集した一群が遮蔽しようともしないで、昔は哨所の正面の門だったあたりに向かって殺到してきた。襲撃者たちは、まだ小銃の射程に入る前からわめきたて、宙に向かって銃を撃ちはじめていた。数回の一斉射撃が、この連中を追い散らした。これがニアンの部下とは思えなかった。ニアンの部下なら、仕事は完全に心得ているはずである。

「奴らを追っかけようか」ジェムがきいた。

「それには及ばん」

その時、半ば崩れている土と煉瓦の塀のそばで、抑えきれないうめき声がきこえた。

「怪我した奴がいるな」ジェムが言った。「俺がみてこよう」

「俺も行こう」

彼らは外へ出た。たちまちうなり声がやんだ。

「俺たちの足音をきいたんだ」ジェムは指摘した。「怪我人は俺たちに息の根を止められると思ってる」

彼はヴェトナム語で叫んだ。

「怖がることはないぞ！　どこにいる？　何もしやしないから」

すぐ近く、ほとんど彼らの足先あたりで、また、うめき声があがった。彼らは、壕の中にひとりの若い娘をみつけた。彼女は太腿に負傷していた。血が粗末な布のズボンの上を流れていた。彼女のもっている武器は棒だけだった。ふたりの男は彼女を哨所まで運んだ。リルルーは短刀を抜いた。娘は彼が自分の喉をえぐろうとしているだと思ったが、ふるえもしないで、憎しみをこめて彼をにらみつけた。

フランス人は彼女のズボンを切り開き、自分の水筒にあった小量のアルコールで傷口を洗い、ズルフォンアミド剤をふりかけてから繃帯を巻いた。弾丸は太腿の脂肪を貫通していたので、傷は深いもののそれほど危険ではなかった。リルルーはジェムを通訳に使いながら、娘にたずねた。

「君はヴェトミンか？」

「ヴェトミンって何のことかわからない」

「じゃあ、どうして我々を攻撃した？」

「私が村の百姓たちに、この哨所からあんた方を追い出せと言ったのよ。あんた方の後ろからは、役人や地主がやってきて、私たちのもっているものを取りあげたり古くからの小作料をとり立てたりして、私たちを餓え死にさせるにきまっているじゃないの。この水田では、私たちの村は誰からも忘れられていたから、今まではしあわせに暮らしていたのに」

その時リルルーは、戦争をして土地を奪うだけでは足らないのだということがわかった。天国を建設しようとするならば、何よりも民衆を味方にしなければならない。ここでは、チの言う《稲の民》だ。

大尉はポケットからひとつかみのピアストルを出して、掠奪させた豚や鶏や焼酎《チューム》の代金を支払いにジェムを派遣した。

娘は天幕布の上に横になったまま、フランス人から眼を離さなかった。彼女はこの男が、藺草平原のあらゆる兵士や野盗の首領たちと正反対の行動をとるのは何故かを理解しようとつとめていた。

灰色の明け方に続いて、すばらしい朝がやってきた。その光でリルルーは、この娘を鑑賞することができた。彼女は背が高くて、非常にほっそりしていた。顔も細面で眉毛は完全な弧を描き、眼もわずかにつりあがっているだけだった。脚は長く筋肉質だった。リルルーが繃帯している時にちらとふれた肌は、トーの肌よりもやわらかかった。彼女は泥と血にまみれていた。髪の毛は頬まで垂れ、若々しい胸乳は胴衣《イエム・コゼ》をもちあげ、腰はズボン《コウ・クアン》の中で丸く張りきっていた。

リルルーは彼女の名前や年や両親の職業をきいた。彼女の名はリアンといった。十六歳と十七歳の間だった。彼女の父親は、タン・ダの部落長だった。

「タン・ダに戻りたいかね？」

リアンは首をふった。ジェムは、驚ろきながら通訳した。

「戻りたくないと言っている。タン・ダにはもうびくびくした年寄りしかいないからだそうだ」

リルルーは、作戦を中断してチュエン・コイに戻る肚をきめた。彼のゲリラ隊員は数本の竹と筵で急製の担架をこしらえて、娘を寝かせた。

その気になれば全地方はやすやすと征服できた。だが今では、リルルーはこの征服には武器は必要ではないと考えはじめていた。こういうことをすべてチと話し合わなければならない。

サバティエと彼の率いるゲリラ隊は、道程の中ほどでリルルーたちと出くわした。リルルーは娘を、自分がチやサバティエと一緒に住んでいる高床小屋の空室に入れた。

チはその翌日、疲れきって戻ってきた。彼は部下ぐるみニアンの伏兵にかかって七人の部下を失い、十人ほどの負傷者を出し、しかも負傷者を連れて帰れなかったのである。ヴェトミンの手中におちた負傷者は、ひどい目に遭うだろう。しかし、《自衛隊》は一挺の小銃を失っただけだった。

　リルルーはチに、藺草平原の西方にあるタン・ダの村の話をして、その村だけが生き残っていたことや、娘の指導した百姓の攻撃のことを語ってきかせた。

「この点では我々は安心していいわけだ」彼は言った。「百姓は我々を憎んでるんじゃない。ただ役人と地主が戻るのを恐れてるんだ。といって、ヴェトミンに税金を払うのも気がすすまない。我々が百姓たちの耕やしている土地を保証してやりさえすれば、味方になるだろう」

「俺もそういうことは考えてみたよ」とチは答えた。「しかし、そのころは、俺たちはこの地方にしっかりした基地をもち、それを保つことが大切だった。漢の皇帝から毛沢東に至るまで、アジアの征服者は皆そうだよ。俺には計画がある……いつになったら我々が支配者になれるかということだ。しかし、ニアンと彼の千人の部下というものがあるからな。さて、その娘に逢いに行こう。その娘のおかげでお前の軍人らしい石頭にも農業革命の観念が生まれたらしいからな」

　チは長い間リアンと話した。彼は、何度も独特の子供っぽい笑い声をたてた。そうかと思うと真剣な態度になり、身ぶりを交えたり、僧侶のように重々しく考えこんだりした。

　リアンも、もう怖がってはいなかった。彼女も、笑いながらチに答えていた。リルルーは通りすがりにいくつかの言葉をきいて、その意味をさとっていた。

　チはリルルーを暑苦しい闇の中へ連れ出した。

「あの女の子の言ったことをきいたか？　お前が気に入った。お前に抱かれて運ばれた時は嬉しかった。お前はふつうの白人とちがう。お前が自分を置いてくれれば、お前の情婦《おんな》になってもいい、と言ったんだぜ。もう、俺たちには新体制の準備はできている。俺たちの土地では若い娘まで叛乱気分になり、銃をとっている。今さら昔の特権なんかとり戻せるものか。しかし、俺たちは、まだ何カ月も狩りの勢子みたいにこんな馬鹿げてやりきれない戦さをやらなけりゃならん。それからが本当に興味のある闘かいだ。政治戦だ……革命と言ってもいいが」

　チは寝床に入り二十四時間眠り続けた。二日後、ひげを生やして黒い傘をもったリアンの父がやってきて、リルルーに逢って名乗りをあげた。彼は、米つきバッタのようにひっきりなしにおじぎをした。

ジェムが老人に事情をきいた。老人は村を保護してもらいにきたと言った。ヴェトミンは、六頭の水牛と百ジア（原註　体積の単位。一ジアは二十リットルにあたる）のもみ米を要求してきた。《自衛隊》があの哨所を再占領して警戒してくれれば、部落は隊員の生活の面倒をみようというのである。

リルルーはチを起こしに行った。チはふだんよりもいっそう髪をふり乱したまま、重々しい名士に逢いにきた。彼は老人がペコペコするのをやめさせて、壁にはった参謀本部発行の大地図の前にリルルーをひっぱって行った。

「みろよ。この老人の提案をのんだら、ずっと西のほうまで手を拡げることになる。哨所を占領したところで何にもなりはしない。藪地と水田を押さえなけりゃだめだ。つまり、この地方に少なくとも三百人のゲリラ隊員を送らなきゃならん。俺はチュエン・コイを離れるわけにはいかん。サバティエや下士官たちは、新兵教育に必要だ。お前が危険をおかす気なら部下は貸そう。リアンを連れて行くといい。お楽しみのためでもあるが、人質にも使えるからな」

五日後、リルルーの率いる一隊のゲリラはタン・ダ地区を占領しに出かけた。メコン河が氾濫して、あの哨所は水につかっていた。彼らはなまぬるい泥水に胸までつかって頭の上に武器をさしあげながら行軍した。数人の隊員が溺れ死んだ。ある朝、彼らはヴェトミンの小部隊にぶつかった。ヴェトミンも、タン・ダの方向へ泥の中を進んでいたのである。

濡れた武器は、軟泥に汚れてうまく動かなかった。ほとんど手榴弾と短刀だけを使った戦闘が、水のあふれた水田の中で展開した。死骸が血にまみれた荷物のように黄色い水の上にただよった。重苦しい空からは、細い雨がふってきた。小さな黒い蛭がゴム底靴の中へしのびこみ、木綿服の下までもぐりこんできた。煙草の火で焼きながら一匹一匹はぎとらねばならなかった。

隊員は、疲れきってもう前進したがらなかった。リルルーは小銃を捨ててしまった二人の部下の頭を撃たなければならなかった。リアンの担架を運んでいた苦力は、彼女を捨ててしまった。リルルーはモンスーン期独特の熱い霧雨の下を、娘を抱きかかえてタン・ダの村に入った。悪い知らせが彼らを待っていた。水田を守っていた土堤が崩れたところで、すぐに土堤をつくり直さなければ、次の収穫はだめになってしまう。

リルルーは三日間ゲリラ隊員を休ませた。それから村の住民を集めて土堤の再建にかかった。自分も裸足で、雨の中を重い柳の負い籠を運んで模範を示した。ゲリラ隊員はブツブツ言い出した。彼の背後で彼らがうるさく罵る声がきこえた。

「気をつけてくれよ」ジェムは言った。「奴らはとてもあんたを恨んでるぜ。ここへ来たのは闘かうためだとか、自分たちの土堤なら喜んでつくり直しもするが、他人のじゃいやだとか言ってるよ。米を食うのは俺たちじゃないぞとか……」

土堤がメコン河の強大な水圧に耐えられるようになるまでには一週間かかった。水が水田から引きはじめた時、リルルーは歓喜が身体中をかけめぐるのを感じた。それは自分の土地を守り通した百姓の喜びだった。

翌日、村の住民はゲリラ隊に感謝する祭りを催おした。隊員たちもすぐ隊長への恨みなど忘れてしまった。二十人ほどの村の若い者が、《自衛隊》に志願した。近在の村々の名士たちは土堤の話をきいて、《兄貴《ダイ・カ》》に保護を求めにきた。ヴェトミンは、雨に邪魔されていっこうに出撃してこなかった。リルルーは部下の一部を割いて、十ばかりの部落に配置することができた。各部落は、派遣されたゲリラ一人に対して新兵一人を提供した。リルルーはタン・ダで新兵を教育して、五人につき一挺の小銃を渡した。小銃を持っている者は伍長《カイ》で、他の四人には手榴弾二個が与えられた。この新兵が派遣されては、各部落を守っているゲリラ隊を強化していった。

傷のなおったリアンは、大尉の飯炊きに従事していた。彼がずぶぬれで巡察から帰ってくると、熱いお茶が待っていた。彼はリアンに優しくしたが、彼女を愛撫しようとはしなかった。彼女は、彼の寝室のそばに筵を敷いて寝ていた。雨が屋根を葺いているラタニア棕櫚の葉を叩いている時、リルルーはチとサバティエから遠く離れたこの水田で、孤独を感じた。

彼は激しいマラリアの発作で倒れた。熱にふるえながら、恐ろしい悪夢におそわれ、キニーネをいくらのんでも悪夢が去らなかった。

ある朝、消耗しきって目をさました。気分は晴々としていた。リアンが彼のそばに眠っていた。彼は彼女の額を愛撫した。彼女は眼をあけて微笑み、彼の肩に顔をよせてすりつけてきた。

リルルーは、バスティアンの話は嘘ではないと知った。リアンはたちまち愛に燃え、情熱的になった。彼を愛していたからである。彼女の眼はほぼ閉じられて、一条の黒い細い線がみえるだけだった。頬はくぼみ、頬骨がきわだってみえた。その顔は、黒い髪の毛を背景にして置かれた黄金の仮面のようだった。リルルーの下に抱かれているのは年も国籍もない不思議な死んだような女だったが、その美しさに、彼は快楽を引きのばして、この奇蹟を少しでも長く続かせようとした。

彼が彼女の身体を離れようとした時、彼女はゆっくりと生命をとり戻し、やや驚ろいた様子で、彼をみつめた。それから彼の手をとって接吻した。

リルルーは、彼女に少しフランス語を教えた。彼らは半分はフランス語、半分はヴェトナム語で話し合えるようになった。ある日、リアンは彼にこう言った。

「あなたを愛しているわ、あの土堤の時から……」

彼女はまた、拳銃やカービン銃の撃ち方を教えてくれと望み、非常に武器の操作がうまいところを示した。

ジェムも現地妻をみつけていた。よく笑う娘で、髪に花をさしていた。この娘は、リアンのことをこう言っていた。

「あの女《ひと》には戦士の血が流れているのよ。子供のころは男の子と喧嘩ばかりしていたわ」

チは長距離作動の無線機を二台購入したので、泥水の平野ごしにリルルーと通信できるようになった。

チからこういう通信が届いた。

《警戒しろ。雨季が終わる。ヴェトミンが背後を狙っている。サバティエに一箇大隊の増援兵をつけて出してやったが、お前を助けに行くまでには三日はかかる。兵力をあまり分散させず、集中しろ》

リルルーはジャンクで運ばれてきた百挺ほどの小銃、三挺の機関銃と弾薬を受けとった。部下のゲリラは今では六百人になっていたが、四百人しか武装させられなかった。各部落に小人数のまま放っておかれれば、チの予測しているように強力なヴェトミンが攻撃してきた時は全滅させせられてしまう。《自衛隊》は二十二の部落を支配していたが、その面積はフランスの県ひとつにあたるほどの広さだった。リルルーは部落長たちの懇願にもかかわらず十七の部落を放棄して、全兵力をタン・ダの周囲に集めた。

ある日の午後、彼は村を散歩しながら、今夜にも攻撃されるぞと直感した。百姓たちは道を急いで往来し、中国人は商店を閉め、彼と非常に親しく交際していたリアンの父は彼に逢うのを避けようとしていた。

ジェムがやってきて、現地で応募したゲリラの中から約五十人が逃亡したと告げた。武器を持っていった者もあり、置いていった者もあった。

「武器を持っていった奴らは」ジェムは言った。「偽装したヴェトミンだったんだ。他の奴は臆病風に吹かれたのさ」

リルルーは無線でチを呼び出した。

「今夜来ると思う。ミトにいる水陸両用派遣部隊を呼ぶことはできないか?」

「だめだ。俺たちの顔がつぶれるじゃないか。サバティエの率いる二百人の部下はサンパンに乗船して出かけた。彼らは間もなくお前に合流できるはずだ。俺は全兵力を率いてニアンの後衛部隊を襲撃する。今度がチャンスだ。これを逃したらもうだめだ」

各部落のそばの藪地に前夜からひそんでいた千人ほどのヴェトミンは、いっせいに攻撃を開始した。夜のうちに三つの部落が陥落した。リルルーが二百人の部下と一緒にたてこもったタン・ダだけが、あらゆる襲撃に耐えた。住民は家畜を連れて水田や藪地に分散していた。金持は水牛に荷車をひかせ、貧乏人は籠を下げた天秤棒をかついで行った。

敵味方は、家から家へと市街戦を交えた。リアンはひとつの窓にとりついて、道に忍び出てくる人影を狙って撃っていた。彼女は小鼻をひくつかせ、唇をそらせて次から次へと薬莢を空にしていった。愛する男のそばで闘かえるので幸福だったのだ。

陥落した三つの部落にいて、逃げようと思えば逃げ出せたはずのゲリラ隊員たちが、タン・ダの守備隊の増援にやってきた。リルルーは、この黄色い小柄な兵士たちの勇気と誠実さに驚ろいた。

彼はジェムにきいた。

「どうして戻ってきたのかな？　何故、身をかくさなかったんだろう？」

「じゃあ、どうしてリアンはあんたのそばで闘かうんだね？　あの隊員たちもリアンと同じさ。あんたが彼らを愛してるからだよ。それから土堤のこともある……あんたが皆と同じ茶碗飯を食い、少しはこの土地の言葉も喋るからさ……皆が……年寄りは別だ。年寄りはもう何も信用しないからな……若い連中は……皆が、チとあんたは皆のために大きなことをしてくれると信じているからだ」

ヴェトミンは、迫撃砲をすえて村を砲撃しはじめた。砲撃はラタニア棕櫚や藁で葺いた屋根をやすやすと吹き飛ばして、家々に火をつけた。村はもう守りきれなくなってきた。

サバティエのサンパン隊は、依然としてやってこない。彼らもずっと手前で敵に襲われたにちがいない。リルルーは、ゲリラ隊員に脱出用意の命令をくだした。夜になるが早いか藪地へ逃げこむほかなかった。その日の昼間の長かったこと！

ヴェトミンは決死の攻撃をかけてきた。穴倉にかくれて地面すれすれに掃射している機関銃に向かって、何波もの突撃が行なわれた。掃射でなぎ払われた死体は、あちこちの道角に灰色でごちゃごちゃした山になって折り重なった。しかし、ヴェトミンは攻撃の手をゆるめなかった。彼らは、もう少しで機関銃座に手榴弾の届く距離まで迫りつつあった。

太陽は相変わらず激しく照りつけていた。仲々夜がやってこない。勝負は敗けだ。今となっては、リルルーと部下のゲリラに残された道は、生きてニアンの手中におちないために自殺するだけだった。しばらくして彼らが最後の突撃を準備している時、メコン河のほうから何挺かの機関銃が豆がはじけるような音で猛射する音がきこえてきた。サバティエが、このへんの河岸一帯を射程にとらえたのである。迫撃砲弾は村に落ちてこなくなった。リルルーはヴェトミンが迫撃砲をすえていたあの古い哨所から撤退するのをみた。彼らはサンパンを攻撃するために、河のほうへ下りようとしているのだ。

ヴェトミンの主力はタン・ダの後方に集結していた。ひとりのゲリラ隊員がきて、この主力も退却していると報告した。チの率いる大隊が到着したのだ。

何百人かのヴェトミンは藺草平原の隠れ家へ戻ることができた。しかし戦場には、ヴェトミン側で百人ほどの死者、二百人ほどの負傷者、三百人の捕虜が残されていた。

ゲリラ隊の損害も甚大だったが、チとリルルーは水田地帯のどこからでも補充をとることができた。彼らが勝ったのであり、ニアンは逃亡したからである。

ヴェトミンは、住民が逃げる暇のなかったいくつかの部落では部落長を銃殺していた。ひとりの部落長は壁に釘づけにされて下腹に機関銃の掃射をくらいながら、なお自分の権威の印である黒い傘を握っていた。

捕虜の中には、ふたりの将校とひとりの政治委員がいた。チは、部落長が処刑された場所へ彼らを引き出して、自分の手で斬り殺した。しかし、彼はヴェトミンに対して憎悪の念はもっていなかった。彼もヴェトミンと同じく、水田の奴隷制、高利貸しや官吏の支配から百姓を解放するため闘かっているのである。チは、アジアでは農業集産化方式しか可能でないことをよく知っていた。しかし、彼はあらゆる意味の帝国主義と抑圧形態を憎んでいて、ヴェトミンの背後に、昔の前進基地をとり戻そうとする中国の脅威の影を感じとっていたのである。

共産主義は何ひとつ事態を変えはしない。カトリック教は、全西欧に掟を強制していたころ、あらゆる人間の心に生きていたころでさえ、キリスト教徒の殺し合いを妨げなかった。共産主義にしても、同じことにきまっている。

それから間もなく、リアンは身ごもった。リルルーはこの水田で生まれる息子をもつことを幸福に思った。彼はこの水田で苦難をなめ、この水田のために闘かってきたのである。また、自分の子の母親が戦闘の時彼のそばに踏みとどまる女で、彼と同じように強くて壮健な種族に属していることも嬉しかった。

タン・ダの勝利は、《大水田自衛隊》の前に六十キロ四方にわたる地方全域を開いた。征服の時は終わった。ゲリラ隊員は土堤と家の建設者になった。数千ヘクタールにわたって藪地が焼かれ、運河が掘られ部落が再建された。

ヴェトナムの至るところから男も女も水牛を追い、子供たちの一群を従えてやってきた。この新しく平定された地方では、土地を開墾すればその者のものになるという噂が広まったからである。新来者は土堤ができるとすぐその後ろに陣取り、稲を植えはじめた。彼らは一日でつくり上げた粗悪な藁ぶき小屋に住んでいた。

「俺たちは急いで次の行動に移らなければいかん」チは言った。「浮浪者は一所不在、ふらりとやってきては突然出て行ったりするものだ。ヴェトナムのこの地方の百姓は、昔から少し浮浪者じみた傾向がある。百姓がこの土地にとどまって根を下ろすように、建設は大変だが、煉瓦と瓦の家をもたせなければいかん。それから、連中にも家畜を飼ったり壺の中に予備のもみ米をとっておけるようにしてやらなくてはだめだ。この土地に汗と血を流してこそ、この土地と結びつけられるんだ」

一カ月後、チは自分の名でいくつかの法律を公布した。ゲリラ隊員は敬意を集めるため、時には荒々しく行動すべきである。大水田地帯の百姓たちは、三カ月以内に堅牢な家を建てなくてはならない。材料は無償で提供される。しかしこの猶予期間をすぎたら、まだ残っている藁ぶき小屋は一軒のこらずガソリンをかけて燃やしてしまう。

そして、各家族に貸与された百コン（水田十ヘクタールに相当する）の地面を年内に収穫が得られるようにしなければ土地使用者は追放される、と宣言した。

また、各家族は少なくとも二匹の黒豚と五羽の鶏を飼えという命令も出した。この命令に従わないものは、すべて監獄に送られる。この監獄には鉄条網も壁もない。道路や住民の家や土堤の建設されている工事現場である。

その代わり百姓たちには、小作人だったころの二十五％ではなく、収穫の七十％を取る権利が与えられる。十％は共同備蓄として部落にいき、残りはゲリラ隊員の食糧にされる。

各部落は自衛用の民兵を創設し、維持しなければならない。チはこの民兵の長としては、一番うるさがたの、ヴェトミン系だと見られていた連中を採用した。

彼はこう言った。

「連中は実はヴェトミンの何たるかも知らないさ。しかし、連中は指揮もできるし、責任もとれる」

三百人の捕虜のうち、二百人がゲリラ隊に帰順した。他の大部分の者は土地を求め、妻をめとり、黒豚を養うことにした。

六カ月後、《大水田地帯》は生命をとり戻した。その時、チはもう一つの法律を公布した。《読むことのできない者は許さない》。夜、学校でひげを生やした老人たちが黒板の前で馬鹿のように発音を繰り返していた。教師はしばしば十四、五歳の少年だった。

最初の収穫はあらゆる予想を上廻った。土地は五年も休んでいたのである。

リルルー、サバティエ、フランス下士官たちは、兵士の職業に新しい意味を発見した。彼らはあり合わせの材料で橋をつくり、道路を開設するために苦力のように働いた。夕方、村の道を散歩している時、彼らは感動で喉が詰まるような思いをした。女も子供も男も彼らから逃げようとせず、急いで彼らのまわりに寄ってきては、真新しい家へつれこんで一碗の飯を食べさせようとしたのだ。

大水田地帯の指導者たちは、夜食を一緒にとることにしていた。フランス人たちとチのそばには、元ヴェトミン兵たちや指導者に推された百姓たちが坐った。ある日、チは女たちにも会食への参加を許すことにした。婦人会長に選ばれていたリアンが最初に招待された。彼女は八カ月の身重だったが、なお大活躍をしていた。仕事の後、彼女のまわりには数百人の女が集って、あんぐり口をあけて彼女の与える衛生上の忠告に耳を傾けた。彼女は女たちに、自分たちには男と同じ権利があるが、それにはそれだけの能力を示さなくてはならないと話してきかせた。彼女のもっとも熱心な協力者はタンという重々しく落ち着いた顔の非常に美しい娘で、藺草平原のヴェトミンの指揮官ニアンが愛しているのはこの娘だった。タンはリアンの次に会食に招かれた。ある晩、彼女はニアンを会食に連れてきた。

丸腰のニアンはひとりで沈黙の中を入ってくると、席をあけてくれたチとリルルーの間に腰を下ろした。背の高い頑丈な男で、安南宮廷の高官の息子だった。彼は、茶色い上衣に黒いズボンとゴム底靴をはいていた。彼の顔つきは、仏陀の像のように清らかだった。手は長く細く、筋肉が多かった。

彼は黙って、新しい水田の効率化とか運河の掘削とか学校の建設について、食卓のまわりでわきたつ議論に耳を傾けていた。それからチにたずねた。

「私もここへ来ていいですか？」

チは、彼の手をとって長い間握りしめてから答えた。

「いつかは君が来ることがわかっていたよ」

ニアンは大衆教育と宣伝の責任者になった。サバティエは兵士の訓練、マルソー特務曹長は道路建設の責任者で、チとリルルーというふたりの少年は新しい王国の王子だった。

リアンとリルルーの息子が生まれてから三日目に、ニアンとタンは結婚した。大水田では大きな祭りを催おした。何千という花火がメコン河の水面に映えた。

ソルニエ大佐はヴェルド総督に呼び出された。総督はおそろしく脂ぎったでぶ男で、酒の飲みすぎで顔がくずれていた。若々しく新しいことは、何でも憎み嫌っていた。そして、ヴェトナム政府も憎んでいた。総督につけてあった安南人護衛兵を引き揚げたからである。軍人も憎んでいた。自分に直属していないからである。フランスも憎んでいた。自分の功績を充分認めないからである。女たちも憎んでいた。もう女と楽しめない身体になっていたからである。世界を憎んでいた。世界は彼がいなくても動いていくからである。

彼は自分の手をなめながら――この男のいつもの癖だ――大佐に坐れとすすめもしないでしわがれ声で言った。

「チュエン・コイ地方、近頃は《彼ら》が大水田とよんどるらしいが、あのへんでは何がおこっとるのかね？」

「大成功です。総督閣下、ヴェトミンの各部隊は、指揮者のニアンまで含めて我が方に帰順しました。土堤は再建され、地方は平定され、今までになく豊かになっております」

「我が方に帰順じゃあるまい。大佐、ヴェトミンの新体制に帰順と言いたまえ。あのチという狂人はいつも我々をやっつける男だ。君の友人どもがあそこでやっていることはヴェトミンと同じことだぞ。彼らは自分たちのものでもない土地を盗んどる。あの土地には正当な地主がおる」

「その地主たちはあの土地を捨てていたので……」

「わしは法律を大切にする。地主は常に地主だ。彼らが目下編成中の軍隊はフランス軍にもヴェトミン軍にも属さないもので、これはまさに国中国を建てるという奴だ。彼らは革命家だ。多少の成功はおさめたところで、ああいうあまりに特殊な方法はこの国じゅうを毒する恐れがある。直ちに召還したまえ。その男を……何という名だったかな？」

「リルルー大尉です」

「彼と一緒にいるフランス人も皆召還するのだ。それから、チの反逆行為に対してしかるべき処置をとることにする」

大佐は総督府を出ると、監視塔をつくるのが好きな将軍のところへ逃げて行った。将軍は、ヴェルドや総督府の文官たちが大嫌いだった。ソルニエは、総督との会話を将軍に報告した。

小柄で神経質な将軍は、小躍りしながら言った。

「よろしい、そのリルルーは仲々よろしい。そのチは大成功だ。あのヴェルドなる不潔漢は、この仕事を軍が指導しとるから怒っとるんだ。この国を毒するだと？　何をぬかすか！　またまた、東南アジア銀行の仕業だな。銀行は、これまで無料だった栽培地や水田の苦力に金を払うのを恐れとるんだ。ヴェルドの如き腐敗漢を養うくらいなら、苦力に米を買う金をやるほうがましだ。君は知っとるか？　あの男はもう、勃起せんのだよ……飲みすぎでな。

リルルーの班に、武器、セメント、トラックを送る命令書を出したまえ。この混乱の中で何かに成功したのは、彼らがはじめてだ。それからアメリカの新聞記者たちも現地へ送ってやれ。記者たちのど胆を抜いてやるんだ。連中には、わしから勲章を授与する……ふたりともだ。わしも一度見に行かなけりゃならん。そしてヴェルドが何か言ったら、糞でも食らえと言っときたまえ……わかったかね？　ああいう文官どもは……皆ファシストなんだ」

大佐は事務所に帰った。何といっても彼は軍人で、ベルティエ将軍からしか命令を受ける必要はない。それに、間もなく彼はフランスへ帰り、サン・ドミニック街（陸軍省のこと）の無数の事務室のひとつに配属されるのだ。彼は毎日近くのサン＝ジェルマン＝デ＝プレへ出かけて、食前酒を飲み、何時間もパリの若い女が通るのを眺めてすごすことになるだろう。

大水田はますます拡大して、サイゴンのほうへ広がった。ヴェトナム政府は大水田の行政管理に知事《ドク・フー》を任命し、ゲリラを指揮するために大佐を任命し、さらに徴税官を送った。政府の重要メンバーのひとりは、水田地帯の土堤が改良されたのを知って、話にならないほどの安値でさまざまな土地の地主の権利を買いあさった。その男は、この土地所有権を抵当に中国人から二百万ピアストルを借り受け、ある事業に投資したが、事業は間もなく失敗してしまった。借金取りの催促はきびしく、そして、大水田の次の収穫は最初のそれを上廻ることはたしかだった。

その男は知事に、昔の小作料を復活させて収納してくれれば、代わりに巨額の報酬をやると約束した。知事はあまり自信はなかったが、とにかく《ヴェトナム政府平定計画の最大の勝利》であるチュエン・コイへ向かった。新聞はチュエン・コイのことをこうよんでいたのである。大佐は仕事が立てこんでいると言って同行を拒絶した。仕事というのは《大世界》でのルーレットと日本人ホステスのことで、そのためにサイゴンにとどまったのである。

知事は秘密裏に現地におもむき、まず問題のフランス軍大尉に面会に行った。彼は、百姓の服を着て、自分の家を強化するために杭を打ちこんでいるリルルーに出くわした。ひとりのヴェトナム人が手伝っていた。多分彼のボーイだろう。ふたりの男は立ちあがって、唖然として新来者を眺めた。知事は得意気に仕立のいい青い背広、白い靴、硬いカラーのYシャツを着ていたからである。知事は額の汗を拭いた。

「あの間抜けは何しにきたんだろう」ニアンがきいた。

「新聞記者だろう」リルルーは言った。「でも写真機をもってないな」

「リルルー大尉さんですか」青い背広の男はたずねた。

「そうです」

知事は大水田では万事がさかさまだと思った。しかし、水田にはぎっしりと稲穂が実っていた——何百万ものピアストルが生えているようなものだ……。

「私は知事です。つまりヴェトナム政府に任命された行政官でして……」

「どこのヴェトナム政府ですか?」ニアンはきいた。

「あの安南宮廷の私生児の政府ですか。ホー・チ・ミンが食事中に話題にするのを禁じた男の……」

「陛下は……」

「この男も他のと一緒にあっちへ送ろうか?」とリルルーがたずねた。

「しかし……」

「我々は十人ほどの徴税人を迎えましたよ、知事さん。彼らは土堤づくりで働いています。働かざるものに米なし……ですよ。徴税人を護衛してきたフランス憲兵隊には、新兵教育をやらせています。憲兵も、この仕事のほうがいい、もう帰りたくないと言うのでね。あなたは何か特殊技能をおもちではないですか？　左官とか、指物師とか、漁師とかね……」

「私は陸下の官吏でして……ですから……」

リルルーは杭打ちをやめて、知事を家でも一番広い部屋へひっぱって行った。部屋には一台の卓と四脚の椅子があった。

ニアンは、チに厄介事が始まることを知らせに行った。

リルルーは、知事をぐらついている椅子に腰掛けさせた。

「ヴェトナム政府がこの土地を解放するために何をやったか、言うことができますか？　何もやってない。一挺の銃もひとりの兵士も提供しなかった。土堤を修理し、道路を建設し、水田の状態を改善するのに一ピアストルも出さなかった。何もやってない……」

知事は、長い象牙のシガレットホルダーをとり出した。シガレットホルダーには、緑色の硬玉で空馳ける竜の図柄が彫ってあった。彼は眼を半ば閉じて熟慮している様子だった。「私もあなたと同じく官吏です、大尉さん。私は政府の命令に服従します。私に適当な宿舎とか……召使いなどをお世話願えませんか？」

「大水田では、もう召使いなど要りません」

「緊急の問題が発生しています。水田の地主たちは、できるだけ早く小作料を回収したいと思っているのです。ヴェトナムのこの地域の小作料は、収穫百ジアに対して七十ジアです……未払い分も含めて」

「チは人の首をちょん切るのが得意でね。サイゴンでは、その話はききませんでしたか？」

「大尉……」

「出てお行きなさい」

知事は大あわてで退出し、机の上にシガレットホルダーを忘れていった。彼は船着場のほうへ戻った。船着場には、彼をミトからのせてきた小発動機船が待っていた。彼の汗は前よりひどくなっていた。

彼の前を、訓練から帰ってきた一箇大隊が行進していた。兵士たちは木綿布のベレー帽をかぶっていたが、裸足で歩いていた。彼らは戦闘馴れしていて訓練が行き届いており、装備も新しかった。皆、歌をうたっていた。

知事は胸の中である戦慄をおぼえた。この男たちは自分と同じ民族なのだ。そして、彼らがヴェトミンを打ち破り、新世界を建設しているのだ。ヴェトナムとは彼らのことであり、ダラットの夏宮殿にいる操り人形のことではない。彼はちょっとの間、彼らの仲間になろうかと思った。しかし、この感情はたちまち憎悪に変わった。この世界は彼をよそ者として拒絶し、しかも水田には数百万ピアストルもの稲穂が青々と実っているのだ！　知事は、パリにアパートと料理屋を買ったところだった。どんなことになっても、逃げ場所はある。大臣は欲しければ自分で小作料をとり立てにくるがいい……。

翌日ヴェルド総督はベルティィエ将軍に電話した。

「許しがたい、実にけしからん、まさに所有権の侵害だ。彼らはもう少しでヴェトナム政府の派遣した知事を河へ放りこむところだったのですぞ！」

ベルティィエ将軍は大喜びだった。

「放りこまなかったのですか？　ふむ、彼らも勇気がなくなったな」

「わかっているのかね？　徴税官は一週間、土堤の修理工事に使われたのですぞ！」

「見事だ。わしはあんたの話なんかどうでもいい。あんたの銀行が金を損したってね……」

「何が言いたいのかね？」

「あの小僧っ子どもは藺草平原を平定して、兵力を節約してくれたということですよ。わしはトンキン地方（ハノイを首府とするヴェトナム北部地域。中国に国境を接し、ヴェトミンの活動の中心地となっている）でいくらでも部隊が要るんだ。連中に手を出してもらっちゃ困る。いいかね？　あんたやあんたの仲間の《ヴェトナム政府》と称する腐敗漢どもにね。誰があんな奴らを選んだというんだ？　ええ？　皆ファシストだ」

ヴェルドは電話を切った。この頑固者相手ではどうしようもない。ヴェトナム政府の大蔵大臣は、大水田を抑える政策を要求していた……東南アジア銀行はヴェルドに、この大臣を動かしてヴェトナム国立銀行の活動を弱めてほしいと頼んできていた。さもないと、東南アジア銀行は紙幣発行という実りの多い特権を守りきれなくなるからである。

ヴェルドは国立銀行の活動を事実上停止させることを交換条件に、大水田にフランスが干渉するという政策をのませることができた。大蔵大臣は承知するだろう。しかし、あの将軍が頑固にチとその仲間のフランス人を守っている。

だが、それも何とか対処できるだろう。トンキン地方の作戦はあまりうまくいっておらず、東南アジア銀行はパリでも大きな影響力をもっているのだから。

トンキン・デルタ掃討作戦に従軍していたハリー・マロースがチュエン・コイに送られたのは、この時期だった

新聞記者は、リルルーにインタビューしてから長い間チと話し合った。彼はこの熱狂的な針毛の男との会話を長く記憶していた。マロースの考えでは、チはアジアでひとつの解決の道を見出したのだった。それは農業の集産化であり、大がかりな変革ではなく日常生活のこまごまとした改良によって、水田地帯のあきらめきった気質を根底から変化させる道である。記者は合衆国がどんなに《共産主義》という言葉に神経過敏か心得ていたので、大水田地帯について書いた記事の中では、反ヴェトミン戦争とそれによって実現された社会的進歩を強調した。この記事を読んだアメリカ人は、食糧や薬品を送ってきた。チは、十軒ほどの診療所とふたつの病院を建てることができた。

タン・ダに新しくできた病院で、リルルーとリアンの間に生まれた息子は一歳にもならずに死んだ。

それから、サバティエが召還された。彼は大尉に昇進して、トンキン地方に展開する機動部隊に編入されたのだ。彼のために別れの大宴会が催おされた。

チはサバティエが《わずかな恩給と安給料のために闘かうような軍隊はさっさとやめて、新国家が生まれつつある大水田地帯へ戻ってくること》を希望すると述べた。

リルルーは、サバティエを運ぶ船まで見送った。そして、例のシガレットホルダーを贈った。

サバティエは、うなだれたまま礼を言った。自分の感動を見せたくなかったのである。彼は声を詰まらせながら言った。

「ありがとう、リルルー。僕をこの、実にすばらしい冒険に参加させてくれたことに感謝する。チにも礼を言っ

といてくれ。どんなことをしても、ここへ戻ってくるつもりだ。それがどうしてもだめな時は、このシガレットホルダーを見ては大水田地帯を思い出すだろう。この王国はボーイスカウトだったころから僕が夢見ていたものだったよ」

ベルティエ将軍は、トンキン地方でいくつかの敗北をこうむった。彼の部隊のひとつは中国国境の近くでせん滅され、ふたつの重要な屯所が陥落した。パリでは、彼を支持していた大臣が失脚した。

小柄なベルティエ将軍は、パルプラン将軍と交代させられた。パルプランは婦人に戦争のことを話したり部下の将校に文学を語るのがうまいので、知的だといわれていた。それに、彼は極東に足を踏み入れたことがなかったので、少なくとも頑固な考えでいっぱいの石頭ではないという保証があった。

将軍は、フランスへ帰る船に乗りこむ前に大水田地帯を訪ねた。彼は、チとリルルーにこう言った。

「若いの、君たちは実に立派な仕事をやってくれた。わしは本国でそれを報告するつもりだ。しかしこれからは、あのヴェルドやヴェトナム政府の奴ら、この戦争を食い物にしている奴らが皆で君たちに敵対してくるぞ。ヴェルドに気をつけろよ、あいつは陰険に何か企らんどる。それに、銀行屋がおるからな……」

将軍は、北アフリカでロパティーヌと知り合っていた。彼はロパティーヌのことを《冷血漢のファシスト》だとみなしたが、ロパティーヌの勇気と皮肉な態度には一種の敬意を抱いていた。

リルルーは、昔の主人宛てに短かい報告をつけた手紙を書いて将軍に託した。彼はその中で大水田地帯の経験と現在の脅威を語り、少なくともこのまま干渉しないでもらえるように運動してほしいと頼んだ。

ロパティーヌがこの手紙を受けとった時は、もう遅すぎた。どちらにしても、彼はヴェルドに敵対してこの件に介入することはできなかった。彼の利害は、ヴェルドがヴェトナムで代表している利害と同質だったからである。

七月十七日の夜、落下傘兵二箇連隊とセネガル狙撃兵二箇大隊と海兵隊の陸戦隊の一隊とが、チュエン・コイとタン・ダの部落を包囲した。リルルーはこれら部隊の大規模な展開については情報を求めていたのだが、その答は、サン・ジャック岬南方地区を広範囲に掃討する予定というものだった。

リルルーとタンは、将棋をさしていた。リアンはゆれるハンモックで寝ていた。

無線班を指揮しているフランス下士官のひとりが、血相を変えて馳けこんできた。

「大尉どの……大尉どの、あいつらは皆気が狂ったとしか思えません」

そして次のような通告文をさし出した。

《南ヴェトナム諸部隊の司令官パルプラン将軍の命令により、グエン・バン・チ代表とリルルー大尉は、部下のゲリラ隊をチュエン・コイとタン・ダの部落に集合させ、武装を解除せよ。ゲリラ隊員はその後、ヴェトナム政府軍に編入するものとする。この作戦の整然たる進行を監視するため、フランス軍の各部隊は作戦中の安全保障を行なうものである》

リルルーは、チに通告をさし出した。チはあまり驚いた様子はなかった。

「ベルティエ将軍が帰国して以来、いつかはこうなると思っていたよ」

大水田地帯の境界に散開していたゲリラ隊の各部隊からの連絡が、次から次へとやってきた。

チは通告文をもみくしゃにして、丸めると投げすてた。彼は、神経質に笑っていた。それから、彼は新しい通告文を口述した。

《全ゲリラ隊に命令。武器をかくして、水田地帯に入り、百姓に変装せよ。ニアンが作戦を指導する――リルルーはタン・ダの大隊、俺はチュエン・コイの大隊を指揮する。包囲を突破して藺草平原に入る。急げ》

リルルーは立ちあがっていた。

「馬鹿なことをするな、チ。フランス軍に向かって発砲はできん」

「俺にはできん」

「俺たちが通れるように必要なことをやるだけさ」

「兵士たちは、お前を兄貴《ダイ・カ》とよんでいるんだぞ。お前は彼らと一緒に闘かい、一緒に苦労してきた。ヴェルドが恨みを晴らそうとし、ひとりの大臣が中国人に借金を返すために水田を欲しがっているからといって、お前はその兵士たちを捨て去ることはできんはずだ」

外では、各中隊が武袋して集合していた。

「何をぐずぐずしてるんだ、ピエル？」

「俺にはできん……」

「こちらが正しいんだぞ」

「わかってる」

「数カ月は、お前は反逆者扱いを受けるさ。俺も、今までにそういう時期があった。しかし、必らず我々が勝つ日がくる。そうすれば、お前は反逆者じゃなくなる。ド・ゴール将軍だって反逆行為から出発したんだぜ。これが、アジアでのフランスの最後のチャンスだ。お前が我々を離れるようなら、お前はもう泥沼を脱け出せないぞ。血と汗で築いたものをこんなことで投げ出せるものか……死ぬほうがましだ……」

遠くのほうで機関銃の掃射音が響きわたった。

「事はもうおこってしまったぞ、リルルー大尉。我々の部下、君の部下が発砲しているんだ」

「俺の部下じゃない」

「お前の国や民族が何だっていうんだ？　お前の本当の祖国は、お前が自分の手で征服した国だ。お前の苦しみと愛とでつくり上げた国だ。フランスじゃない。この大水田だ。お前の民族は部下たちだ。リアンだ。俺だ。水田の百姓たちだ」

チの従卒が、チの革靴やカービン銃や背のうをもってきた。

「俺にはできんのだ、チ」

「フランスのためにか？　そのフランスとは何だ？　ヴェルドや東南アジア銀行のフランスか？」

「ちがう。リベーヌ村の代表するフランスだ。皆が俺を売国奴とよぶだろう」

「どうせお前は逮捕されて、刑務所《むしょ》送りになるだけさ。じゃあ、これでお別れだ、ピエル。お前はもう少し人間が大きいと思っていたよ」

チは無造作に小さく手を振ると、姿を消した。

リルルーは家の中に入り、百姓の服をぬぎ、フランス軍大尉の制服を着て、あらゆる勲章を佩用した。

リアンは、静かにハンモックをゆすりながら、じっと目で彼を追っていた。

彼女は身軽に床にとび降り、自分も家の中へ入った。

ピエルは一発の銃声をきいた。リアンは、頭を撃って自殺したのである。

リルルー大尉は武装したふたりの落下傘兵にはさまれて水陸両用車で護送され、ミトでジープに乗り換えた。サイゴンに到着すると、彼は城塞内で重禁錮に処された。彼は秘密裏に拘禁されたまま、二週間をすごした。

十六日目にソルニエの後任のベシャラ大佐が来て、彼が《願いにより》朝鮮のフランス大隊へ転属になったこと、その夜直ちに東京へ向かう飛行機で出発することを通知した。

「フランス軍司令部としては」大佐は言った。「君のすぐれた功績を考慮し、また、この不愉快な事件の噂が広まらないように、こういう非常に寛大な処置をとったのだ」

リルルーは新しい司令官についての情報をききもしないで、東京行きの飛行機に乗った。

フランス航空の飛行機の中で、彼は四日ほど前の日付けのフランスの新聞をみつけた。紙面には大きな文字でフォーガの逮捕が報じられていた。

# 穴の中の最後のふたり——エピローグ

夜は、あるいは黒くあるいは灰色の帯に分散しながら消えていった。中国軍とアメリカ軍の砲兵隊は砲撃を中止していて、時どき遠くに砲声がひびくだけだった。狩りの一夜の明け方のような感じだった。大気は濃厚で、雪を予告する静けさがただよっていた。

リルルーとレクストンは狭い穴の中で肩を寄せ合いながら朝を待っていた。朝とともに死がくることは心得ていた。軽い物音、咳ばらいがきこえた。彼らから五メートル離れた穴の中に、モーレルとベルタニヤがいるのだ。これが《白い丘《ホワイト・ヒルス》》の勝利者の中で生き残った全員だった。胸の悪くなるような死体の悪臭が彼らをひたしていた。

前の日、第四中隊は午前五時に攻撃したのだった。大隊のほかの部隊は全部、中国兵のばらまく手榴弾の雨にはばまれて失敗していた。クランドル将軍は、夜のうちに《白い丘《ホワイト・ヒルス》》を奪うことを決心して、この最後の攻撃に全残存兵力をつぎこむことにした。いつ攻撃中止の命令がくだるかわからない情勢だった。ペンタゴンではジャーミイが《老首領《オールド・チーフ》》に交代し、マドスンは東京に向かって飛んで行った。東京では、すぐに風向きが変わったことをさとるだろう。そして翌日の朝には、京城へ帰ってくる。その前に、この陣地を奪取しておかなければならない。

クランドルはヴィラセルスを呼びよせた。

「中佐、全師団が疲労困憊している。まだ多少の戦力を残しているのは、フランス大隊だけだ。もう一度突撃してもらいたい。今度は、どんなに犠牲が出ても成功しなければならん」

「閣下、フランス大隊の四箇中隊は実動兵員の半ばを失っております」

「それでもやるのだ。私はフランス大隊に《白い丘《ホワイト・ヒルス》》の征服者という名誉を与えているのだ」

クランドルは丸い金ぶち眼鏡ごしに、人を不安にさせるような渇望をこめてヴィラセルスをみつめた。彼の眼は、狂人のようにすわっていた。

「成功しなければいかんぞ、ヴィラセルス。中国軍ももう持ちこたえられないはずだ。最後のパンチをくらわせれば消滅する」

「閣下、私の部下は七回攻撃に登って行きました。七回も自分たちの穴からとび出して前進しなければならなかったのです。そしてそのたびに手榴弾の壁にぶつかりました。もう人力の限界をこえています。今、あの丘で闘かっているのはもう人間ではなく、機械のようなもので、それも調子の狂った機械です」

「命令だ。フランス大隊は全兵力をあげて攻撃する。《禿山》《ボールド・ヒル》の側を指揮しているアメリカ軍の大佐にも同じ命令をくだしておいた。明け方には《白い丘》《ホワイト・ヒルス》を奪取しなければならん」

「やってみます。閣下」

「それではだめだ。成功するんだ。君にフランス大隊の指揮権を任せたのは、君に成功の機会を与えるためだ。それだけの対価は支払いたまえ」

「かしこまりました。閣下」

「私にはどうしてもこの勝利が必要なのだ。君も同じだぞ、ヴィラセルス。先ほど、東京駐在のフランス軍代表部の通告が届いた。君は大隊の指揮権を解かれている。この攻撃に成功すれば、この命令は握りつぶせる。これは君にも最後のチャンスだ。わしも君と一緒にこのチャンスに賭けているのだぞ」

突然、ヴィラセルスは寒気を感じた。ここ三日というもの眠ってはいない。眼をあけているのもつらく、手足が重かった。この深い疲れの中で彼の精力も傲慢も、信仰までも解体してしまっていた。フランス兵もアメリカ兵同様、これ以上の戦闘を嫌らっている。彼らは命令には従うが、これものろくさとあきらめきって従うだけだ。しかし、ヴィラセルスには、戦闘の真っ最中に指揮権を奪われることは耐えられなかった。いつも平静で禁慾的な彼が、今は酒が飲みたいという慾望をおぼえた。

このアメリカの将軍にはおそらくするどい直感力があるのだろう。将軍は、ヴィラセルスに一杯のウイスキーを注いだ。

ヴィラセルスはひと息にウイスキーを飲み干した。彼は急に力強くなり、天下無敵の気分を味わった。

彼は考え直した。

《第四中隊は今まで休息している。まだ八十人の戦闘できる兵員がある。たいていのものは増援隊の出身だ》

「ヴィラセルス」将軍は言った。「自分の部下から憎まれるようにふるまいたまえ。そうすれば、彼らの憎悪のはけ口は中国兵に向けられるだろう。指揮官を憎んでいる軍隊はよく闘かうものだ。もう一杯どうかね？　愛情なんてものは戦争では何の役にも立たん。ただ憎悪だけだ。じゃあ、引き取ってよろしい」

ひとりになったクランドルは、損得計算をやってみた。奇蹟でもおきない限り、彼の賭けは失敗したのだ。マドスンはペンタゴンの新首脳に対して、あらゆるあやまち、あらゆる失敗をすべてクランドルのせいにして、彼を犠牲にするぐらい平気だろう。そうなれば、彼は太平洋岸のどこかの退屈な駐屯地へ送られてしまい、第三次大戦でもおこらない限り中将の星章は得られない。しかし《白い丘》《ホワイト・ヒルス》さえ奪えれば何の損失もないのだ。本国の世論は《白い丘》《ホワイト・ヒルス》の名に熱狂している。師団の損害がどんなにひどくても、《白い丘》《ホワイト・ヒルス》さえ占領すればマドスンは手を出さないことはわかっていた。マドスンは世論の動きにひどく敏感なのである。彼の考えているような機械的で非個性的な姿のアメリカ軍の未来は、今、山の上にいる何人かのもろい男たち、自分たちの気分の変化や個人的な問題で動きやすい男たちにかかっているのだ。不条理きわまるが、やむを得ない。彼は時計を見た。午前一時。攻撃の結果を知るまでに五時間ある。酒を飲んでも眠れないことはわかっていた。誰か女でも手近にいればいいのに。ナポレオンは戦いの前夜、必らず女を寝室に招いたという。しかし、現代の将軍は、皇帝とちがって清教徒団体の意見や新聞報道を気にしなければならない。指導者とは、あらゆる規則やモラルの枠外にいなければ思うように実力を発揮できないものなのに。そういえば、彼の妻のリリイ、あらゆるモラルの枠外にいるリリイは今どうしているのだろう？　黒人か波止場人夫に抱かれているのか？　彼女は前からジャーミイに媚態を示していた。しかしジャーミイはまだ若く元気で、《老首領》《オールド・チーフ》のように媚態だけで参る男ではない。リリイは、ジャーミイと大変うまくいっているのかもしれない。もう一週間も何の便りもないのだ。彼は眠気に負けて、頭をかかえたままくずおれるように机につっ伏して、悪夢の中に入っていった。

ヴィラセルスは第四中隊の陣地に来た。彼はふたりの歩哨が眠りこんでいるそばを通った。《部下から憎まれるようにふるまいたまえ》、将軍はこう言ったのだ。彼はふたりを蹴とばして起こし、「この汚ならしい若僧め」と罵った。

リルルーとルビュファルは、塹壕の胸壁に肱をついて《白い丘《ホワイト・ヒルス》》を眺めていた。だしぬけに、ヴィラセルスが彼らのそばにあらわれた。

「師団司令部から来た。大隊は攻撃を続行する。今度は君の中隊の番だ。部下に装備を用意しろという命令を出したまえ」

「兵隊はもうまっすぐ立ってもいられない状態です」ルビュファルは言った。「もう分隊も小隊もないありさまです。これは羊の群みたいなものですよ。しかもこの羊の群は、《天道《スカイ・ウエイ》》で手ひどく叩かれたため恐怖を感じているのです」

「兵隊を起こしたまえ」ヴィラセルスは言った。

「何の役にも立ちませんよ。中佐どの」今度はリルルーが言い切った。「《天道《スカイ・ウエイ》》から中国軍の陣地の近くまでなら前進できると思います。しかしその後では、兵隊を壕からひきずり出して突進させることはもうできませんな」

「できないだと！　三日前に君は《お望みなら素手でも攻撃はできますよ》と公言したんだぞ。大水田地帯の指導者だったリルルー大尉ともあろうものが部下を攻撃に導くこともできないほど、熱もなくなり信念も失せたのかね？」

「あれは、私が部下に闘かう意味を教えられれば、せめてあの丘はお前たちのものになるんだと言えれば攻撃できるということです！　どんなに低俗なものでもかまいません。闘かう理由を与えて下さい。《白い丘《ホワイト・ヒルス》》の後ろに村がある、その村を掠奪してもいいとか、女を強姦してもいいとか言って下さい。しかし、実際には何もそんなものはありゃしない。兵士の日給は一ドルです。何もない。村もなく、娘もない。ただあるものは死体と砲弾が耕やし、ナパーム弾が焼いた草木も生えていない山陵ばかりだ」

「そりゃ君はつらいだろうさ。昔の戦友と闘かうのだからね……」

《部下から憎まれるようにふるまいたまえ》、将軍はこう言ったのだ。最後のチャンスは憎悪しかない。ヴィラセルスは自分が不正で卑しむべき人間に見えることも、リルルー相手に危険な駆け引きをしていることもわかっていた。彼は、リルルーに対してはかなりの敬意を抱いていたのだ。しかし、今は何でもいいから、リルルーに《白い丘《ホワイト・ヒルス》》を奪ってもらわなければならない。謝罪は後からでもできる。

リルルーはまっ蒼になった。中佐には、薄明るい月光の中で、大尉の手が拳銃にのびるのがみえた。しかしヴィラセルスは、リルルーが徹底的にやれはしないことも知っていた。いくら大水田という自分の王国を守るためでも、フランス人に向かって発砲する命令はくだせなかった男である。

大尉の手は、拳銃の握りを離れて腰に沿って垂れた。リルルーは無表情な声で、副官の中尉に命令をくだした。

「ヴァンサン、兵隊に装具をつけろと言ってきてくれ」

ルビュファルはヴィラセルスのそばを通りすぎながら、中佐をつきとばした。中佐は、中尉の大きな拳が握りしめられてなぐりかかろうと構えているのを見た。

「ヴァンサン、行けったら」

それから、大尉はヴィラセルスなどこの世にはいなかったかのように背を向けた。

中佐はまた、激しい疲労感におそわれた。今度は彼は祈りの言葉をつぶやいていた。彼は這うようにしてひとつの防塞へ入ると、こう繰り返しながら眠りにおちた。

「神よ、リルルーを生還させて下さい。私が彼に話をできるように……」

ルビュファルは、まずレクストンを起こしにいった。

「おい！　アメちゃん、またやるんだとさ」

レクストンはうなって眼をこすった。

「そんな馬鹿な。生きちゃ帰れないぞ」

「それがヴィラセルスの望むところさ」

「クランドルは気が狂ったな……」

兵士たちは穴から出てきたが、また攻撃するのだなどとは信じられなかった。トウルニエ伍長は手鼻をかみながらわめいた。

「冗談だろう。こんなひでえ目にあった後で！」

モーレルは装具を直していた。彼は伍長に近づいた。

「馬鹿な奴だな。この闘牛場に下りて行かないで、のんびり闘牛を見物できるとでも思っているのか？　自分がしっかりした防塞にかくれて、他の連中が吹っ飛ばされてるのを見てりゃご気嫌だろうさ、ええ？　お前の生命は他の者より特に大切だとでも言うのか？」

「俺がそんなことを考えてると思ったのか？　お前の言うことは何でも下品で汚ねえな。モーレル！　中隊じゃ、お前を我慢できる奴はひとりもいやしねえんだぞ！　あのベルタニヤの阿呆は別だがな。たしかに、お前は糞度胸があるさ。しかし、度胸があるのも道理さ。お前には何ひとつ大切なものはない。人間という人間を憎んでるんだからな。しかもお前みたいないやな野郎に限って、くたばらねえときてるんだ」

「さあ、トウルニエ、人間という人間ぐるみ屠殺場行きだぜ」

「気をつけろよ、モーレル、お前に背中から一発くらわすこともできるんだぜ」

「お前はひどい近眼だ。射撃はからきしだめじゃないか」

ベルタニヤは、ブドー酒を入れた水筒を盗まれてそこらじゅうを探しまわっていた。

「俺の酒を盗みやがった畜生をつかまえたら、どてっ腹に風穴をあけてやるぞ」

モーレルは自分の水筒をさし出した。

「さ、これを持っていけ。この酔っ払いめ。俺は要らん」

「どうしたんだ、装具を置いて行くのか。主計曹長が装具を失くしたら給料から差し引くと言ってたぞ」

「生きて帰ってくりゃ、欲しいだけの装具はそのへんに転がってるさ」

モーレルはロシア戦線の最後のころの絶望的な攻撃のことを思い出していた。疲れきった兵士たちは遮蔽物も探さないで、重い足取りで出て行った。彼らはもう死ぬことは覚悟しているのだが、これ以上疲れるのはいやなのだった。今度もあの時と同じだ。この攻撃は惨澹たる失敗に終わるにきまっている。

第四中隊の残兵は谷に下りて行った。兵士たちは縦隊で進んだが、そばで迫撃砲弾が炸裂しても伏せようともしなかった。彼らはよろめきながら遮蔽しようともしないままで、《天道《スカイ・ウエイ》》のけわしい山腹をよじ登って行った。

「おや、これがマッテイのやられたとこだぜ」ベルタニヤは興味をもって言った。「ここでソルヌの阿呆が片脚をもぎとられたんだ。相変わらず臭えな」

リルルーは、第三中隊の指揮官に逢いに行った。その将校は古毛布を羽織って、穴の中でふるえていた。彼は絶望したような身ぶりをした。

「突破できっこないさ」彼は言った。「俺たちもあらゆる突破口を試みたよ。二十メートルも進むと、中国兵が百個もの手榴弾を降らせやがる。奴らはあそこに見える山陵の後ろにもぐっているんだ。ひとつ忠告しとく。攻撃するような格好をして、部下全員に射撃を命じるんだ。それから後退したまえ。そうなりゃ、意味ない殺戮を避けられる。今までの戦死だけでも多すぎる。今は三時三十分だ。三十分後には、砲兵の準備射撃が始まる。部下に充分遮蔽しろと言っとけよ。時どき野砲の射程が短かすぎて、こっちが弾丸をくらうことがあるからな」

「砲兵の準備射撃は要らん」リルルーは言った。「敵に警戒させることになる」

「本気で攻撃する気か？　部下がついてきやしないぞ」

「俺は必らずあの山をとってみせる」

「レジオン・ドヌール三級章が欲しいのか？」

「欲しいのは、ヴィラセルスだ」

攻撃開始の数分前、リルルーは非常に危険な任務のための志願兵をつのった。トウルニエ伍長が進み出た。彼は志願の理由を述べた。

「モーレルとベルタニヤの馬鹿野郎に、一泡ふかせてやりたいです」

大尉は伍長に説明した。

「ひとりで強引に前進して、できるだけ音をたてるんだ。中国人は攻撃だと思って、ありったけの手榴弾を投げてくるだろう。しかし、お前はひとりだからやられないで済むかもしれん」

ベルタニヤが彼らのそばにすべりこんできた。

「大尉どの、この間抜けは肥りすぎだ。俺に行かせて下さい」

トウルニエは、携帯機関銃を手に穴からとび出した。そして、身をかがめることもせず、撃ちまくりながらまっすぐ走りはじめた。中国兵は稜線の背後に身をかくしたまま、何百個もの手榴弾の雨を降らせた。

「トウルニエがつまずきやがった」突然ベルタニヤが言った。「もう動かねえ……」

リルルーは、ルビュファルとレクストンをよびにやった。彼はアメリカ人に言った。

「君に来てもらう必要はない。ここにとどまってくれたまえ。突破できたら合流すればいい」

「いや、一緒に行く。まったく意味はないがね。命令だから」

「俺にかまわないでくれよ」

「私の義務であります《イット・イズ・マイ・デューティ・サー》」

「勝手にしたまえ。ヴァンサン、兵隊の一部を連れて、攻撃するふりをしてくれ。手榴弾の有効範囲ぎりぎりまで進むんだ。しかしそれ以上は行くなよ。俺はモーレル、ベルタニヤ他数人を連れて中国兵の背後から襲うようにやってみる。奴らの横手を《白い丘《ホワイト・ヒルス》》を下りて行く。そっちは警戒していないからな。それからまた登って奴らの後ろへ出る」

「そりゃ狂気の沙汰だよ」

「正面攻撃のほうが狂気の沙汰だ」

「死ぬなよ、ピエル。ヴィラセルスなんて奴にそんな値打はない」

「俺が向こう側に出たら、お前は突っこんできて俺と合流しろ」

八十人の兵士のうち、約二十人がルビュファルに、十五人がリルルーに従った。他の者は穴にとどまり、四方八方に援護射撃を送った。

手榴弾の炸裂がたえまのない轟きになってきこえてきた。リルルーの班は中国兵に小石をけおとす音をきかれないで、《白い丘《ホワイト・ヒルス》》の中国軍寄りのけわしい斜面をくだって、また登ることができた。こうして、フランス兵はついに手榴弾の届く範囲に到達した。中国兵は携帯機関銃で防衛しようとしたが、ルビュファルはもう手榴弾の壁にはばまれなくなったので、部下を連れてまっすぐに突進した。ためらっていた者も皆、彼に続いた。中国兵は両側から銃火に狭撃されながら、なおも陣地を守りぬこうとした。彼らは防護の銃眼から射撃を続け、負傷兵まで円形弾倉のついた携帯機関銃であたりを掃射した。ヴィラセルスは、この轟きで目をさました。炸裂音は、今や《白い丘《ホワイト・ヒルス》》の全山稜を覆っていた。中央にあった例の岩峰は、突破されている。彼はついに攻撃が成功したことを知り、無線機にかけつけて師団司令部をよび、クランドル将軍に話したいと要求した。ベウリース大佐が電話に出てきた。

「《白い丘《ホワイト・ヒルス》》を奪取しました。将軍に伝えて下さい」

二分後、またベウリースの声がきこえた。

「将軍からの伝言は、《そろそろ奪取できてもいいころだ、寝かしておいてくれ》とのことだ。君には、フランス大隊の残余を率いて全山陵を占拠せよという命令がくだされた。こちらからも増援を送る」

明け方ごろ中国兵は二箇大隊で反攻してきて、山陵の一部を奪い返した。それは例の手榴弾の雨を降らせていた地点だった。リルルー、ルビュファル、レクストンは二十人の兵士ぐるみ《天道《スカイ・ウエイ》》の側から遮断された形になった。彼らは、岩峰のまわりに穴を掘ってひそんだ。アメリカ兵の一箇大隊が中国兵を追い出そうと試みたが、バタバタ倒れてしまった。《禿山《ボールド・ヒル》》からかけられた攻撃も失敗した。新聞という新聞は、早くも《白い丘《ホワイト・ヒルス》》の奪取を報じていた。フラカスは中国軍の反撃を知って、勇気をとり戻した。

クランドルは、マドスンが帰ってきたのを知って、飛行機で京城の総司令部へ飛んだ。総司令部の廊下という廊下には、活気がみなぎっていた。マドスンとの会見を待たされている間に、クランドルはひとりの中尉から大ニュースをきかされた。マドスンは、東京で南東アジア方面軍司令官に任命されてきたのだ。

当直将校が、クランドルを大きな事務室へ案内した。テーブルにはバーボン・ウイスキーの瓶が出ていたが、空だった。部屋には、沢山の使用済みフラッシュバルブが転がっていた。新聞社のカメラマンが帰った後だったのである。新司令官は、シャツの袖をまくり上げた格好でパイプを吸っていた。

「やあ、クランドル、《白い丘《ホワイト・ヒルス》》はやっと済んだかね？ずいぶんインキと血を流させたものだな」

ジャーミイ将軍が幸運をつかんだのは、《アメリカ人の血より尊いものはない》というスローガンのおかげだった。マドスンは、早くもこれに調子を合わせているのだった。

「ほぼ終わりました。閣下」クランドルは答えた。「フランス大隊が、山陵の大部分を占領しています。方面軍司令官にご就任だそうで、お祝い申し上げます」

「ありがとう、クランドル。私は方面軍副司令官として、君を東京へ連れて行くつもりだ。朝鮮には軍団の指揮権は少ないからね」

「軍団の指揮権？」

「まだ知らなかったのか？　《老首領》《オールド・チーフ》は非常に《白い丘》《ホワイト・ヒルス》の話に感銘していたので、ペンタゴンを去る前に、君を中将に推薦したのだ。ジャーミイが昇進命令に署名したよ。私が東京にいる妻に電話したら、妻が開いた私の栄転を祝うパーティに、ジャーミイ将軍と君の奥さんが一緒に来たと言っていたよ。まったく、君のリリイはやり手だな！」

マドスンは、わいせつな当てこすりをたっぷり含めた笑い声をひびかせた。

「《白い丘》《ホワイト・ヒルス》の話に戻ろう。ジェラルド、あの陣地に重要性があるのは、我が軍が攻勢を続ける場合だけだ。ところが新任総司令官の方針だけでなく、大統領の政策も、これ以上、戦局の拡大には反対なのだ。《白い丘》《ホワイト・ヒルス》から我が軍を撤退させたまえ、あの黄色い悪魔どもに思い知らせてやったのだ。これで充分だ。ハーズが君の後任師団長になる。二、三日後に到着するはずだ。だからこの週末には東京に行けるよ」

クランドルは新しい星を肩章につけないまま、師団司令部へ戻った。《白い丘》《ホワイト・ヒルス》で千五百人の兵士が殺されるようにしむけたことなどに、後悔を感じていたのではない。あの兵士たちは、個性をもった存在ではない。兵士がクランドルの興味をひくのは、自分の思想や所定の地域での戦略計画の延長としてだけだった。《白い丘》《ホワイト・ヒルス》撤退命令はちょうどいい時に出たのである。ただクランドルは、自分が実はリリイを真剣に愛していること、ジャーミイのことで嫉妬していることをさとって、恐れを感じただけだった。


午前十時、中国軍は再び、《白い丘》《ホワイト・ヒルス》に定着したフランス兵に反攻をくわえてきた。中国兵は岩峰から数メートルのところまで迫ったが、撃退された。ルビュファル中尉は大腿部に手榴弾の破片を受けて、大腿骨が砕けてしまった。負傷した瞬間には激しい熱さを感じただけだったが、数瞬後には、生命が血と一緒に流れ出すように思われた。ベルタニヤがそばへとんできて、岩かげにひきずりこんだ。

「やられましたね、中尉どの。いや、こりゃひどい血だ！　おーい、衛生兵、衛生兵！」

衛生兵は、這ってその岩かげまでやってきた。彼は負傷者にモルヒネの注射を打ち、止血帯を締めあげてから、リルルーのところへかけつけた。

「大尉どの、中尉どのがやられました。重傷です。すぐ後送しなければもちません」

レクストンの無線機は、まだ役に立った。リルルーはヴィラセルスをよんだ。

「中佐どの、ルビュファル中尉が重傷です。私の親友です。あなたが卑劣漢中の卑劣漢でないならば、ヘリコプターを送って中尉を収容して下さい。軍医に知らせて下さい。あの軍医は多勢のアメリカ兵を救っています」

「どんなことでもしよう。リルルー、私は卑劣漢じゃない。君が生還したらよく話をするから」

「生還しっこない。わかっているくせに」

「夜まで頑張ってみてくれたまえ……」


リルルーは、ルビュファルのところへ戻った。ルビュファルはまっ蒼な顔をしていたが、今ではその色は緑色がかってきていた。

「頑張れよ、ヴァンサン。今、ヘリコプターが来る」

「この山陵には着陸できんよ」

「大丈夫だといったら」

「ピエル、俺はここで死にたくないんだ。あんまり馬鹿げきってる。今になって、沢山話したいこともあるし、いろいろわかってきたこともある。飲み物もってるか？」

「水筒は空なんだ」

アメリカ軍の重迫撃砲が《白い丘》《ホワイト・ヒルス》のまわりに発煙弾を落としはじめた。煙幕が谷間から立ちのぼってきた。

「見ろよ」リルルーが言った。「ヘリコプター着陸の準備だ」

「何も見えない。お前はどうしてパリを嫌うんだ？　秋のパリほど美しいものはないのに」

「あるさ、ロゼール地方の秋だ」

「お前の家へ行って一緒に狩りをやろうな……この脚が切られなかったら……」

三機の戦闘機が中国兵の守っている山陵の上を往来し

て、機関銃射撃を浴びせた。リルルーは位置を示すために、大きな赤い天幕を拡げさせた。ヘリコプターは不格好に空中に尾をつき出しながら、大きなとんぼのような姿をあらわした。ヘリコプターのまわりには、敏捷で優雅な姿の戦闘機がとびまわっていた。

「ピエル、どうやら今度は救かったようだな。しかしお前はどうなる？」

「今夜の攻撃で救出されるはずだ」

「ひとつ、つまらない頼みがある。他の奴に見えないようにやってくれよ。俺に接吻してくれ」

　リルルーはざらざらする頬を、ルビュファルの頬ひげにこすりつけた。中尉ともうひとりの負傷兵は、ヘリコプターの両側にあるふたつの担架にしばりつけられた。中国兵は迫撃砲弾を送ってきたが、煙幕のために目標がよくつかめていなかった。ヘリコプターは空に舞いあがった。ヴァンサン・ルビュファルは、下のほうにうねうねと続く陵線と《白い丘《ホワイト・ヒルス》》のかみそりの刃のような細い尾根を認めた。彼は今は生きられることがわかっていた。万事がやり直しだ。彼は深い喜悦を味わった。利己的で強烈で酔うような悦びだった。おかげで彼は山陵に残してきた人たち、リルルーのことまで忘れることができた。彼らはもはや、夢の中、映画の中、小説の登場人物にすぎなくなった。

　彼だけが生き残れたのだ。世界は彼のものなのだ。空はまっ赤だった。彼は気を失っていった。

　ルビュファルが目をさました時、彼は大きな天幕ばりの野戦病院にいた。もう電球に灯がともされていた。脚つきの担架の上に寝かされていて、腕には長い針がさされ血清を流しこんでいた。マルタン・ジャネとマロースが彼を囲んでいた。

「君は運がよかった」軍医は言った。「脚は切らんでも済みそうだ。びっこをひくことさえないだろう。一時間後には、東京行きの飛行機に乗れる」

「リルルーはどうした？」負傷兵はたずねた。マロースは、自分の顔をなでながら軍医をみつめた。

「今夜、リルルー隊救出のための攻撃はない」マロースは重い口を開いた。「無線はもう通じない。今しがた中国兵の攻撃があった。しかし、どうやら撃退したらしい。昂奮したまうな」

「どうにもならんのか？」

「どうにもならない。他のヘリコプターが負傷兵救出にいったが、撃墜された。生命が救かるとしたら捕虜になるほかない」

「どうしてそんなことになった?」

「攻撃中止命令だ。司令部に大異動があった。ジェラルド・クランドル将軍は中将に昇進した」

「じゃあ、ヴィラセルス、あの卑劣なヴィラセルスの奴は?」

「ヴィラセルスは大隊の残兵をひきずり出して、リルルー救出のための最後の突撃を試みた。命令なしにやったんだ。肩に弾丸を受けて、隣の部屋にいるよ」

ひとりの看護夫が入ってきて、中尉にモルヒネを注射した。中尉はすぐまどろみにおちた。

マロースとマルタン・ジャネは顔を見合わせた。

「どうだろう、先生?」

「この男は助かった。しかし他の者は皆……僕も《白い丘《ホワイト・ヒルス》》に残った連中と一緒にいたいと思うよ。ものすごく恐ろしいだろうが、ここにいるよりはましだ。日本にあるフランス軍代表部づきの医者として来ないかという話がある。承知するつもりだよ。僕はやっと自分の利己主義から脱け出せて、本当の友だちができたところだった。いつまでも彼らと一緒にいたいと思っていたし、彼らのためだったら、ずっとここにとどまっただろう。だが、今となっては国へ帰りたいだけだ。もう年だよ、ハリー。今度の打撃からは立ち直れっこない。老齢からも逃げられないんだ。君はどうする?」

「僕は残る。家族はないんだ、先生《ドク》。京城から酒を取り寄せておいたよ。一緒に飲もうじゃないか。あの山の上ですべてが終わるまで」

「いつかルビュファル中尉が僕に日本の短かい詩、三、四行の詩を教えてくれたことがある」とリルルーが言った。

「俳諧のことだな」とレクストンは言い直した。

《夜、大軍を前に
穴の中の最後のふたり》

「我々は、巨大な民衆の前に見捨てられた。この人の浪が、今すぐやってきて我々を呑みこんでしまうだろう。そして、明日は世界中に広がってゆくだろう。僕は、ヴェトナムでは民衆の側につこうという誘惑を感じた。この民衆こそ力であり、生命なんだからね。我々白人はその反対に何も生み出さなくなり、何にも感動しなくなり、冷笑しているだけだ。しかし、あの時僕は自分が生まれた土地のことを思い出したのだ。みかげ石とヒースの茂っている国で、男たちはむっつりしていて動作がにぶい。女たちは、年老いてくると黒い服を着て、家庭を支配しはじめる。

　僕の国ではこういう女たちをセザルドとよんでいる。つまりローマ皇帝《カエサル》という言葉の女性形だよ。ローマ皇帝の領土は今の僕の故郷にまで及んでいたんだ。こういう女たちには一種の偉大さがあり、峻厳で純朴で顔立ちにも気品があるし、身ぶりも堂々としている。我々の精神にはローマ皇帝の血が残っているというわけだ。

　この女たちのことを思い出した時、僕はフランスが裏切れなくなった。いくら我々が苦しみもがいても、世界が転覆しても、戦争や革命が繰り返されても、こういうセザルドたちが守っているみかげ石のとりでにぶつかると、何の力もなくなってしまうだろう。

　僕は国境をこえた友愛や、民族と民族との融和を信じてきた。愛情と善意だけが大切なのだというのが信念だった。しかし、この信念はもう通用しない。民族が融けあうためには民族がなくてはならないし、人間が兄弟になるためには、人間が存在しなければだめだからだ。間もなく、この地上には個性のない陰うつな大群衆しかいなくなってしまうだろう。群衆は、原始的な仕事にこき使われるだろう。群衆を観察するのは、技術者たちだろう。その技術者も、自分たちの発明したロボットに服従してしまっていて、この進歩を止めようとする力はなくなるだろう。僕の故郷の山は平らにされてしまい、老婆たちはその下に葬られるだろう。セザルドたちの産んだ息子には、住む場所もなくなるのだ。

　数分後に日が昇る。そして、我々ふたりの生命は終末に達する。僕は、自分でつくった掟を生きぬいた男として死ぬ。その掟が他人には受け入れがたいということはよくわかっているがね。しかし、ほかに僕の生き方はなかったと思うのだ」

「僕はオハイオ州の小さな町で生まれた」レクストンは

言った。「広大な黒い平原の中に何本かの道が直角に交叉し、教会がひとつと何軒かの店がある。僕が生まれてから、町の住民は三倍にふえた。町が建てられた豊かな大地と同じように、町には限界というものがないのだ。リルルー、この大地は我々のものじゃない。我々は世界中からアメリカにやってきた。自分の悲惨な運命に追われてきた者もあるし、我々から見れば忌むべきものと思われる階級制度に強制されてきた者もある。古いヨーロッパの生命はアメリカに逃げ集ってきたのだ。アメリカという国ではまだすべてが可能だし、人間の運命が決定的に定められているわけでもない。

僕は自分の女房と子供たちを愛している。僕は自分のような人間でもまだ受け入れてくれるような新世界、まだ長い間開かれているであろう新世界で、幸わせに暮らせただろうと思う。しかし、ほかにどうしようもなかったから、まだアメリカに残っている自由と若さのために、死ぬことを受け入れる」

モーレルとベルタニヤは他の穴の中で、やはり夜の明けるのを待っていた。ベルタニヤは非常に喉がかわいて、相変わらず盗まれた水筒のことばかり考えていた。

「トゥルニエの奴があれを盗んだにちげえねえ」

彼は耳をそばだてた。

「あの連中、あっちで何を喋っているのかな？　表彰式の演説みたいなことをぶちあってるぜ」

広東出身の若い中国人張《チャン》が音もなく、まだ《アメリカ人》が守っている穴のほうに向かって這っていた。彼にとっては、朝鮮で戦っている者は皆アメリカ人なのである。彼は背中に手榴弾を詰めこんだ雑のうを背負っていた。彼の上官の中尉が手榴弾の投げ方を教えてくれたのだった。《安全ピンを抜くんだ。一、二と数える！　それから投げるんだ。三、四、五と数える。手榴弾は爆発する》。張は中尉を非常に敬愛していたから、この遠征を志願したのだった。中尉は、兵営で彼に字を読むことも教えてくれた。彼は、中尉に自分が勇敢なことを示したかったのである。戦友は彼に《蚊》という仇名をつけていたが、そんな張でさえ、あのアメリカ人という大きな悪魔どもを何人か殺せるのだということを見せたかった。アメリカ人たちは中国人の領土へ来て、人民の米を盗もうとしているのだ……彼は突然、自分の分の配給米を陳のそばに忘れてきたことを思い出した。陳は大食いだから、彼の分まで食ってしまう恐れがある。そして、足りなくなった分は、土くれで埋めておくだろう。事実、陳はもうそれをやったことがあった。

今では、張は穴から数メートルのところにやってきていた。彼は、這ってもう少し前へ出た。彼は正確に投げることはできたが、投擲距離が短かかったからである。彼は正確に中尉の教えを守りながら、最初の手榴弾を投げた。それから第二の手榴弾も。

ベルタニヤがカービン銃を撃ち、張の胸を二発の弾が貫いた。張は、火に焼かれるような痛みを感じながらも、最後の力をふりしぼってもうひとつの手榴弾を投げた。それから、しゃくり上げて、身体中の血を吐いた。それが最期だった。

それから間もなく、牡丹雪が降りはじめた。雪は、一種の愛情を、優しさを、物思いをこめて、この《白い丘《ホワイト・ヒルス》》の上の古い死骸と真新しい死者とを葬っていった。

中国軍もアメリカ軍も、この《白い丘《ホワイト・ヒルス》》を捨て去っていた。この丘には、戦略上の重要性は何ひとつなかったのである。

一九五三年十一月、パリにて

一九六〇年夏、シェルポーにて

# あとがき

※「あとがき」は本書の底本である『ジャン・ラルテギー作品集Ⅲ　外人部隊』（冬樹社、一九六七年）のものをそのままの文章で収録した。

この小説は、フランスの作家ジャン・ラルテギーの原題「LES MERCENAIRES」（傭兵隊）の邦訳である。

ラルテギーは、第二次大戦中はビルマで日本軍と闘かい、朝鮮戦争にも従軍負傷した。この小説「外人部隊」は、負傷後、東京の聖ロカ病院で療養中着手した……と本人が、私に語ったことがある。当時、彼はまだ無名だったが、その後パリ・ソアールの記者として仕事しているころ、「きけ・わだつみの声」の仏訳をガリマールから発行、私はこの仕事に協力して彼と知り合った。当時から東南アジアや日本には、何度も足を運び、多くのルポルタージュを発表したが、第一次ヴェトナム（仏領インドシナ独立）戦争に敗れてヴェトミンの捕虜となり、近代戦の政治性を自覚した青壮年将校群を主人公とし、ヴェトナム、フランス、アルジェリアを銃火と敵意の中を苦闘する姿を描いた小説「名誉と栄光のためでなく」（原題「LES CENTURIONS」）で一躍世界的ベストセラー作家となった。この小説は、アラン・ドロン、アンソニー・クイン主演で映画化されたので見られた方もあろう。その続篇で、同じ主人公たちがアルジェリア独立戦争の中で闘かい挫折する物語「叛乱」（原題「LES PRETORIENS」）も大ヒットを納めて、彼は作家兼フリーのルポ・ライターとなった。後者の立場で書いたのが異色あるヴェトナム戦争ルポ「百万ドルのヴェトコン」（原題「Un Million De Dollers Le Viets」）である。アルベレス、ボワデッフル、ピエル・アンリ・シモンら代表的評論家に作家ロブグリエらが協力した「現代文学辞典」序説は、伝統的手法の作家の中で近年十万部(「名誉と栄光のためでなく」は掛値なしに二百数十万だった)以上売れる小説を書いた作家を指名し、中にラルテギーの名をあげて、同じベストセラー作家の中でも「浮気なカロリーヌ」のサンローランなどの通俗流行作家とは質的に区別さるべき文学的流行作家に数えている。また、新小説などの技法革命に対して、伝統的手法による作家の主要潮流のひとつとして、時代の「証人たる小説」をあげ、ここでもラルテギーを挙げている。この「辞典」は専門的なすぐれた内容なのでラルテギーの文壇における評価は、一応わかるであろう。

「外人部隊」は執筆順序から言えば処女作に当るわけだが、彼の名が一躍国際的になってから加筆出版したもので、「名誉と栄光のためでなく」「叛乱」と、近代戦を主題とする三部作をなす。ただ「名誉と栄光のためでなく」「叛乱」は、主人公が共通で、文字通りの正、続篇をなしているのに対して、「外人部隊」は、アメリカ軍旗下に入って朝鮮戦争に参加したフランス志願兵大隊の凄壮な戦闘を描いていて、内的なテーマと主人公の性格や思想は共通だが、背景としては一篇の独立した小説である。

原題「LES MERCENAIRES」(傭兵隊)は、リトレ大辞典では「金で買われて奉公する外国人の軍勢」と規定されている。この小説では、前記のフランス大隊をさす。物語は、このフランス大隊がアメリカ軍の一将軍の野心と執念の犠牲となって中共軍の死守する《白い丘《ホワイト・ヒルス》》に向かって死の攻撃を繰り返して全滅に瀕する経過を縦糸に、中隊長リルルー大尉を中心に、大隊の何人かの将校や兵士の過去を横糸として織りなされている。例えば、リルルー大尉は、少年時代、ジプシー娘との恋からスペイン戦争に従軍し、抵抗運動に従事し、フランス特攻隊でナチスと闘かい、ペルシアの動乱に一役を買い、第一次ヴェトナム戦争でフランス植民政策に反対し共産主義に毒されない平定方針を実行し、朝鮮に追われた人物なのである。彼や彼の友人たちは、軍隊に青春の息吹き、男の友情、冒険精神、防衛すべき理念などを求めて集った男たちで、過去の苦い味を噛みしめ虚無的な感情に支配されながらも「行動によって自分の人生を正当化しようとするおぼろげな、形而上的かジャンセニスム的なおなじ配慮」を抱いている。こういう性格は、「名誉と栄光のためでなく」や「叛乱」の主人公と共通で、ラルテギー戦争文学の主要な魅力をつくっている。このほか、純粋の傭兵、金のために志願した者もあるし、そのいずれでもなく、過去からの脱出のため戦争を選んだ男たちもいる。

ローマの辺境警備に雇われていた「野蕃人」から、今日のコンゴ周辺で問題となっている白人部隊に至るまで、ヨーロッパには長い傭兵の伝統がある。中世には、傭兵気質は時代の体制の中で一種の精神の自由の象徴であった。サルトル「悪魔と神」、モンテルラン「マラテスタ」、テュリ・モーニエ「瀆神の人」など、現代フランス戯曲の名作が多くこの期の傭兵を主人公として書かれているのは、こういう意味である。

我々にもっとも身近な傭兵は、いうまでもなくフランス外人部隊であろう。「ボー・ジェスト」「モロッコ」「肉弾鬼中隊」「地の果てを行く」「外人部隊」……、多くの思い出の名画が、灼けつくような太陽の下を、太鼓の響きと共に丸い軍帽の日除け布を汗にぬらし、白い裾の長い上衣をひきずるようにして、黙々と熱砂を踏みながら叛乱土民の銃口に立向って行く、明日なき男たちの絶望と愛とを描いて、世界の若者たちの胸に異常な感動を伝えて来た。我が国では、外人部隊という傭兵の姿に宿る悲愴なロマンがほとんど感傷的なまでに美化され、「明日はチュニスかモロッコか、泣いて見送る後影、外人部隊の白い服……」という日本風シャンソンの流行という現象まで生じる。しかし、これは日本に限らないと見え、「外人部隊」「ボー・ジェスト」は数回にわたって再映画化され、常に人気を呼んでいる。これにはいろいろな理由があろうが、複雑な過去を葬って血と火と汗の中に飛びこむ男の姿には、強烈な行動的ニヒリズムの魅力が豊かなことは否みがたい。このニヒルな行動性は、新納鶴千代から眠狂四郎に至るまで、大衆文学の理想像である。

しかし、ここでラルテギーの描いた人物は、そう単純ではない。たしかに、彼らが虚無を背負って死に直面しながら、恋や友情や想い出や理想などの人間らしい感情をぬぐいきれず、戦火の中で苦悶する姿には、いわゆる「外人部隊」的なロマネスクがある。しかし、そういう苦悩が単に個人としての枠にとどまらず、第二次大戦とその後の植民地解放戦争や冷戦の延長としての局地戦争という体験は、彼らの絶望や虚無や挫折を深く暗く裏づけている。彼らは行動による自己正当化への渇望にかき立てられ、たえず思想と論理を操作して行動とのギャップを埋めようとするのだ。先に引用した文章は、アルベレスがマルロー、ヘミングウェイ系の行動の文学の主人公に与えた評言であるが、それがそのままラルテギーの主人公、「外人部隊」の主人公に妥当するのである。

山内義雄先生が、私によせて下さった「名誉と栄光のためでなく」や「叛乱」の読後感の「若いころマルローを読んだ時の感動と同質のものを感じます……」というお言葉には深い意味を汲まざるをえない。そして、アルベレスを借りれば、こういう行動の文学の主人公にとって、行動は人生の解釈ではなく「人生を征服し、それに構造をかたちを与えようとするもの」なのであり、サルトルの「自由への道」もその意味では行動の文学に入る……としている。そして、その行動の舞台として、ロレンスはアラビアを、プシカリはサハラ砂漠を、サン・テクジュペリは辺地の空を選んだ……という。行動の文学の系列にラルテギーをおくならば、彼はヴェトナムとアルジェリアと朝鮮を選んだ……と言えよう。

「名誉と栄光のためでなく」の原題「LES CENTURIONS」(百人隊長)はローマの下級将校、「叛乱」の原題「LES PRETORIENS」(親衛兵)はローマ皇帝の近衛兵、「外人部隊」の原題「LES MERCENAIRES」(傭兵)は、すでに述べたように、ローマの辺境警備隊の外人傭兵である。ラルテギーは、現代の百人隊長、親衛兵、傭兵の運命を過去の同僚たちの運命と重ね合せるように描くことで、軍隊形式に底流するヨーロッパの伝統の意識を示す。古典文化の継承者としてのフランスの防衛……、それが、これら三部作の主人公の最後に到達した正当化であり、「外人部隊」の結末で、ようやく征服しながら中共軍の逆襲で孤立した穴の中で、リルルー大尉が口にするのは、こうして得られた死の意味だけである。しかし、それが正しいか、否かは、この小説にとってさしたる問題ではない。リルルーの運命の一こま一こまさえ、中篇小説として成立し得るほどのアドヴェンチュア・ストーリーである。彼を中心に、あるいは戦後の挫折したインテリたち、マルセーユのギャング、元対独協力義勇軍将校らのフランス大隊員の波乱に富む過去が、現在時点の凄壮な戦闘とみにくい政治の錯綜するシーンと交互に展開され、雄大なロマンをつくって行く。このようにむしろ肯定的に戦う人物を描きながら、戦争は空しい……という感慨を残すのは、作者の眼がきびしく、戦争の周辺にうごいている人間性の明暗を見のがさず、また、その現象形態としての政治や人間関係までしばしば残酷なまでに冷徹にえぐっているからである。

洋の東西を問わず、文学論議はかまびすしいが、文句なく面白く、しかも考えさせる……という実作は、余りざらにはない。「外人部隊」は、リルルーの人生劇場としても一気に読ませるし、朝鮮戦争史の一こまとしても興味しんしんだし、第二次大戦後のヨーロッパの精神状況を示唆してもくれるし、読み方によって、自在に変貌しながら、読者の多面的な欲求に応えてくれるであろう。そこに、ラルテギーの偉大な才能があると言えよう。

この訳書の刊行に当っては、例のとおり原作者の好意で種々の便宜を計ってもらった。「ラルテギー作品集」公刊にとって、今は不可欠の協力者である田中綾子氏が、今回は全く独力で原稿の浄書整理、仕事の進行に当って下さった。日仏学院のフェデル教授から語学的に多くの教示を得たことも今までの通りである。冬樹社の滝社長、担当の秋元和枝氏らが、訳者の勝手な要求を寛大に処理して下さったことも、仕事の成立に大きな役割を果たしている。ラルテギーに敬意を表すると共に、以上の諸氏に感謝をささげて、あとがきを終る。

訳　者

# 今回の刊行にあたって

本書は著者の小説処女作として、*Du sang sur les collines*（丘の上の血）というタイトルで一九五四年に刊行された。当初の売れ行きは芳しくなかったが、一九六〇年刊行の*Les Centurions*（『名誉と栄光のためでなく』ジャン・ラルテギー作品集Ⅰ、冬樹社、一九六六年）が世界的ベストセラーとなるに伴い、*Les Mercenaires*と改題・加筆のうえ再刊され、一躍ベストセラーの仲間入りを果たした。

邦訳書は一九六七年に『外人部隊』（ジャン・ラルテギー作品集Ⅲ、冬樹社）として刊行されたが、版元である冬樹社の路線変更とその後の廃業に伴い書店の店頭から姿を消し、以降は知る人ぞ知る稀覯書として入手難が続いていた。

しかし、本書は戦争冒険小説として抜群に面白いだけではなく、著者本人の実戦経験とジャーナリストとして重ねた取材を生かして時代を活写した実に貴重な「時代の証人たる小説」であり、また読者を挑発する硬派な「行動の文学」としても超一級品である。組織の存在が大きく重くなり息苦しさを感じる二十一世紀の現代だからこそ、個人が自らの理想のもとに戦う「輝かしい冒険の夢」としての戦争と、

**《Du sang sur les collines》**
ガリマール社*L'Air du temps*（時代の空気）シリーズの一冊として刊行された。
献辞は「ジャン・ブランザに。そして、私にこの本を書く勇気を与えてくれた、全ての戦争の、全ての国の、死んでいった、生き残った、全ての戦友に」
冒頭の引用句は「本当の苦しみを知り、祖国を護りたいのならば、不撓不屈の精神で自らを鍛え直した傭兵の心を持たねばならない」（ジロドゥ『カンティック・デ・カンティック』）

非人間化された「ロボット」として戦うことの違いを主題として描いた本書が必要とされているのではないだろうか。

以上のように考えたというのが、今回の刊行を決断するに至った経緯であるが、専門書出版社であり畑違いの小社から刊行するのにはもう一つの理由がある。

個人事で恐縮ではあるが、編集子にとって冬樹社『外人部隊』は、十年ほど前に東京・雑司ヶ谷にある古書店のワゴンコーナーでカバーを失いボロボロになった姿と出会って以来、何度も何度も読み返し、そのたびごとに目頭が熱くなる愛読書である。

その私が、『人種・国民・階級――民族という曖昧なアイデンティティ』（バリバール／ウォーラーステイン著、二〇一四年六月に小社刊）という思想書の刊行に向けて、読稿の仕事をしていた際のことである。バリバールが「民衆《ピープル》を民族《ピープル》にするものは何か」というルソーの言い回しを使って「民衆《ピープル》が絶えず自己自身を国民的《ナショナル》共同体として創出すること」という同書の核心問題を提示するくだりに差し掛かった。そのとき不意に、本書のクライマックスで《大水田地帯》の主導者グエン・バン・チが主人公リルルーを説得しようとする名台詞「お前の国や民族が何だっていうんだ？　お前の本当の祖国は……」が脳裏に浮かんできたのだ。それ以降、ある時はフォーガが、またある時はリュケルロルが、入れ替わり立ち替わりあらわれてそれぞれの意見を語り出し、たびたび仕事が遮られた。

集中力を失った状態で行う読稿には何の意味もないので、私は気分転換のためにしばし夢想に身をゆだねることにした。「もし『人種～』と『外人部隊』を書店の

**『ジャン・ラルテギー作品集III　外人部隊』**

小B6判・化繊布張りという、今では見られない体裁。
手のひらへの収まりが非常によく、表紙のなめらかな手触りは官能的ですらある。

棚で隣同士に並べることができたらどうなるだろう」と。

二冊とも、出版社の廃業という事情により書店から消えていった不運な本である。そして、今の時代にこそ必要なのだと私が堅く信ずる本でもある。

実際問題、よほどラディカルな文脈棚を組んでいる書店でも、ハードカバーの思想書と戦争冒険小説を並べてその関連性を顧客に伝えることは難しいだろう。

だが、もしこの二冊を一緒に読んでいただいて、「国民」「民族」という複雑に絡み合った曖昧なアイデンティティの問題を身近に引き寄せるための糸口を『外人部隊』の物語に見出してもらうことができれば……リルルー、フォーガ、チといった本書の主要登場人物の行動を読み解くカギとして『人種〜』の考察を参考にしてもらえれば……。お互いを補い合うことによって、より深い理解がもたらされ、素晴らしい読書体験となることは間違いない。

夢想は確信へと結晶化していき、やがて本書刊行への具体的な段取りの検討へと移っていった。その時点で、もはや刊行しないという選択肢は残されていなかったのである。

＊　＊　＊

ここで、著者について触れておこう。本書の著者ジャン・ラルテギー（本名：リュシアン・ピエール・ジャン・オスティ）は一九二〇年九月五日、パリ郊外のメゾン・アルフォートに生まれる。オスティ家は十六世紀に端を発すると伝えられる、南フランスのオーモン＝オーブラックにほど近いサン＝ソヴァール＝ド＝ペー

**『人種・国民・階級――民族という曖昧なアイデンティティ』**
ヨーロッパにおける移民問題の深刻化の根底に横たわる「国民」「民族」アイデンティティとは一体何なのかを探る、世界的に著名な政治哲学者エティエンヌ・バリバールと、社会学者イマニュエル・ウォーラーステインの往復論文集。

ルという小さな村の農家の家系である。彼は幼少期の大部分を、この一族の故郷で送った。

一九三九年、フランスの対独宣戦布告を知ると十九歳のリュシアン青年はすぐに軍役を志願し、士官候補生となる。しかし、訓練中の一九四〇年に休戦が成立。陸軍の縮小に伴い、彼は一時軍を離れることになる。

ヴィシー体制下の一九四一年、彼はトゥールーズ大学に入学し歴史学を専攻するのだが、冒険への渇望はつのるばかりであった。

一九四二年、北アフリカのド・ゴールに合流しようとして密出国を試みるも、スペインの治安警察に逮捕されてしまう。九カ月の収容所生活から釈放されると自由フランス軍に合流し、以降は将校として地中海、フランス、ドイツを転戦する。

大戦後はジャーナリストを志し、パリ・プレス紙、パリ・マッチ誌等に寄稿していたが、一九五〇年の朝鮮戦争勃発でフランスが派兵を決定すると、即時再役を志願する。一九五一年十月十二日、本書《白い丘《ホワイト・ヒルス》》の戦いのモデルとなったハートブレイク・リッジの激戦で、指揮する兵の四分の三を失い、自らも左脚部に重大な裂傷を負う。彼はただちに後送され、東京の聖路加国際病院で手術を受けた後しばし日本で静養することとなった。

ラルテギーは、木と紙でできた長屋の連なる静かな路地にあこがれ、京都への滞在を決めるのだが、最初に紹介された高級ホテルは彼の望みにかなう場所ではなかった。そこで、友人の伝手をたどって先斗町の界隈へと宿を移し、庶民が憂さを晴らす居酒屋を毎夜訪ねては、元兵士たちの話を聞いて回った。

そんなある夜、彼は復学した元学徒兵たちの集まりと座を共にすることになる。彼らは大いに飲み、大いに盛り上がった。宴もたけなわとなってきたところで、一人の物静かな青年が座の静聴を求めた。そして、彼は自分の特攻出撃の経験を語り始める。飛び立ってはみたものの敵艦隊を捕捉できず、燃料切れのため滑空を続けている際に発見した環礁に不時着し、九死に一生を得たというのだ。

それから、その青年は、ポケットからページの折れ曲がった小さな本を取り出し、朗読を始める。「……東京はもう桜が散りかけているでしょう。私が散るのに、桜が散らないなんて情けないですものね。散れよ、散れよ桜の花よ、俺が散るのにお前だけ咲くとはいったいどういうわけだ……」。その本は『きけ わだつみのこえ』、中央大学の学徒である大塚晟夫《あきお》が両親に宛てた最後の手紙であった。

この出会いをきっかけに、ラルテギーは *Ces voix qui nous viennent de la mer*（『きけ わだつみのこえ』フランス語抄訳版、一九五四年）の刊行に向けて動き出す。フランスに戻り、翻訳協力者を求めるうちに知り合ったのが、当時フランスに留学していた本書の翻訳者岩瀬孝氏である。以降、ラルテギーがベストセラー作家になってからも関係は続き、ラルテギーの著作の翻訳は全て岩瀬氏が担うことになる。

本書の刊行からベストセラー作家の仲間入りをするまでは、冒頭に述べたので割愛するが、以降も、陰謀の渦巻くラオスを舞台に特務機関員を主人公とした小説『青銅の太鼓』や、ゲバラ不在のラテンアメリカに「ゲバラ神話」誕生を見出すルポルタージュ『ゲバラを追って』など、世界中を取材に飛び回り、精力的に執筆活動を続けた。一九九五年のエルサレムの歴史を描いたノンフィクション *Mourir*

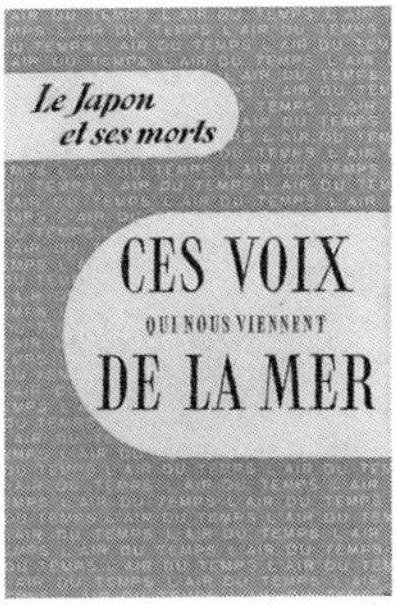


***《Ces voix qui nous viennent de la mer》***
ガリマール社 *L'Air du temps*（時代の空気）シリーズの一冊として刊行された。
長い作家人生を送ったラルテギーが初めて出版した本である。

*pour Jérusalem*（エルサレムのために死す）が最後の著書となる。二〇〇五年頃から呼吸困難を訴えるなど健康状態が悪化し、退役軍人の医療機関に入院。二〇〇九年、のどと肺を手術。二〇一一年二月二十三日逝去。葬儀は軍隊式に行われ、三色旗に包まれた棺は十一人の兵士に担がれた。

＊　＊　＊

刊行にあたっては、冬樹社『外人部隊』で入手できた限りの最終版である第三版（昭和四十三年二月二十五日）を底本に用い、用字用語統一と割注の補足等を行った以外は、翻訳者岩瀬孝氏の訳文にはできるだけ手を加えず可能な限りそのままの形で再刊することとした。これは、現在使われている一般的表記とのズレが「時代の証言」としてのこの作品の本質に関わるものであり、読者が作品世界に入り込むための「裂け目」として重要な効果を発揮していると思われるからである。ただし、原著の最新版と全文を比較対照した上で、誤植が疑われる箇所については適宜修正した。

また、この文章と著者略歴を作成するにあたっては、冬樹社『ジャン・ラルテギー作品集』各巻あとがき、『ゲバラを追って』訳者あとがき及び二〇一三年に刊行されたラルテギーの伝記(1)を参考とした。

書名については大いに悩んだが、『外人部隊』から『傭兵』へと変えさせていただいた。志願兵として戦争と冒険の夢に飛び込んだものの、しだいに権力の傭兵へと変化していく自分の立ち位置に悩み、国家の植民地政策に反抗しヴェトナム農民

(1) Hubert Le Roux et Jacques Chancel, *Jean Lartéguy: le dernier des centurions*, Tallandier, 2013.

の集産化に力を尽くし挫折するという、本書の主軸となるピエル・リルルー大尉の物語と、アメリカ軍麾下で朝鮮戦争を戦うフランス大隊に集まったさまざまな過去を持つ将校・兵士たち個々の物語に鑑み、『傭兵』という直訳に近いシンプルなタイトルのほうがよりよく内容を表していると判断したためである。『外人部隊』のタイトルに思い入れを持つ諸兄には、なにとぞご容赦いただくとともに、本書も長くご愛読いただければと願う。

＊　＊　＊

最後に、蛇足になるかもしれないが、本書の中に繰り返し登場する俳句《夜、大軍を前に　穴の中の最後のふたり》(2)について書いておきたい。この句はフランスの俳人ジュリアン・ヴォカンス氏の一九一六年の句集 *Cent visions de guerre*（戦争百景）に収められた一句をアレンジしたものと思われる。ヴォカンス氏は海外における創作俳句の先駆者の一人で、第一次大戦の開戦百年にあたりフランスで刊行された戦争俳句集(3)を紹介する新聞記事(4)では、「独軍と英仏軍の泥沼の長期戦により多数の若者が死亡した西部戦線。三十代の軍曹だったジュリアン・ボカンスは、間近で銃弾が飛び交う日々を詠んだ。塹壕《ざんごう》の中で多数の作品を残したというボカンスは、戦闘で片目を失った」と、紹介されている。

唯学書房　原　昌平

(2) 原文では以下の通り。

*La nuit,*
*En face d'une armée immense,*
*Dans leur trou*
*Deux hommes.*

(3) Anthologie établie par Dominique Chipot, *En pleine figure: Haïkus de la guerre de 14-18*, Editions Bruno Doucey, 2013.

(4)「フランス俳句　戦禍詠む　第一次大戦 100 年　句集出版」『東京新聞』2014 年 1 月 12 日付。

著者◆ジャン・ラルテギー（Jean Lartéguy）

小説家、ジャーナリスト。

一九二〇年パリ郊外に生まれる。一九三九年に軍役志願。休戦期の一九四一年にはトゥールーズ大学で歴史学を専攻。一九四二年に密出国を試みるも、スペインの治安警察に逮捕され九カ月の収容所生活を送る。釈放されると北アフリカの自由フランス軍に合流し、以降は将校として地中海、フランス、ドイツを転戦した。大戦後はジャーナリストを志し、フランス各紙に寄稿していたが、朝鮮戦争勃発でフランスが派兵を決定すると即時再役を志願。一九五一年、朝鮮戦争での負傷により退役。一九六〇年刊行の『名誉と栄光のためでなく』（原題：*Les Centurions*）は世界的ベストセラーとなり、六六年に映画化されている。『きけ わだつみのこえ』のフランス語抄訳版をガリマール社から刊行するなど、日本との関係も深い。

二〇一一年没。享年九十歳。

訳者◆岩瀬 孝（いわせ・こう）

一九二〇年生まれ。仏文学者、早稲田大学名誉教授。

主な翻訳書に、コルネーユ『嘘つき男』、ヴイリエ『演劇概論』、ビニヤール『世界演劇史』、『アヌイ作品集』、ジロドゥ『ジークフリート』、『ジャン・ラルテギー作品集』、ラルテギー『ゲバラを追って』。著書に『フランス演劇史概説』、『古典劇と前衛劇』などがある。

二〇〇二年没。享年八十二歳。

# 傭兵

二〇一四年一〇月三一日 第一刷発行

著者 ―― ジャン・ラルテギー
訳者 ―― 岩瀬 孝
発行 ―― 有限会社 唯学書房
東京都千代田区三崎町2-6-9 三栄ビル302 〒101-0061
TEL 03-3237-7073 FAX 03-5215-1953
E-mail yuigaku@atlas.plala.or.jp
URL http://www.yuigaku.com
発売 ―― 有限会社 アジール・プロダクション
装幀 ―― 米谷豪
装画 ―― 菅沼孝浩
印刷・製本 ―― 中央精版印刷株式会社

ISBN 978-4-902225-90-7 C0097